Nick Alexander

Die Frau des Fotografen

W0349898

amazon crossing

Das Buch

Barbara – ein Kind der Luftschlacht um England 1940/41 – hat mehr Geheimnisse, als sie zugeben möchte. Ihre Kinder hat sie, so gut sie nur konnte, vor der harten Wirklichkeit des Lebens geschützt, die sie selbst erleben musste. Nur wenig hat sie ihnen von der bitteren Armut ihrer Kindheit erzählt und auch nicht von den dunkleren Seiten ihrer Ehe mit einem der gerühmtesten Fotografen Großbritanniens.

Als ihre jüngste Tochter Sophie beschließt, eine große Retrospektive über das Werk ihres geliebten Vaters zu veranstalten, werden alte Fotos aus staubigen Kisten hervorgeholt. Mit ihnen kommen auch viele vergessen geglaubte Geschichten ans Licht. Geschichten und Geheimnisse, die für immer verändern werden, wie Sophie ihre Eltern bisher gesehen hat.

Der Autor

Nick Alexander hat bereits zahlreiche Romane verfasst, darunter die Bestseller »The French House«, »The Other Son« und die Reihe »Fifty Reasons«. »The Photographer‹s Wife« ist sein elfter Roman und hat es bis auf Platz eins der britischen Kindle Bestseller Charts geschafft.

Der Autor lebt mit zwei Katzen, zwei Goldfischen und allen Werken des spanischen Regisseurs Pedro Almodóvar in den französischen Alpen.

NICK ALEXANDER

Die Frau des Fotografen

Aus dem Amerikanischen
von Alex Wolf

amazon crossing

Die Originalausgabe erschien 2015 unter dem Titel
»The Photographer's Wife« bei Black and White Publishing, Edinburgh.

Deutsche Erstveröffentlichung bei
AmazonCrossing, Amazon Media EU S.à r.l.
5 Rue Plaetis, L-2338 Luxembourg
November 2016

Umschlaggestaltung: bürosüd° München, www.buerosued.de
Umschlagmotiv: © Rekha Garton / Alamy Stock Photo; © inxti /
Shutterstock; © SalomeNJ / Shutterstock
Lektorat und Korrektorat:
Verlag Lutz Garnies, Haar bei München
www.vlg.de
Printed in Germany
By Amazon Distribution GmbH
Amazonstraße 1
04347 Leipzig, Germany

ISBN: 978-1-503-94246-2

www.amazon.de/amazoncrossing

Dank an Rosemary – ohne deine unermüdlichen Ermutigungen würde niemals irgendetwas fertig werden, und ohne deine Freundschaft wäre dieser Planet ein weitaus düsterer Ort. Dank an Sam Javanrough Photography für das wunderschöne Coverfoto und an Allan für seine Adleraugen beim Lektorat. Dank an alle meine Leser, dass sie mir die Treue gehalten haben und all die Begeisterung für jedes neue Projekt – sie sorgen dafür, dass es die Mühe mehr als wert ist. Dieses Buch ist unseren Eltern gewidmet, die für all ihre Erfolge (und jedes Scheitern) so viel mehr durchgemacht haben als wir, ihre Kinder, uns auch nur vorstellen können.

1940 – Shoreditch, London

Barbara stellt sich auf die Zehenspitzen und umfasst mit ihren kleinen schmalen Händen die Fensterbank. Ein Stückchen grüner Farbe blättert ab, und sofort wird sie von der Tatsache gefesselt, dass es oben grün ist, aber unten weiß.

»Sieh nur!«, sagt ihre Schwester und drückt ihre Fingerspitze gegen die Fensterscheibe.

Barbara guckt auf den Finger und bemerkt, wie das Licht von der anderen Seite hindurchscheint. Dann betrachtet sie die schmutzige Fensterscheibe. Schließlich konzentriert sie sich auf das, was sich jenseits des Fensters befindet – was immer ihre Schwester da auch so aufregend findet.

In der Ferne, hoch über den Dächern, sieht sie eine Ansammlung von Punkten am klaren Septemberhimmel. Es sind immer noch nur Punkte, aber Barbara hört ein Dröhnen und weiß bereits, selbst mit ihren sechs Jahren, dass diese Punkte Kriegsflugzeuge, dass es Bomber sind.

Hinter ihnen fliegt die Tür auf. Nervös dreht sie sich um und sieht ihre Mutter. Sie weiß nicht, ob sie etwas falsch gemacht hat, aber in diesen Tagen ist es besser, immer darauf vorbereitet zu sein, nur für den Fall – und es scheint oft der Fall zu sein.

»Was zum Teufel macht ihr zwei da am Fenster?«, fragt Minnie verärgert, während sie ihren Mantel abstreift. »Und erzählt mir nicht, ihr hättet den Alarm nicht gehört.«

»Aber sieh doch!« Glenda deutet immer noch hinaus.

»Dir zeige ich auch gleich mal was«, erwidert Minnie. Aber aufmerksam geworden durch einen bestimmten Ton in der Stimme ihrer ältesten Tochter, durchquert sie die Küche, um nun ebenfalls aus dem Fenster zu spähen.

Beunruhigt durch Minnies abruptes Schweigen, wendet sich Barbara wieder dem blauen Himmel jenseits des Fensters zu und beobachtet erneut die Punkte. Sie sind jetzt größer, das Dröhnen lauter. Sie legt den Kopf in den Nacken und sieht zu ihrer Mutter auf, deren verkehrt herumstehendes Gesicht nicht mehr den sonst fast ständig vorhandenen Ausdruck von Verärgerung trägt, sondern Verwirrung, und dann Sorge.

»Verdammte Krauts«, flüstert Minnie nach einem Moment, dann, mit einem tiefen, traurigen Seufzer, reißt sie ihren Blick vom Himmel los, tippt Glenda sanft auf den Kopf und sagt: »Küchentisch, Madame. Sofort!« Sie packt Barbaras Hand und zieht sie aus dem Raum.

Barbara sitzt mit dem Rücken gegen das geschrubbte Bein des Tischs und fährt mit dem Zeigefinger über die Maserung der Holzplatte über ihr. Das Dröhnen der Flugzeuge ist jetzt laut und ein bisschen beängstigend, und bald ist auch das Rattern der Flugabwehrgeschütze zu hören.

»Also ganz sicher die Deutschen«, sagt Glenda zu den Knien ihrer Mutter, als die schnell um den Tisch herumläuft, während sie Sandwiches macht. Der Geruch, der zu ihr herunterweht, verrät ihr, dass Fischpaste darauf sein wird, der Aufstrich, den sie am wenigsten mag.

»Wer soll es denn sonst sein?«, entgegnet Minnie, und der Tisch vibriert seltsam durch ihre Stimme.

»Ich dachte, es sind vielleicht *unsere* Jungs«, gibt Glenda zurück. »Für Krauts sind sie ein bisschen früh dran, findest du nicht?« Die begrenzten Luftangriffe hatten bisher fast ausschließlich während der Nacht stattgefunden.

Ein angeschlagener, mit Blumen verzierter Teller erscheint und schwebt unter dem Rand des Tisches. Darauf türmen sich drei mächtige Sandwiches, nicht nur die normalen dreieckigen Happen.

Barbara, mit der in diesen Zeiten der Rationierung oft geschimpft worden war, weil sie sich selbst etwas genommen hatte, zögert einen Moment, bevor sie sich behutsam eins nimmt.

»Jetzt nimm schon den Teller!«, fordert Minnie sie auf. »Oder willst du, dass ich hier draußen bleibe, bis eine Bombe fällt?«

Glenda greift an ihrer Schwester vorbei und nimmt den Teller. Dann schnappt sie sich das Sandwich von Barbara und legt es wieder zu den anderen. »*Dumme Nuss!*«, flüstert sie.

»Und ich nehme nichts davon!«, sagt Minnie zu ihr und kriecht zu den beiden Mädchen auf die dünne Matratze unter dem Tisch. Sie bringt einen Tonkrug voll Wasser mit und einen Zinnbecher, den sie sich teilen werden.

»Sollten wir nicht in den Schutzraum gehen?«, fragt Glenda. »Mary von der anderen Straßenseite hat gesagt …«

»Er ist noch nicht fertig«, erklärt Minnie. »Das weißt du doch.« An dem Schutzraum der Andersens im Garten muss noch mindestens einen Tag geschaufelt werden. Und wenn man bedenkt, dass das alles ein bisschen unnötig ist und man daran glaubt, wie die meisten Frauen in der Fabrik, dass die Bedrohung für London übertrieben dargestellt wurde, dann war Minnie, erschöpft am Ende ihres Arbeitstages, eher abgeneigt gewesen, noch Zeit dafür aufzuwenden.

»Nicht unseren. Ich meine den richtigen. Im Jugendclub«, erwidert Glenda. »Weil Mary von der anderen Straßenseite –

du weißt schon, deren Vater Luftschutzwart ist … also, *er* hat gesagt …«

»Hier wird uns nichts passieren«, schneidet Minnie ihr das Wort ab. »Und jetzt sei ruhig und iss dein Abendbrot, oder ich esse es selbst.«

In der Ferne explodiert mit dumpfem Krachen eine 500-Pfund-Bombe. Barbara wartet noch einen Moment damit, in ihr Sandwich zu beißen, um zu lauschen.

»Wieder die Docks«, stellt Minnie fest. »Es sind immer die Docks. Arme Kerle. Ich würde dort unten nicht arbeiten wollen.«

Barbara beißt in ihr Sandwich, während eine weitere Garbe Flak-Feuer mit einem zweiten entfernten Knall zusammenfällt, und denkt: *Fischpaste. Igitt.* Aber trotz der Fischpaste mag sie diese Stunden, in denen sie zwischen ihrer Mutter und ihrer Schwester gekuschelt unter dem Tisch sitzt. Es ist immer noch das Schönste von all dem, was in diesen Tagen sonst zu Hause passiert.

Irgendetwas pfeift über ihre Köpfe und wird gefolgt von einer neuen Art Explosion. Barbara sieht, dass Minnie die Stirn runzelt und gegen die Unterseite des Tisches blickt, als könne der ihr etwas über dieses neue Geräusch verraten. Minnie greift nach den drei verhassten Gasmasken und zieht sie in den Schutz des Tisches. Und dann geschieht es – eine weitere Explosion, nur ist sie *viel* näher. Sie hören sie nicht nur, sondern spüren auch die Erschütterung im Boden, durch die Matratze. Minnie zieht scharf die Luft ein und schließt die Augen, während Glenda ihre aufreißt und Barbara das Sandwich aus den Fingern rutscht und ihr in den Schoß fällt.

»Hoppla!«, sagt Glenda und grinst ein bisschen schräg, als der Moment verstrichen ist.

Hätte ihre Mutter Glendas Begeisterung geteilt, wäre Barbara vielleicht in der Lage gewesen, sich ihr anzuschließen – sie wäre vielleicht auch in der Lage gewesen zu glauben, dass all dies ein großer Spaß sei. Aber als eine weitere Bombe trifft und dann noch eine und noch eine, und als die Explosionen immer näher kommen, immer lauter werden, begreift Minnie, dass dies etwas ganz anderes ist als die früheren Luftangriffe mit Zeppelinen in ihrer eigenen Kindheit, als die Deutschen einfach Bomben aus den Fenstern der Luftschiffe warfen. Anders auch als die Angriffe auf London, und dass sie unter dem alten Küchentisch aus Eiche, so stabil er auch gebaut sein mochte, vielleicht nicht so sicher sind, wie sie vermutet hatte.

Barbara mustert das Gesicht ihrer Mutter und sieht, wie sie schluckt und sich über die Lippen leckt. Sie kann nicht wissen, was ihre Mutter denkt, aber sie spürt, was sie fühlt fast genauso unmittelbar, als seien es ihre eigenen Gefühle, und in diesem Fall spürt sie Angst. Ein neuer Gedanke geht ihr durch den sechs Jahre alten Kopf, einer, den sie noch nie zuvor gehabt hat: dass ihre Mutter fehlbar sein könnte und vielleicht irgendwann eine Zeit kommen könnte, in der ihre Entscheidungen nicht mehr die richtigen sind. Obwohl sie eng zwischen ihrer Mutter und ihrer Schwester sitzt, fühlt sie sich plötzlich unsicher. Sie fängt an zu weinen.

»Du kannst gleich wieder damit aufhören!«, sagt Minnie und droht ihr mit halb erhobener Hand.

Barbara schluckt schwer und hat das Gefühl, als würde ihr Gesicht anschwellen, geradezu seinen Umfang verdoppeln, während sie darum ringt, die Tränen zurückzuhalten.

»Heulen hat noch nie ein Problem gelöst«, meint Minnie, und Glenda zwinkert ihrer Schwester verstohlen zu und gibt ihr das Sandwich.

»Iss auf, Schwesterchen«, sagt sie sanft. »Dir wird nichts passieren. Wir würden es nicht zulassen, dass dir irgendwas passiert.«

* * *

Barbara folgt ihrer Mutter hinaus aus dem fast fertiggestellten Schutzraum und bleibt im grauen Licht des anbrechenden Tages stehen. Sie riecht den Smog in der Luft und sieht die roten Flammen, die den Horizont in alle Richtungen erleuchten, der untergehenden Sonne gleich.

Abgesehen von dem alles durchdringenden Geruch nach Rauch und dem ständigen sonnenuntergangsartigen Licht, das in alle Richtungen strahlt, scheint sich in ihrer unmittelbaren Umgebung nichts verändert zu haben. Und an diesem Morgen, wie an jedem Morgen, ist das eine Überraschung. Der Lärm der nächtlichen Luftangriffe scheint nicht aufhören zu wollen und ist entsetzlich. Es ist nur schwer vorstellbar, wenn man dort in der Dunkelheit liegt, dass irgendetwas außerhalb des Schutzraums stehen bleiben könnte.

»Kommt«, sagt Minnie, »lasst uns die feuchten Sachen ausziehen.« Und Barbara berührt den Ärmel ihres Nachthemds und spürt, dass die alles durchdringende Feuchtigkeit aus dem Schutzraum sie immer weiterhin begleitet, immer noch im Stoff hängt. Mit einem Ruck wird sie mitgezogen, vorwärts, vorbei an dem kleinen Gemüsebeet. »Was ist mit Glenda?«, fragt sie und versucht, sich zur offenen Tür des Schutzraums umzudrehen.

»Lass sie schlafen«, entgegnet Minnie. »Ihr beide habt einen großen Tag vor euch.«

Ja, einen großen Tag. Denn heute ist der Tag der Evakuierung. Der »erfundene Krieg« ist vorbei. Niemand zweifelt mehr daran, dass die Gefahr real ist, und Minnie, die sich seit Beginn des Krieges unter dem zunehmenden Druck befindet, die Mädchen in Sicherheit zu bringen, hat schlussendlich nachgegeben. Sie fürchtet sich davor, sie gehen zu lassen. Sie hat Angst um sie, hat keine Ahnung, wohin sie gehen werden, keine Ahnung, was sie in Wales erwartet … aber sie hat auch Angst um sich selbst. Die Luftangriffe sind so fürchterlich, dass ihr immer ganz schlecht wird, und ihr Leben hier, nachdem Seamus gegangen ist (Und lebt er überhaupt noch? Es sind keine Briefe gekommen …), ist erbärmlich. Wenn die Kinder bei ihr sind, muss sie sich zumindest zusammenreißen. Doch was wird geschehen, wenn sie fort sind?

Während Barbara ihr Brot mit Margarine isst, beobachtet Minnie sie und fragt sich, wie dieser Tag wohl verlaufen wird. Fragt sich sogar, ob sie es ertragen kann, physisch von ihrem eigenen Fleisch und Blut getrennt zu werden.

»Glenda schläft aber lange«, sagt Barbara mit vollem Mund.

»Lass sie schlafen«, erwidert Minnie. *Ja, lass sie schlafen*, denkt sie. *Lass sie bis zum allerletzten Moment schlafen.* Barbara ist noch zu jung, um zu verstehen, was eine Evakuierung tatsächlich bedeutet, aber Glenda, das weiß Minnie, wird Zeter und Mordio schreien.

* * *

Sie sind am Bahnhof, und Barbara, der man ein Geheimnis verraten hatte, ist überrascht, dass ihre Schwester überhaupt da ist.

Überall sind Kinder – in Gruppen, wie Vieh, und sie drängen sich durch die Ströme anderer Kinder, die von einer seltsamen Zusammenstellung aus Lehrern und fetten Menschen und alten Leuten und schwangeren Frauen, die man ausgesucht hat, um sie zu begleiten, gehütet werden.

Glenda schmollt und tritt leicht gegen ihren braunen Koffer, macht aber, wie Minnie feststellt, noch kein großes Theater.

Barbara, das merkt sie, ist angespannt und weiß nicht, ob sie das Ganze als ein Abenteuer oder als Schock betrachten soll. Sie beobachtet ihre Schwester, ihre Mutter, alle um sie herum, auf der Suche nach irgendeinem Hinweis, wie sie reagieren soll.

Nur Minnie selbst begreift, wie gewaltig dieser Bruch für sie alle sein wird. Nur sie versucht sich innerlich gegen die Nachwirkungen zu wappnen.

Rechts von ihnen schreit ein kleines Mädchen, wird hochgehoben und strampelnd in einen Waggon gesetzt. Barbara dreht sich um, sieht zu und hört die durchdringende Stimme des kleinen Mädchens: »Ich werde nicht fahren, ich werde nicht fahren! Ich werde es nicht tun!« Barbara umfasst fester das raue Geflecht des Einkaufskorbs, in dem sich ihre Sachen befinden. Die rauen Fasern piksen in ihre Haut.

Ein Mann mit einem Klemmbrett kommt auf sie zu. »Mrs Doyle!«, sagt er theatralisch.

»Mr Wallace!«, erwidert Minnie und ahmt dabei seinen wichtigtuerischen Ton nach.

»Freut mich zu sehen, dass wir endlich zur Vernunft gekommen sind«, erklärt er selbstgefällig.

»Wenn sie mit ›zur Vernunft kommen‹ meinen, dass man seine Kinder Gott weiß wohin schickt, um sie dort von Gott weiß wem aufziehen zu lassen, dann ja, Mr Wallace, sind wir endlich zur Vernunft gekommen«, gibt Minnie zurück. Sie überlegt kurz, nachdem sie es bereits gesagt hat, dass die Mädchen sie vielleicht gehört haben könnten. Aber in solchen Situationen kann Minnie einfach nicht anders. Sie mag es nicht, wenn man ihr sagt, was sie zu tun oder zu lassen hat. Und Grenville Wallace hat genau das ständig getan, seit er seinen schmuddeligen, überteuerten Eckladen gegen seine Rolle als Evakuierungsbeauftragter eingetauscht hat. Allein sein Auftreten reicht fast aus, dass sie sich einfach umdreht und nach Hause geht.

Hinter ihnen zischt und schnauft ein Zug und setzt sich ächzend in Bewegung, um aus dem Bahnhof zu rollen. Barbara betrachtet die vorbeigleitenden Gesichter, die sich gegen die schmierigen Fenster drücken. Einige von ihnen scheinen glücklich und aufgeregt zu sein, während andere rote Augen haben und verweint aussehen. Es ist verwirrend.

»Ich habe nicht den ganzen Tag Zeit, um das Für und Wider der Politik unserer Regierung zu diskutieren, Mrs Doyle«, erklärt der Mann und gestikuliert mit seinem Stift. »Es ist also nur die eine?«, fragt er und deutet mit dem Kopf auf Barbara.

»Nein, es sind …«, beginnt Minnie und dreht sich zu Glenda um. Doch die ist nicht da. »Wo …?«, murmelt sie und zieht Glendas Koffer näher zu sich heran, bevor sie ihren Blick über die Menge um sich herum schweifen lässt. »Wo ist deine Schwester hingegangen?«, fragt sie und runzelt heftig die Stirn.

Barbara zuckt die Achseln und starrt auf ihre Füße.

»Hat sie sich auf die Suche nach einem Klo gemacht?«, will Minnie wissen.

Barbara schüttelt den Kopf.

»Heilige Mutter Maria«, stößt Minnie hervor, umfasst Barbaras Kinn und zwingt sie, sie anzusehen. »Hat sie irgendwas gesagt?«

Barbara nickt schwach.

»Mrs Doyle!«, meldet sich der Mann wieder zu Wort.

»Warten Sie einen Moment, bitte, ja?«, erwidert Minnie und wendet sich erneut an Barbara. »Was hat sie gesagt? Erzähl mir, was sie gesagt hat.«

»Es ist ein Geheimnis«, flüstert Barbara.

»Was für ein verdammtes Geheimnis?«, drängt Minnie, und Barbara, die diesen Ton nur zu genau kennt, wird sich hüten, weiterhin irgendetwas zu verschweigen.

»Sie hat gesagt, sie wird nicht nach Wales fahren. Nicht um alles in der Welt, hat sie gesagt.«

»Mrs Doyle!«, wiederholt der Mann, und Minnie lässt noch einmal ihren Blick so weit schweifen, wie sie kann, bevor sie sich zu ihm umdreht.

»Mir scheint, Sie haben Probleme, Ihren Nachwuchs unter Kontrolle zu behalten. Vielleicht gelingt das den Walisern besser. Aber vorher müssen wir diese Formulare ausfüllen. Also reist nur Barbara, und zwar allein?«

»Ich weiß es nicht«, entgegnet Minnie. »Tut mir leid, warten Sie … warten Sie einfach einen Moment.«

Minnie bahnt sich einen Weg durch die Menge und bleibt nur stehen, um die Leute zu fragen: »Haben Sie ein kleines Mädchen gesehen? Haben Sie meine Tochter gesehen? Sie hat braunes Haar und trägt einen blauen Mantel. Ungefähr so groß. Haben Sie sie gesehen? Haben *Sie* meine Tochter gesehen?«

Die Menschen um sie herum ignorieren sie entweder – sie sind viel zu beschäftigt – oder runzeln die Stirn, als sei sie verrückt geworden. Selbst Barbara erkennt, dass gerade heute, mitten in diesen Massen von Kindern, eine Antwort auf ihre Frage zu erwarten, tatsächlich einem gewissen Wahnsinn gleichkommt.

Der Mann mit dem Klemmbrett greift nach Barbaras Hand, und im ersten Moment, weil es sich beruhigend anfühlt, lässt sie es zu. Doch dann versucht er, sie zu einem der Waggons zu ziehen, und sie wehrt sich. »Nein!«, ruft sie. »Mum!« Aber Minnie sieht nicht zu ihr hin. Minnie ist in die albtraumhafte Suche nach ihrer anderen Tochter vertieft, läuft auf Mädchen zu, die von hinten ein wenig wie Glenda aussehen, packt sie an den Schultern und dreht sie zu sich herum.

»Mum!«, ruft Barbara erneut, dann ahmt sie das kleine Mädchen nach, das sie zuvor gesehen hatte, und erklärt: »Ich werde nicht fahren! Das werde ich nicht!« Als sie erkennt, dass ihre Worte nicht die geringste Wirkung zeigen, fängt sie an zu weinen. Minnie hört es auf einer intuitiven Ebene. Abrupt bleibt sie stehen, dreht sich um und sieht, wie ihre Jüngste gerade mit ausgestreckten Armen von Grenville Wallace einem kahlköpfigen, schmierig aussehenden Mann in einem dreiteiligen Anzug übergeben wird. Sie sieht, wie Barbara mit den Beinen strampelt, und läuft zurück durch die Menge, wobei sie einen kleinen Jungen umstößt. Sie entschuldigt sich linkisch bei dem Jungen, der jetzt weint, läuft aber weiter.

Wallace versucht, ihr den Weg zu versperren. »Mrs Doyle! In Gottes Namen! Das ist alles völlig unvorschrifts...«

Aber Minnie schiebt ihn zur Seite, drängt sich an dem kahlköpfigen Mann vorbei und packt die Hand ihrer Tochter, als die gerade in das Dunkel des Zuges gezogen werden soll – reißt sie schmerzhaft zurück auf den Bahnsteig. »Sie fährt verdammt noch mal nirgendwo allein hin!«, erklärt Minnie mit ungläubiger Stimme. »Sie fährt nicht ohne ihre Schwester! Was denken Sie denn nur?«

»Wenn sie nicht heute fährt, wird sie überhaupt nicht fahren«, entgegnet Mr Wallace. »Dafür werde ich verdammt noch mal sorgen. Tausende, Millionen von Kindern sind zu evakuieren, und Sie glauben, Sie können uns hier so herumschubsen?«

»Zwing mich nicht zu fahren«, schluchzt Barbara. »Bitte zwing mich nicht zu fahren, Mum. Ich werde auch ganz lieb sein. Ich verspreche es. Ich werde lieb sein.«

»Sie steht jetzt sowieso auf der Liste.« Der Mann zeigt mit seinem Klemmbrett auf sie.

»Sie können sie auch genauso gut von der Liste runternehmen«, gibt Minnie zurück. »Stell dich da neben Glendas Koffer«, weist sie Barbara an, lässt deren Hand los und schiebt sie über den Bahnsteig, weg vom Zug. »Und hör verdammt noch mal auf zu heulen!«

Barbara bahnt sich ihren Weg durch ein Meer von Kindern, das in die andere Richtung drängt, und legt eine Hand auf den Koffer, während sie die Auseinandersetzung zwischen ihrer Mutter und dem Mann beobachtet. Sie kann nicht hören, was gesagt wird, aber die Haltung ihrer Mutter hat etwas Großartiges, die Hände auf den Hüften, sagt sie ihm die Meinung. Barbara ist stolz.

»Also gut«, meint Minnie, nachdem der Mann schulterzuckend abgewinkt, seine Aufmerksamkeit woanders hingewendet hat und sie wieder zu Barbara gekommen ist. Sie nimmt den Koffer und geht Richtung Ausgang.

»Werden wir denn nicht *evakuiert*?«, fragt Barbara.

Minnie hält inne und hockt sich ganz untypisch vor ihre Tochter. »Möchtest du evakuiert werden? Möchtest du in den verdammten Zug steigen und nach Wales fahren? Glaub mir, mein Mädchen, du bist nur einen Schritt davon entfernt. Du brauchst es bloß zu sagen.«

»Nein!«, sagt Barbara und fängt erneut an zu weinen.

»Dann hör auf zu heulen! Ich bringe dich nach Hause.«

»Und Glenda?«, will Barbara wissen und versucht, einen Blick über ihre Schulter zu werfen, während sie sich durch die lärmende Menge in der Bahnhofshalle drängen.

»Sie ist zwölf. Sie weiß selbst, wie sie nach Hause kommt«, erklärt Minnie. »Und da wartet bereits ein schöner harter Klaps auf sie. Diese kleine Ziege!«

Plötzlich bleibt Minnie so überraschend stehen, dass Barbara zu ihr aufschaut. »Wo sind deine Sachen?«

Barbara blickt auf ihre leeren Hände und versucht sich zu erinnern, wann sie ihren Korb zuletzt gesehen hat. »Der Mann«, antwortet sie und zeigt zurück. »Er hat ihn in den Zug gestellt.«

»Jesus! Das hat uns gerade noch gefehlt«, sagt Minnie. »Den kriegen wir jetzt nicht mehr zurück. Was für eine verdammte Zeitverschwendung das alles gewesen ist. Und was soll ich dir jetzt anziehen? Mal ehrlich! Als wenn die Zeiten nicht schon hart genug wären! Es wäre besser gewesen, wenn du dich gut benommen hättest, Mädchen. Es wäre besser gewesen, wenn du verdammt brav gewesen wärst. Ich schwöre dir, heulst du noch ein einziges Mal, sitzt du ganz schnell in dem Zug nach Wales. Und dann nicht nur für den Krieg, sondern für *immer*!«

Barbara presst die Augen zusammen, damit nicht noch mehr Tränen herauskullern, die sich dort schon gesammelt haben. Dadurch übersieht sie einen unebenen Stein auf dem Gehweg. Sie stolpert und wird wieder nach oben gerissen.

»Lauf vernünftig!«, befiehlt Minnie.

* * *

Barbara hockt im Schneidersitz auf dem Bett, dass sie in den Schutzraum gebracht haben. Eigentlich soll sie lesen, doch stattdessen beobachtet sie das Spiegelbild der Kerze in einer neuen Pfütze am Boden. Sie lauscht und wartet darauf, dass die ersten Bomben fallen. Die Sirenen haben vor fünf Minuten angefangen zu heulen.

Die Tür zum Schutzraum wird geöffnet, und Glenda taucht auf. »Es ist furchtbar dort draußen«, sagt sie und beginnt, ihren nassen Mantel auszuziehen, zögert kurz, und schlüpft dann ganz heraus. »Und hier drin ist es auch fürchterlich. Wo ist Mum?«

»Suppe holen«, antwortet Barbara. »Sie hat gesagt, ich soll mich nicht von der Stelle rühren.«

»Die Mapledene Road ist getroffen worden«, berichtet Glenda.

»Wirklich?«

»Das Ding ist bei irgendjemandem hinten in den Garten gefallen. Alle Fenster sind rausgeflogen. Und der Schutzraum wurde auch gleich aus dem Boden gerissen. Aber es war niemand drin.«

Barbara blinzelt ihre Schwester an, dann lässt sie den Blick über die Wellblechwände gleiten und versucht sich vorzustellen, wie es wäre, wenn die *aus dem Boden gerissen* würden.

»Mach dir keine Sorgen«, meint Glenda, setzt sich auf den Rand des Bettes und zieht ihre Schuhe aus. »Der Blitz schlägt nie zweimal an der gleichen Stelle ein.«

»Da kommen sie«, sagt Barbara und lauscht auf das entfernte Pfeifen einer Brandbombe.

Glenda nickt und wartet auf die Explosion – sie ist sehr weit weg –, dann setzt sie sich ebenfalls im Schneidersitz ihrer Schwester gegenüber. »Oh, Schwester«, sagt sie dramatisch. »Was soll ich jetzt nur machen?«

Barbara klappt ihr Buch zu – eine zerfledderte Ausgabe von *Kleiner Schwarzer Sambo* – und sieht zu Glenda auf, ihre eine gehobene Braue wird vom Kerzenlicht dramatisch beleuchtet. »Was ist passiert, Schwester?«, fragt sie.

»Jonny wird morgen evakuiert. Das Haus drei Türen weiter ist getroffen worden, und seine Mum meint, es sei einfach zu gefährlich zu bleiben.«

Barbara nickt ernsthaft. Jonny ist Glendas Freund, und obwohl sie ihn nie gesehen hat, obwohl sie, selbst jetzt, seine Existenz anzweifelt, hat sie alles über ihn gehört. »Fährt er nach Wales?«

Glenda schüttelt den Kopf. »Nicht alle gehen nach Wales, albernes Ding.«

»Das weiß ich«, schwindelt Barbara. »Ich dachte ja nur.«

»Oh, es gibt wirklich nichts Schlimmeres, als wenn sie einen verlassen«, erklärt Glenda. »Ich möchte nur noch sterben.«

»Oh, Schwester!« Barbara breitet die Arme aus und drückt Glenda ungelenk an sich.

»Er war der Einzige, der mir Kraft gegeben hat«, sagt Glenda. Es ist ein Satz, den sie am Morgen aus dem Mund ihrer weinerlichen Lehrerin Mrs Richardson gehört hatte.

»Nicht weinen«, tröstet Barbara und fühlt sich in ihrer Rolle als Vertraute bei diesem Melodram äußerst wohl.

»Ich kann nicht anders«, erklärt Glenda und lehnt sich etwas zurück, damit Barbara sehen kann, dass es ihr gelungen ist, eine einzelne echte Träne hervorzuquetschen. Die Fähigkeit, auf Kommando zu weinen, ist eine Gabe, die Glenda besitzt, und das ist vielleicht auch einer der Gründe, warum Minnie so ablehnend darauf reagiert.

»Du darfst nicht weinen«, sagt Barbara zu ihr. »Wenn Mum dich dabei erwischt, schickt sie dich nach Wales.«

»Vielleicht sollte ich extra weinen«, erwidert Glenda. »Zumindest sehe ich Jonny dann wieder.«

»Aber Jonny ist nicht in Wales«, entgegnet Barbara verwirrt.

Draußen fällt eine weitere Bombe pfeifend vom Himmel, dicht gefolgt von einer weit entfernten Explosion. Und dann, ohne jede Vorwarnung, ertönt ein ohrenbetäubender Knall, der das Bett wackeln lässt, die Flamme der Kerze zum Flackern bringt und sogar den Boden erschüttert. Danach herrscht tödliche Stille, und erst nach ungefähr einer halben Minute können die Mädchen allmählich wieder etwas hören. Und sie begreifen, dass die Stille nicht daher kommt, dass die Welt aufgehört hat zu existieren, sondern sie für einen Moment taub waren.

Reglos bleiben die beiden sitzen, mit verschränkten Beinen und einander zugewandt, bis Glenda – in ernsthafter Panik – ihre Beine vom Bett schwingt und beginnt, sich die Schuhe anzuziehen.

»Wo gehst du hin?«, will Barbara wissen. »Mum hat gesagt …«

»Mum hat gesagt, Mum hat gesagt …«, äfft Glenda sie nach.

»Sie hat gesagt, dass wir uns nicht von der Stelle rühren sollen. Sie hat gesagt, das dürfen wir nicht.«

»Ich will aber nach Mum schauen«, gibt Glenda zurück. »Was ist, wenn sie getroffen wurde?«

Barbara beißt sich auf die Unterlippe. Sie weiß nicht, was sie tun soll. Sie weiß nicht, was sie sagen soll.

Als die Tür zum Schutzraum aufgerissen wird und Minnie erscheint, atmet Barbara tief durch. »Habt ihr das gehört?«, fragt Minnie, während sie in den Schutzraum kommt. »Ich hätte beinahe die Suppe verschüttet. Ich könnte schwören, dass mir die Druckwelle meine verdammte Frisur verpfuscht hat.«

Sie stellt die Schüssel mit der Suppe auf einen kleinen Hocker, dann dreht sie sich um und schließt die Tür hinter sich. »Seid ihr zwei tapfer gewesen?«, erkundigt sie sich. Barbara wendet gerade lange genug den Kopf ab, um sich eine Träne fortzuwischen – eine Träne der Erleichterung. »Ja«, antwortet sie. »Uns geht es sehr gut, oder, Schwester?«

* * *

Die Angst ist so beherrschend, so beständig, dass sie einem schon fast normal vorkommt. Aber Angst zu haben, auch wenn es sich die ganze Zeit nicht ändert, bedeutet eben doch, Angst zu haben. Barbara wünscht sich, sie könnte härter sein, wie ihre Mutter oder noch besser wie ihre Schwester, die anscheinend immun dagegen ist, sich offenbar über jeden einzelnen Knall freut, begeistert ist von jedem Beinahetreffer.

Aber die Gefahr ist nicht zu leugnen, überall um sie herum sind die Zeichen deutlich zu erkennen. Das Haus am Ende der Straße ist zerstört, die ganze Familie darin tot. Der Gasometer um die nächste Ecke steht in Flammen. Die Stunden in der Schule verbringt Barbara damit, auf den Fliegeralarm in der Ferne zu lauschen, den sie, wenn sie sich darauf konzentriert, vor allen anderen hört. Manchmal hört sie ihn schon Minuten bevor die Sirene vor Ort ihre Flucht in den Keller auslöst, wo Barbara, trotz der Spiele und Lieder und anderer Ablenkungen, die von den Lehrern organisiert werden, weiterhin darauf lauscht, was sich über ihnen abspielen könnte. Sie versucht, ein geheimes Zeichen zu entdecken, dass diesen Bombenangriff vielleicht von all den anderen unterscheidet. Sie versucht, irgendeine dunkle, nicht hörbare Vibration zu spüren, die ihr vielleicht sagt, dass nun alles anders ist, dass Glenda und Mum diesmal nicht entkommen konnten.

Sobald die Luftangriffe vorüber sind, läuft sie im Stockdunkeln nach Hause, vorbei an den schemenhaften Silhouetten von ausgebombten Gebäuden, vorbei an rauchenden, dampfenden Trümmern und schattenhaften Gestalten, die vielleicht Freunde sind. Es ist nur zu dunkel, um sie zu erkennen. Manchmal sorgt ein brennendes Gebäude für Licht, und sie springt über endlose, schlangenartige Feuerwehrschläuche, die erschöpfte, rußgeschwärzte Feuerwehrleute hinter sich herziehen. Sie versucht, nicht auf das Spielzeug zu achten, das unter einer eingestürzten Mauer hervorragt, versucht, sich keine Gedanken über den roten Fleck auf dem Bürgersteig zu machen. Der Krieg kennt keine Zensur, deswegen versucht Barbara, sich selbst eine zu erschaffen. Und jetzt muss sie um die letzte Ecke biegen – sie hält den Atem an. Wird das Haus noch da sein? Wird es in Flammen stehen? Oder wird es zerstört sein?

Sie schließt auf, dann setzt sie sich, ohne die Tür aus den Augen zu lassen, und wartet auf Glenda und ihre Mutter, dass sie nacheinander hindurchkommen, und hofft, dass die Sirene nicht wieder ertönt, bevor sie auftauchen. Und da sind sie und zeigen damit, dass es wieder geschehen ist: Sie sind verschont worden – ein weiteres dieser täglichen Wunder mitten im Chaos des ausgebombten London. Aber heute ist irgendetwas anders. Barbara spürt eine Veränderung. Minnie hält Glendas Hand, und Glenda ist weiß wie die Wand.

»Komm schon«, fordert Minnie Barbara auf. »Hol deine Sachen. Wir gehen heute Abend in den Schutzraum«, und Barbara fragt nicht, warum. Sie will nicht wissen, was passiert ist, denn sie hat gelernt, dass jeder Tag genug Schrecken für jeden Einzelnen bereithält, und dass es überflüssig ist, ihn auch noch zu teilen, da die Last für jeden dadurch nur noch größer würde. Es ist eine der großen Lektionen im Leben, die sie niemals vergessen wird.

Die Luftangriffe der vergangenen Nacht waren ganz nah und tödlich, und der Schutzraum des Jugendclubs, in dem gewölbten Tunnel des Untergeschosses, ist vollgestopft. Man kann sitzen, aber mehr nicht. Minnie sagt Barbara, dass sie auf ihre große Schwester aufpassen soll. Dann geht sie vorsichtig zum anderen Ende des Raums, um Suppe von den ehrenamtlichen Helferinnen des Royal Voluntary Services zu holen. Alle um sie herum wirken erschöpft. Niemand hat in der vergangenen Nacht viel geschlafen.

»Geht's dir gut, Schwester?«, erkundigt sich Barbara ein wenig entnervt von Glendas Schweigen. Sie hat noch kein Wort gesprochen.

Glenda nickt und blinzelt langsam. »Sie haben geschlafen«, sagt sie leise. »Die ganze Familie. Es war ein Blindgänger aus der Nacht davor, deswegen waren sie nicht in einem Schutzraum. Auch wenn ihnen das nicht geholfen hätte. Der ist nämlich auch zerstört worden.«

Barbara nickt und hofft, dass Glenda ihr nicht sagen wird, wer gestorben ist. Sie bringt nicht gern Namen und Gesichter mit diesen Geschichten in Verbindung, denn sobald sie Gestalt annehmen, haben sie die Macht, sie in ihren Träumen zu verfolgen und Albträume daraus entstehen zu lassen.

»Armer Billy«, sagt Glenda, schüttelt den Kopf und atmet unregelmäßig in ihrem Bemühen, die Tränen zu unterdrücken.

Armer Billy, wiederholt Barbara in Gedanken, und ohne dass sie etwas dagegen tun kann, erscheint das Bild von Glendas Schulfreund Billy Holt vor ihrem geistigen Auge, dicht gefolgt von Mrs Holt, wie sie die Veranda vor dem Haus fegt. Sie fragt sich, was wohl mit Billys Schwester Harriet geschehen ist – mit der sie manchmal gespielt hat –, beschließt jedoch, ganz bewusst, nicht zu fragen. Trotzdem sieht sie Harriet vor sich, deren hübsche Kleider, auf die sie immer so neidisch gewesen ist, jetzt irgendwo unter Trümmern begraben liegen. Die frische, gestärkte Baumwolle zerdrückt von herabgefallenen Ziegelsteinen. Sie stellt sich vor, wie sich das wohl anfühlen würde.

Minnie kehrt mit Bechern voller wässriger Suppe zurück. Barbara nimmt ihren, hält ihn zwischen beiden Händen und zählt bis zwanzig, als wolle sie den ersten Schluck hinauszögern. Ihre Erwartung an die Suppe ist, wie sie aus Erfahrung weiß, weitaus stärker als deren Fähigkeit, tatsächlich ihren Hunger zu stillen. Deswegen wartet sie gern so lange wie möglich.

»Iss deine Suppe«, sagt Minnie zu Glenda. Sie hockt sich hin und streicht ihrer Tochter das Haar aus den Augen – eine seltene Geste der Zuneigung, die sie sich für außergewöhnliche Umstände wie diese aufzusparen scheint.

Irgendjemand am anderen Ende des Kellers versucht, ein Lied zum Mitsingen anzustimmen, aber an diesem Abend funktioniert es nicht – es funktioniert nicht immer –, und die Sängerin verstummt am Ende der ersten Strophe, dann murmelt sie: »Lasst mich doch alle in Ruhe«, was zumindest ein paar Lacher auslöst.

»Wir sind alle todmüde, Annie«, ruft jemand, und Glenda, die es kaum ertragen hätte, ein solches Lied zu hören, ist erleichtert.

Minnie, die behauptet, nicht in der Lage zu sein, im Sitzen zu schlafen (auch wenn die Mädchen sie oft dabei erwischt haben, dass sie es tat), geht zur anderen Seite, um ein »Schwätzchen« mit Mrs Peters zu halten.

In der allerhintersten Ecke, fort von der Gaslampe, knutscht ein Paar diskret unter seinen Mänteln. Barbara späht einen Moment hinüber zu den beiden und beobachtet, wie sie sich bewegen, wobei sie sich fragt, wie sich *das* wohl anfühlt. Dann wendet sie ihre Aufmerksamkeit der Frau neben ihnen zu, die etwas strickt, das nach einem Handschuh aussieht.

Als sie ihre Suppe ausgetrunken hat, schließt sie die Augen, verdrängt ihren knurrenden Magen und versucht, ihren Lieblingstraum von einer Farm in Wales zu träumen.

»Gibt es auf *allen* Farmen Kühe?«, fragt sie ihre Schwester und öffnet kurz die Augen. Und Glenda, die genauso viel über Farmen weiß wie ihre kleine Schwester, antwortet: »Aber ja. Sie haben immer jede Menge Kühe. Sonst gäbe es ja auch keine Milch, oder?«

Nicht nur beruhigt, was ihr heraufbeschworenes Bild einer Farm angeht, sondern auch, weil ihre Schwester wieder spricht, schließt Barbara erneut die Augen und stellt sich eine walisische Frau mit gerötetem Gesicht vor, die eine Kuh direkt in eine Flasche melkt. »Bring die bitte in die Molkerei, Babs«, sagt die Frau. »Und nimm dir ein bisschen Käse, wenn du magst.«

2011 – Shoreditch, London

»Sophie, Schätzchen!« Genna Wild schwebt durch die unglaublich helle Galerie zu Sophie, die ihren nassen Mantel abstreift. Hinter ihr fällt Regen aus einem dunklen Londoner Oktoberhimmel.

»Du hast es geschafft!«, stellt Genna fest, hilft ihr aus dem Mantel und lächelt glückselig, als sei Sophie ihr größter Liebling auf dem ganzen Planeten. »Wie wundervoll!«

»Machst du Witze?«, erwidert Sophie. »Ich würde mir das unter keinen Umständen entgehen lassen. Nicht einmal an einem so ekelhaften Abend wie diesem.«

Genna zieht die Nase kraus. »Es ist fürchterlich, nicht wahr? Komm, nimm dir etwas zu trinken. Der Weiße ist besonders gut. Er klingt deutsch, aber offensichtlich stammt er aus dem Elsass.«

Während Sophie ihr durch den Raum folgt, lässt sie den Blick über die versammelten Gäste schweifen – vierzig, vielleicht sogar fünfzig Leute, die sich tapfer dem Wetter gestellt haben, um Arakis' Fotografien zu sehen oder vielleicht auch, wie sie selbst, sich dabei auch ein wenig im Glanz seiner Ausstellung zu sonnen.

Als sie den Tisch mit den Getränken erreicht, fallen ihr auch die Fotografien selbst auf. Drei Meter große Schwarz-Weiß-Drucke, meistens von nackten Frauen. Von straff gefesselten nackten Frauen. Zu ihrer Rechten hängt das Bild einer Frau, die in einer emaillierten Badewanne zusammengeschnürt ist, das zu ihrer Linken zeigt eine Frau, die an Seilen von der Decke hängt.

Sie hasst die Fotos. Und während sie an ihrem Wein nippt, versucht sie zu analysieren, warum das so ist, versucht zu entscheiden, wie viel ihre Aversion politischer Natur ist und wie viel davon – ihr fällt kein besseres Wort dafür ein – Eifersucht. Soweit sie es beurteilen kann, sind das pornografische Aufnahmen – technisch meisterhafte, wunderschön ausgeleuchtete Pornofotos, aber eben Pornofotos.

»Sind sie nicht wundervoll?«, fragt Genna, als sie ihrem Blick folgt, und Sophie zieht klug die Nase kraus und nickt. Es hat wenig Sinn, sich mit der Besitzerin einer der erfolgreichsten Fotogalerien Londons zu entzweien – überhaupt keinen Sinn.

»Ich muss mich ein wenig kümmern«, erklärt Genna. Sie wendet sich um und eilt zurück zum Eingang, um einen Neuankömmling zu begrüßen – einen leicht übergewichtigen und außergewöhnlich blassen Mann mit runden Brillengläsern und einem sehr nassen grau karierten Anzug. »Brett!», ruft sie. «Oh, wie wunderbar, dass du es einrichten konntest!«

Sophie tritt vor die riesige Fotografie einer nackten schwangeren Frau, die ebenfalls mit Unmengen von Seilen gefesselt ist.

»Was für eine Energie!«, meint ein Mann neben ihr, während er über seine halbe Lesebrille das Foto betrachtet.

»Ja«, erwidert Sophie und denkt: *Tatsächlich? Wo denn?*

Aber sie muss zu diesen Events erscheinen – um zu verstehen, was dort passiert. Auch ihr beruflicher Werdegang soll unbedingt von dieser Art von Begeisterung vorangetrieben werden. Aber wie soll sie es anstellen? Wie soll sie Menschen dazu bewegen, auch *ihre* Arbeit so wahllos in den Himmel zu heben? *Vielleicht muss man wirklich schockieren,* denkt sie. Vielleicht sollte sie anfangen, *Männer* zu fesseln und dann zu fotografieren. Das wäre endlich mal etwas anderes. Nein, es wäre zu offensichtlich, zu einfach abgeleitet. Aber ist es hier anders?

»Sophie, das ist Brett«, sagt Genna, die gerade wieder neben ihr aufgetaucht ist. »Ich glaube, ihr kennt euch noch nicht, oder?«

Sophie, die überzeugt ist, dass Genna Mr Schwabbel bei ihr abladen will, unterdrückt einen Seufzer und ergreift Bretts kühle, feuchte Hand und ringt sich ein Lächeln ab. Sie ist nicht dort, um jemanden kennenzulernen, ruft sie sich selbst ins Gedächtnis. Sie ist dort, um Kontakte zu knüpfen, und sie wird sich hüten, ihre Geringschätzung – eine Geringschätzung, die ausschließlich auf Äußerlichkeiten beruht – zu zeigen. »Sophie Marsden«, sagt sie.

»Brett Pearson«, erwidert der Mann, schüttelt schlaff ihre Hand und lässt sie dann los.

Sophie unterdrückt das Bedürfnis, ihre Hand an ihrem Kleid abzuwischen, dann mustert sie ihn. »Brett Pearson«, wiederholt sie. »Woher kenne ich den Namen?«

Brett zuckt die Achseln. »Aus der *Times* vielleicht?«

»Ah, genau! Sie sind der neue Kunstkorrespondent.«

»Juniorkunstkorrespondent. Ja.«

»Das ist ja fantastisch«, meint Sophie und zuckt innerlich bei ihrer Wortwahl zusammen. Sie darf nicht übertreiben. Sie darf nicht wie Genna klingen. Es ist wichtig, nicht unterwürfig zu wirken.

»Marsden«, sagt Brett nachdenklich. »Wissen Sie, es gibt einen Fotografen namens Marsden. Also es *gab* ihn. Kennen Sie seine Arbeit?«

»Flüchtig«, lügt Sophie.

»Er ist schon vor langer Zeit gestorben«, erklärt Brett. »Aber er war gut. Viele sozialkritische Sachen. In den Siebzigern.«

Sophie blinzelt und schüttelt leicht den Kopf. »Ich habe nur den Namen mal gehört«, erklärt sie.

»Und was halten Sie von denen?«, fragt Brett und deutet so lässig mit seinem Glas auf das Foto vor ihnen, das fast der Wein herausschwappt.

»Ich bin mir nicht sicher«, entgegnet Sophie und behält vorsichtshalber das Weinglas im Auge, während sie darauf wartet, dass Brett ihr ein Stichwort gibt. »Was halten Sie denn davon?«

»Drei Worte, ein Buchstabe«, antwortet Brett.

»Wie bitte?«

»Oh, das ist ein Spiel«, erklärt Brett. »Ich spiele es, wenn ich noch nicht die richtige Perspektive auf ein Kunstwerk gefunden habe. Die ersten drei Adjektive, die einem in den Kopf kommen. Aber sie müssen alle mit dem gleichen Buchstaben beginnen.«

»Ich bin nicht sicher, ob ich Ihnen folgen kann«, sagt Sophie. »Fangen Sie mal an.«

»Traurig, traumatisch, aber trendig.«

»Ah, okay. Ich verstehe.«

»Und ihre?«

»Ahm …«

»Ohne lange zu überlegen«, fordert Brett sie auf. »Das ist der Witz an der Sache.«

»Okay, also dann … rätselhaft, realitätsfern, aber durchaus rasant«, zählt Sophie auf. Sie lässt den Blick durch den Raum gleiten, um sicherzugehen, dass Genna nicht in Hörweite ist, dann verzieht sie das Gesicht und hebt eine Hand vor den Mund, wie es die Japaner tun. »Habe ich das wirklich gerade gesagt?«, fragt sie. »Über den großen Arakis?«

Brett grinst sie seltsam an. *Halb ist es ein Grinsen, halb ein Lächeln*, denkt Sophie. Es überrascht sie, dass sie es sexy findet.

»Ich weiß ungefähr, was sie meinen«, erklärt Brett. »Es ist ein schmaler Grat, denke ich.«

»Wahrscheinlich reagiere ich einfach zu sensibel«, meint Sophie. »Dieser Ansatz, missbrauchte Frauen gleich Kunst, langweilt mich einfach allmählich. Für mich kommt das alles ein bisschen wie aus den Achtzigern daher. Wissen Sie, was ich meine?«

»Madonna? Erotica? Spiel die Leidenschaft, spür den Schmerz?«

»Ganz genau!«

»Aber jetzt sehr en vogue«, stellt Brett fest. »Ha! Die *Vogue*! Haben Sie gesehen, was ich da gemacht habe?«

»Das hab ich tatsächlich.«

»Aber durch *Fifty Shades of Grey* und all diese …«

»Wie bitte?«

»*Fifty Shades*. Der SM-Roman!?«

»Tut mir leid. Ich lese nicht so viel, wie ich sollte.«

»Oh, den brauchen Sie auch nicht zu lesen. Es sei denn, Sie stehen auf solche Sachen. Aber in Amerika ist das ein ganz großes Ding und wird sicher auch bald hier herüberkommen.«

»Ich werde darauf achten.«

»Jedenfalls, was diese Bilder angeht … ich bin mir nicht sicher, ob sie wirklich per se ausbeuterisch sind«, fährt Brett fort, während sie zum nächsten, noch schockierenderen Foto gehen. »Ich meine, man kann wohl davon ausgehen, dass sie ein professionelles Modell ist. Niemand hat sie zu dem Scheiß gezwungen. Es sieht sogar so aus, als würde sie darauf stehen.«

Und plötzlich, ob sie es nun mit dem Kunstkorrespondenten der *Times* zu tun hat oder nicht, kann Sophie nicht mehr an sich halten. »Wir sehen hier also eine Frau vor uns, die von einem reichen *Mann* dafür bezahlt wird, dass sie *nackt* ist, dafür bezahlt wird, *nackt gefesselt* zu werden, dafür bezahlt wird, den Launen des Fotografen ausgeliefert zu sein, sodass er den Schwanz eines Plastikdinosauriers in sie hineinstecken kann … *In sie hineinstecken!* Oh, und dafür bezahlt wird, weil wir gerade dabei sind, so zu wirken, als würde sie – wie haben

Sie es genannt –, ach ja, darauf ›stehen‹. Und das soll *keine* Ausbeutung sein?«

»Bitte entschuldige, Sophie.« Genna schiebt sich zwischen die beiden, und es sieht nach einer sehr genau kalkulierten Maßnahme zur Schadensbegrenzung aus. »Sie ist furchtbar politisch. Wie der Vater, so die Tochter.«

»Ich denke, sie hat irgendwie recht«, meint Brett. »Aber wissen Sie, solange die Presse schwatzt, solange die Käufer kaufen, die Freier einen Ständer bekommen und die Kreditkartenterminals diese kleinen Papierstreifen ausspucken (er macht eine Kopfbewegung in Richtung der kleinen Maschine in Gennas Hand), wen kümmert es da?«

Genna erstarrt einen Moment, deutlich unsicher, wie sie reagieren soll, dann leckt sie sich die Lippen, lächelt und lacht. »Brett! Sie sind schrecklich!«, sagt sie. »Einfach schrecklich! Jetzt versprechen Sie mir aber, dass Sie *das* nicht in Ihrem Artikel schreiben.«

»Ich verspreche, dass ich das nicht in meinen Artikel schreibe«, wiederholt Brett in gedämpftem Ton. »Ist vielleicht noch ein Glas von dem Weißen da?«

»Natürlich!«, erwidert Genna, greift seinen Arm und zieht ihn geradezu von Sophie fort. »Er ist ziemlich gut, stimmt's?«

Verdammt, denkt Sophie. *Das hast du vermasselt.*

* * *

»Genna hat mir erzählt, dass Anthony Marsden Ihr Vater war«, sagt Brett. »Hat es Sie verletzt, dass ich das nicht wusste, oder wollten Sie mich einfach nur verarschen?«

»Ich wollte … Sie nur ein bisschen aufziehen«, erwidert Sophie und fragt sich, wie es dazu kommen konnte, dass sie die Galerie zusammen mit Brett verlassen hat. Findet sie ihn jetzt auf einmal attraktiv, oder ist nur das dritte Glas Wein daran schuld? Oder, noch schlimmer, hat es etwas damit zu tun, dass er der Kunstkorrespondent der *Times* ist? Und wenn es nun eine Mischung aus allem war? Wäre es dann okay?

»Der Regen hat aufgehört.« Brett klappt seinen Schirm zusammen. »Wir können auch zu Fuß gehen. Wenn wir zu mir wollen, sowieso. Ich wohne in Hoxton, das ist vielleicht zehn Minuten von hier.«

Sophie blickt ihn an und denkt darüber nach, ob sie so tun sollte, als sei sie empört, denkt daran zu sagen: »Wie um alles in der Welt kommen Sie auf den Gedanken, ich könnte zu Ihnen nach Hause kommen?« Doch dann setzt er wieder dieses halbe Grinsen, halb höhnische Lächeln auf – *anzüglich*, das ist das richtige Wort –, und sie hört sich sagen: »Sicher gehen wir zu Fuß. Ich laufe gern, und ich war den ganzen Tag eingepfercht.«

Es ist kalt und feucht, aber diese frühen Winterabende haben etwas sehr Reizvolles an sich, wie sich das Licht auf den nassen Bürgersteigen spiegelt, wie die Autos durch die Pfützen vorbeirauschen und das Geklapper ihrer Absätze auf dem Fußweg, dem Sophie nicht widerstehen kann. London findet wieder zu seiner eigenen Seele zurück, sobald der Winter näher rückt und die Straßen im Regen glänzen.

»Sie sind auch Fotografin, wie ich gehört habe«, sagt Brett. »Das ist eine Abstammung, der man erst mal gerecht werden muss, was?«

»Ja«, erwidert Sophie. »Aber ich mache hauptsächlich Modefotografie. Das ist doch eine andere Welt.«

»Ha!« Brett schließt den obersten Knopf seiner Jacke und klappt gegen die Kälte den Kragen hoch. Dann lockert er seinen Schlips.

»Ha?«

»Mode. Passt nicht unbedingt zu unserem kleinen Diskurs. Über Arakis. Ich hätte eher damit gerechnet, dass Sie hungernde Kinder fotografieren oder Lesben oder irgendwas in der Art.«

»Nun ja …« Sophie ist schockiert, dass Brett so schnell ihren Schwachpunkt gefunden hat, jene Stelle, an der man sie schnell zum Weinen bringen kann. »Wir müssen alle Kompromisse eingehen, oder?«, fügt sie hinzu. »Und wir sind alle voller Widersprüche. Das gehört zum menschlichen Dasein.«

»Wahrscheinlich«, sagt Brett nachdenklich. »Und Sie haben gar keine Ausrüstung dabei?«

»Was meinen Sie?«

»Alle meine Bekannten, die Fotografen sind, haben immer ihre Kamera in der Tasche.«

»Oh, ich hab das hier.« Sophie zieht kurz ihre kompakte Leica aus der Innentasche und steckt sie dann wieder zurück. »Aber die Große schleppe ich nicht mit mir herum, es sei denn, ich gehe zu einem Fototermin. Wieso? Wollten Sie, dass ich Sie fotografiere?«

»Vielleicht.« Brett hebt eine Augenbraue und wirft ihr einen weiteren anzüglichen Blick zu.

Seine Wohnung ist umwerfend. Von einem schmuddeligen Treppenaufgang kommt man direkt in einen weitläufigen Wohnbereich, der so weiß ist, so schick, dass er fast auch wie eine Galerie wirkt.

»Wow!«, stößt Sophie hervor und geht zu den Erkerfenstern. »Was für ein Ausblick.«

»Ja, man kann bis hinunter zum Fluss sehen.«

»Ich bin beeindruckt.«

»Sie ist nur gemietet«, erwidert Brett, »und ich habe einen Mitbewohner. Ist also nicht notwendig.«

»Stimmt.«

»Ich weiß noch nicht, ob ich hierbleibe, daher …«

»Hierbleiben?«

»Ja. Vielleicht gehe ich wieder nach Hause.«

»Und zu Hause ist wo?«

»Manhattan.«

»Okay, dann kann ich es natürlich verstehen.«

»Aber im Moment ist London völlig in Ordnung.« Brett hängt seine Jacke über die Rückenlehne eines Stuhls, zieht den Knoten von seinem goldenen Schlips noch weiter nach unten und öffnet den obersten Knopf. »Einen Drink? Was zu essen? Einen Kuss? Ein bisschen Fesselkunst vielleicht?«

»Fangen wir mit einem Drink an«, entgegnet Sophie, »und sehen wir mal, wohin uns das führt.«

»Sicher«, sagt Brett. »So machen wir es.«

1941 – Shoreditch, London

Obwohl sie noch drei Straßen entfernt sind, können sie den lodernden Brand sehen, und als sich die Hand ihrer Mutter fester um ihre schließt, begreift Barbara, dass etwas Schlimmes passiert ist. Alle drei denken das Gleiche: *Ist es unser Haus?* Doch während sie durch das trübe Morgenlicht dahinstolpern, sagt keiner von ihnen ein Wort.

Als die Ecke in Sicht kommt, hinter der ihre Straße liegt, können sie den Rauch riechen und die Feuerwehrschläuche sehen. Minnie fängt an zu laufen und zieht ihre Tochter neben sich her. Glenda ist ihnen bereits voraus.

Und nun biegen sie um die Ecke und, nur für eine Sekunde, ist es ein Gefühl, als hätten sie einen Fehler gemacht, als seien sie am falschen Ort, denn die Straße ist nicht wiederzuerkennen. Das gegenüberliegende Haus – wo die Robinsons wohnen – gibt es nicht mehr. Es ist nur noch ein Haufen Schutt. Das Haus links von ihnen, wo die Smiths und die Havershams leben (gelebt haben?), ist ebenfalls zerstört. Das Haus rechts von ihnen, Nummer sechsundzwanzig, ist nur noch ein einziger roter Feuerball, aus dem die Flammen emporlecken und sich eine dunkle Säule aus Rauch in den Himmel schraubt.

»Oh«, sagt Minnie, und es klingt mehr, als würde sie einfach ausatmen. Es hat ihr buchstäblich die Sprache verschlagen.

Fünf rußgeschwärzte Feuerwehrleute haben ihre Schläuche auf den lodernden Brand gerichtet. Sie sind ganz offenbar schon seit einiger Zeit da, denn sie scheinen es nicht besonders eilig zu haben – man hört nur das Rauschen des Wassers und wie es zischt, wenn die Strahlen das Feuer an seiner Basis treffen. Doch all das Wasser scheint für diese Aufgabe nicht im Geringsten auszureichen. Sie hätten genauso gut Benzin hineinsprühen können, wenn man sieht, was das Wasser ausrichten kann.

Nachdem Minnie eine ganze Minute wie erstarrt dagestanden hatte, sagt sie: »Meine Dose!«, und läuft plötzlich los. »Bleibt hier!«, befiehlt sie, während sie zu ihrem Haus rennt, über Feuerwehrschläuche springt, jetzt die Pforte zu ihrem vorderen Garten öffnet, was geradezu absurd wirkt inmitten all der Zerstörung. Eine Pforte, die einen vor was eigentlich schützen soll?

Glenda fürchtet, das Gebäude könne zusammenstürzen, und sie ruft: »Mum! Nein!« Sie lässt Barbaras Hand los und folgt ihrer Mutter.

Der Feuerwehrmann, der ihnen am nächsten ist, dreht sich um, will sehen, was die Aufregung zu bedeuten hat, und lässt seinen Schlauch fallen, der sich daraufhin auf dem Boden windet und schließlich gegen das Rad eines Feuerwehrwagens prallt. Der Feuerwehrmann springt über die kleine Mauer zwischen den beiden Gärten und packt Minnies Arme, als sie gerade versucht, die Eingangstür aufzudrücken.

Die beiden ringen miteinander – es ist eigentlich ein richtiger Kampf, in dem der Feuerwehrmann Minnie von hinten umklammert, während sie sich windet, tritt, irgendetwas von ihrer Dose kreischt und vergeblich versucht sich loszureißen. Glenda zieht am Arm ihrer Mutter, ruft, weint: »Mum, bitte, nicht! Es ist gefährlich! Ich habe Angst. Bitte, Mum, *bitte!*«

Barbara steht auf dem nassen Bürgersteig, beobachtet das alles, riecht den Qualm, spürt die Hitze der Flammen auf ihrem Gesicht und lauscht dem Knistern des brennenden Holzes und wie die Fensterscheiben in der Hitze zerbersten. Sie sieht, wie der Feuerwehrmann schließlich die Geduld verliert und ihrer Mutter heftig ins Gesicht schlägt. Sie sieht, wie alles zum Stillstand kommt, wie Minnie die Arme sinken lässt, wie sie zusammensackt und ein lautes, schrilles »Neeeiiin!« ausstößt, bevor sie es zulässt, dass sie wie einen Haufen alter Kleidungsstücke von der Eingangstür zurück auf die Straße geführt wird, zuerst von Glenda und dann von einem Luftschutzwart, der zu ihnen gelaufen ist, um sich in die Auseinandersetzung einzumischen.

Glenda kehrt zu Barbara zurück, der Feuerwehrmann, der Minnie noch nicht aus den Augen lässt, falls sie noch mal versucht, zurück ins Haus zu rennen (was er durchaus schon erlebt hat), kommt über die Straße, um mit ihnen zu sprechen.

»Morgen könnt ihr eure Sachen holen, okay?«, sagt er zu den Mädchen. »Jetzt bringt eure Mum fort von hier. Sie möchte heute Abend nicht hier sein. Sie will das nicht sehen.«

»Wo hinbringen?«, fragt Glenda. »Wo sollen wir denn hin?«

»Aber das ist unser Haus«, protestiert Barbara wütend, weil sie das Gefühl hat, dass der böse Mann, der ihre Mutter geschlagen hat, diese einfache Tatsache nicht begriffen hat.

»Geht zu Freunden«, schlägt der Feuerwehrmann vor. »Oder zu deinem Schutzraum. Und dann kommt morgen wieder, wenn das Feuer gelöscht ist.«

Glenda nickt steif. »Danke«, sagt sie, und ihre Schwester sieht verwirrt zu ihr auf.

Sie geht mit Barbara die Straße hinunter auf Minnie zu, die auf einer Mauer sitzt und sich von dem Luftschutzwart ins Gewissen reden lassen muss. Aber als sie an dem eingestürzten Haus vorbeikommen – wo die Robinsons gewohnt haben – erstarrt Barbara.

»Komm jetzt!«, fordert Glenda sie auf und zieht an ihrer Hand. Dann fragt sie: »Was?«

»Sieh nur«, sagt Barbara.

»Ja. Äh ... geh zu Mum, und ich ... ich werde es dem Feuerwehrmann sagen. Er weiß, was zu tun ist.«

Roboterhaft geht Barbara weiter, während ihr der Kopf schwirrt. Sie kann den Blick nicht von dem entsetzlichen Anblick losreißen. Hinter sich hört sie Glenda rufen: »Entschuldigen Sie! Entschuldigen Sie! Herr Feuerwehrmann!«

»Ja?«, erwidert der Mann.

»Unter der Tür da ist etwas eingeklemmt«, sagt sie, und ihre Stimme zittert aufgeregt.

»Was?«

»Eine Hand ragt heraus. Da drüben. Jemand liegt unter der Tür.«

»Jesus!« Der Feuerwehrmann geht ein paar Schritte rückwärts, damit er einen Blick auf die fragliche Tür werfen kann, während er seinen Schlauch immer noch auf das gegenüberliegende Feuer gerichtet hält. »Es ist alles gut, Liebes«, beruhigt er sie, als wäre das alles reine Routine. »Mach dir keine Gedanken. Wir holen sie raus. Geh du einfach jetzt mit deiner Mum. Na los!«

Als Glenda losläuft, um Barbara einzuholen und wieder nach ihrer Hand greift, hören sie ihn rufen: »Jack! JACK! Hier drüben hat man jemanden übersehen. Da ist noch eine Leiche. Kannst du uns mal eben helfen?«

Minnie geht an diesem Tag nicht zur Arbeit, die Mädchen nicht in die Schule. Und weil ihnen nichts Besseres einfällt, Minnie immer noch voller Sorge ist und sich in einem tranceartigen Zustand befindet, mit dem Glenda einfach nicht umgehen kann, kehren sie alle in den Schutzraum am Jugendzentrum zurück. Da es Tag ist und es keinen Alarm gegeben hat, ist der Schutzraum fast leer.

Minnie legt sich auf eine leere Matratze und schläft den ganzen Tag. Soweit die Mädchen es beurteilen können.

»Was ist los mit Mum?«, fragt Barbara.

»Sie ist nur müde«, antwortet Glenda. »Sie hat letzte Nacht nicht geschlafen. Sie kann nicht im Sitzen schlafen. Das weißt du doch.«

Aber Minnie ist nicht müde. Und sie schläft auch nicht. Ihr ist einfach die Courage abhandengekommen. Denn die kommt nicht, wie so viele behaupten, aus einer unerschöpflichen Quelle.

Weil die Stunden im Schutzraum so furchtbar langsam vergehen, unternimmt Glenda mit Barbara, die schon ganze hibbelig geworden ist, einen Spaziergang. Ziellos streifen sie durch die leeren Straßen, von denen manche noch vollkommen intakt sind. In anderen fehlen Häuser oder Geschäfte. Und einige, wie ihre eigene, sind so wenig wiederzuerkennen, dass Glenda sich Sorgen macht, sie könnten sich verlaufen haben.

In der Liverpool Street beobachten sie eine Demonstration der Kommunisten, die Zugang zu den U-Bahn-Stationen als Schutzräume verlangen. Sie bleiben stehen, schauen zu und lauschen den Sprechchören, bis die Polizei erscheint und es auf einmal sehr laut wird, woraufhin Glenda sie beide wieder zurück nach Shoreditch führt.

Als der Tag zu verblassen beginnt, gehen sie wieder durch ihre Straße. Die Flammen sind inzwischen gelöscht, und ihr Haus, obwohl rußgeschwärzt und fensterlos, ist ansonsten unbeschädigt. Zwischen den rauchenden Trümmern von Nummer 26 und dem Haufen Schutt von Nummer 22 wirkt es geradezu verloren.

Unabhängig voneinander werfen die Mädchen einen Blick auf das eingestürzte Haus gegenüber. Beide sehen sie, dass die Tür und die Hand verschwunden sind.

Barbara wendet sich wieder ihrem eigenen Haus zu. »Können wir hineingehen?«, fragt sie.

»Das sollen wir nicht. Ich denke, es ist zu unsicher.«

»Unsicher?«

»Es könnte einstürzen.«

Barbara nickt. Als sie sieht, dass Glenda verstohlen nach links und rechts blickt, sagt sie: »Aber du wirst trotzdem hineingehen und Mums Dose holen.«

»Ja«, erwidert Glenda. »Ja, ich denke schon.«

»Sie ist im Herd.«

»Ich weiß. Wenn es nicht jemand geklaut hat. Ich möchte auch mein hübsches Kleid holen, bevor jemand *das* klaut.«

»Dein Geburtstagskleid?«

»Ja.«

»Kann ich Lucy Loop bekommen?«

»Wenn ich sie entdecke«, antwortet Glenda und blickt noch einmal nach links und rechts. Dann läuft sie an dem ausgebrannten Gebäude vorbei und zur Hinterseite des Hauses.

Als sie in den Schutzraum zurückkehren, liegt Minnie immer noch auf dem Rücken und starrt an die Decke. Langsam füllt sich der Raum, und es werden bald Eifersüchteleien aufkommen, weil sie eine ganze Matratze für sich allein beansprucht.

»Ich habe die Dose«, berichtet Glenda ihr stolz, und in Minnies Gesicht kommt plötzlich wieder Leben, als habe jemand die Batterien ausgetauscht. Zuerst hebt sie die Brauen, dann öffnen sich ihre Augen, dann setzt sie sich auf und starrt Glenda an, als habe die plötzlich in einer fremden Sprache mit ihr geredet, die sie nicht wirklich versteht.

»Ich glaube, es ist noch alles da.« Glenda streckt ihr die Dose entgegen und nickt aufmunternd.

Minnie schluckt, dann schnappt sie sich die Dose von *Jacob's Cream Crackers* aus den Händen ihrer Tochter.

Sie nimmt den Deckel ab und leert den Inhalt aus: eine Rolle Pfundnoten, die von einem Gummiband zusammengehalten wird, ein Haufen Fotos mit Eselsohren, die Geburtsurkunden der Mädchen, der Haarreif ihrer Mutter, Seamus kaputte Uhr … all diese Dinge schiebt sie zur Seite. Ihnen gilt nicht ihre Hauptsorge.

Und dann findet sie ihren Ehering. Sie streift ihn sich auf den Finger und sagt: »Dem Herrn sei Dank! Den nehme ich nie wieder ab.« Sie sieht zu Glenda auf und ringt sich ein schwaches Lächeln ab. »Du bist ein liebes Mädchen, Glenda. Ich wüsste nicht, was ich ohne dich machen sollte.« Und Barbara wünscht sich, dass sie es gewesen wäre, die sich der Gefahr im Haus gestellt und die Dose geholt hätte.

»Dürfen wir uns die Bilder ansehen?«, fragt Glenda.

Minnie seufzt, dann nickt sie und klopft neben sich auf die Matratze. »Natürlich dürft ihr.« Dann wendet sie sich Barbara zu und entdeckt die Puppe unter ihrem Arm. »Du auch. Bring Lucy Loop mit und setz dich auf meinen Schoß.«

Barbara schlüpft in die Arme ihrer Mutter und fühlt sich zum ersten Mal an diesem Tag wieder sicher.

»Das war unser erster Ausflug.« Minnie zieht das erste zerfledderte Foto aus dem Stapel. »Das ist der Pier in Margate.«

Alle drei starren auf das Bild von einer schlichten, aber hübschen Frau, die verlegen lächelt, während sie mit einem gut aussehenden Kerl fein herausgeputzt im Sonntagsanzug Händchen hält.

Barbara streckt die Hand aus und streicht mit den Fingern über das Bild ihres Vaters, als könne sie ihn vielleicht berühren, als würde er dadurch vielleicht realer für sie werden.

Das Foto ist so fremd, so losgelöst von allem um sie herum, dass niemandem von ihnen auch nur ein passendes Wort einfällt. Deswegen sitzen sie einfach da, ein wenig ehrfurchtsvoll, die Mutter und ihre beiden Töchter. Sie starren und fragen sich, jeder auf seine Weise, ob die Dinge jemals wieder so einfach werden.

Als sie am nächsten Morgen zu ihrem Haus zurückkehren, hat jemand »Achtung Gefahr!« in zerlaufenen roten Buchstaben auf die Eingangstür geschrieben.

Mrs Haversham und ihr Sohn Bertie sind nebenan in dem Raum, der einmal zur Straße hinausgegangen war, und durchsuchen die immer noch rauchenden Trümmer nach vielleicht unzerstörter Habe.

»Alice«, ruft Minnie, klettert über die verbrannten Überreste der Eingangstür und umarmt sie. »Also geht's euch gut. Ich dachte schon, es hätte euch erwischt.«

»Wir waren unten im Schutzraum«, erklärt Alice. »Dem Herrn sei Dank für seine kleine Gnade.«

Minnie nickt nachdenklich, als ihr die wahre Bedeutung dieses Satzes zum ersten Mal bewusst wird. Sie schaut sich um, dann hebt sie den Blick zum Himmel, wo sich eigentlich die Decke und das Dach befinden sollten. »Ihr Armen. Und die Smiths?«

»Die Kinder sind erst letzte Woche evakuiert worden. *Denen* geht es also gut. Aber …«. Sie sieht zu Barbara, zieht die Mundwinkel herunter und schüttelt den Kopf.

»Oh, die armen Kleinen«, sagt Minnie. »Es ist eine Schande, was man uns antut. Eine Schande.«

»Wir werden zu meiner Mum nach Dorking fahren«, erklärt Alice. »Um die Wahrheit zu sagen, bin ich froh, aus London herauszukommen,«

Minnie nickt.

»Ihr solltet die Stadt auch verlassen«, meint Alice. »Oder zumindest die Kinder wegschicken.«

»Ich kann nicht«, erwidert Minnie. »Ich habe schließlich meinen Job. Jemand muss ja das Geld nach Hause bringen.«

»Ich hab den hier gefunden.« Berti hält einen verstaubten Schuh hoch.

»Das ist gut«, ruft Alice, dann sagt sie zu Minnie: »Die Hälfte der Sachen sind bereits verschwunden.«

»Plünderer?«

»Nur Leute wie du und ich. Leute, die nichts haben. Sie haben meinen Mantel mitgenommen, die Hunde. Ist auch noch der einzige, den ich hatte. Aus deinem Haus hab ich sie auch rausgescheucht.«

Minnie nickt und seufzt tief. Und weil sie nicht weiß, was sie sagen soll, dass Alice vielleicht helfen könnte, murmelt sie »verfluchter Hitler« und klettert wieder nach draußen.

In ihrem Haus ist alles schwarz und rußig, und sie sieht, dass einige Dinge bereits gestohlen wurden.

»Können wir das reparieren?«, fragt Glenda.

»Nein«, erwidert Minnie. »Nein, ich glaube nicht.«

»Was werden wir denn machen, Mum? So können wir hier doch nicht wohnen, oder?«

»Nein. Nein, wir können hier nicht wohnen«, stimmt Minnie ihr zu.

»Wir könnten in den Schutzraum ziehen«, schlägt Glenda vor und rümpft die Nase.

Minnie schüttelt den Kopf und lässt noch einmal den Blick durch das Zimmer schweifen, wobei ihr auffällt, dass die Tapete auf der rechten Seite des Hauses angesengt ist. Mit der Hand streicht sie über die Wand und spürt, dass die Ziegelsteine immer noch warm sind.

Glenda nimmt ein gerahmtes Foto hoch und wischt mit einem Finger den Ruß vom Glas, hinter dem das Gesicht ihres Vaters erscheint. »Wo werden wir wohnen, Mum?«, fragt sie.

»Ich weiß es nicht. Ich muss mit dem Kerl von der Stadtverwaltung sprechen«, erklärt Minnie. »Mal hören, was er meint.«

»Soll ich ein paar Sachen zusammensuchen?«

»Ja«, sagt Minnie. »Leg alles, was wir tragen können, an die Tür. Alles, was wir vielleicht brauchen. Alles, was vielleicht etwas wert ist. Und pass auf, dass niemand was klaut.«

»Ich kann helfen«, bietet Barbara an.

»Ja, hilf deiner Schwester. Und wenn ein Luftangriff kommt, geht in den Schutzraum.«

»Im Garten oder …?«

»Ja. Im Garten ist okay. Heute Abend gehen wir zum Jugendzentrum.«

Minnie nimmt im Schlafzimmer ihren alten Pelzmantel von der Garderobe. Sie riecht daran, schüttelt ihn aus und hängt ihn sich über den Arm, bevor sie das Haus verlässt. Sie späht durch das ausgebrannte Fenster nebenan. »Hier, Alice!«, ruft sie und reicht den Mantel hindurch. »Der ist für dich.«

Alice lässt die Ärmel eines Pullovers los, den sie aus dem Schutt zu ziehen versucht. »Dein schöner Mantel?«

Minnie nickt. »Er hat meiner Mum gehört. Aber jetzt ist es deiner.«

»Bist du dir sicher, Liebes?«, fragt Alice, nimmt den Mantel und streichelt ihn, als würde er noch leben.

Minnie nickt und blinzelt.

»Ich habe das Gefühl, ich sollte Nein sagen«, meint Alice mit vor Rührung heiserer Stimme. »Aber ich werde einfach Ja sagen.«

»Gut«, erklärt Minnie. »Passt in Dorking gut aufeinander auf, ihr zwei.«

»Das werden wir.«

»Ich gehe jetzt zur Stadtverwaltung. Mal sehen, ob die etwas für uns haben, wo wir wohnen können.«

»Gut«, sagt Alice, streift den Mantel über und runzelt die Stirn, als ihr klar wird, wie widersprüchlich es ist, in einem Pelz auf einem Haufen Schutt zu stehen. »Ich hoffe, sie haben etwas Schönes für euch.«

* * *

Die Unterkunft, die ihnen zugewiesen wird, stellt sich als ein einzelner Raum über einem mit Brettern vernagelten Laden an der Willow Street heraus. In jedem Zimmer des großen Hauses lebt eine andere all ihrer Habe beraubte Familie. Da die Luke Street nur zwei Straßen entfernt ist, können sie zu Fuß alles herübertragen, was an Kleidung, Fotos und kleinen Möbelstücken übrig geblieben ist.

Minnie und Glenda sind entsetzt, dass sie in einem einzigen Zimmer leben sollen, aber Barbara, die Kinder auf den Treppen spielen sieht und nicht die elenden Zustände und die Armut, sondern Spaß und mögliche Freunde, hat Mühe, ihre Aufregung zu unterdrücken. Minnies grimmiger Gesichtsausdruck sagt ihr, dass die nicht angemessen sei.

Minnie murmelt entweder: »Ein Raum. Das ist einfach nicht in Ordnung«, oder sie versucht, die Mädchen in aufgesetzter Weise zu beruhigen. »Es wird uns hier schon gut gehen, ihr zwei, oder?«, wiederholt sie ständig, während sie in dem Zimmer herumgeht und gerahmte Fotos von der Wand nimmt. Sie entfernt die Bilder der glücklichen italienischen Familie, bevor man sie interniert hat, und ersetzt sie durch die ihrer eigenen Familie aus der Keksdose – kein angenehmes Unterfangen.

Am Abend, auf dem Weg zurück zum Schutzraum, gehen sie ein letztes Mal durch die Luke Street. Eigentlich wollten sie noch zwei der angesengten Kissen holen, um darauf sitzen zu können, aber in Wirklichkeit muss Minnie noch einen letzten Blick auf ihr altes Haus werfen, um sich bewusst zu machen, dass ihr Leben dort tatsächlich vorbei ist. Doch was die Kissen angeht, kommen sie zu spät. Das Haus ist vollkommen ausgeräumt worden.

Schon bald gefällt es Barbara und Glenda in der Willow Street viel besser. Die Küche im Erdgeschoss gleicht einem Treffpunkt für die Kriegsmüden. Und innerhalb weniger Tage haben sie sich Mildreds Essensclub angeschlossen, in dem alle Bezugsscheinhefte gesammelt werden, um dann auch etwas von dem Kanincheneintopf abzubekommen, den Mildred immer irgendwie herbeizaubern kann.

In dem gemeinsamen Badezimmer im ersten Stock gibt es immer (ein bisschen) heißes Wasser, wodurch das wöchentliche Waschen sehr angenehm wird, wenn man es mit der kalten Wanne vergleicht, die sie vor dem Haus in der Luke Street stehen hatten. Selbst der Luftschutzbunker ist jetzt schneller zu erreichen. Und oft läuft Barbara mit einem ihrer neuen Freunde hinüber – dem kleinen lahmen Benjamin oder Patty oder Yasmin, dem Mischlingsmädchen.

Ihr ist bewusst, dass ihre Mutter sich an die neuen Lebensumstände nicht so gut angepasst hat. Es fällt ihr auf, dass nun sie es sind, und nicht Minnie, die das Zimmer sauber machen. Sie vermutet, dass ihre Mutter, wenn sie nicht im Bunker auftaucht, was regelmäßig passiert, keinesfalls, wie sie behauptet, wegen schlechter Zeitplanung in einem anderen Schutzraum hängen geblieben ist, sondern zu Hause in ihrem Bett liegt.

Aber die harte Wahrheit ist, dass es Barbara, als sogar ihr siebter Geburtstag unbemerkt vergeht (abgesehen von einer handgezeichneten Karte von Glenda), egal ist. Sie fühlt sich sicherer und glücklicher, und sie ist zweifellos besser genährt, seit sie in die Willow Street gezogen sind.

Und als eines Tages Glenda – es war der Tag, bevor die Bombenangriffe völlig überraschend pausierten – leise sagt: »Ich glaube, Mum hat aufgegeben. Ich glaube, wir müssen uns jetzt um *sie* kümmern«, nickt Barbara nur.

»Das ist okay«, sagt sie. »Das stört mich nicht.«

Und es ist wahr.

2011 – Shoreditch, London

Sophie richtet sich auf und dehnt den Hals in beide Richtungen. Dann greift sie wieder nach der Maus und betrachtet blinzelnd den Bildschirm. Sie ruft den Klon von Photoshop auf und beginnt, einen Mitesser rechts neben der Nase ihres Models zu entfernen. *Sportswear Direct* engagiert immer die billigsten Models, die sie bekommen können, und das sieht man, findet Sophie, an ihrer grundsätzlich ungepflegten Haut. Es könnten genauso gut Werbefotos für Aknemittel sein. Vor der Bearbeitung, nicht hinterher.

Sie hört, wie Brett geräuschvoll die Zeitung zusammenfaltet, den Rest seines Kaffees ausschlürft und quer durch den Raum zu ihr kommt, um ihr über die Schulter zu schauen.

»Hm. Tussi-Klamotten«, stellt er herablassend fest. Oder sollte das Hm zweideutig klingen, fragt sich Sophie.

»Ich weiß«, erwidert sie mit einem Seufzer. »Ich muss beruflich unbedingt durchstarten. Ich hasse diesen Scheiß.«

»Hassen ist vielleicht ein bisschen übertrieben«, meint Brett.

»Du hast ja keine Ahnung, wie anstrengend es ist, diesen Mist jeden Tag zu machen«, entgegnet Sophie.

»Es könnte schlimmer sein. Du könntest auch für den Mindestlohn Einkäufe ausliefern«, gibt Brett zurück.

»Ich würde lieber Einkäufe ausliefern.«

»Das würdest du nicht. Hat er einen Ständer?« Brett deutet auf die Beule in den glänzenden Adidas-Jogginghosen.

»Das ist eine Socke. Eine *große* Socke.«

»Dann stimmt es also?«

Sie beugt sich zum Bildschirm vor und entfernt einen weiteren Fleck am rechten Ohr des Mannes, bevor sie antwortet: »Socken in der Unterhose? Damit es aussieht, als seien sie besser bestückt? Natürlich stimmt das.«

»Immer?«

»Fast immer.«

»Vielleicht sollte ich das auch mal versuchen.« Brett tritt näher, sodass sich sein Schritt gegen ihren Rücken drückt.

Sophie lässt die Maus los und dreht sich zu ihm herum. Sie streckt die Hand aus, streicht ihm über die Anzughose und spürt, dass er schon halb erigiert ist. »Ich glaube, das hast du nicht nötig, Schatz.« Sie lässt die Hand an seinem Schlips heruntergleiten, bevor sie sich an seinem Reißverschluss zu schaffen macht.

Lachend schiebt Brett ihre Hand zur Seite. Er wirft einen Blick auf seine Uhr, dann sagt er: »Dafür ist keine Zeit, fürchte ich, Süße. Ich habe einen Termin mit einer deiner Kolleginnen.«

»Wirklich? Mit wem?«

»Colley.«

»*Milly* Colley?«

»Mhm.«

»Du willst mich ärgern!«

»Nein. Sie hat bald eine Ausstellung bei Beetles. Wir machen einen Exklusiv-Bericht.«

»Dann hau ihr von mir bitte eine runter.«

»Klingt wie Eifersucht und sieht aus wie Eifersucht …«

»Sie macht genau den gleichen Scheiß wie ich«, unterbricht Sophie ihn. »Sie ist nur hübscher, das ist alles. Deswegen hat sie bessere Chancen.«

»Eigentlich nicht.« Brett streicht mit dem Handrücken über Sophies Wange, die sich sofort besser fühlt. »Aber vielleicht bietet sie sich an. Vielleicht ist es das. Ich werde es dich wissen lassen.«

»Mistkerl!«

»Sie ist verdammt gut, Sophie. Sieh dir ihre Fotos von den Schönen Künsten an. Selbst ihre Bilder von Topshop Fashion sehen aus wie Kunst. Sie ist absolut in Mode. Du solltest sie dir mal ernsthaft anschauen.«

»Es reicht!«, kreischt Sophie und holt mit der Hand aus. »Verschwinde!« Sie wendet sich wieder ihrem Bodybuilder von *Sportswear Direct* zu. Brett seufzt, geht durch den Raum, stöpselt sein iPhone ab, streift sein Jackett über und klimpert mit den Schlüsseln.

»Ich hasse mein Leben«, sagt Sophie und konzentriert sich auf den Nasenbereich des Models auf dem Monitor.

»Danke«, gibt Brett lachend zurück.

»Nicht dich. Du weißt, dass ich dich nicht meine. Ich meine das hier.«

»Dann mach was anderes«, sagt Brett, und Sophie wappnet sich für eine seiner Predigten über den amerikanischen Traum.

Als die erwartete Tirade nicht einsetzt, fragt Sophie: »Wenn ich es tue, würdest du mir dann helfen, meine Karriere voranzubringen?« Ihre Hand verharrt über der Maus. Die Frage hat ihr schon seit Wochen auf der Zunge gelegen, aber jetzt steht sie im Raum. Sie hält den Atem an.

»Deine Karriere voranbringen? Wie denn?«, fragt Brett nach.

»Du weißt schon, mir zu etwas mehr Bekanntheit verhelfen. Als Fotografin koscherer Kunst.«

Brett lacht.

»Lach nicht«, meint Sophie. »Für Colley machst du's doch auch.«

»Mach ein paar Fotos von *koscherer* Kunst, Baby«, schlägt er vor, »und dann sehen wir weiter. Mach deine Arbeit, und ich werde versuchen, einen Aufhänger zu finden.«

Mach deine Arbeit, wiederholt Sophie in Gedanken. *Mach ein paar vernünftige Aufnahmen.* Mistkerl!

»Sehen wir uns heute Abend hier, *ce soir*?«, erkundigt sich Brett.

Sophie wirft einen Blick über die Schulter und sieht ihn ausdruckslos an, in Gedanken immer noch bei Milly Colley. »Was meinst du?«

»Hier? Heute Abend?«, wiederholt Brett.

»Oh, nein. Ich komme zu dir. Zu Hause entferne ich den ganzen Tag Nasenhaare, ich muss mal was anderes sehen.«

»Okay. Hab einen schönen Tag. Und pass auf, dass du keinen Pickel übersiehst«, sagt Brett.

Sophie wendet sich wieder dem Bildschirm zu und hört, wie die Wohnungstür geöffnet und dann wieder geschlossen wird, und Bretts Schritte sich über den Gang entfernen. Sie beißt sich auf die Unterlippe und denkt über Brett nach.

Denn irgendwie, ohne dass sie es ausgesprochen hätten, waren sie schließlich zusammengekommen. Seit einem Monat bereits sehen sie sich fast jeden Abend, und sie fragt sich erneut, wie es passieren konnte.

Brett ist so weit von dem Bild ihre Idealvorstellung eines Mannes entfernt. Sie hat sich in Gedanken immer mit einem Künstler mit Dreadlocks und Farbklecksen auf seinen Sachen gesehen, was, ehrlich gesagt, so weit von dem Anzugträger Brett entfernt ist wie nur überhaupt möglich. Auf der anderen Seite hatten sich die farbbekleckssten Künstler, mit denen sie ausgegangen war, als alles herausgestellt, nur nicht als ideal für sie. Sie hatte immer auf jemand jüngeres gehofft. Jemand lustigeres. Jemand fitteres.

Aber die, wenn auch seltsame Wahrheit ist, dass sie Brett mag. Gegen ihren Willen findet sie, dass er in seinem Anzug sexy aussieht, fast noch mehr als sexy. Verführerisch. Irgendwie unanständig. Pervers vielleicht. Und die Art, wie er seinen Schwanz – seinen unfassbar *großen* Schwanz – aus seiner Anzughose holt, ohne sich auszuziehen, die Art, wie er von ihr erwartet – nein, davon ausgeht –, dass sie ihn anbeten wird, dass trotz allem, was sie je über Männer gedacht hat, über Frauen, über Geschlechtsidentitäten, über Geschlechterrollen und Feminismus, sie es viel lieber genießt.

Intellektuell gesehen wäre es ihr lieber, wenn es nicht so wäre, aber so ist es normal. Sie zieht die Nase kraus und konzentriert sich wieder auf den Bildschirm, wo sie nun Milly Colley googelt.

Colleys Modefotos sind nicht viel besser als ihre eigenen, entscheidet sie. Sicher, Colley kommt an bessere Models, die bessere Sachen tragen, weil, nun ja, sie ist im Moment gerade in Mode. Aber die Fotos sind nichts, was Sophie nicht auch hinbekommen würde. Technisch ist sie genauso gut.

Aber dann klickt Sophie auf Schöne Künste, und ihr wird ganz schwach in den Knien. Denn Milly Colley hat dieses magische, unglaubliche Etwas, dem sie schon nachjagt, seit sie mit der Fotografie begonnen hat, besitzt das gleiche *Auge*, das ihren Vater zum Star gemacht hat.

Sie klickt sich durch ein paar Fotos, und während sie sich eine Sprechblase über ihrem Kopf vorstellt, in der »*Grrr!*« steht, verlässt sie den Browser, und der Bildschirm ist wieder ausgefüllt von dem Mann in der glänzenden Sporthose.

»So, du Kerlchen im Trainingsanzug«, sagt sie laut. Dann gleitet ihr Blick zu der Beule in seiner Hose. Sie vergrößert sie und nickt. »Ja, okay, das ist tatsächlich ein bisschen übertrieben.«

Sie wünschte, es wäre ihr während des Shootings aufgefallen, und sie hätte die Socke herausgenommen oder eine kleinere benutzt. Nun muss sie eine Viertelstunde damit verbringen, seine Ausstattung etwas kleiner zu massieren. Bei dem Gedanken daran muss sie grinsen, und dann tut sie genau das, stellt sich vor, wie sie das Gleiche bei Brett macht, heute Abend, nur in Wirklichkeit.

Als Sophie zu Bretts Wohnung kommt, öffnet ihr sein Mitbewohner – ein ununterbrochen bekiffter Satellitenschüsselmonteur namens Raoul.

»Komm rein, komm rein!« Raoul grinst verlegen, als würde er nicht oft Frauen sehen, bevor er mit einem ziemlich spektakulären Satz über die Rückenlehne des Sofas springt, um sich weiter *Die Simpsons* anzugucken.

Sophie wirft einen Blick in die Küche, und da sie leer ist, geht sie weiter zu Bretts Zimmer. Er liegt in Boxershorts auf dem Bett und tippt auf seinem Laptop.

»Ich bin hier«, sagt sie.

»Ja, hab ich mitbekommen«, erwidert Brett, ohne aufzusehen. »Lass mich nur eben dieses Manuskript wegschicken und …«

»Du siehst ziemlich sommerlich aus«, stellt Sophie fest.

»Das ist die Heizung in dieser Wohnung. Die ist nicht zum Aushalten.«

Sophie zieht ihren Mantel aus, dann setzt sie sich in den Sessel und starrt auf Bretts Rücken, während sie dem Kicken der Tastatur lauscht. Sie leckt sich über die Lippen und versucht sich zu entscheiden, ob seine mangelnde Begrüßung sie verletzen sollte oder nicht. *Haben wir diesen Punkt schon erreicht?*, fragt sie sich. Haben wir schon den Punkt erreicht, wenn die Ankunft des einen nicht mal einen Blick des anderen wert ist? Sollte das nicht zumindest ein wenig länger als nur einen Monat dauern?

Sie reckt sich und ächzt, während Brett mit einer ausholenden Handbewegung auf Senden drückt, und sich auf die Seite rollt, um sie anzuschauen. »Einen harten Tag in der Photoshophölle gehabt, Süße?«, erkundigt er sich.

»Ich bekomme davon einfach Rückenschmerzen.« Sophie biegt ihren Hals und massiert ihn. »Mein Schreibtisch ist wohl irgendwie zu niedrig. Ich denke, ich brauche einen von diesen komischen schwedischen Stühlen. Könntest du meinem Rücken eine Massage verpassen?«

Brett grinst schief, und wie immer wirkt es sowohl unheimlich als auch sexy. »Natürlich«, sagt er und rutscht zum Bettrand.

Als er sich herunterbeugt, um eine Schublade aufzuziehen, versucht Sophie, nicht auf die blassen Hautfalten an seinem Bauch zu starren.

Zuerst zieht er einen kleinen Beutel mit weißem Puder aus der Schublade und winkt Sophie damit zu. »Möchtest du eine Nase?«, fragt er.

Sophie schüttelt den Kopf. »Vielleicht später«, erwidert sie. Ihr ist bewusst, dass sie, seit sie Brett kennengelernt hat, eine ganze Menge Kokain nimmt, und das macht sie nicht unbedingt glücklich. Eigentlich hatte sie sich vorgenommen, an diesem Abend nicht mitzumachen, aber sie spürt bereits, wie ihre Entschlossenheit schwindet.

Brett zuckt die Achseln, lässt den Beutel zurück in die Schublade fallen und holt eine Flasche mit Massageöl vom *Body Shop* heraus. »Auf alle Eventualitäten vorbereitet.« Er winkt ihr nun damit zu. »Beeindruckt?«

Doch es ist etwas anderes, dass Sophie ins Auge gefallen ist. »Was ist das?«, will sie wissen, geht ums Bett und zieht die Schublade ganz auf. Darin, noch hinter der Unterwäsche, liegen ein Paar Handschellen aus Chrom, ein Hundehalsband und ein großer pinkfarbener Dildo.

»Die …«, antwortet Brett und schließt die Schublade wieder, »… sind für später, wenn wir anfangen, uns zu langweilen.«

»Wenn wir anfangen, uns zu langweilen?«, wiederholt Sophie und weiß nicht, ob sie sich verletzt fühlen soll, weil er davon ausgeht, dass sie sich irgendwann langweilen *werden*, und gleichzeitig geschmeichelt ist, weil er davon ausgeht, dass es ein Später gibt.

»Also willst du nun eine Rückenmassage oder nicht?«, fragt Brett.

Und das möchte Sophie wirklich, daher nickt sie und krabbelt aufs Bett. Da ihr Rücken wehtut, rollt sie sich kurz zur Seite, damit sie sich ein Kissen unter den Bauch schieben kann, sodass sich ihr Hintern gerade so weit anhebt, dass der Schmerz nachlässt.

»Hm, hübsch.« Brett streicht an der Innenseite ihres Schenkels nach oben.

»Du hast mir eine *Massage* versprochen«, sagt Sophie, den Kopf im Kissen.

»Ja, stimmt. Tut mir leid, Herrin. Eine Massage«, erwidert Brett aufgesetzt ernsthaft, während er seine Hände dick mit Massageöl einreibt und dann mit Sophies Schultern beginnt.

»Ooh, das ist kalt«, ruft Sophie. »Hör nicht auf. Es tut auch gut.«

Sobald Sophie spürt, wie sich die Beule in Bretts Boxershorts gegen ihren Hintern drückt, weiß sie, dass sie auf die Dauer beide nicht mit einer Rückenmassage zufrieden sein werden. *Nun ja, zumindest langweilen wir uns noch nicht*, denkt sie.

1944 – Shoreditch, London

Es ist erst zehn Uhr, aber Barbara ist auf dem Weg nach Hause. Ihre Lehrerin Mrs Pritchard ist nicht erschienen, und unter den Kindern geht das Gerücht um, sie sei tot.

Am blauen Frühlingshimmel hört Barbara schwach das Summen einer V1, eine weitere von den täglich Hunderten fliegenden Bomben, die jetzt seit Monaten Zerstörung auf sie herabregnen lassen. Sie war gerade durch das Schultor gegangen, als der Luftalarm losgeheult hatte, aber ihr ist es egal. Die Sirenen jaulen zurzeit fast ununterbrochen, und im Gegensatz zu den Bombern, die den Schutz der Nacht brauchten, um ihr schmutziges Werk zu vollbringen, fallen die selbstfliegenden V1 Tag und Nacht vom Himmel. Niemand scheint sich mehr Gedanken um jeden Fliegeralarm zu machen, denn das zu tun, ist mit den normalen Tagesabläufen nicht zu vereinbaren. Es ist einfach nicht möglich, jedes Mal in den Schutzraum zu gehen. Und sobald man dieses Verhaltensmuster einmal durchbrochen hat, gibt es eigentlich keinen Grund mehr, überhaupt noch dorthin zu gehen.

Das Summen über ihr reißt nicht ab und wird immer lauter, dann verklingt es, was bedeutet, dass die unmittelbare Gefahr in der Ferne verschwindet. Jemand anders wird auf das Stottern des Motors lauschen, wenn ihm der Treibstoff ausgeht. Jemand anders wird nur zehn Sekunden haben, um sich zu Boden zu werfen, die Hände auf die Ohren gepresst. Jemand anders wird spüren, wie die Druckwelle über ihn hinwegfegt, wird aufstehen und weiter die Straße entlanggehen, vielleicht mit gehobener Augenbraue einen Blick mit einem anderen Passanten tauschen über das Glück, wieder knapp einem Treffer entkommen zu sein. Oder sie tun es auch nicht. Oder sie werden in die Reihen der Toten und Verstümmelten vorrücken.

All das geht Barbara durch den Kopf, aber es ist ihr kaum bewusst, denn der Krieg, der nun schon fast die Hälfte ihres bisherigen Lebens andauert, erscheint normal. An ein Ende denkt sie nicht, weil sie sich nicht mehr vorstellen kann, was das bedeuten würde.

Als sie die Willow Street erreicht, sieht sie ihre Freundin Jean auf der Mauer sitzen. Jean geht nie in die Schule, und Barbara hat nie daran gedacht, sie nach dem Warum zu fragen.

»Du bist ja schnell wieder da«, stellt Jean fest.

»Die Lehrerin ist nicht gekommen.«

»Wollen wir spielen?«

Barbara wirft einen Blick die Treppe hinauf und stellt sich ihre Mutter in der verdunkelten Wohnung vor. Sie wird im Sessel sitzen, und Barbara weiß genau, was sie anhat, in welcher Haltung sie dort sitzt und welchen Ausdruck sie im Gesicht trägt. Sie weiß das, weil, seit die Fabrik getroffen worden ist und Minnie aufgehört hat zu arbeiten, sich daran nichts mehr ändert. Minnies schweigende Anwesenheit gibt Barbara in letzter Zeit ein komisches Gefühl – ihr ist irgendwie mulmig. Sie denkt, dass sie wahrscheinlich etwas tun sollte, um ihrer Mum zu helfen. Aber abgesehen davon zu kochen, sauber zu machen und die Besorgungen zu erledigen, wüsste sie nicht, was das sein könnte. »Okay«, sagt sie.

»Soll ich mein Springseil holen?«

»Okay.«

Jean läuft ins Innere des verdunkelten Hauses und kehrt dann mit ihrem Springseil zurück. Dicht gefolgt von Yasmin.

»Du bist auch nicht in der Schule?«, fragt Barbara Yasmin.

Das Mädchen starrt Barbara mit ihren großen braunen Augen an und schüttelt traurig den Kopf.

»Wollen wir zur Lücke gehen?«, fragt Jean.

»Warum nicht?«, erwidert Barbara lässig. Die Lücke ist ein von Schutt übersäter Platz in der nächsten Straße, den drei ausgebrannte Häuser hinterlassen haben und wo sie gern spielen. Und es ist besonders aufregend, weil es absolut verboten ist.

»Das darf ich nicht«, erklärt Yasmin.

»Dann bleib hier, Angsthase«, gibt Jean zurück. Zu Barbara sagt sie: »Komm!«

Als sie losgehen, zögert Yasmin, doch dann läuft auch sie wie zu erwarten los, um die beiden einzuholen.

»Benjamin ist von einem Granatsplitter getroffen worden«, erzählt Jean. »Sie haben ihn ins Krankenhaus gebracht. Aber er wird überleben, meint Mum. Ist nur sein Bein.«

»Sein kaputtes Bein? Oder das gesunde?«

»Ich weiß es nicht«, antwortet Jean. »Wahrscheinlich wäre es besser, wenn es sein kaputtes ist.«

»Ja, glaub ich auch. Sonst hat er noch *zwei* kaputte Beine.«

* * *

Mit der Hüfte stößt Barbara die Tür auf.

Minnie sieht von ihrer Nähmaschine auf und ruft: »Tee! Gott sei Dank. Ich könnte ein ganzes Pferd essen.« Die ausgebrannte Fabrik hat gerade damit begonnen, Stückarbeit zu verteilen, und ihre Stimmung verbessert sich allmählich.

»Keine Pferde, fürchte ich«, sagt Barbara, »Corned-Beef-Krapfen.«

»Ganz schön naseweis«, murmelt Minnie, zieht den Teil der Uniform, den sie gerade genäht hat, aus der Maschine und streckt ihre Arme, indem sie die Hände hinter dem Kopf verschränkt. »Und wo ist deine Schwester?«, will sie wissen.

»Sie ist unten«, antwortet Barbara – eine Lüge. Wie so oft in diesen Tagen weiß Barbara nicht, wo Glenda ist, und da diese Tatsache Minnie entweder wütend machen oder sie aufregen würde, abhängig von ihrer jeweiligen Stimmung, hat Barbara sich daran gewöhnt, sie zu decken.

Minnie schiebt einen Stapel Kakikragen vom Tisch aufs Bett, damit Barbara die Teller abstellen kann. »Nichts Grünes?«, murmelt sie, als sie auf die Teller blickt.

»Wir haben Karotten«, bietet Barbara an.

»Seit wann sind Karotten denn grün?«, fragt Minnie. »Ich frage mich langsam, was Mildred mit den Rationen von uns allen eigentlich macht. Kochen tut sie jedenfalls nicht damit.«

»Die Läden sind leer, Mum«, sagt Barbara. »Es ist vollkommen egal, welche Rationen die Leute zugeteilt bekommen. Diese Karotten sind aus einem privaten Garten. Er gehört einer Freundin von Silvia.«

»Das ist nicht gut«, meint Minnie. »Keine Kartoffeln, kein Gemüse, keine Eier, kein Käse. Ich weiß nicht, wie wir einen Krieg gewinnen wollen, wenn es nichts zu essen gibt. Würde mich nicht wundern, wenn Mildred den Rest einfach für sich behält.«

»Das tut sie wirklich nicht, Mum.« Barbara greift nach einem Stück Krapfen. »Und uns geht es noch besser als den meisten.«

»Karotten, Karotten und noch mehr Karotten«, sagt Minnie. »Wenn der Krieg vorbei ist, werden wir nicht mal mehr Straßenlaternen brauchen.«

Nachdem sie gegessen haben, macht sich Minnie wieder an ihre Arbeit, und Barbara bringt die Teller zurück nach unten.

Dort sitzen drei Frauen am Tisch und essen genau das Gleiche. Zwei von ihnen, Agnes und Silvia, wohnen im Haus, während die andere, die ein blaues Auge hat, ohne Frage eins von Mildreds heimatlosen Kindern ist.

»Bist du sicher, dass deine Glenda zurückkommt, um das zu essen?«, fragt Agnes, als Barbara Glendas Teller zur Seite stellt und beginnt, ihren abzuwaschen.

»Ich bin schon da«, sagt Glenda atemlos von der Tür her. »Also lass die Finger davon!«

Barbara dreht sich um und lächelt ihre Schwester an. »Ich hab dir was aufgehoben.«

»Und ich habe Nachtisch«, verkündet Glenda und zieht eine braune Röhre mit M&Ms aus der Tasche.

»Süßigkeiten!«, ruft Silvia begeistert.

»Sag uns nicht, was du tun musstest, um die zu bekommen«, meint Agnes, und Silvia stößt sie an und flüstert: *»Agnes!«*

»Also …«, sagt sie. »Es ist nicht viel besser, als auf den Strich zu gehen.«

»Du willst also keine«, stellt Glenda verärgert, aber mit eiserner Selbstbeherrschung, fest.

»So ist es«, entgegnet Agnes. »Ich will keine.«

»Rutsch rüber«, sagt Glenda, setzt ihren Hut ab und gleitet dann auf die Bank hinter dem Tisch. »Wieder Corned Beef?«, fragt sie, als Barbara das Essen für sie hinstellt.

»Hör auf damit«, sagt Silvia. »Es sei denn, du versuchst selbst mal einzukaufen.«

»Oh, ich beschwere mich nicht«, gibt Glenda zurück. »Ich habe nichts gegen das Zeug.«

Nachdem sie gegessen hat, gibt sie allen Frauen, Agnes eingeschlossen, eine einzelne M&M. Süßigkeiten sind so etwas Besonderes in diesen Tagen, dass niemand auch nur daran denken würde, zwei zu bekommen.

»Ooh, die sind gut«, sagt Silvia.

Selbst Agnes ringt sich ein Nicken ab.

»Näht Mum?«, fragt Glenda, nachdem sich das M&M in ihrem Mund aufgelöst hat.

Barbara nickt. »Sie muss einen ganzen Stapel machen. Kragen. Ich sollte hinaufgehen und ihr helfen.«

»Das machen wir gleich beide«, erklärt Glenda. »Aber lass uns zuerst hinten rausgehen, damit wir ein bisschen plauschen können.«

Barbara, die erpicht darauf ist, von den Abenteuern ihrer Schwester zu erfahren, folgt ihr die Stufen hinunter zu dem kleinen Garten, der, wie die meisten Gärten, in ein Gemüsebeet verwandelt wurde.

»Unsere Jungs haben irgendwas in Griechenland erobert«, berichtet Barbara. »Und in Amerika hat der Gute die Wahlen gewonnen.« Bei Minnie läuft fast vierundzwanzig Stunden am Tag das Radio, daher bekommt Barbara eher unbewusst Tausende von Nachrichtenschnipseln über den Krieg mit, von denen die meisten ihr aber nicht viel sagen.

»Roosevelt?«, fragt Glenda.

»Ja. Genau der.«

»Das ist gut. Harry wird es feiern«, meint Glenda. Harry ist Glendas neuester Freund.

»Wie ist er so?«

»Ganz süß.« Glenda holt eine fast leere Packung Zigaretten aus der Tasche. Eigentlich ist Harry, der bald vierzig wird, ein bisschen zu alt für eine Fünfzehnjährige – ihre Mutter wäre sicher nicht damit einverstanden. Aber im London der Kriegszeit, wo alles, einschließlich Männer, knapp ist, nimmt sie alles, was sie an Zuwendungen bekommen kann.

»Zigaretten hat er dir auch gegeben?«

»Nein, die hier habe ich geklaut.« Glenda zwinkert ihrer Schwester zu. »Aber er hätte nichts dagegen.«

»Wo seid ihr gewesen?«

»Auf einem Tanzabend im Club vom Roten Kreuz«, erzählt Glenda, während sie sich die Zigarette mit einer übertriebenen, einstudierten Bewegung anzündet.

»Oh, wie schön.«

»Sie haben amerikanische Musik gespielt. Jive. Und es waren Hunderte von ihnen dort. Sie sind wirklich gute Tänzer.«

»Alles GIs?«

»Ja. Und kaum Mädchen, deswegen ...«

»Du hattest die Wahl.«

»Hätte ich haben können. Aber Harry war der Beste dort. Er sieht so unglaublich gut aus«, fährt Glenda fort. »Ganz toll in seiner Uniform. Er ist Sergeant. Und dann sind wir durchs West End gelaufen.«

»Habt ihr, du weißt schon ...«, will Barbara wissen.

»Erste Stufe.«

»Erste Stufe?«

»So nennen sie es. Bedeutet, nur küssen.«

»Also habt ihr euch geküsst?«

»Was denkst du denn?« Glenda lacht, um ihre Verlegenheit zu überspielen, denn sie ist sehr viel weiter gegangen als nur bis zur ersten Stufe. Sie fürchtet sogar, noch den Abdruck der Tür auf ihrem Hintern zu haben. Der Zigarettenrauch nimmt ihr für einen Moment den Atem – sie hat gerade erst angefangen zu rauchen, und manchmal scheint der Qualm nicht den richtigen Weg zu finden. Aber sie ist fest entschlossen, sich daran zu gewöhnen.

Barbara wirft einen Blick über die Schulter, um sicherzugehen, dass niemand lauscht, dann fragt sie leise: »Und, küsst er gut?«

Glenda nickt wissend. »Das tun sie alle. Viel besser als unsere Jungs hier. Ich denke, ich werde selbst einen GI heiraten, wenn der Krieg vorbei ist.«

»Du könntest doch Harry heiraten«, meint Barbara. »Dann würdest du jeden Tag Schokolade bekommen.«

»Vielleicht mache ich das auch.«

Barbara beißt sich auf die Unterlippe und unterdrückt ein anzügliches Grinsen. »Lass es aber Mum nicht hören, dass du so was sagst.«

»Überbezahlt, übergeil und das alles hier drüben«, äfft Glenda ihre Mutter nach, während sie Barbara ein weiteres M&M anbietet.

Barbara nimmt sich eins und gibt die Packung zurück. »Die schmecken umwerfend. Sind sie aus Amerika?«

»Natürlich sind sie aus Amerika.«

»Heb Mum ein paar auf«, bittet Barbara. »Sie hat gesagt, sie hätte immer noch Hunger. Und du weißt ja, wie sehr sie Schokolade liebt.«

»Das kann ich nicht. Sie würde wissen wollen, woher ich sie habe, oder?«

»Oh!« Barbara runzelt die Stirn. »Kannst du ihr nicht erzählen, dass Maisie sie mitgebracht hat oder irgendwas in der Art?«

Glenda nickt vage. »Vielleicht glaubt sie mir nicht.«

Irgendwo im Osten hören sie den typischen Doppelknall der neuen überschallschnellen Raketenbomben und fast im gleichen Moment auch schon das Krachen der Explosion.

Im Lauf der letzten paar Wochen sind die V1 immer seltener geworden, da die Alliierten die Abschussbasen in Frankreich überrannt haben. Aber der fast schon vertraute Schrecken, den sie ins Land gebracht haben, ist übergangslos von neuen Bomben aufrechterhalten worden, die von weiter weg kommen. Ganz anders als bei den summenden, stotternden V1 gibt es bei den Raketen keinerlei Vorwarnung – selbst der Fliegeralarm heult erst hinterher los, nicht vorher. Konfrontiert mit einer derartigen unbesiegbaren technischen Überlegenheit, weiß die

Regierung absolut nicht mehr, was sie der Bevölkerung raten soll, und deswegen tun alle offiziellen Instanzen so, als seien diese Explosionen, bis zu zehn Stück am Tag, auf explodierende Gasrohre zurückzuführen. Aber kaum jemand lässt sich das wirklich einreden.

»Verdammte fliegende Gasrohre«, sagt Glenda, denn so werden die Raketen meistens genannt. Sie zieht an der Zigarette und hustet wieder, während sie den Stummel auf einem Stein ausdrückt.

»Ben sagt, es seien Raketen«, erklärt Barbara. »Neue deutsche Raketen. Der Luftschutzwart hat es ihm erzählt.«

»Harry hat mir das auch gesagt«, sagt Glenda – eine Lüge. »Also muss es stimmen.«

Während sie die Stufen zu ihrem Zimmer hinaufsteigen, heult mal wieder zu spät der Fliegeralarm. Es ist fast mit Sicherheit eher eine Antwort auf die Explosion, die sie gerade gehört haben, als eine Warnung vor irgendetwas, das noch im Anflug ist. Auf diese fehlende Vorwarnzeit, diese neue Unmöglichkeit, wenn man es mit Geschossen zu tun hat, die durch den Weltraum fliegen und sich erst im Augenblick der Explosion ankündigen, diese Unmöglichkeit, irgendetwas zu unternehmen, um sich zu schützen, verbreitet eine ganz neue Art von Schrecken. Und das so akut, so unbeherrschbar, dass es scheint, als könne man nur noch auf zwei verschiedene Arten darauf reagieren. Die eine, die von wenigen vertreten wird, ist, verrückt zu werden. Man sieht sie durch die Straßen laufen und mit sich selbst sprechen, oder sie sitzen in Ecken und schaukeln beruhigend vor und zurück. Aber die meisten Leute haben die Angriffe der V2 dazu gebracht, eine neue fatalistische Einstellung zu entwickeln, dass sich diese Dinge einfach ihrer Kontrolle entziehen. Lass es dir gut gehen, solange du es noch kannst, lautet die Maxime des Tages.

»Wann siehst du Har…?«

»Sch!«, macht Glenda. Sie haben fast die Tür erreicht, hinter der Minnie näht.

»Wann siehst du ihn wieder?«, flüstert Barbara.

»Heute Abend«, antwortet Glenda.

»Heute Abend?«

Glenda zuckt die Achseln. »Drüben in Pimlico ist wieder Tanz.«

»Du musst doch nicht zu jedem Tanz gehen, oder?«

»Ich muss das Eisen schmieden, solange es heiß ist. Jedenfalls hat er mir ein paar Nylonstrümpfe versprochen, wenn ich mitgehe.«

»Ooh, Nylonstrümpfe!«

»Ich schleiche mich raus, sobald Mum eingeschlafen ist.«

»Du hast so ein Glück, Glenda.«

»Deine Zeit wird auch schon noch kommen.«

1945 – Shoreditch, London

Barbara geht von der Schule nach Hause. Weil alle über die Gerüchte sprechen, dass der Krieg heute zu Ende sein wird, hat man sie früh nach Hause geschickt. Obwohl Barbaras Bauch sich leicht anfühlt und vibriert, als sei er voller Schmetterlinge, weiß sie, trotz der Tatsache, dass keine Bomben mehr fallen werden, und trotz der Tatsache, dass ein Mann, an den sie sich kaum noch erinnert und den sie »Dad« genannt hat, bald nach Hause kommen wird, einfach nicht, was sie jetzt zu erwarten hat. Aber die Tatsache, dass man sie so früh aus der Schule entlassen hat, beflügelt ihr Gefühl, dass heute ein ganz besonderer Tag ist.

Es ist genau drei Uhr, als sie in die Willow Street einbiegt. Aus einem Haus auf der anderen Seite ertönt plötzlich Jubel, fast so, als wolle man sie begrüßen. Links von ihr wird ein Fenster aufgestoßen und der Kopf und die Schultern einer Frau erscheinen. »Es ist vorbei!«, ruft sie und grinst ein wenig verrückt. »Der Krieg ist vorbei!«

Ein Mann und eine Frau, die Barbara entgegenkommen, bleiben stehen und wenden sich dem Fenster zu. »Was haben Sie gesagt?«, fragt der Mann. Er klingt einerseits ungläubig, vielleicht aber auch ärgerlich über den schlechten Scherz, den sich die Frau erlaubt hat.

»Wirklich!«, ruft die Frau. »Winnie hat es gerade gesagt, es kam im Radio. Er ist vorbei!«

Barbara bleibt ebenfalls stehen, und die Frau wendet sich auch an sie. »Es ist alles vorbei, Kleines! Du kannst wieder lächeln! Wir alle können wieder lächeln.«

Und obwohl Barbara nicht genau weiß, warum, lächelt sie tatsächlich. Sie wendet sich wieder dem Paar zu. Die beiden sehen einander in die Augen.

»Oh, Derek!«, sagt die Frau. »Kann das wahr sein?«

Auch in einem anderen Haus bricht Jubel aus, und der Mann fängt an zu grinsen. »Es klingt fast so, als wäre es wahr.«

Die Augen der Frau glänzen feucht, als er ihr einen Arm um die Taille legt, und die beiden beginnen, stumm, mitten auf der Straße Walzer zu tanzen.

»Ich muss das meiner Mum erzählen!«, sagt Barbara.

»Ja«, antwortet die Frau am Fenster. »Geh schnell! Erzähl's deiner Mum!«

Barbara schwingt sich ihre Schultasche über die Schulter und fängt an zu laufen. Während sie die Willow Street durchquert, kommen Menschen aus den Türen, und alle wollen diesen außergewöhnlichen Augenblick mit anderen teilen.

»Es ist vorbei«, hört sie wieder und wieder im Vorbeilaufen. »Der Krieg ist vorbei!«

»Wir haben die Schweine geschlagen«, sagt ein Mann, der eine Karre schiebt, und als er Barbara entdeckt, fügt er hinzu: »Entschuldige meine Ausdrucksweise, Kleines.«

»Ist schon gut!« Barbara lacht und läuft weiter.

Die Tür zu ihrem Haus steht offen, und alle haben sich versammelt. Mindestens zwanzig Leute stehen zusammengedrängt auf der untersten Treppe, und das Durcheinander der aufgeregten Stimmen ist ohrenbetäubend.

»Hast du es schon gehört?«, fragt ihr Freund Benjamin, als er sie sieht.

»Ja!«, erwidert Barbara. »Ja, ich hab es gehört.«

Als sie sich durch eine Gruppe von Frauen drängt, ergreift Mildred, die für alle kocht, ihren Arm. »Der Krieg ist vorbei, Schätzchen. Du solltest deine Mutter holen gehen.«

»Ja!«, sagt Barbara. »Ja, ich gehe schon!«

Als sie die Tür zu ihrem Zimmer öffnet, findet sie Minnie wie erstarrt hinter ihrer Nähmaschine vor, als sei die Zeit stehen geblieben.

Das Radio läuft, und ein Nachrichtensprecher verliest jede Kapitulation der einzelnen Achsenmächte während der vergangenen vierundzwanzig Stunden. Gerade berichtet er von den Kanalinseln. Barbara ist sich nicht sicher, wo die genau liegen, aber sie klingen unglaublich wichtig.

Minnies linke Hand liegt auf dem Revers einer noch unfertigen Kakijacke und ihre rechte auf dem Griff der Nähmaschine. Offensichtlich im Schock starrt sie auf das Radio. Tränen laufen ihr über die Wangen.

Barbara hat Minnie noch nie weinen sehen. »Mum, es ist vorbei. Der Krieg ist vorbei. Du musst nach draußen kommen.«

Ohne sich zu rühren, wendet Minnie den Kopf ihrer Jüngsten zu. Während sie die Stirn runzelt, weint sie immer noch, und die Tränen fallen auf die Näharbeit vor ihr.

»Mum!«, wiederholt Barbara eindringlich und hofft, sie aus ihrer Trance zu wecken.

Minnies Stirn legt sich in noch tiefere Falten. »Ich weiß nicht, was ich tun soll«, sagt sie.

»Komm nach draußen, Mum!«

»Aber muss ich diese Jacke noch zu Ende nähen?«, fragt sie, und ihre Stimme klingt wie nicht von dieser Welt. »Ich weiß es einfach nicht.«

Barbara schüttelt den Kopf. »Nein, Mum, das musst du nicht. Es ist vorbei«, erklärt sie. »Sie brauchen keine Uniformen mehr. Es ist alles zu Ende.« Sanft löst Barbara die Hand ihrer

Mutter von der Nähmaschine. »Komm nach draußen«, sagt sie erneut. »Alle sind draußen. Komm mit und sieh selbst!«

Als sie aus dem Haus treten, ist die Straße voller Leute. Drei Männer zerren ein ramponiertes Klavier durch die Eingangstür eines Hauses gegenüber, und ein vierter Mann spielt bereits mit einem Finger *Take me back to dear old Blighty*.

Das Paar, das Barbara zuvor tanzen sah, tut es immer noch, und zwei andere Paare, eins davon zwei Frauen, tanzen mit.

Barbara zieht ihre Mutter den kleinen Weg entlang und hinaus auf die Straße, wo sich mehrere Frauen aus ihrem Haus versammelt haben.

»Oh, ist das nicht wundervoll!«, ruft Silvia und umarmt Barbara und ihre Mutter gleichzeitig, obwohl das wegen ihrer unterschiedlichen Größe nur etwas unbeholfen gelingt.

»Es ist seltsam«, sagt Minnie leise. »Es ist … es ist wirklich schwer zu glauben.«

In einiger Entfernung entdeckt Barbara ihre Schwester, die mit einem jungen Mann in Uniform spricht.

Sie lässt die Hand ihrer Mutter los und läuft hinüber zu ihnen. »Glenda!«, ruft sie, als sie die beiden erreicht. »Der Krieg ist vorbei!«

»Ich weiß!« Glenda nimmt ihre Hand. »Komm, wir gehen zum Trafalgar Square.«

»Zum Trafalgar Square? Wieso?«

»Alle gehen dorthin«, antwortet Glenda. »Man sagt, es wird die größte Party aller Zeiten werden.«

»Die größte Party aller Zeiten«, bestätigt der junge Mann und nickt ernsthaft.

Barbara dreht sich zu ihrer Mutter um. »Aber was ist mit Mum?«, fragt sie.

»Ihr geht's gut«, erwidert Glenda. »Jetzt kann ihr nichts mehr passieren, oder? Der Krieg ist vorbei!« Und dann ergreift

Glenda auch die Hand des jungen Mannes, und die drei gehen schnell davon.

Während sie durch die Straßen laufen, wird die Menge immer dichter. An diesem Maiabend hat jeder das Haus verlassen. Ganz London hat die Arbeit niedergelegt. Wohin Barbara auch blickt, überall lachen und singen die Menschen, sie tanzen und schwenken Fahnen.

»Alle sind so glücklich!«, sagt sie.

»Natürlich sind sie das!«, gibt Glenda lachend zurück.

»Wird es Mum gut gehen?«, fragt Barbara.

»Natürlich wird es das!«

»Ich mache mir Sorgen um sie.«

»Sie ist bei Silvia, Mildred und all den anderen, oder nicht?«, sagt Glenda.

Aber das hat Barbara nicht gemeint. Sie hat nicht gemeint, ob es Mum im Moment gut geht. Sie hat gemeint, wird es Mum im *Allgemeinen* gut gehen.

»Alles wird jetzt besser werden«, sagt Glenda zu ihr. »Du wirst schon sehen.«

»Wird es das?«, fragt Barbara.

»Ja. Dad wird bald nach Hause kommen, und es wird keine Rationierungen mehr geben.«

»Ja, die Rationierungen werden ein Ende haben«, erklärt der junge Mann. »Darauf freue ich mich!«

»Wir werden wahrscheinlich auch unser altes Haus zurückbekommen!«, sagt Glenda, und Barbara beginnt zum ersten Mal sich vorzustellen, wie eine Zukunft ohne den Krieg aussehen könnte. Während sie läuft, versucht sie hin und wieder einen kleinen Sprung einzubauen.

Als sie am Trafalgar Square ankommen, versinkt die Sonne gerade hinter den Häusern, und die Menge ist größer, als Barbara es je gesehen hat. Würden die Leute nicht alle lächeln, hätte sie wahrscheinlich ein bisschen Angst.

Mithilfe des Mannes klettert Glenda auf einen Briefkasten, dann deutet sie nach Osten. »Da drüben«, sagt sie, springt wieder herunter und nimmt Barbara erneut bei der Hand.

Als sie die andere Seite erreichen, spielt die spontan zusammengestellte Kapelle aus GIs und Einheimischen Harry James' *Two-O'Clock Jump*, und Barbara tanzt inmitten des immer noch zunehmenden Gedränges, zuerst geführt von ihrer Schwester und dann von einem echten (und tatsächlich gut aussehenden) GI, zum ersten Mal in ihrem Leben Jive. Der 8. Mai ist ein Datum, das sie niemals vergessen wird.

* * *

Es ist fünf Uhr nachmittags, und die Hitze des Tages geht langsam zurück, als Barbara die Willow Street erreicht.

Sie läuft die Treppe hinauf, dann hält sie inne, die Hand auf dem Türknauf. Sie holt einmal tief Luft und betritt schwungvoll den Raum, entschlossen, dass die Trauer ihrer Mutter sie heute nicht traurig stimmen wird. Heute ist Wahltag, und alle haben schon aufgeregt darüber gesprochen, was sich alles ändern wird, sollte Clement Atlee anstelle von Churchill gewählt werden. Und selbst Barbara spürt, dass sich bald etwas ändern muss. Die Menschen sind erschöpft, hungrig und arm, und viele werden allmählich wütend. Eine Revolution liegt in der Luft.

Auch wenn die Furcht vor einer Invasion und weiteren Angriffen verschwunden ist, scheint sich ihr Leben, seit der Krieg zu Ende ist, doch nicht zum Besseren zu wenden. Sie leben immer noch in einem einzigen Zimmer, und auch das Essen wird entgegen ihren Hoffnungen nach wie vor rationiert. Ganz im Gegenteil, durch die Rückkehr jener, die zuvor evakuiert worden waren, gibt es noch weniger zu essen. Minnie hat keine Arbeit mehr, und obwohl Glenda eine Ausbildung bei British Home Stores macht, scheinen sie kaum weniger arm zu sein als zuvor.

Da der Raum überraschenderweise leer ist, lässt Barbara ihre Tasche fallen und läuft nach unten, in der Hoffnung, dass in der Küche jemand weiß, wo ihre Mutter ist.

Sie findet Minnie allein in der Küche, wo sie gerade mit langsamen, präzisen Bewegungen Teig in einer Kuchenform verteilt, wobei sie sich hinhockt, sodass ihre Augen auf einer Höhe mit dem Rand der Backform sind.

Überrascht hebt Barbara die Augenbrauen. Seit sie ihr altes Haus verlassen haben, hat ihre Mutter höchstens mal ein Ei gekocht.

»Hi, Mum. Ist das ein *Kuchen*?«

Minnie sieht zu ihr auf, bleibt aber auf einer Höhe mit dem Backblech. »Das wird es mal. Hoffentlich.«

»Mein Gott. Hat irgendjemand Geburtstag?«

»Nein. Nicht, dass ich wüsste.«

»Konntest du ein paar Eier auftreiben?«

»Für das Rezept braucht man keine Eier.«

Barbara nickt und sieht zu, wie ihre Mutter den Teig mit einem Spatel glatt streicht. »Muss er *sehr* glatt sein?«, erkundigt sie sich.

Minnie nickt. »Er muss perfekt sein«, antwortet sie leise. Mit zusammengekniffenen Augen betrachtet sie den Teig, dreht ihn und glättet ihn noch ein wenig. »Dieser Kuchen muss absolut perfekt sein.«

»Darf ich die Schüssel auslecken?«, fragt Barbara.

»Ich denke schon.« Minnies Blick huscht kurz zu der Schüssel und dann wieder zurück zu der Kuchenform.

Barbara greift nach der Schüssel und lässt ihre Finger hindurchgleiten. Sie schiebt sich einen Klumpen der klebrig süßen Masse in den Mund. »Mmh. Schmeckt herrlich. Alle meinen, dass Clement Atlee die Wahlen gewinnen wird.«

»Gut. Schlimmer, als es jetzt ist, kann es nicht mehr werden.«

»Ist dafür der Kuchen? Ist der für die Wahl?«

»Vielleicht ja, vielleicht nein«, erwidert Minnie geheimnisvoll.

»Ist es eine Überraschung?«

»Scheint so.«

Nachdem der Kuchen seine Glasur erhalten hat, ist es der glänzende, tief pinkfarbene, schönste, glatte Kuchen, den Barbara je gesehen hat. Sie hat nicht gewusst, dass ihre Mutter so eine gute Köchin ist. Als Glenda um sechs Uhr dreißig nach Hause kommt, berichtet Barbara ihr sofort, dass ihre Mutter einen Kuchen gebacken hat. Aber anstatt den Kuchen aufzutischen, wie Barbara gehofft hatte, stellt Minnie ihn oben auf den Schrank. »Wenn auch nur einer von euch den anfasst, bekommt er so eine Tracht Prügel«, warnt sie. »Das ist ein besonderer Kuchen für ein besonderes Ereignis.«

Erst als Minnie später am Abend auf die Toilette geht, kann Barbara Glenda fragen, mit der sie immer noch das Bett teilt, was sie glaubt, für wen der Kuchen bestimmt ist.

»Ich glaube, er ist für Dad«, flüstert Glenda zurück. »Ich glaube, er ist aus der Armee entlassen worden. Mildred hat gesagt, heute Morgen sei ein Telegramm gekommen.«

Bis in die frühen Morgenstunden liegt Barbara wach und hat ein ganz komisches Gefühl im Bauch, eine Mischung aus Aufregung und Angst, ausgelöst von der möglichen Rückkehr ihres Vaters. Doch in dieser Nacht kehrt Seamus nicht zurück, und als Barbara am nächsten Tag nach Hause kommt, ist er immer noch nicht da.

Trotz des viel gefeierten Wechsels der Regierung sind Lebensmittel immer noch rationiert, und zwar noch strenger. Das Zimmer an der Willow Street bleibt ihr Zuhause, Minnie verbringt ihre Tage weiterhin damit, aus dem Fenster zu starren, und der Kuchen steht unberührt oben auf dem Schrank. Weder Barbara noch Glenda wagen es, den Kuchen auch nur noch einmal zu erwähnen und ihren Vater ebenso wenig.

2012 – Picadilly, London

»Mein Gott!«, ruft Sophie. Sie haben gerade den ersten Saal der Ausstellung von David Hockney betreten, und Sophie ist schon allein von der Größe der Gemälde überwältigt.

»Nicht gerade klein, was?«, meint Brett.

»Die Ausstellung heißt tatsächlich *Ein größeres Bild*«, sagt Sophie. »Also könnte man sagen, wir waren vorgewarnt.«

Vor ihnen hängt ein riesiges Gemälde von einem herbstlichen Wald: fünfzehn mal drei Meter aus violetten, orangefarbenen und roten Stämmen, die sich aus einem lebendigen, fast fluoreszierenden Dickicht aus Farnen erheben.

»Hast du noch nie einen der großen Hockneys gesehen?«, fragt Brett, während er einen Blick ins Programm wirft und dann wieder das Gemälde betrachtet.

»Nicht in der Realität«, erwidert Sophie und beugt sich vor, um sich die Qualität der Farbe anzusehen, bevor sie auf die andere Seite des Saals geht, um die gesamte Szene auf sich wirken zu lassen, ohne den Kopf wenden zu müssen. »Ich meine, wir haben Hockney am College durchgenommen, aber das hier ist so … gewaltig.«

»Ich habe seine Bilder vom Grand Canyon im Smithonian gesehen«, erzählt Brett. »Das waren auch absolute Breitwandgemälde. Ich glaube, hier hängt auch irgendwo eins davon.«

Sophie wirft einen Blick nach links und rechts und bemerkt, wie leer die Galerie ist. Sich eine Ausstellung allein ansehen zu können ist schon etwas ganz Besonderes, und sie spürt ein Gefühl der Wärme für Brett aufsteigen, denn er hat sie mit seinem Journalistenausweis hineingeschmuggelt.

»Dann mach mal von jedem der großen Dinge ein Foto«, fordert er sie auf. »Vielleicht mit mir davor, damit man die Ausmaße erkennt – ja, das gefällt mir. Und hinterher überlegen wir uns, welche wir davon benutzen.«

Sophie nickt und hebt die Nikon ans Auge, und ein paar Sekunden lang versinkt sie völlig in der Aufgabe, ein gutes Foto zu machen. Aber als sie die Kamera herunternimmt und die herbstliche Szene erneut vor sich sieht, ohne den Rahmen des Suchers, spürt sie, wie sich ein ungewohntes Gefühl in ihrer Brust breitmacht. Weil sie den Grund nicht sofort herausfinden kann, streicht sie über die Kamera und denkt einem Moment darüber nach: Ja, ihr kommen tatsächlich die Tränen, und es ist eine direkte emotionale Reaktion auf das Bild. »Gott, ist das schön«, krächzt sie und schüttelt den Kopf. Brett, der bereits zum nächsten Bild weitergegangen ist, wendet sich zu ihr um und grinst ironisch.

»Fängst du tatsächlich gleich an zu heulen?«, fragt er.

»Ja, ein bisschen. Es ist komisch«, antwortet Sophie. »Ich glaube nicht, dass mir das schon jemals zuvor passiert es. Nicht bei einem Bild.«

Brett nickt. »Er ist ein kluger Kerl. Mach von denen hier auch ein Foto. Von der ganzen Wand. Ich bin nebenan.«

Während Sophie auf die Wand mit den kleineren, aber immer noch großen, Waldlandschaften zugeht, wirft sie noch einmal einen Blick über die Schulter zu dem Panorama des Herbstwalds. »Das ist außergewöhnlich«, murmelt sie. *Ich frage mich, wie man etwas derartig Ehrfurcht Einflößendes mit Fotografie erreichen könnte*, überlegt sie. Nur die riesigen Fotos von

Andreas Gursky kommen dem einigermaßen nahe, und sie sind auch gewaltig. Vielleicht hat die Größe irgendetwas damit zu tun. Wenn man ein einfaches Foto von einem Gesicht auf drei Quadratmeter aufbläst, ist es vielleicht plötzlich Kunst.

»Komm jetzt!« Brett streckt seinen Kopf durch die Tür. »Wir haben eine halbe Stunde, vergiss das nicht.«

Während sie weiter durch die Ausstellung gehen, wallt das Gefühl, tief berührt und emotional erschüttert zu sein, wieder und wieder in Sophie auf, und es gelingt ihr, es weiter zu analysieren. Es ist das gleiche Gefühl, das sie schon ein- oder zweimal gehabt hat, als sie schlaflos früh aufgestanden ist und einen wundervollen Sonnenaufgang gesehen hat. Ein Moment, in dem man von der bloßen Schönheit des Daseins überwältigt ist. Lag es tatsächlich in der Macht dieser Bilder von Hockney, etwas Ähnliches in ihr auszulösen, oder steckte noch mehr dahinter? Lag es vielleicht daran, dass sie mit Brett dort war? Begann sie am Ende doch noch, sich zu verlieben?

»Wow!«, flüstert sie, als sie in einem anderen Saal vor der fünfzehn Meter breiten Darstellung des Grand Canyon ins Schwanken gerät, darum kämpfen muss, auf den Füßen zu bleiben, weil ihr so schwindelig wird.

Als sie nur eine halbe Stunde später die Ausstellung verlassen (Brett muss noch vor Mitternacht einen Artikel schreiben), treffen sie auf eine aufgedonnerte, todschicke Journalistin und ihren bärtigen Fotografen, der vielleicht Anfang zwanzig ist. Brett begrüßt beide mit Luftküssen.

»Und, ist es gut, Brett, Schatz?«, erkundigt sich die Frau, und Brett zuckt nur die Achseln und sagt: »Viel Spaß!«

Draußen empfängt sie der frische Januarabend, und Sophie fragt: »Wer waren die beiden?«

»Vom *Telegraph*«, erwidert Brett und knöpft seinen Mantel zu.

»Also der Feind?«

»In gewisser Weise.«

»Warum hast du mit den Schultern gezuckt, als sie dich gefragt haben, was du denkst? Es hat dir doch gefallen, oder nicht?«

Wieder zuckt Brett mit den Schultern. »Ich habe noch keinen Aufhänger. Und wenn ich einen hätte, würde ich ihn diesen Aschlöchern nicht verraten.«

»Ich finde die Bilder wunderschön«, erklärt Sophie. »Es ist eine der schönsten Ausstellungen, die ich je gesehen habe.«

»Sicher. Aber *schön*«, erwidert Brett mokant, »ist kein Aufhänger.«

»Für mich war das zu groß.« Sophie schüttelt den Kopf. »Ich konnte das gar nicht alles aufnehmen. Zumindest nicht in einer halben Stunde.«

»Das nun wieder ist ein Aufhänger.«

»Wie bitte?«

»*Ein* zu *großes Bild.*« Er hebt eine Augenbraue. »Kapiert?«

Sophie verdreht die Augen. »Ja. Kapiert. Und ich friere hier draußen.«

»Was essen?«, fragt Brett und wirft einen Blick auf seine Uhr.

»Klar, ich hab Hunger.«

»Zu *Dolada*?«, fragt er und deutet mit dem Kopf über die Straße. »Ich habe nicht viel Zeit.«

»Sicher.« Sophie setzt sich in Bewegung. »Ich hätte den ganzen Tag da drin verbringen können. Du wirst es positiv besprechen, oder?«

»Vielleicht. Wahrscheinlich. Es kommt immer darauf an, was die Leute gerne lesen möchten.«

»Tut es das?«

»Natürlich. Hockney hat auch unglaublich viel Glück«, sagt Brett. »Es ist das erste Mal, dass die Royal Academy alle ihre Räume einem einzigen Künstler zur Verfügung gestellt hat.«

»Und das, obwohl er noch lebt.«

»Was meinst du?«

»Nun ja, Retrospektiven sind normalerweise verstorbenen Künstlern vorbehalten, oder nicht? Es kommt nur selten dazu, wenn sie noch am Leben sind.«

»Technisch gesehen, ist es keine Retrospektive«, entgegnet Brett, während sie auf das gemütlich beleuchtete Restaurant zugehen. »Eine Menge von den Sachen ist brandneu. Aber ja, ich schätze schon. Hat jemand mal eine für deinen Vater organisiert?«

»Eine Retrospektive?«

»Mhm.«

»Nein. Vielleicht sollten *wir* das tun.«

»Ja, vielleicht solltest du es tun«, wiederholt Brett und meint es auch so.

Als sie das Restaurant betreten, beschlägt Bretts Brille so vollständig, dass er schlagartig blind ist, und Sophie führt ihn grinsend zu dem Tisch, den der Empfangschef ihnen zuweist.

»Es ist schon seltsam, dass noch niemand eine Retrospektive von Marsden zusammengestellt hat«, sagt Brett, nachdem er seine Brille gereinigt hat und ihnen die Speisekarten gebracht wurden.

Sophie zuckt die Achseln. »Bisher hat es nie jemand vorgeschlagen. Und Mum oder Jon werden so etwas kaum organisieren.«

»Weil?«

»Mum ist inzwischen ziemlich alt. Und sie war schon immer eine Banausin.«

»Eine Banausin?«

»Wahrscheinlich ist es nicht das richtige Wort. Ich meine einfach nur, dass sie kein großes Interesse an Kunst hatte.«

»Oh, ich verstehe. Und dein Bruder?«

»Er ist Baugutachter. Er interessiert sich auch nicht für Kunst.«

»Was seltsam ist. Wenn man aus deiner Familie stammt.«

Sophie nickt nachdenklich. »Dad war immer sehr zurückhaltend, was das anging. Und sie haben Jonathan ziemlich vom Kunstgeschäft ferngehalten. Mum wollte, dass er einen sicheren Beruf ergreift. Und das hat er getan. Sehr klug von meiner Mutter.«

»Aber du nicht?«

Sophie zuckt die Schultern. »Ich war sehr entschlossen. Und ich würde nicht behaupten, dass ich tatsächlich künstlerisch tätig bin.«

»Noch nicht.«

»Noch nicht«, stimmt sie zu.

»Fiorentina«, sagt Brett.

»Was meinst du?«

»Pizza Fiorentina«, erklärt er und klappt die Karte zu. »Mit Spinat und Ei. Es gibt nichts Besseres. Dann muss ich nach Hause und *Ein zu großes Bild* schreiben.«

Während des Essens erzählt Brett von seiner Familie: seinem Vater, dem Banker; seiner Mutter, die einen Laden für Vollwertkost im East Village, einem Stadtteil von Manhattan, führt; seiner Schwester, die jetzt mit einem evangelischen Christen in Wyoming verheiratet ist. Aber Sophie ist nur mit halbem Ohr bei der Sache, weil sie in Gedanken mit einer Retrospektive von Anthony Marsden beschäftigt ist.

Erst als sie gezahlt haben und durch glitzernde, mit Reif bedeckte Straßen nach Hause gehen, kommt sie noch einmal darauf zurück. »Was glaubst du, wie groß das Interesse wäre? An einer Retrospektive von Marsden?«

Brett lacht.

»Was?«

»Ich wusste, das Thema kommt noch mal«, sagt er.

»Und?«

»Das Interesse bei den Medien meinst du?«

»Wahrscheinlich.«

»Ziemlich groß, denke ich. Du brauchst ein paar richtig große Hockney-mäßige Drucke seiner berühmten Bilder.«

»Der Sommer von sechsundsiebzig, die Abtreibungs-Demo, solche Sachen?«

»Ja.«

»Ich muss mich mit den Rechteinhabern in Verbindung setzen. Viele davon gehören dem *Mirror* oder der *Times*.«

»Und einen Schwung von den Sachen, die man noch nie gesehen hat. Daran hast du sicher noch die Rechte.«

»Das könnte vielleicht schwierig werden.«

»Wirklich?«

»Mum hat sie alle verbrannt.«

»*Wirklich?!*«

»Nein, nicht wirklich. Aber sie hat einige vernichtet. Alle Fotos von der Pentax-Tour sind in Flammen aufgegangen. Hast du die Geschichte nie gehört?«

Brett schüttelt den Kopf.

»Pentax hat ihn gesponsert, damit er eine große Ausstellung macht. In den Achtzigern. Aber während der Aufnahmen dafür, ist er gestorben. Mum ist ausgetickt und hat alles verbrannt.« Sophie rutscht auf dem vereisten Bürgersteig aus, und Brett packt ihren Arm und zieht sie wieder hoch. »Vorsicht!«, sagt er.

»Danke.«

»Das ist interessant, die Sache mit der Pentax-Tour.«

Und Sophie hört einen ganz anderen Ton in seiner Stimme, den Ton von Brett, dem Journalisten. »Das ist keine Exklusivmeldung, Brett«, erklärt sie ihm. »Die Geschichte war damals in allen Zeitungen.«

»Oh.« Brett klingt enttäuscht.

»Aber Mum hat noch Kartons voller anderer Fotos und Negative. Jon hat auch einige. Ich bin mir sicher, wir würden gute Sachen finden.«

»Ich denke, das sollte dein erster Schritt sein. Nachschauen, ob es genug Material gibt.«

»Denkst du, wir könnten irgendjemand Großes dafür interessieren? Die *Royal Academy* oder die *National Portrait Gallery* oder das *V&A*?«

»Möglich. Er hatte einen großen Namen. Es würde natürlich helfen, wenn du jemanden bei einer großen Zeitung kennen würdest, der dir hilft, die Sache publik zu machen ...«

»Zum Beispiel jemanden von der *Times*?«

»Zum Beispiel jemanden von der *Times*«, erwiderte Brett mit einem Zwinkern. »Aber noch mal, es hängt davon ab, welche Arbeiten du zusammenstellen kannst. Und es wäre eine Riesenarbeit, alles zu organisieren.«

Direkt vor ihnen setzt ein Taxi jemanden ab. Brett geht schneller. »Wollen wir das nehmen?«, fragt er.

»Ja. Der Bürgersteig ist mordsgefährlich.«

Als sie im Taxi sitzen, sagt Sophie: »Ich denke, genau das ist das Problem. Es ist jede Menge Arbeit, und man kann damit kein Geld verdienen.«

»Du musst dir einen Sponsor besorgen. Red doch noch mal mit Pentax.«

Sophie schnaubt verächtlich. »Pentax würde die Sache nicht mal mit der Kneifzange anfassen. Er ist gestorben, vergiss das nicht. Ihr Investment hat sich nicht im Geringsten rentiert, nachdem Mum die Fotos verbrannt hat.«

»Dann vielleicht jemand anderes. Und du musst ein Gehalt für dich selbst einplanen, damit du die ganze Sache leiten kannst.«

»Stimmt ...«, sagt Sophie unentschlossen.

»Natürlich«, fügt Brett hinzu und lächelt schief, denn er weiß, das ist das Offensichtliche, das Sophie die ganze Zeit geflissentlich zu ignorieren versucht. »Idealerweise findest du einen Weg, deine eigene Arbeit mit einzubringen, eine Geschichte von Vater und Tochter daraus zu machen und es zu nutzen, um deine eigene neue Karriere als pseudokünstlerische Doppelgängerin von Milly Colley in Gang zu bringen. Das könnte die ganze Sache rentabel machen.«

»Meinst du?«, fragt Sophie, als würde ihr der Gedanke erst jetzt kommen.

Brett lacht nur und verdreht die Augen.

1950 – Eastbourne, East Sussex

Als Barbara aufwacht, hört sie das Kreischen von Seemöwen und kann sich einen Moment lang nicht daran erinnern, wo sie ist. Sie reibt sich die Augen und blickt an die unvertraute blassblaue Decke, dann quer durch das Zimmer zu Glenda, die in dem einzelnen Bett neben ihr schläft.

Und dann fällt es ihr wieder ein: Sie ist in den Ferien. Sie lächelt und streckt sich mit katzenhafter Zufriedenheit. Es ist das erste Mal in ihrem sechzehnjährigen Leben, dass sie in den Ferien ist. Und obwohl sie erst in der vergangenen Nacht mit dem Zug eingetroffen sind, ist sie schon von dem Gefühl, in einem anderen Bett zu liegen und andere Geräusche zu hören, ganz begeistert. Sie überlegt, ob sie aufstehen und hinausehen soll, doch stattdessen schläft sie wieder ein. Länger im Bett zu bleiben, ist zu Hause nur selten erlaubt.

Als sie das nächste Mal aufwacht, scheint die Sonne durch das vom Salz fleckige Erkerfenster, und Glendas Silhouette zeichnet sich in ihrem Morgenmantel vor dem blauen Himmel ab.

»Morgen«, sagt Barbara gähnend.

Glenda wendet den Kopf, um sie anzusehen. Ohne Make-up wirkt sie verquollen und irgendwie unscharf, aber auch ein bisschen weniger streng, eine Spur freundlicher.

»Es ist ein herrlicher Tag«, sagt Glenda. »Ich glaube, ich würde gern schwimmen gehen. Vor dem Frühstück. Was meinst du?«

»Oh! Ja!« Barbara setzt sich abrupt auf. »Lass uns das machen!«

Am Himmel ist nicht eine einzige Wolke zu sehen, als sie die Hauptstraße vorm *Sea View* (es ist ausgebucht) überqueren und die paar Stufen zum Kieselstrand hinuntersteigen. »Meinst du, es wird kalt sein?«, fragt Barbara.

»Eisig«, erwidert Glenda. »Aber das ist mir egal.«

»Mir auch.«

Barbara lässt ihren Blick schweifen, um die Aussicht zu genießen. Links von ihnen geht die Sonne auf, vor ihnen der weitläufige, leere Kieselstrand, rechts der Pier … es ist alles so frisch, so sauber, so erholsam nach London. Schon ein anderer Ausblick kann, wird ihr klar, einem das Gefühl geben, ein völlig anderer Mensch zu sein.

Sie schlüpfen aus ihren Kleidern, unter denen die einteiligen Badeanzüge zum Vorschein kommen, in die sie sich zuvor hineingezwängt haben. Dann nehmen sie sich an den Händen, laufen kreischend über die harten Kiesel und in das trübe grüne Wasser. Es ist tatsächlich eiskalt. Dieses morgendliche Bad ist nur von kurzer Dauer, aber äußerst belebend.

Nach einem warmen Frühstück, einschließlich bitterem Tee, den man zu lange hat ziehen lassen, und verwässertem Orangensaft, gehen die Schwestern wieder nach draußen und gehen am Strand entlang Richtung Pier.

»Ich liebe das Meer«, verkündet Barbara. »Ich denke, eines Tages möchte ich mal hier wohnen.«

»Ich weiß, was du meinst«, sagt Glenda. »Aber ich glaube, du würdest dich irgendwann langweilen. In London kann man viel mehr erleben als in Eastbourne.«

»Wahrscheinlich«, meint Barbara, obwohl sie sich absolut nichts vorstellen könnte, was sie lieber in London tun würde, als heute hier zu sein.

Auf der Hälfte des Piers, gleich nach der Bude mit der Zuckerwatte und der Orgelmusik, spricht sie ein junger blonder Strandfotograf an. »Kommt, Mädchen«, sagt er. »Ihr braucht doch ein Bild, das ihr für Mum mit nach Hause nehmen könnt.«

Und weil er ungefähr in ihrem Alter ist und gut aussieht (Barbara liebt Männer mit Bärten, und im England von 1950 sind sie rar gesät), fragt sie: »Wie viel kostet es denn?«

»Für die hübschen Damen einen Schilling«, antwortet der Mann. »Und für den Preis mache ich drei und lasse Sie das Schönste aussuchen. Ich verspreche Ihnen, Sie werden wie Filmstars aussehen.«

»Einen Schilling!« Glenda lacht. »Dafür können wir uns ein Mittagessen kaufen.«

»Ach, komm schon«, bettelt Barbara und blickt in die blauen Augen des Fotografen. Ein verborgenes Lächeln scheint darin zu funkeln. »Es ist ein schönes Geschenk für Mum, wenn wir zurückfahren.«

»Das können wir uns nicht leisten«, entgegnet Glenda. »Du weißt, dass wir gerade genug für die ...«

»*Bitte!*«, fleht Barbara.

»Sechs Pence«, bietet Glenda dem Mann an. »Keinen Penny mehr.«

Der Mund des Mannes verzieht sich zu einem süßen Grinsen.

»Und wir dürfen alle drei Fotos behalten«, fügt Glenda hinzu. »Sie können damit ja sowieso nichts anfangen.«

»Einverstanden, einverstanden«, sagt er. »Sie sind harte Verhandlungspartner, aber weil sie beide so toll aussehen, sollen Sie bekommen, was Sie wollen.«

Sobald die Fotos gemacht sind – auf zweien lehnen sie am Geländer, und der Wind zerzaust Glendas Haar, das andere zeigt sie zusammen mit einem lebensgroßen nachgemachten

Bullen (den man vorausschauend genau zu diesem Zweck dort hingestellt hat) –, gibt der Mann den Mädchen seine Karte und schließt sich ihnen nach einem Moment des Überlegens einfach an, als sie weiter den Pier entlanggehen.

»Hat Ihnen schon mal jemand gesagt, dass Sie wie Claudette Colbert aussehen?«, fragt er Barbara.

»Nein, das hat eigentlich noch niemand getan«, antwortet sie und spürt, wie sie rot wird.

»Fall nicht auf sein Geschwätz rein«, mahnt Glenda. »Er will nur ein bisschen fummeln. Das wollen sie alle.«

»Ich will nicht behaupten, dass ich etwas dagegen hätte«, stimmt der Mann zu Barbaras Entsetzen zu und lässt sie erneut erröten. »Aber sie sehen wirklich aus wie Claudette Colbert. Es ist absolut verblüffend.«

Barbara wirft Glenda einen Blick zu und lächelt kokett. »Tatsächlich?«, fragt sie, und Glenda verzieht nur das Gesicht.

»Darf ich dort drüben ein Foto von Ihnen machen?« Der Mann deutet auf eine Bank in einem kleinen hölzernen Unterstand. »Das Licht ist da drüben wundervoll.«

»Wir bezahlen keine weiteren Fotos«, sagt Glenda. »Sie können jetzt also abschwirren.«

»Dies ist nur für mich«, erklärt der Mann. »Als Erinnerung an Claudette.«

»Machen Sie sich denn keine Gedanken darüber, wie viel Bilder Sie verschießen?«, fragt Barbara. Sie weiß, dass Filme teuer sind.

»Der Vater von einem Freund hat ein Geschäft«, erzählt der Mann. »Ich kriege sie umsonst. Die Entwicklung auch. Setzen Sie sich doch auf die Bank dort. Nur für ein paar Bilder.«

Barbara richtet schnell ihr Haar, dann geht sie über den Pier zu der Bank. Als Glenda ihr folgen will, bittet der Fotograf: »Warten Sie einen Moment. Lassen Sie mich zuerst Claudette allein fotografieren.«

»Eigentlich heiße ich Barbara«, sagt Barbara.

»Freut mich, Barbara.« Er beugt sich über den Sucher seiner sehr professionell aussehenden Rolleiflex. »Ich heiße Tony.«

»Und ich bin Glenda«, wirft Glenda ein, eine Hand in die Hüfte gestützt. »Auch wenn Sie das nicht interessiert.«

»Das ist wunderbar«, sagt Tony, und nur eine Minute lang denkt Glenda, dass er ihren Namen meint.

»Drehen Sie sich ein bisschen nach rechts, damit die Sonne … genau so. Fabelhaft! … Sie sind also Schwestern?«

»Das sind wir«, antwortet Barbara.

»Ich wusste es. Sie haben beide echte Starqualitäten. Und jetzt drehen Sie sich zur anderen Seite«, sagt Tony, und während Barbara es tut, sieht sie, dass Glenda die beiden allein lässt und über den Pier zurückgeht.

»Glenda!«, ruft sie. »Warte!«

Glenda winkt mit den Fingern über die Schulter. »Viel Spaß, Schwesterchen«, ruft sie zurück. »Tu einfach nichts, was ich auch nicht tun würde. Ich treffe dich zum Abendessen im Hotel.«

»Donnerwetter«, sagt Tony leise, »hab ich ein Glück!«

»Glenda!«, ruft Barbara, doch eigentlich ist sie froh, dass ihre Schwester sich nicht weiter um sie kümmert.

Nachdem die Fotos gemacht sind, gehen Tony und Barbara bis zum Ende des Piers, wo sie sich über das Geländer lehnen und in die rauschende Tiefe blicken. Die Luft ist erfüllt vom jodhaltigen Geruch des Seetangs.

»Das Meer ist richtig kalt«, sagt Barbara und drückt einen Fingernagel in die dicke Farbschicht auf dem Geländer. »Ich war heute Morgen kurz drin, mit Glenda.«

»Sie müssen am Nachmittag reingehen«, sagt Tony. »Wenn es sich aufgeheizt hat.«

»Das habe ich auch gesagt.«

»Machen Sie beide hier Ferien?«, will Tony wissen.

»Ja. Wir sind nur drei Tage da. Leider.«

»Gefällt es Ihnen?«

»Ja. Es ist herrlich. Die Luft ist so frisch, und dann das Meer und auch alles andere«, antwortet Barbara. »Leben Sie das ganze Jahr hier?«

Tony nickt. »Im Sommer macht es Spaß, im Winter ist es ein bisschen langweilig. Aber ich liebe es, wenn die Wellen an den Strand branden.«

»Glenda hat auch gesagt, dass es im Winter langweilig ist. Sie meint, in London könnte man mehr unternehmen. Aber ich würde lieber hier leben, glaube ich.«

»Wo wohnen Sie denn?«

»Im East End. Shoreditch.«

»Und haben Sie einen Freund in Shoreditch?«

Barbara wendet den Blick ab, schließt kurz die Augen, holt tief Luft und erwidert: »Nein. Ich habe keinen. Und wie ist es mit Ihnen? Haben Sie eine Freundin?«

»Nein«, sagt Tony, und mit einem Grinsen fügt er hinzu: »Noch nicht zumindest.«

Sie laufen über das Ende des Piers, und an einer Bude kauft Tony eine Tüte Pommes frites, dick geschnitten und bedeckt mit Salz und würzigem, scharfem Essig. Die teilen sie sich, während sie zurück ans Ufer gehen. »Pommes frites schmecken immer besser aus Zeitungspapier«, sagt Barbara und leckt ihre Finger ab.

»Sie haben recht. Das tun sie.«

»Und das ist momentan Ihre Arbeit?«, erkundigt sich Barbara und deutet auf Tonys Kamera.

»Nein. Es ist eigentlich nur ein Hobby«, sagt Tony. »Aber ich verdiene mir damit ein bisschen Taschengeld. Besonders an Feiertagen. Solange ich dem richtigen Fotografen nicht in die Quere komme, ist alles gut. Manchmal verscheucht er mich aus seinem Revier. Aber eigentlich arbeite ich als Kurier. Ich liefere mit einem Motorrad Pakete aus. Sachen, die zu dringend sind, als dass man sie mit der Post schicken könnte.«

»Du meine Güte, Sie haben ein Motorrad?«

Tony schüttelt den Kopf. »Man hat mir eins für die Arbeit zur Verfügung gestellt. Ein altes Ding. Eine *Royal Enfield* aus dem Krieg. Sie klingt wie ein Maschinengewehr, und es ist schwer, sie in Gang zu bekommen.«

»Trotzdem muss es Spaß machen.«

»Wenn die Sonne scheint, ist es okay«, sagt Tony. »Aber im Winter ist es schrecklich. Manchmal muss ich bis nach London fahren. Vielleicht besuche ich Sie das nächste Mal.«

Barbara starrt auf ihre Füße. »Vielleicht«, sagt sie.

»Hätten Sie gerne einen Tee?«, erkundigt sich Tony, als sie an einem Café für Arbeiter vorbeikommen.

»Lieber nicht«, sagt Barbara. »Glenda ist ein bisschen komisch, wenn es ums Geld geht. Sie sagt, wir hätten nur ein sehr eingeschränktes Budget für unsere Ferien.«

»Der geht auf mich«, erwidert Tony. »Kommen Sie. Ich hab Durst.«

Die Luft in dem Café ist dunstig und schwer von den öligen Dämpfen aus der Küche, in der das Frühstück für die Männer um sie herum gebraten wird. Sie kaufen an der Theke zwei Becher mit dickem, übersüßtem Tee und setzen sich an einen Tisch am Fenster. Tony wischt das beschlagene Fenster mit seinem Ärmel trocken, damit Barbara hinausschauen kann – eine Geste, die nicht unbemerkt bleibt. »Bitte schön«, sagt er.

»Danke.«

»Wo wohnen Sie?«, fragt Tony.

»In einem Bed and Breakfast. An der Promenade. Im *Sea View*.«

»So heißen sie alle.«

Barbara lacht. »Das stimmt! Wir haben bei zwei anderen *Sea Views* nachgefragt, bevor wir unseres gefunden haben.«

»Meine Mum führt auch eine Pension. Unserer heißt *Donnybrook.*«

»Weshalb?«

»Weshalb was?«

»Weshalb *Donnybrook*?«

Tony zuckt die Achseln. »Keine Ahnung. Ich glaube, der Name kommt irgendwie aus Irland, aber es hieß schon so, als wir hierhergezogen sind.«

»Und Ihr Dad?«

»Er fährt Lkw. Im Fernverkehr. Er ist viel fort. Was mir ganz recht ist.«

»Sie sind also nicht immer einer Meinung mit ihm?«

»Er ist okay, denke ich. Wenn er nüchtern ist. Ein bisschen schnell mit der Faust allerdings, wenn er es nicht ist.«

»Autsch, das ist nicht gut.«

»Was ist mit Ihrer Familie?«

»Meine Mutter ist Schneiderin.«

»Erledigt sie Näharbeiten?«

»Ja. So was in der Art.«

Tony nickt. »Und Ihr Dad?«

Barbara seufzt und schluckt.

»Tut mir leid. Das wusste ich nicht. Ist es im Krieg passiert?«

Barbara räuspert sich. »Er ist nicht tot«, erwidert sie. »Er ist nur nie wieder nach Hause gekommen.«

»Wird er vermisst?«

»Nein. Ich meine, er ist nie wieder zu uns nach Hause gekommen.«

Tony runzelt die Stirn, deswegen versucht Barbara, das Unerklärliche zu erklären. »Ich weiß nicht besonders viel darüber. Mum erlaubt es nicht, dass man darüber redet. Aber ich glaube, er hat jemand anders kennengelernt. Jemand hat Glenda erzählt, dass er in Harlow lebt und auf dem Bau arbeitet. Er hat jetzt eine neue Familie.«

»Und Sie sind nie dort gewesen, um ihn zu sehen?«

Barbara schüttelt den Kopf. »Nein.«

»*Nie?*«

Barbara blickt hinaus auf die Straße. Das Fenster beschlägt bereits wieder, deswegen wischt er mit der Hand darüber. »Können wir bitte über irgendetwas anderes sprechen?«, fragt sie.

»Tut mir leid. Ich und meine große Klappe. Bin bekannt dafür.«

»Schon gut. Ich möchte einfach nur gern über etwas anderes sprechen.«

»Sicher. Worüber wollen wir reden?«

»Erzählen Sie mir etwas über Eastbourne. Haben Sie viele Freunde hier?«

»O ja. Jede Menge«, sagt Tony und nippt an seinem Tee. »Hier in Eastbourne sind alle sehr offen.«

»Gehen Sie auch tanzen?«

»Im Sommer manchmal. In den *Winter Gardens* gibt es immer ganz gute Veranstaltungen. Tanzen Sie gern?«

»Ich glaube schon«, meint Barbara.

»Vielleicht könnte ich Sie mal mitnehmen«, schlägt Tony vor.

»Vielleicht«, sagt Barbara und wagt es, ihm dabei zuzuzwinkern.

Obwohl es unhöflich ist, erscheint Barbara an diesem Tag nicht zum Mittagessen im *Sea View*. Sie sitzt mit Tony am (inzwischen ziemlich vollen) Strand von Eastbourne, unten am Wasser, und wirft Kiesel in die Wellen. Und sie reitet mit Tony auf einem Esel. Eigentlich ist das nur etwas für Kinder, aber Tony kennt den Besitzer und deswegen geht es. Genau, als die Turmuhr zu schlagen beginnt, sagt Tony: »Es ist fünf.«

»Das ist es. Ich sollte nach Glenda sehen. Sie wird sich Sorgen machen.«

»Darf ich dich küssen? Bevor du gehst, meine ich«, fragt Tony.

Barbara wird knallrot, als sie stehen bleibt, sich das Haar aus der Stirn streicht, all ihren Mut zusammennimmt und sich ihm zuwendet. »Möchtest du das wirklich?«, fragt sie.

»Natürlich möchte ich das«, antwortet Tony. »Du bist echt ein Knaller.«

»Meinst du wirklich?«, fragt Barbara. »Oder sagst du das zu allen Mädchen?«

Tony nickt. »Ich habe mein ganzes Leben schon auf ein Mädchen gewartet, das wie Claudette Colbert aussieht. Vielleicht bist du diejenige, auf die ich gewartet habe.«

Barbara sieht aus zusammengekniffenen Augen zu ihm auf. »Vielleicht ein Küsschen auf die Wange.«

Als sie mit dem Zug nach Hause fahren, warnt Glenda sie, es müsse ihr bewusst sein, dass es nur eine kleine Urlaubsliebelei war. Barbara wendet ihren Blick vom Fenster ab, an dem East Sussex vorbeizieht, und sieht ihre Schwester an. »Warum sagst du das?«

»Weil ich nicht möchte, dass du Trübsal bläst, wenn wir zurück sind«, erklärt Glenda. »Es ist nur ein Urlaubsflirt.«

»Woher willst du das denn wissen?«, fragt Barbara. »Du hast nie einen Urlaubsflirt gehabt. Du bist ja noch nicht mal im Urlaub gewesen.«

»Freundinnen von mir ist das schon passiert, okay? Tony hat in der Minute, als du in den Zug gestiegen bist, vergessen, dass es dich überhaupt gibt. Du wirst ihn deswegen ganz schnell vergessen, den …«

»Wir haben uns jeden Tag getroffen. Er hat mir die Blumen geschenkt.« Barbara deutet mit dem Kopf auf den kleinen

Strauß Rosen, der auf dem Sitz neben ihr liegt. »Ich glaube, er mag mich wirklich.«

»Die hat er wahrscheinlich irgendjemandem aus dem Garten gestohlen«, meint Glenda. »Und er wollte dir gerne unter den Rock, das ist alles. Du weißt noch nicht, wie die Männer sind. Aber du wirst es erfahren.«

»Wie kann man nur etwas so Grässliches sagen«, erwidert Barbara. »Ich glaube, du bist nur eifersüchtig!«

Glenda schüttelt wissend den Kopf und wendet sich ab, um aus dem Fenster zu sehen. Sie fahren in eine winzige Station namens Polegate ein. Sie sagt nichts mehr zu der ganzen Sache, denn obwohl sie zutiefst überzeugt ist, dass Barbara nie wieder etwas von Tony hören wird, hat ihre Schwester doch den Nagel auf den Kopf getroffen. Es ist das erste Mal in ihrem Leben, dass ein Mann all seine Aufmerksamkeit ihrer kleinen Schwester geschenkt hat statt ihr. Und sie ist tatsächlich eifersüchtig.

Die Fotos kommen am nächsten Donnerstagmorgen an (über diesen kleinen Vorwand ist Tony an Barbaras Adresse gekommen). Zusammen mit den drei ziemlich gut gelungenen Urlaubsfotos steckt ein handgeschriebener Brief in dem Umschlag. »Ich finde, du bist das tollste Mädchen, das ich je getroffen habe«, steht dort. »Ich glaube, ich habe mich in deine melancholischen Augen verliebt. Bitte sag mir, dass ich dich bald besuchen kann.«

Barbara betrachtet sich im Spiegel und fragt sich, ob sie melancholische Augen hat und ob das etwas Gutes ist. Aber die Zweizimmerwohnung, die sie bewohnen, direkt über der Wäscherei, wo ihre Mutter arbeitet, ist heruntergekommen, und Barbara schämt sich zu sehr, um sie Tony zu zeigen. Deswegen leiht sie sich das Geld für die Fahrkarte von Glenda, und nur zwei Wochen später fährt sie, nachdem sie Minnie gesagt hat, sie würde ihre neue Freundin Diane besuchen, zurück nach Eastbourne.

Unterwegs grübelt sie darüber nach, dass sie, wenn sie Tony heiraten sollte, in Eastbourne leben müsste. Sie müsste nicht mehr morgens um drei ihren Job in der Bäckerei antreten, zu dem ihre Mutter sie gedrängt hat. Sie bräuchte nicht mehr in diesen fürchterlichen Zimmern über der Wäscherei zu wohnen, sondern könnte am Meer leben. Sie schämt sich ein bisschen, weil sie so berechnend ist, aber nichts ist ihr je verlockender erschienen.

Das *Donnybrook* sieht genauso aus wie jenes Bed and Breakfast, in dem sie mit Glenda übernachtet hat, mit Samttapeten und Bettwäsche aus leichtem Baumwollflanell. Da es in einer Nebenstraße liegt, ein Stück von der Promenade entfernt, hat es keinen Meerblick. Aber dank Tonys Mutter Joan, die sich die Hacken abläuft, während sein Vater Lionel mit dem Lkw unterwegs ist, kann Tony ziemlich oft unbemerkt in ihr Zimmer schlüpfen. Wodurch sie dort die schönsten vier Tage und Nächte ihres Lebens verbringen können.

Am Tag gehen sie am Strand spazieren und vertreiben sich mit Tonys Freunden Hugh und Diane die Zeit in den Spielhallen am Ufer.

Hugh ist ein trockener, charmanter, stets einen Anzug tragender Kommunist voller Bekehrungseifer, während Diane (die über dem Fotoladen wohnt und grundsätzlich nach Entwicklerflüssigkeit riecht) ein ziemlicher Wildfang ist mit vollkommen glatten schwarzen Haaren und dichten dunklen Augenbrauen, die dringend einmal gezupft werden müssten.

Doch sowohl Hugh, der ständig versucht, Diane Küsse zu stehlen, als auch Diane, die ihn grundsätzlich lachend und lässig abwehrt, sind Leute, mit denen man viel Spaß haben kann. Und die Luft und das Licht von Eastbourne sind so frisch und belebend wie immer.

Barbara macht sich Sorgen, dass Diane vielleicht hinter Tony her sein könnte, doch als sie ihn danach fragt, sagt er: »Sei nicht albern. Sie ist ein Kumpel. Ich kenne sie, seit ich drei bin.«

Barbara ist trotzdem überzeugt, dass sie recht hat, und beschließt, dass sie sich Tony einfach schnappen muss. Vielleicht muss sie nur schneller sein als Diane.

Als Barbara am Sonntagabend nach Hause kommt, bereitet Glenda gerade auf dem kleinen Bendixkocher einen Eintopf zu, und Minnie flickt die ausgefransten Kragen von Hemden aus der Wäscherei.

Barbara lässt ihre Tasche fallen und gibt ihrer Mutter ein Küsschen auf den Mund.

»Hier, du Urlauberin«, sagt Minnie. »Nimm dir auch ein paar vor. Immer oben vom Stapel weg. Fehlende Knöpfe. Sonst schaffe ich die nie alle.«

Barbara nickt, schlüpft aus ihrem Mantel und greift sich ein paar Hemden von dem Haufen, bevor sie sich mit dem Nähkasten in den Sessel zurückzieht. Sie ist müde von der Heimfahrt. Lieber hätte sie zuerst einen Tee getrunken. Aber sie wird sich hüten, sich zu beschweren.

»Wie war's in Eastbourne?«, fragt Minnie.

»Herrlich«, erwidert Barbara, die bereits einen Faden abgeschnitten hat und dabei ist, ihn einzufädeln. »Nicht so heiß wie das letzte Mal, als ich mit Glenda da war. Aber es war sonnig.«

Minnie nickt und legt den Kopf fragend schräg, damit sie weitererzählt.

»Dianes Mum war wirklich nett«, fährt Barbara fort und lässt sich ganz auf die Lüge ein. »Und ihre Pension hat fast genauso ausgesehen wie die, in der wir gewohnt haben, nur weiter weg vom Meer.«

»Und sie hatten nichts dagegen, dass du dort übernachtest?«, erkundigt sich Minnie zweifelnd.

»Nein«, antwortet Barbara, setzt einen Fingerhut auf, sucht einen passenden Knopf aus der Dose und beginnt, ihn anzunähen. »Wir haben dabei geholfen, die Betten zu machen und auch bei anderen Sachen. Ich habe auch abgewaschen.«

»Hast du das?«, fragt Minnie alles andere als überzeugt.

Barbara spürt, dass sie kurz davor ist, ertappt zu werden. Es ist schwierig, Minnie etwas vorzumachen. Sie schluckt schwer und versucht, sich auf die Näharbeit zu konzentrieren.

»Soll ich alle Karotten nehmen, Mum?«, fragt Glenda, und Barbara weiß, dass es ihr Versuch ist, ihre Mutter abzulenken. Auch Glenda spürt die Gefahr.

»Benutz einfach deinen gesunden Menschenverstand«, erwidert Minnie, dann wendet sie sich wieder an Barbara. »Was hast du sonst gemacht? Erzähl mehr. Erzähl mir alles.«

»Wir sind am Strand spazieren gegangen«, beginnt Barbara und erinnert sich an das Gefühl von Tonys Hand in ihrer. »Wir haben uns die Kapelle in den *Winter Gardens* angehört«, fährt sie fort und erinnert sich an das Gefühl von Tonys Bart, als er sie hinter den Strandhütten geküsst hat. *Sind meine Lippen immer noch rot*, fragt sie sich. »Natürlich nur von draußen. Es kostet zu viel hineinzugehen. Wir sind auch über den Pier gelaufen«, fügt sie hinzu, obwohl Diane, Hugh, Tony und sie eigentlich ganz beschwipst waren von dem Bier, das Diane bei ihrem Vater unter dem Pier gestohlen hatte. Und als sie beschwipst war, hat sie es zugelassen, dass Tony seine Hand unter ihre Bluse schob. »Ganz normale Sachen, die man so an der Küste macht.«

Minnie nickt und betrachtet sie mit leicht besorgtem Gesichtsausdruck.

»Dianes Mum hat gesagt, ich kann nächste Woche wiederkommen, wenn ich will«, sagt Barbara.

Minnie schnaubt. »Und wie willst du das bezahlen?«

»Dianes Dad hat gesagt, er würde die Fahrkarte bezahlen«, erklärt Barbara. Die Tatsache, dass Glenda, die hinter ihrer Mutter den Eintopf zubereitet, innehält und die Stirn runzelt, macht ihr bewusst, dass sie zu weit gegangen ist.

Minnie hört erneut auf zu arbeiten. Sie leckt sich über die Lippen, dann legt sie das Nähzeug beiseite, betrachtet einen Moment ihre Hände, als würde sie sich ihre Fingernägel ansehen. »Könntest du zum Laden gehen und mir ein paar Streichhölzer holen?«, fragt sie Glenda, ohne aufzusehen.

»Ich gehe«, bietet Barbara an.

»Nein. Du bleibst hier«, sagt Minnie. »Und du brauchst dich nicht zu beeilen, Glenda.«

»Nein, Mum«, erwidert Glenda, die sich bereits ihren Mantel überzieht und zur Tür geht. Sie will nicht dabei sein, was immer auch gleich geschehen wird.

In dem Moment, als die Tür hinter ihr ins Schloss gefallen ist, fragt Minnie: »Und wie ist sein Name?«

»Wessen Name?«, fragt Barbara zurück und tut so, als würde sie sich auf ihre Arbeit konzentrieren. »Von Dianes Dad? Er heißt …«

Minnie schlägt mit der Faust auf den Tisch. »Meine Tochter wird mich in meinem eigenen Haus nicht anlügen«, stößt sie hervor. »Wie ist sein verdammter Name?!«

»Tony«, stammelt Barbara. »Sein Name ist Tony.«

»Tony«, wiederholt Minnie mit zusammengekniffenen Augen.

Barbara starrt auf ihre Näharbeit und fragt sich, ob sie gleich anfangen wird zu heulen.

»Also worauf wartest du noch, Mädchen? Rede!«, fordert Minnie sie auf.

Nachdem Barbara ihrer Mutter alles erzählt hat, was ihr überhaupt nur zu Tony einfällt und was nichts mit Küssen oder Bier zu tun hat, nimmt Minnie ohne ein weiteres Wort ihre Arbeit wieder auf. Sie wünschte, Seamus wäre da, um sich der Sache anzunehmen. Sie versucht, einen Entschluss zu fassen, wie sie reagieren soll. Mit Glenda war das alles so anders – sie ist aus dem Ruder gelaufen, als Minnie nicht hingesehen hat, und als sie es schließlich mitbekam, war Glenda schon längst viel zu unabhängig, um noch eine Ermahnung anzunehmen. Aber Barbara? Barbara ist zerbrechlich. Barbara braucht Schutz, denkt Minnie.

Barbara wartet einen Moment, dann öffnet sie den Mund, um zu fragen, ob sie sich weiter mit ihm treffen darf. Doch dann überlegt sie es sich anders und sagt nichts. Auch sie macht sich wieder an ihre Arbeit.

Nach ein paar Minuten bricht Minnie das Schweigen. »Ist es dir ernst mit ihm?», fragt sie. »Magst du den Jungen wirklich?«

Barbara räuspert sich. »Ich denke schon.«

Minnie nickt. »Ich hoffe, du tust nichts, was ein Mädchen in deinem Alter nicht tun sollte.«

»Nein, Mum. Er hat auch noch nichts in der Richtung probiert. Er ist ein anständiger, gut erzogener Junge.«

»Also wenn du wirklich etwas von ihm willst, denke ich, du solltest ihn bald mal hierherholen, damit ich ihn kennenlernen kann.«

»Oh. Okay. Ich werde … äh … ihm schreiben und ihn fragen, wann er kommen kann. Soll ich das machen?«

»Am besten an einem Sonntag«, stimmt Minnie zu. »Sag ihm, dass er am nächsten Sonntagnachmittag vorbeikommen soll. Ich mache ein paar Scones.« Sie weiß eigentlich nicht wirklich, warum der Sonntag am besten ist, und auch nicht, warum sie Scones machen sollte, außer, dass ihre Eltern vor so vielen Jahren Seamus auf die gleiche Art willkommen geheißen haben. Sie weiß überhaupt nicht, wie all diese Dinge funktionieren, aber Sonntag und Scones sind zumindest ein Anfang.

»Können wir ihn nicht irgendwo in der Stadt treffen?«, fragt Barbara, und ihr Blick wandert unruhig durch den Raum.

»Wieso? Hier ist es doch nicht schlecht.«

»Ich dachte nur, es wäre schön, wenn …«

»Es sei denn, du denkst, er ist sich zu fein, um hierherzukommen«, sagt Minnie. »In dem Fall solltest du dir einen älteren Freund suchen. Denn ich werde hier nichts verändern, nur weil du dir einen kleinen Lord ausgesucht hast.«

»Das ist es nicht, Mum«, schwindelt Barbara. »Darum geht es überhaupt nicht. Ich dachte nur, es wäre schön für dich, mal rauszukommen. Ich dachte, das wäre mal was anderes.«

»Nein. Er kann nächsten Sonntagnachmittag herkommen. Oder überhaupt nicht.«

* * *

Es ist kurz nach drei, als Barbara hört, wie draußen das Motorrad hält. Sie geht zum Fenster, um einen Blick hinauszuwerfen, dann ruft sie: »Er ist es. Er ist da.« Sie läuft hinaus und die Treppe hinunter durch die Wäscherei zur Eingangstür.

Sie öffnet die Tür, die Glocke ertönt und das Geschlossen-Schild schwingt von einer Seite zur anderen. Tony nimmt seinen Helm ab und macht ein verwirrtes Gesicht. »Ich dachte schon, ich sei an der falschen Adresse. Mir war nicht klar, dass du tatsächlich in der Wäscherei lebst.«

»Darüber. Wir leben in der Wohnung im ersten Stock«, klärt Barbara ihn auf und deutet verschämt hinauf. »Es ist nichts Besonderes, aber unser Zuhause«, fügt sie hinzu, ein Satz, den sie in irgendeinem Film gehört und sich für genau diesen Moment aufgespart hat.

»Okay«, sagt Tony und folgt ihr in das dunkle Geschäft. »Oben ist nur deine Mum, nicht wahr? Oder ist Glenda auch da?«

»Nein, Glen ist aus. Es sind nur wir. Ich zittere am ganzen Körper.«

»Ich auch.«

»Komm, hier entlang.« Barbara nimmt seine Hand und zieht ihn durch die Wäscherei, vorbei an den Stangen mit frisch gewaschener Kleidung, vorbei an den Säcken mit schmutziger Wäsche und weiter hinter den Tresen und durch die Hintertür.

Wenn die Wäscherei schon schäbig wirkt, ist sie dennoch kein Vergleich mit dem, was nach der Hintertür kommt. Der chinesische Besitzer hat nichts mehr renoviert, seit er den Laden nach Kriegsende gekauft hat, und Barbara vermutet, dass er schon vorher mehr als nur einen neuen Anstrich gebraucht hätte. Aber da sie weder die Zeit noch das Geld haben, ihn selbst zu streichen, bleibt er eben so heruntergekommen, wie er ist. Sie fragt sich, ob Tony sich vielleicht einfach umdrehen wird und verschwinden. Sie könnte es ihm nicht mal verdenken.

Als sie den oberen Treppenabsatz erreichen, deutet Barbara auf den Garderobenständer. »Du kannst deine Jacke ausziehen und sie dort aufhängen.«

Tony schlüpft aus seiner Wachsjacke, unter der ein etwas zu kleiner schwarzer Anzug zum Vorschein kommt. »Ooh, du siehst wunderbar aus«, sagt Barbara und rückt seinen schmalen schwarzen Schlips zurecht.

»Er gehört Hugh«, murmelt Tony. »Ich habe ihn mir von ihm geliehen.«

»Das hab ich mir gedacht. Aber er sieht gut aus. Also! Bereit?«

Tony macht ein verängstigtes Gesicht und holt tief Luft. »Bereit«, sagt er.

Barbara gibt ihm einen Kuss auf die Wange, dann öffnet sie die Tür und führt Tony in den ersten der beiden Räume, den Raum, der als ihr Wohnzimmer, Esszimmer, Küche, Werkstatt und als Minnies Schlafzimmer dient und in dem, mangels anderer Lagermöglichkeiten, nicht eine einzige Fläche ausgespart wurde. Um das Waschbecken herum stapeln sich Töpfe und Pfannen. In der Nähe des Sessels sind es Bücher und Zeitschriften. Neben dem einzelnen Bett hat Minnie ihre Kleidung aufgehäuft. Und überall liegen Stapel und Haufen von Wäsche herum, die darauf warten, geändert oder repariert zu werden.

Barbara versucht, den Raum mit Tonys Augen zu sehen und glaubt zu wissen, dass jetzt alles vorbei ist – ist überzeugt, dass er sie nach diesem Tag verlassen wird.

»Und?«, meldet sich Minnie zu Wort. »Willst du uns nicht einander vorstellen?«

»Mum, das ist Tony«, verkündet sie. »Tony, meine Mum.«

»Hallo, Mrs Doyle«, sagt Tony, und Barbara kann hören, dass seine Stimme zittert. »Ich freue mich wirklich sehr, Sie kennenzulernen.« Er macht einen Schritt vor und streckt die Hand aus.

»Das werden wir noch sehen«, erwidert Minnie und übersieht seine ausgestreckte Hand, so bösartig wie immer. »Setzen Sie sich einfach dorthin«, fügt sie hinzu und deutet mit dem Kopf auf den Esstisch, den sie gerade so weit freigeräumt hat, dass der Teller mit den Scones und die Teekanne Platz haben. »Und du, Fräulein«, wendet sie sich an Barbara, »verschwinde bitte mal für eine Stunde.«

»Oh«, sagt Barbara. »Ich dachte, wir trinken zusammen Tee.«

»Nun, da hast du dich geirrt«, entgegnet Minnie. »Also ab mit dir.«

Barbara geht wieder hinaus auf den Treppenabsatz und schließt die Tür hinter sich. Sie streift ihren Mantel über, aber dann zögert sie, bleibt an der Tür stehen und lauscht. »Sie sind also der berühmte Tony«, sagt Minnie.

»Als ich das letzte Mal in den Spiegel gesehen habe, war ich es noch, Mrs Doyle«, erwidert Tony.

Barbara verzieht das Gesicht. Ihrer Mutter würde es nicht gefallen, so aufgezogen zu werden. Nicht im Geringsten.

»Und Sie sind von Eastbourne mit Ihrem Motorrad hier raufgekommen?«

»Das stimmt, Mrs Doyle. Es war ziemlich kalt.«

Weil die Stimmen jetzt gedämpfter klingen, schiebt Barbara sich näher an die Tür und fällt fast hin, als Minnie sie aufreißt. »Ich dachte, du wolltest los«, sagt Minnie mit überraschend ruhiger Stimme.

»Ja … ja. Äh …, ich bin gerade dabei«, stammelt Barbara, dreht sich um und rennt die Treppe hinunter.

Draußen auf der Straße zögert sie, dann wendet sie sich der Hauptstraße zu. Es ist ein kühler Septembertag, und der Himmel ist blassgrau, der Wind sanft.

Während sie läuft, versucht sie sich das Gespräch zwischen ihrer Mutter und Tony vorzustellen. Sie stellt sich vor, wie sie zusammen Scones essen, und fragt sich, ob Tony wohl Marmelade auf seinen Schlips kleckern wird – er ist beim Essen fürchterlich schlampig. Sie versucht zu erraten, was Minnie sagen wird, wenn sie zurückkommt. »Es tut mir leid, er ist ein netter Kerl, aber er ist kein Junge, von dem ich möchte, dass du ihn triffst«, erscheint ihr als eine mögliche Formulierung. Oder vielleicht: »Ich habe darüber nachgedacht, aber du bist noch ein bisschen zu jung, um dir schon den Hof machen zu lassen. Ich denke, du solltest noch ein paar Jahre warten.« Ihre Mum spricht immer davon, *den Hof zu machen*. Aber würde Tony auf sie warten? Natürlich würde er das nicht. Schon nicht wegen Diane, die längst bereitsteht. Minnie wird sicher sein ausgefranster Kragen und der zu kleine Anzug aufgefallen sein. Dessen ist Barbara sich sicher. Und wird Tony sie überhaupt noch wiedersehen wollen, nachdem er nun weiß, dass sie in einem Elendsquartier über einer Wäscherei wohnt? Höchstwahrscheinlich nicht. Ihr Herz rast, und sie kann sich absolut nicht vorstellen, wie sie eine ganze Stunde totschlagen soll. »Bitte!«, betet sie im Stillen. »Ein ganzes Leben hängt davon ab.«

Nachdem sie eine Stunde lang einsam und verlassen durch die Straßen gelaufen ist, kehrt sie zurück. Sie schaut hinauf zu den Fenstern, als könnten die ihr etwas über die Atmosphäre im Innern des Hauses verraten, doch außer dem Himmel, der sich darin spiegelt, ist nichts zu erkennen.

Sie geht hinein, durchquert die Wäscherei und bleibt unten an der Treppe einen Moment stehen, um zu lauschen. Zu ihrer großen Überraschung hört sie Minnie lachen. Sie kann sich nicht daran erinnern, ihre Mutter jemals lachen gehört zu haben. Es ist geradezu ein Schock zu entdecken, dass sie tatsächlich dazu in der Lage ist.

Sie lauscht noch ein wenig länger, und nach einem Blick auf ihre Uhr, um sicherzugehen, dass auch tatsächlich genau eine Stunde vergangen ist, steigt sie die Stufen hinauf, zieht ihren Mantel aus und klopft dann zögernd an die Tür.

»Komm rein, Liebes«, ruft Minnie, und nach dem Gelächter klingt sogar ihre Stimme verändert und unvertraut.

Barbara betritt das Zimmer und sieht, wie Minnie sich eine Träne aus dem Auge wischt, und Tony breit grinst. »Da hast du dir ja einen richtigen Komödianten an Land gezogen«, sagt Minnie. »Ich habe mich totgelacht.«

Barbara hat Mühe, nicht die Stirn zu runzeln, während sie die beiden betrachtet. Das ist ein so unerwartetes Ergebnis, es fühlt sich fast an wie irgendein Winkelzug. »Komm her und nimm dir einen Scone«, sagt Minnie. »Tony muss bald wieder los, leider.«

Tony zwinkert ihr zu, und erst da fängt Barbara an, sich zu entspannen.

Als Tony sich eine halbe Stunde später unten auf der Straße seinen Helm aufsetzt, wirft Barbara einen Blick nach oben zu Minnie, die sie vom Fenster aus beobachtet, und fragt leise: »Was um alles auf der Welt hast du zu ihr gesagt, dass sie so lachen musste?«

Tony zuckt mit den Schultern. »Ich habe ihr ein paar Witze erzählt. Hauptsächlich die von meinem Dad. Sie ist wirklich nett, deine Mum.«

»Witze! Was für Witze?«

»Keine Ahnung. Der von den Kannibalen, die den Kirchenmann kochen. So was eben.«

»Wie? ›Sollen wir ihn kochen? Nein, das ist ein Bruder‹?«, fragt Barbara verblüfft.

»Genau.«

»Aber sie hat *Tränen* gelacht.«

»Vielleicht hat sich längere Zeit niemand mehr die Mühe gemacht, ihr Witze zu erzählen.«

»Nein«, muss Barbara eingestehen. »Nein, vielleicht hat das niemand.«

»Und wann kann ich dich wiedersehen?«

»Ich weiß es nicht. Ich nehme an, Mum wird jetzt mit mir sprechen. Sobald du fort bist.«

»Dann sollte ich mich besser auf den Weg machen.«

»Ich schreibe dir. Sobald ich etwas weiß, schreibe ich dir.«

»Und ich komme wieder, sobald ich kann.«

Und dann springt Tony auf den Kickstarter seines Motorrads, legt krachend den Gang ein und verschwindet die Straße hinunter.

Als Barbara zurück ins Haus kommt, näht Minnie bereits wieder.

»Kann ich noch einen Scone bekommen?«, fragt sie.

»Solange du noch was für Glenda übrig lässt.«

»Und, magst du ihn?«

»Ja. Ja, er ist wirklich ein ganz netter Junge.«

»Darf ich ihn weiter treffen?«

Minnie schweigt einen Moment und sieht zu ihr auf. »Ich werde seinen Eltern schreiben. Ich möchte sichergehen, dass ihr in getrennten Zimmern schlaft, wenn du dort übernachtest.«

»Wir schlafen *immer* in getrennten Zimmern.«

»Gut. Denn ich habe auch Tony gesagt, wenn er dich in Schwierigkeiten bringt, wird er dich heiraten.«

Barbara schluckt und blickt hinunter auf die Scones.

»Hast du mich gehört?«, fragt Minnie.

»Ja, Mum. Ja. Ich habe dich gehört.«

2012 – Southwark, London

Sophie kommt zu früh zu ihrem Shooting. Verstohlen stapelt sie ihre Ausrüstung in eine Ecke des riesigen Lagerhauses, in dem sich das Studio befindet, und holt die Nikon aus der Tasche. Als sie die Bühne erreicht, ist Ralph, der schwul ist und muskulös (und hübscher als die meisten der Models), damit beschäftigt, den Hintergrund mit großen weißen Tüchern abzuhängen. Er hat Sophie noch nicht bemerkt, deswegen nimmt sie leise die Abdeckung von der Linse und hebt die Kamera ans Auge.

Ralph steht auf einer zu kleinen Trittleiter und reckt sich, um die entferntere Ecke des Rahmens zu erreichen. Sein Jeanshemd ist hochgerutscht und entblößt einen verlockenden Streifen Haut über seiner tief sitzenden Jeans, und er trägt tatsächlich Sporen an seinen Cowboystiefeln. Das Shooting wird ziemlich sexy, vermutet Sophie.

Leider hat sie vergessen, die Töne der Kamera abzuschalten, deswegen wird Ralph durch das Piepen des Autofokus auf sie aufmerksam.

»Hey!«

»Sophie.« Er dreht sich um und lächelt. »Was hast du vor?«

»Pst! Ich mache eine kleine Fotoreportage.«

Ralph hebt den Tacker und schießt eine Klammer in die oberste Ecke des Tuches. »Cool. Und vergiss nicht, mir welche von den Bildern zu schicken.«

»Natürlich mache ich das.« Sophie richtet die Kamera auf seinen Hintern und macht noch drei Fotos. »Schöne Bauchmuskeln übrigens. Ich wünschte, mein Freund hätte auch ein paar davon.«

»Oh, es ist gar nicht schwer, die auszubilden.« Ralph klettert von der Leiter. »Du musst dich einfach nur von sämtlichen sozialen Kontakten verabschieden und deine ganze Freizeit im Fitnessstudio verbringen.«

Sophie lacht, stellt die Kamera auf stumm und geht nach hinten, um einen Blick in die Maske zu werfen.

Dort findet sie die drei Models, die *Now* für das heutige Shooting ausgewählt hat. Es sind zwei Frauen – die bösartige Eddi Day mit einem gemischtrassigen Hintergrund, mit der Sophie schon gearbeitet hat, und ein neues, mageres, leicht grünstichiges blondes Wesen. Der Kerl gehört zu der toll aussehenden, aber ziemlich dämlichen Sorte, mit dichten Augenbrauen, die so gerade stehen, dass man sie als Wasserwaage benutzen könnte. Er sieht ein bisschen wie ein junger Colin Farrell aus.

Sophie macht ein paar Fotos von Butch, wie er seine Nase im Spiegel pudert, eins von Eddi Day, die ihre Nasenlöcher erkundet, und eine von Miss Mager, die mit einer knochigen Hand ein winziges Stück von einem Croissant abreißt und sich in den Mund schiebt. Wenn man danach geht, dass ihr jegliches Körperfett fehlt, oder überhaupt ein Körper, ist das wahrscheinlich die erste Nahrung, die sie in diesem Jahr zu sich nimmt.

Leise betritt Sophie den Raum. Sie sieht, dass Butch ihre Anwesenheit inzwischen bemerkt hat – er grinst sie an, pudert sich aber weiter die Nase. Sophie hofft, dass *Now* keine lächelnden Models auf den Bildern will, denn sein Grinsen ist offen gesagt einfach gruselig. Aber er sagt nichts, was auch gut ist, denn Sophie weiß, sobald Eddi Day ihre Anwesenheit bemerkt, wird die Session vorbei sein.

»Haben sie dich am Ende noch für das *Monsoon*-Shooting gebucht?«, fragt Day die kleine Knochige.

»Nein. Sie haben eine magersüchtige Rothaarige genommen«, erwidert die Knochige, und Sophie verzieht das Gesicht, während sie sich vorzustellen versucht, wie wohl ein Model aussieht, das die Knochige als magersüchtig bezeichnen würde.

Sophie schiebt sich an der rechten Wand nach vorn, und es gelingt ihr, einige Bilder der drei Models im Profil zu schießen, wie sie in den Spiegel schauen, aber in jedem Foto mit einem anderen Gesicht im Fokus. Wenn sie gelungen sind, könnten sie ein schönes Triptychon ergeben.

In dem Moment sagt der blöde Butch: »Und wofür sind die?« Und Eddi Day dreht sich zu Sophie um und runzelt so furchterregend die Stirn, wie Sophie es noch nie gesehen hat. *Niemand glaubt, dass Models auch so aussehen können*, denkt Sophie und schießt noch schnell drei weitere Bilder, bevor sie die Kamera herunternimmt.

»Was zum Teufel soll das?«, knurrt Eddi Day.

»Die sind nur für mich«, erwidert Sophie.

»Scheiß drauf«, speit Eddi ihr entgegen. »Das steht nicht im Vertrag.«

»Beruhige dich. Das gehört nicht zum Job«, gibt Sophie zurück. »Wie ich bereits sagte, sie sind nur für mich.«

»Das rate ich dir«, entgegnet Eddi. »Oder ich klage dich in Grund und Boden.«

Die Knochige dreht sich jetzt auch zu ihr um und nickt übertrieben. »Ich auch«, fügt sie hinzu.

Butch zuckt die Achseln. »Mir ist es gleich.« Er zwinkert Sophie zu. »Halt nur drauf.«

* * *

Als Brett am Samstagmorgen in Sophies Wohnung auftaucht, ist der gesamte 27-Zoll-Bildschirm ihres iMacs von Eddi Days wütend verzerrtem Gesicht ausgefüllt.

Brett hängt seinen Mantel auf, dann durchquert er den Raum und beugt sich herunter, um Sophie auf den Hals zu küssen. »Meine Güte!«, ruft er und schaut noch ein zweites Mal hin. »Wer ist das denn?«

»Eddi Day«, sagt Sophie.

»Und wer könnte Eddi Day sein?«

Sophie lacht. »Du kennst Eddi Day, selbst wenn es dir nicht bewusst ist. Du hast sie nur noch nie so gesehen.«

Nach ein paar Klicks mit der Maus findet sie eine Onlinewerbung für *Noméa*, eine Anti-Aging-Creme.

»Oh, das Gesicht von *Noméa*, oder?«

»Ja.«

»Und dreht sie jetzt Horrorfilme?«

Sophie schnaubt und ruft wieder das heimlich aufgenommene Foto auf. »Ein bisschen schockierend, oder?«

»Was noch eine Untertreibung wäre. Und sie hat Falten!« Er deutet auf die feinen Linien um ihre Augen.

»Sie ist fünfunddreißig. Ich muss sie mit Photoshop bearbeiten.«

»Aber sie macht immer noch die Werbung für Antifaltencreme, richtig?«

»Genau. Deswegen retuschiere ich sie weg.«

»Und was ist passiert?« Brett geht hinüber zur Küche und gießt sich einen Becher Kaffee ein. »Bist du aus Versehen an den Auslöser gekommen?«

»Nein, ich habe herumgespielt. Um einen Ansatz zu finden, wie du sagen würdest.«

»Und?«

»Das hier ist Teil der Idee, die ich hatte. Die verborgene Seite der Modeindustrie. Das ist meine große Idee. Zumindest im Moment.«

Brett lehnt sich gegen die Arbeitsplatte der Küche und lächelt. »Nein, das ist keine große Idee. So was kommt einfach dabei heraus, wenn du dich nicht wirklich bemühst. Zu glauben, du kannst ein paar Bilder extra machen, während du sowieso arbeitest, und es dann Kunst nennen.«

Sophie lehnt sich auf ihrem Stuhl zurück und dreht sich leicht hin und her, während sie das Foto betrachtet. Sie ist von Eddi Days wütendem Gesichtsausdruck irgendwie fasziniert, besonders von dem Tropfen Speichel in ihrem verzerrten Mundwinkel. »Kunst ist immer eine Frage der Erklärung, die du dazugibst«, sagt sie. »Wenn du es auf die richtige Weise erklärst, wird es Kunst.«

»Hm.« Brett klingt sarkastisch. »Mal überlegen. Hat nicht ein gewisser Anthony Marsden etwas anderes gesagt? War sein Slogan nicht eher etwas wie …«

»So was kam dabei heraus, wenn Dad sich Mühe gegeben hat«, unterbricht Sophie. »Zu sagen, dass Kunst nicht erst erklärt werden darf, dass man sie sich nur ansehen soll … das war Dads geschickte dekonstruktivistische Erklärung, was Kunst ist. Es war ein doppelter Bluff.«

»Wenn du es sagst.«

»Aber mal im Ernst, Brett, sieh dir das an. Das hat doch etwas Großartiges, findest du nicht? Stell dir das auf drei mal drei Metern vor. Meter meine ich, nicht Fuß. Oder mehr. Vielleicht fünf mal fünf. Man könnte jede einzelne Pore sehen. Jeden Mitesser.«

»Es wäre umwerfend. Und sie würde dich in Grund und Boden klagen.«

»Genau das waren ihre Worte.«

»Ach?«

»Genau das hat sie gesagt, als ich das Foto gemacht habe. Dass sie mich in Grund und Boden klagen würde, wenn ich es nutze.«

»Also kannst du es *nicht* nutzen?«

»Dieses nicht, nein. Aber für einige könnte ich sicher die Zustimmung bekommen. Sieh dir die mal an.« Sie klickt mit der Maus herum, bis das erste der drei im Profil aufgenommenen Fotos auf dem Bildschirm erscheint, jetzt als kontrastreiche Schwarz-Weiß-Aufnahme. »Komm doch mal!«

Brett kommt herübergeschlendert und hockt sich neben sie, und Sophie klickt sich durch die drei fast identischen Bilder der drei Models, wie sie sich schminken, wobei der Fokus bei jedem Klick von einem Gesicht zum nächsten wandert. »Ich habe mir ein großes Triptychon vorgestellt.«

»Wenn du dich da so durchklickst, ist das ziemlich cool«, meint Brett. »Als Video könnte es funktionieren.«

»Ja. Du hast recht.«

»Pudert er sich tatsächlich die Nase?«

»So ist es.«

»Wow.«

»Und das ist nur die erste Schicht. Die Maskenbildnerin kam kurz danach und hat bei allen erst mal Grundierung aufgetragen. Guck mal hier.« Sie zeigt Brett eine Reihe von Fotos, auf denen die Maskenbildnerin mit einer Spritzpistole Grundierung aufträgt.

»Oh, wow!« Brett lacht. »Die sprühen das Zeug im wahrsten Sinne des Wortes auf.«

»Im wahrsten Sinne des Wortes.«

»Und das Endergebnis?«

Sophie stellt zwei Fotos nebeneinander. Eins zeigt Eddi Day in einem schwarzen Rock und einem ärmellosen orangefarbenen Pullover mit Zopfmuster von *Now*, das andere Patrick (Butchs richtiger Name stellte sich als Patrick Evans heraus) in einem dreiteiligen grauen Anzug von der Stange mit einem weißen Rundkragenhemd und einem dünnen pinkfarbenen Schlips.

»Ha!«, ruft Brett aus. »Grundierung steht ihm. Der Anzug ist auch schön. Von wem ist das?«

»*Now*«, sagt Sophie.

»*Now*?«

»Die Modekette, ja.«

»Ihre Anzüge sehen aber nicht wie die im Schaufenster aus.«

Sophie grinst und beißt sich auf die Unterlippe. Ausnahmsweise ist mal sie die Expertin, und das gefällt ihr. Es macht Spaß, Brett in die Geheimnisse der Modewelt einzuweihen. »Sieh dir das mal an«, sagt sie und wählt ein anderes Foto aus, das Patrick von hinten zeigt.

»Was sind denn *das*?«, fragt Brett. »Wäscheklammern?«

»Ja«, antwortet Sophie. »So schafft man es, dass ein Anzug von *Now* an einem trainierten Model gut aussieht. Der ganze Rücken ist voller Wäscheklammern, damit vorne alles an der richtigen Stelle sitzt. Wenn du ganz genau hinschaust …« Sie sucht ein weiteres Foto aus, das von hinten aufgenommen wurde. Darauf trägt Patrick nur die Hosen und die Weste mit Satinrücken. Sophie vergrößert den Hosenbund. »Hier kannst du sehen, dass sie den Hosenbund auftrennen mussten.«

»Weil er die falsche Größe hatte? Oder hat er besonders große Hinterbacken?«

»Die Mode ist dieses Jahr enger geschnitten, als sie erwartet hatten. Damit der Anzug enger wirkt, haben sie das Jackett mit Wäscheklammern zusammengezogen, damit es tailliert wirkt, und eine zu kleine Hose genommen. Aber um ihn da reinzuzwängen, mussten sie den Hosenbund auftrennen.«

»Wenn der Junge also in eine Filiale von *Now* geht und den gleichen Anzug kauft …«

»Wird es beschissen aussehen«, bestätigt Sophie.

»Das ist verrückt.«

»Und außerdem muss ich es natürlich noch retuschieren.«

»Noch mehr Nasenhaare?«

»Nein. Aber seine linke Augenbraue ist dicker als die rechte, siehst du? Das werde ich ausgleichen. Und dann entferne ich noch ein paar von den Falten hier …« Sophie fährt mit dem Finger über die Innenseite von Patricks Oberschenkel. »Außerdem mache ich bei allen die Zähne weißer.«

»Und wir wundern uns, warum wir nie wie die Leute in der Werbung aussehen«, meint Brett.

»Ich weiß. Und ich weiß, dass ich die nicht nutzen kann, weil es professionelle Models sind. Wenn ich aber das Gleiche mit Leuten mache, die keine Profis sind … wenn ich ihnen ihre Zeit bezahle und jeweils zwei Aufnahmen mache, weißt du. Vor all den Tricks und danach … eine ganze Serie von ihnen, auf denen man die Wäscheklammern sieht und den Bräuner aus der Sprühdose und was dann alles noch so mit Photoshop geht. Meinst du nicht, das könnte cool sein?«

»Hm«, macht Brett.

»Hm?«

»Ja. Hm.«

»Hm was?«

»Ehrlich?«

»Ehrlich.«

»Okay, ich sehe zwei Probleme. Das erste ist, dass es sich dabei eher um eine Nachricht handelt, nicht um Kunst. Ein Mythos wird zerstört, und das ist interessant … es ist … es ist … sogar *befreiend*. Aber es ist keine Kunst.«

»Das hängt sicher davon ab, wie gut die Fotos …«

»Es ist trotzdem viel zu erzählerisch. Zu sinnvoll. Zu eindeutig.«

»Oh!«

»Tut mir leid, Süße.«

»Und das Zweite? Du hast gesagt, du siehst zwei Probleme.«

»O ja. Du wirst niemals wieder einen Job in der Modeindustrie bekommen.«

»Darüber habe ich auch nachgedacht.«

»Und?«, fragt Brett.

»Und?«

»Und wirst du mir jetzt einen blasen oder nicht?«, will er wissen, und plötzlich ist sein anzügliches Grinsen wieder da.

Sophie seufzt, reibt sich die Stirn und reißt den Blick vom Bildschirm los. »Hm«, macht sie.

»Na, vielen Dank für die Begeisterung.«

»Hey, du kannst mir doch nicht ein ganzes Projekt zerschießen, und dann erwarten, dass ich …«

»Mir einen bläst?«

»Genau.«

»Okay! Dann ist es eine großartige Idee!«, erklärt Brett. »Sie ist so gut, dass ich wette, dass sie dir die ganze *Tate Modern Gallery* zur Verfügung stellen werden.«

Sophie sieht ihn mit gerunzelter Stirn an.

»Und? Bläst du mir jetzt einen?«

1951 – Eastbourne, East Sussex

Fragend blickt Tony zu Barbara auf. Er hockt neben seinem Motorrad, einen Schwamm voller Seife in der Hand. Barbara hat bis zu diesem Augenblick gewartet, um ihre Neuigkeit loszuwerden, denn da Tony die Hände voll hat und deswegen nicht weglaufen oder sie erwürgen kann, fühlt sie sich irgendwie sicherer.

»*Was?*«, fragt er nach.

»Ich denke, du hast mich gehört«, erwidert Barbara leise.

»Ich habe dich *gehört*«, bestätigt Tony. »Aber ich weiß nicht, was es bedeuten soll.«

»Du weißt es«, entgegnet Barbara. »Meine weiblichen Probleme. Es passiert einmal im Monat. Aber diesmal eben nicht.«

»Ich weiß immer noch nicht, was das bedeuten soll«, beteuert Tony. »Bist du krank? Musst du zu einem Quacksalber?«

Barbara schlägt die Hand vor den Mund und murmelt: »Oh, Tony.«

»Du willst doch nicht sagen … du meinst nicht …« Tony hustet. »Du bist nicht, du weißt schon …« Er deutet mit dem Kopf auf ihren Bauch. »Bist du?«

Barbara nickt flüchtig.

»Du bist es?«

»Ich denke schon.«

»Aber wir haben es doch noch nicht mal versucht.«

Barbara räuspert sich. »Ich weiß. Das hab ich auch gedacht. Aber ich glaube, man muss es gar nicht richtig machen. Ich denke, man muss nur … du weißt schon … was wir gemacht haben.«

»Verdammt noch mal!«

»Bitte fluch nicht.«

»Ich weiß. Aber … verdammt. Einfach so? Hast du das mit Absicht gemacht? Hast du es getan, damit ich dich heirate?«

Barbara runzelt die Stirn und leckt sich über die Lippen. Sie zuckt die Achseln. »Natürlich nicht. Hast *du*?«

»Sei nicht albern. Zum Teufel noch mal, Barbara! Ich kann nicht glauben, was du mir da sagst. Nicht so.«

»Du bist also wütend. Ich dachte, du würdest dich freuen.«

»Freuen? Ich habe keine Ahnung, was ich tun soll.«

Barbara dreht sich um und marschiert zurück ins *Donnybrook*, dann läuft sie die Treppe hinauf zu ihrem Zimmer oben unterm Dach. Sie schließt die Tür und wirft sich aufs Bett.

Wäre sie jemand, der heult, würde sie jetzt heulen. Aber im Gegensatz zu ihrer Schwester ist Barbara niemand, der heult. Selbst wenn sie es möchte, kann sie es nicht. Denn sie rechnet damit, dass Tony ihr folgen wird, und sie möchte, dass er sieht, wie aufgelöst sie ist. Sie befeuchtet ihre Finger und reibt sie durch ihre Nasenfalte. Sie möchte, dass er sie in die Arme nimmt und ihr sagt, dass alles gut werden wird.

Obwohl sie wusste, dass sie schwanger werden könnte, hatte sie ehrlich nicht damit gerechnet, dass es so schnell, so leicht passieren würde. Sie versteht nicht, was der Ausdruck »ein Baby anstreben« genau bedeutet, aber bei Tony hatte sie sich irgendwie vorgestellt, dass man zumindest schwanger werden wollte, damit es passiert. Und vielleicht war es insgeheim ja auch so gewesen.

Als ihre Periode nicht eingetreten war, hatte sie es nicht glauben können und vermutet, dass es irgendeine Erklärung dafür geben musste. Aber während Glenda ihre Hand gehalten hatte, war sie zur städtischen Bücherei gegangen, und gemeinsam hatten sie die abgegriffene Broschüre durchgelesen. Ihre Müdigkeit, der Schwindel, ihre empfindlichen Brüste … die Schlussfolgerung ergab sich zwangsläufig.

Die vergangenen zwei Wochen waren fürchterlich gewesen. Sie hatte zwischen aufregenden Visionen von der perfekten weißen Hochzeit, die Tony und sie nun gezwungen sein würden zu feiern (Tony hatte wiederholt gesagt, dass er keine Eile habe, doch nun war die Eile von ganz allein gekommen) und dem Gefühl purer Angst geschwankt, der Angst vor der dunklen Straße und dem Kleiderbügel. Oder der Angst vor einer Reise in ein Kloster irgendwo in Wales, wie es ihrer Schulfreundin Valery ergangen war. Denn das waren die einzigen Folgen, die sie sich vorstellen konnte.

Nach fast einer Stunde steht Barbara auf und geht zum Fenster. Draußen sieht sie das Motorrad, aber Tony ist nicht mehr da.

Sie spritzt sich Wasser ins Gesicht und geht hinunter in die Küche, wo sie Joan vorfindet, die Kartoffeln wäscht.

»Mrs Marsden, haben Sie Tony gesehen?«

Joan schürzt die Lippen und schüttelt den Kopf. »Er ist mit Diane weggegangen, glaub ich. Um ehrlich zu sein, dachte ich, du wärst bei ihnen. Ich sah sie losgehen und dachte, ihr seid alle zusammen.«

»Nein. Ich war oben und habe ein wenig geschlafen.«

»Alles in Ordnung mit dir, Liebes? Du siehst ein bisschen blass aus.«

»Ich denke, ich habe mich vielleicht erkältet. Mir ist kalt geworden, als Tony sein Motorrad repariert hat, denke ich«, schwindelt Barbara.

»Bevor du dich aufs Sterbebett legst, wie wär's, wenn du ein paar Kartoffeln für mich schälst? Ich habe heute noch so viel zu tun und gerade erst angefangen. Ich habe keine Ahnung, wie ich das alles schaffen soll.«

»Natürlich.« Barbara geht zu Joan. »Das mache ich gern.«

Tony kommt an dem Abend überhaupt nicht mehr zurück, und um sich die Peinlichkeit zu ersparen, allein mit Joan zu essen, geht sie zur Promenade und kauft sich eine Tüte Pommes frites. In der Broschüre stand, sie müsse sich gesund ernähren, mit vielen Vitaminen, wenn sie ein gesundes Baby möchte. Aber jetzt kann das doch noch nicht so wichtig sein, oder?

Als sie zum Haus zurückkehrt, fragt Joan sie, ob sie Tony gesehen hat. »Ihr habt euch doch nicht gestritten, oder?«, fragt sie.

»Ich glaube, er hat gesagt, er müsste Diane bei der Entwicklung irgendwelcher Fotos helfen«, flunkert Barbara. »Ich habe das wahrscheinlich nur vergessen. Ja. Ich bin sicher, irgendetwas in der Art hat er gesagt.«

Joan wirkt nicht besonders überzeugt, nickt aber trotzdem. »Möchtest du einen Tee? Ich könnte dir schnell etwas warm machen. Du kannst doch nicht mit leerem Magen ins Bett.«

»Ich habe Fish and Chips gegessen, danke. Vielleicht gehe ich wirklich ins Bett. Ich glaube, ich sollte ein bisschen schlafen.«

Barbara liegt da, starrt an die Decke voller Risse und lauscht dem Wind, der durch die Fugen unter dem Schiebefenster ihres Zimmers pfeift.

Die Gedanken wirbeln ihr durch den Kopf, und sie glaubt nicht, dass sie in dieser Nacht auch nur eine Minute schlafen wird. Als jedoch das Licht verblasst, überwältigt sie die Müdigkeit und zieht sie in eine Welt quälender Träume, in denen Babys ihren Müttern entrissen und die Pullover in Regalen gestapelt werden.

Beim ersten Morgenlicht wacht sie auf und schaut auf ihre Uhr: Es ist kurz vor sechs. Sie steht auf, wäscht ihr Gesicht und zieht sich an.

Auf dem Weg nach unten wirft sie einen Blick in Tonys Zimmer – das Bett ist unberührt –, dann geht sie weiter hinunter in die Küche, wo Joan, wie sie weiß, bereits das Frühstück vorbereitet. Sie entdeckt Tony, der in der Tür lehnt und mit Joan spricht, die gerade auf der Arbeitsplatte Kartoffelplätzchen formt.

Sie berührt Tony leicht an der Schulter. Er zuckt zusammen und dreht sich zu ihr um. Er sieht blass aus, und seine Haut ist fleckig. Auch seine Augen sind rot. Er stinkt nach Bier.

»Bist du die ganze Nacht unterwegs gewesen?«, fragt sie ihn.

»Geh schon, geh ins Bett«, sagt Joan zu ihrem Sohn.

»Aber …«

»Geh ins Bett!«, wiederholt sie, nur diesmal schärfer. »Barbara und ich müssen uns unterhalten.«

Tony nickt, und dann drückt er sich ungeschickt, ohne ihr auch nur einmal in die Augen zu sehen, an ihr vorbei und geht den Flur hinunter.

»Ist er betrunken?«, fragt Barbara.

»Kümmere dich nicht um ihn«, erwidert Joan. »Komm her und wasch das Geschirr ab, würdest du das tun?«

Barbara sieht, wie Tony das Treppengeländer umrundet und dann aus ihrem Blickfeld verschwindet, als er mit seinen Motorradstiefeln die Stufen hinaufstapft. Sie dreht sich zu Joan um. »Okay. Natürlich.«

Auf der Arbeitsplatte neben der Spüle stapelt sich das Geschirr vom letzten Abend. Barbara nimmt sich mehrere Teller und beginnt, sie zu spülen, während Joan neben ihr weiter Kartoffelplätzchen formt.

»Tony denkt, du bist schwanger«, sagt Joan plötzlich und ohne jede Vorwarnung.

Barbara erstarrt mit dem Teller und der Spielbürste in der Hand. Ihr klappt die Kinnlade herunter. Sie zwingt sich, den Mund zu schließen, schluckt schwer, und dann wäscht sie weiter ab, mit langsamen, kreisenden Bewegungen.

»Und, bist du's?«, hakt Joan nach.

Barbara hebt die Schultern. »Ich denke, es könnte sein.«

»Deine Periode ist ausgeblieben?«

Voller Scham senkt Barbara den Kopf. Noch nie in ihrem Leben hat sie sich über Sex unterhalten. Nicht mit Minnie, nicht mit Glenda und eigentlich auch mit niemand anderem. Das höchste der Gefühle hatte darin bestanden, Glenda zu erzählen, dass sie in diesem Monat ihre Tage nicht bekommen habe, woraufhin Glenda mit ihr in die Bibliothek gegangen war.

»Ja«, antwortet sie. »Sie ist einfach nicht gekommen.«

»Ist dir morgens übel?«, erkundigt sich Joan.

Barbara nickt. »Und hier tut es ein bisschen weh.« Sie berührt mit der Rückseite der nassen Hand ihren Bauch.

»Krämpfe? Wie Bauchschmerzen?«

»Ja.«

»Nun ja …«

»Ist es dann das, wonach es aussieht?«

»Wahrscheinlich. Ja.« Joan seufzt tief, dann fährt sie fort: »Weiß deine Mutter es schon?«

Barbara schüttelt den Kopf.

»Hast du Angst, es ihr zu sagen?«

Barbara nickt.

»Hätte ich auch. In Newhaven gibt es eine Frau. Die Freundin einer Freundin. Sie … du weißt schon … kümmert sich um solche Dinge.«

Barbara hört auf abzuwaschen und wendet sich langsam Joan zu. Die beiden Frauen sehen sich einen Moment lang tief in die Augen, dann werden ihre Gesichtszüge weich und sie sagt: »Oh.«

»Oh?«

»Du willst es also behalten?«

Barbara leckt sich über die Lippen und öffnet den Mund, um etwas zu sagen, aber ihre Kehle ist wie zugeschnürt. Stattdessen nickt sie nur.

»Du bist noch so jung, Liebes«, meint Joan. »Das seid ihr beide. Wollt ihr nicht erst das Leben genießen?«

Barbara räuspert sich. »Ich bin so alt wie meine Mum, als sie Glenda bekommen hat.« Sie merkt, dass es ein bisschen aggressiv klingt, aber sie kann nicht anders.

»Du bist im selben Alter, in dem ich war, als ich Tony bekommen habe«, erklärt Joan. »Deswegen sage ich dir, man ist noch zu jung. Ich *weiß* es.«

»Ich dachte, er würde sich freuen«, sagt Barbara mit zitternder Stimme. »Aber er glaubt, ich habe es mit Absicht getan.«

Erneut wird Joans Gesicht ganz weich. Sie lässt das Geschirrhandtuch fallen, das sie ausgewrungen hat, und kommt zu Barbara, um sie in die Arme zu nehmen. »Mit Absicht?«, fragt sie. »Als wenn das etwas wäre, was du alleine fertigbringen könntest. Männer! Die ändern sich auch nicht. Man gibt sein Bestes, um sie vernünftig zu erziehen, doch irgendwie bleibt alles beim Alten.«

»Ich dachte, er wollte gerne heiraten«, sagt Barbara, ermutigt von Joans Unterstützung. »Aber er scheint einfach nur wütend zu sein.«

»Ist es das, was du möchtest?«, will Joan wissen. »Heiraten?«

Barbara nickt und birgt ihr Gesicht an Joans Schulter.

»Dann holen wir Tony besser wieder runter und reden mit ihm.«

Barbara nickt. »Aber ich denke, er ist immer noch betrunken.«

Joan schiebt sie auf Armeslänge von sich fort und sieht ihr in die Augen. »Genau. Du musst noch eine Menge lernen, mein Mädchen – eine ganze Menge. Jetzt hol ihn, und dann lass uns mal sehen, was er zu der Sache zu sagen hat.«

2012 – Eastbourne, East Sussex

Sophie drückt auf die Klingel und, da sie sich nicht sicher ist, ob sie gerade funktioniert, klopft sie auch an der Eingangstür. Ihre Mutter hat ihr vor Jahren mal einen Schlüssel gegeben, aber da es ihr anscheinend nicht recht ist, dass Sophie ihn auch tatsächlich benutzt (sie macht jedes Mal einen Aufstand, dass sie beinahe einen Herzinfarkt bekommen habe), bringt sie ihn zurzeit meistens nicht mal mit.

Hinter dem Glasfenster in der Eingangstür ertönt die Stimme ihrer Mutter. »Wer ist da?«

»Ich bin's! Sophie!« Sie verdreht die Augen und denkt, *wer soll es denn sonst wohl sein?* Ihre Mutter bekommt selten Besuch, und Sophie hatte angekündigt, dass sie um zehn da sein würde. Sie wirft einen Blick auf ihre Uhr. Sie ist eine Minute zu früh.

Die Tür wird ein paar Zentimeter geöffnet, weiter geht es nicht wegen einer dünnen Goldkette, die jeder Schläger, wie oft in der *Daily Mail* ihrer Mutter erwähnt wird, mit einem Tritt zerreißen könnte. Das Gesicht ihrer Mutter späht durch den Spalt, und Nut, ihre fuchsrote Katze, sieht vom Boden zu ihr auf. »Ach, du bist es«, sagt sie, und Sophie kann nicht anders und verdreht erneut die Augen.

Sie streichelt Nut, gibt ihrer Mutter einen Kuss auf die Wange und betritt das Haus. »Ja, ich bin's. Wie angekündigt.«

»Ich nehme an, du möchtest etwas zu Mittag«, sagt ihre Mutter, während sie die Tür verschließt und die Kette vorlegt – eine Einladung zum Essen, die eigentlich ein Tadel ist.

»Nein, ich habe am Telefon doch gesagt, dass ich dich einlade«, erwidert Sophie, während sie sich umschaut und wieder diese unerklärliche Übelkeit in ihr aufsteigt, die sie immer verspürt, wenn sie mit dem floralen Überangebot im Haus ihrer Mutter konfrontiert wird.

»Es hat doch keinen Sinn, Geld für verrückte Restaurantpreise auszugeben«, entgegnet ihre Mutter. »Ich habe einen ganzen Kühlschrank voller Essen, das absolut in Ordnung ist.«

»Ach, komm, Mum. Lass uns weggehen. Es muss ja nicht teuer sein.«

»Es kostet immer noch so viel wie mein wöchentlicher Einkauf«, erwidert sie, aber sie verzieht den Mund, was bedeutet, dass sie durchaus bereit ist, sich überzeugen zu lassen.

Sophie unterdrückt einen Seufzer. Sie hat noch nie verstanden, warum ihre Mutter so besessen ist, wenn es um irgendwelche Kosten geht, besonders weil sie nie, obwohl sie nicht wirklich reich gewesen ist, in irgendwelchen finanziellen Nöten gesteckt hat. Soweit Sophie weiß, hat ihre Mutter nie darum ringen müssen, sich irgendwelche grundlegenden Dinge leisten zu können. »Sieh mal, erstens lade ich dich ein, und zweitens muss es nicht teuer sein. Ich hätte eigentlich Appetit auf Fish and Chips. Was meinst du?«

»Ich denke, wir könnten zu *Qualisea* gehen. Das kostet nicht gleich ein Vermögen.«

»Klar. Warum nicht?«, stimmt Sophie zu. *Qualisea* ist Eastbournes beliebtestes und preiswertestes Fish-and-Chips-Restaurant. Außerdem ist es zufällig, aus all diesen Gründen, ein beständiger Favorit bei den meisten der älteren Einwohner von Eastbourne. Und in einer Stadt, in der das größte tägliche

Risiko darin besteht, von einem Elektrorollstuhl überfahren zu werden, hat das durchaus etwas zu bedeuten. Aber Sophie ist es gelungen, ihre Mutter zu überreden, das Haus zu verlassen, und das ist in diesen Tagen Belohnung genug.

»Wie geht's dir?«, fragt Sophie, sobald sie das Haus verlassen und auf dem Weg zur stürmischen Promenade sind.

»Ach, du weißt schon«, antwortet ihre Mutter. »*Comme ci, comme ça.*«

»Und was hast du so gemacht?«

»Nichts. Das Übliche. Schlafen, sauber machen, essen.«

Sophie stößt unwillkürlich einen Laut des Missfallens aus, was ihre Mutter dazu veranlasst hinzuzufügen: »Man nennt es Leben, Liebes. Man nennt es Ruhestand. Also verzieh nicht das Gesicht. Du wirst es schon früh genug selbst erfahren.«

Sie bleiben an einem Fußgängerüberweg stehen, und Sophie verzieht das Gesicht, als sie auf den Knopf für die Ampel drückt. Zeit mit ihrer Mutter zu verbringen, hat noch nie besonders viel Spaß gemacht. Sophie ist sich noch nicht mal sicher, ob sie überhaupt versteht, was »Spaß« eigentlich ist. Doch trotzdem macht sie sich Sorgen um sie. Die vielen Freunde ihres Vaters sind nach seinem Tod mit bemerkenswerter Geschwindigkeit verschwunden. Und heute werden die Freunde ihrer Mutter anscheinend nur noch erwähnt, wenn sie krank oder, wie es immer häufiger der Fall ist, gestorben sind. Ihre sozialen Kontakte sind auf ein derart lächerliches Maß geschrumpft, dass Sophie vermutet, essen, schlafen und fernsehen sind wahrscheinlich meistens das Aufregendste, was passiert, und sie kann nicht anders, als deswegen ein schlechtes Gewissen zu haben.

»Ich habe mit Jonathan gesprochen«, sagt Sophie – ein Versuch, ein etwas leichteres Thema zu beginnen. »Es scheint ihm gut zu gehen.«

»Du Glückliche.«

»Glückliche?«

»Nun ja, *mich* ruft er jedenfalls nie an.«

»Eigentlich habe *ich* ihn angerufen«, erklärt Sophie. Sie weiß genau, dass es nicht stimmt, was ihre Mutter sagt. Jonathan ist der perfekte liebende Sohn. Sie weiß aber auch, dass ihre Mum genau das Gleiche zu Jon über sie sagt. Aber sie lässt es laufen. »Ich werde ihm einen kräftigen Rüffel verpassen, wenn ich das nächste Mal mit ihm spreche, und dafür sorgen, dass er dich anruft.«

Ihre Mutter schnaubt nur.

Während der Zugfahrt am Morgen hatte Sophie darüber nachgegrübelt, mal wieder, ob sie ihrer Mutter von Brett erzählen sollte. Sie vermutet insgeheim (weil ihre Mutter es nie zugeben würde), diese Neuigkeit, dass ihre Tochter endlich einen Freund hat, würde sie ungeheuer aufmuntern. Aber da sie Sophie nie danach fragt, wie es in ihrem Leben aussieht, macht sie es ihr auch unglaublich leicht, es ihr *nicht* zu erzählen. So leicht, dass Sophie jetzt schon seit sechs Monaten diese Beziehung führt, und ihre Mutter nicht die geringste Ahnung hat, dass sich irgendetwas geändert hat. Und das ist jetzt das Problem. Denn wenn sie ihrer Mutter die Wahrheit erzählt, wird sie damit eine Tür aufstoßen, hinter der schon eine ganze Wagenladung Vorwürfe lauert. *Damit hast du aber lange hinter dem Berg gehalten.* Natürlich könnte sie lügen und sagen, dass sie Brett erst vor ein paar Wochen kennengelernt habe. Dann jedoch würde ihre Mutter davon ausgehen, dass es sich nur um eine kleine, unwichtige Romanze handelt, was sie nicht wirklich aufmuntern würde. Und genau deswegen hat sie es ihr nicht von Anfang an erzählt und steckt jetzt etwas in der Klemme.

Als sie aus dem Schatten der *Redoubt Fortress* treten, trifft sie die volle Wucht des salzigen Winds. »Du meine Güte!«, ruft Sophie.

»Allerdings«, antwortet ihre Mutter ebenso laut, stemmt sich gegen den Wind und nimmt, sehr süß, Sophies Hand. Sophie erinnert sich daran, wie sie sich an den Händen gehalten haben, als es noch darum ging, *ihr* Halt zu geben und nicht ihrer zerbrechlichen Mutter.

Als sie das *Qualisea* betreten, ist der Temperaturunterschied so heftig, dass beide, Mutter und Tochter, rote Gesichter bekommen. »Also das war erfrischend«, meint Sophie.

»Du wolltest ja unbedingt raus«, entgegnet ihre Mutter.

Eine polnische Kellnerin kommt, um sie zu begrüßen. »Hallo.« Sie nickt Sophies Mutter zu, dann wendet sie sich lächelnd an Sophie. »Sie möchten Tisch wie immer?«

Ihre Mutter nickt. »Das wäre schön.«

Sie gehen zu einem Tisch in einer Ecke, nehmen ihre Plätze ein und bestellen: panierten Kabeljau mit Pommes frites, dazu Erbsenmus und zwei Becher Tee. Sophie sieht sich um und betrachtet die silberblauen Haartönungen und zitternden Hände um sich herum und fragt sich erneut, warum sie nicht einfach in ein schönes Restaurant gehen können. Sie hat noch nie wirklich verstanden, was diese Selbstüberschätzung der Arbeiterklasse mit ihrer Mutter zu tun hat.

Sie ziehen ihre Mäntel aus und hängen sie über die Stuhllehnen. Und dann verschränkt Sophies Mutter die Finger und sieht ihr direkt in die Augen. So hat sie es schon immer gemacht. Es ist eine Geste, die grundsätzlich an Sophies Nerven zerrt. Es fühlt sich an, als würde ihre Mutter einen Blick direkt in ihre Seele werfen und dort nach verborgenen Geheimnissen suchen, was, wie Sophie vermutet, wahrscheinlich auch genau das ist, was sie tut.

»Jonathan arbeitet sehr viel«, meint Sophie, eher, weil sie das Gefühl hat, sie müsse etwas sagen, und nicht unbedingt, weil sich daran etwas geändert hat.

»Er war schon immer ein harter Arbeiter«, erwidert ihre Mutter, und Sophie hatte Mühe, es nicht als Kritik an ihrem eigenen, vermutlich ausschweifenden Lebensstil zu nehmen.

»Und Judy produziert immer noch Hunderte ihrer fürchterlichen Gemälde wie am laufenden Band«, fügt Sophie hinzu, um unbewusst darauf hinzuweisen, dass sie, selbst wenn sie nicht sonderlich produktiv ist, zumindest keinen Mist produziert.

»Du bist ganz schön schroff«, sagt ihre Mutter. »Dass du auf die Kunstschule gegangen bist, gibt dir noch lange nicht das Recht zu entscheiden, was allen anderen zu gefallen hat.«

»Das will ich auch gar nicht«, gibt Sophie zurück. »Ich weiß nur, dass die arme alte Judy nicht mal eine weiße Wand weiß anstreichen könnte.«

»Mir gefallen ihre Gemälde.«

»Ja, das weiß ich«, erwidert Sophie und ist bemüht, dass man ihrer Stimme nicht die Verbitterung anhört. Zum sicher hundertsten Mal fragt sie sich, wie es ihrer Mutter gelungen ist, so viel Zeit mit dem Künstler, der ihr Vater zweifellos war, zu verbringen, ohne auch nur ein winziges bisschen seines guten Geschmacks zu übernehmen. Und nirgendwo ist ihr Versagen darin, von der Begabung ihres Vaters zu lernen, deutlicher erkennbar als in ihrer ehrfurchtsvollen Bewunderung für die schlecht gemalten, widerlich pastoralen Landschaften von Jons Frau.

»Jetzt erzähl mal«, fordert Sophie ihre Mutter auf. »Was hast du gemacht, seit ich das letzte Mal hier war?«

»Ich hab's dir gesagt.«

»Hast du Patti gesehen?« Patti Smith (leider nicht *die* Patti Smith) ist die Nachbarin ihrer Mutter.

»Ihre Hüfte meldet sich wieder.«

»Oh, das ist ja ärgerlich.«

»Es heißt, sie müsste wieder operiert werden«, fährt ihre Mutter fort und findet langsam ihren Rhythmus. »Patti vermutet, dass sie sich bei der Operation einen dieser multiresistenten Erreger eingefangen hat. Das kommt daher, weil die Krankenhäuser heutzutage so schmutzig sind.«

Der Monolog über Pattis Probleme dauert noch den ganzen Hauptgang über an. Erst als sie beim Dessert sind, einem geradezu obszön großen Stück breiige Zitronenbaisertorte, hält ihre Mutter inne, um Atem zu holen.

»Ich habe neulich den neuen Kunstkorrespondenten der *Times* kennengelernt«, sagt Sophie, die beschlossen hat, dass sie aus vielerlei Gründen in diesen sauren Apfel beißen muss (oder zumindest mal daran knabbern). »Er ist unglaublich nett.«

»Das ist schön, Liebes.«

»Er hat mich gefragt, ob irgendjemand schon mal darüber nachgedacht hat, eine Retrospektive von Dads Werk zu machen.«

Ihre Mutter hört für eine Sekunde auf zu essen und sieht Sophie direkt in die Augen. Entschieden schüttelt sie den Kopf. »Nein. Niemals.« Es klingt nicht nur wie eine Antwort, sondern auch wie ein Verbot.

»Es ist schon komisch, oder?«, sagt Sophie. »Ich meine, er war so eine wichtige Persönlichkeit für die britische Fotografie. Man könnte meinen, dass jemand mal daran gedacht hat.«

»Ich glaube nicht, dass man das für Fotografen macht.«

»Was macht?«

»Retrospektiven. Das ist doch eher was für Maler.«

»Manchmal wird es durchaus gemacht. Für große Namen. Ich bin mal in der für Mapplethorpe gewesen. Und Dad ist ein ziemlich großer Name. Ich dachte, es wäre ziemlich cool, eine zu organisieren.«

Ihre Mutter hebt eine Augenbraue.

»Was?«, fragt Sophie.

»Das ist nur wieder eine von deinen verrückten Ideen. Innerhalb von einer Woche hast du schon wieder etwas anderes im Sinn.«

Sophie leckt sich über die Zähne, dann, um sich die schroffen Worte zu verkneifen, die ihr auf der Zunge liegen, schiebt sie sich ein weiteres Stück der triefenden Torte in den Mund. Genau das ist immer Sophies Ruf gewesen. Jon war stets der hart arbeitende, ernsthafte Sohn, und Sophie ist die wankelmütige, hohlköpfige Tochter. Und diese Mythen dürfen niemals infrage gestellt werden. Sie runzelt die Stirn wegen des Löffels voller Zucker, den sie gerade heruntergeschluckt hat, verzieht das Gesicht und schiebt den Teller von sich.

»Ich hoffe, du machst nicht wieder eine Diät«, sagt ihre Mutter.

»Mum! Ich habe gerade mit den Fish and Chips eine Milliarde Kalorien zu mir genommen«, erwidert Sophie lachend. »Ich bin mir nicht sicher, auf welche Diät du anspielst.«

»Nun ja, gut. Du bist zu dünn.«

»Schön wär's. Und wenn hier jemand zu dünn ist, dann du.«

Sophie spricht das Thema Retrospektive erst wieder an, als sie zu Hause sind. Während ihre Mutter eine Kanne Kaffee macht, lehnt Sophie an der Arbeitsplatte und holt tief Luft, bevor sie so beiläufig wie möglich fragt: »Sind Dads Fotos eigentlich noch alle oben auf dem Dachboden?«

»Wahrscheinlich«, antwortet ihre Mutter. »Wenn sie nicht alle schon zu Staub zerfallen sind.« Erst nachdem sie es gesagt hat, begreift sie, dass sie ihrer Tochter gerade eine perfekte Vorlage geliefert hat, mal danach zu sehen. »Aber ich bin mir sicher, dass sie noch völlig in Ordnung sind«, fügt sie hinzu.

»Ich sollte wahrscheinlich mal nachschauen«, greift Sophie sofort nach dieser Gelegenheit.

Ihre Mutter verzieht schmerzlich das Gesicht. »Es ist fürchterlich dort oben, Sophie. Jede Menge Gerümpel und Staub und Vogeldreck …«

»Ich wette, es sind auch Fotos von dir dabei, als du jünger warst, oder?«

»Ich werde es nicht zulassen, dass du auf dem Dachboden herumstöberst.«

»Ach, Mum«, bettelt Sophie. »Ich würde so gerne den Nachmittag damit verbringen, mit dir alte Fotos anzugucken. Nur ein paar.«

»Oh, *Sophie*! Das würde bedeuten, erst die Leiter von hinten zu holen«, jammert ihre Mutter und verzieht erneut den Mund, und Sophie weiß, dass sie gewonnen hat.

Auf dem Dachboden – der tatsächlich ziemlich verdreckt ist – findet Sophie die Fotos perfekt erhalten in mehreren stapelbaren Holzkisten. Sie weiß nicht, wer sie so gelagert hat, aber in jeder Kiste befinden sich eine Reihe Plastikhüllen, in denen sich wiederum ein Säckchen mit Kieselgel befindet, das Feuchtigkeit aufsaugt.

Sie nimmt sich ein paar der Mäppchen und gibt eins nach dem anderen ihrer Mutter.

»Ist alles trocken da oben?«, ruft die herauf. »Es sind doch keine Lecks da, oder?«

»Nein, alles in Ordnung«, ruft Sophie zurück. »Es ist vollkommen trocken.«

Nachdem ihre Mutter entschieden hat, »das reicht jetzt«, schließt Sophie die Kiste und lässt ihren Blick, bevor sie wieder nach unten steigt, noch einmal über das restliche Gerümpel auf dem Dachboden wandern.

Hinter den Fotokisten liegen unzählige Koffer. Sie hebt einen hoch, um zu sehen, wie schwer er ist. Als sie spürt, dass er nicht leer ist, zieht sie ihn zu sich heran und öffnet mit etwas Schwierigkeiten den rostigen Verschluss.

»Was machst du da?«, will ihre Mutter wissen.

»Nur eine Sekunde«, sagt Sophie und hebt den Deckel des Koffers an.

Sie findet darin den alten Mantel ihres Vaters und sie spürt, wie ein Kloß in ihrer Kehle aufsteigt. Das Gefühl, in seinen Armen zu liegen, in den Stoff dieses Mantels gehüllt zu sein, bringt viele Erinnerungen zurück. Sie riecht in der Hoffnung daran, seinen Duft aufzuspüren, aber dreißig Jahre sind vergangen. Heute riecht er nach nichts anderem als einem muffigen und staubigen Dachboden.

Sie legt den Mantel zusammen, streicht sanft darüber und schluckt schwer. Dann legt sie ihn zur Seite und späht wieder in den Koffer. Der Hut eines Mannes ist darin, aus Filz, denkt sie, obwohl sie nicht weiß, woher sie es weiß. Und sie kann sich auch nicht daran erinnern, dass sie ihren Vater ihn jemals hat tragen sehen. Dann sind noch, Gott weiß wieso, ein paar alte Netzgardinen aus Nylon darin, eine Decke, ein paar Kinderslipper und eine lustige alte Puppe in einem Matrosenanzug. Sie betrachtet die Puppe und runzelt die Stirn. Als ihre Mutter ruft: »Sophie, du lässt die ganze Wärme entweichen«, geht sie zurück zur Bodenluke und klettert die Leiter hinunter.

»Ich hab das hier gefunden.« Sie gibt ihrer Mutter die Puppe. Die lächelt und streicht der Puppe übers Haar.

»Hat die mir gehört?«, will Sophie wissen. »Ich kann mich überhaupt nicht an sie erinnern.«

»Nein, es war meine. Als ich klein war.«

»Wow! Wie alt ist sie?« Sophie nimmt die Bündel mit den Fotos vom Telefontischchen, wo ihre Mutter sie aufgestapelt hat.

»Aus den Dreißigern. Den späten Dreißigern. Sie sollte Shirley Temple darstellen.«

»Wirklich?«

Ihre Mutter nickt. »Es ist eine Shirley-Temple-Puppe. Die waren der letzte Schrei. Sie hatte auch mal ein Namensschild mit Shirley Temple drauf, aber das ist ziemlich schnell verloren gegangen.«

»Hallo, Shirley«, sagt Sophie lachend und betrachtet das glänzende, überraschte Gesicht der Puppe.

»Ich habe sie eigentlich immer Lucy Loop genannt«, erklärt ihre Mutter.

»Lucy Loop?«

Ihre Mutter nickt. »Frag mich nicht, warum. Ich erinnere mich nicht mehr daran. Aber, ja. Wir haben sie immer Lucy

Loop genannt. Ich habe sie während meiner ganzen Kindheit mit mir herumgeschleppt.«

Sie sitzen nebeneinander am Esstisch, die aufgehäuften Plastikmäppchen vor sich. Sophie nippt an ihrem Kaffee und bemerkt, dass ihre Mutter die Hände ringt.

»Machen sie dich nervös, Mum?«, fragt sie.

Barbara zieht die Nase kraus. »Ein wenig. Da ist eine ganze Menge Vergangenheit drin.«

»Wenn du möchtest, kann ich sie mir auch allein ansehen.«

»Nein, nein, ich möchte sie ansehen. Es ist nur … also, es ist schon so lange her.«

Sophie nimmt das erste Mäppchen vom Stapel und öffnet es, dann holt sie den Inhalt heraus und legt ihn auf den Tisch. »Hast du sie alle so verpackt?«

»Ja. Als ich umgezogen bin.«

»Das hast du toll gemacht.«

»Jonathan hat mir geholfen.«

Sophie beginnt die Fotos durchzusehen. Die ersten zwanzig sind ziemlich eintönige Schwarz-Weiß-Aufnahmen von Landschaften, aber plötzlich verändert sich die Szenerie, und die Fotos zeigen Menschen in London. »Wow!« Sophie schiebt das Bild einer Frau in einem Minirock und kniehohen Stiefeln hinüber zu ihrer Mutter. »Die Sechziger!«

»So.« Ihre Mutter betrachtet das Foto und schiebt es dann zurück.

»Ist das nicht Tante Diane?«

»Ja.«

»Sie war hübsch.«

»Ja, das war sie.«

Sophie blättert schnell durch eine weitere Reihe eintönige Bilder: eine Hausfront, ein Motorrad, ein paar Kinder, die auf der Straße Fußball spielen. Und dann entdeckt sie ein Foto von ihrem

Vater in einem dunklen karierten Anzug, der die Hand ihrer Mutter hält. Sie betrachtet es. »Dad hat gut ausgesehen in dem Anzug.«

Barbara lacht. »Das hat er. Trotzdem konnte ich ihn nie dazu bewegen, einen zu tragen. Er meinte, wenn er einen Schlips tragen muss, würde er ersticken.«

»Du siehst auch gut aus. Du wirkst sehr glücklich.«

»Das war ich. Wir waren im Urlaub in Schottland. Das ist Edinburgh, glaube ich.«

»Wer hat das Foto gemacht?«

»Phil, der Freund deines Vaters.«

Sophie blättert die Fotos weiter durch, aber abgesehen von drei oder vier Bildern von ihrem Vater, ist der erste Packen eher eine Enttäuschung. Es sind hauptsächlich verblichene, oft schlecht entwickelte Fotos von eintönigen Gebäuden und beliebigen Landschaften.

Sophie seufzt leise und reicht den Stapel ihrer Mutter, die ihn wieder verpackt, während sie das nächste Mäppchen öffnet.

»Meine Güte, wieder Dad in einem Anzug«, sagt Sophie. »Und sieh dir diese Schlaghosen an.«

Das Bild zeigt ihren Vater, der denselben Anzug trägt. Er hat langes Haar, einen Bart und trägt eine breite Krawatte.

»Das war Phils Hochzeit«, sagt Barbara. »Es müsste noch mehr geben, mit uns allen.«

Sophie blättert schnell durch die Fotos, bis sie zu einem kommt, das ihre Mutter und ihren Vater zeigt, wie sie hinter der Braut und dem Bräutigam stehen. Ihre Mutter trägt ein langes Batikkleid und einen orangefarbenen Schlapphut.

»Das sind Phil und Jean.« Ihre Mutter zeigt auf die beiden. »Du hast Phil sehr gemocht. Erinnerst du dich?«

Sophie nickt. »War ich auf der Hochzeit? Ich erinnere mich nicht daran.«

»Das warst du. Du hast den halben Kuchen alleine gegessen. Du warst völlig damit bekleckert.«

»Das ist ein tolles Kleid.«

»Ich war so stolz auf dieses Kleid. Es war das Gewagteste, was ich je getragen habe. Aber ich habe es nur zweimal angezogen, glaube ich. Vielleicht dreimal.«

»Weil?«

»Keine Ahnung. Ich habe mich unsicher darin gefühlt, nehme ich an. Die Leute haben immer Bemerkungen darüber gemacht. Es war einem Kleid nachempfunden, das ich in London gesehen hatte.«

»Du hast es *genäht*?«

»Das hab ich. Ich habe viele Sachen genäht.«

»Das wusste ich gar nicht. Ich erinnere mich, dass du Vorhänge und Ähnliches genäht hast, aber keine Kleider.«

»Ich habe damit aufgehört. Ungefähr zu der Zeit. Es wurde billiger, die Sachen zu kaufen, als sie zu nähen.«

Sophie schiebt die Fotos zur Seite und arbeitet sich weiter durch den Stapel.

»Ooh, der Sommer von 1976«, sagt sie und betrachtet das Bild einer Frau im Bikini, die sich an einem Strand sonnt, der so ausgedörrt ist, dass sich seltsame Muster hindurchziehen. »Das ist aber nicht *das* Foto, oder?«

»Nein, es ist nicht das Foto, das einen Preis gewonnen hat. Aber es ist am selben Tag entstanden. Am selben Strand.«

»Das ist wirklich interessant«, meint Sophie. »Die Leute würden davon bestimmt gerne welche sehen. Weißt du, die Fotos um das Foto herum. Alle die, die nie veröffentlicht worden sind.«

»Ich weiß nicht«, erwidert Barbara. »Ich denke, den Menschen gefällt der Mythos.«

»Der Mythos?«

»Dass der berühmte Fotograf nur ein paar Dutzend wirklich unvergessliche Bilder gemacht hat. Ich bin mir nicht sicher, ob die Leute all die anderen auch sehen wollen.«

Überrascht schaut Sophie ihre Mutter an.

»Aber wie soll ich es wissen?«, fügt ihre Mutter hinzu.

Sophie runzelt die Stirn. Ihre Mutter war schon immer in der Lage gewesen, sie mit einer plötzlichen passenden Bemerkung zu überraschen. Es wirkt fast so, als habe sie gelernt, sich dem allgemeinen Gerede anzupassen, das aber gelegentlich vergaß, um eine scharfsinnige Bemerkung vom Stapel zu lassen.

»Das ist sehr wahr«, bestätigt Sophie. »Ich denke, es hängt einfach davon ab, ob es genug gute für eine Ausstellung gibt. Genug gute, die die Leute nicht schon gesehen haben, meine ich.«

»Ich denke, du wirst merken, dass es so viele nicht sind.«

»Mein Gott, das hier ist ja alt«, stellt Sophie fest und zieht ein ramponiertes Foto aus dem Mäppchen.

»Oh, ich weiß nicht, wie das da hineingeraten ist. Das ist deine Großmutter.«

Sophie betrachtet das Bild genau. Eine mürrisch blickende Frau in einer Schürze, die vor einer Wäscherei steht und einen Sack mit Wäsche in der Hand hält. »Sie sieht aus, als sei sie ein ziemlich zähes altes Ding gewesen«, meint Sophie.

»Die Leute mussten damals einfach härter sein.«

»Wegen des Kriegs?«

Barbara zuckt die Achseln. »Zum Teil. Aber zu der Zeit war alles härter. Es gab kein heißes Wasser oder eine Zentralheizung oder auch nur eine vernünftige Kochstelle. Viele Menschen im East End hatten nicht mal fließendes Wasser. Es gab keine Kühlschränke, keine Waschmaschinen … du hast keine Ahnung, wie glücklich du dich schätzen kannst, dass du erst viel später geboren worden bist.«

Sophie stöhnt und deutet auf die Wäscherei hinter ihrer Großmutter. »Sieht so aus, als hätte Großmutter ihre Sachen immer in die Wäscherei gebracht. Dann kann es alles nicht so schlimm gewesen sein.«

»Nein, ich nehme an, das kann es nicht.«

1951 – Eastbourne, East Sussex

Barbara streckt die Hand aus, und Tony schiebt ihr linkisch den schmalen goldenen Ring auf den Finger. Er wirkt nervös und schwitzt in seinem geliehenen Anzug, aber in Barbaras Augen ist er so lässig und weltmännisch gekleidet wie ein Prinz.

»Sie dürfen die Braut jetzt küssen«, sagt der ältere Beamte, und Tony grinst, beugt sich vor und küsst sie auf die Lippen.

Als sie sich beide wieder dem Raum zuwenden, dringen, nur für eine Sekunde, die hellgrünen Wände (die leicht glänzen), die sieben Menschen, die auf stapelbaren Stühlen sitzen (die leicht rostig sind) und das graue Licht, das durch die schmutzigen Fenster sickert, in Barbaras Bewusstsein.

Minnie missversteht den Gesichtsausdruck ihrer Tochter, tippt sich in einen Augenwinkel und nickt ihr ermutigend zu. Und Barbara zwingt sich zurückzulächeln, muss sich zwingen, denn in diesem Augenblick ist alles so fürchterlich weit von dem entfernt, wie sie sich ihren Hochzeitstag vorgestellt hatte, dass sie kaum hinsehen kann. Doch dann beginnt der Hochzeitsmarsch aus dem Grammofon zu plärren, und Barbara ist wieder ganz die Prinzessin und zieht ihre eingebildete Schleppe über den kalten, vornehmen Boden der Canterbury Cathedral, wobei sie der versammelten Oberschicht zunickt.

Zurück im *Donnybrook* haben Tonys Eltern einen Empfang organisiert. Der Esstisch ist mit dreieckigen Sandwiches (von denen zuvor die Rinde abgeschnitten wurde) und Würstchen im Speckmantel und Käsekugeln auf Zahnstochern bedeckt. Es ähnelt dem Essen, wie Barbara feststellen muss, das ihre Nachbarin aufgetragen hat, als deren Mann gestorben ist. »Was für ein herrliches Festessen«, bemerkt Minnie.

»Ja, du hast uns große Ehre gemacht, Mum«, stimmt Tony zu. »Möchten Sie etwas trinken, Mrs Doyle? Vielleicht ein Glas Punsch?«

Barbara wird rot, als ihre Mutter sich über den Punsch beugt und daran riecht. Sie riecht tatsächlich daran, und Barbara spürt, wie es auch alle im Raum mitbekommen. »Was ist das für ein Punsch?«, fragt Minnie, und Barbaras Zähne schmerzen vor Verlegenheit.

»Erdbeerteepunsch«, antwortet Tonys Mutter mit äußerst vornehm klingender Stimme, die sie auch immer einsetzt, wenn neue Gäste eintreffen.

»Erdbeertee, ja?«, wiederholt Minnie zweifelnd, und Barbara betet im Stillen, dass sie ihn doch einfach trinken und er ihr schmecken möge.

»Aber wenn Sie etwas möchten, das ein bisschen stärker ist, haben wir Sherry oder Eierflip, oder ich kann Ihnen auch einen Ginfizz mixen«, bietet Tony an, der die Anspannung spürt und bemüht ist, einen diplomatischen Zwischenfall zu verhindern.

»Oh, ja, ich denke, ein kleines Glas Sherry könnte besser schmecken, danke, Tony«, sagt sie. Barbara sieht, dass Joan, die nicht trinkt und Leute, die es tun, nicht besonders mag (ihren Ehemann eingeschlossen), eine Augenbraue hebt.

»Darf ich eine Platte auflegen, Mrs Marsden?«, fragt Trauzeuge Hugh.

»Meinst du mich oder Barbara?«, erwidert Joan lachend. »Jetzt gibt es nämlich zwei Mrs Marsden.«

»Oh, natürlich, das stimmt! Also Sie natürlich«, sagt Hugh. »Sie sind die Dame des Hauses.«

»Bitte … mach nur.« Joan deutet hoheitsvoll auf die gebogene Musiktruhe in der Ecke des Raums. »Tony hat extra alle seine Platten mit heruntergebracht.«

Hugh durchquert den Raum und hebt den Deckel der Musiktruhe an, und Barbara, die sich äußerst unsicher fühlt, tritt neben ihn, um ihm zu helfen, sehr glücklich über die Ablenkung. »Da stellt man sie an.« Sie deutet auf den klobigen Schalter aus Bakelit. »Aber es dauert eine Weile, bis sie warm ist.« Mit der Fingerspitze dreht sie den Knopf des Radios, über Paris, Luxemburg und Oslo hinweg, bevor sie ihn auf Hilversum einstellt. »Zu all den Orten, die hier draufstehen, möchte ich mal hin.«

»Wirklich?«

»Nicht sofort, aber, du weißt schon, bevor ich sterbe.«

»Ach so, na, in dem Fall hast du ja noch eine Menge Zeit.«

»Wo liegt Hilversum überhaupt?«

»In Holland, glaube ich«, sagt Hugh.

»Oh, leg die auf«, bittet Barbara, als er die *Hop Scotch Polka* aus dem Ständer zieht.

»Die hier?«

»Ja, die mag ich sehr.« Barbara zieht die Nase kraus. »Sie ist irgendwie so fröhlich.«

»Und bist du jetzt glücklich, Mrs Marsden?«, will Hugh wissen, und Barbara, die sich fragt, was das Wort jetzt in dem Satz zu suchen hat, lächelt und nickt voller Begeisterung.

»Natürlich bin ich das«, sagt sie.

»Ist alles so, wie du es dir vorgestellt hast?«, fragt Hugh weiter, und weil seine Stimme irgendwie seltsam klingt, wendet Barbara sich ihm zu und betrachtet sein Gesicht. »Ich meine die Hochzeit und den Empfang«, erklärt Hugh, und seine Stimme, die aufgesetzt flapsig klingt, passt nicht zu seinem Blick, der schmachtend, fast bedauernd wirkt. Und Barbara hat keine Ahnung wieso.

»Natürlich ist es das«, sagt Barbara, nun mit gerunzelter Stirn. Sie fragt sich einen Moment, ob Hugh der Einzige ist, der die gähnende Kluft zwischen dieser billigen, gehetzten Arbeiterhochzeit und der märchenhaften Zeremonie erkennt, von der jedes Mädchen träumt. Aber dann begreift sie, dass bei Hugh, der Kommunist ist, eher das Gegenteil zutrifft. Er sieht diese Hochzeit wahrscheinlich als obszönen Ausdruck kapitalistischer Auswüchse.

»Ich hoffe, dass Tony deinen Erwartungen gerecht werden wird«, meint Hugh.

»Ich habe eigentlich gar keine«, erwidert Barbara.

»Dann wird er es wahrscheinlich schaffen«, sagt Hugh düster und wechselt den Ton. »Du siehst übrigens entzückend aus.« Er berührt leicht ihre Schulter. »Das ist ein wundervolles Hochzeitskleid.«

Barbara blickt an ihrem einfachen elfenbeinfarbenen Kleid hinab. »Ich habe es selbst genäht. Mit ein bisschen Hilfe von Mum.«

»Ich weiß. Tony hat es mir erzählt. Das ist wirklich sehr beeindruckend. Es sieht aus wie die Kleider, die man sonst nur in Filmen sehen kann.«

Das Radiogrammofon knackt, summt und knackt erneut. »Das bedeutet, es ist so weit.« Barbara tritt einen kleinen Schritt zur Seite, sodass Hugh sie loslassen muss.

»Hast du Lust zu tanzen?«, fragt er, hebt den Stapelarm zur Seite und legt die Platte auf die Spindel.

»Ich denke, ich muss zuerst etwas trinken«, sagt Barbara. »Aber ja, dann habe ich Lust.«

Während sie versucht, ihr seltsames Gespräch mit Hugh zu ergründen, geht sie hinüber zum Barschrank, wo Tonys Vater Lionel Ginfizz mixt. »Kann ich davon einen haben?«, fragt sie.

»Sicher.« Lionel grinst sie an. »Nimm den hier. Ich verteile sie gerade an alle und jeden.«

In dem Moment als die Nadel die Platte berührt und die *Hop Scotch Polka* beginnt, taucht eine Gruppe von Tonys Freunden in der Tür auf. Allmählich fühlt sich alles mehr nach einer Party an.

Barbara kippt schnell ihren Ginfizz hinunter und lässt sich dann, plötzlich beschwipst, von Tony zum Tanzen auffordern. Bald schließen sich Diane mit Hugh und Glenda mit James ihnen an. Gemeinsam tanzen sie Jive in der Ecke hinter dem Esstisch.

Nach ein paar Liedern macht Barbara sich los und geht zu Minnie, die, wie ihr aufgefallen ist, allein dasteht und aus dem Fenster hinunter auf die Straße starrt. »Alles in Ordnung, Mum?«, erkundigt sie sich.

Minnie dreht sich um und erwidert gedankenverloren: »Wie bitte, Liebes?«

»Ist alles in Ordnung? Hast du Spaß?«

Minnie nickt und lächelt nicht besonders überzeugend. »Mir geht es gut. Außerdem geht es heute nicht um mich. Es geht um dich. Hast du Spaß?«

»O ja«, antwortet Barbara.

»Der beste Tag deines Lebens«, sagt Minnie ausdruckslos. »So heißt es doch.« Und Barbara ist plötzlich traurig und weiß nicht genau warum.

»Es ist nicht alles in Ordnung, oder, Mum?«, hakt sie nach. »Weil Dad nicht hier ist?«

»Eher *warum* dein Dad nicht hier ist.«

»Bist du deswegen traurig?«

»Ha!« Minnie lacht. »Nein, das ist ein Segen, glaub mir. Jedenfalls bin ich nicht traurig. Ich bin stolz. Du siehst wundervoll aus.«

Barbara nickt. »Gut. Komm doch mit und rede ein bisschen mit Joan. Steh nicht allein da. Es ist doch eine Party.«

»Ja, das mache ich. Und du geh jetzt und genieß mit deinem Ehemann deine Hochzeit.«

Barbara streicht ihrer Mutter zärtlich über den Arm. Dann findet sie sich mit der Tatsache ab, dass sie die Stimmungen ihrer Mutter niemals wirklich verstanden hat, geschweige denn in der Lage gewesen wäre, sie zu beeinflussen. Sie geht zurück in den hinteren Teil des Raums, wo Hugh gerade Glenda zu *Chattanooga Choo Choo* herumwirbelt.

»Ist mit Mum alles in Ordnung?«, fragt Glenda, als sie kurz atemlos vor ihr innehält. Barbara lächelt knapp und zuckt die Achseln.

»Kümmere dich einfach darum, dass *du* Spaß hast«, sagt sie und fängt an, wieder zu tanzen.

Gegen sieben ist Tonys Vater auf dem Sofa eingeschlafen, sichtlich betrunken, und er schnarcht hörbar. Laut Tony ist dies bei Weitem die bessere der beiden möglichen Folgen, wobei Tony selbst nicht mehr sicher auf den Füßen ist und schon undeutlich spricht. Eine breite Kluft tut sich schnell auf zwischen der nüchternen Barbara, die vor zwei Stunden aufgehört hat zu trinken, und ihrem betrunkenen frischgebackenen Ehemann.

Barbara, die Tony aus dem Augenwinkel beobachtet hat, während sie bei Minnie war, steht auf und geht in die Küche, wo sie, auf den Rat ihrer Mutter hin, Tony eine »gute, starke Tasse Kaffee« machen will.

In der Küche findet sie Glenda und Diane, die mit James sprechen. Beide, so scheint es, wenn man nach all dem Wimperngeklimper und den vorgeschobenen Hüften geht, flirten mit ihm. Barbara kann verstehen, dass er in seinem makellosen blauen Anzug, mit seinen tadellos sitzenden blonden Haaren und seinen strahlenden blauen Augen auf die Mädchen wirken muss. Er muss der interessanteste Junggeselle sein, der anwesend ist, wenn nicht sogar der ganzen Stadt.

Barbara zündet die Gasflamme an und stellt den Kessel darauf, um ihn zum Kochen zu bringen. Dann dreht sie sich um und sieht, dass James hinausgeht, dicht gefolgt von Diane.

»Komm nach draußen, Schwester.« Glenda fasst nach ihrer Hand. »Ich muss mit dir reden.«

Barbara folgt Glenda nach draußen. Sie denkt, dass auch Glenda etwas über den alkoholisierten Tony sagen will. »Ich glaube, Tony hat zu viel getrunken«, sagt sie und versucht, ihr damit gleich den Wind aus den Segeln zu nehmen.

»Natürlich hat er das«, erwidert Glenda. »Es ist schließlich der Tag seiner Hochzeit.«

»Ich mache ihm einen Kaffee, damit er wieder etwas nüchterner wird.«

Glenda hebt eine Augenbraue. »Na dann viel Glück.« Dann wechselt sie das Thema: »Jetzt erzähl mir was von James.«

»Ich kenne ihn nicht besser als du. Ich habe ihn erst gestern kennengelernt. Tony hat so viele Freunde, die ihn umschwirren, da ist es nicht leicht, den Überblick zu behalten.«

»Er sieht gut aus«, sagt Glenda.

»Das tut er.«

»Du bereust doch nichts, oder?«, fragt Glenda grinsend.

Barbara lacht. »Du bist schrecklich.«

»Also tust du's doch!«

»Natürlich nicht!«

Glenda holt eine Packung Zigaretten aus der Tasche und hält sie Barbara hin.

»Ich rauche immer noch nicht.«

»Aber das solltest du. Die Jungs glauben, es sei sexy.«

»Ich tue es nicht und Tony auch nicht. Was auch gut so ist.«

Glenda zündet sich eine Zigarette an und nimmt einen Zug, dann bläst sie den Rauch in die kühler werdende Abendluft. »Kannst du mir bei James helfen?«

»Womit helfen?«

»Helfen, ihn mir zu schnappen. Ich habe in Diane eine Konkurrentin.«

»Das habe ich gesehen. Vielleicht solltest du ihn ihr einfach überlassen.«

»Warum sollte ich das tun?«

Barbara wirft einen Blick zurück zum Haus, um sicherzugehen, dass sie allein sind. »Zum einen leben die beiden hier in Eastbourne.«

»Was hat das denn damit zu tun?«

»Du lebst in London, Glen.«

Glenda lacht und hustet Zigarettenrauch aus. »Ich will ihn ja nicht *heiraten*, Schwesterchen. Ich möchte ihn nur küssen! Er hat so herrliche Lippen.«

Barbara wirft noch einmal einen prüfenden Blick zur Hintertür. »Du bist furchtbar! Wenn Mum dich hören könnte …«

»Weißt du, was er macht? Beruflich, meine ich?«

Barbara zuckt die Achseln. »Tut mir leid. Ich glaube, er arbeitet in einer Bank oder so was in der Art, aber da bin ich mir nicht sicher. Jetzt mal im Ernst, ich wünschte, du würdest ihn einfach Diane überlassen.«

»Ganz bestimmt nicht.«

»Für mich?«, bettelt Barbara.

»Für dich? Wieso?«

Barbara spürt, wie eine Hitzewelle sie durchläuft.

»Du glaubst doch nicht, dass Diane hinter Tony her ist, oder? Doch, das tust du! Oh, Barbara. Die beiden kennen sich von Kindheit an. Sie sind praktisch zusammen aufgewachsen.«

»Das weiß ich. Es ist nur … Ach, ich weiß nicht. Sie macht mich nervös.«

»Er hat *dich* geheiratet, Barbara. Würde er Diane mögen, dann hätte er schon jede Menge Gelegenheiten gehabt.«

»Wahrscheinlich schon.«

Das Pfeifen des Kessels dringt durch die offene Tür. Barbara seufzt und wendet sich dem Haus zu. »Ich kümmere mich lieber mal um den Kaffee. Oder er ist bald so betrunken, dass er nicht mehr weiß, *wen* er eigentlich geheiratet hat.«

»Und ich kümmere mich mal lieber um James«, erklärt Glenda frech.

Als Barbara mit der Tasse Kaffee ins Wohnzimmer zurückkehrt, sind alle älteren Gäste in anderen Teilen des Hauses verschwunden und haben Diane und Glenda zurückgelassen. Die beiden tanzen ein bisschen verrückt mit James, während Tony und Hugh in ihrem betrunkenen Zustand über Politik streiten.

Barbara wartet geduldig neben Tony, weil sie den richtigen Moment abpassen will, um ihn zu unterbrechen, aber er redet lebhaft und verärgert, schwülstig und laut. Sie hat ihn noch nie zuvor so erlebt, und sie grübelt einem Moment über die uralte Frage nach: Ist es das wahres Selbst, was im betrunkenen Zustand zum Vorschein kommt, oder das Gegenteil?

Was immer es auch ist, sie beschließt, dass es ihr nicht besonders gut gefällt. Zu einer Pause wird es in dieser Debatte wohl nicht so schnell kommen, daher hält sie ihm den Kaffee unter die Nase. »Hier, Tony«, sagt sie laut. »Den habe ich für dich gemacht.«

Tony kommt sofort ins Stocken, kehrt jedoch schnell wieder zu seinem Monolog zurück und erklärt: »und … und … jedenfalls ist Attlee kein Kommunist, ob die Dinge also besser oder schlechter geworden sind, als er sein Amt übernommen hat, ist völlig nebensächlich. Du vergleichst Orangen mit Zitronen, Hugh.«

»Äpfel mit Birnen«, widerspricht Hugh. »Es sind Äpfel und Birnen, mein Freund.«

»Ist das so?«, fragt Tony und wendet sich endlich Barbara zu.

»Ich glaube, das ist egal«, sagt sie. »Hier.« Erneut schwenkt sie den Kaffee unter seiner Nase.

Tony wackelt leicht mit dem Kopf, konzentriert sich dann, mit offensichtlichen Schwierigkeiten, auf die Tasse. »Ich will keinen Kaffee, Frau. Warum sollte ich Kaffee wollen?«

»Ich dachte, das macht dich vielleicht wieder ein bisschen nüchterner«, erwidert Barbara sanft. »Ich denke, vielleicht hast du genug getrunken, Schatz.«

Tony hebt mit übertrieben überraschter Miene die Augenbrauen fast bis zum Haaransatz, dann wendet er sich wieder Hugh zu, der breit grinst. »Sie denkt, dass ich zu viel getrunken habe«, lallt Tony.

Hugh macht ein lustig verwirrtes Gesicht und sieht zu Barbara. »Aber dein Mann hat niemals zu viel getrunken.« Er lacht. »Hast du das nicht gewusst?«

»Das stimmt!« Tony deutet mit einem schwankenden Finger auf Hugh. »Jetzt nimm das fürchterliche Zeug weg«, sagt er zu Barbara, »und bring mir ein Bier!«

Während er das sagt, gibt er ihr einen Schubs. Die Geste, begreift sie, soll komisch sein, aber weil er so betrunken ist, verschätzt er sich und prallt mit der Hand gegen ihren Ellbogen. Kaffee schwappt aus der Tasse und vorn über ihr Kleid. »Oh!«, keucht Barbara. »Nein!«

Sie läuft in die Küche, stellt die tropfende Tasse in den Geschirrkorb, greift sich ein Tuch und versucht, den Kaffeefleck von ihrer Brust zu entfernen. Aber der Fleck scheint sich dadurch nur zu vergrößern und dunkler zu werden. »Oh Gott, nein! Bitte, nicht jetzt. Nicht heute«, murmelt sie.

»Ist das Wolle oder Synthetik?«

Barbara dreht sich um und sieht Tonys Mutter in der Tür stehen. »Es ist Wolle.«

»Dann musst du sie sofort ausspülen, wenn der Fleck nicht bleiben soll.«

»Ist nur Kaffee«, erwidert Barbara.

»Ja. Und der Fleck wird drin bleiben, wenn du ihn nicht sofort auswäschst.«

»Aber es ist mein Hochzeitskleid.«

»Hochzeitskleid oder nicht, einen Fleck bekommt es trotzdem, Liebes«, erklärt Joan ihr. »Ich hatte auch mal so ein Wollkleid, und ich habe Wein daraufgekippt. Ich habe es nie wieder anziehen können. Und ich habe mir immer gewünscht, ich wäre schnell genug gewesen ...«

»Aber es ist mein Hochzeitskleid«, unterbricht Barbara sie.

»Ich kann dir eine Strickjacke leihen oder einen Schal, um den Fleck zu verbergen, oder du kannst es ausziehen und waschen. Aber der Fleck bleibt. Glaub mir. Ich weiß es, weil, wie ich gesagt habe, ich mal so ein Oberteil aus Wolle hatte. Und sobald der Fleck eingetrocknet ist, bekommst du ihn nie wieder raus.«

Barbara beißt sich auf die Zunge und presst die Lider zusammen, um das plötzliche und unerwartete Bedürfnis zu unterdrücken, einfach loszuheulen. Es ist das schönste Kleidungsstück, das sie je besessen hat. Es ist aus dem teuersten Stoff gemacht, den sie je gekauft hat.

»Wasch es schnell, rate ich dir«, wiederholt Joan.

»Vielleicht ... kannst du mir etwas leihen?«

Joan nickt. »Natürlich kann ich das, Liebes. Komm mit nach oben, dann ...«

»Irgendwas Hübsches? Können wir was Hübsches aussuchen? Ich kann einfach nicht furchtbar aussehen, nicht heute.«

»Ja. Komm mit nach oben. Mal sehen, was wir haben.«

Joan ist keine wohlhabende Frau, auch ist sie weder leichtfertig noch verschwenderisch. Nirgends ist das so gut zu erkennen wie an ihrer Garderobe, zu der eine Reihe robuster, praktischer Kleider gehören, eine Anzahl leicht zu waschender Hauskleider und ein paar jetzt hoffnungslos altmodische Modelle aus den Vierzigern.

In Barbara macht sich Enttäuschung breit, als Joan die Schranktüren öffnet. »Die sind wunderhübsch«, schwindelt sie und befühlt einen pinkfarbenen Blümchenrock, »aber vielleicht behalte ich doch einfach das hier an.«

»Sei nicht albern, Liebes«, entgegnet Joan. »Du gehörst jetzt zur Familie. Kein Grund also, schüchtern zu sein. Such dir einfach aus, was dir am besten steht. Wie wär's hiermit?« Sie greift nach dem Saum eines Kunstseidenkreppkleids mit Aufschlägen und zieht es heraus, damit Barbara es in all seiner Pracht sehen kann.

»Nein … wirklich …«

»Oder dieses?« Joan deutet auf ein gerüschtes Kleid aus einem Miederoberteil und einem angesetzten Faltenrock. »Das ist sehr hübsch. Es ist aus Fallschirmseide.« Sie greift nach dem Bügel.

»Nein … eher … wie wär's mit dem?«, stammelt Barbara und zeigt verzweifelt auf das einzige nicht geblümte, nicht mit Spitze besetzte Teil, das auch keinen Faltenrock hat.

»Das hier?« Joan schiebt ihre Bügel auf der Stange zur Seite, bis sie an das mit Blau abgesetzte weiße Kleid in der Ecke kommt.

Und erst jetzt, erst als sie es vom Bügel zieht, begreift Barbara, was sie da ausgesucht hat. Erst jetzt erkennt sie das ganze Grauen dieses Kleids, das mehr Faschingskostüm ist als modische Aussage.

»Ich habe es nicht mehr getragen, seit ich ein Kind war«, erklärt Joan. »Aber du hast recht, es ist jünger. Außerdem wahrscheinlich eher in deiner Größe.« Sie hält das Matrosenkleidchen vor Barbara, und sofort hängt der Duft nach Naphthalinmottenkugeln in der Luft.

»Oh, vielleicht doch nicht.« Barbara wendet sich niedergeschlagen wieder dem Schrank zu.

»Probier's an«, beharrt Joan. »Komm schon. Ich wette, du siehst umwerfend darin aus.« Sie drückt Barbara das Kleid in die Arme. »Irgendwo hab ich auch noch das dazu passende Matrosenhütchen.«

»Ich möchte es nicht.«

»Ich bin sicher, dass er hier irgendwo ist.«

»Ich *möchte es nicht!*«, wiederholt Barbara nun lauter und ist selbst schockiert über ihren knappen Ton. »Ich werde Glenda um irgendwas bitten.«

Joan erstarrt und funkelt sie wütend an.

»Wenn du meine Sachen nicht magst, dann …« Sie wirkt verletzt und verstimmt. Sie scheint richtig wütend zu sein.

Barbara kapituliert. »Eigentlich ist das hier gut«, sagt sie. »Es ist … eher … hübsch. Ich meinte nur, dass ich den Hut nicht möchte. Das ist alles. Ich trage nie Hüte.«

Joan betrachtet Barbara zweifelnd.

*»Es tut m*ir leid, ich bin einfach nur ein bisschen durcheinander wegen des Kaffeeflecks«, entschuldigt sich Barbara.

*»Natürlich bist du das.« Joans Gesicht entspannt sich. »Dein wunderschönes Kleid. Du armes Ding. Also zieh es schnell aus, und ich weiche es für dic*h ein.«

Zu Barbaras Entsetzen *passt* das Matrosenkleidchen. Es ist steif und kratzig und ein ganz kleines bisschen zu kurz. Aber grundsätzlich, das ist nicht zu bestreiten, passt es, leider. Nun verkleidet als Matrosenmädchen kommt sich Barbara einfach nur lächerlich vor, da man ihr aber das eigene Kleid entrissen hat und es nur Sekunden später schon in einem Eimer voll Wasser eingeweicht ist, gibt es tatsächlich kein Zurück.

Während sie langsam die Treppe hinuntersteigt, sieht sie, dass Tony, Diane, James und Hugh um den Esstisch herum

Conga tanzen. Der Raum scheint zu erfüllt zu sein von Lärm und Musik und betrunkenem Gelächter, um auch noch Luft zum Atmen zu enthalten. Und sie fürchtet, gegen jede Vernunft, dass sie ersticken wird, wenn sie ihn betritt. Daher geht sie stattdessen weiter bis in die Küche, wo Glenda wie immer raucht, während sie von den Resten des Essens nascht.

»Was um alles in der Welt hast du denn da an?«, fragt Glenda sofort, als sie aufblickt.

»Bitte schweig«, erwidert Barbara. »Das ist alles, was ich finden konnte. Du hast nicht zufällig noch ein zweites Kleid dabei, oder? Tony hat Kaffee über mich ausgekippt.«

Glenda schüttelt den Kopf. »Tut mir leid, Schwesterchen. Ich habe nichts dabei. Aber das steht dir wirklich nicht. Du siehst aus wie eine Hafennutte. Sie *muss* doch was Besseres als das da haben.«

Da sie das Gefühl hat, nicht atmen zu können, nicht mal dort in der Küche, dreht Barbara sich um und läuft zur Vordertür. Während sie heftig das Gesicht verzieht, um nicht weinen zu müssen, verlässt sie das Haus und knallt die Tür hinter sich zu. Eine Frau und ein Kind, die gerade vorbeikommen, drehen sich zu ihr um (natürlich gibt es vor dem Haus auch Leute), und sie fühlt sich plötzlich so befangen, in Eastbourne, in diesem dummen Matrosenkleidchen, dass sie kaum gehen kann. Sie zieht den Rocksaum ein Stückchen nach unten und läuft die Straße hinunter, angestarrt, das spürt sie, von der Frau und dem Kind hinter ihr.

Der Abend dämmert herauf, und über ihr kreisen Seemöwen. Die Luft ist frisch und riecht nach Jod. Plötzlich erinnert sie sich daran, dass sie am Meer ist, und, trotz ihrer ganzen Situation, legt sich die Panik ein wenig, ausgelöst durch die einfache Tatsache, dass sie nun zumindest weiß, wo sie hingehen wird. Sie biegt in die Beach Road ein und steuert auf die Promenade zu.

Ein Mann, der gerade die Fenster eines Pubs trocken wischt, pfeift, als sie näher kommt und ruft: »Hallo, Matrose!«

»Ah … hau ab!«, murmelt Barbara mit zitternder Stimme. Der Mann erstarrt, und von der Gummilippe, mit der er die Fensterscheiben abzieht, tropft das Wasser. Sein freches Grinsen weicht einer eher besorgten Miene. »Alles in Ordnung, Kleines?«, erkundigt er sich, während sie an ihm vorbeistürmt.

Als sie den Strand erreicht, geht gerade die Sonne unter, färbt sich zuerst orange, dann rot, während sie im Meer versinkt. Ein junger Mann mustert sie von Kopf bis Fuß, während er an ihr vorbeigeht, und ihr wird klar, dass gerade auf dem Pier mehr Leute sein werden als irgendwo anders. Dass sie auf dem Pier wie eine Art Touristenattraktion wirken wird. Daher wendet sie sich ab und geht in die andere Richtung. Doch als ihr bewusst wird, der junge Mann könnte denken, dass sie ihm folgt, bleibt sie stehen und setzt sich auf eine Bank. Sie ringt die Hände, starrt auf ihre Füße und versucht, ihr rasendes Herz zu beruhigen – versucht ganz einfach zu atmen.

»Babs?«

Sie hebt den Kopf und sieht Minnie vor sich stehen.

»Was machst du hier allein?«, fragt ihre Mutter besorgt.

»Oh Mum!«, sagt Barbara. Noch nie hat sie sich so gefreut, ihre Mutter zu sehen.

Als Barbara in sich zusammensinkt, nimmt ihre Mutter ihren Mantel zusammen und rutscht neben sie auf die Bank. »Ach, Liebes.« Minnie legt einen Arm um sie. »Was ist denn passiert? Und was um alles in der Welt hast du da an?«

Barbara inhaliert einmal tief die Seeluft, und dann purzeln die Worte nur so aus ihr heraus. »Tony ist betrunken und tanzt mit Diane, und er hat Kaffee über mein Kleid gekippt. Deswegen muss ich dieses fürchterliche Ding tragen, und ich komme mir so vollkommen blöd darin vor, und ich wünschte, ich hätte niemals …« Sie verstummt abrupt, merkt, dass sie wie eine Fünfjährige klingt und weiß, dass Minnie auf ein derart unreifes Verhalten nicht gut zu sprechen ist.

Minnie legt den Kopf von einer Seite auf die andere, während sie sie taxiert. »Du siehst nicht *lächerlich* aus, Liebes. Man ist nur ein bisschen überrascht, das ist alles.«

Barbara sieht ihre Mutter aus dem Augenwinkel an. »Ich *sehe* lächerlich aus.«

Minnie seufzt. »Weißt du, wie du eigentlich aussiehst? Wie Lucy Loop.«

Barbara muss lächeln.

»Das tust du! Wirklich«, ermutigt Minnie sie.

»Aber ich möchte am Tag meiner Hochzeit nicht wie Lucy Loop aussehen«, stöhnt Barbara.

»Nein, das glaube ich dir. Ich hatte an meinem Hochzeitstag ein ganz schreckliches altes Kleid an«, erzählt Minnie ihrer Tochter, ein Geständnis, extra erdacht, um sie zu beruhigen. »Es war das alte Hochzeitskleid meiner Tante. Ein fürchterlich altmodisches Ding. Es sah aus, als würde es aus einem Museum stammen, voller Spitze und Rüschen. Und gelb. Du weißt doch, wie Spitze sich im Laufe der Zeit gelb färbt? So ein Gelb. Ich habe das verfluchte Kleid gehasst.«

Barbara schnieft und wischt sich mit dem Handrücken die Nase ab, woraufhin Minnie ein Taschentuch aus ihrer Tasche holt. »Das wusste ich nicht. Du hast mir nie von deinem Hochzeitstag erzählt.«

»Er war ganz scheußlich, wirklich«, fährt Minnie fort. »Das ist das blöde an Hochzeiten. All diese Erwartungen, nicht wahr? Es hat gegossen wie in der Bibel, und dieses fürchterliche Kleid wurde ganz durchsichtig. Ich war überzeugt, dass jeder meine Kniehosen darunter sehen könnte. Und dann bekam Dad noch Krach mit Pop – das ist Seamus' Vater –, und dann hat Seamus ihn niedergestreckt.«

»Wirklich?«

Minnie nickt. »Obwohl er Boxer war, hat er ihn einfach niedergestreckt.«

»Er hat deinen Dad geschlagen?«

»Nein, er hat Pop geschlagen. Seinen *eigenen* Vater. Einfach niedergestreckt.«

»Oh Gott, Mum. Das muss ja furchtbar gewesen sein.«

»Pop war sowieso zu betrunken, um noch stehen zu können. Ich glaube, er hat sich nicht mal verletzt. Ist wie eine Feder umgefallen. Wenn sie betrunken sind, verletzen sie sich nie. Leider.«

»Tony ist auch betrunken«, gesteht Barbara. »Ich habe versucht, ihm einen Kaffee zu machen, wie du gesagt hast, aber er wollte ihn nicht.«

Minnie seufzt erneut und drückt die Schulter ihrer Tochter. »So was machen Männer. So was machen Männer auf Hochzeiten, Liebes. Morgen wird er dafür bezahlen. Morgen früh musst du dann besonders munter sein. Das macht sie verrückt.«

»Warum ist Dad nicht zurückgekommen?«, fragt Barbara plötzlich, und erst als die Worte ihre Lippen verlassen haben, wird ihr bewusst, dass sie die verbotene Frage gestellt hat.

»Darüber möchtest du heute nicht sprechen«, sagt Minnie leise.

»Aber es geht ihm doch gut, oder? Er ist nicht verletzt?«

Minnie schüttelt den Kopf. »Er hat irgendeine Hure kennengelernt, Liebes. Eine Krankenschwester, hab ich gehört. Eine Krankenschwester von der Luftwaffe.«

»Und dann hat er einfach mit ihr eine Familie gegründet?«

Minnie presst ihre Nasenwurzel zwischen Daumen und Zeigefinger zusammen, schließt die Augen, atmet einmal tief durch und öffnet sie wieder, bevor sie antwortet: »Hör mal, an deinem Hochzeitstag möchtest du wirklich nicht daran denken.«

Barbara nickt nachdenklich. »Nein. Ich denke nicht. Aber du erzählst es mir ein anderes Mal?«

»Ich erzähle es dir ein anderes Mal.«

»Glaubst du, dass es mit *uns* gut gehen wird?«

»Mit dir und Tony?«

Barbara nickt.

»Das will ich doch verdammt noch mal hoffen«, sagt Minnie. »Natürlich wird es das. Du musst dir nur die Märchen, von denen du träumst, aus dem Kopf schlagen. Träume sind wie Schmetterlinge, Liebes. Wenn du sie fängst, sterben sie. Und eine Ehe ist harte Arbeit. Das ist nicht wie in den Filmen. Nicht nur bunt und süß. Es ist eher wie … vielleicht wie ein Job oder, nein, vielleicht mehr wie eine Achterbahn. Du musst dich gut festhalten. Du musst dich während all der Aufs und Abs richtig gut festhalten. Aber du wirst es überstehen. Schließlich hast du den Blitzkrieg überlebt, Mädchen.«

Barbara lächelt schwach, und Minnie drückt erneut ihre Schulter. »Und jetzt gehst du besser zurück zu deinem Mann. Er wird sich fragen, wo du bist.«

»Begleitest du mich zurück?«

Minnie schüttelt den Kopf. »Ich bin zu alt für all die Trinkerei und das ganze Drumherum. Ich werde jetzt einmal über den Pier gehen und mir ein Eis kaufen. Dann komme ich nach und verschwinde im Bett.«

»Kann ich mit dir über den Pier gehen?«

Minnie steht auf und streckt die Hand nach ihrer Tochter aus. »Natürlich kannst du das.«

Barbara greift nach der Hand ihrer Mutter und erhebt sich, und als Minnie sie von oben bis unten betrachtet, sagt Barbara: »Siehst du. Ich sehe doch albern aus.«

»Nicht albern«, entgegnet Minnie. »Aber du solltest lieber den hier überziehen.« Sie schlüpft aus ihrem Mantel und hält ihn Barbara hin, damit sie ihn überstreifen kann.

»Mir ist überhaupt nicht kalt, Mum. Behalt du ihn.«

»Es ist nicht die Kälte, die mir Sorgen macht«, erwidert Minnie. »Es ist all die lüsterne Aufmerksamkeit, die du erregen wirst, wenn du in dem Kleid über den Pier läufst.«

»Lüsterne Aufmerksamkeit?«, wiederholt Barbara lachend.

Minnie nickt ernsthaft. »Glaub mir. Zieh ihn an.«

Zwischen der Wurfbude mit den Kokosnüssen und der Tarotkartenlegerin kauft Minnie ihnen beiden ein Eis, dann schlendern Mutter und Tochter den Pier entlang.

Der Tag hat sich inzwischen schon fast gänzlich verabschiedet, und das Meer unter ihnen ist nicht mehr grünlich, sondern von einem düsteren Schwarz. Im Kontrast dazu lassen die Lichter des Piers die kräftigen Farben der Buden erstrahlen.

»Ich liebe die Küste«, sagt Barbara unerwartet euphorisch, dass sie die Zeit mit ihrer Mutter so genießen kann – eine überraschende, neue Erfahrung. »Ich liebe die frische Luft und die Möwen und die Lichter und den Duft der Donuts. Ich liebe einfach alles.«

»Ich auch«, erwidert Minnie. »Ich wollte eigentlich immer am Meer leben.«

»Warum hast du es nicht getan?«

»Seamus hatte seinen Job in London. Und heute ist *mein* Job in London.«

»Du könntest immer noch umziehen. Wenn du nur willst.«

»Das kann ich mir nicht leisten. Und du weißt es.« Minnie leckt einen Tropfen fort, der an ihrer Eistüte herabläuft.

»Vielleicht haben wir irgendwann ein großes Haus, so wie *Donnybrook*«, sagt Barbara. »Dann könntest du jederzeit zu uns kommen und bei uns wohnen.«

»Vielleicht«, meint Minnie. »Da Tony das einzige Kind seiner Eltern ist, endest du vielleicht wirklich irgendwann in

Donnybrook, wenn du dein Blatt richtig ausspielst. Achte nur darauf, dass du bei ihm bleibst.«

»Natürlich werde ich bei ihm bleiben«, bekräftigt Barbara.

»Eine Ehe ist nicht einfach«, wiederholt Minnie. »Aber selbst in den schlimmsten Zeiten ist sie das bessere der beiden Übel. Du kannst mir glauben, was das angeht.«

Nachdem sie den Pier umrundet haben, geht Barbara mit Minnie zurück zum *Donnybrook*. Als sie dort eintreffen, ist die Party vorbei. Alle sind gegangen, und nur Joan ist da und räumt auf.

»Hallo«, sagt Joan und blickt von dem Teller auf, auf den sie gerade das übrig gebliebene Essen legt,. »Ich dachte, du seist bei Tony.«

»Nein, Mum und ich sind über den Pier gelaufen«, erzählt Barbara. »Weißt du, wo Tony ist?«

Joan schüttelt den Kopf. »Sie sind alle zusammen gegangen. Wie ich schon sagte, ich dachte, du seist bei ihnen. Hast du genug gegessen? Ich will gerade das alles hier wegpacken.«

»Ja, danke«, sagt Barbara. »Ich bin satt.«

»Ich auch«, erklärt Minnie. »Es war ein schönes Fest, Joan. Und was Tony angeht, denke ich, er ist im Beach Cottage. Ich vermute, er wartet dort auf sie.«

Joan nickt. »Ja, dort wird er wahrscheinlich sein.«

Immer noch in Minnies Mantel (so groß, so behaglich, so beruhigend, als sei man in seine Mutter eingewickelt) läuft Barbara zurück durch die schwach erleuchteten Straßen in Richtung Beach Cottage, wo sie ihre Hochzeitsnacht verbringen werden. Joan kennt Mrs Pie, die Besitzerin. Mrs Pie schuldet ihr offensichtlich noch einen Gefallen.

Paare laufen Hand in Hand über die Promenade und strahlen jene besondere Zufriedenheit aus, wie es nur Paare abends an einer Küstenpromenade können. Barbara fragt sich, ob es bei ihr jetzt genauso ist. Und falls ja, wo ist dann ihr Mann? Wo ist der Arm, an dem sie sich festhalten soll?

Mrs Pie ist draußen und gießt die Pflanzen in den Blumenkästen, als Barbara eintrifft. »Hallo, Liebes. Ist alles nach Plan gelaufen?«

Barbara nickt und zieht den Mantel enger um sich, weil sie fürchtet, dass Mrs Pie einen Blick auf das Matrosenkleidchen erhaschen könnte. »Ja, das ist es. Hat T…?«

»Also sind Glückwünsche angebracht«, meint Mrs Pie und wendet sich mit ihrer Gießkanne dem nächsten Blumenkasten zu, der sich unter dem Schild befindet, das auf freie Zimmer hinweist.

»Ja, danke. Ist Tony hier?«

»Du hast ihn also schon aus den Augen verloren?«, fragt Mrs Pie, bricht einen toten Stängel von einer Geranie ab und wirft ihn über die Schulter.

»Mehr oder weniger«, gesteht Barbara. »Könnte es sein, dass er schon im Zimmer ist?«

»Das wäre nicht unmöglich. Ich war bis vor einer halben Stunde noch unterwegs.«

»Ist es okay, wenn ich mal nachsehe?»

»Natürlich ist es das. Es ist euer Zimmer.«

»Welches Zimmer ist es bitte?«

»Das ganz oben. Du brauchst keinen Schlüssel. Wir haben hier im *Beach Cottage* nur sehr angenehme Gäste.«

Barbara bedankt sich und läuft nach oben. Im Badezimmer im ersten Stock hält sie kurz inne, um sich zu erleichtern, bevor sie die drei Treppen zu ihrem Zimmer unter dem Dach erklimmt. Unterwegs bleibt sie immer mal stehen, um die vielen Fotos der königlichen Familie zu betrachten, die die Wände des Treppenhauses schmücken.

Das letzte Foto auf ihren Treppenabsatz (Und kann das ein Zufall sein?) zeigt die königliche Hochzeit von 1947. Elisabeth und Philip, makellos, wunderschön, opulent. Elisabeths Schleppe ergießt sich vor ihnen die Stufen hinunter, und beide lächeln vornehm. Und wer würde in ihrer Position wohl nicht lächeln?

Im Zimmer ist das Bett mit Blütenblättern bedeckt. Keine Rosenblätter, sondern Geranienblätter. Auf den Nachttischen und dem Kaminsims stehen Blumensträuße, die frisch im Garten gepflückt wurden. Barbara schaltet das Licht ein und sieht, dass Mrs Pie ein gehäkeltes pinkfarbenes Platzdeckchen über den Lampenschirm gehängt hat. Es wirft ein hübsches Muster an die Wand über dem Bett.

Barbara geht hinüber zum Fenster und blickt auf das wogende und schäumende Meer hinaus. Der Mond geht gerade auf und lässt die sich am flachen Ufer brechende Brandung glitzern und schimmern, wenn sie auf den Kieselstrand trifft.

Wieder schaut Barbara sich im Zimmer um, dann setzt sie sich aufs Bett und hüpft ein wenig darauf, bevor sie wieder aufsteht, ihren Mantel und die Schuhe auszieht und sich hinlegt.

Elegant drapiert sie sich auf dem Laken (Hat sie das in einem Film gesehen?), dann stopft sie sich die Kissen in den Rücken und stellt sich vor, wie Tony hereinkommt und sie so daliegen sieht. Was wäre schmeichelhafter? Die dezenten Muster der Lampe oder das Mondlicht? Sie schaltet die Lampe aus, fröstelt unwillkürlich und schaltet sie wieder ein. Im Mondlicht wirkt der Raum kalt. Die Lampe ist in jedem Fall besser.

Sie setzt sich auf den Rand des Bettes, sodass sie die Bahn des Mondes verfolgen kann. Das Matrosenkleidchen spannt um ihre Mitte, deswegen steht sie erneut auf und geht zu der Kommode. Darin findet sie, wie versprochen, ihr Nachthemd und Tonys Pyjama. Sie stellt sich vor, wie Glenda zuvor dort gewesen ist und sich, während sie die Schublade schloss, diese Nacht der Leidenschaft vorgestellt hat, die ihre Schwester später an diesem Tag erleben würde.

Wieder geht sie hinüber zum Fenster und sieht hinaus. Ein einzelner Mann läuft mit einem kleinen Hund an der Leine die Promenade hinunter. »Wo bist du, Tony?«, murmelt sie, streicht mit einer Hand über ihren Bauch und stellt sich sein Baby vor, das, wie jeder ihr sagt, in ihrem Innern heranwächst.

Sie geht zur Tür, und nachdem sie durch das Schlüsselloch gespäht hat, tritt sie hinaus auf den Treppenabsatz und lauscht auf die Geräusche des Hauses. Eine schreiende Seemöwe über ihr, ein Radio, das irgendwo weiter unten Tanzmusik spielt, ein älteres Paar, das sich in einem der anderen Gästezimmer unterhält … aber keine Spur von Tony.

Sie geht noch einmal zu dem Foto und dann, bevor sie einen nervösen Blick die Treppe hinuntergeworfen hat, nimmt sie es vom Haken und geht damit zurück in ihr Zimmer.

Sie legt es auf die Kommode, damit sie es sehen kann, während sie aus dem schrecklichen Matrosenkleidchen und in ihr Nachthemd schlüpft.

Dann stellt sie das Foto auf den Nachttisch, sodass sie gleichzeitig die Tür und das Bild sehen kann und drapiert sich erneut wie ein Filmstar auf dem Bett. »Er wird bald hier sein«, sagt sie sich leise und immer wieder, bis sie schließlich irgendwann einschläft.

Am nächsten Morgen ist es nicht Tony, der sie weckt, sondern die Sonne.

2012 – Hoxton, London

Sophie sieht zu, wie Bretts kahler Schädel zwischen ihren Knien auf und ab gleitet. Sie bemerkt eine Schweißperle, die sich bildet und dann zu seiner Augenbraue hinunterläuft. Sie sind jetzt seit etwas über einem Jahr zusammen, und der Sex zwischen ihnen folgt einer fest etablierten Routine. Es liegt nicht daran, dass der Sex mit Brett langweilt, und auch nicht daran, dass er in irgendeiner Hinsicht ein schlechter Liebhaber wäre. Ihr Freund Ralph hat ihr mal gesagt, er habe erkannt, dass er schwul sei, als er bemerkte, dass er würgen musste, wenn er eine Frau lecken sollte. Sophie erinnert sich daran, dass sie ihm gesagt hatte, wenn es ein Anzeichen dafür sei, schwul zu sein, wenn ein Mann eine Frau nicht lecken mag, dann müsste die Hälfte aller Männer, mit denen sie je im Bett gewesen war, schwul sein. Brett, der bei seinen Liebkosungen nun an der Innenseite ihrer Schenkel reibt, während er sich bemüht, sie zum Orgasmus zu bringen, ist, muss Sophie zugeben, ein Liebhaber, der auch außergewöhnlich gern gibt. Aber das ist es dann auch, wie ein Popsong im Radio, den man schon hundert Mal gehört hat. Sex mit Brett kann sie einfach nicht mehr überraschen. Es fängt gleich an, führt dann in erwarteter Weise weiter, wonach dann das Umgekehrte kommt. In einer Minute wird Brett weiter nach oben gleiten und beginnen, ihre Brüste zu küssen, an ihrem Hals zu schnuppern, sie leidenschaftlich zu küssen. Sie weiß, wo und wann und wie es passieren wird. Sie kann es sogar vor ihrem geistigen Auge sehen, kann sie schmecken, die Erinnerung (und Vorahnung) von Bretts Kuss – diese einzigartige Mischung aus Brett und Sophie und Massageöl, die ihr, Mund zu Mund, erneut kredenzt wird.

Obwohl sie sich allmählich ihrem Orgasmus nähert, denkt Sophie darüber nach, und sie denkt darüber nach, dass sie darüber nachdenken kann, sogar hier, sogar jetzt, mitten beim Sex. Und während Brett langsam weiter nach oben gleitet, seine Aufmerksamkeit ihren Nippeln zuwendet, fragt sie sich, was diese Distanziertheit wohl zu bedeuten hat.

Aber Sophie ist heute abgelenkt, und sie weiß, dass es in keiner Weise Bretts Schuld ist. Als sie am Morgen aufwachte, war sie weitaus begeisterter von dem Gedanken an eine Retrospektive vom Werk ihres Vaters als von irgendetwas anderem, was zurzeit in ihrem Leben passiert. Sie denkt, wieder, dass sie einen weiteren Verbündeten braucht, wenn dieses Projekt auch nur die geringste Chance haben soll, eines Tages Wirklichkeit zu werden. Sie braucht jemanden, mit dem sie Ideen besprechen kann; jemanden, der weniger zynisch ist als Brett; jemanden, der begeisterungsfähiger ist als ihre Mutter oder ihr Bruder; und jemanden, der ihren Vater besser gekannt hat als sie oder zumindest sein Werk.

Brett hält inne, und Sophie kehrt schlagartig in das Hier und Jetzt zurück, und ihr fällt auf, dass seine harte Erektion heute nicht so hart ist. Und plötzlich erkennt sie, dass das, was immer als Nächstes passiert, heute nicht passieren wird. Offenbar kann Brett sie doch immer noch überraschen.

»Alles in Ordnung bei dir?«, erkundigt sich Brett nun. »Du scheinst mir nicht bei der Sache zu sein.«

»Tut mir leid. Ich bin heute ein bisschen unkonzentriert. Vielleicht können wir einfach einen Kaffee trinken und dann noch mal anfangen. Wäre das okay?«

Brett nickt, rollt sich zur Seite und springt gutmütig in die Küche, von wo er, weil er keinen Kaffee findet, ruft, dass er kurz weg ist: Der Jäger und Sammler wird sich selbstlos in die Schlacht mit dem *7-Eleven* werfen, um an Vorräte zu kommen.

Sophie streckt sich auf dem Bett aus, dann greift sie nach ihrem Handy und wirft einen Blick auf dessen Uhr. Es ist fast vier Uhr nachmittags. Und dann, und zwar ohne nachzudenken, als habe sie genau das getan, bevor Brett sie so rüde unterbrochen hat, ruft sie ihre Mutter an.

»Hi, Mum, ich bin‘s, Sophie.«

»Hallo, Liebes. Ich habe gerade an dich gedacht.«

»Tatsächlich?«

»Ja. Ich mache gerade einen gestürzten Ananaskuchen. Den hast du immer geliebt, als du noch klein warst.«

»Ich mag ihn immer noch. Für wen machst du ihn?«

»Jon. Er kommt ein bisschen herüber.«

»Eigentlich habe ich angerufen, weil ich mir dachte, ich könnte am nächsten Wochenende runterfahren.«

»Wirklich? Wieso?«

»Natürlich um dich zu sehen. Aber wenn du nicht möchtest, dass ich komme, Mum, dann rede nicht lange um den heißen Brei. Sag’s einfach.«

»Sei nicht albern. Du weißt, dass ich es möchte.«

»Also gut. Vielleicht Sonntag?«

»Ja. Sonntag ist gut. Kommst du aus einem *bestimmten* Grund?«

»Nicht wirklich. Aber … äh … ich dachte, dass ich mir vielleicht noch mal die Bilder auf dem Dachboden ansehe.«

»Oh nein, Sophie. Du hängst doch nicht immer noch an dieser albernen Idee? Ich möchte nicht, dass du den ganzen Tag Dreck durchs Haus trägst.«

»Ach, komm schon, Mum. Es ist doch wohl verständlich, dass ich mir Dads Fotos ansehen will. Schließlich bin ich auch Fotografin.«

»Hat das immer noch mit dieser verrückten Ausstellung zu tun, die du letztes Mal erwähnt hast?«

»Daran ist nichts verrückt, Mum.«

»Also hat es das?«

»Nicht speziell.«

»Hm.«

»Und, Mum …?«

»Ja?«

»Ich habe mich gefragt … du weißt doch, Tante Diane … lebt sie noch?«

»Diane?«

»Ja. Die Freundin von Dad.«

»Ich weiß, wer Diane ist, Liebes. Ich bin nicht vollkommen senil. Aber warum alles in der Welt …?«

»Ich dachte, sie wäre vielleicht in der Lage, mir zu helfen.«

»Wobei genau?«

»Bei, na ja … Ideen. Was man ausstellen könnte, wie man es ausstellt … sie war doch auch Fotografin, oder? Sie hat ihm doch manchmal geholfen.«

Barbara antwortet nichts darauf, aber Sophie hört, wie sie einen tiefen Seufzer ausstößt.

»Hast du irgendeine Ahnung, wie man Kontakt zu ihr aufnehmen könnte?«

»Eigentlich nicht.«

»Wirklich? Du hast keine Ahnung?«

»Nein. Tatsächlich nicht.«

»Mum!«

»Ich habe mit Diane nicht mehr gesprochen, seit er gestorben ist.«

»Wirklich?«

»Wirklich.«

»Wieso?«

»Ich weiß es nicht, Liebes. Vermutlich, weil ich keinen Grund dazu hatte.«

»Ah! Also weißt du durchaus, wie du Kontakt zu ihr aufnehmen könntest? Wenn du einen Grund hättest?«

»Nein. Ich weiß es nicht. Ich hab es dir gesagt. Ich würde wirklich gerne den ganzen Tag mit dir am Telefon verbringen, aber Jon kommt, und ich muss den Kuchen in den Ofen schieben.«

»War ihr Nachname Darbott?«

»Das weißt du doch.«

»Schreibt man ihn mit zwei T?«

»Sophie, bitte sag mir, dass du nicht anfangen wirst, Himmel und Hölle in Bewegung zu setzen, um sie zu finden?«

»Wieso nicht?«

»Weil … weil …«

»Ja?«

»Weil ich davon ausgehe, dass sie ohnehin schon tot ist.«

»Tot?«

»Ja.«

»Warum sollte sie tot sein, Mum?«

»Weil jede Leber irgendwann mal aufgibt, Liebes.«

»Jede *Leber*?«

»Ja. Und jetzt muss ich Schluss machen, Liebes. Sag mir am nächsten Samstag Bescheid, ob du immer noch kommen möchtest. Aber ich will nicht, dass du wieder über den Dachboden latschst. Wenn du nur deswegen kommst, wäre es also sinnlos.«

»Mum, warte mal eine Sekunde. Was ist mit Dads Freund Hugh. Oder mit Phil?«

»Oh, Sophie, hör auf. Hör sofort damit auf.«

»Womit?«

»Ich muss jetzt den Kuchen backen! Bis bald, Liebes.«

Sophie hat gerade ihren Morgenmantel übergestreift, als Brett mit dem Kaffee zurückkommt. »Ich habe auch Croissants«, verkündet er und lässt die Tüte auf die Arbeitsplatte fallen.

»Du musst aufhören, immer Croissants zu kaufen«, sagt Sophie. »Ich werde fett.« Eigentlich meint sie zwar, dass Brett aufhören muss, Croissants zu kaufen, weil Brett fett wird – nein, fetter –, aber Brett kapiert es nicht.

»Ich finde, du siehst sehr gut aus«, sagt er mit einem Augenzwinkern. Er reißt das Paket mit dem Kaffee auf und kippt etwas davon in die Maschine, dann schaltet er sie ein. »Und was hatte dich abgelenkt?«, fragt er.

Sophie sieht hinaus über die Skyline von London. Es ist ein wunderschöner Tag mit blauem Himmel und schnell dahinziehenden Wolken, die noch schneller dahineilende Schatten werfen. »Wie bitte?«, fragt sie.

Brett lacht. »Ich schließe meine Beweisführung ab!«

»Oh, nichts Besonderes«, sagt Sophie, der es gelingt, Bretts verpasste Bemerkung aus einem Zehn-Sekunden-Zwischenspeicher in die Realität wieder hervorzuzerren. »Ich habe wieder über die mögliche Ausstellung von Dads Arbeiten nachgedacht. Mum reagiert da ganz komisch. Das ist alles.«

»Komisch?«

»Kein bisschen konstruktiv.«

»Du hast von Anfang an gesagt, dass sie nicht dafür sein würde.«

»Ich weiß. Aber es ist mehr als das. Sie will nicht, dass ich die Bilder vom Dachboden hole. Sie kann mir nicht sagen, wie ich zu irgendjemandem aus der Vergangenheit Kontakt aufnehmen könnte. Es wirkt eher wie vorsätzliche Behinderung.«

»Mit wem willst du denn Kontakt aufnehmen?«, fragt Brett.

»Mit einer Freundin von Dad, Diane Darbott. Und auch mit seinem besten Kumpel Phil. Mum sagt, sie habe keine Ahnung, wo Diane ist, was ich für sehr unwahrscheinlich halte. Ich glaube, sie wollte andeuten, dass Diane ein Alkoholproblem hat, aber ich habe nie das Geringste bemerkt.«

»Hast du sie gekannt, diese Diane?«

»Mhm. Sie war sehr lustig. Ich hab sie wirklich gemocht.«

»Hast du sie gegoogelt?«

»Noch nicht. Aber ich werde es tun. Allerdings gehört sie nicht wirklich zur Facebook-Generation, daher …«

Brett späht in die sich langsam füllende gläserne Kaffeekanne, dann richtet er sich wieder auf. »Vielleicht ist es ihr einfach unangenehm.«

»Was ist wem unangenehm?«

»Deiner Mutter. Diese ganze Sache mit der Kunst. Du hast gesagt, sie sei … welches Wort hast du noch benutzt?«

»Eine Banausin. Aber das war unfair.«

»Sicher. Aber vielleicht erinnert sie das alles zu sehr an die Vergangenheit. Das wäre einleuchtend.«

»Oh, absolut! Ich bin mir *sicher*, dass es das ist. Aber es ist doch alles Jahre her. Sie muss darüber hinwegkommen, denn ich möchte sehen, welche Arbeiten er hinterlassen hat.«

»Kaffee?« Brett schwenkt die Kaffeekanne in ihre Richtung.

»Klar.«

Brett gießt zwei Becher Kaffee ein und stellt sie auf den kleinen Küchentisch. Dann setzt er sich und reißt die Papiertüte mit den Croissants auf.

Sophie zieht den Morgenmantel enger um sich, gleitet auf einen Stuhl, reißt ein winziges Stück von einem Croissant ab und schiebt es sich in den Mund. Weil sie das an das knochige Model erinnert, das genau das Gleiche getan hat, greift sie nach dem ganzen Croissant und beißt herzhaft hinein.

»Fürchterliche Croissants.« Brett verzieht das Gesicht.

»Sie sind von *7-Eleven*, nicht von *Sept-Onze*.«

»Und das bedeutet?«

»Es bedeutet, wir sind hier in England. Mit Crumpets bist du hier eher auf der sicheren Seite als mit Croissants.«

»Crumpets?«

»Sie sind etwas sehr Englisches. Wie Muffins. Oder Bagel. Eigentlich kann man sie mit nichts vergleichen.«

»Crumpets, ja?«

»Ich besorge dir mal welche. Weißt du, ich denke immer wieder … Dad hätte so bedeutsam sein können.«

Brett schlürft an seinem Kaffee, bevor er antwortet. »Er war ziemlich bedeutsam, Sophie.«

»Sicher. Aber er hätte *richtig* bedeutsam sein können, denke ich. Wenn er nur mit jemandem zusammen gewesen wäre, der seine Kunst verstanden hätte. Mum war eine gute Ehefrau und Mutter, doch wenn es um seine Arbeit ging … nun ja …«

»Nun ja?«

»Es reicht wohl zu sagen, dass sie lieber mit ihm einkaufen ging, als ihn zu seinem Shooting zu begleiten. Deswegen hat er so viel Zeit mit Diane verbracht. Und er ist nie wirklich irgendwohin gereist. Wahrscheinlich auch wegen Mum. Er hätte so viel mehr machen können.«

»Er hat es nach oben geschafft. Mach ihn nicht nieder, Baby. Er ist heute nur ein wenig in Vergessenheit geraten, das ist alles.«

»Und wessen Schuld ist das? Dass er in Vergessenheit geraten ist?«

»Da schiebst du deiner Ma aber eine Menge Verantwortung zu. Ich bin sicher, dass sie ihr Bestes gegeben hat.«

»Bist du das?«

Brett zuckt die Achseln.

»Okay, vielleicht bin ich ein bisschen gemein. Aber du verstehst, was ich meine?«

»Ja, ich verstehe, was du meinst.«

Dann trinken sie schweigend ihren Kaffee. Schließlich fragt Brett: »Möchtest du zu Ende bringen, was wir vorhin angefangen haben?«

»Wie bitte? Oh! Um ehrlich zu sein, bin ich mir nicht sicher.«

Brett greift nach einer Blechdose auf dem Regal neben sich. »Vielleicht bringt dich das hier in Stimmung.« Er holt ein Tütchen mit Kokain aus der Dose.

Weil Sophie weiß, dass es stimmt, was er sagt, und weil Wochenende ist und sie nichts anderes vorhat, und weil sie wegen vorhin ein schlechtes Gewissen hat, stimmt sie zu. »Nur ein kleines bisschen. Ich möchte nicht den ganzen Tag aufgedreht sein.«

Brett nimmt ein gerahmtes Foto von der Wand hinter sich und benutzt es, zusammen mit einer Visitenkarte, um die Linien zu legen. Und sobald sie sie durch die Nase gezogen haben, fühlt Sophie sich sofort anders: enthusiastisch, euphorisch, voller Selbstvertrauen und, ja, erregt.

»Komm.« Brett steht auf und reibt sich die Nase. Dann nimmt er ihre Hand und führt sie ins Schlafzimmer. Er geht direkt zur »unanständigen« Schublade, während Sophie in der Tür steht und ihm amüsiert zusieht, wie er die beiden Paar Handschellen und das Hundehalsband herausholt. »Zeit, das Thema mal zu variieren.«

»Soll das heißen, wir sind noch nicht *offiziell* gelangweilt?«, fragt Sophie.

»Gelangweilt?«

»Als ich dich mal nach denen gefragt habe, hast du gesagt, sie seien dafür da, wenn wir mal anfangen würden, uns zu langweilen.«

Brett schürzt die Lippen und schüttelt den Kopf. »Ich bin absolut nicht gelangweilt, Baby.« Er zieht sein Sweatshirt aus und fügt hinzu: »Vielleicht liegt es einfach daran, dass ich dir inzwischen genug vertraue, um es mit dir zu teilen. Du könntest dich geschmeichelt fühlen.«

»Aber traue ich dir genug?«, erwidert Sophie und sieht sich gefesselt auf dem Bett liegen, Bretts Gnade ausgeliefert, und zu ihrer Überraschung findet sie das Bild nicht unangenehm.

»Ich wüsste nicht, warum das nötig wäre.« Brett fingert an den Handschellen herum und schließt schließlich eine um sein rechtes Handgelenk, dann die andere um sein linkes.

Sophie betrachtet ihn mit gerunzelter Stirn, wie er da nackt von der Hüfte aufwärts vor ihr steht und die Handschellen von seinen Armen baumeln. »Ich verstehe nicht«, sagt sie. »Was soll ich jetzt machen?«

»Was immer du willst.« Brett klettert aufs Bett und spreizt die Arme, sodass die Handschellen gegen die Eisenstäbe des Kopfendes klirren. »Ich bin Euch ausgeliefert, Herrin.«

»Oh«, sagt Sophie, der es plötzlich peinlich ist, dass der Groschen so lange gebraucht hat, um zu fallen. »Oh, ich verstehe!«

»Ich will nichts Bestimmtes vorschlagen«, erklärt Brett. »Aber in der Schublade darunter sind verschiedene Folterinstrumente. Wenn du also das Gefühl hast, dass ich ein böser Brett gewesen bin, nun ja, dann kannst du es an mir auslassen. Dich revanchieren sozusagen.«

Sophie seufzt und geht zum Nachttisch, um einen Blick in die Schublade zu werfen. Während sie denkt, dass dies nicht ist, was sie erwartet hat, nimmt sie eine kleine Kette aus der Schublade, die zwei Metallklammern miteinander verbindet, berührt dann, leicht angeekelt, mit der Fingerspitze ein Set Liebeskugeln, dann einen Ballknebel. »Ist der für dich bestimmt?«, fragt sie, als sie nach dem pinkfarbenen Dildo greift, und lustig mit ihm winkt.

»Wenn das Euer Wunsch ist, Herrin«, sagt Brett aus irgendeinem Grund mit einer fremdartigen, roboterhaften Stimme wie aus einem Science-Fiction-Film.

»Hm«, macht Sophie, während sie sich fragt, ob das, auch wenn es *nicht* ihr Wunsch ist, dazu werden könnte, wenn sie sich nur genug bemüht. Aber sie ist sich absolut nicht sicher, ob sie das will. Was sie tatsächlich will, wonach sie sich fühlt, ist einfach ein guter, langer Fick. Das ist es, was sie wirklich braucht.

Sie wendet sich Brett zu, um seine Seifenblase zum Platzen zu bringen, um ihm sanft zu erklären, dass Dominanz nicht ihr Ding ist. Aber dann sieht sie seinen Schwanz, wie er in seinen Jogginghosen zuckt, hüpft und fleht. Und sie erkennt, nur weil Brett gefesselt ist, nur weil er ein Hundehalsband trägt, Klammern auf seinen Nippeln sitzen und er einen Knebel im Mund hat, muss das noch lange nicht heißen, dass sie nicht auch bekommen kann, was sie will. Das bedeutet es in keiner Weise.

Sie geht um das Bett herum und schließt die Handschellen, erst eine, dann die andere, um die Füße des Kopfendes. »Okay, du kleine Nutte«, sagt sie, zerrt ihm die Jogginghosen herunter und beobachtet, wie sein Schwanz herausspringt. »Du hast es nicht anders gewollt.«

»Bitte Gnade!«, fleht Brett.

»*Keine* Gnade!«, erwidert Sophie und besteigt ihn. »Du wirst verdammt noch mal genau das bekommen, was du verdient hast.«

1951 – Eastbourne, East Sussex

Barbara liebt es, in Eastbourne zu leben. Sie ist heute Morgen bereits die ganze Strecke nach Holywell zu Fuß gegangen (sie findet, die Stelle, wo die Klippen auf das Meer treffen, ist der schönste Platz, den sie je gesehen hat) und ist jetzt auf dem Weg nach Hause. Aber dieser Gedanke, dass sie es *liebt*, dort zu leben, hat sie seit der Sekunde, als sie aufgestanden ist und die Vorhänge zurückgezogen hat, erfüllt.

Zu Anfang, besonders während der ersten Woche ihrer Ehe, war es wechselhaft gewesen – sie hatte wirklich geglaubt, dass alles zerbrechen würde. Am schlimmsten war es gewesen, als sie, allein, am Morgen nach der Hochzeit zum Haus *Donnybrook* zurückgekehrt war – wo sie ihrer Mutter, ihrer Schwester, ihren neuen Verwandten gegenübertreten und einem nach dem anderen hatte erklären müssen, dass sie nicht die *geringste* Ahnung hatte, wo ihr frischgebackener Ehemann war oder wo er die Nacht verbracht hatte. Alle waren um ihretwillen empört, so empört sogar, dass ihre eigene Entrüstung im Vergleich zu der Notwendigkeit, alle wieder zu beruhigen, bevor Tony zurückkehrte, was er irgendwann tat, aber erst kurz vor zwei, keine Rolle mehr spielte. Er sei betrunken bei Hugh eingeschlafen, behauptete er. So schlecht, wie er aussah, konnte das durchaus der Wahrheit entsprechen.

Doch es war unverzeihlich, da stimmten alle überein. »Unverzeihlich« war das Wort, das alle benutzten. Aber vor die Wahl gestellt, ihre Koffer zu packen und nach London zurückzukehren (eine Möglichkeit, die, wie Glenda des Öfteren wiederholte, unter den gegebenen Umständen absolut gerechtfertigt wäre) oder zu verzeihen und zu vergessen, hatte Barbara beschlossen, zu verzeihen und zu vergessen.

Glück ist ein relativer Begriff, nachdem sie im East End von London den Zweiten Weltkrieg überstanden hatte, zeigte sich Tonys Verschwinden nur als ein kleines Zucken auf ihrer persönlichen Richterskala. Und heute, als sie den South Downs Way entlangläuft, während rechts von ihr die Brandung tobt, sie das Meersalz auf den Lippen schmeckt und Tonys Baby gerade anfängt, sich bemerkbar zu machen (Minnie hat mit einem Ring über ihrem Bauch ausgependelt, dass es ein Mädchen werden wird, und Barbara glaubt ihr), weiß sie einfach, dass sie die richtige Entscheidung getroffen hat.

Natürlich hat Tonys Verhalten auf der Hochzeit sie beunruhigt. Und nachdem sie nun auch seinen Vater Lionel kennengelernt und Zeit mit ihm verbracht hat, ist sie zutiefst besorgt, vielleicht in eine genetisch vorbelastete Linie hineingeheiratet zu haben, was Alkohol angeht. Daher beobachtet sie Lionel und versucht zu verstehen, was vor sich geht. Wie eine wissbegierige Botanikstudentin betrachtet sie die Welt um sich herum und merkt sich, was funktioniert und was nicht. Sie hat schon herausgefunden, dass Lionel, kurz bevor er anfängt zu trinken, mürrisch wird. Sie weiß auch, dass das erste Bier ihn wieder normal werden lässt, das zweite lustig und das dritte euphorisch und anmaßend. Nach dem vierten verstummt er, nach dem fünften wird er weinerlich, und dann schläft er entweder ein oder macht mit dem sechsten und siebten weiter. Dann wird es

Zeit zu verschwinden, denn irgendwann kommt es nun unausweichlich zu einem Wutausbruch oder, wenn man Glück hat, nur dazu, dass er sich übergibt.

Sie beobachtet auch Joan, um zu sehen, ob sie irgendwelche Strategien entwickelt hat, um damit umzugehen. Aber außer einem unerklärlichen Bedürfnis, die ganze Zeit zu reden (Ist es die Stille, die ihr Angst macht, oder sind es die Gedanken, die offenbar werden könnten, wenn sie auch nur für einen Moment den Mund hält?), scheint sie einfach nur den Kopf einzuziehen und jedes einzelne dieser Unwetter einfach durchzustehen, als sei es das erste und hoffentlich auch das letzte.

Aber während Lionel seit der Hochzeit vor nunmehr zwei Wochen nicht einen Tag nüchtern gewesen ist, hat Tony seinerseits keinen einzigen Schluck getrunken. Stattdessen war er so witzig und hilfsbereit, so süß und liebevoll wie immer. Glenda hatte ihr gesagt, sie müsse darauf bestehen, dass Tony sich für sein schändliches Benehmen entschuldigt. Barbara jedoch hat Glendas Bedürfnis nach einem Sieg auf ganzer Linie in solchen Dingen noch nie verstanden. Tonys Bemühungen, es wiedergutzumachen, seine unaufhörlichen kleinen Aufmerksamkeiten, mit denen er sie überschüttet, sind alles, was Barbara braucht.

Als sie *Donnybrook* erreicht, steht die Eingangstür offen. Barbara steigt die Stufen hinauf und sieht, dass Joan gerade die schwarz-weißen Bodenfliesen wischt.

»Hallo. Ich bin wieder da, um dir zu helfen«, verkündet sie.

Joan hält inne und dreht sich zu ihr um, eine Kippe im Mundwinkel. »Hallo, Liebes. War es ein schöner Spaziergang?«

Barbara nickt und lächelt strahlend. »Ich bin wieder ganz bis nach Helen Gardens gelaufen.«

»Du wirst dich noch völlig verausgaben«, mahnt Joan. »Eine Frau in deinem Zustand sollte sich schonen. Als ich mit Tony schwanger war …«

»Der Arzt hat gesagt, spazieren zu gehen sei gut«, unterbricht Barbara sie. Dass Joan drei Monate im Bett verbracht hatte, bevor Tony geboren wurde, hat sie ihr bereits erzählt. Mehrmals.

»Schon, aber ich denke, er hat nicht gemeint, dass du jeden Tag einen Marathon laufen sollst. Damals …«

»Soll ich hinten rumgehen?«, fragt Barbara und verhindert dadurch einen weiteren Vortrag über *damals*. »Ich will deinen Boden nicht gleich wieder schmutzig machen.«

Joan schüttelt den Kopf, und etwas Asche fällt von ihrer Zigarette, die sie sogleich wieder aufwischt. »Nein, du kannst einfach reinkommen. Unter einer Bedingung.«

»Und die wäre?«

»Dass du sofort in dein Zimmer gehst und dich ausruhst.«

Barbara nickt. »Okay. Heute Nachmittag helfe ich dir aber.«

Joan trocknet sich die Fingerspitzen an ihrer Schürze ab, dann greift sie nach der Zigarette und nimmt einen langen, sichtbar befriedigenden letzten Zug, bevor sie die Kippe im Aschenbecher auf dem Tischchen im Flur ausdrückt. »Du kannst die Kartoffeln und Karotten für mich schälen. Das geht auch im Sitzen.«

Als Barbara durch den Flur zur Treppe geht, wischt Joan erneut hinter ihr her. »Tut mir leid«, sagt Barbara mit einem Blick über die Schulter.

»Es ist alles in Ordnung, geh nur, geh nur! Es ist in Ordnung!«, beharrt sie.

Sobald sie in Tonys Schlafzimmer ist (ihr altes Einzelzimmer hat man für zahlende Gäste reserviert, da die Saison angefangen hat), schnürt sie ihre Sattelschuhe auf und streift sie ab. Sie massiert erst einen Fuß, dann den anderen, dann geht sie zum Fenster und öffnet es. Von *Donnybrook* aus kann man das Meer nicht sehen, aber sie hört trotzdem die Möwen, sie spürt, wie die Wellen sich keine zweihundert Yards entfernt am Strand brechen, und gelegentlich, wenn der Wind aus der richtigen

Richtung kommt, kann sie sie auch hören, wie sie den Strand hinaufrauschen und zwischen den Kieseln versickern. Es klingt wie das schläfrige Fiepen eines fernen gigantischen Riesen.

Sie setzt sich hin und hält die Luft an und lauscht einen Augenblick, dann wirft sie sich rücklings aufs Bett. Sie starrt hinauf zur Decke, dann fährt sie mit einer Hand über ihren Bauch. Irgendwie fühlt er sich strammer an als sonst. Vielleicht hat sie es tatsächlich ein wenig übertrieben.

»Tut mir leid«, sagt sie und massiert ihren Bauch. »Jetzt kannst du dich ausruhen, Baby.«

Als Barbara aufwacht, ist die Sonne weit genug herumgewandert, dass sie aufs Bett scheint. Ein Blick auf die Uhr sagt ihr, dass sie fast zwei Stunden geschlafen hat. Sie könnte aufstehen, aber sie fühlt sich benommen und merkwürdig, fiebrig und krampfig. Sie schließt die Augen und hebt ihre Knie an, um herauszufinden, ob in dieser Position die Schmerzen nachlassen. Als das nicht geschieht, fährt sie mit einer Hand hinunter zu ihrem Bauch, dann weiter nach unten, bis sie die Nässe spürt. Sie schluckt schwer, runzelt die Stirn, beißt sich auf die Unterlippe und setzt sich auf, um nachzusehen. Ihre Unterhose ist voller roter Flecken, gerade so, als würde sie ihre Tage bekommen. Aber das sollte heute nicht der Fall sein. So viel ist sicher.

Sie versucht sich vorzustellen, wie es wäre, Joan danach zu fragen, was da passiert – ein zutiefst peinlicher Gedanke. Sie zieht ihre Unterhose auseinander und späht hinein. Es ist nur wenig Blut zu sehen. Vielleicht ist das ja normal. Vielleicht ist alles in Ordnung.

Trotzdem hat sie ein Gefühl der Völle, fast wie bei Verdauungsbeschwerden. Und plötzlich hat sie das Bedürfnis, sich zu erleichtern. Ja, vielleicht ist es das. Vielleicht muss sie einfach nur aufs Klo.

Sie steht auf, und ihr wird schwindelig. Sie muss sich an der Wand abstützen, um hinüber zur Kommode zu kommen, wo sie sich frische Unterwäsche nimmt und ein sauberes Flanellläppchen, das sie als Einlage benutzen kann. Sie geht hinüber zum Waschbecken, wäscht sich und zieht sich um. Nachdem das Blut verschwunden ist, fühlt sie sich besser. Sie glaubt, einen Moment lang, dass der Schreck vorbei ist.

Später wird sie es schon erzählen, aber zumindest braucht sie sich jetzt nicht zu beeilen.

Sie öffnet die Tür und tritt hinaus auf den Treppenabsatz. Unten hört sie den Bürststaubsauger laufen, wie er sich klopfend und kreischend durch den Essraum bewegt.

Als sie die Toilette erreicht, setzt sie sich hin und bemerkt voller Bestürzung, dass der Flanell bereits wieder voll hellrotem Blut ist. Jetzt muss sie doch noch mit Joan sprechen.

Zum zigsten Mal liest sie die gerahmte Stickerei über dem Toilettenpapierhalter.

> Wer wartet draußen vor dem Tor
> Das weiß man nie
> Daher säume dich nicht
> Vielleicht muss auch er nur.

Sie wünscht, der Spruch würde dort nicht stehen, denn aus irgendeinem Grund ist sie nicht in der Lage, dort auch nur einmal zu sitzen, *ohne* ihn zu lesen, obwohl sie ihn beim ersten Mal überhaupt nicht lustig gefunden hatte. Inzwischen hat sie ihn so oft gelesen, dass ihr immer ein bisschen schlecht wird, wenn sie ihn erneut liest.

Sie will gerade aufstehen, als sie wieder einen Krampf spürt, stark genug, dass sie nach Atem ringt. Sie setzt sich wieder hin und wischt sich die Stirn ab, auf der sich Schweißperlen gebildet haben. »Das kann nicht richtig sein«, sagt sie leise. Sie wünschte, Glenda wäre da. Glenda würde wissen, was zu tun ist.

Erneut läuft eine Welle von Krämpfen durch ihren Körper, gefolgt von einem seltsamen, Übelkeit erregenden Stoß, der tief aus ihrem Innern kommt. Eine Ladung zäher Flüssigkeit schießt aus ihr hervor, und sie ist hin- und hergerissen zwischen dem alarmierenden Gefühl, hinunterzuschauen und zu sehen, was dort geschieht, und tiefer Angst, was sie dort wohl entdecken wird, wenn sie es tut. Sie schwitzt jetzt heftig. Und sie weint, wie ihr überrascht auffällt – Tränen laufen ihr über die Wangen, und Schnodder tropft aus der Nase. Es fühlt sich an, als würde ihr Körper zerfließen, schmelzen wie ein Eiswürfel. *Wasser, überall Wasser*, denkt sie. Vielleicht kommt Jon irgendwann herauf und findet nur noch eine Pfütze auf dem Boden, und niemand wird je erfahren, wohin Barbara verschwunden ist.

Sie weiß inzwischen, was jetzt passiert, und zusätzlich zu der Angst und den Krämpfen und dem Schweiß und den Tränen hat sie das Gefühl, dass gerade ihr Herz zerbricht. Ihre Schluchzer werden lauter und klingen gequält. »Oh Baby, noch nicht«, keucht sie und verzieht das Gesicht.

Und dann, wie als Antwort, zerreißt ein mächtiger, stechender Krampf ihr Inneres, sodass sie sich nach vorn beugt und laut aufkeucht, als irgendetwas aus ihr herausgleitet – etwas von Bedeutung, etwas, das so groß ist, dass sie hört, wie es gegen das Porzellan der Toilettenschüssel schlägt.

»Joan!», schreit sie. »Joan! Joan! Joan!!« Aber Joan kann sie nicht hören. Der verdammte Staubsauger bebt und ächzt weiterhin unten, die Vibrationen breiten sich über die Wände im ganzen Haus aus.

Eine weitere Welle von Krämpfen packt ihren Körper, aber sie ist nun leer, so beängstigend leer, so leer, wie man sich nur fühlen kann. Sie muss nachsehen. Sie glaubt nicht, dass das Baby so früh schon lebendig sein kann, aber in Wahrheit weiß sie es nicht. Sie glaubt nicht, dass ihr schon mal jemand gesagt hat, wie viele Monate es dauert, bis das Baby tatsächlich lebt. Aber was immer auch dort herausgekommen ist, es hat sich beängstigend, traumatisch groß angefühlt. Deswegen muss sie nachsehen. Für alle Fälle.

Sie beugt sich so weit zurück, wie sie kann, und späht hinunter in die Schüssel. Und da ist es. Ein blutiger, durchscheinender Sack, ein missgestalteter Fötus.

Wie gelähmt starrt sie ihn an. Starrt auf die winzigen Ärmchen, den übergroßen, fremdartigen Kopf. Sie fragt sich, ob er tot ist oder ob er eigentlich nie gelebt hat. Sie fragt sich, ob er deformiert ist, weil irgendetwas mit ihm nicht stimmt, oder weil es einfach zu früh ist. Die ungeborenen Babys in dem Buch sahen ganz gewiss nicht so aus wie dieses. Und dann fragt sie sich, während ihr erneut Tränen über die Wangen rollen, ob er vielleicht lebt und langsam in dem Sack erstickt.

Sie streckt die Hand aus und stupst ihn mit einem zitternden Finger an. Er ist warm und überraschend fest. Sie hatte erwartet, dass er sich irgendwie weniger real anfühlen würde. Vor lauter Tränen kann sie inzwischen kaum noch etwas sehen, deswegen wischt sie sich mit dem Handgelenk über die Augen, und versucht dann, seinen Kopf zu sich zu drehen, versucht zu erkennen, ob dieses Ding (Könnte etwas derartig Hässliches tatsächlich ein Baby sein?) tot ist oder lebendig. Unerwartet rutscht es ein Stückchen in der Schüssel nach vorn, sodass sie zusammenzuckt. Sie schreit auf, und als sie erst einmal angefangen hat zu schreien, kann sie nicht mehr aufhören. Sie schreit so laut, wie sie noch nie geschrien hat. Unter ihr verstummt endlich der Staubsauger, und trotz ihrer eigenen Schreie hört sie Joans Stimme. »Barbara? Barbara? Ist alles in Ordnung, Liebes?«

* * *

Barbara öffnet die Augen und betrachtet die grünen Vorhänge, die ihr Bett umgeben. Ihre Erinnerung an die Fahrt ins Krankenhaus ist lückenhaft. Ein Nachbar hat sie gebracht, glaubt sie. Ja, ein Nachbar, der Taxifahrer ist, so war es.

Sie blickt zu ihrer Linken auf den Krug mit den Rehydrationssalzen, und sie erinnert sich daran, dass sie die Lösung darin trinken soll und diese fürchterlich schmeckt.

Hinter dem Vorhang kann sie hören, wie Joan mit jemandem flüstert. Joan, die redet, die immer redet. »Sie hat eine Menge Blut verloren«, sagt sie gerade, und Barbara erinnert sich ebenfalls daran.

Sie döst wieder eine Weile, und als sie erwacht, redet Joan immer noch. »Das haben sie gesagt. Da hat die Natur sich freundlich gezeigt.«

»Wie kann man so etwas sagen!« Es ist Tonys Stimme, und Barbara ist hin- und hergerissen zwischen dem Bedürfnis, nach ihm zu rufen, und still zu bleiben, damit sie Joans Antwort hört.

»Das Baby war nicht in Ordnung, mein Lieber«, erklärt ihm Joan jetzt. »Ich habe das arme Ding mit hergebracht, damit man es sich ansehen kann, und der Arzt hat gesagt, es habe schon vor einer ganzen Weile aufgehört zu wachsen, und selbst wenn es das nicht getan hätte, sei es so besser.«

»Tony?«, ruft Barbara, auch um den Fluss von unzensierter Information aufzuhalten.

»Es klingt, als sei sie wach«, meint Joan.

Wie das Gesicht einer Puppe taucht Tonys Kopf zwischen den Vorhängen auf. »Ich bin gerade gekommen«, sagt er, geht jetzt ums Bett und nimmt ihre Hand. »Ich bin sofort gekommen, als ich es gehört habe.«

»Es tut mir so leid«, sagt Barbara.

»Hey, das war doch nicht deine Schuld.«

»Wenigstens geht es ihr gut«, ist die Stimme einer weiteren Frau hinter dem Vorhang zu hören.

»Ist das Diane?«, erkundigt sich Barbara.

Tony nickt. »Sie wollte gern kommen und dich besuchen. Ist das okay?«

»Ich will niemand anders sehen«, erwidert Barbara. »Nur dich.«

»Okay.«

»Es tut mir so leid, Tony«, sagt Barbara noch einmal. »Ich glaube, ich bin zu weit gelaufen.«

»Das ist nicht der Grund«, erwidert Tony. »Sie haben gesagt, er habe bereits aufgehört zu wachsen.«

»Er?«

Tony nickt. »Das hat Mum gesagt.«

»Ein Junge!«, keucht Barbara, die in diesem Moment eine Zukunft vor sich sieht, die es so nur nicht geben wird. Der Verlust wird dadurch plötzlich greifbar.

»Du wirst wieder ganz gesund«, beruhigt Tony sie und tätschelte ihre Hand. »Das ist das Wichtigste.«

»Trotzdem war es ein Junge.«

»Ja, und wir können es ja immer wieder versuchen.«

Wieder versuchen! Barbara weiß nicht, was sie dazu sagen soll. Denn im Moment kann sie sich das überhaupt nicht vorstellen. Tonys erwartungsfrohes Gesicht ist einfach zu viel für sie. Sie schließt die Augen und entscheidet, dass es die beste Strategie ist, sie geschlossen zu halten.

Schließlich lässt er ihre Hand los, und sie hört, wie der Vorhang beiseitegezogen wird, als er hinausgeht. »Sie ist wieder eingeschlafen«, sagt er.

»Sie ist erschöpft, das arme Ding«, meint Joan. »Es ist das Schlimmste, was einer Frau passieren kann.«

»Ja. Natürlich.«

»Was für ein Schock«, sagt Diane.

»Ich wünschte, wir hätten es vorher gewusst, du weißt schon …«, flüstert Tony.

»Ja, sicher«, erwidert Joan. »Aber so ist das Leben nun mal, mein Lieber. Man weiß nie, was hinter der nächsten Ecke wartet.«

»Meinst du, ich sollte bleiben?«, fragt Diane.

»Nein. Geh nur«, sagt Tony. »Das könnt ihr beide. Ich glaube nicht, dass sie heute in der Stimmung ist, um Besuch zu bekommen.«

Während ihrer Woche im Krankenhaus gibt es drei Dinge, die Barbara nicht aus ihren Gedanken verbannen kann, von denen sie geradezu besessen ist. Das erste ist der Anblick des Babys – riesiger Kopf, winzige Hände –, so menschlich und doch so überhaupt nicht in Ordnung. Das zweite ist der Satz: »Da hat die Natur sich freundlich gezeigt.« Es ist das Grausamste, was sie je gehört hat. Und als drittes Tony, wie er erklärt: »Ich wünschte, wir hätten es vorher gewusst.«

Erst als sie mit ihm vom Krankenhaus wegfährt, wagt sie es, ihn zu fragen, was er damit gemeint hat. Tony bittet sie, es noch zweimal zu wiederholen, bevor er ausweichend antwortet: »Nein. So was hätte ich nicht gesagt. So was hätte ich ganz bestimmt nicht gesagt.«

Aber sie weiß, dass er es getan hat. Sie weiß das ohne jeden Zweifel.

* * *

Barbara öffnet die Augen und sieht, dass Joan ins Schlafzimmer geeilt kommt. »Ich habe noch nie ein solches Durcheinander gesehen …«, sagt sie, und Barbara versucht sich auf den Raum um sich herum zu konzentrieren. Sie versucht zu erkennen, was vielleicht damit nicht in Ordnung sein könnte, dann begreift sie, dass Joan über das Zimmer eines Gastes spricht. »Sie sind nur zwei Nächte geblieben, aber über den ganzen Boden sind Einkaufstüten und Unterwäsche verteilt, am Türknauf hängen Höschen, schmutzige Tassen, die sie von unten mit heraufgebracht haben, stehen herum. Ich wage gar nicht, daran zu denken, wie es wohl in ihrem jeweiligen Zuhause aussieht. Und ich sage mit Absicht *jeweiligen*. Ich bin mir ziemlich sicher, dass sie nicht verheiratet sind, auch wenn sie sich als Mr und Mrs Grady vorgestellt haben. Ich frage mich, was wohl die richtige Mrs Grady über ihren kleinen Trip nach Eastbourne zu sagen hätte? Auf der anderen Seite ist sie wahrscheinlich froh, mal eine Pause zu haben – was das Waschen angeht.«

Barbara blinzelt und hat Mühe, im Hier und Jetzt anzukommen, in diesem Schlafzimmer, diesem Bett, das ins Licht des Nachmittags getaucht ist. Sie versucht, sich aus dem wirren Traum zu lösen, indem sie so angenehm … Wo war sie gewesen? Verdammt! Es ist weg. Nur das angenehme Gefühl, von was immer es auch war, ist noch da.

Sie versucht, sich auf Joans nicht zu bremsenden Monolog zu konzentrieren, den sie hält, während sie Kleidung zusammenlegt und aufstapelt, Staub wischt und Teller einsammelt. »… drüben im *Beach Cottage* …«, sagt sie gerade, »… sogar geschafft, eine Fensterscheibe zu zerstören …«

Barbara weiß, dass sie sich konzentrieren muss, denn von Zeit zu Zeit überrascht Joan sie und stellt ihr tatsächlich eine Frage. Meistens kommt sie mit einem unverbindlichen »Hm« davon oder einem undeutlich gemurmelten »ich denke schon«, aber nicht immer. Manchmal verlangen die Fragen konkrete Antworten, üblicherweise Antworten, die Joan bereits kennt. Oft Antworten auf Fragen, die schon früher gestellt worden sind und das mehrfach.

Wie jetzt. Joan sitzt auf der Bettkante, berührt Barbaras Stirn und wartet auf eine Erwiderung. Aus Joans Redeschwall fischt Barbara das Wort »Eisentablette« heraus und erwidert hoffnungsvoll: »Ja, ich habe sie zum Mittagessen genommen.«

Joan nickt, offensichtlich zufrieden. »Gut«, sagt sie. »Mrs Davis litt unter Blutarmut, nachdem sie die Zwillinge bekommen hatte, aber sie wollte keine Tabletten nehmen. Sie hat gemeint, da stecke der Teufel drin. Am Ende hatte sie eine *fürchterliche* Gelbsucht! Sie war gelb wie eine Osterglocke, das schwöre ich bei Gott. Sie litt auch unter Herzflattern. Alle möglichen schrecklichen Sachen. Am Schluss hat man sie ins Krankenhaus gebracht, damit man die Tabletten in sie hineinbekam. Deswegen musst du sie nehmen, wie der Doktor es gesagt hat.«

»Ich habe sie genommen«, erwidert Barbara, obwohl sie beginnt, selbst daran zu zweifeln. Diese Tage und Nächte im Bett gehen nahtlos ineinander über, erscheinen so endlos, wer soll da noch sagen können, ob die Tablette, an die sie sich erinnert, von gestern stammt oder von heute?

Tony war da, als sie sie genommen hat, fällt ihr ein. Er wollte gerade eine Lieferung nach London bringen. »Wo ist Tony?«, fragt sie, mehr, um zu ergründen, ob sie die Tablette tatsächlich genommen hat, als zu erfahren, wo er ist.

»Tony? Ist heute in London. Das weißt du doch. Aber er wird rechtzeitig zum Abendbrot zurück sein. Zu einem späten Tee, hat er gesagt«, erwidert Joan. »Ich würde wirklich gerne den ganzen Nachmittag hier bei dir sitzen und mit dir plaudern, aber ich muss hinunter zum Fischhändler. Lionel möchte einen Räucherhering zum Essen, und wenn ich nicht bald dorthin gehe, wird keiner mehr übrig sein. Ich werde uns wahrscheinlich ein bisschen Kabeljau mitbringen. Vielleicht mache ich eine Fischpastete für den Rest von uns. Ich selbst bin nicht so scharf auf den Räucherhering. Eigentlich wäre es mir egal, wenn er nicht so riechen würde. Die Hälfte der Gäste beschwert sich dann nur, und die andere Hälfte will selbst einen. Aber Lionel mag sie, und deswegen …«

Barbara gähnt und hört, wie Joans Stimme langsam verklingt, während sie die Treppe hinuntergeht. Sie wird warten, bis sie hört, wie die Eingangstür geschlossen wird, dann wird sie ausprobieren, wie gut sie heute aufrecht stehen kann. Zwei Wochen Bettruhe hatte der Doktor gesagt, und obwohl sie die Hälfte bereits hinter sich hat, kann sie immer noch nicht stehen, ohne dass ihr schwindelig wird. Und sie will aufstehen. Mit jedem Tag, der vergeht, wächst das Bedürfnis aufzustehen. Sie muss diesem Haus entkommen, bevor Joan sie, im wahrsten Sinne des Wortes, in den Wahnsinn treibt.

An Tagen wie heute, wenn das Wochenende vor der Tür steht und Lionel und Tony zum Abendessen da sind, ist es nicht so schlecht. Dann hat sie andere, auf die sie einreden kann, Wichtigeres zu tun. Es sind die Tage in der Woche, die Barbara fürchtet – endlose gähnend leere Tage, wenn die Pension so leer ist wie eine Kirche. Tony und Lionel sind fort, und Joan, die nichts anderes zu tun hat, sitzt bei ihr und redet auf sie ein. Und das ist überraschend quälend.

Barbara hört, wie die Eingangstür geschlossen wird, und schwingt ihre Beine aus dem Bett. Wenn das Wochenende vorbei ist, will sie wieder herumlaufen können. Sie muss mit Tony sprechen, dass sie sich eine eigene Wohnung nehmen. Sie muss *Donnybrook* verlassen, und als Paar, dem nun, nachdem das Baby nicht mehr vorhanden ist, Ziel und Richtung fehlen, brauchen sie einen neuen Plan, eine neue Zielsetzung für sich selbst.

Sie greift nach dem Messingknauf am Fußende des Bettes, zieht sich hoch und wartet darauf, dass die Übelkeit in ihr aufsteigt. Nach zwanzig Sekunden, als sie vergangen ist, murmelt sie: »Nicht schlecht.« Geradezu verzweifelt versucht sie sich einzureden, dass es ihr besser geht. Ihre Beine fühlen sich immer noch wackelig an, aber die Übelkeit ist weniger ausgeprägt, lässt sich schneller besiegen, oder?

Sie zieht ihren Morgenmantel an und geht hinunter zum nächsten Treppenabsatz, wo sich die Toilette befindet. Eigentlich soll sie den Topf benutzen, aber sie muss Fortschritte machen, obwohl es sich bei der Toilette um genau jene handelt, wo das Schreckliche geschehen ist.

Sie setzt sich auf die Brille und liest erneut die Stickerei und versucht, sich nicht an das Gefühl zu erinnern – den Stoß und den Drang. Versucht, sich nicht mehr an das Geräusch und ihren Schrei zu erinnern. Versucht, nicht die Leere in sich zu spüren, eine Leere, die ihr so deutlich sagt, so unausweichlich, dass sie bei der einen Sache, wegen der Tony sie heiraten wollte, versagt hat. Vielleicht nicht einmal *wollte*. Dann eben die einzige Sache, die Tony dazu veranlasst hat, sie zu heiraten. *Wenn ich es nur gewusst hätte*, hatte er gesagt. Und Barbara ist sich ziemlich sicher, dass sie weiß, was er damit gemeint hat. *Wenn sie es nur gewusst hätten, wäre es nicht nötig gewesen, eine alberne Ehe einzugehen.* Aber nun sind sie verheiratet, und sie muss unbedingt das Bett verlassen und ihn stolz machen auf diese Tatsache.

Als Barbara das nächste Mal aufwacht, ist der Tag verblasst, und Diane betritt das Schlafzimmer. Tony wird bald zu Hause sein. Sie weiß es instinktiv, weil Diane immer vor Tony kommt so wie der Tag vor der Nacht.

»Hallo. Wie fühlst du dich?«, erkundigt sich Diane, setzt sich auf die Bettkante und nimmt Barbaras Hand in ihre. Ihre Berührung ist sanft, ihre Haut glatt – ein überraschender Gegensatz zu ihrem jungenhaften Haarschnitt und den buschigen Augenbrauen, zu ihrer burschikosen und sachlichen Art.

»Ich bin okay«, antwortet Barbara und unterdrückt ein Gähnen. »Ich fühle mich jeden Tag ein bisschen besser. Was machst du hier?«

»Ich wollte mal nach dir sehen«, erwidert Diane. »Ich dachte, du könntest vielleicht ein bisschen Gesellschaft gebrauchen.«

Etwas zuckt in Barbaras Brust, es ist ein kompliziertes, widerstreitendes Zucken, ausgelöst von einem Gefühl, dass sehr schön wäre, würde es denn stimmen, es aber einfach ein bisschen zu schön wäre – anormal, vielleicht sogar gefährlich schön. Aber es ist absolut nicht wahr. Daher löst die Lüge sowohl Schmerz als auch Freude aus.

»Wann kommt Tony zurück?«, fragt Barbara und spricht damit so direkt, wie sie es wagt, die Wahrheit an.

»Ich weiß es nicht«, erwidert Diane, aber noch während sie es sagt, hört man draußen Tonys stotterndes Motorrad die Straße entlangkommen und verleiht ihren Worten eine gewisse Ironie.

Barbara sieht, dass Diane das Geräusch wohl vernimmt und auch wie viel Mühe sie sich gibt, um es zu überhören. Sie sieht die Willenskraft, die es Diane kostet, in diesem Moment weiter Interesse an Barbara zu zeigen. »Wirken die Tabletten?«, fragt sie.

Barbara nickt. »Ein wenig. Denke ich zumindest. Heute konnte ich die Treppen hinuntergehen. Nur auf eine Tasse Tee. Aber erzähl es nicht Joan.«

»Natürlich nicht«, verspricht Diane, zwinkert ihr zu und drückt Barbaras Hand, und was immer zuvor gezuckt hat, zuckt erneut, nur diesmal zieht Barbara ihre Hand weg. »Das klingt, als wäre es Tony«, sagt sie, und beide halten kurz inne, als sie die Eingangstür hören, dann Joans Stimme, die ihn begrüßt. Sie versuchen, seine Antwort zu verstehen, aber er ist zu weit entfernt, und so vernehmen sie nur den beschwingten Ton seiner Stimme.

Als wolle er diesen Eindruck bestätigen, rennt Tony bereits die Treppe hinauf, so schnell es ihm seine klobigen Motorradstiefel erlauben. »Hallo!«, ruft er und stürmt in den Raum, wobei er einen Schwall kalte Luft mit hereinträgt. Tony ruft oft, wenn er nach Hause kommt – es liegt an dem Motorrad, von dem er behauptet, dass es ihn taub machen würde. Er trägt seine Motorradhosen aus Leder und eine mächtige Wachsjacke. Barbara denkt, dass er unglaublich sexy aussieht, wenn er sein Arbeitszeug anhat. Insgeheim wünscht sie sich, mal mit ihm zu schlafen, während er noch so angezogen ist, aber sagen kann sie ihm das nicht, und sie weiß, es wird nie dazu kommen.

Diane steht auf und gibt Tony einen Kuss auf die Wange, was bedeutet, dass sie schneller bei ihm ist als Barbara. »War die Fahrt nach London gut?«, erkundigt sie sich.

»Ja, ich … ich muss mal mit Babs sprechen«, sagt Tony zu ihr, und Barbara beobachtet, wie Diane ihr Lächeln aufrechterhält, obwohl in ihren Augen zu erkennen ist, dass sie die verschiedensten Möglichkeiten durchspielt, die verschiedensten Gefühle. »Natürlich«, sagt sie leichthin. »Ich lass euch allein.«

Tony schließt die Tür hinter ihr und wendet sich Barbara zu. Seine Augen sind so blau wie immer, es ist ein durch die Kälte noch verstärktes, geradezu verrücktes Blau.

Barbara stopft sich ein Kissen in den Rücken, dann lächelt sie und runzelt gleichzeitig die Stirn. »Was ist passiert?«, will sie wissen. »Ist irgendwas passiert?«

Tony leckt sich über die Lippen und setzt sich aufs Bett, genau dort, wo Diane noch Sekunden zuvor gesessen hat. Auch Tony nimmt ihre Hand in seine, und das fühlt sich so vollkommen anders an. Tonys Hände sind kalt und schwer wie frische Steaks aus dem Kühlschrank des Schlachters.

»Es ist etwas passiert«, antwortet er. »Und ich muss mit dir darüber reden.«

»Okay«, erwidert Barbara, während ihr auffällt, dass er sie immer noch nicht geküsst hat und sie schon das Schlimmste fürchtet.

»Wir müssen nicht sofort eine Entscheidung treffen. Ich will nicht, dass du dir Sorgen machst, schon gar nicht im Moment, wo du so müde bist …«

»Okay.«

»Aber mir ist heute ein Job angeboten worden.«

»Wirklich?«

»Ich musste ein Paket nach London bringen. Filmrollen waren es. Zum *Daily Mirror.* Und der Boss dort hat mich zur Seite genommen und mir einen Job angeboten. Einfach so.«

»Der *Mirror*, die Zeitung?«

»Ja. Sie geben auch die *Sunday Pictorial* heraus. Ich muss nur Pakete austragen. Wie jetzt auch. Aber sie zahlen das Doppelte.«

»Das Doppelte?«

Tony nickt. »Fast das Doppelte. Mehr oder weniger.«

»Und dafür sollst du Pakete austragen so wie jetzt auch?«

»Ja. Auf einem Motorrad. Einem besseren, nehme ich an. Ich habe ein paar draußen stehen sehen, und sie hatten ein paar schöne BSAs. Ein paar davon waren sogar diese neuen Golden Flash, die ich mag.«

»Erzähl mir auch was über den Job.«

»Wie ich sage, es sind nur Pakete, wirklich … nur Filmrollen von Journalisten holen und sie schnell zur Zeitung bringen. Solche Sachen.«

»Das sind ja tolle Neuigkeiten.«

Tony nickt und zuckt die Achseln. »Ich denke schon.«

»Wir können uns eine eigene Wohnung mieten. Besonders dann, wenn ich auch einen Job bekomme.«

»Ich glaube, das musst du gar nicht. Nicht bei all dem, was ich verdienen werde. Er hat gesagt, es sind neun Pfund pro Woche.«

»Und gibt es irgendeinen Haken?«, fragt Barbara. »Irgendwie spüre ich, da ist einer.«

»Nicht wirklich. Vielleicht. In gewisser Weise. Könnte sein. Es kommt drauf an.«

»Ja?«

»Es ist in London.«

»Ja, das hast du gesagt.«

»Alle Fahrten gehen von London aus oder nach London. Das heißt, ich muss die ganze Zeit in London sein.«

»Oh.«

»Deswegen müssten wir umziehen.«

Sobald Tony sie (schließlich) geküsst hat und gegangen ist, beginnt Barbara, das Für und Wider abzuwägen, dass eine Rückkehr nach London mit sich bringen würde. Eine eigene Wohnung. Mehr Geld. Keine Joan mehr. Sicherheit vor Diane. Aber *London!* Keine Küste, keine Möwen, keine Seeluft, überhaupt kein Meer … Nur Smog und Ruß und die gleichen verbissenen, grimmigen, resoluten Menschen, mit denen sie aufgewachsen ist. Schon bei dem bloßen Gedanken geht es ihr schlecht.

Unten kann sie hören, wie Diane, die jetzt offenbar auch die Neuigkeiten erfahren hat, ihre Stimme erhebt. Sie steht auf und, obwohl ihr schwindelig ist, tritt sie hinaus auf den Treppenabsatz, um zu lauschen. Sowohl Joan als auch Diane reden gleichzeitig. »Das doppelte Geld ist nicht zu verachten«, sagt Joan. »Nicht, dass ich dich rauswerfen will, aber es ist absolut nicht zu verachten. Und das zusätzliche Zimmer können wir auch immer gebrauchen, das weißt du. Aber rede zuerst mit deinem Vater, er …«

Daneben ist auch Dianes Stimme zu hören. »… was du willst …«, sagt sie. »Aber denk mal an deine Freunde hier. Denkt daran, dass du in London niemanden kennst. Denk an die Sommer am Strand, die du vermissen wirst. Es ist alles schön und gut, wenn man mehr verdienen kann, aber was wirklich zählt, ist doch, dass man glücklich ist, schätze ich. Und ich vermute, dass du in London verdammt einsam sein wirst.«

»Ich bin doch mit Barbara da«, erwidert Tony. »Und sie kennt auch Leute in London.«

»Barbara?«, sagt Diane. »Glaubst du wirklich, dass würde dir reichen?«

Und Barbara erkennt, dass sie bereits weiß, es schon gewusst hat, bevor die Frage im Raum stand, was hier getan werden muss.

2012 – Eastbourne, East Sussex

Sophie sitzt auf dem winzigen Treppenabsatz, den Rücken ans Treppengeländer gelehnt, und zieht ein Mäppchen mit Fotografien aus der ersten der fünf Kisten, die sie die Leiter heruntergeschleppt hat.

Der Absatz ist nicht ideal für die Aufgabe, das Werk ihres Vaters durchzusehen. Barbara jedoch hat so ein Theater gemacht, dass sie den Dreck auf den neuen Teppich tragen könnte, dass sie hatte nachgeben müssen. Ihre Mutter war nie einfach gewesen, doch je älter sie wird, desto willkürlicher, sogar beliebiger, kommen Sophie die Regeln und Beschränkungen vor, die sie einem aufzwingt, und sie sind immer schwieriger zu befolgen. Also wird Sophie dort auf dem Treppenabsatz die Fotos durchsehen, und dann wird sie die Kisten zurück auf den Dachboden bringen *und* den Boden saugen. Und wenn sie das erfolgreich vollbracht hat, wird es ihr vielleicht den Weg ebnen, um am nächsten Wochenende weitere fünf Kisten durchzusehen, und noch fünf Kisten am Wochenende danach. Und hoffentlich wird sie, wenn sie alle fünfundzwanzig Kisten durchgearbeitet hat, genug Juwelen für eine Ausstellung zutage befördert haben.

Das erste Mäppchen beinhaltet einen durch und durch enttäuschenden Posten banaler Bilder. Manche sind als historische Relikte vielleicht interessant: ein Eckladen aus den 1950er-Jahren, vor dem Gemüse ausliegt; ein Mann auf einem alten Motorrad; ein Baby mit gestreiften Kniehosen (Haben Babys in den Fünfzigern immer noch so ausgesehen?). Diese Fotos haben nichts Künstlerisches an sich. Es sind Schnappschüsse. Sie sind absolut nicht die Bilder eines Fotografen. Schnell sieht sie den Stapel durch, dann schiebt sie ihn wieder in das Mäppchen und sucht ein anderes heraus, in dem größere Fotos sind.

Die sind vielversprechender, tatsächlich werden einige von ihnen fast den gesetzten Anforderungen gerecht. Eins, von einer kleinen Gruppe aus Bauernhäusern mitten auf einem riesigen Weizenfeld, wirkt mehr wie aus dem Mittleren Westen in Amerika als aus England. Der Himmel darüber ist sehr vielschichtig und wirklich ziemlich schön, aber dem Bild fehlt eine Ecke, und so beschädigt hängt sein Wert für Sophie davon ab, ob sie das entsprechende Negativ finden kann, um einen neuen Abzug zu machen.

Das nächste Mäppchen enthält eine Serie, die für Sophie wie der gescheiterte Versuch von Kunstfotografie aussieht. Eine Nahaufnahme von einigen Ziegelsteinen einer Wand; eine rostige Badewanne, von Unkraut zugewuchert; die Makroaufnahme von einem Ellbogen … Die Bilder erinnern sie an die Fotos, die sie selbst gemacht hat, als sie ungefähr zehn war. Vielleicht *sind* das die Fotos, die sie gemacht hat, als sie ungefähr zehn war. Die Erinnerung daran, wie sie mit ihrem Vater an einem Sonntagmorgen losgezogen ist, um zu fotografieren, kommt für sie überraschend. Ein Muskel tief in ihrem Innern, in der Nähe ihres Herzens (vielleicht sogar ihr Herz selbst) verkrampft sich, und sie zuckt zusammen und versucht mühsam die Erinnerungen an ihren Vater zu verdrängen und die aufsteigenden Tränen wegzublinzeln, die ihr plötzlich, überraschend, in die Augen steigen.

Mit dem nächsten Mäppchen hat sie Glück. Es sind schonungslose, aggressive Architekturbilder aus den frühen Sechzigern.

Sie spürt einen gewissen Stolz in sich aufsteigen, dass ihr Vater sie gemacht hat. Man kann die Begeisterung einer neuen Ära erkennen: Männer in schicken Anzügen, Frauen in einfachen Schlauchkleidern ohne Ärmel. Ein spezielles Foto in dem Mäppchen erinnert sie an einen Film. Es ist eine Frau, deren Haar zur Beehive-Frisur hochgesteckt worden ist, die sich im Fenster eines neu gebauten Hauses spiegelt, mit klaren Winkeln, die Schatten auf einen makellosen Rasen werfen. Ein paar Minuten starrt sie darauf, bevor ihr der Titel wieder einfällt. *Die Frauen von Stepford*, murmelt sie und legt das Foto zur Seite. Beim Anblick des nächsten Fotos muss sie grinsen. »Jaaa!«, stößt sie hervor. »Das kommt der Sache schon näher, Dad.« Das Bild zeigt zwei übergewichtige Frauen in Blümchenkleidern – vielleicht Schwestern – in Liegestühlen an einem Kiesstrand. Neben jeder steht ein altmodischer, gefederter Kinderwagen einschließlich geblümtem Sonnenschirm, und dahinter ist ein Pier zu erkennen. *Nicht Eastbourne*, denkt sie. *Vielleicht Hastings?*

»Einige sind wirklich fantastisch, Mum!«, ruft sie aufgeregt.

Sie erhält keine Antwort. Vielleicht ist Barbara fortgegangen.

Als Sophie alle fünf Kisten durchstöbert hat, dämmert es bereits. Die wenigen Goldstücke, die sie aus dem Bachbett hat waschen können, demotivieren sie, und die unvermeidliche Melancholie, die ein regnerischer Tag mit sich bringt, an dem sie die Arbeit ihres verstorbenen Vaters durchgesehen hat, stimmen sie ein wenig depressiv. Sie befördert die Kisten zurück auf den Dachboden, klappt die Leiter ein und sucht dann das Haus ab, bis sie Barbara auf der überdachten Veranda findet. »Meine Güte, du strickst«, stellt sie fest.

»So ist es«, erwidert Barbara, ohne aufzusehen.

»Ich glaube nicht, dass ich dich schon jemals habe stricken sehen.«

»Es ist für das Baby«, sagt Barbara, und Sophie vernimmt eine unterschwellige Anklage in ihrem Ton – die Anklage, dass sie darin versagt hat, ihr als Tochter ein Enkelkind zu schenken. Schnell analysiert sie diesen Eindruck und beschließt, dass sie sich das nur einbildet. *Es ist für das Baby*, wiederholt Sophie in Gedanken. *Mehr hat sie nicht gesagt.*

»Es ist pinkfarben«, bemerkt sie.

»Ja.«

»Wissen sie inzwischen schon das Geschlecht? Als ich das letzte Mal mit Jon gesprochen habe …«

»Es wird gestreift.« Barbara deutet mit dem Kopf zu dem Strickmuster auf dem Kaffeetisch.

Sophie wirft einen Blick darauf und sieht das Bild von einem Jungen und einem Mädchen, die identische blau- und pinkfarben gestreifte Pullover tragen. »Ich hoffe, es kommt mit seinem Geschlecht nicht durcheinander«, sagt sie. »Ich hoffe, der Pullover macht das Baby nicht schwul oder transsexuell oder irgendwas in der Art.« Aber schon, als sie es sagt, weiß sie, dass das nicht der Humor ist, den ihre Mutter auch nur in der Lage ist, als solchen zu erkennen.

»Wie kann man nur so etwas Albernes sagen?«, erwidert Barbara.

»Ein Witz, Mum.«

»Hast du irgendwas gefunden?«

»Nicht viel«, gesteht Sophie seufzend. »Sechs Bilder.«

»Das habe ich mir schon gedacht.«

»Ich habe bisher auch nur die ersten fünf Kisten durchgesehen. Aber um ehrlich zu sein, die meisten von den Bildern sind unnütz, wenn ich die Negative nicht finde.«

»Zeig mal.«

Sophie schiebt den Puff neben ihre Mutter und setzt sich darauf. Barbara legt ihr Strickzeug weg, greift nach ihrer Gleitsichtbrille, die sie an einer Kette um den Hals hängen hat, und setzt sie sich auf die Nase. Dann nimmt sie Sophie die Fotos aus der Hand.

»Ah, an dieses erinnere ich mich«, sagt sie sofort. »Da war ich bei ihm.«

»Wirklich?«

»Es war in Harlow. Damals war es eine ganz neue Stadt. Vor dem Krieg hatte sie nicht mal existiert. Wir sind dorthin gefahren, weil wir versuchen wollten, meinen Vater zu finden. Tony dachte, wir sollten ihm von unserer Hochzeit erzählen, und Harlow war die letzte Adresse, die wir von ihm finden konnten.«

»Und?«

»Und was?«

»Habt ihr ihn gefunden?«

Barbara schüttelt den Kopf. »Das Haus war inzwischen ein paar Mal verkauft worden, und sie hatten keine Nachsendeadresse. Nach dem Krieg sind die Leute viel umgezogen, besonders die Bauarbeiter. Sie sind dorthin gegangen, wo es Arbeit gab.«

»Und die Frau? Im Fenster?«

»Ich habe keine Ahnung. Sie war nur irgendeine Frau in einem Haus. Ich habe sie entdeckt, und dein Vater hat ein Foto gemacht.«

»Okay. Trotzdem gefällt mir die Geschichte dazu. Die Jagd nach Großvater.«

Barbara rümpft die Nase, als offenbar Erinnerungen in ihr aufsteigen, dann gibt sie Sophie das Foto, woraufhin das nächste zum Vorschein kommt. Es zeigt eine Reihe von glotzäugigen Polizisten mit schiefsitzenden Helmen, die verzweifelt versuchen, eine Horde Frauen zurückzuhalten.

»Ein Konzert der Beatles«, erklärt Barbara.

»Wirklich? Ich dachte schon, dass sie alle ein bisschen hysterisch aussehen.«

»Die hier weint.« Barbara deutet auf das Mädchen. »Sieh nur. Sie waren immer schnell in einem solchen Zustand. Ich selbst habe das nie verstanden. Ich meine, Ringo war süß, aber …«

»Und wann war das? Mitte der Sechziger?«

»Dreiundsechzig, glaube ich.«

»Das Jahr also, in dem Jon geboren worden ist.«

»Ja.«

»War Dad dort, um das Konzert zu fotografieren? Glaubst du, ich finde noch mehr davon?«

Barbara schüttelt den Kopf. »Damals hat er immer noch Pakete ausgefahren. Wahrscheinlich war er dort, um ein paar Filme abzuholen, nehme ich an. Von dem richtigen Fotografen. Aber er hatte seine Kamera immer dabei.«

»Wenn das dreiundsechzig war, bist du dann mit dem Baby zu Hause gewesen?«

»Ich bin mir nicht sicher, ob das vorher oder nachher war. Aber es war so um die Zeit.«

»Wie auch immer, du warst bestimmt mit dem Baby zu Hause. Ob es nun noch drin war oder schon draußen …«

»Wahrscheinlich.« Barbara wendet sich dem nächsten Bild zu.

»Meinst du, ich finde irgendwann eine Kiste mit Negativen?«

»Ich weiß es nicht. Kannst du nicht die hier benutzen?«

»Nicht, wenn ich richtig große Abzüge machen will«, erwidert Sophie. »Oder zumindest nicht, ohne dass ich sie professionell einscannen und restaurieren lasse.«

»Ich denke, sie werden irgendwo da oben sein.«

»Ach, übrigens Diane. Ich habe sie im Netz gefunden. Sie lebt offenbar in Portland in Amerika. Sie betreibt als Fotografin eine Homepage. Ich habe ihr eine E-Mail geschickt, aber sie hat nicht geantwortet.«

»Nein? Nun ja …«

»Die Homepage ist allerdings das letzte Mal 2009 upgedated worden.«

»Sind dass hier die einzigen, die dir gefallen haben?«, fragt Barbara. Sie will offensichtlich nichts über Diane hören.

»Die meisten waren ziemlich banal.«

»Wie ich schon sagte, das überrascht mich nicht.«

»Aber ich habe nur die ersten fünf Kisten durchgesehen. Es sind noch zwanzig weitere da. Ich gehe davon aus, dass die guten irgendwo zusammen an einer Stelle liegen.«

»Es könnte sein, dass du enttäuscht wirst.«

»Mum …«, jammert Sophie.

»Er hat nicht so viele gute Fotos gemacht, wie du vielleicht glaubst. Mehr will ich nicht sagen. Und die guten sind auch genutzt worden. Du kennst die guten bereits. Jeder kennt sie.«

»Kannst du nicht ein kleines bisschen enthusiastischer sein? Ist das wirklich zu viel verlangt?«

»Ich bin einfach nur realistisch, Liebes.«

»Und was ist mit der Pentax-Tour? Wenn ich die finden könnte …«

»Die wirst du nicht finden.«

»Aber wenn ich könnte … es müssen Hunderte sein. Er war doch monatelang weg, oder?«

»Drei Wochen. Aber von der Tour wirst du keine Bilder finden.«

»Woher weißt du das?«

»Ich weiß es einfach.«

»Weil du sie verbrannt hast?«

»Du *weißt*, was passiert ist.«

»Aber vielleicht finde ich die Negative.«

»Das wirst du nicht.«

»Weil du sie auch verbrannt hast?«

»Ich erinnere mich wirklich nicht, Liebes.« Barbara gibt ihr die Bilder zurück. »Es ist dreißig Jahre her.«

»Wie kann man sich an etwas Derartiges nicht erinnern?«

»Weil es *dreißig* Jahre her ist!«

»Ich glaube, dass du dich perfekt daran erinnerst«, sagt Sophie und merkt, dass sie über die Stränge schlägt, merkt, dass sie genau das sagt, was sie sich geschworen hat, nicht zu sagen. Doch sie kann sich nicht mehr zurückhalten und lässt die Bombe platzen. »Ich glaube, du schämst dich zu sehr einzugestehen, dass du den größten Teil der Arbeiten, die einer der besten Fotografen Großbritanniens je geschaffen hat, verbrannt hast.«

»Ja!«, entgegnet Barbara ärgerlich. »Du hast recht. Das tue ich vielleicht. Und ja, ich habe es wahrscheinlich getan!«

»Aber wieso, Mum? Wie konntest du so etwas tun? Ich meine, ich weiß, dass du …«

Barbara steht auf.

»Mum, lauf jetzt nicht beleidigt weg. Ich habe es nicht so gemeint.«

Barbara geht zur Tür, dann hält sie inne, die Hand am Türpfosten. »Für mich war er kein Fotograf, Sophie«, erwidert sie. »Er war mein *Mann*! Und er war gerade *gestorben*! Er war nach Frankreich gefahren, um Fotos zu machen, und er kam in einem Sarg zurück. Ich erwarte nicht, dass du auch nur die geringste Ahnung hast, was das für ein Gefühl ist, aber …«

»Es tut mir leid«, sagt Sophie, der es endlich gelingt, ihre Stimme unter Kontrolle zu bekommen und tatsächlich auch so zu klingen, als würde es ihr leidtun. »Ich möchte es einfach verstehen. Ihn zu verlieren sollte in dir doch den Wunsch nur noch bestärkt haben, diese Fotos zu *behalten*.«

»Sollte es das? Wie kannst du es wagen, mir erzählen zu wollen, was ich habe fühlen müssen, als mein Mann gerade gestorben war.«

»Aber sollen«, entgegnet Sophie.

»Ich denke, du solltest jetzt gehen.« Barbara dreht sich um und verschwindet im Dunkel des Hauses.

Sophie schürzt die Lippen und atmet einmal tief aus. Dann erhebt sie sich, steckt die sechs Fotos in einen Umschlag und folgt ihrer Mutter nach drinnen. Barbara schleppt gerade ihren

Dyson die Treppe hinauf. »Warte. Ich mache das, Mum. Ich habe es dir versprochen.«

»Bitte fahr einfach nach Hause.«

»Mum, ich wollte nicht …«

»Ich finde, du bist heute sehr verletzend. Es ist schlimm genug, dass du all die Sachen durchstöberst, aber dass du mich dann auch noch herunterputzt wegen Dingen, die vor dreißig Jahren geschehen sind, Dinge, von denen du nichts weißt …«

»Mum, ich weiß genau, was du durchgemacht hast, aber es …«

»Ihr jungen Leute, ihr glaubt, ihr wisst alles, aber ihr wisst nichts, Sophie, nichts.«

»Mum, ich glaube, du bist ein bisschen …«

»Glaub nur nicht, du wüsstest, was für Schlachten ich zu schlagen hatte, um dort hinzukommen, wo ich heute bin.«

»*Schlachten?* Jetzt wirst du aber langsam wirklich melodramatisch, Mum.«

»Glaub nur nicht, du hättest auch nur die leiseste Vorstellung davon, was wir vielleicht ertragen mussten, welche Geheimnisse wir bewahren mussten … du glaubst, du wüsstest alles, aber du weißt nichts.«

»Ich kenne *dich*, Mum. Und ich weiß, wenn du dich im Selbstmitleid suhlst.«

»Wie kannst du es wagen? Du kennst mich nicht. Du kennst niemanden. Denn so ist das Leben. Man glaubt, alles zu wissen und jeden zu kennen. Man findet heraus, je älter man wird, dass man es nicht tut – dass man sich vollkommen geirrt hat. Ach, du wirst es eines Tages auch herausfinden!«

»Mum, beruhige dich doch. Ich wollte doch nur sagen …«

»Und sag mir nicht, dass ich mich beruhigen soll. Geh einfach, bitte. Geh!«

»Aber, Mum, ich …«

»GEH!«, fährt Barbara sie an. Sie versetzt dem Dyson einen Tritt, der dröhnend anspringt. Und Sophie, die weiß, wenn sie verloren hat, geht zurück in den Flur und greift nach ihrem Mantel.

Sophie sitzt im Zug und beobachtet, wie der Bahnhof von Eastbourne vor ihrem Fenster vorbeigleitet. *Mit dem Zug zu fahren hat immer etwas von einem Traum*, überlegt sie. Sie hat das Gefühl, dass sie träumt, in einem Zug zu sitzen.

Zwei übergewichtige Mädchen in pinkfarbenen Trainingsanzügen mit sichtbar gepierctem Bauchnabel kommen, Kaugummi kauend und übertrieben laut redend, in den Waggon geplatzt, damit jeder mitbekommt, wie witzig sie sind.

»... dann sag's dem Wichser doch«, meint die eine. »Sag ihm doch, dass du ihn scheiße findest.«

»Haha«, erwidert ihre Freundin/Schwester/Cousine. »Vielleicht schnappe ich ihn mir erst noch. Ich hab keinen guten Fick mehr gehabt, seit Wayne mit dieser Schlampe Denise abgehauen ist.«

Sophie betet darum, dass die Mädchen durch den Waggon weitergehen werden, aber stattdessen zeigt die eine auf die Sitze auf der anderen Seite des Ganges und fragt: »Hier?«

Sophie wartet, bis sie eine Station namens Polegate erreichen, wo sie viele solcher Mädchen hat aus- und einsteigen sehen. Als jedoch, während Polegate hinter ihnen zurückbleibt, eins der Mädchen anfängt, auf ihrem Smartphone Musik zu hören (Rihanna vielleicht), gibt Sophie auf. Ihr Traum von Sophie im Zug ist zerstört worden. Er ist in einen Albtraum verwandelt worden. Also wartet sie, bis der Zug Lewes erreicht (sie darf den Mädchen nicht zeigen, dass sie gewonnen haben), und dann geht sie durch zum nächsten Wagen und setzt sich gegenüber von einem unglaublich fit aussehenden Mann mit Schlips und frisch gebügeltem Hemd. Leider würdigt er sie nur kurz eines Blickes, bevor er sich wieder seinem Kreuzworträtsel zuwendet.

Nachdem es nun still um sie herum ist, beginnt sie, über ihre Mutter nachzudenken. Natürlich hätte sie die Pentax-Tour nicht erwähnen sollen. Die Pentax-Tour, zusammen mit ein paar anderen Dingen (namentlich das Verschwinden ihres Großvaters nach dem Krieg), dürfen *niemals* erwähnt werden. Es ist ein unausgesprochenes Gesetz, mit dem sie aufgewachsen sind und das sie einfach kannten. Vielleicht ist dieses Wissen sogar in ihrer DNS vorhanden.

Und sie hatte die Gefahr kommen sehen, hatte sich geschworen, dass sie nichts davon erwähnen würde, zumindest nicht, bevor sie das Archiv vollständig durchstöbert hatte. Also warum, fragt sie sich nun, während sie einen Blick auf den Oberschenkel des jungen Mannes in seiner Anzughose wirft, hat sie es dann getan? Warum muss sie immer wieder ihren Finger in diese Wunden legen, bis es wehtut?

Natürlich hat sie in gewisser Weise recht. Wenn die Pentax-Fotos in irgendeiner Weise doch existieren, dann könnten sie allein die Rechtfertigung für die gesamte Ausstellung darstellen.

Man muss sich das nur mal vorstellen! Noch nie vorher gesehene Arbeiten. Die ersten (und letzten) Bilder vom Kontinent, die je von einem von Englands berühmtesten Fotografen gemacht worden sind, einige davon wahrscheinlich sogar am Tag seines Todes. Ohne morbid sein zu wollen, könnten sie am Ende die ganze Ausstellung bestimmen. *Der heimliche Marsden*, denkt sie. *Die verschollenen Marsdens* vielleicht. *Marsden: der endgültige Abschied.*

Aber was war, wenn ihre Mutter die Wahrheit sagte? Wenn nichts mehr von der Tour existierte? Was war, wenn sie wirklich alle Negative verbrannt hatte? Aber selbst dann ist sie es ihr schuldig, zumindest offen darüber zu sprechen, findet Sophie. Sie könnte Sophie wenigstens erzählen, ein für alle Mal, was passiert ist.

Und jetzt hat Sophie sie verärgert, und das kann andauern, bis sie sich entschuldigt hat, bis sie Buße tut, bis sie auf allen vieren angekrochen kommt. Für den heutigen Tag wird sie bezahlen, und das weiß sie. Barbara kann jahrelang schmollen, wenn es sein muss. Es könnte sogar dazu führen, dass sie an die restlichen Kisten nicht mehr herankommt. Sie muss Jon auf ihre Seite ziehen. Ihre Mutter hört auf Jon. Jon wird sie beruhigen.

Gott! Jon! Ihre Mutter wird sofort versuchen, Jon anzurufen, und wenn Sophie nicht zuerst mit ihm spricht … Sie holt ihr Smartphone aus der Tasche und wählt in der Kontaktliste Jons Namen aus.

»Hi, Sophie«, sagt Jon, der sofort rangeht. »Ich bin gerade auf der anderen Leitung. Ich rufe dich zurück.«

»Ist es Mum?«

»Ja, es ist Mum.«

»Aber ich muss mit dir sprechen, Jon.«

»Das kann ich mir vorstellen. Ich ruf dich zurück.«

Verdammt! Sophie fährt sich mit einer Hand durchs Gesicht und stöhnt, was ihr einen Blick von dem Mann mit der Zeitung einträgt. »Tut mir leid«, murmelt sie.

Er lächelt flüchtig und zuckt die Achseln, dann versenkt er sich wieder in seine Zeitung, und Sophie gestattet sich einen längeren Blick. Dieses gestärkte weiße Hemd ist unglaublich sexy, der graue Seidenschlips … irgendetwas an der Art, wie die Sachen seinen Körper umschmeicheln, wie sein Handgelenk aus dicken umgeschlagenen Manschetten hervorragt. *Darunter ein im Fitnessstudio gestählter Körper*, denkt Sophie. Deswegen sieht er so gut aus. Er würde ein tolles Model abgeben.

Voll schlechtem Gewissen denkt Sophie daran, dass sie mit Brett zusammen ist und zwingt sich, ihren Blick loszureißen, zwingt sich, stattdessen darüber nachzudenken, dass ihre Mutter gerade mit Jon redet.

Er hatte mit ihr in diesem typischen Ton des älteren Bruders gesprochen, ein Ton, der ausdrücken soll: »Ich merke, dass du anklagen willst, Schwester. Ich merke, dass auch unsere Mutter anklagen will, aber bei dir fällt es mir stärker auf. Aber ich werde es mir gönnen, wie immer, inmitten eures überflüssigen, selbst auferlegten Dramas einen klaren Kopf zu bewahren, denn ich bin der ältere Bruder. Ich bin der Vernünftige.« All das hatte in seinem Ton mitgeschwungen, und Sophie ist sich ziemlich sicher, dass sie sich das nicht einbildet.

Jon war anders gewesen, als sie noch jünger waren. Als Kind war er ein frecher Draufgänger gewesen. Niemand ist höher geklettert als er oder hat sich öfter die Knie aufgeschlagen. Als Erwachsener dann konnte niemand auf eine geistreichere Art frech sein – so geistreich und so unterschwellig, dass man gar nicht merkte, was geschah, bevor es vorbei war. Und selbst dann wusste man nicht, ob man lachen oder weinen sollte.

Doch all das hatte sich geändert, als er Judy kennenlernte. Die lächelnde, oberflächliche, manipulative, talentfreie Judy.

Eigentlich hat Sophie keinen Grund, Judy nicht zu mögen. Sie ist immer ausgesprochen höflich zu ihr gewesen. Es ist das, was Judy mit Jon gemacht hat, was Sophie nicht ertragen kann, die Art und Weise, wie sie Jon um den kleinen Finger wickelt; die Art und Weise, wie sie niemals sagt, was sie will (und dadurch auch immer noch als besonders cool wahrgenommen wird), während sie gleichzeitig trotzdem immer genau das bekommt, was sie will, durch diskrete, unaufhörliche Kriegsführung auf unterster Stufe. »Denkst du, es ist gut, so viele Milchprodukte zu essen?«, würde Judy sagen. »Noch ein Joghurt? Wirklich? Okay … nur zu!« – »Bist du sicher, dass du nicht mal Soja in deinen Tee probieren möchtest?«, würde sie fragen. Und nur sechs Monate später hatte Jonathan verkündet, dass er nun vegan lebe. Und Sophie wusste, dass es nicht daher kam, dass er vegan leben wollte, und dass es schon gar nicht daher kam, weil er von einer veganen Lebensweise überzeugt war. Es hing ganz einfach damit zusammen, dass es so viel weniger ermüdend war, einfach vegan zu leben, als Judy den ganzen Tag dabei zuzuhören, wie sie auf Milchprodukten herumhackte.

Und dann war da noch Judys »Kunst«. Jon hatte einen vernünftigen Geschmack gehabt, bis er Judy kennenlernte. Sophie weiß, dass er Judys entsetzliche Malereien auf den ersten Blick gehasst hat. Sie weiß es, weil Jon es ihr nach seinem ersten Treffen mit Judy selbst erzählt hat. »Schwierig werden könnte nur«, hatte er gesagt, »dass sie glaubt, sie sei Malerin. Und das ist sie nun wirklich *nicht.*«

Und Judy war tatsächlich davon überzeugt, Malerin zu sein, und, wie immer, erwies sich Jons Glaubenssystem als unglaublich anpassungsfähig. Inzwischen behauptet er, als Künstlerin an sie zu glauben, bestreitet, jemals etwas anderes gesagt zu haben. »Nein«, erklärt er. »Nein, ihre Kunst gehört zu den Dingen, die mich bei ihr angezogen haben. Auf jeden Fall.« Er glaubt so sehr an sie, dass sie ihren Job aufgeben konnte, um »malen« zu können. Bis dahin, dass er ihre Vernissagen sponsert und das Rahmen bezahlt. Bis dahin, dass er von seinen Freunden und seiner Familie erwartet, dass sie bei Judys privaten kleinen Amateurausstellungen (der Horror schlechthin) auftauchen und er von Sophie erwartet, das zu betrachten, was unterm Strich nichts weiter als Scheiße-auf-Leinwand ist, und voll des Lobes zu sein.

Sophie ist sich nicht sicher, ob der wahre Jon sich immer noch irgendwo tief in ihm versteckt und darauf wartet, dass die Gedankenpolizei verschwindet, um sich zu zeigen, oder ob es Judy gelungen ist, ihn endgültig auszuradieren. Vielleicht wird sie Jon nie wiedersehen. Vielleicht muss sie sich einfach an diesen Gedanken gewöhnen.

Ihr Handy klingelt. Sie wirft dem attraktiven Mann einen Blick zu, hebt entschuldigend die Schultern und geht ran.

»Oh, wirklich gut gemacht«, sagt Jon. »Diesmal hast du dich wirklich ausgetobt.«

»Ich …«

»Ich dachte, du wolltest Mums Hilfe bei der Ausstellung.«

»Hilfe? Das wäre schön gewesen.«

»Das gesamte Werk ist auf ihrem Dachboden. Wie glaubst du wohl, wirst du daran kommen, wenn du sie nicht auf deiner Seite hast? Ich weiß, dass es für dich eine Herausforderung ist, aber du musst tatsächlich mal nett zu ihr sein.«

»Ich war nicht unnett, Jon. Du weißt doch, wie sie ist. Ich habe nur versucht herauszufinden, ob sie meint, dass irgendwelche von den Pentax-Fotos …«

»Denkst du eigentlich auch noch mal an irgendjemand anders als an dich selbst?«, unterbricht Jon sie.

»Das ist unfair. Ich tue das für uns alle. Und für Dad.«

»Nein, das tust du nicht. Du tust es für dich. Aber darum geht es mir nicht, Sophie. Mir geht es darum, dass er auf der Tour gestorben ist. Er ist gestorben, also versuch dir einfach mal vorzustellen, was das für ein Gefühl für Mum gewesen sein muss. Versuch dir vorzustellen, dass diese Tour ihr die letzten drei Wochen seines Lebens geraubt hat.«

»Aber ich …«

»Ich bin noch nicht fertig«, fällt Jon ihr ins Wort. Noch nicht fertig zu sein, ist eine seiner Spezialitäten. Sophie verdreht die Augen.

»Was glaubst du, wie Mum sich gefühlt hat, dass sie sich niemals hat von ihm verabschieden können? Das ist ausgesprochen schmerzhaft, Sophie. Es ist schmerzhaft für Mum, und es ist schmerzhaft für mich. Diese Kisten sind alles, was wir noch von ihm haben. Und du schleppst sie vom Dachboden herunter und breitest ihren Inhalt mal eben in einem bunten Durcheinander auf dem Fußboden aus und lässt alles so liegen, wenn du gehst.«

»Ich habe nicht alles so liegen lassen, und wenn Mum das behauptet …«

»Mum hat überhaupt nichts behauptet. Ich stelle es mir nur so vor.«

»Ach, jetzt komm aber, Jon. Ein buntes Durcheinander? Und das soll nicht von Mum stammen?«

»Sie hat nichts gesagt.«

»Und ob sie das hat.«

»Wie auch immer, es ist egal«, entgegnet Jon. »Mir geht es darum …«

»Es ist nicht egal. Denn sie lügt, um dich gegen mich aufzubringen. Ich werde sie anrufen und …«

»Du wirst sie *nicht* anrufen«, erwidert Jon. Und da ist sie wieder, die Stimme des älteren Bruders, und es ist eine Stimme, der Sophie zu ihrer eigenen Überraschung nur schwer widerstehen kann. »Du wirst dich abregen, und dann kommst du nächsten Monat zum Abendessen her, damit wir die Wogen wieder glätten können.«

»Tut mir leid, Jon, aber ich möchte nicht zum Abendessen kommen, und ich möchte auch keinen Monat warten. Ich möchte mir die Fotos meines Vaters ansehen, und sie befinden sich auf dem Dachboden deiner Mutter.«

»Glaub mir. Der beste Weg, um das zu erreichen, besteht für dich darin, hierherzukommen und mit deiner Familie zu Abend zu essen wie zivilisierte Erwachsene. Du weißt doch, wie das funktioniert, Soph. Du weißt, wie *Mum* funktioniert.«

Sophie stößt einen tiefen Seufzer aus. »Wenn ich es tue, wirst du mich dann unterstützen. Wirst auf meiner Seite sein?«

»Auf deiner Seite? Das ist kein Krieg. Und wenn du es so empfindest, dann musst du …«

»Was die Ausstellung angeht. Wirst du mich unterstützen? Dass es eine gute Idee ist? Wirst du ihr sagen, dass du meinst, sie sollte mir helfen?«

»Vielleicht.«

»Vielleicht?«

»Um ehrlich zu sein, ich bin mir nicht sicher, ob das eine gute Idee ist.«

»Wirklich?«

»Wirklich.«

»Wieso?«

»Ich weiß nicht.«

»Jetzt komm schon. Warum sollte es keine gute Idee sein?«

»Ich weiß es nicht. Es ist nur ein Gefühl. Reine Intuition.«

»Reine *Intuition*?«, wiederholt Sophie. Denn wenn die Worte »ein buntes Durcheinander« aus dem Wortschatz ihrer Mutter stammten, war »Intuition« etwas, was nur Judy sagen würde, ein Verdacht, den Jonathans nächster Satz bestätigt.

»Wir haben einfach das Gefühl, dass du im Begriff bist, tief abzustürzen«, sagt er. »Das Gefühl, dass man manche Dinge einfach auf sich beruhen lassen sollte.«

»*Welche* Dinge sollte man besser auf sich beruhen lassen?«

»Ich weiß nicht.«

»Du weißt es nicht?«

»Nein.«

»Okay«, sagt Sophie, die jetzt fast genauso wütend ist wie zu dem Zeitpunkt, als sie bei ihrer Mutter aufgebrochen war. »Und wer sind eigentlich wir?« Sie hatte Jons »wir« immer schon gehasst. Es hatte immer so wenig persönlich geklungen, so viel weniger aufrichtig als »ich«.

»Wir?«

»Du hast gesagt, ›wir haben das Gefühl‹«.

»Oh, Jude und ich.«

»Und Jude hat eine Meinung zu dieser Geschichte ganz genau, weil …?«

»Sie *bewegt* sich in der Welt der Kunst, Sophie. Sie kennt sich mit diesen Dingen aus.«

Sophie bleibt der Mund offen stehen. Sie zieht ein verblüfftes Gesicht, weil sie weiß, dass Jonathan sie nicht sehen kann.

»Sophie?«, fragt er.

Aber Sophie ist sprachlos. Oder vielmehr wäre nichts von dem, was ihr einfallen würde, im Moment angemessen, und wenigstens einmal beißt sie sich auf die Zunge.

»Sophie?«, meldet Jonathan sich erneut. »Kannst du mich verstehen?«

Und das bringt Sophie auf eine Idee. Schließlich sitzt sie in einem Zug.

»Jonathan?«, täuscht sie vor, ihn nicht mehr hören zu können.

»Ja?«

»Jonathan?«

»Ja, ich bin hier.«

»Jonathan. Hör mal, ich sitze im Zug. Ich weiß nicht, ob du mich verstehen kannst, aber ich kann dich nicht hören. Ich rufe dich wieder vom Festnetz an.«

Sie beendet die Verbindung und wirft dem Mann gegenüber einen Blick zu. Mit einem wunderschönen manikürten Finger zieht er die Konturen seiner Lippen nach, während er auf das Kreuzworträtsel starrt.

Als der Zug um eine Kurve fährt, huscht ein Sonnenstrahl durch den Waggon, und die blonden Haare auf seinem Handrücken schimmern im Sonnenlicht, und seine mit Diamanten besetzten Manschettenknöpfe senden in allen Regenbogenfarben kleine Morsesignale aus. Sophie stellt sich vor, dass sie auf seinem Schoß sitzt, mit den Händen über seine Brust streicht und ihre Arme um diesen gestärkten Kragen schlingt. Sie stellt sich vor, wie diese wunderschönen Hände ihre Bluse öffnen. Sie fragt sich, ob Brett wohl zu Hause sein wird. Sie könnte jetzt einen Fick gebrauchen. Ja, genau das ist es, was sie braucht.

1954 – Peckham, London

»Oh, hallo«, sagt Barbara und fingert an einer Locke herum, die ihr immer wieder in die Augen fällt. »Mein Gott. Ich habe gearbeitet, deswegen … Komm rein, komm rein!«

Diane steht vor der Tür ihrer winzigen Zweizimmerwohnung. Sie sieht hübsch aus und entspannt und sommerlich in ihrem rückenfreien plissierten Kleid. Barbara, in Rock und Pullover, das Haar zurückgebunden, fühlt sich dagegen nicht besonders schick, sondern eher unattraktiv, und sie ist verwirrt.

»Bitte entschuldige das Durcheinander.« Ihr Blick gleitet nervös über die im Zimmer verteilten Haufen von Kleidern, die sich in den verschiedensten Stadien der Fertigstellung befinden. »Aber wie ich schon sagte …«

»Alles in Ordnung«, erwidert Diane. »Du solltest mal einen Blick bei mir reinwerfen!«

»Ich habe keine Ahnung, wann Tony nach Hause kommt.«

»Das ist auch egal. Ich bin hier, um dich zu besuchen!«

Barbara spürt, dass sie rot wird und hasst sich dafür.

»Wie ist es dir ergangen?«, erkundigt sich Diane. »Wie hat London dich behandelt?«

Barbara eilt durch den Raum und türmt die verschiedenen Kleidungsstapel zu einem einzigen auf, der ziemlich wackelig wirkt und den sie wieder auseinander sortieren muss, sobald Diane gegangen ist. »Mir geht es gut. Ich habe ein bisschen das Gefühl, als sei ich zu meiner Mutter geworden, aber davon abgesehen …«

»Und warum?«

»Oh, einfach all das hier.« Barbara macht eine Handbewegung, die das kleine, schäbige Zimmer, die Kleiderstapel, die Nähmaschine, die winzigen Fadenreste, die wie Hundehaare überall hängen bleiben, umfassen soll. Diane bürstet die Fussel vom Samt des Sessels, bevor sie fragt: »Darf ich?«

»Natürlich! Natürlich! Bitte. Setz dich.«

»Es muss aber sehr schön sein, von zu Hause aus arbeiten zu können«, meint Diane. Aber aus Sicht von jemandem, der aufs College geht, jemandem, der überhaupt nicht zu arbeiten braucht, kann Barbara sich nicht vorstellen, dass dies eine ernsthaft vertretene Meinung ist.

Diane breitet ihr Kleid aus, setzt sich hin und schlägt die Beine übereinander. Sie hat im vergangenen Jahr viel abgenommen, denkt Barbara, und sie ist neuerdings stärker geschminkt. Würde sie irgendetwas mit diesen Augenbrauen machen, dann würde sie Suzy Parker sehr ähnlich sehen. »Das ist ein wunderschönes Kleid«, sagt Barbara zu ihr. »Mal ganz was anderes für dich, oder?«

»Ich weiß!«, erwidert Diane. »Es ist traumhaft, nicht wahr? Es gehört meiner Mitbewohnerin. Ihre Familie hat ein Kleidergeschäft in Oxford, und sie besitzt mehr Sachen, als sie jemals tragen könnte. Glücklicherweise haben wir beide genau die gleiche Größe.«

»Das ist wirklich Glück«, meint Barbara. »Und, wie ist es auf der Kunstschule? Gefällt es dir?«

»Es ist sehr viel mehr Arbeit, als ich erwartet hatte«, sagt Diane. »Das ist mal sicher.«

»Tatsächlich?«

Diane nickt. »Kursarbeit, Pflichtlektüre, Zeichenklassen am lebenden Modell, Essays schreiben … «

»Du bist sehr wacker. Ich wüsste gar nicht, wo ich anfangen sollte.«

»Meine Mitbewohnerin ist eine große Hilfe. Sie ist im zweiten Jahr, deswegen kann ich sie fragen, wenn ich nicht weiterkomme.«

»Das klingt nach der *perfekten* Mitbewohnerin«, meint Barbara.

»Das ist sie. Marie ist toll.« Diane lächelt Barbara nun strahlend an, dann lässt sie ihren Blick durch den Raum schweifen, und Barbara stellt sich vor, alles mit Dianes Augen zu sehen. Das ist ihr erst ein bisschen peinlich, und dann ärgert es sie etwas, dass Diane jetzt, und ohne für sie ersichtlichen Grund, in Designerkleidern durch die Kunstschule schwebt, während sie selbst in einem möblierten Zimmer sitzt und den ganzen Tag Hemdärmel näht. Sie fragt sich, wie es dazu kommen konnte. Sie fragt sich, an welchem Punkt sie etwas falsch gemacht hat.

»Und wie geht es Tony?«, erkundigt sich Diane.

»Gut. Im Moment ist er ein bisschen müde und knurrig, um ehrlich zu sein. Aber erzähl ihm nicht, dass ich das gesagt habe.«

»Das kann er sein. Ich weiß.«

»Er musste in letzter Zeit eine Menge langer Fahrten erledigen. Am Montag war er in Manchester und gestern in Dorset, heute wieder in Manchester. Wahrscheinlich hat er mit kürzeren Fahrten gerechnet, mehr in London.«

»Weswegen ist er denn in Manchester?«

Barbara zuckt die Achseln. »Um ein Paket abzuholen, denke ich. Oder eins zuzustellen. Ich weiß nicht genau, was darin ist. Ich bin mir nicht mal sicher, ob Tony es weiß. Es sind so redaktionelle Sachen. Filme und Abzüge und Ähnliches. Ich glaube, er kommt gerade. Was für ein Glück.«

Quietschend öffnet sich die Tür zu der Wohnung, und Tony kommt in den Raum gestapft, legt seinen Helm ab und zieht die Handschuhe aus. Er sieht von Barbara zu Diane und dann wieder zurück und sagt: »Das ist ja eine Überraschung. Was tust du hier, Diane?«

Irgendetwas in seinem Ton klingt aufgesetzt, insbesondere, wie er ihren Namen ausgesprochen hat, was Barbara einen Moment lang stutzen lässt, ob dieses Zusammentreffen vielleicht geplant war.

»Ich dachte einfach, ich schau mal vorbei. Wie war Manchester?«, fragt Diane. Wenn die beiden *tatsächlich* lügen, macht sie es sehr viel besser als Tony.

»Es hat geregnet«, erzählt Tony. »Es regnet immer in Manchester. Zum Glück hat auf dem ganzen Rückweg die Sonne geschienen, deswegen bin ich wieder trocken geworden.«

»Soll ich Tee machen?«, fragt Barbara. »Bleibst du zum Essen?«

»Natürlich tut sie das«, sagt Tony. »Und dann gehen wir alle zusammen was trinken, oder? Ein Stück die Straße hinunter ist eine hübsche kleine Bar.«

»Bist du dir sicher, Barbara?«, hakt Diane nach. »Bist du sicher, dass es keine Mühe macht?«

Und Barbara möchte erwidern, dass es überhaupt kein Problem ist, wenn Diane zum Abendessen bleibt, dass jedoch sie hinterher lieber nichts trinken gehen möchte. Sie ist müde. Und es ärgert sie, dass nur Diane aufzutauchen braucht und plötzlich hat Tony das Geld und die Zeit, um auszugehen. Mit ihr ist er seit Monaten nichts mehr trinken gegangen. »Es gibt nur Omelette mit Pommes frites«, sagt sie.

»Hast du genug da?«

Sie nickt. »Ich habe heute Morgen ein halbes Dutzend Eier gekauft.«

»Also gut.« Diane strahlt sie an. »Danke. Mum sagt, dass man in Eastbourne nur schwer welche bekommt.«

»Eier?«

»Meine Mum hat das auch gesagt«, stimmt Tony zu.

»Das kommt daher, dass sie nicht mehr rationiert werden«, erklärt Barbara. »Deswegen sind alle ein bisschen verrückt danach. Aber in London bekommt man sie fast überall. Man muss sie nur gleich morgens holen.«

Sie nimmt den letzten Stapel Ärmel vom Esstisch und legt ihn auf den schwankenden Haufen in der Ecke. Dann geht sie zur Kochnische und schaltet den kleinen, zweiflammigen Herd ein. Während sie anfängt, die Kartoffeln zu schälen und zu schneiden, lauscht sie, wie Tony und Diane sich hinter ihr unterhalten. Und deren sofortige Vertrautheit und die Veränderung in ihrem Ton, kaum dass sie die beiden alleingelassen hat, macht sie ein bisschen eifersüchtig.

»Ich bin auf einer Ausstellung gewesen«, erzählt Diane gerade Tony. Ein typisches Beispiel. Denn Diane hätte ihr genauso gut von der Ausstellung erzählen können, wenn sie es gewollt hätte.

»Canaletto«, fährt sie fort. »Er war Venezianer, deswegen gab es da all diese wunderschönen Bilder von Venedig und den Kanälen – unglaubliche Himmel und wie sie sich im Wasser spiegeln.«

»Ich habe eine Fotoreportage über Venedig in der *Sunday Post* gesehen«, meldet sich Barbara über die Schulter zu Wort. »Es ist wirklich schön. Da würde ich gerne mal hin.«

»Ja«, erwidert Diane. »Es muss toll sein.« Dann fügt sie zu Tony gewandt hinzu: »Er hat gerne im Freien gemalt, während fast alle großen Meister in einem Atelier gearbeitet haben. Man sagt, das sei der Grund, warum seine Bilder so viel realer wirken. Warum es so viel *Licht* darin gibt.«

»Das klingt wirklich interessant«, sagt Tony.

»Ist es auch. Du solltest mal mit Barbara hingehen. Es ist im Britischen Museum.«

»Wir haben nicht viel Zeit für Ausstellungen, oder, Babs?«

»Nein«, stimmt Barbara ihm lachend zu. »Nicht viel.«

»Ich habe nicht viel Zeit für Tagesausflüge nach Manchester«, meint Diane. »Du kommst wenigstens herum. Du siehst wenigstens was vom Land. Ich bin noch nie im Norden gewesen.«

»Ja, wahrscheinlich«, erwidert Tony zweifelnd.

»Und ich muss bis Freitag fünftausend Worte über Canaletto schreiben«, sagt Diane, »daher …«

»Fünftausend?«, fragt Barbara. »Wie viele Seiten sind das?«

»Ungefähr zwanzig, denke ich«, antwortet Diane.

»Was willst du schreiben?«

»Ich weiß noch nicht. Ich werde mir wahrscheinlich ein Buch aus der Bibliothek besorgen, mal schauen, was da steht, und dann sehen wir weiter.«

»Aber das College macht dir doch Spaß?«, fragt Tony und ächzt, während er sich abmüht, seine Stiefel auszuziehen. »Tut mir leid, wenn meine Füße riechen.«

»Tun sie nicht«, entgegnet Diane. »Und ja. Das College ist toll. Es ist so ganz anders als in der Schule.«

»Das ist gut.«

»Man wird viel mehr als Erwachsener behandelt. Und die Leute dort sind viel witziger, viel interessanter als in der Schule. Aber es ist auch harte Arbeit. Ich muss eine ganze Menge Dinge machen, die ich nicht besonders gut kann.«

»Wie zum Beispiel?«

»Wie zum Beispiel Zeichnen und …«

»Deine Zeichnungen sind okay«, sagt Tony.

»Also das habe ich auch gedacht, bis ich die der anderen gesehen habe. Oder schreiben. Das kann ich überhaupt nicht.

Und ein Mädchen zu sein. Ich habe das Gefühl, dass mich alle ständig beobachten.«

»Bist du denn das einzige Mädchen?«

»Nein. Es sind noch zwei weitere in meiner Klasse. Und zwanzig Männer.«

»Wie steht es mit fotografieren?«, will Tony wissen.

»Am *St. Martin's* wird nicht viel fotografiert. Sie betrachten es nicht als echte Kunst, denke ich.«

»Niemand tut das eigentlich. Was schade ist.«

»In Amerika ist es offenbar anders. Zumindest ein bisschen. Und was ist mit dir? Fotografierst du immer noch?«

»Ja, sogar sehr oft.«

Barbara runzelt die Stirn und fragt sich, wie es möglich sein kann, dass sie davon nichts weiß oder ob es vielleicht gar nicht stimmt. Ob es vielleicht eine Geschichte ist, die bezeugt, dass Tony sich im Angesicht der Tatsache, dass Diane nun auf die Kunstschule geht, genauso verunsichert fühlt wie sie selbst. »Ich zeige dir ein paar«, sagt Tony. Barbara hört auf, die Kartoffeln zu schälen und wirft einen Blick über die Schulter, um zu sehen, wo Tony wohl die Bilder aufbewahrt, von denen sie noch nie etwas gehört hat. Er zieht eine Mappe hinter der Anrichte hervor. »Ich habe aber Probleme mit der Kamera. Sie klemmt immer wieder.«

»Klemmt?«

»Ja. Man kann dann den Film nicht weiterdrehen.«

»Zeig mal«, sagt Diane.

Tony greift in seine Satteltasche und holt die alte Rolleiflex heraus.

»O ja, die klemmt wirklich«, stellt Diane fest. »Du brauchst eigentlich eine Dunkelkammer. Wie dicht sind die Vorhänge?«

»Nicht besonders«, erwidert Tony. »Vielleicht im Schlafzimmer.«

Barbara sieht, wie die beiden aus ihrem Blickfeld verschwinden. Während sie immer wütender wird, ohne genau zu wissen, warum, schält sie weiter Kartoffeln und wirft sie immer heftiger in das Sieb. Als sie jedoch aus dem Schlafzimmer ein Kichern hört, hält sie es nicht mehr aus. Sie trocknet sich die Hände an einem Geschirrtuch ab und geht zu dem Türbogen zwischen Wohn- und Schlafzimmer. Die Vorhänge sind zugezogen, aber es ist immer noch hell genug, um zu sehen, was passiert. Tony und Diane knien neben dem Bett, die Köpfe unter der gesteppten Tagesdecke.

»Da«, sagt Diane leise. »Fühl mal. Es ist ein Stückchen Papier oder Film, das hat sich im Zahnrad verklemmt.«

»Ich fühle nichts.«

»Da, links neben der Spule. Gib mir deine Hand.«

Tony pustet los.

»Merkst du's, da?«, fragt Diane.

»Oh, ja … ich denke … ja.«

»Mein Gott, deine Hände sind wirklich kalt«, meint Diane.

»Das kommt vom Motorradfahren.«

»Jedenfalls brauchst du eine Stecknadel. Oder irgendetwas Spitzes. Damit wir es herausfischen können.«

»Vielleicht möchtet ihr, dass ich euch eine hole!«, sagt Barbara laut, und sieht zufrieden, wie sowohl Diane als auch Tony zusammenzucken, weil ihre Stimme so nah ist.

Tony kommt unter der Tagesdecke hervor. Sein Kopf ist rot.

»Äh … ja. Das wäre gut … äh … Schatz«, sagt er.

Nachdem die Kamera repariert und das Abendbrot beendet ist, zeigt Tony Diane (und nebenbei auch Barbara) seine Fotos. Es sind Bilder von Backsteingebäuden und rostigen Gittern; von namenlosen Fremden, die an Bushaltestellen in der Schlange stehen; von Männern mit Reklametafeln, auf denen für den *Evening Standard* geworben wird; von streunenden Hunden, die Mülleimer in Salford durchwühlen … im Grunde genommen versteht Barbara diese Bilder nicht. Sie begreift weder, worin der Sinn liegen könnte, derartige Fotos zu machen, noch kann sie sich vorstellen, wer sie wohl ansehen wollte. Sie würde jedenfalls keines davon bei sich aufhängen wollen.

Diane dagegen bezeichnet sie als »nicht schlecht«, wenn ihnen auch ein bisschen »dramatisches Gewicht« fehlen würde, was immer das bedeuten soll. Sie verspricht, Tony ein paar Bücher aus der Bibliothek mitzubringen, die ihn, wie sie sagt, »inspirieren« werden.

Und dann fragt Tony Barbara, ob sie mit ihnen in den Pub kommt, und sie erwidert, dass, nein, sie eigentlich nicht möchte. Und ohne jeden Widerspruch, einfach so, verschwinden die beiden.

Barbara sieht ihnen vom Fenster aus nach, während sie die spärlich beleuchtete Straße entlanggehen, bis sie jenseits des Lichtkegels der Straßenlaterne mit der Dunkelheit verschmelzen. Sie fragt sich, warum sie es abgelehnt hat, mit ihnen mitzugehen. Es hatte etwas damit zu tun, dass Tony sie gefragt hat, damit, dass er vermutet hat, sie würde nicht mitkommen. Damit war ihre Anwesenheit in einer Weise beliebig geworden, wie sie es niemals für möglich gehalten hätte. Es hatte sie verletzt, und sie war der Meinung gewesen, ablehnen zu müssen, um dadurch ihrer Missbilligung Ausdruck zu verleihen. Obwohl sie nicht sicher ist, ob das auch alle bemerkt haben.

Die beiden sind noch keine fünf Minuten fort, als sie ihre Entscheidung schon bereut, sogar meint, dass es eine der dümmsten Entscheidungen gewesen ist, die sie je getroffen hat, sie vielleicht manipuliert wurde, um genau so zu reagieren. Wenn sie auch nur die geringste Ahnung gehabt hätte, in welchen Pub die beiden gehen, würde sie ihnen jetzt nachlaufen. Aber sie weiß es nicht, und auf eine seltsame Weise gefällt ihr das Gefühl, im Recht zu sein, gefällt ihr das Gefühl, ärgerlich zu sein.

Wütend beginnt sie mit dem Abwasch, und sobald der erledigt ist, wird sie die Wohnung aufräumen, und sobald das erledigt ist, wird sie bis zur Sperrstunde warten, um dann vom Fenster aus zu sehen, wie die Betrunkenen die Straße entlangwanken. Und sie wird versuchen zu entscheiden, ob sie hofft, dass einer von ihnen Tony ist oder ob sie hofft, dass er *keiner* von ihnen ist.

2012 – Guildford, Surrey

»Bitte seufz nicht so. Du weißt, was für ein schlechtes Gewissen ich deswegen habe.«

Jonathan, der gerade dabei ist, mit einer Pinzette Gräten aus dem Lachs zu ziehen, richtet sich auf und wendet sich Judy zu, die (mit gequältem Gesichtsausdruck) in der Tür aufgetaucht ist.

»Ich habe nicht gemerkt, dass ich geseufzt habe«, erwidert er.

»Hast du aber. Es war dein typisches Seufzen, wenn du das Gefühl hast, mal wieder etwas ganz alleine tun zu müssen.« Fast alle Diskussionen mit Judy drehen sich um Vorsatz. Sie glaubt fest daran, dass jede hingeworfene Bemerkung vorsätzlich erdacht worden ist, als seien Sätze Marschflugkörper, als seien Seufzer Angriffsdrohnen.

»Ich habe trotzdem ein schlechtes Gewissen bekommen«, sagt Judy.

»Dann tut es mir leid«, entgegnet Jonathan, der jetzt die Pinzette beiseitelegt und zu seiner Frau geht. »Das war nicht meine Absicht.« Er gibt sich besondere Mühe, jetzt, da sie schwanger ist, Konflikte zu meiden.

Judy weicht vor ihm zurück, als sei sie angeekelt. »Fass mich nicht mit deinen fischigen Fingern an. Ich habe mich gerade erst umgezogen.«

»Tut mir leid«, sagt Jonathan erneut, nimmt die Hände auf den Rücken und spitzt die Lippen, als er sich für einen Kuss vorbeugt.

Judy gibt ihm ein keusches Küsschen, um gleich mit ihren Vorhaltungen fortzufahren. »Ich verstehe immer noch nicht, warum wir Fisch essen müssen.«

Jonathan unterdrückt einen weiteren Seufzer und wendet sich wieder dem Küchenbrett zu, damit Judy nicht sieht, wie er die Augen verdreht. »Weil Mum nur dann ein Essen als solches empfindet, wenn es dafür einige Tote gegeben hat«, erwidert Jonathan. »Das weißt du. Wir haben das besprochen.«

»Es ist Zeit, dass deine Mutter ein bisschen mehr über Ernährung lernt.«

»Sie ist fast achtzig.« Jonathan lässt seine Finger über das Lachssteak gleiten, dann beugt er sich hinunter, um eine weitere Gräte herauszuziehen. »Sie wird kaum noch etwas Neues lernen, deswegen müssen wir uns ihren Eigenarten anpassen.«

»Altenfeindlich oder sexistisch? Hm. Ich bin mir nicht sicher …«, bemerkt Judy. »Vielleicht beides.«

»Vielleicht realistisch?«

»Menschen können in jedem Alter noch etwas dazulernen, Jon. Selbst Frauen wie deine Mutter. Das weißt du genauso gut wie ich. Einige beschließen nur einfach, es nicht zu tun.«

»Es nicht zu tun, hat sie nun schon seit fast achtzig Jahren beschlossen. Ich will nur sagen, dass in dieser Situation in Bezug auf meine Mutter die Wahrscheinlichkeitsrechnung eher für Stillstand spricht als für revolutionäre Veränderungen.«

»Ich verstehe trotzdem nicht, wieso …«

»Judy! Es gibt entweder Fleisch oder Fisch oder den mindestens halbstündigen Versuch zu erklären, warum es kein Hauptgericht gibt. Also ist ein bisschen Fisch in diesem Fall das kleinere der beiden Übel, okay?«

»Für den Fisch keineswegs«, widerspricht Judy mit einer winzigen Spur von Humor in der Stimme.

»Nein«, sagt Jonathan grinsend. »Nein, ich schätze nicht.«

»Wie auch immer, es ist ihr Karma, nicht meins«, erklärt Judy. »Ich werde ihn nicht essen.«

»Das weiß ich.« Jonathan greift nach seinem Glas Chardonnay.

»Und betrink dich nicht vor dem Essen. Bitte betrink dich nicht, bevor sie kommen.«

»Das werde ich nicht.«

»Das ist unfair, ganz besonders, wo du doch weißt, dass ich nichts trinken kann.«

»Ich betrinke mich nicht. Das ist mein erstes Glas, und es war mein zweiter Schluck.«

»Sicher.« Judys Zweifel sind nicht zu überhören.

»Du kannst die Flasche überprüfen, wenn du willst«, bietet Jon ihr an. »Sie ist im Kühlschrank.«

»Mein Gott, Jon! Das klingt ja, als sei ich die Weinpolizei oder irgendwas in der Art.«

Jonathan lacht leise. »Die Weinpolizei. Das gefällt mir.«

»Ich will damit nur sagen, betrink dich nicht, bevor die beiden überhaupt hier sind. Ist das zu viel verlangt?«

»Nein, Schatz.« Jonathan nimmt das Weinglas und stellt es an die äußerste Ecke der Fensterbank, um nicht in Versuchung zu geraten. »Ich frage mich Folgendes. Wenn ich Mum Fisch zu essen gebe, wessen Karma wird dann am meisten belastet?«, fragt er und fühlt sich plötzlich sorglos und fast streitlustig, was vielleicht daher kommt, dass sich das Glas Wein nicht mehr in Reichweite befindet.

»Jetzt bist du albern«, sagt Judy. Und es stimmt. Er ist albern. Trotzdem findet er die Frage gut. Wessen Karma bekommt am meisten ab? Das des Fischers, weil er den Fisch gefangen hat? Er selbst, weil er dem armen Ding die Gräten herausgezogen hat?

Das seiner Mutter, weil sie den Fisch isst? Vielleicht sogar Judy, weil sie es nicht verhindert hat – weil sie zugelassen hat, dass er den Fisch mit Geld aus ihrem gemeinsamen Konto gekauft hat? Wo endet diese Kette von Ursache und Wirkung und Verantwortung?

»Wie auch immer«, sagt Jon, und will gerade gedankenverloren nach dem Wein greifen, kann seine verirrte Hand aber gerade noch beherrschen. Stattdessen greift er nach dem Pfeffer: ein Alibi. »Vielleicht ist es das Karma des Lachses, das überladen war. Vielleicht ist er in einem vorherigen Leben ein sehr böser Lachs gewesen. Vielleicht ist er hauptsächlich deswegen hier auf dem Küchenbrett gelandet.«

»Dein Verständnis, was das Karma angeht, ist ungefähr genauso ausgeprägt wie das deiner Mutter, wenn es sich um Ernährung dreht«, meint Judy.

»Ja. Da hast du wahrscheinlich recht.«

»Du wirst es aber nicht zulassen, dass sie sich wieder gegen mich verbünden wie letztes Mal, okay?«

»Natürlich nicht.«

»Ich bin deine Frau. Und sie sind deine Familie. Deswegen darf ich mich nicht wehren. Deswegen musst du dich vor mich stellen.«

»Ich habe es letztes Mal nicht zugelassen, dass sie sich gegen dich verbünden«, erinnert Jonathan sie.

»Haben sie aber.«

Und das stimmt.

Sophie hatte einen kleinen Angriff auf Judy gestartet und war dabei, durch einen der schwächer bewehrten Zugänge, auf heiligen Boden geraten – Homöopathie. Eigentlich war es überhaupt nichts Ernstes gewesen, sondern nur ein kleiner Grenzkonflikt. Aber aufgeheizt durch ihre Mutter (die ihre Tabletten liebt) und ein wenig zu viel Chardonnay und gestützt, anscheinend, von der gesamten Logik der westlichen Aufklärung, und weil sie Judys Verwundbarkeit bei diesem Thema spürte, hatte

Sophie zum entscheidenden Schlag ausgeholt. Und Jon, obwohl er irgendwie glaubte, dass Homöopathie wahrscheinlich wirkte (weil Judy gesagt hatte, dass sie bei ihr wirken würde, und warum sollte sie lügen?), hatte sich dabei ertappt, weil er nicht in der Lage war, automatisch Position zu beziehen, um seine Frau zu verteidigen. Und er hatte sich als unfähig empfunden, als er mit Sophies mathematischen Erklärungen über das völlige Fehlen eines aktiven Wirkstoffes in homöopathischen Mitteln, Judys blumige Theorien darüber zu verteidigen, dass Wasser in der Lage war, sich daran zu erinnern, irgendwann mal neben einem Molekül des Lebensbaums gestanden zu haben, aber offensichtlich nicht daran, seit den Anfängen der Zeit durch Hunderte von stinkenden Säugetierdärmen gewandert zu sein. Judy war früh ins Bett gegangen und hatte ihm danach fast eine Woche lang das Leben zur Hölle gemacht. Und Jon hatte heimlich aufgehört, den Thuja in einer CH-Potenz von zehn weiter zu nehmen, den ihr Naturheilpraktiker verschrieben hatte (ohne eine merkliche Wirkung auf seine Gesundheit). Und seitdem hatte es kein Familienessen mehr gegeben.

»Ich verspreche dir, ich werde es nicht zulassen, dass sie sich gegen dich verbünden«, sagt er. »Jetzt geh und leg die Füße hoch.«

»Willst du mich aus der Küche haben?«

»Nein. Du hast gesagt, dass du schon den ganzen Tag müde bist. Deswegen schlage ich vor, dass du die Ruhe vor dem Sturm nutzen solltest. Das ist alles.«

»Ich *bin* müde. Eine Schwangerschaft ist anstrengend.«

»Ich weiß. Sag's nur nicht, wenn Mum hier ist, oder du wirst es mit der ganzen Ernährungssache zu tun bekommen.«

»Was für eine Ernährungssache?«

»Ach, jetzt komm. Das weißt du doch. Wenn du sagst, du seist müde, wird sie sagen, du seist anämisch, und das käme nur daher, dass du vegan lebst, und dann …«

»Jon, ich bin mir sicher, deine Mutter weiß, wie ermüdend es ist, schwanger zu sein.«

»Ja, da bin ich mir sicher. Aber sagen wird sie trotzdem, was ich dir gerade erklärt habe. Und du weißt, dass sie die absolute Expertin für Schwangerschaften ist. Und für Ernährung.«

»Sie ist in allem eine absolute Expertin.«

»Da hast du recht. Das ist sie.«

»Wie war sie bei Sophie?«

»Was meinst du?«

»Als sie mit ihr schwanger war.«

»Oh, daran erinnere ich mich kaum noch.«

»Aber du warst doch alt genug. Du warst fünf oder sechs, richtig?«

»Sechs, ja. Aber ich war viel zu sehr damit beschäftigt, mich in Baumhäusern zu verstecken.«

»Baumhäusern? Ihr hattet einen Garten?«

»Nein, wir sind nach Wales gefahren. Für drei Monate. Wir sind wieder zurückgekommen, nachdem Sophie geboren war.«

»Wales? Das wusste ich gar nicht. Warum um alles in der Welt seid ihr nach Wales gefahren?«

»Mum war wohl müde. Ich denke, der Arzt hat ihr jede Menge frische Luft verschrieben.«

»Ha!«, macht Judy.

»Ha?«

»Siehst du, selbst mit dem halben Schwein, das sie jeden Tag gegessen hat, war sie immer noch so müde, dass ihr euch nach Wales zurückziehen musstet. Man nennt das schwanger. Es ist anstrengend, Jon.«

»Ich weiß. Also geh jetzt bitte und setzt dich hin!«

»Okay, okay! Ich gehe. Ruf einfach, wenn du mich brauchst, in Ordnung?«

»In Ordnung.«

Jonathan wartet, bis er den Fernseher hört (eine Gameshow), dann schleicht er sich hinüber zu dem Glas Wein. Mit schlechtem Gewissen wirft er einen Blick zur Tür, dann hebt er es und lehrt es in einem Zug. *Familienessen*, denkt er. *Widerlich.*

Jonathan richtet sich auf, nachdem er sein drittes Stück Fisch vorsichtig in Aluminiumfolie verpackt hat, und trinkt sein zweites Glas Wein aus. Er fragt sich, ob Judy die Weinflaschen einer Überprüfung unterziehen wird. Er fragt sich, ob sie ihm dann die Hölle heißmacht. *Sie ist wirklich die Weinpolizei*, denkt er.

Es klingelt an der Haustür, und er ruft: »Kannst du mal aufmachen, Jude? Ich habe immer noch Fischfinger.«

»Okay«, ruft Judy zurück. »Aber wenn es deine Familie ist, sind sie ein bisschen zu früh.«

Jonathan stellt sich vor, wie das eine oder andere Mitglied »seiner Familie« auf der anderen Seite der Eingangstür Judys kreischende Worte hört, und er zuckt zusammen. Dann geht er zum Spülbecken und wäscht sich die Hände.

»… nein, sie ist noch nicht hier«, kann er Judy sagen hören. »Aber wir haben auch sieben Uhr dreißig gesagt, und es ist noch nicht mal sieben.«

»Du siehst gut aus«, erwidert Barbara und übergeht Judys spitze Bemerkung, was die Uhrzeit angeht. Barbara konnte immer schon gut Schwierigkeiten einfach mit der Dampfwalze niedermachen, ohne verärgert zu sein. Es ist einer der Gründe, warum sie so gut mit Judy »auskommt«, was vielen anderen Leuten nicht gelingt. Es ist ein Charakterzug, den Jonathan geerbt hat, *Gott sei Dank*. »Die Schwangerschaft lässt dich richtig aufblühen, Liebes!«, sagt Barbara zu Judy.

»Das sagen mir alle«, erwidert Judy. »Ja, häng ihn einfach da auf. Komm durch. Jon ist in der Küche und kämpft mit Leichenteilen.«

»Leichenteilen?«, fragt Barbara. Ihre Stimme ist jetzt sehr laut, da sie gerade die Küche betritt.

»Es ist nur Fisch, Mum«, erwidert Jonathan und trocknet sich die Hände an einem Geschirrtuch ab.

»Hallo mein Lieber.« Barbara geht zu ihm und küsst ihn auf die Wange.

»Hi, Mum.«

Judy taucht hinter ihr in der Tür auf und zieht ein komisch überraschtes Gesicht. »Deine *Mum* ist schon da«, sagt sie.

»Ja«, erwidert Jonathan. »Ja, das ist mir aufgefallen.«

»Ich habe gerade gesagt, wie gut Judy aussieht«, sagt Barbara, ohne sich um die angespannte Atmosphäre zu kümmern. »Sie hat ganz rote Wangen.«

»Die hat sie.«

»Eigentlich bin ich …«, beginnt Judy, aber Jonathan fängt ihren Blick auf, und trotz ihrer Verärgerung darüber, dass niemand sie fragt, wie sie sich eigentlich *fühlt*, bekommt sie ihren angefangenen Satz noch unter Kontrolle. » … ziemlich gut«, fährt sie fort, sieht Jonathan aus großen Augen an und legt den Kopf zur Seite.

»Es ist ja noch der Anfang, aber das ist gut«, erklärt Barbara.

»Jon hat mir erzählt, du warst so müde, als du mit Sophie schwanger warst, dass ihr nach Wales gefahren seid«, sagt Judy.

»So hab ich es nicht gesagt«, entgegnet Jonathan. »Ich habe nicht gesagt, dass es daher kam, dass du müde warst.«

»Gab es auch noch einen anderen Grund?«, fragt Judy.

»Wales? Ich … nein …«, stammelt Barbara. »Ich war nicht im eigentlichen Sinne *müde*. Wir brauchten einfach eine Pause.«

»Klingt ziemlich luxuriös«, meint Judy. »Ich wünschte, Jon würde *mich* mal für drei Monate irgendwohin entführen.«

»Es war nur ein kleines Cottage«, sagt Barbara. »Ein kleines feuchtes Cottage. Luxuriös war es sicher nicht.«

»Trotzdem.«

»Du bist nicht oft rausgegangen, oder, Mum?«, fragt Jonathan. »Oder habe ich das falsch mitbekommen?«

»Nein, nicht oft. Es hat viel geregnet.«

»Aber auch wenn es nicht geregnet hat, bist du nie rausgegangen. Ich erinnere mich, wie ich mit Dad einkaufen gegangen bin.«

»Ja, in dem Dorf gab es einen kleinen Laden.«

»Du meine Güte, warst du bettlägerig?«, fragt Judy.

»Nein, ich … ich bin ein wenig verrückt geworden, um ehrlich zu sein«, sagt Barbara. »Eine Art Agoraphobie. Das geht vielen Frauen in der Schwangerschaft so.«

»Zumindest dafür kann ich dankbar sein.« Judy nickt Jonathan zu. »Eine Agoraphobie habe ich nicht.«

»Wir haben dann auch immer Sachen für Diane mitgebracht«, sagt Jonathan. »Wir haben immer zwei Kisten mit Vorräten gefüllt. Daran kann ich mich erinnern.«

»Diane?«, fragt Judy.

»Sie war eine Freundin von Dad«, sagt Jonathan.

»Und sie ist mit euch nach Wales gefahren?«

»Es war sogar Diane, die die beiden Cottages gefunden hat«, ergänzt Barbara. »Sie haben wohl einer entfernt mit ihr verwandten Tante gehört. Und sie hat manchmal als seine Assistentin gearbeitet.«

»Etwas zu trinken, Mum? Wir haben einen sehr schönen Weißen offen«, sagt Jonathan und holt die Flasche aus dem Kühlschrank.

»Was ist da denn passiert, Jon?«, fragt Judy und deutet mit dem Kopf auf die Flasche.

»Ich habe ziemlich viel für den Fisch verbraucht«, schwindelt Jonathan.

»Ich möchte im Moment nichts«, sagt Barbara.

»Ich trinke natürlich sowieso nichts.« Judy tätschelt ihren Bauch.

»Oh, eigentlich vielleicht doch«, erklärt Barbara und fängt sich tödliche Blicke von Judy ein. »Wir können ihn doch nicht allein trinken lassen, oder?«

»Ist es Sophie eigentlich gelungen, sie aufzuspüren?«, fragt Jonathan, während er zwei Gläser Wein eingießt.

»Diane?«

»Ja. Ich weiß, dass sie sich mit ihr in Verbindung setzen wollte.«

»Nein. Ich glaube nicht. Und bitte sprich es in ihrer Gegenwart nicht an. Sie hat mich wegen Diane schon ganz verrückt gemacht.«

»Was hat Diane *genau* gemacht?«, fragt Judy.

»Sie hat einige der Bilder entwickelt und Abzüge gemacht. Das konnte er nie so gut«, sagt Barbara. »Im fehlte einfach immer die Geduld.«

»Er muss sehr gut verdient haben, wenn er sich eine Assistentin leisten konnte, die ihn auch begleitet.«

»Nein, eher nicht. Eigentlich überhaupt nicht. Wie ich schon sagte, die Cottages haben wir umsonst bekommen. Weil sie ihrer Familie gehörten. Und sie war mehr eine Freundin der Familie als eine Assistentin.«

»Wollen wir ins Wohnzimmer gehen?«, fragt Jon.

Barbara geht voraus, und Jonathan folgt ihr.

»Ich mache mir dann am besten mal selbst was zu trinken«, sagt Judy, aber Jon und Barbara sind viel zu sehr in ihre Unterhaltung vertieft, als dass sie sie hören würden. Deswegen seufzt sie nur, gießt sich ein Glas Perrier ein und folgt ihnen ins Wohnzimmer.

»Um wie viel Uhr hat Sophie gesagt?«, erkundigt sich Jon, als sie zu ihnen stößt.

»Halb acht«, antwortet Judy. »Ich habe allen halb acht gesagt.«

»Allen?«, fragt Barbara. »Meine Güte. Wer kommt denn noch alles?«

Jonathan lacht. »Niemand. Es sei denn, Judy hat Manchester United als Überraschungsgäste eingeladen.«

»Habe ich nicht«, erwidert Judy mit einem gezwungenen Lächeln.

Stille breitet sich im Raum aus, weil alle drei Anwesenden, einschließlich Judy selbst, zu analysieren versuchen, warum sie »alle« gesagt hat. Jonathan löst das Rätsel als Erster und versucht schnell, das Thema zu wechseln, bevor seine Mutter eine weitere versteckte Spitze entschlüsseln kann. »Erzähl mir mehr über Wales«, sagt er. »Abgesehen davon, dass es dort ein Baumhaus gab, erinnere ich mich nicht an viel.«

»Es gab sogar zwei«, erwidert Barbara. »Du hast diese Baumhäuser geliebt.«

»Und hast du Sophie auch in Wales *geboren*?«, erkundigt sich Judy, als sei Wales die Sahara, als gebe es in Wales keine Hebammen oder Krankenhäuser.

»Um ehrlich zu sein, würde ich lieber über etwas anderes reden«, entgegnet Barbara knapp. »Für mich war es eine fürchterliche Zeit. Ich habe mir viel Mühe gegeben, das alles zu vergessen.«

»Fürchterlich? Wieso?«

»Mum hat gesagt, sie möchte nicht darüber sprechen«, betont Jonathan.

»Okay, okay. Ich habe mich nur gefragt, was so fürchterlich gewesen ist. Der Urlaub in Wales oder das Baby zu bekommen? Tut mir leid.«

»Das Haus war winzig und feucht, und es war unmöglich, es wirklich zu heizen«, sagt Barbara leicht gereizt. »Der Holzstoß war vollständig durchgeweicht, weil in der Abdeckung ein Loch war, deswegen haben wir das Feuer nie zum Brennen bekommen. Es hat fast ununterbrochen geregnet, und, wie ich schon sagte, ging es mir nicht gut.«

»Klar«, meint Judy. »Das war natürlich nicht gut.«

»Und *bitte* sprich das nicht an, wenn Sophie hier ist.«

»Warum will Sophie eigentlich Kontakt zu Diane aufnehmen?«, fragt Judy.

»Für ihre alberne Ausstellung«, erklärt Barbara. »Aber es ist äußerst wahrscheinlich, dass sie inzwischen gestorben ist.«

»Das würde Sophie aber treffen«, stellt Jonathan fest. »Sie hat Diane wirklich gemocht.«

»Ja.«

»Es hört sich an, als wäre sie da«, sagt Judy, die irgendeine Vibration von der Veranda her bemerkt hat, und tatsächlich klingelt es einen Augenblick später an der Tür.

»Ich gehe«, bietet Jonathan an, der bereits steht.

»Na, *vielen Dank*!«, sagt Judy.

»Jedenfalls siehst du wirklich gut aus«, wiederholt Barbara, sobald Jonathan den Raum verlassen hat.

»Ja«, erwidert Judy. »Das hast du bereits gesagt. Danke.«

Als Sophie nach Hause kommt, ist es bereits nach Mitternacht. Brett, der versprochen hatte, auf sie zu warten, hat es offenbar nicht getan. Sophie kann ihn schnarchen hören, kaum dass sie die Tür aufgeschlossen hat.

Sophie ist enttäuscht. Sie ist aufgebracht – eine schwer zu beschreibende Mischung aus verschiedenen beunruhigenden Emotionen: Unsicherheit, Einsamkeit, Unzulänglichkeit, Irritation – eine vertraute Kombination, die bisher immer nur Familienessen in ihr heraufbeschwören konnten. Bei ihrer Rückkehr hatte sie auf ein geneigtes Ohr und eine unterstützende Umarmung gehofft, um das Gefühl zu bekommen, dass, wenn schon *jene* Familie nicht besonders gut funktionierte, es zumindest *diese* tat.

Sie schlüpft aus ihren Schuhen und hängt ihren Mantel auf, dann tappt sie barfuß ins Wohnzimmer, wo sie Brett zu ihrer Überraschung schlafend im Sessel vorfindet. Er hat einen Kunstband auf dem Schoß, und seine Brille sitzt in niedlicher Weise schief. Offensichtlich *hatte* er versucht, wach zu bleiben, der Gute.

Sie gießt sich einen Schluck von Bretts Whiskey ein, kippt ihn hinunter und gießt noch mal nach. Fast den ganzen Abend hat sie nach mehr Alkohol gelechzt, um die Qual zu lindern, Judy zuhören zu müssen. Aber wie Jonathan mit seinen Milchprodukten fand sie es leichter, darauf zu verzichten, sich die Kante zu geben, als sich wegen ihres Alkoholkonsums weiteren Schüssen aus dem Hinterhalt auszusetzen.

Sie tritt hinter Brett und nimmt ihm sanft die Brille von der Nase, klappt sie zusammen und legt sie auf den Kaffeetisch, wobei ein Gefühl der Zuneigung in ihr aufsteigt. Dann setzt sie sich ihm gegenüber. Sie nippt an ihrem Whiskey und betrachtet Bretts Gesichtszüge, die im Licht der Leselampe etwas gespenstisch wirken.

Irgendein Muskel, den er offensichtlich anspannt, wenn er wach ist, hat seine Arbeit eingestellt, und sein ohnehin schon nicht kleiner Bauch ist noch größer geworden. Er sieht fetter aus und älter. Aber auch sanfter. Er wirkt immer relativ ausgekocht, wenn er wach ist: listig und vielleicht ein bisschen zu selbstzufrieden. Schlafend sieht er gleichzeitig unschuldig, kindlich und alt aus.

Sophie stellt sich vor, wie es wäre, wenn er aufwacht und sie fragt, wie ihr Abend verlaufen ist, und sie seufzt. Sie wüsste nicht, was sie antworten sollte, wenn er tatsächlich wach wäre und sie mit ihm reden könnte.

Als sie am Morgen aufwacht, findet sie sich in Bretts warmen Armen wieder. Seine Körpertemperatur scheint ein paar Grad höher zu sein als ihre eigene, was beim Sex für zusätzliche Ekstase sorgt, im Winter Behaglichkeit spendet und im Sommer eine verschwitzte Belastung darstellt. Sie gähnt und streckt die Beine, und Brett fragt: »Bist du wach?«

»Mhm.«

»Dann hast du also überlebt?«

»Hm …«

Erst als Brett geduscht hat und angezogen ist, sprechen sie über Sophies Abend, und als Brett fragt, wie es gelaufen ist, wird ihr klar, dass irgendein unterbewusster Mechanismus es ihr während der Nacht erlaubt hat, die Ereignisse des vergangenen Abends zu verarbeiten. »Es war furchtbar und gut, beides zugleich«, antwortet sie.

»Okay …«

»Furchtbar, weil ich jede einzelne Sekunde gehasst habe, und gut, weil er erfolgreich war.«

»Erfolgreich? Dann hast du sie also im Boot, was die Ausstellung angeht?«

Sophie lacht. »Nein. Ich hab es nicht einmal erwähnt. Ich hatte klare Anweisungen von Jonathan, es nicht anzusprechen, und er hatte recht. Als offizielles Lieblingskind weiß er viel besser als ich, wie man Mum behandeln muss.«

»Wie kann es dann erfolgreich gewesen sein?«, fragt Brett, während er seinen Kragen hochklappt und sich den Schlips umlegt.

Sophie nimmt einen Schluck von ihrem Kaffee, bevor sie antwortet. »Bei Mum ist es wichtig, darauf zu achten, wie Jon völlig richtig herausgefunden hat, sie nicht merken zu lassen, dass man etwas von ihr will. Solange man es nicht braucht, gibt sie es einem freiwillig.«

»Weil?«

Sophie zuckt die Achseln. »Weil sie sich nicht in eine Machtposition bringen kann, indem sie es dir verweigert, schätze ich.«

»Klar«, meint Brett. »Das ergibt einen Sinn. Eine Art Woody-Allen-Sinn, aber trotzdem einen Sinn. Und worüber habt ihr euch unterhalten?«

»Jons Job, Menschenrechte – oder Fischrechte oder was auch immer – von Fischen …«

»Die Rechte von Fischen?«

»Ja. Jon hatte für uns drei Lachs gemacht, und ich glaube nicht, dass Judy davon besonders begeistert war. Deswegen hat sie uns mit Geschichten über die ökologischen Gräuel auf Lachsfarmen ergötzt, während wir gegessen haben.«

»Nett.«

»Um ehrlich zu sein, hat sie wahrscheinlich recht. Sie geht einem aber derart auf die Nerven, dass man gar nicht anders kann, als Advocatus Diaboli zu spielen.«

»Meine Schwester ist auch so«, sagt Brett. »Außer dass sie im Gegensatz zu Judy ausnahmslos falsch liegt.«

»Oh, Judy liegt auch fast ausnahmslos falsch«, erwidert Sophie. »Ich meinte nur, dass sie wahrscheinlich recht hat, was den Lachs angeht. Aber ich bin mir auch nicht sicher, was man heute überhaupt noch essen kann. Es ist alles ziemlich beschissen, oder?«

»Vollkornreis vielleicht?«

»Ja, so ziemlich. Sie hat uns natürlich auch ihre neuesten Bilder gezeigt.«

»Natürlich. Und?«

»*Würg* fast es ziemlich gut zusammen.«

»Das klingt nicht nach einem besonders lustigen Abend.«

»Nein. Das sollte es auch gar nicht werden. Aber er hat die Wogen mit Mum geglättet, sodass ich nächstes Wochenende wieder runterfahren und einfach weitermachen kann, als sei nichts passiert. Daher kann man sagen, zumindest, was das angeht, Mission erfüllt.«

»Gut.« Brett streift sein Jackett über. »Tut mir leid, aber …«

»Ich weiß, du musst los.«

»Ich muss los.«

Sophie stellt ihren Kaffeebecher ab, steht auf, zieht ihren Morgenmantel fester zu und geht hinüber zu Brett. Sie streicht eine Falte an seinem Kragen glatt. »Ich hatte eigentlich auf einen Fick gehofft.«

»Geht nicht. Redaktionssitzung um neun.«

»Okay. Bis heute Abend.«

»Bis *morgen.*«

»Verdammt, das hatte ich ganz vergessen. Du musst nach Liverpool zu dieser Vernissage.«

»So ist es.«

Sophie folgt Brett zur Wohnungstür, reicht ihm seine Umhängetasche, gibt ihm einen Abschiedskuss und schließt dann die Tür hinter ihm.

Sie wendet sich ihrer stillen Wohnung zu, während sie hört, wie hinter ihr Bretts Schritte im Korridor verklingen, und betrachtet die Einrichtung. Irgendwie kommt sie ihr fremd vor. Sie sieht ganz komisch aus, wie ein Filmset. So komisch vielleicht wie ein Filmset von Kubrick. Das Gefühl der Leere von gestern Abend ist zurück, nur heute Morgen ist ihr klarer, woher es kommt. Wenn sie Zeit mit ihrer Familie verbringt, fühlt sie sich immer wie ein Kind … Nein, eigentlich nicht wie ein Kind, sondern wie eine Hochstaplerin – vielleicht wie ein Kind, das so tut, als sei es erwachsen. Warum fühlt sie sich nicht so erwachsen wie Jon und Judy oder wie ihre Mutter oder sogar Brett? Sie ist eine Pseudokünstlerin in der *Wohnung* einer Pseudokünstlerin mit einem Pseudofreund. Sie seufzt tief, dann runzelt sie die Stirn, als sie versucht sich zu erinnern, welcher Tag ist und dann, wie der Terminkalender einer Pseudokünstlerin heute aussieht.

»Montag«, murmelt sie und dann: »Mist!« Sie marschiert in die Küche und wirft einen Blick auf die Uhr – 8.04.

»Mist, Mist, Mist!«, schimpft sie. Sie müsste längst auf der anderen Seite von London sein. Sie hat um neun ein Shooting. Sie hat ein äußerst *reales* Fotoshooting um eine sehr konkrete Uhrzeit.

1962 – Peckham, London

»Wie viele Monate sind es jetzt schon?«, fragt Phil. Phil ist Tonys bester Freund von der Arbeit, ein Fotoreporter beim *Mirror*. Und da es bereits Barbaras vierte Schwangerschaft in den zehn Jahren ist, die er die beiden kennt, wird er sich hüten zu fragen, wann es denn kommen soll.

»Dieses ist vier Monate alt«, sagt Barbara und fügt dann hinzu, um vielleicht unausgesprochene Fragen, die in der Luft liegen, zu beantworten: »Ja, es ist die längste Zeit, die ich bisher eins bei mir behalten konnte. Wir drücken alles, was wir haben.«

»Alles zu drücken was man hat« – dieses oft wiederholte Mantra, ein Mantra, das nicht einmal im Ansatz die Hoffnung und die Angst beschreiben kann, das Grauen und die Sehnsucht, die mit jeder Schwangerschaft einhergehen.

Dieses Mal, bei ihrem vierten Versuch, hat Barbara das Gefühl, auf alles vorbereitet zu sein. Sogar für eine weitere Fehlgeburt fühlt sie sich gewappnet. Sie kennt die Schrecken jetzt, ist mit ihnen vertraut, steht ihnen geradezu nah, wie man auch einem doppelzüngigen, verabscheuenswürdigen Verwandten nahstehen kann. Und obwohl auch ein vertrauter Schrecken weiterhin entsetzlich bleibt, macht das Wissen darum, dass sie es überleben kann, es ihr möglich, sich der Zukunft zu stellen. Es macht es ihr möglich, alles voller Hoffnung durchzustehen.

Sie ist auch darauf vorbereitet, dass man ihr sagt, sie darf es nicht wieder versuchen. Die Ärzte schienen ihre Zweifel zu haben, dass sie nach dem letzten Mal überhaupt wieder schwanger werden könne. Ihre Gebärmutter, sagen sie, ist »unterentwickelt«, sie ist »defekt«. Aber als sie den (ziemlich schroffen) Arzt fragte, ob es in Ordnung sei, wenn sie es weiter versuchen würde, hat er geantwortet: »Der *Versuch* kann nie schaden, Liebes. Machen Sie sich nur keine zu großen Hoffnungen.«

Und dann hatten sie es wieder versucht. Und jetzt machen sie sich wirklich Hoffnung.

Sie ist auch darauf vorbereitet, dass Tony sie verlässt, wenn es wieder schiefgeht. Sie spürt seine zunehmende Sehnsucht nach Kindern, seine zunehmende Ungeduld mit ihr, weil sie ihm keine schenkt. Sie hat gemerkt, wie sie allmählich durch ihr Versagen in seinem Ansehen gesunken ist. Sie spürt, dass Joan und Lionel die Ehe ihres Sohnes inzwischen als Fehler betrachten, aus dem einfachen Grund, weil sie »fruchtlos« ist. Eine fruchtlose Ehe mit einer unfruchtbaren Frau. Sie ist sicher, dass die Leute genau das hinter ihrem Rücken sagen. Warum also sollte Tony bei ihr bleiben?

Und daher fühlt sich dieses vierte Mal wie das letzte Mal an. Sie sieht es in den Augen der Leute, kann es in ihren Seufzern hören. Sie spürt es tief in ihrem Innern – spürt es in den Vibrationen des Raums zwischen der Materie, in einer Leere, die sich danach sehnt, gefüllt zu werden. Das letzte Mal. Ihre letzte Chance. Sie drückt alles, was sie hat.

»Pass nur auf, dass du dich schonst«, sagt Phil.

»Oh, ich schone mich sehr«, erwidert Barbara. »Tony lässt mich absolut nichts machen. Ich verlasse im Moment sogar kaum die Wohnung.«

Die Tür geht auf, und Tony kommt nach Hause, einen Sack in der Hand, in dem es klirrt.

Barbara mustert den Sack. Im Geist schätzt sie das Gewicht und leitet daraus die Anzahl der Flaschen darin ab – vielleicht fünf oder sechs. Sie seufzt erleichtert. Die Jungs werden tatsächlich »nur ein paar« trinken, wie Tony es gesagt hatte. Monate sind seit seinem letzten Saufgelage vergangen, und das macht sie nervös. Ein Saufgelage ist überfällig, und Phil könnte, wie schon so oft, der Auslöser für Tony sein. Aber nach dem Gewicht des Sacks zu schließen, scheint an diesem Abend nichts zu passieren.

»Ich habe dir die hier mitgebracht.« Tony zieht eine Flasche aus dem Sack und gibt sie Barbara.

»Was ist das?«, will Phil wissen.

»Irn-Bru«, erklärt Barbara und nimmt die Flasche. »Da ist viel Eisen drin, deswegen ist es gut für schwangere Mädchen wie mich, zumindest sagt man das.«

»Mum meint das auch«, fügt Tony hinzu. »Sie schwört darauf.«

»Und was ist mit den Fish and Chips?«, fragt Barbara.

»Er hat gesagt, ich soll in einer halben Stunde wiederkommen.« Tony wirft einen Blick auf die Uhr auf dem Kaminsims. »Sie müssen erst noch Bestellungen abarbeiten. Schließlich ist Freitag.«

»Warum essen die Leute am Freitag Fish and Chips?«, fragt Phil und nimmt eine Flasche helles Bier aus Tonys ausgestreckter Hand entgegen.

Tony zuckt die Schultern. »Weil es das Ende der Woche ist?«, schlägt er vor. »Weil sie zu kaputt sind, um selbst zu kochen?«

»Ich denke, es ist was Katholisches«, wagt Barbara einen Vorstoß. »Ich denke, es hat etwas mit der Fastenzeit zu tun.«

»Wir essen jeden Abend Fish and Chips«, sagt Tony. »Ich hoffe, das ist keine Sünde.«

»Nicht *jeden* Abend.«

»Diese Woche ist es schon das dritte Mal …«

Barbara verzieht schuldbewusst das Gesicht. »Gelüste schwangerer Frauen«, meint sie in vertraulichem Ton zu Phil. »Und es heißt, sie sollten am besten dem entsprechen, was man gern mag. Es heißt, es kommt vom Baby, das die Dinge haben will, die es groß und stark werden lassen. Und dieses scheint Fish and Chips haben zu wollen. Und Tatarsauce. Insbesondere die Tatarsauce.«

»Also dann trinke ich auf ein großes, starkes Baby«, verkündet Phil.

Tony geht in die Küche und kommt mit einem Flaschenöffner zurück.

»Oh, hol auch Gläser«, protestiert Barbara.

»Phil hat nichts dagegen, aus der Flasche zu trinken, oder?«

Phil schüttelt feierlich den Kopf und hebelt den Kronkorken ab.

»Ich aber schon!«, sagt Barbara.

»Ich gehe.« Phil steht auf.

»Mädchen!«, meint Tony lachend.

»Und werdet ihr umziehen?«, erkundigt sich Phil, als er mit Barbaras Glas zurückkommt. »Habt ihr eine Entscheidung getroffen?«

»Wir warten mal ab, was passiert, nicht wahr?«, sagt Tony.

»Was mit dem …?«

»Wir warten ab, um zu sehen, ob Babs dieses vollständig austragen kann«, fährt Tony fort.

Obwohl Barbara weiß, dass Tony ihren Kummer verharmlost, hört sie die Anklage in seiner Wortwahl. Denn wie schwer kann es schon sein, das Kind einfach auszutragen?

»Wenn ich es bis zum sechsten Monat geschafft habe, ziehen wir um«, erklärt Barbara. »Das haben wir beschlossen.«

»Aber ihr bleibt in der Gegend?«

»Barbara möchte zurück nach Shoreditch«, sagt Tony. »Sie möchte zu ihrer Mami, nicht wahr?«

»Ich denke, wir werden Mum brauchen, damit sie auf das Kind aufpasst«, erwidert Barbara. »Wenn wir jemals so weit kommen«, fügt sie hinzu und hängt damit eine Bedingung hinter ihren Satz wie einen Glücksbringer.

»Worauf wartest du«, sagt Tony an Phil gewandt. »Zeig mir deine Bilder.«

Phil nimmt eine grün marmorierte Mappe hoch, die neben seinem Stuhl gelegen hat, und zieht die Gummibänder von den Ecken. Darin befinden sich ungefähr zwanzig Hochglanz-Farbfotos, die er beginnt herumzureichen.

»Ich liebe diesen Geruch.« Barbara hebt das Foto von einem gelben Kornfeld an ihre Nase.

Sie gibt es an Tony weiter und nimmt das nächste aus Phils Hand. Es ist das Foto eines kleinen Mädchens in einem leuchtend blauen Kleid, das eine Katze auf einem tiefroten Briefkasten streichelt. »Mein Gott«, sagt Barbara. »Diese Farben!«

»Die sind schön«, sagt Tony.

Sie betrachten die Aufnahmen von windgepeitschten Feldern, schimmerndem grünem Rasen und orangefarbenen Herbstblättern und reichen sie immer weiter im Kreis, bis sie wieder bei Phil und in der Mappe sind.

»Sie sind wunderschön, Phil«, bemerkt Barbara.

Tony runzelt die Stirn.

»Das sind sie wirklich!«, beharrt sie.

»Über meine sagt sie das nie«, sagt Tony mit einem Lachen, aber unter diesem Lachen spürt sie, wie verletzt er ist.

»Ich wünschte, du würdest Farbfotos machen«, sagt sie. »Sie sind so hübsch.«

»Hübsch …«, wiederholt Tony herablassend. »Jedenfalls sind sie zu teuer, und im Moment spare ich für andere Sachen wie Babybetten und Kinderwagen.«

»Es *ist* eine teure Angelegenheit«, stimmt Phil zu.

»Außerdem sind die Farben alle verfälscht«, meint Tony. »Ich fange mit Farbe an, wenn sie es schaffen, dass die Farben stimmen.«

»Sie werden besser«, erklärt Phil. »Die hier habe ich mit dem neuen Kodacolor-X-Film gemacht, und sie sind schon viel schöner. Ich mag sie eigentlich so, um ehrlich zu sein. Ich mag es, wie alles ein kleines bisschen verfälscht ist. Dadurch wirkt es ein wenig surreal.«

»Wie ein Traum«, sagt Barbara, während sie ein Foto eines tiefblauen Himmels zwischen den Fingern hält, der durch die untergehende Sonne von roten Streifen durchzogen ist. »Mir gefällt es auch. Es ist wie die Wirklichkeit, aber, du weißt schon, einfach *mehr*.«

»Sie ist gut.« Phil nickt Barbara zu und zwinkert dann in Richtung Tony.

»Ja«, sagt Tony und kippt sein Bier hinunter. »Ich ziehe trotzdem schwarz-weiß vor. Ich finde, es ist künstlerischer. Ich finde es dramatischer.«

Und da Barbara eine kleine Schärfe in seiner Stimme hören kann, eine Schärfe, die sie kennt und fürchtet, tritt sie den Rückzug an. »Da hast du wahrscheinlich recht, Tony.« Sie gibt Phil die Fotos zurück. »Aber was verstehe ich schon davon?« Tony hat kürzlich ein paar Bilder an den *Mirror* verkauft, anstatt nur Pakete auszuliefern, deswegen ist es wichtig, sein Selbstvertrauen nicht zu untergraben.

»Es ist ein Glück, dass der *Mirror* sowieso nichts anderes will«, meint Phil, der offensichtlich den gleichen Entschluss gefasst hat. »Und die Bilder, die du von der Demonstration geschossen hast, waren gut. Sie waren sehr lebensnah. Sehr düster.«

»Danke«, sagt Tony und wirkt dabei so mürrisch wie ein Zweijähriger.

1963 – Hackney, London

Barbara liegt da und starrt an die Decke und wartet darauf, dass passieren wird, was eben passiert.

Neben ihr tropft der Tropf in den Schlauch, der in ihren Arm führt. Die Einstichstelle schmerzt, weil sie sich, unter Aufbietung ihrer letzten Kräfte, wütend die Nadel herausgerissen hat. Aber es hat nichts genützt. Sie hatte sich nicht ausgekannt, deswegen hatte man sie entdeckt, sie aufgehalten, und mit einem Krankenpfleger auf der einen und einer Schwester auf der anderen Seite zurück ins Bett befördert. Man hatte ihr gesagt, würde sie es noch einmal versuchen, würde man sie festbinden, aber sie ist jetzt ohnehin zu erschöpft, um noch zu kämpfen. Und so liegt sie einfach nur da, aufgelöst, und wartet darauf, dass passieren wird, was eben passiert.

Es ist drei Tage her, seit man sie eilig ins Krankenhaus gebracht hat, drei Tage, seit man sie aufgeschnitten und entfernt hat, was immer in ihr drin gewesen war. Sie sagen, es sei ein Baby gewesen – sie sagen, es sei ein Junge. Aber sie glaubt ihnen nicht. Sie wollten nicht, dass sie es sieht. Sie wollten nicht, dass sie es hält. Wie soll sie ihnen also glauben? Aber irgendetwas war entfernt worden, so viel ist sicher. Hinter der roten Wunde, die ihren Bauch teilt, kann sie die inzwischen vertraute, doch so traurige Leere spüren, die ihr sagt, dass diese Schwangerschaft vorbei ist.

Die Wunde schmerzt. Sie ist eine Quelle eines ständigen, pochenden Schmerzes, der sich während ihres Ausbruchsversuchs in einen geradezu lähmenden Schmerz verwandelt hatte. Das wird heilen, sagen sie. Dem Baby geht es gut, sagen sie.

Durch die Mitte der Station nähern sich Schritte – harte Frauenabsätze klackern auf den Fliesen. Eine weitere strenge kriegserprobte Schwester, die ohne Zweifel bereit ist, ihr neue Niederträchtigkeiten zuzufügen. Barbara starrt an die Decke und hofft, dass sie einfach vorbeigehen wird.

Über ihr taucht Glendas Gesicht auf. »Hallo«, sagt sie. »Rate mal, wen ich gerade gesehen habe?«

Barbara schluckt hart, dann sagt sie: »Nicht du auch noch …«

»Nicht ich auch noch?«

»Selbst du wirst mir nicht die Wahrheit sagen.«

Glenda lacht. Sie lacht tatsächlich, dann sagt sie das Gleiche, was die Schwestern gesagt haben, das Gleiche, was Tony sagt, das Gleiche, was ihre Mutter ihr erzählt hat. »Es geht ihm gut«, sagt sie.

Alle stecken sie unter einer Decke.

»Er ist klein«, fährt sie fort. »Er ist winzig und schrumpelig wie ein kleiner alter Mann, aber es geht ihm gut. Er liegt immer noch in so einem Brutkasten, aber da kommt er bald raus. Bald werden sie ihn zu dir bringen.«

Aber Barbara weiß, dass das nicht stimmt, denn wäre es die Wahrheit, hätten sie ihn ihr gezeigt. Niemand würde ihr die Qual zumuten, nichts Genaues zu wissen, dieses Trauma, keine Bindung mit ihrem Kind eingehen zu können, wenn man ihr nicht eine entsetzliche Wahrheit ersparen wollte.

Inzwischen stellt sie sich viele verschiedene Varianten dieser Wahrheit vor. Ein Baby mit einem riesigen Kopf wie jenes, das sie verloren hat. Ein Baby mit einem Arm, ohne Arme. Ein Baby, das ein Schwachkopf ist, ein mongoloides Baby, ein Baby, das bereits tot ist …

»Er ist wunderschön«, sagt Glenda und tätschelt ihre Hand. Aber die Grausamkeit dieser Lügen, der niederträchtige Verrat ihrer Schwester trifft sie so hart, dass sie sie nicht ansehen kann.

»Ich glaube dir nicht«, flüstert sie und wendet den Kopf ab, damit Glenda die Tränen nicht sieht, die ihr in die Augen steigen.

Barbara könnte nicht sagen, wie lange Glenda an ihrem Bett geblieben ist. Die Stunden, die Tage, in denen sie darauf wartet, dass man ihr die Wahrheit offenbart, ziehen sich wie Kaugummi, deswegen ist es schwierig, sie richtig zu zählen. Aber irgendwann bemerkt Barbara, dass sie gegangen ist, und nachdem die Schwester ihr eine Tablette gegeben hat, dämmert sie in den Schlaf, ihre einzige Zuflucht vor dem Leid im Hier und Jetzt, ihre einzige Möglichkeit, vor diesem wahren Albtraum zu fliehen.

Als sie aufwacht, dämmert es längst (Ist immer noch derselbe Tag?), und Tony sitzt neben ihr. »Barbara«, sagt er. »Barbara!«

Sie öffnet die Augen und kämpft gegen die Medikamente an, als sie versucht, sich auf ihn zu konzentrieren. Er wirkt verschwommen, aber er sieht überraschend gut aus.

»Barbara«, sagt er erneut. »Er ist hier«, und einen Augenblick denkt sie, er meint ihren Vater. Was in jedem Fall der Beweis wäre, dass das Ende der Welt nah ist. Es gelingt ihr, eine Hand an ihr Gesicht zu heben, und sie schafft es, sich die Augen zu reiben.

»Sieh nur«, bittet Tony, und nun sieht sie sein Gesicht, lächelnd, strahlend vor Freude. Sie folgt der Linie seines Arms bis zum ausgestreckten Finger und darüber hinaus, bis zu dem Bettchen, das neben ihr steht.

Während sie immer noch mit ihrem Sehvermögen kämpft, dreht sie sich ein wenig zu ihm um und späht zu dem Bettchen. Darin liegt ein weißes Bündel. Der Augenblick der Wahrheit ist gekommen. Barbaras Herz beginnt zu rasen. Sie versucht sich aufzusetzen, doch da spielt ihr durchtrennter Bauchmuskel nicht mit. Sie lässt sich zurücksinken und verzieht das Gesicht vor Schmerz, dann versucht sie es erneut.

»Warte.« Tony steht auf und schiebt das Bettchen auf seinen Rädern nach vorn, bis es ihr Bett berührt, sodass sie aus ihrer neuen, halb aufgerichteten Position etwas sehen kann.

Da es in Krankenhausdecken eingewickelt ist, kann sie nicht viel erkennen – nur das rote runzelige Gesicht des Babys ist sichtbar. Aber es hat zwei Augen, eine Nase und einen Mund. Barbara schnappt nach Luft. Das ist ein Anfang.

Obwohl sie zusammenzuckt, weil die noch nicht verheilte Wunde schmerzt, streckt sie die Hand aus und zieht an den Decken. Sie ist sicher, dass die Decken irgendetwas verbergen.

»Was tust du da?«, fragt Tony und runzelt jetzt die Stirn. »Du wirst ihn noch aufwecken.«

»Ich muss nachsehen«, erwidert Barbara, und ihre Stimme klingt wie ein skurriles Quieken.

»Barbara!«

»Lass mich nachsehen. Ich muss sehen, was nicht in Ordnung ist«, keucht sie.

»Es ist *alles* in Ordnung«, versichert Tony.

»Zeig es mir! Lass es mich selbst sehen!«

Tony sieht Barbara tief in die Augen, und seine eigenen Gesichtszüge beginnen, ihm zu entgleiten. Er kann heute einen gewissen Wahnsinn in ihr erkennen. Wahnsinn, aber auch fast unerträgliches Leid. »Okay, okay. Sieh es dir an.«

Während Barbara den Atem anhält, beugt er sich über das Bettchen und zieht sanft die Decken zurück. Als Tony, mit einem schuldbewussten Blick über die Schulter, das Baby hochnimmt, regt es sich. Es strampelt mit den Beinen. Und es hat zwei. Es bewegt seine Arme. Ebenfalls zwei. Die Beine haben Füße. Die Arme haben Hände. Barbara starrt es an und zählt Finger und Zehen. Fünf von fünf und fünf und fünf … sie streckt die Arme aus.

»Du kannst ihn nicht nehmen. Er muss in seinem …«

»Gib ihn mir.«

»Sie haben gesagt …«

»Gib ihn mir.«

Tony verzieht das Gesicht – resigniert, mitfühlend. »Hier. Sieh nur.« Er reicht ihr das winzige Bündel. »Er ist okay, Barbara.« Auch seine Augen werden nun feucht, als er beobachtet, wie sie das Kind an ihre Brust zieht. »Das ist er wirklich. Sei bloß vorsichtig …«

»Er ist sehr rot.«

Tony schnieft. »Sie sagen, es liegt daran, dass er so früh geboren worden ist. Das verschwindet.«

»Ist ganz fleckig.«

»Das verschwindet auch.«

»Ist so winzig.«

»Ich habe es dir gesagt. Vier Pfund, sechs Unzen«, sagt Tony. »Aber es wird alles gut werden, Babs.«

»Ist es wirklich meins?«, fragt Barbara, die, nach drei Tagen allein mit all ihrer Furcht, fast nicht glauben kann, dass dies ihr Baby ist – die meint, dass sie doch von Muttergefühlen überwältigt werden müsste, wenn dies wirklich ihr Kind wäre.

Tony nickt. »Er ist unser Kind. Und es geht ihm gut.«

Barbara beißt sich auf die Unterlippe und dreht das Baby etwas herum, damit sie ihm ins Gesicht sehen kann.

»Ich erzähle es dir seit Tagen«, sagt Tony. Er setzt sich mit etwas Schwierigkeit seitlich aufs Bett, damit er Barbara und das Baby in seine Arme nehmen kann. Der Stolz und die Freude stehen ihm ins Gesicht geschrieben und noch hundert andere

Gefühle, die er nicht mal benennen kann. »Alles ist in Ordnung mit dir, nicht wahr, Jonathan.« Er streicht dem Baby über die Wange, und das Baby gluckst kurz, dann fängt es an zu weinen. »Wir haben einen Sohn, Barbara.« Tony drückt ihre Hand. »Wir haben einen kleinen Jungen.«

* * *

Das Baby kommt und das Baby geht. Manchmal begründen sie es damit, dass sie sich ausruhen müsse, und manchmal sagen sie, das *Baby* sei übermüdet. Aber so wie das Tageslicht kommt und geht, kommen und gehen auch das Baby und die Besucher. Und jedes Mal spürt Barbara neue Gefühle in sich aufsteigen, aber niemals, wie sie fürchtet, die *richtigen*.

»Du wirst schon sehen«, hatte Glenda vor der Geburt gesagt. »Dein Baby zu sehen, das ist der erstaunlichste Moment im Leben einer Frau. Jeder sagt das.«

Aber was sollte sie tun, wenn sie nicht so fühlte? Barbara war bei der Geburt nicht dabei gewesen. Sie war schon dort gewesen, doch nicht bei Bewusstsein. Und das Baby war auch nicht bei ihr gewesen, als sie wieder zu sich gekommen war, nicht sichtbar vier Tage. Und jetzt fühlt sich alles so falsch an. Sie weiß nicht genau, woran es liegt, aber alles erscheint ihr einfach *falsch*.

Sie ist beunruhigt, wenn man das Baby fortbringt und, ja, hat Angst, wenn jemand anders es hält – das stimmt wohl. Aber sie ist auch beunruhigt, wenn man *ihr* das Baby bringt, sie hat ebenfalls Angst, wenn *sie* es hält. Sie macht sich Sorgen, nein, sie ist *überzeugt*, dass es nicht wirklich ihr Baby ist, denn dann müsste sie mehr fühlen, sehr viel mehr. Sicher, alle sagen ihr, dass dies Jonathan Michael Marsden ist, aber, nun ja …

Weiter kommt das Baby und geht das Baby, und Barbaras vorherrschende Gefühle, was die Geburt angeht, bestehen aus

Angst und Verwirrung und Schmerz. Und das wiederum befeuert immer wieder diesen Kreislauf aus Angst und Verwirrung und Schmerz, denn alles um sie herum sagt ihr, dass dies absolut nicht die Gefühle sind, die sie eigentlich haben sollte.

Natürlich kann sie all dem keinen vernünftigen Ausdruck verleihen, nicht, ohne als die schlechteste, selbstsüchtige Mutter zu erscheinen, die jemals ein Kind geboren hat. Und wäre das nicht einfach die Wahrheit? Also zusätzlich zu allem anderen, zusätzlich zu ihrer Erschöpfung, die so dramatisch ist und sich anfühlt, als habe man sie betäubt. Und zusätzlich zu ihrem körperlichen Schmerz und ihren Angstattacken, die so verheerend sind, dass sie glaubt zu ersticken, ist Barbara überzeugt, sich nicht verstellen zu müssen.

Sie wiegt das Baby an ihrer Brust und lächelt Tony an, wobei sie jene mütterliche Zufriedenheit nachahmt, die sie bei anderen Frauen auf der Station beobachtet hat. Glenda nennt sie »Tante Glenda« und Minnie »Großmutter« und das Baby »Jonathan«, obwohl sie sich bei alldem wie eine Lügnerin vorkommt, trotz der Tatsache, dass allein diese Worte ihr das Gefühl geben, alle zu betrügen.

Und irgendwie, tagein und tagaus, gelingt es ihr, den einzigen Satz nicht zu sagen, der hier sinnvoll wäre. Sie bricht nicht in einer Ecke zusammen. Sie weint nicht. Sie sagt nicht: »Helft mir!« Sie sagt nicht: »Ich kann das nicht.« Darin zumindest ist sie stark.

* * *

Als sie zwei Wochen später wieder zu Hause ist, liegt sie im Bett und lauscht dem Schreien des Babys.

Tony ist zur Arbeit gegangen, und Minnie wird nicht vor der Mittagspause vorbeikommen, deswegen hat sie zum ersten Mal seit der Geburt keine Zeugen. Zum ersten Mal ist niemand da, der erkennen könnte, was für ein fürchterlicher Mensch sie in Wahrheit ist. So liegt sie im Bett und lauscht dem schreienden, einsamen Baby, und als habe sie sich zweigeteilt, beobachtet sie sich auch selbst, ob es ihr etwas ausmacht.

Unten fährt klirrend der Milchwagen durch die Straße, und das Baby schreit lauter, noch lauter, als sie je hat ein Baby schreien hören. Sie fragt sich, ob der Milchmann es hören kann. Sie denkt, wahrscheinlich ja.

Ein Nachbar von oben schlägt auf den Boden. Die Zeugen sind also in gewisser Weise zurück. Irgendjemand weiß jetzt irgendwo, was sie für eine schlechte Mutter ist. Sie seufzt und rollt sich vom Bett.

Sie stöhnt, hebt ihr Nachthemd hoch, und wie jeden Morgen, bevor sie ihren Morgenmantel anzieht, untersucht sie ihre Wunde. Während sie ein kurzes, unerwartetes Nachlassen des Lärmpegels bemerkt, geht sie ins Bad, um zu pinkeln und sich das Gesicht zu waschen. Sie starrt sich selbst in dem Spiegel des Badezimmerschränkchens an, der voller blinder Flecken ist. Sie sieht fürchterlich aus. Die Leute erzählen ihr, dass sie gut aussieht, aber das tut sie nicht. Sie sieht wirklich *schrecklich* aus.

Das Baby beginnt erneut so durchdringend und markerschütternd zu schreien, dass sie einfach etwas unternehmen *muss*. Nicht aus einem mütterlichen Instinkt heraus, sondern als reine Schmerzvermeidungsstrategie. Dieser besondere Ton muss von Gott gestaltet worden sein, denk Barbara, damit er *unmöglich* zu übergehen ist.

Sie fährt sich mit einer Hand durchs Haar, das unerklärlich fettig ist seit ihrer Rückkehr nach Hause, und dann tappt sie zum Kinderzimmer, wo sie einen Moment im Türrahmen stehen bleibt. Sie schließt die Augen und lässt einen Moment das ohrenbetäubende Geschrei, das Keuchen des Kindes, während es nach Atem ringt, über sich ergehen. Wieder fragt sie sich, ob es sie berührt. Sie ist ganz sicher ein fürchterlicher Mensch.

Sie öffnet die Augen und geht hinüber zum Bettchen. Das Kind ist rot – von einem erschreckenden, entsetzlich dunklen Rot. Seine Nase läuft, und sein Kinn glänzt von Speichel. Aber ist immer noch winzig – wie kann etwas, das so winzig ist, einen solchen Lärm veranstalten? Wie ist das möglich?

»Oh, Jonathan«, flüstert Barbara, und sie klingt hoffnungslos.

Und dann geschieht etwas Wundersames: Das Baby hört auf zu weinen. Sofort. Einfach so. Seine winzigen blauen Augen drehen sich in ihre Richtung.

Ein Schauer läuft ihr über den Rücken. Ein Schauer, der kaum von einem Frösteln zu unterscheiden ist, nur ist es überhaupt nicht kalt.

Während sie wegen dieses seltsamen Gefühls die Stirn runzelt, berührt sie sanft die Wange des Babys. Speichel dringt in kleinem Blasen aus seinem Mund, und es gluckst kurz. Irgendetwas in Barbara ächzt und sprudelt, als würde Wasser sich seinen Weg durch ein rostiges Rohr suchen. Gefühle, die so lange eingeschlossen waren, dass sie ihr kaum noch bekannt vorkommen, wallen in ihr auf.

Sie beugt sich über das Bettchen (der Schmerz der genähten Wunde lässt sie das Gesicht verziehen) und hebt das Baby heraus. Er ist völlig nass und stinkt, aber sie nimmt ihn auf und zieht ihn an sich. Sie legt seine Wange an ihre und beginnt hemmungslos zu schluchzen.

»Es tut mir so leid, Jonathan«, sagt sie.

Als ihre Tränen nachlassen, ist sie in der Lage, ihn ins Badezimmer zu tragen, wo sie die eklige Windel entfernt, bevor sie ihn säubert und pudert. Während sie ihm frische Sachen anzieht, sieht er sie mit großen Augen an – anklagend oder voller Liebe, da ist sie sich nicht sicher. Aber er weint nicht ein einziges Mal.

Schließlich trägt sie ihn ins Esszimmer, wo sie sich hinsetzt und ihn an ihre Brust legt. »Es tut mir so leid, Jonathan«, sagt sie, als er zu trinken beginnt. »Mum ist fort gewesen. Aber jetzt ist sie wieder da. Und sie wird bleiben.«

Die Gefühle, die Barbara gegenüber ihrem Neugeborenen hegt, sind neu, unerwartet und (das fällt selbst ihr auf) unsinnig, was ihre Intensität angeht.

Wenn das Kind schläft, ist sie überwältigt von der Zerbrechlichkeit des seidenen Fadens, der ihren Sohn an dieses Leben bindet, an ihr Leben. Manchmal zittert sie vor Angst bei dem bloßen Gedanken, er könnte nicht wieder aufwachen. Sie hat gehört, dass so etwas passieren kann.

Wenn er wach ist und unglücklich, wird sie von Schuldgefühlen überwältigt, weil sie ihn nicht beruhigen kann, da sie sich ihrer Fähigkeiten noch so unsicher ist, wie schon immer. Aber wenn er glücklich ist, was etwas mehr als die Hälfte der Zeit der Fall ist, verspürt sie einen Rausch, den sie niemandem auch nur im Geringsten mitteilen kann. Sie beobachtet jede einzelne seiner Bewegungen, sehnt sich nach Anerkennung, weint fast, wenn er ihr offenbar in die Augen sieht, schnappt nach Luft, wenn er lächelt und völlig verzückt vor Liebe ihren Finger umklammert.

Noch nie hat sie etwas Derartiges erlebt, und der Strudel an Gefühlen, in dem sie sich plötzlich befindet, scheint jede mögliche Kombination zu umfassen: Erschöpfung, Freude, Angst, Hoffnung … nichts ist ausgelassen.

In den ersten drei Nächten versuchen sie, zusammen im Doppelbett zu schlafen. Jonathan weckt sie unablässig. Manchmal beträgt die Zeit, in der Barbara es schafft, wieder einzuschlafen, bis das Baby sie erneut weckt, weniger als eine Stunde. Tony – der behauptet, überhaupt nicht zu schlafen – fährt morgens zur Arbeit und sieht grau und elend aus. Wenn er abends zurückkommt, ähnelt er einem lebenden Toten.

Am Tag fünf streiten Barbara und Tony über das Baby, darüber, wo es schlafen sollte und über den Schlaf an sich. Und am siebten Tag ist Tony, mürrisch, auf ein Feldbett im Kinderzimmer umgezogen. Denn Barbara wird das Kind nicht im anderen Zimmer allein lassen. Sie kann es einfach nicht.

Es geht nicht darum, dass sie es nicht wollte, aber es ist ihr körperlich einfach unmöglich. Die Wirkung seines Weinens auf sie macht es ihr unmöglich, es zu überhören. Zu versuchen, nicht zu ihm zu gehen, wenn es weint, ähnelt dem Versuch, nicht zu atmen. Und wenn es nicht weint, dauert es keine fünf Minuten, bis durch das Entsetzen, das sie verspürt, weil sie nicht weiß, ob es noch atmet, dass sich Schweißperlen auf ihrer Stirn bilden. Daher nein, sie hat keine andere Wahl. Sie muss ihn immer bei sich haben.

In der dritten Woche sind sich alle darüber einig, und selbst sie hat es eingestanden, dass sie hysterisch ist, was das Kind angeht. Aber Tony und Glenda haben ihr diese Hysterie zumindest als eine »normale« Reaktion auf ihre vorangegangenen Fehlgeburten erklärt. Minnie auf der anderen Seite – die nüchterne, pragmatische Minnie –, die sich nicht in der Lage sieht, sie zu besuchen, ohne über Barbaras Erziehungsmethoden zu streiten (sie sollte das Kind sich selbst überlassen, damit es sich ausschreien kann, behauptet sie beharrlich), kommt einfach nicht mehr. Überraschend daran ist eigentlich nur, dass es Barbara egal ist.

Barbara bemerkt, dass sie in dieser Zeit nicht in der Lage ist, an irgendetwas anderes zu denken als an das Baby. Tony kann auf dem Feldbett schlafen, oder er kann bei Phil übernachten, oder er kann betrunken nach Hause kommen oder nicht betrunken … er kann guter Stimmung sein oder weniger guter Stimmung, und all das hat so viel Einfluss auf Barbara wie ein Regentropfen, der ihren Handrücken trifft.

All diese Dinge, die früher ihre Welt ausgemacht haben, Dinge, die einen Tag zu einem guten oder einem schlechten gemacht haben, sind so unbedeutend für sie geworden wie das Wetter.

Es fühlt sich an, als habe sich ihr eine vollkommen neue Wirklichkeit erschlossen, eine Wirklichkeit, die so machtvoll ist, so fesselnd, so strapaziös, dass alles, was sie vor Jonathan erlebt hat, in etwa so viel Einfluss auf sie hat wie eine Geschichte, die sie vielleicht im Radio gehört, aber dann auch schon halb wieder vergessen hat.

Ihre Welt dreht sich im Hier und Jetzt. Ihre Welt ist Jonathan. Nichts anderes zählt auch nur einen Deut.

Natürlich sieht sie, wie hart das für Tony ist. Sie spürt, dass er sich auf das Heftigste vor den Kopf gestoßen fühlt. Aber sie denkt, wenn Tony sich nicht ebenso zutiefst verantwortlich fühlt wie sie, wenn er seine kleinliche Eifersucht nicht überwinden kann, dann gibt es wenig, was sie tun könnte. Und dasselbe gilt für Minnie.

Sie macht sich zwar manchmal Sorgen, allerdings so flüchtig, wie man sich sorgt, etwas auf seiner Einkaufsliste vergessen zu haben, dass Tony sich von ihr entfernen könnte, er vielleicht übergangen wird, er sie vielleicht sogar verlassen könnte. Gelegentlich denkt sie zurück an die zermürbende Armut ihrer eigenen vaterlosen Kindheit und versteht, auf einer rationalen Ebene, dass dies eine Katastrophe wäre und sie wahrscheinlich irgendetwas anders machen sollte. Aber selbst diese beklemmenden Vorstellungen schaffen es in dem Meer aus Hormonen, das ihren Körper durchwirbelt, nicht, sich zu verankern.

Als sei jeder Flecken fruchtbaren Landes, wo Gedanken sprießen und Wurzeln schlagen könnten, besetzt. Im Moment existiert, unerklärlicherweise, die Welt um sie herum nicht. Es gibt nur Barbara und Jonathan, Jonathan und Barbara.

Manchmal ist sie von ihrer Liebe zu ihm erfüllt und manchmal von Angst, aber alles andere und jeder andere wird darauf warten müssen, bis sich wieder eine gewisse Normalität eingestellt hat.

2012 – Trafalgar Square, London

Sophie wischt sich die schwitzigen Handflächen an ihrer schwarzen Hose ab und wirft wieder einen Blick zu der Tür am Ende des Raums. Brett hatte entscheidende Fäden ziehen müssen, um ihr dieses Treffen zu ermöglichen, und sie hat nur eine einzige Chance. Sie darf es nicht vermasseln.

Sie zieht die Mappe mit den Arbeiten ihres Vaters zu sich heran, weil ihre Nähe, was ziemlich dämlich ist, sie beruhigt und sie sicher sein möchte, dass sie sich immer noch in greifbarer Nähe befinden.

Dr. Nicholas Penny. Der Kurator der *National Gallery*, niemand Geringeres. Sie kann es kaum fassen, dass sie ihn tatsächlich treffen wird. Sie wirft einen Blick auf die Uhr. Sie wirft einen Blick auf ihr Telefon. Wirft einen Blick in ihre E-Mails. Wirft erneut einen Blick auf die Uhr. Nur eine einzige Minute ist vergangen.

Sie denkt an die Mappe in der Mappe – zehn ihrer besten Aufnahmen. Erneut fragt sie sich, ob sie den Mut haben wird, sie zu zeigen. Vor ihrem geistigen Auge sieht sie schon, wie sie wieder geht, ohne die zweite Mappe geöffnet zu haben. Sie kann sehen, wie sie kneift.

Brett war auch keine große Hilfe gewesen, da er sich, ganz untypisch für ihn, mit jeglichen Kommentaren zurückgehalten hatte, ob sie nun auch ihre Bilder zeigen sollte oder nicht. »*Vielleicht* finden sie diese Vater-Tochter-Geschichte interessant«, hatte er gesagt und damit angedeutet, dass auch das Gegenteil der Fall sein könnte.

Schließlich wird die Tür aufgestoßen und jemand, der nicht Dr. Nicholas Penny ist, erscheint – eine junge Frau mit einem Bubikopf und einem breiten, geschäftsmäßigen Lächeln im Gesicht. Sie kommt zu Sophie, die aufsteht und ihr die Hand schüttelt.

»Sophie Marsden, richtig?«

»Ja, das bin ich.«

»Claire Freeman. Bitte! Kommen Sie doch durch.«

Sophie folgt ihr durch die Tür, einen langen Korridor entlang und in ein kleines, unordentliches Büro. Sophie erwartet, dass sie wieder geht. Sie erwartet, dass sie Dr. Penny holen wird. Doch stattdessen setzt sie sich hinter den Schreibtisch. »Bitte, nehmen Sie Platz.«

Verdammt, denkt Sophie. *Ich werde von dieser Sekretärin hingehalten.*

»Sie sind die Tochter von Anthony Marsden, richtig?«

»Ja. Kennen Sie sein Werk?«

»Ein wenig.«

Also kein bisschen, denkt Sophie.

»Was kann ich denn für Sie tun?«, fragt Claire.

»Ich« … *war eigentlich davon ausgegangen, Dr. Penny zu treffen*, denkt Sophie. Sie lässt sich den Satz kurz durch den Kopf gehen, entscheidet sich aber dagegen. Sie wünschte, sie wüsste, wer diese Claire Freeman ist, aber es gibt keinen ansatzweise höflichen Weg, danach zu fragen. Sie hätte die Mitarbeiterliste der *National* gründlicher durchsehen sollen, aber das Treffen sollte mit Penny stattfinden, deswegen hatte sie sich auf ihn konzentriert. »Ich … wollte mit Ihnen darüber sprechen, was Sie davon halten würden, eine Retrospektive des Werks meines Vaters zu organisieren«, sagt Sophie.

»Natürlich.«

»Wir haben alle Archive durchgesehen, und es gibt eine ganze Menge Arbeiten, die noch nie öffentlich gezeigt worden sind. Wir dachten, das könnte eine tolle Veranstaltung werden.«

»Ja, da bin ich sicher«, erwidert Claire. Sie lächelt immer noch, was Sophie als gutes Zeichen nimmt.

»Ich habe ein paar mitgebracht«, fährt Sophie fort. »Möchten Sie mal einen Blick darauf werfen?«

»Ah … okay …«, Claire macht ein leicht verwirrtes Gesicht, steht auf, kommt um den Schreibtisch herum und tritt an Sophies Seite.

Sophie holt tief Luft und klappt die Mappe auf. Sie hat Wochen mit der Auswahl zugebracht, sie immer wieder ausgewechselt und die Reihenfolge verändert. Aber jetzt wird sie von Zweifeln überschwemmt, ist überzeugt, dass sie die falschen ausgewählt hat.

»Mein Gott, was für ein wundervolles Bild«, sagt Claire. Es ist das Foto einer Gruppe Kinder in Unterwäsche, die in der Fontäne eines gebrochenen Wasserrohrs spielen. »Sie müssen sehr stolz sein.«

»Ja, ein wenig«, gesteht Sophie. »Das ist von 1964.«

»Heutzutage würden sie alle zu Hause an ihren Playstations sitzen«, sagt Claire.

»Das würden sie!« Sophie zieht das zweite Foto über das erste, und Claire seufzt. Es ist ein fantastisches Bild von einem Punk, komplett mit Sicherheitsnadelpiercings und zu Spitzen frisierten Haaren, der gerade einen »brandneuen« Intercity 125 besteigt, irgendwann in den Siebzigern.

»Wirklich toll«, meint Claire. »Er hatte ein gutes Auge.«

Ermutigt zeigt Sophie die Bilder, eins nach dem anderen. Und Claire betrachtet sie und gibt passende und anerkennende Laute von sich. Allerdings betrachtet sie jedes weitere Foto immer etwas kürzer, als das vorhergehende. Unter dem letzten Bild kommt dann die zweite Mappe zum Vorschein. »Und was ist da drin?«, fragt Claire.

»Oh, das sind nur ein paar von mir«, antwortet Sophie so ungezwungen wie möglich.

»Sie sind auch Fotografin? Natürlich sind sie das!«, sagt Claire. »Darf ich sie sehen?«

Sophie schluckt und nickt und ist doch glücklich, dass Claire gefragt hat, doch glücklich, dass sie ihr die Fotos nicht aufdrängen muss. Sie eröffnet die zweite Mappe. Das erste Bild darin ist das Triptychon: drei Fotos von den drei Models, immer noch ihre Lieblingsarbeit der letzten zwölf Monate. »Das ist großartig«, sagt Claire, dann zeigt sie mit einem Fingernagel auf Eddi Days Kinn. »Sie kommt mir bekannt vor.«

»Sie ist ein ziemlich bekanntes Fashionmodel.«

Claire nickt.

Die restlichen Bilder sind schnell durchgesehen. »Ja«, sagt Claire schließlich. »Ja, die sind nett. Wirklich nett.«

»Danke«, erwidert Sophie. *Nett. Autsch!*

»Also!« Claire setzt sich wieder auf ihre Seite des Schreibtisches. »Ich habe einen Blick in unsere Datenbank geworfen, und soweit ich es sehen kann, haben wir nur ein Foto von Ihrem Vater. Entspricht das nach Ihrem Wissen den Tatsachen?«

»Eigentlich habe ich nicht gewusst, dass Sie überhaupt eins haben«, gesteht Sophie. »Wissen Sie, welches es ist?«

»Von einer Demonstration – gegen Abtreibung, glaube ich. Sagt Ihnen das irgendwas?«

»Sicher. Es ist ziemlich berühmt. Es hat in jenem Jahr den Preis für das beste Pressefoto gewonnen.«

Claire nickt. Ihr Lächeln verblasst und wird durch einen eher besorgten Gesichtsausdruck ersetzt. Sie öffnet den Mund, um etwas zu sagen, schließt ihn dann aber wieder. Sie schürzt die Lippen, dann sagt sie doch: »Es tut mir leid, Sophie. Wenn Sie gar nicht gewusst haben, dass wir Arbeiten Ihres Vaters haben, dann bin ich etwas verwirrt, warum Sie heute hier sind.«

»Wie bitte?«

»Ich habe vermutet, dass Sie ein Bild ausleihen wollen.«

»Ausleihen?«

»Von Ihrem Vater. Für Ihre Retrospektive. Aber da wir nur das eine besitzen …«

»Oh Gott, nein! Wie ich schon sagte, ich wusste nicht … deswegen ist mir das gar nicht in den Sinn gekommen.«

»Verstehe.«

»Nein, ich …« Sophie räuspert sich, ein wenig peinlich berührt, dass sie nun den Grund für ihren Besuch darlegen muss. Sie hatte gehofft, das läge auf der Hand. »Ich dachte, das Konzept würde die *National Gallery* vielleicht interessieren.«

»Uns interessieren?«

»Ich dachte, Sie … die *National* würde die Retrospektive vielleicht veranstalten wollen.«

Claires Augenbrauen sind fast bis zu ihrem Haaransatz gewandert, aber sie rauschen wieder nach unten, als sich Erkenntnis auf ihrem Gesicht ausbreitet. »Oh, ich *verstehe* …«

»Nächstes Jahr wäre er achtzig geworden, deswegen habe ich … haben wir gedacht, es sei die perfekte Gelegenheit. Und wir dachten, die *National* wäre der perfekte Ort dafür.«

Claire nickt langsam. »Äh … ja. Natürlich.«

Sophie spielt an der Mappe herum, um ein paar Sekunden unbehagliche Stille zu überbrücken.

»Das wäre dann … 2013«, sagt Claire schließlich. »Der runde Geburtstag?«

»Ja.«

Sie verzieht das Gesicht, als müsse sie ein Grinsen unterdrücken, dann hebt sie die Schultern, während sie erklärt: »Es tut mir leid, Ihnen sagen zu müssen, Sophie, dass wir unsere Ausstellungen in der *National* viele Jahre im Voraus planen. Wenn das Werk Ihres Vaters also etwas wäre, was wir gern zeigen würden, fürchte ich, bräuchten wir einen Vorlauf von zwei oder drei Jahren. Mindestens.«

»Oh«, sagt Sophie. »Also es besteht kein Grund, dass es unbedingt 2013 sein muss. 2014 oder 2015 wären auch in Ordnung. Vielleicht sogar später.«

»Ja … hören Sie, Sophie.« Und Sophie kennt diesen Ton. Und sie weiß, dass es nicht funktionieren wird. »Um ganz offen zu sein, ich kann mir nicht vorstellen, dass die Kuratoren sich dafür erwärmen könnten.«

»Okay. In Ordnung. Und was spricht dagegen?« Sophie versucht, weder verletzt noch aggressiv zu klingen.

»Wenn er Kunstfotograf gewesen wäre …«, erwidert Claire. »Aber das ist er nicht gewesen, Sophie, oder? Er war Journalist. Ein sehr guter, aber trotzdem ein Fotojournalist.«

Sophie fährt sich mit der Zunge über die Zähne, aber nein, sie kann nicht anders. »Claire, sehen Sie, ich weiß nicht, wie gut Sie die Welt der Fotografie kennen. Aber vielleicht könnte ich kurz mit Dr. Penny über die Sache sprechen. Ihn hatte ich heute eigentlich erwartet zu treffen.«

»Ich fürchte, Dr. Penny hat es an mich delegiert«, erwidert Claire. »Es tut mir sehr leid, dass wir aneinander vorbeigeredet haben. Hätte ich das gewusst, dann hätte ich Ihnen den Besuch ersparen können.« Sie wirft einen Blick auf die Uhr an der Wand. »Und jetzt, fürchte ich, läuft mir die Zeit davon.«

»Der Punkt ist«, sagt Sophie, obwohl ihr bewusst ist, dass sie jetzt verzweifelt klingt, aber trotzdem nicht in der Lage, ohne einen letzten Versuch zu gehen, »dass es in den Fünfzigern und Sechzigern noch gar keine Kunstfotografie gab. Als Kunstform war sie bis zu den Siebzigern von keiner Kunstschule anerkannt. Daher …«

»Das ist mir durchaus bewusst«, entgegnet Claire und lächelt gezwungen. »Mein geschichtliches Wissen ist nicht allzu sehr eingerostet. Es tut mir leid, aber ich muss jetzt wirklich gehen. Falls ich Ihnen in irgendeiner anderen Weise behilflich sein kann, lassen Sie es mich bitte wissen.«

Claire schiebt eine Visitenkarte über den Schreibtisch, und als Sophie sie in ihre Tasche gesteckt, nach ihrer Mappe gegriffen und sich erhoben hat, hält Claire die Tür zu ihrem Büro auf.

»Trotzdem vielen Dank für Ihre Zeit«, sagt Sophie.

»Gern geschehen. Jederzeit. Sie wissen noch, wo es rausgeht?«

»Kein Problem.«

»Dann auf Wiedersehen. Und viel Glück mit Ihrer Retrospektive.«

Sobald Sophie die Straße erreicht, bleibt sie stehen, um Atem zu holen. Ihr ist, wie sie merkt, der kalte Schweiß ausgebrochen. Sie fragt sich, ob es Claire aufgefallen ist. Als sie auf der Suche nach einem Papiertaschentuch in die Tasche greift, fällt die Visitenkarte zu Boden. Sie wischt sich über die Augenbraue, dann bückt sie sich, um die Karte aufzuheben. *Claire Freeman M. A. FRPS*, steht darauf. *Kuratorin für Fotografie, National Gallery.*

FRPS. Fellowship of the Royal Photographic Society! M. A. Ein Masterabschluss in Kunst! Kuratorin für Fotografie!

Sophie hört sich noch einmal sagen: *Ich weiß nicht, wie gut Sie die Welt der Fotografie kennen*, und sofort bricht ihr wieder der kalte Schweiß aus. »Oh Gott!«, murmelt sie. »Oh, Sophie!«

* * *

Sophie hievt die Einkaufstüten auf die Küchenarbeitsplatte und atmet scharf aus. Brett erscheint hinter ihr am Türrahmen und winkt, aus irgendeinem Grund, sehr selbstzufrieden. Er streckt die Arme aus, hängt sich an die Türlaibung und grinst sie an. »Essen«, sagt er. »Großartig! Ich bin am Verhungern.«

Sophie wirft ihm einen Seitenblick zu, hebt eine Augenbraue und beginnt auszupacken. Als Brett zu ihr herübergeschlendert kommt und in eine der Tüten späht, schlägt Sophie seine Hand fort.

»Da ist aber jemand in herrischer Stimmung. Gefällt mir.«

»Mir nicht.« Sophie reißt die Verpackung von einem Stapel Joghurts, bevor sie ihn in den Kühlschrank packt.

»War ich böse, Herrin?«, erkundigt sich Brett, was so absolut, so *absolut* die falsche Antwort ist, hier, in dieser Situation, dass Sophie sich fragt, ob Brett auch nur die geringste Ahnung hat, wer sie überhaupt ist.

»Du ...« Sophie hält inne und seufzt. »Du könntest mir eigentlich hierbei helfen«, fährt sie fort, sobald sie ihre Stimme wieder unter Kontrolle hat. »Und du könntest von Zeit zu Zeit auch mal selbst einkaufen gehen, anstatt dass du mit heraushängender Zunge zu Hause wartest wie ein unerzogener Welpe.«

»Hm.« Brett beginnt halbherzig Sachen aus der Tüte zu nehmen und sie in einem noch unpraktischeren Haufen auf dem Tresen aufzustapeln. »Da hat aber jemand keine besonders gute Laune.«

»Nein«, stimmt Sophie ihm zu. »Jemand hat die nicht.«

»Ich kann dich zum Essen ausführen, wenn du möchtest», bietet Brett an. »Aber das Einkaufen fehlt einfach in meiner DNS.«

Sophie hält inne, eine Zahnpastatube in der Hand. »Es fehlt in deiner DNS?«

Brett nickt betrübt.

»Und wie steht's mit sauber machen?« Sophie fuchtelt mit der Tube herum. »Hast du das Gen fürs Saubermachen in deiner DNS?«

»Nein, nicht wirklich. Deswegen bezahle ich eine Putzfrau, denke ich.«

»Okay. Ich habe *keine* Putzfrau. Also wenn du hin und wieder mal was von deinem Scheiß aufheben könntest, wäre das toll.«

»Ja, Herrin.«

»Und hör auf mit diesem dämlichen Gequatsche von der Herrin, okay?«

»Ja, Herrin.« Brett zieht eine Grimasse.

Sophie stöhnt und schüttelt verzweifelt den Kopf. Als Brett die Hand ausstreckt, um sanft ihre Schulter zu berühren, hebt sie die Achseln, sodass seine Hand herunterfällt.

»Hast du keinen guten Tag gehabt, Schatz?«, erkundigt sich Brett in einem wahrhaftigeren Ton.

»Nein, Brett. Ich habe *keinen* guten Tag gehabt.«

»Die *National*?«

»Es war entsetzlich. Mir tun die Zähne weh, wenn ich nur daran denke.«

»Okay …« Brett verschränkt abwehrend die Arme. Wenn er sich mit Sophies gelegentlich schlechter Laune konfrontiert sieht, ist Brett zuerst besorgt, dann mitfühlend und schließlich irritiert. Die verschränkten Arme signalisieren das mittlere Stadium. »Wie wäre es, wenn ich dich zum Essen einlade, und du erzählst mir alles?«

»Ich habe nicht das geringste Interesse, darüber zu sprechen. Und essen gehen will ich auch nicht.«

»Möchtest du, dass ich verschwinde?«, erkundigt sich Brett. »Ist es das?«

Sophie zuckt die Schultern und schüttelt den Kopf. »Um ehrlich zu sein, bin ich mir nicht sicher, was ich will«, gibt sie zu.

»Wie wäre es mit einer Umarmung?« Brett lässt die Arme sinken und kratzt sich dann hinter dem Ohr. »In solchen Situationen wie dieser sind Umarmungen manchmal gut.«

Und da Sophie in seiner Stimme hört, dass dies die letzte Chance ist, bevor er in Angriffsstellung geht, bevor er etwas sagt wie: *Wenn du dich so benimmst, kannst du mich mal.* Und da das nun wirklich nicht ist, was sie will, tritt sie von dem Abgrund zurück. »Okay. Lass es uns mal mit einer Umarmung versuchen.«

Später, als der Thunfisch in der Pfanne liegt und sie einen Salat zubereitet, denkt Sophie über ihre Laune nach und versucht herauszufinden, warum sie Brett gegenüber so harsch gewesen ist. Das Problem ist, dass ihr Meeting an der *National* irgendwie übergekocht ist und alles andere mit geflutet hat. Ihre Launen sind schon immer so gewesen, deswegen weiß sie, wie sie funktioniert, auch wenn sie nach wie vor darum kämpft, sich unter Kontrolle zu bekommen.

An einem guten Tag scheint *alles* gut zu sein. An einem guten Tag weiß sie, dass sich irgendwann eine Tür in die Welt der Kunstfotografie öffnen wird, die Retrospektive für ihren Vater ein uneingeschränkter Erfolg wird, und dass der Anzug tragende, ungezogene Brett mit seinem pikanten Geschmack, was Sex angeht, seiner nie enden wollenden Liste wundervoller Restaurants, seinen fast unbegrenzten Verbindungen in die Welt der Kunst der perfekte Mann für sie ist. Aber an einem *schlechten* Tag, wie heute, weiß sie genauso sicher, dass es zu der Retrospektive niemals kommen wird, sie eine miese Fotografin ist, die nur zufällig einen berühmten Vater hatte, und dass der tropfenförmige, übergewichtige, selbstgefällige Brett zu faul im Haushalt und im Bett zu pervers ist, als dass sie jemals eine vernünftige Beziehung mit ihm aufbauen könnte. Und dass all das sowieso egal ist, weil sie in vierzig Jahren ohnehin beide tot sein werden.

Vielleicht ist sie bipolar und gerade auf dem Abstieg in die depressive Phase. Kann man auch ein *bisschen* bipolar sein? Es ist nicht das erste Mal, dass ihr dieser Gedanke durch den Kopf geht. Auf der anderen Seite ist sie unter Umständen einfach nur unreif. Vielleicht wird sie eines Tages ja doch noch von einer gewissen Weisheit eingeholt, kurz bevor sie schließlich zu Staub zerfällt.

Als das Essen auf dem Tisch steht, erzählt Sophie Brett doch von dem Treffen.

»Man sollte sich vor solchen Meetings immer die Mitarbeiterliste ansehen«, bemerkt Brett. »Es ist sehr wichtig zu wissen, wen man eigentlich trifft.«

»Danke, Brett«, erwidert Sophie sarkastisch. »Ich denke, das hab ich kapiert.«

»Davon abgesehen, Kopf hoch«, meint Brett. »Es gibt auch noch andere Galerien.«

»Zum Beispiel?«

»Wir haben doch darüber gesprochen. Da wäre das Victoria und Albert Museum …«

»Sie haben Nein gesagt.«

»Haben Sie?«

Sophie nickt, nimmt ihre Gabel hoch und beginnt damit, Kreise in die Himbeervinaigrette zu zeichnen, die noch auf ihrem Teller schwimmt. »Sie haben schriftlich geantwortet. Höflich. Aber nein.«

Brett zieht die Nase kraus. »Es gibt das *Wapping Project.*«

»Die haben auch Nein gesagt. Ich habe da mit einer Frau gesprochen … wie war noch ihr Name?«

»Jules Wright?«

»Genau die. Sie war sehr lieb. Aber entschieden. Die Antwort lautet Nein.«

»Vielleicht hättest du mich anrufen lassen sollen.«

»Ich habe darauf gewartet, dass du sie anrufst. Du hast es nicht getan.«

»Ich wollte es … jedenfalls … Oh, und ich habe mit meinem Kontakt an der *Tate* gesprochen. Aber er glaubt nicht, dass sie darauf anspringen werden.«

»Siehst du? Es ist eine einzige Katastrophe.«

»Dann muss es einfach eine private Galerie sein. Wäre das nicht okay?«

»Ich nehme an, es geht nicht anders.«

»Die Arbeiten müssten zu kaufen sein, damit es sich für sie lohnt. Wäre das ein Problem für deine Familie?«

Sophie schüttelt den Kopf. »Das könnte Mums Interesse an der ganzen Sache sogar ein bisschen verstärken.«

»Meinst du?«

»Bei Mum weiß man nie. Aber sie hat auf mich noch nie den Eindruck gemacht, dass sie allergisch gegen Geld ist.«

»Na dann. Ich werde mal mit meinem Freund Mike Rowes reden. Er kennt Jean Jopling.«

»Und wer könnte Jane Jopling sein, wenn ich fragen dürfte?«

»Hm, sie ist eher ein Niemand. Ihr gehört nur das *White Cube*.«

»Oh. Wow! Oh Brett! Das wäre toll.«

»Siehst du, ich bin nicht vollkommen nutzlos.«

»Nein, das weiß ich.« Sophie ringt sich ein Lächeln ab. »Und ich bin dir dankbar für das Treffen heute. Auch wenn ich es vermasselt habe.«

»Du hättest wahrscheinlich nichts ändern können. Es wäre vielleicht ohnehin ein Nein gewesen. Es hatte wenig Aussicht auf Erfolg.«

»Ich wünschte, du hättest das gesagt, bevor ich hingegangen bin. Dann wäre ich nicht so enttäuscht gewesen.«

»Ich wollte dir nicht schon die Lust nehmen, bevor du überhaupt da gewesen bist.«

»Ich nehme an, dagegen ist nichts einzuwenden.«

»Und das mit dem Einkaufen und dem Saubermachen tut mir leid«, fügt Brett hinzu. »Ich kann auch für hier eine Putzfrau bezahlen, wenn du möchtest.«

»Nein, danke. Und ich war ein bisschen unfair. Bei dir zu Hause mache ich auch nicht viel. Mir tut es auch leid. Ich habe einfach einen schlechten Tag.«

»Nichtsdestotrotz. ich könnte es vollkommen verstehen, wenn du mich bestrafen willst.«

Erneut wird Sophie von negativen Gedanken überschwemmt. Weil der Sex mit Brett immer bizarrer geworden ist, das jeweilige Szenario immer komplexer, und die Gerätschaften, um ihn steif zu bekommen, immer umfangreicher. Es ist, als würde man ein Auto besitzen, das immer komplizierter anzulassen ist. Und Sophie kann nicht anders, als zu denken, dass sie irgendwann unausweichlich den Punkt erreichen wird, wo sie den Wagen zurückgibt und sagt: *Ich kann mich nicht damit aufhalten. Haben Sie nicht etwas weniger Kompliziertes für mich? Haben Sie nicht einen, der einfach anspringt, wenn man den Schlüssel umdreht?*

»Meinst du, wir werden irgendwann noch mal wieder einfach guten normalen Sex haben?«, fragt sie.

Brett wirkt überrascht. Er beugt sich etwas vor, als habe er sich verhört. »Wie bitte?«

»Ich meine, du weißt schon … ohne die ganze Ausrüstung. Oder steht normaler Sex gar nicht mehr zur Debatte?«

Brett runzelt die Stirn, schluckt, dann leckt er sich über die Lippen. »Du bist heute Abend wirklich in einer seltsamen Stimmung.«

»Das weiß ich. Aber das ändert nichts an der Frage.«

»Dann lautet die Antwort: Natürlich können wir das. Wir können jede Art von Sex haben, den du möchtest.«

»Gut«, erwidert Sophie.

»Ich bin dein Sexsklave. Ich stehe dir ohne Einschränkung zur Verfügung. Du musst es nur sagen.«

Sophie sieht Brett in die Augen und atmet langsam aus. Sie hat das Gefühl, als habe sie gerade eine Offenbarung gehabt. Sie denkt, dass sie in die Zukunft gesehen hat, und in der gibt es keinen Brett. Sie fragt sich, ob sie ihrem Instinkt einfach folgen und es gleich hier und jetzt beenden kann. Das wäre so einfach.

Brett dagegen spürt die Gefahr. »Okay, tut mir leid«, sagt er, entschlossen, die Situation zu entschärfen. »Das war blöd von mir. Du bist müde. Du bist unleidlich. Und du hast einen schlechten Tag gehabt.«

Sophie nickt flüchtig.

»Und du möchtest einfach nur einen Kuss eine Umarmung und einen ganz alltäglichen Fick. Hab ich recht?«

Sophie denkt, *wow, das war knapp*. Sie räuspert sich. »Ja. Unterm Strich ist es das.«

Brett steht auf. »Komm.« Er streckt eine Hand aus.

Und mehr, weil ihr völlig die Energie für eine Auseinandersetzung fehlt, gesteht sie es sich zu, die Hand zu ergreifen und sich aus dem Raum führen zu lassen.

1968 – Hackney, London

Barbara macht Fischpastete. Sie beugt sich vor, streicht mit einer Gabel die oberste Schicht aus Kartoffeln glatt und versucht sich vollkommen auf diese Aufgabe zu konzentrieren. Denn heute geht etwas Seltsames vor sich, etwas, das sie nicht genau benennen kann und worüber sie nicht allzu sehr nachgrübeln will.

Heute Abend kommt Diane zum Essen und will ihnen ihren neuen Freund vorstellen, und es hängt eine gewisse Erwartung in der Luft, die irgendwie unverhältnismäßig erscheint. Schließlich essen sie nur mit Freunden ein bisschen Fischpastete. Selbst Jonathan, der sich ganz untypisch und aus unerklärlichen Gründen an ihre Knie klammert, während sie arbeitet, spürt es offenbar.

Tony, der kurz noch mal losgegangen ist, um ein paar Getränke zu holen, scheint zu gleichen Teilen sowohl aufgeregt als auch verärgert zu sein, und Barbaras Gefühl, dass er sich sinnlos betrinken wird, trägt nur noch zu ihrer Besorgnis bei. Ihr ist in der Vergangenheit eine gewisse Nervosität aufgefallen, die immer kurz vor einem anstehenden Besäufnis zutage tritt, als sei der Alkohol ein Sicherheitsventil, das verhindert, dass er implodiert. Und das letzte Mal ist schon eine Weile her … heute könnte wieder einer dieser Abende sein.

»Ich brauche Butter aus dem Kühlschrank«, sagt sie zu Jonathan und wuschelt ihm durchs Haar. Er lacht und stellt seine Füße auf ihre, umklammert ihre Schenkel und fordert sie auf: »Dann geh!« Gemeinsam tappen sie zum Kühlschrank und dann wieder durch die Küche zurück, während Jonathan die ganze Zeit roboterartige Geräusche von sich gibt.

Barbara schneidet winzige Butterstückchen ab, verteilt sie auf der Kartoffelschicht und fragt sich, ob Tony sich immer noch betrinken wird, wenn weder Phil (der nach Schottland gezogen ist) noch Diane greifbar sind. Sie hat das bestimmte Gefühl, es könnte für sie und auch für Tony ein neuer Anfang sein, dass Diane jetzt einen Freund hat. Und sie will nichts falsch machen. Diese Gelegenheit will sie nicht verpassen.

* * *

Um halb sieben sind sie dann da. Richard ist ein großer, dünner, nervös wirkender Mann. Sein Blick huscht über ihre Gesichter, als suche er etwas, dann weiter durch den Raum, als wolle er sich Details für einen Polizeibericht einprägen. Aber er sieht gut aus. Er erinnert Barbara an Dirk Bogarde in *Doktor Ahoi!* Ihr Blick gleitet über sein frisches weißes Hemd und seinen sorgfältig gebundenen Schlips, und sie wünscht sich, kurz, dass Tony sich besser kleiden würde.

Richard ist nicht der Mann, von dem sie geglaubt hätte, dass Diane irgendwann mal bei ihm landen würde. Auf der anderen Seite jedoch – und das fällt ihr jetzt auf – ist Dianes Entwicklung vom halben Jungen zum eleganten Mädchen ganz offenbar abgeschlossen. Selbst ihre Augenbrauen sind gezupft. An diesem Abend trägt sie ein teures, aber einfaches schwarzes Kleid mit V-Ausschnitt über einer weißen Bluse mit einem großen Kragen, dazu weiße Sandalen mit Absatz. Neben dem in einen makellosen Anzug gekleideten Richard/Dirk sieht sie aus, als sei sie gerade dem neuesten Hollywoodfilm entstiegen. Im Vergleich mit den beiden kommt Barbara sich ausgesprochen trutschig vor und schwört insgeheim, sich ein paar modischere Sachen zu nähen.

Tony schüttelt jetzt Richard die Hand und klopft ihm unbeholfen auf die Schulter. »Du bist also der berühmte Richard, von dem wir schon so viel gehört haben!«, sagt er, was komisch ist, denn Barbara hat rein gar nichts über Richard gehört.

Vor drei Wochen sind sie in die neue, größere Mietwohnung gezogen, und das Esszimmer, das nach Farbe riecht, ist bisher alles andere als fertig. Barbara hat die Wände vor nicht einmal achtundvierzig Stunden in einem bläulichen Türkis gestrichen und den geblümten Lampenschirm erst an diesem Morgen in einem Secondhandladen erstanden. Tony sagt, ihm gefalle der Blauton nicht, und er *hasse* den Lampenschirm, und in Wahrheit mag Barbara das Gesamtergebnis ebenfalls nicht besonders. Es sieht nicht so aus, wie sie es sich vorgestellt hatte, aber das ist mit den meisten Sachen im Leben so. Es ist immer noch besser, mit Gästen nicht unter einer nackten Glühbirne zu sitzen und umgeben von sich ablösenden Tapeten. Der Campingtisch, den sie sich nebenan geliehen haben, ist unter einer Tischdecke verschwunden und sieht gut aus. Und sie haben inzwischen drei Stühle, daher muss nur Tony auf einer Kiste sitzen.

»Du bist also Architekt, hab ich gehört«, sagt Tony und offenbart damit, dass er tatsächlich etwas über Richard weiß. »Das muss interessant sein.«

»Ja«, erwidert Richard. »Und du bist auch Fotograf, hat Diane mir erzählt.«

»Nicht wirklich«, sagt Tony. »Nicht wie Diane. Ich mache eigentlich nur Amateuraufnahmen.«

Diane lacht. »Das stimmt nicht. Fotos von ihm sind schon im *Mirror* erschienen. Er ist gut, oder nicht, Barbara?«

»Ja. Absolut.«

»Es sind nur ein paar veröffentlicht worden«, wehrt Tony ab. »Eigentlich bin ich nur Bote.«

»Bote!«, wiederholt Richard und versucht, seiner Stimme einen begeisterten Klang zu verleihen. »Wenigstens bist du da viel unterwegs. Ich verbringe den ganzen Tag im Büro. Es ist fürchterlich.«

Sein kühner Versuch, Tonys bescheidene Stellung interessant klingen zu lassen, erreicht den genau umgekehrten Effekt und ist, wie er so im Raum nachhallt, allen peinlich. »Ich werde aber aufhören«, erklärt Tony nach einer unangenehmen Stille. »Ich werde mich ganz auf die Fotografie konzentrieren. Das ist mein Plan. Ich werde auf die Abendschule gehen.«

Barbara spürt seinen Schmerz. Trotz der Tatsache, dass er es ihr gegenüber nie zuvor erwähnt hat und obwohl sie seine Fähigkeit bezweifelt, diesen Plan auch in die Tat umzusetzen, sagt sie: »Das solltest du wirklich tun. Ich sage es immer wieder. Du bist in jedem Fall gut genug.«

Überrascht sieht Tony sie an. »Danke!«

Barbara serviert jedem eine halbe Grapefruit mit glacierten Herzkirschen, gefolgt von der Fischpastete. Tony, Diane und Richard verschlingen das Essen, als hätten sie schon lange nichts mehr bekommen. Und sie spülen alles mit mehreren Flaschen hellen Biers hinunter. Doch obwohl das Essen ins Schwarze getroffen hat und trotz des Alkohols bleibt die Atmosphäre am Tisch frostig. Barbara weiß nicht genau, woran es liegt, aber die Gespräche bleiben gestelzt, immer wieder setzt schmerzhafte Stille ein. Als sie schließlich den Apfelstreusel serviert, ist sie geradezu erschöpft davon, sich immer wieder ein neues Thema einfallen zu lassen. Als dann Jonathan nebenan zu weinen beginnt, ist sie ausgesprochen erleichtert, dass sie die Runde verlassen kann, um nach ihm zu sehen.

Diane und Richard bleiben nicht bis in den späten Abend. Um zehn täuschen sie wenig überzeugend vor, am nächsten Morgen früh raus zu müssen, ziehen ihre Mäntel über, winken noch und gehen, Arm in Arm, den Weg hinunter.

»Also das war schön«, sagt Barbara, sobald sich die Tür hinter ihnen geschlossen hat.

»War es das?«, erwidert Tony, der nicht mehr unbedingt nüchtern ist.

Barbara zuckt die Achseln. Also ist Ehrlichkeit angesagt. »Nein, nicht wirklich«, gesteht sie. »Es war schrecklich.«

»Ich kann diese überheblichen Typen nicht ertragen«, sagt Tony.

»Ich dachte, du magst ihn«, erwidert Barbara. Nachdem sie den ganzen Abend beobachtet hat, wie Tony versucht hat, sich bei Richard einzuschmeicheln, ist sie ein wenig verwirrt.

»Verdammte Architekten. Hast du gehört, was er gesagt hat, als ich erzählt habe, ich bin Bote? Es muss ja so interessant sein, immer draußen zu sein.«

»Ich denke, er wollte einfach nur nett sein.«

»Er hält sich für unglaublich toll, das ist das Problem.«

»Wow, er ist okay, denke ich.«

»Ich denke, Diane könnte einen viel besseren Mann abbekommen als diesen schlauen Typen.«

»Sie schien ihn zu mögen«, wendet Barbara ein. Und beinah hätte sie hinzugefügt: *Und er sieht gut aus.* Aber sie kann sich glücklicherweise gerade noch zurückhalten. Das wäre nicht gut angekommen.

Sie muss vorsichtig sein, wenn das Bier in Strömen geflossen ist. »Irgendwie passen sie zusammen«, sagt sie stattdessen, und ihre Stimme klingt nachdenklich.

»Ha!« Tony macht noch ein Bier auf und geht ins Wohnzimmer.

»Du bist eifersüchtig«, flüstert Barbara hinter ihm.

»Du bist was?«, ruft Tony zurück.

»Nichts«, antwortet Barbara. »Ich habe nur gerade gesagt, ich gehe vielleicht ins Bett. Jonathan hat mich heute Morgen schon sehr früh geweckt.«

»Sicher«, sagt Tony.. »Ich trinke nur noch die paar Biere aus.«

* * *

Barbara sitzt auf einem Kissen in der Ecke des Raums. Von den zugigen Schiebefenstern zieht kalte Luft über ihren Rücken, aber sie wird sich noch nicht bewegen. Sie ist entschlossen, keinen Laut von sich zu geben. Zwischen ihren Beinen spielt ihr Sohn mit einem leuchtend gelben U-Boot, lässt es entlang der Linien auf dem Teppich fahren und ahmt dabei mit geschürzten Lippen einen stotternden, spuckenden Motor nach.

Das lilafarbene Sofa, erst kürzlich (aus zweiter Hand) von einem von Tonys Kollegen erworben, ist eng besetzt mit vier Freunden aus seinem neuen Fotokurs. Es sind, von links nach rechts, der dunkelhaarige Dave – in einem dicken grauweißen Pullover aus irischer Wolle –, die hübsche, hippiehafte Alison, die mucksmäuschenstille Wendy und der sensible Malcolm.

Tony bietet ihnen kleine Knabbereien am Stiel an – Cocktailwürstchen und Ananas und Käsewürfel –, die Barbara vorbereitet hat.

»Interessant an Kameras ist«, sagt Dave gerade, »dass die Menschen durch sie Dinge anders betrachten, als sie es sonst tun würden. All die winzigen Details.«

»Eine Kamera ist ein bisschen wie ein Buttermesser«, bemerkt Alison mit großen Augen.

»Ein Buttermesser?«

»Ja«, sagt sie. »Ein heißes Buttermesser, das durch die Wirklichkeit schneidet und sie für später bewahrt.«

»Gott, das gefällt mir«, meint Malcolm. »Ein heißes Messer, das durch die Wirklichkeit schneidet.«

»Was hast du für ein Gefühl, was die Stillleben nächste Woche angeht?«, fragt Alison. Sie scheint immer etwas überrascht zu sein, wenn sie ihre eigene Stimme hört. Barbara fragt sich, ob es sie einfach überrascht, dass eine Frau plötzlich so komplexe Gedanken äußern darf. Niemand von ihnen hatte wirklich damit gerechnet, und manche sind, durch reines Glück, besser vorbereitet als andere.

»Ich denke, ich fotografiere lieber Menschen und Orte«, sagt Tony. »Ich bin mir nicht so sicher, was Obstschalen angeht.«

»Meinst du, dass es nur *darum* gehen wird?«, fragt Dave und kratzt mit dem nun leeren Zahnstocher an seinen Zähnen herum. »Um Obstschalen?«

Tony zuckt die Achseln. »Meistens sieht man die doch auf Stillleben, oder nicht?«

»Hey, Obstschalen haben auch Rechte«, wirft Alison ein.

»Und Obst auch!«, stimmt Malcolm zu, und alle lachen. Und obwohl sie es nicht versteht, ringt sie sich ein Lächeln ab und wendet ihre Aufmerksamkeit wieder ihrem Sohn zu. »Gefällt dir dein neues U-Boot?«, flüstert sie.

Jonathan blickt zu ihr auf und strahlt und nickt eifrig, und im gleichen Moment gibt es nur noch Barbara und Jonathan, Jonathan und Barbara, und die ganze Welt scheint in Ordnung. »Das ist Ringo.« Er deutet auf einen der Insassen des U-Boots.

»Das stimmt«, sagt Barbara. »Gut gemacht.«

»… freue mich auf die Stunden in der Dunkelkammer«, sagt Tony, als sie sich wieder den anderen zuwendet. »Ich habe mit einer Freundin von mir schon mal ein bisschen herumgespielt, was das Entwickeln angeht. Ihr Vater hat ein Fotogeschäft. Aber es wird gut sein, das alles richtig zu lernen.«

Malcolm betrachtet ein kopiertes Blatt, das mit roter Schrift bedeckt ist. »Hier steht, wir lernen Abwedeln und Nachbelichten. Was immer das bedeuten soll.«

»Dabei geht es darum, einzelne Bereiche des Fotos unterschiedlicher Lichtintensität auszusetzen«, erklärt Tony. »Abwedeln sagt man, wenn du mit einem Vergrößerer die Belichtungszeit verkürzt, und Nachbelichtung ist das genaue Gegenteil. Ich denke, das ist es sowieso.«

Jonathan fährt das U-Boot gegen Barbaras Fuß und gibt ein entsprechendes Geräusch von sich. Alle drehen sich zu ihnen um.

»Wie geht es dir da drüben, Barbara?«, erkundigt sich Alison, nachdem die Explosion des U-Boots Barbaras Tarnkappe zerrissen hat. »Bist du dir sicher, dass du nicht auch mal aufs Sofa möchtest?«

Barbara lächelt und schüttelt den Kopf. »Ich sitze gerne hier mit Jonathan«, erwidert sie, und ihr Herz fängt an, schneller zu schlagen, als sich die gesamte Aufmerksamkeit ihr zuwendet.

»Tony hat erzählt, dass du dir deine Sachen selbst nähst«, sagt Alison ernsthaft.

Barbara nickt und schluckt. Ihre Kehle ist trocken. »Ja«, krächzt sie. »Manchmal.«

»Das ist wirklich toll«, meint Alison. »Ich wünschte, ich wüsste, wie man so etwas Praktisches macht. Ich kann nicht mal einen Knopf annähen. Das muss immer meine Mutter für mich erledigen.«

»Ich … ich denke, ich seh mal nach, wie weit die Quiche ist.« Barbara ist inzwischen aufgestanden und streicht ihren sehr gewöhnlichen Rock von der Stange glatt.

»Sie kocht also auch!«, bemerkt Malcolm.

»Das tut sie allerdings«, sagt Tony. »Barbara ist eine großartige Köchin, nicht wahr?«

Barbara streicht Jonathan über den Kopf, und die Geste beruhigt sie sofort und gestattet es ihr, einmal fast normal Atem zu holen. Sie nutzt den Moment, um sich, mit einem schüchternen Lächeln, an Tonys klugen Freunden vorbeizuschlängeln. Allein in der Küche umfasst sie die kalte, harte Kante der Spüle und starrt hinaus in den Garten, der noch feucht ist vom kürzlichen Regen. Sie versucht tief durchzuatmen. Sie bemüht sich, ihr rasendes Herz zu beruhigen.

Sie hat einen ihrer »Anfälle«, aber sie glaubt nicht, dass es jemand bemerkt hat.

Während im Nebenzimmer die Unterhaltung weitergeht, nimmt sie ein Geschirrhandtuch, befeuchtet es unter dem Wasserhahn und tupft sich die Stirn ab. Tony verändert sich, während sie zusieht, und sie spürt, dass sie hinter ihm zurückbleibt, kann hören, dass er sich über ganz neue Themen unterhält. Gerade hört sie ihn sagen: »Es ist interessant, wie Kameras das Bildermachen demokratisieren. Und das wird die Art und Weise verändern, wie wir Geschichte festhalten.«

Mehrfach lässt sie sich den Satz durch den Kopf gehen, bis sie, nach dem vierten Mal, versteht, was er eigentlich bedeutet. Und dann schafft sie, unter Mühen, einige hastige, kurze Atemzüge und hockt sich hin, um die Quiche aus dem Ofen zu ziehen. Die Quiche ist so symmetrisch, so glatt und glänzend, dass sie wie aus einem Rezeptbuch wirkt. »Ich kann das hier«, sagt sie laut. »Es ist alles in Ordnung.«

2012 – Brighton, East Sussex

Als das Restaurant in Sicht kommt, lässt Sophie Bretts Hand los. Die Vorstellung, ihn jetzt ihrer Mutter vorzustellen, macht sie nervös. Und sie möchte den Augenblick genau wählen, indem sie ihr sagt, wer er ist. Hätte Bretts Redakteur nicht gesagt, dass es »unverzichtbar« sei, »die Ehefrau« – ihre Mutter – im Boot zu haben, hätte sie absolut nichts dagegen gehabt, dieses Treffen bis in alle Ewigkeit aufzuschieben. Aber es ist unverzichtbar. Deswegen sind sie nun hier.

Brett, der den Wellen zugesehen hatte, dreht sich um und entdeckt das *Regency*. »Meine Güte, Soph!«, ruft er. »Ist es das?«

»Ich fürchte, ja«, antwortet Sophie. »Aber es soll gut sein. Es hat tolle Bewertungen auf *TripAdvisor*.

»So?«, meint Brett.

»Ja! Lass jetzt bitte nicht den Snob raushängen.«

»Ich dachte nur, du möchtest deiner Ma vielleicht ein bisschen was Besonderes bieten, das ist alles.«

»Was Restaurants angeht, ist Mum komisch«, sagt Sophie. »Dies hier wird ihr gefallen. Es ist perfekt. Du wirst schon sehen.«

»Du bist dir sicher, dass es in Ordnung für sie ist, ganz allein hierherzufahren?«, fragt Brett.

Sophie deutet mit dem Kopf auf das Restaurant, wo am Fenster ihre Mutter sitzt und ihnen zuwinkt. »Siehst du. Sie ist schon da.« Sophie winkt zurück.

»Nett!«, sagt Brett und drückt die Tür auf.

»Sei einfach still«, mahnt Sophie, während sie ihm folgt und zwischen der spartanischen Einrichtung hindurch zu ihrer Mutter geht. »Hi, Mum! Du hast es geschafft!«

»Natürlich habe ich es geschafft!«

»Das ist mein Freund Brett, der Journalist.«

Barbara blickt zu Brett auf, und Sophie sieht, dass sie ihn von Kopf bis Fuß mustert. Ihre Miene verrät nichts. »Hallo, Brett«, sagt sie nur.

»Hallo, Mrs Marsden.«

»Wenn Sie es so halten wollen, dann verraten Sie mir lieber Ihren Nachnamen«, bittet Barbara.

»Wie meinen Sie das?«, fragt Brett, während er sich auf einen der Stühle setzt, sich aus seinem Jackett kämpft und es über die Rückenlehne hängt.

»Mum meint einfach, du solltest sie Barbara nennen«, erklärt Sophie und setzt sich ebenfalls. »Brett ist Amerikaner, Mum. Die verstehen keinen Sarkasmus.«

»Ah … *hallo?*«, erwidert Brett. »Den verstehen wir allerdings.«

»Also das war kein Sarkasmus«, wehrt Barbara ab.

»Okay. War es nicht. Wie war deine Fahrt nach Brighton, Mum?«

»Langsam.«

»Langsam?«

»Ich habe noch nie verstanden, warum alte Leute derart alt sein müssen«, erzählt sie. »Der Bus hat alle hundert Yards gehalten, und jedes Mal ist irgendein Rentner eingestiegen. Und nicht einer von ihnen hat daran gedacht, schon mal das Portemonnaie aus der Tasche zu holen, bevor der Schaffner sie danach fragt. Deswegen haben wir bei jedem Halt zehn Minuten gebraucht und für die gesamte Fahrt knapp über zwei Stunden.«

»Ich habe doch gesagt, dass wir nach Eastbourne kommen können. Ich habe es dir angeboten, Mum.«

»Nein«, sagt Barbara und greift nach der Speisekarte. »So ist es gut. Ich komme heute nicht mehr oft genug nach Brighton. Es ist eine Abwechslung. Und du weißt ja, was man sagt …«

»Was sagt man?«, erkundigt sich Brett und wirkt leicht abgelenkt, als er in seinen Taschen nach einem Papiertuch sucht, um die Gläser abzuwischen.

Barbara wirft Sophie einen Blick zu und verzieht das Gesicht … ein unterdrücktes Lächeln. Es wirkt wie: *Etwas Besseres war nicht für dich drin, Liebes?*

»Er ist Amerikaner, Mum«, sagt Sophie erneut. »Und man sagt«, erklärt sie Brett, »dass eine Abwechslung genauso gut ist wie eine Ruhepause.«

»Oh, okay.« Brett nickt ausdruckslos. Sophie ist sich ziemlich sicher, dass er nicht die geringste Ahnung hat, was eigentlich abläuft.

»Hier ist es viel teurer als im *Qualisea*«, verkündet Barbara, während ihr Blick über die Speisekarte gleitet.

Sophie hat Mühe, ein Lächeln zu unterdrücken. »Sechs Pfund? Für Kabeljau mit Pommes frites? Machst du Witze? Das bezahlen wir in London für einen Kaffee.«

»Im *Qualisea* kostet das vier fünfzig. Das sind … ah …«

»Zwanzig Prozent weniger«, beendet Brett ihren Satz. Er hat sich eindeutig entschieden zu zeigen, dass er gar nicht so blöd ist. »Oder ein Drittel mehr. Kommt drauf an, von welcher Seite Sie es betrachten wollen.«

»Ja, genau«, sagt Barbara. »Ein Drittel mehr.«

»Das ist Brighton. Und wir haben Seeblick.«

»Das wird es wohl sein«, räumt Barbara ein, und Sophie bemerkt, wie viel Mühe es sie kostet, die Dinge positiv zu sehen. Hinter ihrer unbeweglichen Miene findet ein regelrechter Kampf statt, bis sie den Dämon schließlich besiegt, sich die Lippen leckt und sagt: »Ja, also es ist wirklich entzückend. Und die Schiffe sehen zu können ist durchaus etwas mehr wert, findest du nicht?«

Das Essen ist gut genug – einfache Kost, kompetent gekocht –, aber das Gespräch läuft nicht nach Plan. Barbara reicht es, über Bretts amerikanische Abstammung zu sprechen oder seinen Job bei der *Times* oder seinen Modegeschmack (sie wünschte, mehr Männer würden sich angemessen kleiden, sagt sie ihm). Aber jeder Versuch, die Unterhaltung in Richtung Sophies Vater zu lenken, oder seiner Arbeit, oder der Retrospektive, wird schnell abgewimmelt. Entweder durch einen diskreten Themenwechsel oder, wenn das misslingt, durch die einfache Weigerung, darüber zu reden.

»Ich weiß nicht, jetzt lasst uns über etwas anderes reden«, sagt Barbara, wenn man sie fragt, welche Bilder sie persönlich gern in der Ausstellung sehen würde.

»Ich möchte lieber nicht darüber nachdenken«, sagt sie, wenn man sie fragt, wen von Tonys Entourage man zu einer möglichen Vernissage einladen könnte. »So viele sind schon gestorben. Das ist das Problem.«

Nach einem Spaziergang durch die Stadt und einem Kaffee bei *Costa* bringen sie Barbara zurück zur Promenade und winken dem Bus Nummer zwölf nach, während er sich in den abendlichen Verkehr drängelt.

»Ha!«, sagt Brett, was bei ihm eigentlich immer zu passen scheint.

»Ich habe dir gesagt, dass sie nicht besonders begeistert sein wird«, erwidert Sophie.

»Nicht begeistert?« Brett lacht. »Die Frau ist eine Meisterin darin, was man Blockadepolitik nennt.«

»Ich dachte, bei dir wäre sie vielleicht anders, aber sie war höchstens schlimmer.«

»Manchmal versagt selbst mein Charme bei den Damen. Was soll ich sagen?« Brett nimmt Sophies Arm und drückt ihn. Sie drehen sich um und machen sich auf den Weg zu den Lanes, wo ihr schickes kleines Hotel liegt. Sophie stößt die Luft aus und fragt, wenn auch zweifelnd: »Ich schaffe es doch auch ohne sie, oder nicht?«

Brett zuckt die Schultern. »Wie mein Redakteur schon sagt. Es geht. Aber mindestens die Hälfte der PR-Möglichkeiten fußen darauf, dass man ›die Frau, die ihn am besten gekannt hat‹, nutzt.« Brett hebt die Finger und zeichnet Anführungsstriche in die Luft.

»Nutzen …« Sophie verzieht das Gesicht.

»Baby, du weißt doch, was ich meine.«

»Ja. Ich weiß. Und was jetzt?«

»Was jetzt wie in …?«

»Was jetzt. Wie in *heute*. Noch mehr Kaffee? Zurück ins Hotel?«

»Ich habe ein Geschäft gesehen, zu dem ich gerne noch mal gehen würde«, erklärt Brett. »Gleich hinter den Lanes.«

»Okay. Was für ein Geschäft?«

Brett nimmt Sophies Hand. »Du wirst schon sehen.«

»Sag mir nicht, es ist dieser heruntergekommene kleine Sexshop mit all den Dildos im Fenster?«

»Wie ich gesagt habe. Du wirst schon sehen.«

Sophies Mine verhärtet sich, aber ein paar Minuten später werden ihre Züge wieder ganz weich, als Brett vor einem winzigen Juweliergeschäft stehen bleibt. »Oh!«, sagt sie.

»Sei nicht enttäuscht«, neckt Brett sie. »Wir können hinterher immer noch zu dem Sexshop gehen.«

Nachdem Brett für Sophie eine preiswerte und doch hübsche türkisfarbene Halskette und für sich ein paar Manschettenknöpfe gekauft hat und Sophie währenddessen mit leeren Drohungen von übergroßen Dildos geneckt hat, kehren sie ins Hotel zurück. Da sie in ihrem Zimmer keine Internetverbindung zustande bekommen, geht Brett mit seinem Laptop nach unten, um seine E-Mails zu checken, während Sophie auf dem Bett liegt und über mögliche Strategien nachgrübelt, wie sie ihre Mutter motivieren könnte. Doch dabei schläft sie ein.

Als sie aufwacht, ist der Laptop wieder da, aber Brett ist immer noch anderswo unterwegs. Also schickt sie ihm eine SMS, um zu fragen, wo er ist, und dann ruft sie ihre Mutter an.

»Hallo, Sophie«, meldet sich Barbara. »Ich bin gerade reingekommen. Vermisst du mich schon?«

»Ich wollte nur wissen, ob du gut angekommen bist.«

»Das bin ich. Wie du siehst.«

»War der Nachmittag okay für dich?«

»Das war er. Es war mal eine herrliche Abwechslung. Ich habe Brighton immer gemocht.«

»Und was ist mit Brett? Hast du ihn auch gemocht?«

Eine scheußliche Stille tritt ein, bis Sophie schließlich sagt: »Mein Gott! Ich nehme das dann mal als ein Nein, oder?« Sie kann hören, wie ihre Mutter am anderen Ende der Leitung den Mund bewegt und sich im wahrsten Sinne des Wortes auf die Zunge beißt. »Jetzt komm schon, spuck es aus.«

»Es ist nur …«, sagt Barbara. »Hör mal … er scheint durchaus nett zu sein.«

»Aber?«

»Aber ich denke, du solltest ihn dir mindestens eine Armlänge vom Hals halten.«

Sophie nimmt das Telefon vom Ohr und betrachtet es mit gerunzelter Stirn, bevor sie das Gespräch wieder aufnimmt, indem sie fragt: »Was meinst du damit, ihn mir mindestens eine Armlänge vom Hals halten?«

»Warum brauchst du überhaupt einen Journalisten?«

»Wie bitte?«

»Du weißt doch, wie die sind. Sie wollen immer nur irgendwelchen Dreck ausgraben. Und wenn du tatsächlich diese alberne Retrospektive machen willst, dann denke ich, musst du Brett davon fernhalten. Mehr will ich damit nicht sagen.«

Verschiedenste Gedanken buhlen um Sophies Aufmerksamkeit, einschließlich, aber nicht ausschließlich: *Welchen Dreck?* Und: *Meine Mutter traut Brett nicht.* Und: *Vertraue ich Brett?* Und außerdem wird ihr, begleitet von einem kleinen Adrenalinstoß, klar, dass ihre Mutter zum ersten Mal zugegeben hat, dass die Retrospektive vielleicht tatsächlich stattfinden könnte. Und das ist ein unglaublicher Sieg.

»Brett hat eigentlich nichts mit der Ausstellung zu tun«, sagt sie schließlich, eine Bemerkung, die sie gewählt hat, um die neue Akzeptanz der Ausstellung festzuklopfen. »Ich meine, abgesehen davon, dass er mich mit einigen Leuten aus der Branche in Kontakt gebracht hat … aber das ist es dann auch.«

»So hat es aber nicht geklungen«, entgegnet Barbara. »Er hat geklungen, als würde er die ganze Chose leiten.«

»Das tut er wirklich nicht.«

Wieder Schweigen.

»Mum?«

»Dann verstehe ich nicht, warum du ihn mitgebracht hast.«

»Wie bitte?«

»Warum hast du mir einen Journalisten vorgestellt, wenn er mit der ganzen Sache nichts zu tun hat?«

»Oh!«, erwidert Sophie und lacht. »Mein Gott, das tut mir leid.«

»Was ist so lustig?«

»Er ist mein *Freund*, Mum. Es tut mir leid. Ich hätte es dir sagen sollen … Ich dachte, du hättest es auch so gemerkt.«

»Brett ist dein Freund?«

»Ja.«

»Seit wann?«

»Seit … einer Weile. Deswegen habe ich ihn mitgebracht, damit er dich kennenlernt.«

»Ich verstehe. Ich muss jetzt auflegen.« Sie klingt peinlich berührt.

»Es tut mir furchtbar leid, Mum«, sagt Sophie. »Es ist nicht deine Schuld. Ich hätte es dir erklären sollen.«

»Natürlich ist es nicht meine Schuld. Aber es ist jemand an der Tür. Ich muss Schluss machen.«

»Ja. Wirklich. Wir reden bald. Mach's gut.«

Und dann ist die Leitung einfach tot.

Sophie nimmt den Hörer vom Ohr und zieht ihm erneut eine Grimasse. »Das war bizarr«, sagt sie, ohne jemand Bestimmtes zu meinen.

Genau in dem Moment öffnet sich quietschend die Tür zu ihrem Hotelzimmer, und ein roter Penis aus Plastik quetscht sich in Kopfhöhe durch den Spalt. Er ist, wie sich herausstellt, an einer fürchterlichen Gummimaske befestigt, die Brett trägt.

»Iih!«, ruft Sophie. »Das ist noch bizarrer.«

»Was meinst du?«, fragt Brett, dessen Stimme durch die Maske gedämpft wird.

»Meine Güte, kein Wunder, dass sie dir nicht über den Weg getraut hat«, meint Sophie. »Was *ist* das?«

Brett schließt die Tür hinter sich und schiebt die Maske nach oben, sodass der Aufsatz gen Himmel zeigt wie bei einem albernen Partyhut. Er wackelt mit den Augenbrauen und grinst und scheint sehr zufrieden mit sich zu sein. »Er heißt *Vulkanbohrer*!«, verkündet er theatralisch. »Also sag mir, bist du bereit, aufgebohrt zu werden, Baby?«

1968 – Hackney, London

Barbara kniet vor der Kiste und faltet Zeitungen zu einer Ziehharmonika, sowie ihre Mutter es ihr beigebracht hat. Minnie kommt am Nachmittag vorbei (die Wäscherei ist wegen Reparaturen an der Heißwasserversorgung geschlossen), und Barbara ist bewusst, dass es sie freuen wird, wenn sie ankommt und sieht, dass sie die Feueranzünder richtig faltet. Der Wunsch, den Eltern zu gefallen, scheint nie ganz zu verschwinden, selbst dann nicht, wenn man schon selbst ein Kind hat.

Unten, durch die Bodenbretter, kann sie Tony über den »verdammten Kohlestaub« fluchen hören. Sie hatten gerade drei Sack Kohle (das Minimum) in den Keller geliefert bekommen, der auch Tonys neue Dunkelkammer ist. Jonathan, der schon den ganzen Morgen schlechte Laune hat, ist gerade in seine Legowelt vertieft, und sie versucht die Zeit zu nutzen. In der nächsten Woche wird er eingeschult, und obwohl sie ihn immer noch in geradezu unvernünftigerweise über alle Maßen liebt und sie die Leere des Hauses fürchtet, sobald er zur Schule geht, freut sie sich doch darauf, wenn auch voll schlechtem Gewissen. Die ersten paar Wochen will sie darauf verwenden, Wohnzimmer und Esszimmer einzurichten und sich danach auf die Suche nach einer Arbeit machen. Gern hätte sie Jonathan noch einen

Bruder und eine Schwester geschenkt, doch die Umstände zwingen sie, anders zu planen. Zudem würden sie viele Jahre lang nicht in der Lage sein, die Schlafzimmer zu renovieren oder einen neuen Teppich zu kaufen, wenn überhaupt, falls sie nicht auch ein bisschen Geld nach Hause brächte.

»Unbrauchbar! Völlig unbrauchbar!«, schreit Tony wütend, und Barbara wirft einen Blick hinüber zu Jonathan, um zu sehen, welche Wirkung die Stimme seines Vaters auf ihn hat. Der hält kurz inne, hebt eine Augenbraue, doch dann spielt er dankenswerterweise weiter.

Barbara legt ihre gefalteten Feueranzünder in den Kamin, stapelt ein paar Stücke des schwer zu bekommenden Kleinholzes darauf, fügt einige Stücke Kohle hinzu und zündet, mit leisem Bedauern, weil Minnie nun nie sehen wird, wie sorgfältig die Zeitungen gefaltet sind, ein Streichholz an. »Bald wird es hier schön warm sein«, murmelt sie.

Tony wird ohne Frage wegen der Kosten schimpfen. Er hat bereits gesagt, dass es reine Geldverschwendung sei, im September Feuer zu machen. Aber nach drei Tagen Nieselregen *wünscht* sie sich nicht nur ein Feuer. Sie *braucht* eins.

Jetzt hört sie Tonys Schritte, während er die Holzstufen heraufstapft. Die Tür zum Keller fliegt mit so viel Wucht auf, dass sie gegen die Wand knallt. Als Barbara von den langsam immer höher züngelnden Flammen aufsieht, erscheint Tony am Türrahmen, mit rotem Gesicht und offenbar ziemlich wütend. »Mir reicht's. Ich gehe auf ein Pint ins *Ladywell.*«

»Hat es nicht funktioniert, Schatz?«

»Nein, das hat es verdammt noch mal nicht. Und wie ich in einer Wolke Kohlestaub arbeiten soll, weiß der Himmel.« Und damit verschwindet er aus ihrem Blickfeld und knallt die Eingangstür hinter sich zu.

Barbara hält einen Moment lang, mit einem gewissen Gefühl der Erleichterung, die Luft an, dann atmet sie aus. Es ist schon komisch, denn wenn Tony bei der Arbeit ist, vermisst sie ihn immer. Doch die Wahrheit ist, dass der Gedanke an ihn ihr besser gefällt als seine tatsächliche Anwesenheit. Er ist immer so angespannt, immer kurz davor, wütend zu werden, wenn er es nicht schon ist. Deswegen ist sie jedes Mal sehr erleichtert, wenn er das Haus verlässt, als sei eine drohende Gefahr an ihr vorbeigezogen. Er hat sie nie geschlagen. Hat nie die Hand gegen sie oder Jonathan erhoben. Aber es fühlt sich immer so an, als könne es passieren. Und zwar jeden Moment.

Barbara stellt den Kaminschirm vor das Feuer, dann geht sie in die Küche, um sich einen Tee zu machen. Als sie mit dem Becher wieder zurück ins Wohnzimmer kommt, ist Jonathan eingeschlafen, das Gesicht auf den bunten, verstreuten Legosteinen. Wahrscheinlich sollte sie ihn etwas bequemer hinlegen, doch er hat einen anstrengenden Morgen hinter sich, und dieser Moment der Ruhe – nur die Regenrinne tropft draußen und das Feuer knackt – ist himmlisch. Deswegen lässt sie Jonathan einfach liegen, nippt an ihrem Tee und starrt in die Flammen.

Später, nachdem Minnie bereits wieder gegangen ist – mit einem Schirm unter dem einen Arm und Jonathan unter dem anderen –, steigt Barbara hinunter in den Keller. Tatsächlich ist überall Kohlestaub. In den Entwicklerschalen, auf dem Arbeitstisch, auch das geborgte Vergrößerungsgerät ist damit bedeckt. »Natürlich hat es nicht funktioniert«, spöttelt sie und fragt sich, warum Tony nicht einfach zuerst sauber gemacht hat. Sie hat die Ungeduld ihres Mannes noch nie verstanden, sein ständiges Bedürfnis, zur Ziellinie zu rennen. Er ist ein guter Versorger und der schnellste Handwerker, den sie je kennengelernt hat. Die Frauen anderer Männer sind eifersüchtig darauf, mit welcher Geschwindigkeit er ein Regal an die Wand nageln kann – viele von ihnen warten Monate auf so etwas. Aber wenn man ihn bittet, einen Fensterrahmen abzuschmirgeln, bevor er ihn frisch streicht, oder eine Bürste zu säubern, nachdem er sie benutzt hat, oder eben den Kohlestaub wegzuwischen, bevor er versucht, teure Filme zu entwickeln, dann ist es hoffnungslos. In letzter Zeit redet er immer öfter darüber, professionell als Fotograf zu arbeiten. Aber wenn er es nicht lernt, ein wenig Geduld zu haben, kann Barbara nicht sehen, wie das funktionieren soll. Auf einem Motorrad quer durchs Land zu rasen scheint in ihren Augen viel besser zu ihm zu passen.

Sie zieht einen Streifen mit Negativen zu sich heran, der auf einem Draht hängt. Darauf sind geisterhafte Bilder von menschlichen Gesichtern zu sehen, doch weil sie so undeutlich sind, kann sie nicht erkennen, wer es ist.

Sie nimmt eine Gebrauchsanleitung hoch. Darauf steht: *Ilford Entwicklerlösung*. Sie liest den Text von oben bis unten durch. Er klingt wie ein Kuchenrezept: Fügen Sie so viel von dem und so viel von dem dazu. Vermengen Sie es. Überprüfen Sie die Temperatur. Warten Sie soundso viele Minuten. Das kann doch kaum schwierig sein.

Sie beschließt, den Keller sauber zu machen. Ja, sie wird all den Staub entfernen, und dann wird sie ihm, wenn er nüchtern ist und sie lässt (was beides nicht besonders wahrscheinlich ist) vielleicht dabei helfen, es noch einmal zu versuchen. Gemeinsam wird es ihnen vielleicht gelingen.

* * *

Barbara hat eine Idee, eine verrückte, geniale, nicht ganz ungefährliche, für die sie die Genehmigung von jemandem bräuchte, der sich mit solchen Dingen auskennt, um sie in die Tat umzusetzen. Wenn es irgendwo nur jemanden gebe, der tatsächlich dazu in der Lage wäre, so etwas zu genehmigen. Aber die einzigen Leute, die sie um Rat fragen könnte, würden sie nur davon abhalten – das weiß sie. Und sie nimmt an, dass sie dabei auch völlig im Recht wären.

An ihrem Plan ist nichts grundsätzlich falsch, und sie kann nicht einmal genau sagen, was an dieser Idee sie so unanständig erscheinen lässt. Unanständig und aufregend, wie Passagier mit einem Fahrschein der zweiten Klasse, der eine Gelegenheit ergreift, um sich in die erste Klasse zu schleichen.

In dem Moment klingelt Diane an der Tür, die auf ihre eigene Weise gefährlich ist.

Manchmal denkt Barbara an Diane und wünscht sich, sie würden sie öfter sehen. Und manchmal denkt Barbara, dass sie am liebsten Diane wäre, weil sie eine bestimmte Ausstrahlung hat. Sie wirkt unruhig, risikobereit und verführerisch. Aber zu allen anderen Zeiten möchte sie Diane so fern von ihrer Familie halten, wie es nur möglich ist. Jetzt aber steht Diane, trotz Barbaras Bedenken, wie erbeten vor der Tür, denn wenn es hart auf hart kommt, ist Diane der einzige Mensch, den sie kennt, der die Energie hat, um ihren Plan in die Tat umzusetzen.

»Hallo!«, begrüßt Barbara sie und zieht die Eingangstür auf – durch all den Regen ist sie ganz aufgequollen. »Komm rein! Komm rein! Du siehst ganz durchgefroren aus!«

Diane, die einen grauen Hosenanzug über ihrem Rollkragenpullover und eine rote Baskenmütze auf ihrem neuen Bubikopf trägt, sieht umwerfend aus. Früher einmal konnte Barbara sich damit beruhigen, dass sie vielleicht nicht so klug wie Diane war und vielleicht auch nicht so witzig, aber zumindest war sie hübscher. Doch vor einigen Jahren schon hatte sich das verändert – Beweis dafür, falls man ihn braucht, was Mode und ein guter Friseur bewirken können.

»Ich *bin* durchgefroren«, erwidert Diane.

»Wo ist dein Mantel?«, fragt Barbara und führt sie ins Wohnzimmer. »Hast du keinen?«

»Ich konnte keinen finden, der dazu passt, was ich anhabe.« Diane macht ein verlegenes Gesicht. »Blöd, ich weiß! Ich habe es auch schon in der Sekunde bereut, als ich das Haus verlassen habe. Ich werde mir garantiert auch die Erkältung holen, die im Moment jeder hat.«

»Nun ja, es ist *November.*«

»Ich habe einen schönen Trenchcoat bei British Home Stores gesehen. Ich hätte ihn kaufen sollen. Es ist nur … das … also … British Home Stores. Aber egal. Das ist schön.« Sie deutet mit dem Kopf auf das Feuer und blickt sich dann im Raum um. »Es sieht hier gemütlich aus, seit ihr renoviert habt.«

»Danke. Wärm dich auf«, sagt Barbara und fühlt Nervosität in sich aufsteigen, überzeugt, in diesem Augenblick, dass es alles ein Fehler ist. Und weil sie unbedingt der gemütlichen Nähe im Wohnzimmer entkommen möchte, meint sie: »Ich mache dir einen schönen heißen Tee. Rühr dich nicht von der Stelle!«

»Natürlich.« Diane folgt ihr jedoch in die Küche. »Worum geht es eigentlich?«, fragt sie, setzt ihre Baskenmütze ab und schüttelt ihr Haar auf. »Es kommt mir alles sehr mysteriös vor, weil du wolltest, dass ich vorbeikomme, wenn Tony bei der Arbeit ist.«

»Eigentlich nicht. Ich wollte nur mit dir über etwas reden.«

»Reden?«

»Ja.« Barbara räuspert sich, dann konzentriert sie sich darauf, die Teekanne auszuspülen und den Tee hineinzulöffeln … Sie spürt, dass einer ihrer Anfälle voller Atemlosigkeit im Anzug ist. Wenn sie sich jetzt auf irgendeine mechanische Tätigkeit konzentrieren kann, wird nichts geschehen. Wenn sie sich nur irgendeiner kleinen Aufgabe widmet, bis der Anfall vorbeigezogen ist, dann kann sie, das weiß sie aus Erfahrung, weiteratmen.

»Also worum geht's?«, will Diane wissen. »Was ist das Geheimnis?«

»Wahrscheinlich ist es albern. Ich meine, wahrscheinlich ist es gar nicht machbar.«

»Erzähl weiter.«

»Ich möchte mit dir über Fotos sprechen. Darüber, wie man sie entwickelt. Und Abzüge herstellt und all das.« Barbara starrt in die Kanne und nimmt all ihren Mut zusammen, bevor sie, mit unbewegtem Gesicht, wieder Diane ansieht. Halb rechnet sie damit, von ihr ausgelacht zu werden.

Doch Diane scheint einfach nur verwirrt. »Ich verstehe nicht«, sagt sie.

Barbara atmet einmal tief durch, dann gibt sie sich einen Ruck. »Tony hat schwere Zeiten hinter sich, seit dein Dad den Laden geschlossen hat.«

»Das dachte ich mir.«

»Die Preise, die für die Filmentwicklung und die Abzüge woanders gefordert werden, können wir uns nicht leisten.«

Diane nickt. »Es ist ein teures Geschäft. Aber ich dachte, Tony habe sich seine eigene Dunkelkammer eingerichtet. Im Keller.«

»Das hat er. Aber er kommt damit nicht wirklich zurecht. Die Fotos sind immer zu dunkel oder zu hell oder zu verkratzt oder zu sonst irgendwas. Er verschwendet ständig Geld oder Papier oder Chemikalien, und doch kommt einfach nichts dabei heraus.«

»So ist Tony, fürchte ich«, sagt Diane. »Es ist überhaupt nicht besonders schwierig, aber er kann einfach nicht – oder will nicht – den Anleitungen folgen.«

»Genau das ist es«, stimmt Barbara zu und gießt das Wasser aus dem Kessel in die Teekanne.

»Aber ich wüsste nicht, wie ich da helfen kann«, sagt Diane. »Er ist schon immer so gewesen. Und er wird sich höchstwahrscheinlich nicht ändern.«

»Ich habe mich gefragt, ob …«

»Ja?«

»Könntest du … denkst du, es wäre möglich … ich meine, ich weiß nicht, ob du glaubst, dass ich es könnte, aber …«

»Oh!« Erkenntnis macht sich auf Dianes Gesicht breit. »Du möchtest, dass ich es *dir* beibringe?«

Barbara sieht sie aus schmalen Augen an. »Das ist albern von mir, nicht wahr?«

»Nein! Natürlich nicht.«

»Und du hast wahrscheinlich auch gar keine Zeit dafür …«

»Barbara, ich …«

»Weißt du was? Vergiss einfach, dass ich jemals etwas gesagt habe.«

»Ich würde es dir liebend gern zeigen.«

»Wirklich? Das würdest du?«

Diane nickt energisch.

»Vielleicht bin ich gar nicht gut darin.«

»Du wirst gut sein.«

»Ich meine, ich bin ja schließlich keine Fotografin, aber ich kann einer Anleitung folgen. Ich kann einem Rezept folgen und einem Strickmuster. Das klingt sicher albern … ich meine nur, wenn mir jemand sagt, wie es geht, kann ich das meiste. Deswegen dachte ich vielleicht …«

Diane unterdrückt ein Grinsen. »Du wirst großartig sein, Barbara.« Es ist deutlich zu erkennen, dass ihr etwas auffällt, und sie runzelt die Stirn, während ihr Blick durch den Raum gleitet.

»Er ist in der Schule«, erklärt Barbara.

»Ja, natürlich!«, ruft Diane, als sei gerade ein Geheimnis gelüftet worden. »Deswegen hast du alle Zeit der Welt.«

»Im Moment ja. Obwohl ich bezweifle, dass es so bleibt. Hier.« Sie reicht Diane einen Becher Tee, den Diane mit beiden Händen umfasst und an ihre Lippen hebt.

»Mmh. Danke«, sagt Diane. »Gut. Dann zeig mir mal die Dunkelkammer.«

Die Mittwoche und die Freitage werden zu Fototagen. Filmentwicklung ist komplizierter, als Barbara es sich vorgestellt hat. Sie muss lernen, Chemikalien zu mischen, Temperaturtabellen zu lesen, Entwicklungszeiten zu berechnen … sie muss in absoluter Dunkelheit mit ihren Händen in einem Sack Filme in eine Dose stecken und lernen, wie man sowohl mit der Kamera als auch dem Vergrößerer überbelichtet und unterbelichtet.

Aber ihr gefällt die Arbeit, sie liebt sie sogar wie alles, was sie bisher getan hat. Nach den abstumpfenden Jahren der Kindererziehung hat sie das Gefühl aufzuwachen, hat das Gefühl, dass ihr Gehirn sich nach einem langen Schlaf allmählich wieder regt und sich stotternd und ratternd in Bewegung setzt.

Sie genießt auch die Stunden, die sie im roten Licht der Dunkelkammer verbringt, begeistert sich (mehr als sie zugeben will) für ihre zweisame Zeit mit der hübschen, klugen, witzigen Diane, und genießt dieses Gefühl, als sei sie ihre Freundin und nicht Tonys.

Obwohl Diane ihr eigenes Papier und ihr eigenes Material mitbringt und obwohl sie sehr sorgfältig darauf achten, den Keller immer so zu hinterlassen, wie sie ihn vorgefunden haben, erwischt Tony sie zweimal beinah. Einmal, weil Barbara vergisst, den kleinen elektrischen Heizofen auszuschalten. »Ich habe da unten sauber gemacht«, erklärt sie, »und mir war kalt.« Und einmal, als er früher nach Hause kommt, erwischt er Diane in der Küche mit einer Packung Fotopapier in der Hand. »Perfektes Timing«, sagt Diane und hält es ihm hin. »Ich habe dir ein bisschen Fotopapier vorbeigebracht, damit du üben kannst.«

Barbara ist sich nicht ganz sicher, warum sie ihrem Mann nicht sagt, was sie tut. Gegenüber Diane rechtfertigt sie es damit, dass sie ihn überraschen will. Aber das ist nicht die Wahrheit oder zumindest nicht die ganze Wahrheit. Sie hat Angst, dass Tony ihr neues Abenteuer irgendwie beendet. Sie ist sich nicht sicher, warum er das tun sollte, aber sie spürt, dass es möglich wäre. Und sie hat ein seltsam schlechtes Gewissen, weil sie mit einer der ältesten Freundinnen von Tony so viel Zeit allein verbringt. Und so bleibt es ihr Geheimnis. Soeben und gerade. Und an einem

Mittwoch im Dezember, während sie, die Hüften aneinandergepresst, beobachten, wie sich ein Bild im Entwicklerbad langsam zeigt, sagt Diane: »Ich denke, meine Arbeit hier ist getan.«

»Wie bitte?«

»Du kannst es«, sagt Diane. »Das ist perfekt. Die letzten drei sind alle perfekt gewesen. Du musst jetzt nur noch immer wieder Abwedeln und Überbelichten üben und mal ein paar Doppelbelichtungen machen. Aber du bist bei allem schon weitaus besser als Tony. Und das meine ich ernst.«

Barbara starrt auf das sich entwickelnde Bild, um Diane nicht ansehen zu müssen. Denn würde sie ihr jetzt in die Augen sehen, müsste sie sie umarmen. Und wenn sie sie umarmt, wird sie sie küssen müssen. Überraschenderweise stellt dieses Verlangen kein Problem mehr für sie dar. Sie hat Zeit gehabt, hier in der Dunkelkammer, sich damit auseinanderzusetzen. Sie weiß nicht, woher dieses Verlangen kommt, und sie hat beschlossen, dass ihr das auch einerlei ist. Sie liebt Diane, aber auf eine andere Weise, als sie Tony liebt, in einer Weise, in der eine Frau nur eine andere Frau lieben kann. Es ist ein Gefühl, als würden sie in derselben Klasse spielen, und sie hat sich in den vergangenen Wochen auf eine Weise an sie gebunden, wie sie es noch nie zuvor erlebt hat. Aber sie kennt die Grenzen dessen, was möglich ist und was nicht. Sie weiß, wohin der Zug ihres Lebens fährt, und Diane zu küssen liegt einfach nicht auf ihrer Route. »Erzähl das Tony nicht«, bittet sie.

»Nicht mal im Traum«, erwidert Diane lachend.

»Ich erzähle es ihm vielleicht an diesem Wochenende.« Barbara stupst das Fotopapier tiefer in den Entwickler. »All das hier, meine ich.«

»Du musst es ihm nicht *sagen*«, entgegnet Diane. »Warte einfach, bis er einen Film fast voll hat, dann nimm ihn raus und entwickle ihn. Er wird seinen Augen nicht trauen.«

»Aber was ist, wenn ich es falsch mache?«

Diane stößt Barbara mit der Hüfte an. »Das wirst du nicht. Alles wird gut.«

»Und wenn er wütend ist?«

»Du solltest das Foto jetzt rausnehmen und es fixieren.« Diane deutet auf den Abzug.

»Ja. Das wollte ich gerade.«

»Und wenn er wütend ist, dann ist er dämlich.«

Barbara lässt das Bild ins Stoppbad gleiten, dann in den Fixierer. »Hm«, sagt sie. »Kein Kommentar.«

»Weil es dir nicht gestattet ist, einen Kommentar abzugeben. Mir aber schon. Jedenfalls denke ich, er wird zuerst ärgerlich sein. Aber dann einfach unglaublich erleichtert.«

»Ich hoffe es.«

Sie trocknen Barbaras Abzug, räumen die Dunkelkammer sorgfältig auf und gehen hinauf ins Wohnzimmer. »Ich bin froh, dass du es so schnell kapiert hast«, sagt Diane. »Ich muss nämlich eine Weile verschwinden, und bis ich wieder zurück bin, werde ich dir nicht helfen können.«

»Ich kann dir gar nicht genug danken.« Barbara spürt, wie ihr die Tränen in die Augen steigen. »Ich habe unsere gemeinsamen Nachmittage wirklich genossen.«

»Ich auch. Und es ist das Mindeste, was ich tun konnte. Wirklich.«

»Ich bin irgendwie traurig, dass …« Erst mit Verzögerung geht ihr Dianes Satz noch einmal durch den Kopf. »Was meinst du damit, du musst für eine Weile verschwinden?«

»Einfach nur das.« Diane zieht ihren Mantel über.

»Aber wieso?«

»Es ist einfach etwas, das ich tun muss.« Diane fährt unwillkürlich mit der Hand zum Mund, bevor sie sich wieder unter Kontrolle hat.

»Wenn ich helfen kann, dann solltest du es mir sagen.«

»Ich glaube kaum, dass das irgendjemand kann.«

Barbara streckt die Hand aus und berührt ihre Schulter. »Diane, sag mir einfach, was los ist.«

»Ich kann es wirklich nicht.«

»Wir sind doch Freundinnen, oder nicht?«

»Natürlich sind wir Freundinnen.«

»Und?«

Diane seufzt unglücklich, dann zieht sie die Nase kraus. Sie schluckt mit sichtbarer Mühe, und Tränen treten in ihre Augen. »Oh, Barbara!«, sagt sie mit zitternder Stimme. »Richard hat sich von mir getrennt, und ich bin so durcheinander …«

»Oh, du armes Ding!« Barbara nimmt Diane in die Arme. Sie streicht ihr über den Rücken, während Diane anfängt, hemmungslos an ihrer Schulter zu weinen. Barbara spürt, wie die nassen Tränen an ihrem Hals entlanglaufen.

»Ach du … wein nicht«, sagt sie. »Du wirst darüber hinwegkommen. Frauen sind schon seit allen Zeiten über Männer hinweggekommen. Wir stehen das immer durch. Und du bist nicht allein. Du hast uns.«

»Du bist so tapfer, Barbara.« Diane schluchzt und dreht den Kopf hin und her, sodass ihre Nase sanft an der Unterseite von Barbaras Wangenknochen entlangreibt. »Ich bewundere dich so sehr. Ich wünschte, ich wäre so stark wie du.«

»Stark? Ich?«

»Ja«, schnieft Diane. »Du bist einfach umwerfend.«

Barbara lacht und schiebt Diane gerade so weit von sich, dass sie ihr in die Augen sehen kann. »Du bist viel umwerfender als ich. Und das weißt du auch.«

Diane sieht ihr in die Augen, und dann, bevor sie überhaupt begreift, was geschieht, beugt Diane sich schnell vor und küsst sie auf die Lippen.

Barbara lacht erneut, aber diesmal verlegener. »Wofür war das?«, fragt sie.

»Ich wollte es einfach«, erwidert Diane. »Weil ich finde, dass du unglaublich bist.«

Der Kuss war so unerwartet gekommen, dass Barbara sich auf der Stelle wie gelähmt fühlt. Sie runzelt die Stirn und leckt sich über die Lippen, und Diane, die ihr immer noch in die Augen sieht, tut das Gleiche.

»Okay.« Barbara schiebt Diane sanft von sich. »Wie wär es mit einem schönen Tee?«

»Aber es gibt noch etwas, was ich dir sagen muss. Etwas Wichtiges.«

»Es gibt doch keinen Grund, dass du das nicht bei einer Tasse Tee tun kannst, oder?«, fragt Barbara, plötzlich brüsk und sachlich.

»Nein«, sagt Diane zweifelnd. »Nein, ich denke nicht.«

* * *

Aufgeregt wartet Barbara auf den richtigen Augenblick. Sie wartet auf die richtige Position verschiedener Sterne. Sie wartet insbesondere darauf, dass der Film in Tonys Kamera sich dem Ende zuneigt oder, zumindest fast, voll ist. Sie wartet darauf, dass er gute Stimmung hat. Sie wartet auf eine Eingebung, dass ihr neuer Lebensplan – Tonys Frau zu sein und irgendwann auch seine Assistentin – einfach gut aufgenommen wird. Das könnte genau der Impuls sein, den ihre Ehe braucht.

Ihre Stunde kommt vier Tage vor Weihnachten. Sie steht früh auf, um einen Blick auf die Rolleiflex zu werfen, und als sie sieht, dass nur noch zwei Bilder übrig sind, wechselt sie den Film gegen einen neuen aus, bevor sie ihn an die gleiche Stelle nach vorne spult. Es ist pure Verschwendung, aber so wird Tony zumindest nichts bemerken.

Sie kann es an diesem Morgen kaum erwarten, dass er zur Arbeit fährt. Und macht Jonathan so hektisch fertig, dass er anfängt zu wimmern und zu weinen, während sie ihn warm einpackt und ihn dann quer durch die Stadt zur Wäscherei bringt.

»Ich weiß vor Arbeit nicht, wo mir der Kopf steht«, sagt Minnie zu ihr. »Ich habe keine Zeit, auf ihn aufzupassen.«

»Bitte, Mum. Ich muss etwas Wichtiges erledigen«, fleht Barbara. »Es ist eine Überraschung für Tony.«

Minnie verzieht die Lippen. »Okay, aber nicht den ganzen Tag.«

Wieder zu Hause, allein in dem kühlen Keller, ermahnt Barbara sich zu atmen. »Du kannst das. Vermassel es nur nicht.«

* * *

Es ist neun Uhr morgens am Weihnachtstag. Barbara ist schon seit fünf Uhr auf, offiziell von Jonathan geweckt, aber sie ist so aufgeregt, dass sie sowieso nicht viel länger hätte im Bett bleiben können.

Tony, erschöpft nach einer besonders schlechten Woche bei der Arbeit und einer Reihe von langen, eiskalten Fahrten, liegt im Bett und kuriert eine Erkältung aus. Jonathan hat auch das letzte seiner Geschenke ausgepackt und spielt jetzt lieber, was irgendwie ärgerlich ist, mit den leuchtend bunten Kartons, in denen seine Geschenke waren, als mit dem viel zu teuren Spielzeug.

Tonys flaches, rechteckiges Geschenk liegt immer noch unter dem spärlich geschmückten Baum. Barbara wirft immer wieder einen Blick darauf, als wolle sie sichergehen, dass es immer noch da ist, sie das alles nicht nur geträumt hat.

Es ist fast Mittag, als Tony schließlich auftaucht, die Nase rot, die Augen wässrig. Er ist mehr an einem Frühstück interessiert als an Weihnachten, deswegen brät Barbara ihm Eier mit Speck, bevor sie ins Wohnzimmer geht und mit dem Päckchen zurückkommt.

»Für mich?«, fragt Tony, lächelt sanft und schnieft.

Barbara nickt.

»Du bist ein Schatz. Was würde ich nur ohne dich machen?«

»Ich hoffe, es gefällt dir.«

»Für dich liegt auch eins da unten.«

»Hab ich gesehen. Ich hole es hinterher.«

Tony wiegt die Schachtel in einer Hand. »Hm. Fotopapier?«

»Fast«, flüstert Barbara.

Tony lächelt schief, nimmt einen Schluck von seinem Tee und fängt an, das hübsche mit Stechpalmen bedruckte Papier aufzureißen. Zum Vorschein kommt ein normaler Papierkarton von *Ilford*. Er zwinkert Barbara zu – die den Atem anhält – und hebt den Deckel des Kartons an.

»Oh!«, sagt er überrascht und dreht den Karton um neunzig Grad. Er starrt auf das Foto, eine schwungvolle Linie harter Betonarchitektur unter einem grauen Himmel. Es wirkt noch bedrohlicher dadurch, dass Barbara die oberen Ecken unterbelichtet hat, damit es aussieht, als wäre ein Sturm im Anzug.

»Das ist der Bull Ring in Birmingham«, erklärt Tony.

Barbara nickt. »Wenn du es sagst.«

Tony runzelt die Stirn und legt das Foto beiseite. Darunter kommt ein Bild von zwei Frauen in modernen Kleidern aus dem Einkaufszentrum, die Hände voller Tüten. »Aber das sind …«

»Deine Fotos, ja. Sehen Sie nicht toll aus?«

Tony nickt, hat aber immer noch die Stirn gerunzelt. »Ich verstehe es nicht.« Er schüttelt ein wenig den Kopf.

»Es ist eine Weihnachtsüberraschung.«

»Du hast Abzüge von meinen Fotos machen lassen?« Tony sieht sich nun die übrigen acht Bilder an.

Barbara setzt sich ihm wieder gegenüber und kann kaum das Bedürfnis unterdrücken, die Hände zu ringen. »Nicht ganz.«

»Nicht ganz was?«, hakt Tony nach und klingt ein wenig irritiert. Er greift in die Tasche seines Morgenmantels, zieht ein Tuch heraus und putzt sich die Nase.

»Eigentlich habe *ich* sie für dich entwickelt«, erklärt Barbara. »Ich habe auch die Abzüge gemacht.«

Tony schnaubt. »Wie meinst du das?«

»Da du sie nicht mehr in den Laden der Darbotts bringen kannst, dachte ich …«

»Ah, du hast sie von Diane machen lassen?« Tonys Gesicht hellt sich auf.

Barbara schüttelt den Kopf. »Nein. Ich habe mir von ihr beibringen lassen, wie man das macht.«

»Du hast es dir von Diane beibringen lassen«, wiederholt Tony ausdruckslos.

Barbara nickt und kaut auf der Unterlippe. »Ich habe sie gemacht. Unten. In deiner Dunkelkammer.«

Tony schiebt unzufrieden die Lippe vor, während er die Fotos durchsieht. »Sie sind gut. Und du hast sie selbst gemacht? Ohne Hilfe?«

Barbara nickt erneut. »Ich dachte, ich könnte dir jetzt helfen. Jon ist jetzt in der Schule, und du wirst mehr und mehr Fotos machen …«

Aber Tonys Lächeln ist vollständig verschwunden.

»Du wirkst nicht besonders glücklich. Gefällt dir der Gedanke nicht?«

»Ich begreife nur nicht, warum du glaubst, dass ich deine *Hilfe* brauche.«

»Das glaube ich gar nicht, ich …«

»Ich bin absolut in der Lage, meine Bilder selbst zu entwickeln.«

»Natürlich bist du das, aber …«

»Warum also Diane und du beschlossen habt, eure Nasen in meine Dunkelkammer zu stecken, entzieht sich meinem Verständnis.«

»Okay«, sagt Barbara, während sich Schweißperlen auf ihrer Oberlippe bilden.

»Und ihr habt all mein Zeug benutzt? Alle meine Gerätschaften? Das sind teure Sachen, weißt du.«

»Ich weiß. Aber Diane hat ihre eigenen Chemikalien und ihr Papier mitgebracht, daher …«

»Wie *nett* von ihr«, entgegnet Tony.

»Ich … ich denke, ich wasche dann das hier mal ab.« Barbara steht auf, verzweifelt auf der Suche nach irgendetwas, worauf sie sich nach dieser traurigen kleinen Katastrophe konzentrieren kann. Denn sie spürt, wie bebend Wut in ihr aufsteigt, die ihr Angst macht. »Mum wird bald hier sein«, murmelt sie. »Ich muss das Abendessen vorbereiten.«

Tony nickt. Sein Gesichtsausdruck ist hart. »Ich denke, ich werde …«

»… mal eben auf ein Pint ins *Ladywell* gehen?«, vollendet Barbara seinen Satz.

»Du solltest damit aufhören, die Arbeit von anderen Leuten zu machen und lieber eine verdammte Gedankenleserin werden«, sagt Tony ärgerlich. Und dann steht er so schnell auf, dass sein Stuhl umfällt.

Als Minnie eine halbe Stunde später eintrifft, sagt sie zu ihrer Tochter: »Oh, er braucht einfach Zeit, um sich an den Gedanken zu gewöhnen. Männer sind da nicht so schnell wie wir, Liebes.«

Und am Ende soll Minnie recht behalten. Tony braucht einen Monat, bis er aufhört, Barbara immer wieder aus dem Hinterhalt zu beschießen, und er braucht sechs, bis er in der Lage ist, sie, wenn auch widerwillig, um Rat zu fragen. Und schließlich, ein Jahr, nachdem sie ihm das unselige Geschenk gemacht hat, wird er sich tatsächlich entschuldigen und ihr sagen, dass er sich geirrt habe. Aber zu dem Zeitpunkt hat sie viel zu viel um die Ohren, um sich darum zu scheren.

2012 – Old Holborn, London

Peter Dawkins, der Chefredakteur der Reihe *Welt der Kunst* von *Thames and Hudson*, sieht die Abzüge durch. Sophie wirft Brett, den sie zur Unterstützung mitgebracht hat, einen Blick zu, und er zwinkert ihr heimlich zu.

»Ja, sie sind sehr, *sehr* schön«, sagt Dawkins erneut. »Und das Gesamtpaket, die Bilder Ihres Vaters, ein paar biografische Texte und ein zuverlässiger Verbündeter bei der *Times*, um die Werbetrommel zu rühren, ist mehr als reizvoll, muss ich zugeben.«

»Und die Bilder seiner Tochter ebenfalls«, fügt Brett hinzu, und Sophie liebt ihn dafür, dass er genau in dem Moment für sie eintritt, als ihr die Stimme versagt.

»Ja.« Dawkins kratzt sich am Kopf.

»Es ist ein Gesamtpaket«, erinnert Brett ihn. »Das ist es, was wir Ihnen anbieten. Den Vater, die Tochter, goldene Worte von jenen, die ihn gekannt haben und ein wenig wohlwollende Publicity in der *Times*.«

»Mir ist das schon klar«, sagt Peter Dawkins. »Natürlich ist es das.« Wieder kratzt er sich am Kopf und schließt die Mappe mit Tonys Bildern, dann wendet er sich der anderen zu, in der sich Sophies befinden. »Hm.«

»Was denken Sie?«, fragt Brett, während er an seinen Manschetten spielt. Dann beugt er sich auf seinem Stuhl vor. »Sagen Sie mir, worüber Sie gerade nachdenken.«

»Kann ich ganz offen mit Ihnen sein?«, fragt Dawkins.

»Natürlich.«

»Die sind gut.« Er tippt auf das oberste Foto von Sophies Stapel. Es ist eins aus ihrer neuen Serie von Kunstfotos, alle durch mit Regentropfen überzogene, beschlagene oder schmutzige Fenster geschossen. Das Bild direkt unter seinem Finger ist von einer Frau mit einem Schirm an der verregneten Promenade in Eastbourne, aufgenommen durch die mit Wassertropfen übersäte Scheibe eines Wartehäuschens. »Sie gefallen mir, Sophie. Das tun sie wirklich.«

»Das sind tolle Nachrichten, nicht wahr, Sophie?«, sagt Brett.

Sophie nickt. Sie wartet auf das *Aber*. Sie weiß, dass ein Aber kommen wird.

»Aber es ist so«, meint Dawkins und bestätigt ihre Befürchtungen. Er öffnet erneut die erste Mappe und wählt ein kontrastreiches Schwarz-Weiß-Bild von einem mit Schlamm überzogenen Atomwaffengegner, der sich vor die Kette des Raupenfahrzeugs eines Konvois mit Marschflugkörpern gelegt hat. Daneben schiebt er das sanfteste von Sophies Bildern, eine mit Wildblumen übersäte Wiese, fotografiert durch eine mit der Hand in eine beschlagene Autoscheibe gezeichnete Herzform. Sophie hasst ihn dafür, dass er ausgerechnet dieses Bild ausgewählt hat. Zu dem Foto, dem ersten der neuen Serie, hat sie eine ganz besondere Verbindung. Es war der Moment, als sie die Idee dazu gehabt hatte. Brett und sie hatten sich gerade im Wagen geliebt, und das war in erster Linie der Grund für die beschlagenen Scheiben.

Peter Dawkins dreht die beiden Bilder zu ihnen herum. »Sehen Sie, was ich sagen will?«, fragt er.

»Nein«, erwidert Brett. »Nicht wirklich. Was wollen Sie sagen?«

»Schon okay, Brett«, mischt Sophie sich ein, die inzwischen ihre Stimme wiedergefunden hat. »Ich hab verstanden. Komm. Lass uns verschwinden. Es hat keinen Sinn.«

Brett hebt eine Hand. »Nein. Warte mal.« Er steht auf und geht um Dawkins Schreibtisch herum. »Ich fürchte, ich muss Ihnen vorwerfen, dass Sie doch ein ganz kleines bisschen hinterhältig sind«, sagt Brett zu ihm und Sophie bewundert ihn für die Fähigkeit, etwas Derartiges von sich zu geben, ohne wütend oder unhöflich oder auch nur im Entferntesten aggressiv zu klingen.

»Lassen Sie mich ein paar andere Bilder auswählen …«, sagt Brett und durchstöbert die beiden Stapel. Er wählt eins von Tonys sanfteren Bildern – eine Frau in Hotpants auf einem Fahrrad irgendwann in den Siebzigern – und legt es neben Sophies Foto einer alten, sichtbar einsamen Frau, die einen Becher Tee umfasst hält, aufgenommen durch das beschlagene Fenster eines Fish-and-Chips-Restaurants.

»Okay«, erwidert Peter Dawkins. »Ja, ich verstehe, was Sie meinen.«

»Ich will damit nur sagen«, meint Brett, »*wir* wollen damit nur sagen, dass wir das Gefühl haben, diese Bilder können zusammenpassen, wenn sie nur mit dem nötigen Gespür ausgewählt werden.«

»Ja, ich nehme an, das könnten sie tatsächlich. Aber …«

»Und wonach wir suchen, ist ein Verleger, der weiß, wie man das auf die bestmögliche Weise macht. Denn das ist unser Projekt. Und weil Sophie die Rechte an den Bildern von Anthony Marsden hält.«

Peter Dawkins räuspert sich. »Gut. Ich denke, ich habe Ihr Angebot jetzt besser verstanden.«

»Gut«, sagt Brett.

»Ich werde … äh … ein paar Tage brauchen, um es intern zu besprechen. Es gibt noch andere Leute hier, die etwas dazu sagen müssen.«

»Das ist absolut in Ordnung, oder, Sophie?«, sagt Brett. »Wir könnten ebenfalls noch ein wenig Zeit gebrauchen. Natürlich treffen wir uns auch noch mit anderen Redakteuren.«

Dawkins sieht zu ihm auf. »Ach ja?«

»Natürlich.«

»Darf ich fragen, mit wem?«

Oh Mann, denkt Sophie. *Lass das lieber, Brett.*

»Sie dürfen schon«, erwidert Brett. »Aber ich glaube nicht, dass wir zu diesem Zeitpunkt gewillt sind, es Ihnen auch zu sagen. Trotzdem bin ich mir sicher, dass Sie die Hauptakteure auf dem Markt für Kunstbücher genauso gut kennen wie wir.«

»Ja. Ja, ich denke schon«, bestätigt Peter Dawkins. »Dann werde ich mich … äh … bei Ihnen melden, so schnell ich kann.«

»Das wäre wunderbar«, sagt Brett. »Hast *du* noch irgendwelche Fragen an Peter, Sophie?«

Sophie, die ein wenig benommen ist von diesem kleinen Boxkampf, schüttelt nur den Kopf.

»Dann lass uns gehen«, sagt Brett.

Draußen auf der Straße klemmt sich Sophie die Mappen zwischen die Knie, während sie ihren Mantel zuknöpft. Es ist ein sonniger, frischer Novembertag. Nachdem sie ihren Mantel geschlossen hat, drängt sie sich an Brett und küsst ihn auf die Wange.

»Wofür war das?«, will er wissen.

»Dafür, dass du brillant warst«, antwortet Sophie. »Dass du umwerfend warst. Dafür, dass du verhindert hast, dass dieses Arschloch mein Ego in Grund und Boden trampelt.«

Sie merkt plötzlich, dass jemand hinter ihnen ist, und als sie sich umdreht, sieht sie Peter Dawkins, der gerade ebenfalls die Steintreppe heruntergekommen ist, während er seinen Mantel zugeknöpft hat. »Wow, wie peinlich«, sagt er süffisant. »Ich kann Ihnen versichern, meine Liebe, dass ich in jedem Fall nicht die Absicht hatte, das Ego von irgendjemandem in Grund und Boden zu trampeln.« Dann murmelt er: »Ihnen beiden noch einen schönen Tag«, und marschiert davon.

Sophie atmet langsam aus, dann sinkt sie in Bretts Arme.

»Ha!«, ruft Brett. »Gut gemacht, Sophie. Sehr, sehr, *sehr* gut gemacht.«

1969 – Llanelwedd, Wales

Jonathan, der seine Nase gegen das beschlagene Fenster gedrückt hat, dreht sich um und fragt: »Mum? Warum regnet es in Wales so viel?«

Barbara, die damit beschäftigt ist, geschlechtsneutrale Babysachen zu stricken, lacht, und dieses Lachen fühlt sich gut an. Das Cottage ist kalt, feucht und ungemütlich, und ihr gehen unzählige Sachen durch den Kopf. Grob geschätzt, ist es drei Wochen her, seit sie das letzte Mal überhaupt gelächelt hat.

»Du hast recht,«, sagt sie. »In Wales regnet es *sehr* viel. Weißt du, als ich noch ein kleines Mädchen war, haben wir immer so getan, als sei es eine Art Strafe, nach Wales geschickt zu werden.« Sie erzählt Jonathan oft von Dingen, von denen sie weiß, dass er sie noch nicht vollständig verstehen kann.

Minnie, ihre Mutter, zieht sie immer damit auf. »Wie du mit dem Jungen redest!«, sagt sie dann. »Er ist nicht dein verfluchter Ehemann.«

Aber Barbara findet, dass es gut für ihn ist. Und probieren geht über studieren. Alle Leute sagen ihr ständig, wie klug Jonathan sei.

»Es war während des Kriegs«, fährt sie fort. »Und alle Kinder in London sind nach Wales geschickt worden, um den

Bomben zu entkommen. Wir waren so glücklich, dass man uns nicht weggeschickt hat. Und dann wurde eine Freundin von mir doch nach Wales geschickt, weil sie etwas getan hatte, was ein bisschen ungezogen gewesen war. Deswegen ist daraus in unserer Familie eine Art Witz geworden. Tante Glenda hat immer zu mir gesagt: ›Reiß sich zusammen, Schwester, oder es geht ab nach Wales.‹«

Jonathan, der sie angesehen und offensichtlich aufmerksam gelauscht hat, starrt sie nun ausdruckslos an. »Ich denke, ich mag London lieber«, meint er.

»Gestern hast du das nicht gesagt.«

»Hab ich wohl.« Barbara schüttelt den Kopf. »Nein, hast du nicht. Du hast gesagt, das Baumhaus war der schönste Platz auf der ganzen weiten Welt.«

Jonathan denkt darüber nach. »Das Baumhaus *ist* sehr schön«, gibt er zu. »Kann ich hingehen und mich reinsetzen?«

»Erst, wenn es aufgehört hat zu regnen. Das Haus hat kein richtiges Dach.«

»Können wir eins im Laden kaufen?«

»Ein was?«

»Ein richtiges Dach?«

Barbara lächelt. »Wir fragen Dad, wenn er nach Hause kommt, ob er weiß, wie wir es reparieren können.«

Jonathan runzelt die Stirn. »Bis Dad ein Dach für den Baum besorgt, denke ich, mag ich London lieber.«

»Warum spielst du nicht mit deinen Sachen? Warum baust du nicht etwas mit Lego?«

»Okay.« Jonathan klettert zu Boden. »Was könnte ich denn bauen?«

»Bau mir … einen Vogel!«, schlägt Barbara vor.

»Einen *Vogel*?«

»Fang an. Ich wette, du kannst es. Du bist doch wirklich gut mit Lego.«

Jonathan verzieht den Mund, ein Gesichtsausdruck, den er von Minnie gelernt hat. »Ein Vogel ist schwer. Aber ich versuche es.«

Barbara sieht immer wieder zu ihm hin, bis er sich mit seinem Lego auf den Teppich setzt, und dann verliert sie sich im Prasseln des Regens und dem Klicken ihrer Stricknadeln – in den unbestimmten, durcheinanderwirbelnden Gedanken, die ihr zu Zeiten wie diesen immer durch den Kopf jagen. Sie versucht sich vorzustellen, wie das Baby die Sachen trägt, die sie gerade strickt. Es erscheint kaum möglich, dass schon in einem Monat er oder sie da sein wird. Barbara fragt sich zum tausendsten Mal, ob es wohl ein Junge oder ein Mädchen wird. Ihr ist es egal, sie würde beide lieben, doch insgeheim hätte sie gern ein Mädchen. Es scheint absurd, sowohl das eine wie auch das andere zu haben, als handele es sich um eine Briefmarkensammlung und keine Familie. Trotzdem hätte sie gern einen Jungen und ein Mädchen.

Sie fragt sich, wie es ihrer Mutter wohl geht. Sie fragt sich, ob es neue Nachrichten aus dem Krankenhaus gibt. Sie hat zu viel Angst, um über ihre Mutter nachzudenken, deswegen denkt sie wieder an das Baby. Sie fragt sich, ob das Baby wohl hübsch sein wird. Sie fragt sich, ob sie das kleine Mädchen – oder den kleinen Jungen – genauso wird lieben können, wie sie Jonathan liebt. Sie fragt sich, wem das Baby ähneln wird. Jonathan ist so sehr *ihr* Kind. Jeder sagt das. Selbst jetzt, selbst hier, während sie Babysachen strickt und Jonathan einen Vogel baut, der wie ein Zug aussieht, ist es deutlich sichtbar. Er hat nichts von Tonys unkontrollierbarem Temperament. Sie freut sich, dass Jonathan aussieht wie sie, *ist* wie sie. Aber manchmal wünscht sie sich, jemand würde zu Tony sagen, dass Jonathan wie er aussieht, wie er ist, nur, um ihm Sicherheit zu geben.

Der Regen nimmt zu – er kommt und geht in Wellen –, und er peitscht jetzt gegen die Fensterscheibe. Sowohl sie als auch Jonathan blicken auf bei dem Lärm. »Dad wird vollgeregnet werden«, stellt Jonathan fest.

»Da hast du recht. Er wird klitschnass sein.«

»Was ist klitschnass?«

»Er wird sehr, sehr nass sein. So wie du, wenn du aus der Badewanne kommst.«

»Darf ich mit der Kamera spielen?«, fragt Jonathan, da ihn die zugegeben herausfordernde Aufgabe, aus Lego einen Vogel zu bauen, offenbar langweilt.

»Du weißt, dass du das nicht darfst«, erwidert Barbara. Aber natürlich weiß er das nicht. Tony hat ihn in letzter Zeit ein paar Mal durch den Sucher auf die umgekehrte Welt dahinter gucken lassen. Sie hält das für einen Fehler. Aus den verschiedensten Gründen ist sie sich sicher, dass es ein Fehler ist. Zum einen ist es eine teure Kamera, die leicht beschädigt werden kann – und sie können es sich nicht leisten, eine neue zu kaufen. Und zum anderen (auch wenn sie Tony das nie wird sagen können) möchte sie nicht, dass Jonathan von diesem ganzen Fotografenblödsinn verseucht wird. Sie möchte, dass er einen vernünftigen Beruf lernt, in dem er vernünftiges Geld verdient. Sie will nicht, dass er sich mal abplagen muss, um das Geld für die nächste Miete zusammenzubekommen, wie sie es tun müssen. Sie will nicht, dass er vor einem fast leeren Kühlschrank steht und sich fragt, was er denn nur mit zwei Kartoffeln, fünf grünen Bohnen, einem Ei und einer Scheibe Schinken kochen könnte (die Antwort lautet Kartoffelplätzchen).

Tony hat zum Geld nicht das gleiche Verhältnis wie Barbara. Er ist nie ausgebombt worden oder musste die ganze Nacht durcharbeiten, um im Akkord irgendwelche Stücke fertigzustellen, nur um Geld in den Stromzähler stecken zu können. Er ist nie mit Schuhen in die Schule gegangen, die so abgetragen waren, dass er die Temperatur des Bürgersteigs darunter spüren konnte. Deswegen hat er keine Furcht, mal auf etwas verzichten zu müssen. Er teilt ihre Angst nicht, irgendwann hungern zu müssen oder zu frieren oder nichts trocken zu bekommen. Und er ist in der Lage, und das vollkommen entspannt, anzudeuten, dass es »Spaß« machen könnte, sich auf die »Herausforderung« eines völlig neuen Berufsweges einzulassen.

Barbara seufzt und wirft einen Blick zu Jonathan, der den Vogel bereits wieder auseinandernimmt. Eine Herausforderung. Ein neuer Beruf. Gerade in dem Moment, als die Familie im Begriff ist, sich zu vergrößern. Als bald ein weiteres Kind versorgt werden muss. Minnie hatte Barbara aufgefordert, einfach Nein zu sagen, aber Minnie überschätzt den Einfluss, den ihre Tochter auf ihren Mann hat. Und sie unterschätzt den Wunsch ihrer Tochter, verheiratet zu bleiben. Denn das ist Barbaras Herausforderung. Das ist ihr beruflicher Weg.

Ja, solange sie zusammenbleiben, wird alles in Ordnung sein. Solange er seine Familie nicht verlässt. Jonathan wird nie erfahren müssen, in welcher Armut sie aufgewachsen ist, wird nicht einmal wissen müssen, dass eine derartige Armut überhaupt existiert. Und ist es nicht Ehrgeiz genug anzustreben, dass es einem, von Generation zu Generation, ein wenig besser geht?

Die Tür wird aufgestoßen, und die geduckte, nass glänzende Gestalt von Tony unter einem Südwester (sie haben ihn im Holzschuppen gefunden) erscheint im Eingang. »Teufel noch mal«, sagt er, schließt mit dem Fuß die Tür hinter sich und stellt eine halb volle Kiste mit Gemüse auf den groben Holztisch. »Da draußen regnet es wie bei Noah und seiner verdammten Arche.«

Barbara hebt eine Augenbraue wegen des Fluchs und die andere wegen der misslungenen Metapher. Sie versucht darauf zu achten, was sie in der Nähe von Jonathan sagt. Er saugt alles auf wie ein Schwamm, und Teil ihres großen Plans für ihn ist die Tatsache, dass er nicht nur niemals Hunger leiden soll und auch nicht frieren, sondern er soll auch besser sprechen können.

Alle die noblen Jobs bekommen Leute, die sich vernünftig ausdrucken können.

Ihre eigene Ausdrucksweise zu verändern, war nicht einfach gewesen, aber Jonathan zuliebe wird es langsam besser. Sich Allüren zuzulegen, nennt Minnie es, aber das ist Barbara egal, denn irgendjemand muss es tun, und, da sollte man sich nichts vormachen, weder Minnie noch Tony werden sich die Mühe machen. »Immer noch kein verfluchter 120er-Film«, sagt Tony, während er seinen tropfenden Mantel an die Rückseite der Tür hängt. »Aber er hat gesagt, morgen müsste er kommen.«

»Bei diesem Wetter kannst du doch sowieso nichts fotografieren«, sagt Barbara.

»Das ist leider wahr.«

»Und, wie geht's ihr?«, fragt Barbara. Im gegenseitigen Einvernehmen wird *sie* nicht einmal mehr beim Namen genannt. Obwohl das komisch ist, möchte Barbara über den Grund dafür genauso wenig nachdenken wie überhaupt über die ganze Person im Detail. Was wahrscheinlich egoistisch von ihr ist.

Tony zuckt die Achseln. »Ihr geht's gut«, antwortet er. »Sie ist müde, und ihr ist ein bisschen kalt. Sie hat das Feuer nicht in Gang bekommen, aber jetzt ist alles in Ordnung. Oh, das ist für dich gekommen.« Er zieht einen durchgeweichten Umschlag aus seiner Tasche und geht zu Barbara, die aufhört zu stricken, um den Brief aus seiner immer noch nassen Hand zu nehmen. Die Adresse ist in der einzigartigen Handschrift ihrer Mutter aus Groß- und Kleinbuchstaben adressiert. Barbara legt ihn auf den Kaminsims, dann strickt sie weiter.

»Mach ihn doch auf.« Tony hockt sich vor den Holzofen, öffnet die kleine Tür und stochert darin herum.

»Noch nicht. Ich muss mich erst darauf vorbereiten.«

»Dich auf was vorbereiten?«

»Ich weiß es nicht.«

»Sei nicht so miesepetrig. Vielleicht sind es gute Neuigkeiten. Oder es ist überhaupt nichts los.«

»Das weiß ich«, erwidert Barbara ausdruckslos. »Ich mache ihn ein bisschen später auf. Sobald Du-weißt-schon-wer im Bett ist.«

Jonathan, der zurzeit glaubt, er habe zwei Namen, Jonathan Marsden und Du-weißt-schon-wer, sieht erwartungsvoll auf, als seine Mutter sich nicht an ihn wendet, obwohl sie seinen Spitznamen benutzt hat. »Mum, können wir Dad nach dem Dach fragen?«

Barbara lächelt schwach. »Jonathan möchte gerne wissen, ob es eine Möglichkeit gibt, das Dach vom Baumhaus zu reparieren.«

»Es regnet darin«, erklärt Jonathan. »Wenn es das nicht täte, könnte ich drin spielen.«

»Du magst das Baumhaus sehr, oder?«

Der Junge nickt. »Ich könnte vielleicht immer da wohnen«, sagt er hoffnungsvoll.

»Immer kannst du da nicht wohnen«, erwidert Tony. »Aber wenn es aufhört zu regnen, werden wir mal sehen, was wir machen können. Vielleicht können wir irgendwas zurechtbasteln.«

Jonathan rümpft die Nase, als habe Tony gerade das Blödeste gesagt, was er je gehört hat. »Wenn es aufhört zu regnen, brauchen wir kein Dach, Dummkopf«, gibt er zurück, und Barbara fragt sich, ob Tony wohl wütend darüber wird, dass sein Sohn so frech zu ihm ist. Aber Tony grinst nur. »Er hat eine schnelle Auffassungsgabe«, bemerkt er stolz.

Nach dem Abendessen bringt Barbara Jonathan ins Bett, dann holt sie den Brief, der jetzt trocken ist, vom Kaminsims. Tony, der ein Buch über Dunkelkammertechnik liest, hat den Brief bereits vergessen, was ihr irgendwie den Raum gibt, sich für dessen Inhalt zu wappnen.

Als er schließlich aufblickt, sieht er, wie Barbara in die Flammen hinter dem kleinen Fenster des Ofens starrt, den Brief im Schoß.

»Und was schreibt deine alte Dame?», erkundigt er sich.

Barbara holt tief Luft, bevor sie antwortet: »Ich muss hinfahren und sie besuchen.«

»Was?«

»Es ist Krebs, Tony.«

»Sei nicht albern.«

»Ich bin nicht albern. Das Krankenhaus hat es gesagt. Sie haben ihr mitgeteilt, es sei Krebs.«

»Ich meine, du kannst sie nicht besuchen«, sagt Tony sanft.

»Ich muss.«

Tony legt das Buch zur Seite und geht zu ihr. Er hockt sich neben seine Frau und nimmt ihre Hand. »Das geht nicht, Barbara. Wir haben es besprochen.«

»Da hatte sie keinen Krebs.«

Tony seufzt und küsst ihren Handrücken. »Was schreibt sie? Ist es schlimm?«

»Ich weiß nicht. Deswegen muss ich hinfahren.«

»Aber wenn du fährst, musst du es ihr sagen.«

»Ohne Frage.«

»Deswegen geht es nicht. Warte noch einen Monat und …«

»Ich kann keinen Monat mehr warten.«

»Zum Teufel, Barbara. Was ist, wenn sie es allen erzählt?«

»Das wird sie nicht. Sie wird es keiner Seele sagen.«

2012 – Shoreditch, London

Sophie wackelt mit den Fingern ihrer ausgestreckten Hand. »Gib ihn mir«, sagt sie.

Ihr gegenüber winkt Brett ihr über die Schulter mit einem Brief zu. »Ich möchte erst mit dir reden.«

»Gib ihn mir!«, wiederholt Sophie scharf.

»Beruhig dich einfach. Wir müssen uns kurz unterhalten und dann …«

»Der Brief ist an mich. Er ist gerade in meinem Briefkasten gelandet. Also gib ihn mir, verdammt noch mal. Danach können wir über alles reden, was du willst.«

Brett verdreht die Augen, und, mit einem Seufzen, als würde er vor einer Dreijährigen einknicken, nimmt er den Arm herunter und reicht ihr den Brief. »Du bist unmöglich«, sagt er, als Sophie ihn ihm aus der Hand reißt und in die andere Ecke des Zimmers geht. Sie wirft sich aufs Sofa und streicht über den Umschlag. Er trägt das elegante Logo von *Thames and Hudson Publishing*.

Sie atmet einmal durch geschürzte Lippen aus, dann reißt sie ihn auf und zieht den Brief heraus. (Beste Qualität, schweres Papier – ein gutes Zeichen?) Sie schließt kurz die Augen, dann faltet sie das Blatt auseinander. »Nach unserem *interessanten*

Gespräch …«, murmelt sie und überfliegt die eng geschriebenen Zeilen. »Blabla … Angebot … Oh!« Sie dreht sich zu Brett um. »Teufel noch mal! Es ist ein Ja!«

Brett nickt gelassen und lächelt. »Ja. Ich weiß.«

»*Woher* weißt du das?«

Er zuckt die Achseln. »Ich bin eben toll, das ist alles.«

Sophie runzelt die Stirn, dann wendet sie ihre Aufmerksamkeit wieder dem Brief zu. »Vertrag folgt … blabla … Standardbedingungen … sechs Prozent vom Verkaufspreis plus … äh … eine Nachdruckvergütung an die einzelnen Rechteinhaber …« Sophie sieht wieder zu Brett auf. »Sechs Prozent. Ist das gut? Es klingt ein bisschen wenig.«

Brett zuckt erneut die Achseln. »Es ist am unteren Ende. Aber es hängt davon ab, was sie für die Bildrechte zahlen. Die meisten gehören dir, daher …«

»Sie gehören Mum«, korrigiert Sophie.

»Ja.« Brett räuspert sich. »Was uns sehr elegant zu dem Thema führt, über das wir sprechen müssen.«

»Alles in Ordnung. Ich werde mit ihr sprechen.«

»Du wirst mit ihr sprechen«, wiederholt Brett.

»Ich werde ihr erklären, dass es mein Projekt ist und dass sie einen Anteil oder irgendwas von den Erlösen der Ausstellung haben kann, aber die Buchtantiemen gehören mir.«

»Ja. Ich denke nur, du vergisst noch etwas.«

»Ja?«

»Ich denke, du vergisst *mich*.«

»Dich?«

»Ich hab den Deal für dich eingefädelt, Sophie.«

»*Wir* haben den Deal eingefädelt.«

»Du hättest ihn eigentlich eher fast verloren«, erinnert Brett sie. »Hätte ich ihn nicht hinterher angerufen, um mich für dich zu entschuldigen …«

»Du hast *was*?«

»Ihn angerufen. Ich habe dein überspanntes künstlerisches Temperament dafür verantwortlich gemacht. Er ist sehr nett damit umgegangen, wenn man bedenkt, dass du ihn als Wichser bezeichnet hast.«

»Arschloch.«

»Wie?«

»Ich habe ihn als Arschloch bezeichnet, nicht als Wichser.«

»Oh, das passt schon.«

Sophie spürt, wie sich in ihrem Innern die Wut mit einer Prise Verlegenheit mischt, die in ihr aufsteigt. Sie schüttelt den Kopf, steht auf und geht hinüber zu Brett. »Wie kannst du es eigentlich *wagen*, ihn anzurufen! Du hast mir nicht mal was davon erzählt. Ganz zu schweigen davon, mich zu fragen.«

»Es war notwendig, Soph. Und ich wusste, dass es dir nicht gefallen würde. Hier zählt aber nur, dass ich dir den Deal gerettet habe, meinst du nicht auch?«

Sophie öffnet den Mund, um irgendetwas Beleidigendes zu sagen, doch schafft sie es, sich zu beherrschen. »Also, wie viel willst du?«, fragt sie schließlich. »Was kostet aktuell so ein Anruf? *Tut mir leid wegen meiner Freundin, aber sie ist eine hysterische Ziege?*«

»Und jetzt bist du unaufrichtig«, erwidert Brett.

»Unaufrichtig. Das ist dein Wort des Monats.«

»Du hast recht. Das ist es. Ich mag es. Ich mag, wie es einem so glatt über die Lippen kommt. Aber wenn die Leute aufhören würden, es zu sein, würde ich auch aufhören, es zu benutzen. Wenn du dich jetzt mal eine Sekunde beruhigen könntest, hätte ich noch ein paar andere Neuigkeiten für dich. Ich habe eine Galerie für dich gefunden. Eine wirklich coole Galerie. Und der Besitzer hat im Prinzip bereits zugestimmt, die Ausstellung zu machen.«

Sophie erstarrt. Sie hängt irgendwo zwischen Wut und Begeisterung fest, und sie weiß nicht, welche Richtung sie nehmen soll. »Hast du?«

»Mhm.«

Sie beißt sich auf die Unterlippe – die Begeisterung gewinnt. »Ist es das *White Cube*?«

»Sag ich dir nicht.«

»Das ist es, oder? Es ist das *White Cube*. Sag mir, dass es das *White Cube* ist.«

Brett lacht leise. »Ich sage es nicht, bis …«

»Gott, ich *liebe* das *White Cube*. Du bist ein Genie, Brett.«

»Okay, hör mal, es ist *nicht* das *White Cube*.«

»Wirklich nicht?«

»Wirklich nicht.«

»Dann wo? Ist es …«

»Wir müssen zuerst reden. Wir müssen über meine Beteiligung an diesem Projekt reden, Sophie. Ich habe viel Zeit dafür eingesetzt. Ich habe ein Meeting nach dem anderen für dich arrangiert. Ich habe dir diesen verdammten Buchdeal besorgt (er macht eine Kopfbewegung in Richtung des Umschlags in ihrer Hand), in dem ich angeboten habe, in der *Times* darüber zu schreiben. Und ich habe die Galerie überzeugt, indem ich ihnen gesagt habe, dass wir auch einen Buchdeal eingespielt haben. Nichts davon wäre ohne mich passiert.«

»Okay, okay, Brett. Du willst also bezahlt werden. Ich verstehe. Und ich habe die ganze Zeit gedacht, du machst das alles aus Liebe.«

»Nein, Sophie. Hier geht es nicht um Liebe. Da drin geht es um Liebe.« Er deutet aufs Schlafzimmer. »Das hier ist Arbeit. Daher ja, ich möchte bezahlt werden. Und ich möchte einen schriftlichen und unterzeichneten Vertrag, bevor ich weitermache.«

»Einen Vertrag?«

»Ich möchte die exklusiven Interviewrechte für dich, deine Mutter und Jonathan. Und ich möchte das exklusive Recht, mit der *Sunday Times* über die Bildrechte zu verhandeln. Wenn es mir gelingt, bekommst auch du dafür Geld. Abzüglich meines Anteils natürlich.«

»Natürlich!«

»Und von all diesen Erlösen möchte ich fünfundzwanzig Prozent.«

Sophie blinzelt übertrieben und tut so, als sei sie außer sich, indem sie ihre Kinnlade herunterfallen lässt. Sie macht einen Schritt zurück. »Hast du den Verstand verloren«, sagt sie.

»Es ist ein sehr faires …«

»Fair?!«, keucht Sophie. »Fünfundzwanzig Prozent? Das ist nicht fair, das ist Wucher.«

Brett schnaubt. »Genau das ist es nicht, Sophie. Ich finde, das Angebot ist sehr großzügig, wenn man bedenkt …«

»Nein. Die Antwort lautet Nein.«

»Nein?«

Sophie nickt. »Ja. Ich sage *Nein* zu dem Angebot. Was ist das für ein *Gefühl* für dich?«

Brett zuckt die Achseln. »Es ist okay. Die Galerie kann ich ganz leicht wieder absagen.«

»Das würdest du nicht wagen.«

»Sicher. Wenn du es so willst. Und wenn ich der Galerie absage, hat sich damit auch der Buchdeal erledigt. Du kannst das alles dann ja noch mal von vorn anfangen. Und am Ende hast du dann ein paar fotografierte Seiten und irgendeine beschissene kleine Galerie, die sowieso niemand findet. Aber, hey, was geht es mich an?«

»Vielleicht mach ich das.«

»Gut. Nur zu.«

»Okay. Ich denke, du solltest jetzt gehen.«

»Wie bitte?«

»Da ich das, was ich für eine Beziehung gehalten habe, offensichtlich eine Geschäftsbeziehung ist und dieses geschäftliche Meeting nun vorbei ist, denke ich, solltest du gehen.«

»Ich verstehe nicht.«

»Dann mach ich es ganz einfach für dich. Verpiss dich in deine eigene Wohnung, Brett.«

»Oh, ich verstehe. Ich persönlich hatte ja mehr an einen schnellen Fick, gefolgt von einem leckeren Essen zur Feier des Tages gedacht, aber wenn du es so möchtest …«

Sofort gerät Sophie mit sich in Widerstreit. Ein Teil von ihr beobachtet zwei andere, offenbar unabhängige Teile, wie sie auf der Matte ihres Egos miteinander ringen. Manchmal ist das so. Als wenn ihr Körper, insbesondere ihr Mund, plötzlich von irgendeiner fremden Macht besessen ist, deren einziger Wunsch darin besteht, jeden Streit bis zum absoluten, zerstörerischen Ende zu treiben. Was sie jetzt *wirklich* möchte, ist genau das, was Brett vorschlägt. Sex, Feiern, glücklich sein. Aber der Teil von ihr verliert den Kampf, und sie hört, wie ihr Mund sagt: »Vergiss mich einfach, Brett! Bring einfach dein riesiges, stinkendes Ego so weit weg von mir wie möglich, bevor ich kotze.«

»Mein riesiges, stinkendes Ego, ja?«, wiederholt Brett, während er gerade so noch lächelt, obwohl seine Augen schon wütend funkeln. Er nimmt seine Tasche, holt ein zusammengetackertes Dokument heraus und legt es Sophie auf den Schreibtisch. »Der Vertragsentwurf. Ruf mich an, wenn du wieder bei Sinnen bist.«

Er marschiert quer durch die Wohnung, dann muss er, peinlicherweise, wieder zurückkommen – zuerst, um seine Schlüssel zu holen und dann sein Telefon. Und schließlich noch mal für den Mantel, bis er es endlich zur Eingangstür schafft. »Weißt du was, Sophie?«, sagt er, die Hand auf der Klinke.

»Ach, halt die Klappe und *geh*, bitte.«

Brett stöhnt und verschwindet aus ihrem Blickfeld. Die Tür *knallt* er nicht hinter sich zu.

1970 – Embankment, London

Barbara steht auf der Embankment-Seite der Waterloo Bridge. Sie schaukelt Sophies Kinderwagen hin und her, während sie darauf wartet, dass Tony auftaucht.

In der Ferne sieht sie Big Ben, ihre Tochter lächelt im Schlaf, und sie trifft sich mit ihrem Mann zu einem Picknick an einem wunderschönen Junitag … Und doch kann sie an nichts anderes denken als an ihre Mutter. Morgen haben sie (Glenda, Minnie und sie selbst) einen Termin mit dem Chirurgen. Und Barbara weiß bereits, nachdem sie ihre Mutter nur gesehen hat, dass es nicht gut ausgehen wird. Sie sieht es an ihrer Blässe, dass es trotz der radikalen Operation, der sich ihre Mutter unterziehen musste (und für eine Frau gibt es schließlich keine radikalere Operation), »nicht gelungen ist, alles zu entfernen«.

Seit dieser Operation rechnet sie mit schlechten Nachrichten. Und jetzt, heute, kann sie an nichts anderes denken, als dass sie morgen um diese Zeit weitere schlechte Nachrichten erhalten haben wird.

Sie hört Tony ihren Namen rufen und dreht sich um. Er kommt über die Straße auf sie zu. »Hallo!«, sagt er ein bisschen atemlos. »Und wie geht's meinen Mädchen heute?«

Barbara zwingt sich zu einem Lächeln. Ihr Kummer über die nachlassende Gesundheit ihrer Mutter hat Tony immer reizbar gemacht. Er hat es nie gesagt, aber sie merkt, dass er glaubt, ihre Freude über Sophies Geburt sollte die Krankheit ihrer Mutter irgendwie aufwiegen. Sie hört es an der Art, wie er darauf beharrt, dass Minnie »wahrscheinlich schon gesund werden wird«. Sie spürt es daran, wie er jede Diskussion über Minnies Krebs sofort durch ein geradezu gegenteilig gelagertes Gespräch über Sophies Schönheit blockiert. Tony kann mit Tod oder Krankheit nicht umgehen. Oder besser noch, Tonys Art, mit Tod oder Krankheit umzugehen, besteht darin, beides zu ignorieren. »Uns geht es gut«, erwidert Barbara daher immer. »Sie schläft, seit ich in den Zug gestiegen bin.«

»Ich dachte, wir hätten herausgefunden, dass der Bus besser geeignet sei?«

»Er war zum Bersten voll, Tony. Ich konnte den Kinderwagen nicht hineinbekommen. Ich habe drei Busse abgewartet und dann aufgegeben. Also haben wir den Zug nach Charing Cross genommen.«

»Ist das ein Picknick?« Er deutet auf den Korb unter dem Kinderwagen.

»Das ist es. Käse und Sandwich mit Essiggurke. Und Scones und Marmelade.«

»Schön. Aber das wäre nicht nötig gewesen. Ich habe dir gesagt, dass du dir keine Mühe machen sollst.«

Tony hatte am Morgen in seiner gewöhnlichen Unverantwortlichkeit, was finanzielle Dinge angeht, erklärt, dass er mit ihnen essen gehen würde. Aber so ist es billiger. Außerdem umgehen sie auf diese Weise das Risiko, am Ende in einem Pub zu landen. »Ich dachte, ein Picknick wäre schöner«, erwidert Barbara. »Es ist so ein herrlicher Tag.«

»Wie wäre es mit dem Garten?«, schlägt Tony vor und zeigt über die Straße.

»Wie wäre es mit dem St. James' Park?«, hält Barbara dagegen. »Wir haben doch Zeit, oder nicht?«

Tony wirft einen Blick auf seine Uhr. »Sicher.«

Es ist eine Woche vor den Parlamentswahlen, und in der Fleet Street, der Heimat der britischen Presse, ist so viel los, wie sonst nie dort. Aber er hat sich trotzdem eine Stunde freigenommen. Er wird sie am Abend wieder aufholen müssen. Barbara hat recht. Es ist ein herrlicher Tag. Sie machen sich auf den Weg.

Als sie den Trafalgar Square erreichen, stoßen sie auf Demonstranten, die für einen Sieg der Labour Partei marschieren. Verschiedene Gruppen wiederholen unermüdlich ihre Sprechchöre und schwenken Transparente, aber ihre Aussagen sind sehr verschieden und verwirrend, und sie scheinen nicht wirklich mit dem Herzen bei der Sache zu sein.

»Können wir mal eben gucken?« Tony klopft auf seine Kameratasche.

»Natürlich.« Barbara dreht den Kinderwagen um und steuert ihn in Richtung Nelsonsäule.

Als sie die Protestierenden erreichen, beugt Tony sich über seine Kamera und beginnt zu fotografieren. »Es scheinen keine anderen Leute von der Presse hier zu sein«, stellt er fest und fotografiert einen Hippie mit einem Plakat, auf dem steht: *Labour Ja, Vietnam Nein.*

»Es ist alles ein bisschen Schnee von gestern, oder nicht?«, sagt Barbara. »Ich denke, alle sind von den Wahlen zu Tode gelangweilt. Außerdem wissen wir doch, dass Labour sowieso wieder gewinnen wird.«

»Sie gehen davon aus, dass es nicht so sicher ist, wie alle sagen. Jedenfalls höre ich das bei der Arbeit.«

Sie umrunden die Demonstration, und Tony macht ein Foto von einem hübschen Mädchen mit einem Poster, auf dem steht: *20% MwSt? Nein danke!*

»Sieh mal!« Barbara deutet auf eine kleine Gruppe von Feministinnen zu ihrer Rechten. Tony folgt ihrem Blick und sieht eine Frau mit langem blondem Haar und einem Baby, das sie sich vor die Brust geschnallt hat. Zu ihren Füßen liegt ein Haufen Plakate, die auf ihre Verteilung warten, und auf dem obersten steht: *Haltet die Religion aus meiner Gebärmutter raus. Ja zu Frauenrechten. Ja zur Abtreibung. Stimmt für Labour.*

»Einige von uns würden alles für ein Baby tun, und andere wollen sie einfach nur loswerden«, sagt Barbara. »Es ist schon seltsam, wenn man darüber nachdenkt.«

»Das ist es.« Tony dreht sich um, um eine Gruppe Polizisten zu fotografieren, die aus einem Bus steigt.

Sophie, die von den Sprechchören geweckt worden ist, fängt an zu weinen. »Wir müssen hier verschwinden«, sagt Barbara. »Es ist zu laut für sie.«

»Klar«, stimmt Tony zu. »Nur eine Sekunde.«

»Ich gehe schon mal in die Richtung.« Barbara deutet nach Westen. »Du kannst ja nachkommen.«

»Okay. Dauert nicht lange.«

»Bevor du gehst, denke ich, solltest du *sie* fotografieren«, schlägt Barbara mit einer Kopfbewegung vor.

»Die Kleine mit dem Kind?«

»Ja.«

»Wieso?«

»Es ist schon lustig, wenn eine Frau mit einem Baby auf dem Arm für Abtreibung kämpft«, sagt Barbara. »Es wäre ein gutes Foto. Das ist alles.«

»Meinst du?« Tony klingt nicht besonders begeistert. Er ist immer noch ein bisschen zickig wegen Barbaras Einmischung in die Fotografie und schwankt jedes Mal, wenn Barbara ihm ihre Meinung mitteilt, zwischen verärgertem Machogehabe und sanfter Ermutigung. »Hier«, er gibt ihr die Kamera, »mach du es.«

Barbara nimmt die Kamera aus seiner ausgestreckten Hand. Sie weiß nicht genau, ob er sie herausfordern will oder ermutigen oder vielleicht ein bisschen von beidem. »Ich weiß nicht wie.«

»Ich weiß, dass du es weißt. Also mach es.«

Sie hebt eine Hand, um ihre Augen vor dem Sonnenlicht zu schützen und sieht ihn mit gerunzelter Stirn an. Sie ist sich immer noch nicht sicher, was sie tun soll. Er scheint heute guter Laune zu sein, aber das kann sich, wie sie weiß, sehr plötzlich ändern.

»Nun mach schon«, drängt Tony, und sie gibt es auf, nach der richtigen Entscheidung zu suchen, zuckt die Achseln, stellt die Bremse des Kinderwagens fest und geht hinüber zu der Frauengruppe.

2012 – Eastbourne, East Sussex

Barbara rührt ihren Tee um und wappnet sich für das Kommende, bevor sie mit dem Becher in der Hand zurück ins Esszimmer geht. Nachdenklich sitzt sie vor der blassblauen Mappe. Die Mappe blendet sie. Fordert sie heraus.

Sie trinkt einen Schluck von ihrem Tee. Eine weitere Minute wird nicht schaden, oder? Es ist niemand bei ihr, um zu bezeugen, wie viel Zeit sie braucht, um ihren Mut zusammenzunehmen und in die Vergangenheit einzutauchen. Denn immerhin ist es ihre Vergangenheit.

Sie holt tief Luft und streckt fast die Hand nach der Mappe aus, doch sie scheitert. *Warum konnte sie nicht einfach warten, bis ich tot bin?* Der Gedanke überrascht sie selbst. Und dann, bevor sie es sich noch einmal anders überlegen kann, schlägt sie die Mappe auf.

Das sind also die Bilder, die du ausgesucht hast, denkt sie und wendet sich in Gedanken an Sophie. *Sag mir, welche Fotos dir am besten gefallen, und ich sage dir, wer du bist.* Irgendjemand hatte diesen Satz mal von sich gegeben. Vielleicht Phil?

Das erste Bild: eine Frau in Hotpants auf einem Fahrrad.

Erinnerungen blitzen auf: *Ein aufgeschrammtes Knie. Ein Drache. Noch ein anderes Fahrrad. Diese Fahrräder … Jonathan hatte sich so sehr eins gewünscht. Wie alle Jungs. Wie hatte es noch geheißen?* An die Marke kann sie sich nicht mehr erinnern. Hübsche Mädchen auf Fahrrädern, die Haut zeigen – die Siebziger auf den Punkt gebracht. Sie lächelt in sich hinein und, da sie sich sofort mutiger fühlt, blättert sie zum nächsten Bild.

Ein Mann diesmal – ein Mann in einem Sportwagen. Er trägt ein weißes Hemd, einen Schlips und Hosenträger. *Hosenträger.* Ihre Mutter hatte ein Foto von ihrem Vater mit Hosenträgern. Niemand trägt heute noch Hosenträger. Wozu braucht man sie überhaupt? Warum haben sie nicht einfach einen Gürtel genommen? Der Mann auf dem Foto raucht eine Zigarre – er wirkt arrogant und wohlhabend und ziemlich grässlich. Wie hatte man solche Leute noch genannt? *Yuppies!* Ja, genau. Yuppies! Die Achtziger also. Die Thatcher-Jahre. Sie und Tony waren gut durch die Achtziger gekommen, aber für die meisten war es eine fürchterliche Zeit.

Sie blättert erneut um. Eine Gruppe von Punks mit Irokesenschnitt, die sich am Pier von Brighton küssen. Sie war bei ihm gewesen, als er das Bild gemacht hat, und eine irgendwie süße, ekelhafte Erinnerung, der Geruch von Zuckerwatte vielleicht, steigt in ihr hoch. Ja, sie ist da gewesen. Sophie hatte gebettelt, dass sie auf die *Walzerbahn* dürfe, ein Karussell, bei dem sich die einzelnen Gondeln um sich selbst drehen. Am Ende hatten sie nachgegeben. Großer Fehler. Sie hatte den ganzen Kinderwagen vollgespuckt.

Erneut blättert sie um und zieht scharf die Luft ein. Dieses Bild überrascht sie. Sie hat augenblicklich vergessen, warum es sie nervös gemacht hat. Und da ist es nun. Die Vergangenheit rast wie ein Güterzug auf sie zu. 1969 oder 1970? Sie ist sich nicht sicher. In jedem Fall ein Wahljahr. Das Jahr von Edward Heaths Überraschungssieg für die Konservativen. Eine der schlimmsten Regierungen in der Geschichte, haben das die Leute nicht immer über Heath gesagt? Wenn sie doch nur geahnt hätten, was ihnen noch bevorstand, sie hätten ihn vielleicht mit mehr Nachsicht behandelt.

Sie erinnert sich daran, wie Tony es gemacht hat. Oder hat *sie* es gemacht? Ja, sie vermutet, dass sie es war. Sie denkt (ist sich aber nicht sicher), sie hat es gemacht, um ihn wegen irgendeiner Kränkung (tatsächlich oder eingebildet) zu ärgern. Denn wer kann sich, vierzig Jahre später, noch daran erinnern, welche Stimmungen gerechtfertigt waren und welche nicht?

Sie betrachtet das Foto, und ihr wird leicht übel. Ja, sie hat es gemacht. Und sie hat es auch entwickelt. Tony hatte alle Hände voll damit zu tun gehabt, im Land rauf und runter zu fahren und Filmrollen und Artikel von Journalisten abzuholen, die über den Wahlkampf berichteten. Deswegen hatte sie es selbst im Keller entwickelt, und es war das erste Mal, dass er sie selbst darum gebeten hatte. Sophie, die oben in ihrem Bettchen lag, weinte die ganze Zeit. Ja, jetzt fällt ihr *alles* wieder ein.

Sie erinnert sich, wie Tony begeistert den Verkauf eines Fotos verkündet hatte. Erinnert sich daran, den *Mirror* besorgt zu haben, vollkommen aufgeregt, ihr Bild gedruckt zu sehen. Sie hatte die Zeitung versteckt. Sie fragt sich, wann sie sie wohl verloren hat. Wahrscheinlich war sie irgendwann zum Feuer anzünden benutzt worden.

Ihre Kehle fühlt sich trocken an, deswegen nimmt sie einen weiteren Schluck von ihrem Tee. Wieder spürt sie die seltsame Atmosphäre, die zu der Zeit in der Wohnung geherrscht hatte, die daraus entstanden war, dass sie über dieses Foto nicht sprechen wollten, nicht sprechen konnten. Beide wussten sie, wer den Auslöser gedrückt hatte, und sie wussten ebenfalls beide, dass der jeweils andere es wusste. Es war das einzige Bild in dem ganzen Haufen, dass sie gemacht hatte, und es war das einzige, das der *Mirror* zur Veröffentlichung ausgesucht hatte. *Frauen fürchten Rücknahme ihrer Rechte.* Vor ihrem geistigen Auge sieht sie immer noch die Überschrift. Stunden hat sie damit verbracht, stolz diese Zeitungsseite zu betrachten. Immer wieder holte sie sie heraus, setzte sich hin und starrte sie an – ihr schuldbeladenes Vergnügen.

Danach war Tony verschwunden, theoretisch, um zu feiern. In Wirklichkeit jedoch war es eine Wahrheit, die er ertränken musste, eine Wahrheit, die sie sieben Monate später erneut heimsuchte, als dasselbe Foto den verdammten Preis gewann. Zu dem Zeitpunkt taten sie bereits so, selbst unter sich, selbst zwischen Mann und Frau, als habe Tony es geschossen. Sie kann sich nicht mehr erinnern, wann die Entscheidung, einander anzulügen, sich selbst anzulügen, gefällt worden war. Es fühlte sich an, als sei es gerade erst geschehen. Es war erforderlich, sonst nichts. Die Geschichte umzuschreiben war erstaunlich einfach, und innerhalb weniger Jahre fiel es ihr bereits schwer, sich daran zu erinnern, wer das Foto gemacht hatte. Aber dazu musste sie sich entschlossen haben, denn jetzt erinnert sie sich sehr gut.

Zu der damaligen Zeit allerdings (wenn es denn in den 1970er-Jahren gewesen war) gab es weitaus wichtigere Dinge, die ihr Sorgen machten. Wer tatsächlich auf den Auslöser gedrückt hatte, spielte keine besonders wichtige Rolle.

Sie atmet scharf ein. Damit hatte sie *nicht* gerechnet. Dass sie regelrecht spüren würde, wie Minnies knochige Hand plötzlich aus ihren Erinnerungen nach ihr griff. Ihr letzter körperlicher Kontakt mit ihrer Mutter. Sie erinnert sich, dass sie die Schwestern um mehr Morphium angebettelt hatte, erinnert sich, dass sie in geradezu hysterisches Gelächter ausgebrochen war (im wahrsten Sinne des Wortes), als die Stationsschwester ihr gesagt hatte, dass mehr Morphium, als Minnie es bereits bekam, sie töten würde. Ihre Augen sind jetzt feucht, ihr Blick verschwommen, und vor ihrem geistigen Auge sieht sie Minnies entsetzlichen langsamen Tod.

Sie wischt eine Träne fort, und selbst das löst eine Erinnerung aus. Wie sie damals geweint hat, nicht aus Trauer, sondern aus zutiefst empfundener Erleichterung, dass es endlich vorbei war.

Sie merkt, dass sie die Luft angehalten hat, und zwingt sich, auszuatmen. Es ist einfach zu schwer. Die ganze Sache ist zu schwer, als dass ihr Herz es ertragen könnte. Es wäre wahrhaftig besser gewesen, wenn Sophie gewartet hätte, bis es sie nicht mehr gab, aber wie sollte Sophie das auch nur im Ansatz verstehen? Barbara hatte es schließlich zu ihrer Lebensaufgabe gemacht, all das von ihr fernzuhalten.

Sie hatte sich gewappnet, ja. Sie hatte gewusst, dass bestimmte Bilder gewisse Erinnerungen aus jener Zeit auslösen würden. Darum hat sie eine Woche gebraucht, bis sie sich hinsetzen konnte, um das hier zu tun. Aber nein, *darauf* war sie nicht vorbereitet gewesen. Sie hatte sich nicht vorstellen können, wie jedes einzelne Bild mit jedem anderen verknüpft war und wiederum dazu führen würde, dass sie von den denkbar ausgeprägtesten Empfindungen – den Gerüchen, den Geräuschen, den Gefühlen – der brutalsten, bedrohlichen Höhepunkte (oder vielleicht Tiefpunkte) ihrer achtzig Jahre auf diesem Planeten in Bausch und Bogen überflutet werden würde. Sie hatte nicht damit gerechnet, dass sie direkt in die Vergangenheit versetzt werden würde.

Doch jetzt gibt es kein Zurück. Dieser Zug hat den Bahnhof verlassen, und sie kann ihn gewiss nicht anhalten. Die Ausstellung wird zweifellos stattfinden. Einen Moment lang schließt sie die Augen und reckt den Hals nach links und nach rechts, bevor sie schnell einige weitere Bilder durchsieht.

Als Nächstes hält sie bei einem Bild von Sophie (vielleicht fünf) am Strand inne. Sie hat eine Plastikschaufel in der Hand und blickt direkt in die Kamera. Sie ist mit Kameras aufgewachsen, war immer sehr entspannt in ihrer Nähe, und ihr Gesichtsausdruck ist vollkommen neutral – ihre Unschuld noch nicht mal angekratzt. Was für ein schönes Kind. Und sie ist es immer noch. Barbara seufzt.

Vielleicht ist die Zeit gekommen, Sophie einen Teil der Wahrheit zu erzählen. Natürlich nicht alles. Alle hatten sich vor langer Zeit darauf geeinigt, dass dies niemals geschehen würde, niemals geschehen *dürfte*. Vielleicht gerade so viel, um sie zu warnen. Gerade genug, um zu verhindern, dass Brett herumschnüffelte. Gerade genug, um sicherzugehen, dass der Rest, der wichtige Teil, der Teil, der die Macht besaß, jenen zu schaden, die noch am Leben waren, verborgen blieb.

Das Problem ist, erkennt Barbara, die immer noch in diese großen dunklen Augen sieht, dass, abgesehen von Brett, Sophie selbst ein Spürhund ist. Lass sie auch nur den Hauch irgendwelcher Machenschaften erschnüffeln, und sie wird nicht aufhören zu graben, bis sie alles zutage gefördert hat. Am besten war es zweifellos, überhaupt nichts zu sagen.

1971 – Hackney, London

Barbara füttert Sophie am Küchentisch. Sie hat eine Schnoddernase und erste Anzeichen einer beginnenden Erkältung. Sie sieht rosig und verärgert aus und ist bereit, einen Wutanfall zu bekommen – es ist nur eine Frage der Zeit. Jonathan, neben ihr, der seine Erkältung gerade fast hinter sich hat, baut Dämme und Flüsse zwischen den Gipfeln seines Kartoffelbreis.

»Wenn du weiter damit spielst, wird noch alles kalt«, erinnert Barbara ihn. Es erstaunt Barbara, wie oft man Kindern Dinge sagen muss, bevor sie sich ihnen einprägen. Selbst bei gefährlichen Sachen – Warnungen vor heißen Dingen oder scharfen –, sie muss es ihnen wieder und wieder sagen. Manchmal ist sie es leid, es ihnen zu erklären, bevor sie es lernen, hält sich zurück und sieht zu, wie sie sich stattdessen verbrennen oder schneiden, damit sie es selbst herausfinden.

»Das ist die Themse«, sagt Jonathan. »Guck mal.«

»Ja«, erwidert Barbara. »Sehr hübsch. Jetzt iss sie!«

Die Tür zum Keller wird geöffnet. Tony kommt, ungewöhnlicherweise, zum Mittagessen, nicht, um Barbara zu sehen oder Zeit mit den Kindern zu verbringen, sondern um die Dunkelkammer zu nutzen. Die Post streikt, und er hofft, ein paar Bilder zu verkaufen, die er gemacht hat.

»Dein Essen ist im Ofen«, sagt Barbara zu ihm. »Aber sei vorsichtig. Der Teller ist heiß.« Und wie oft hat sie *das* schon gesagt? Und wie oft hat er sich trotzdem die Finger verbrannt?

Tony geht durch die Küche, greift nach dem Teller und gibt ein nicht besonders überzeugendes Autsch von sich, bevor er ein Geschirrtuch nimmt, um den Teller zum Tisch zu tragen. Er legt einen Bogen mit Kontaktabzügen neben seinen Teller, und während er sich die einzelnen Fotos ansieht, beginnt er zu essen.

»Und wie ist es gelaufen?«, erkundigt sich Barbara.

»Nicht gut, fürchte ich. Sie sind alle verschleiert«, antwortet Tony, den Mund voller Steak- und Nierenpastete.

Barbara wischt mit dem Löffel über Sophies Mund, um die Reste zu entfernen, dann beugt sie sich vor, um einen Blick auf die Fotos zu werfen.

»Sie sind nicht schl…«, beginnt Barbara, doch sie unterbricht sich. »Schon gut.«

»Ja?«, fragt Tony.

»Nein, nichts. Ich bin mir wirklich nicht sicher.«

»Sag schon«, bittet Tony. »Wirklich.«

»Ah … ist die Schleierbildung auf den Negativen? Oder nur auf den Kontaktabzügen?«

»Auf beiden.«

»Dann hast du sie nicht lange genug fixiert.«

»Volle sechs Minuten. Vielleicht sogar ein bisschen länger.«

Barbara wundert sich über das Wort *vielleicht*. Minuten sind etwas sehr Reales. Entweder es waren sechs oder eben nicht. Hätte sie es gemacht, dann hätte sie genau gewusst, wie viel Minuten verstrichen sind. »War die Temperatur in Ordnung?«

»Für den Entwickler ja. Ich denke, für das Fixierbad spielt es keine Rolle.«

»Hm.« Barbara macht sich wieder daran, Sophie zu füttern. »Also für mich sieht es so aus, als würde es *vielleicht* doch eine Rolle spielen.«

»Vielleicht war es ein bisschen kalt. Jedenfalls sehr ärgerlich. Ich dachte wirklich, ich könnte die losschlagen.«

Barbara füllt Sophies winzigen rosigen Mund, dann legt sie den Löffel weg und nimmt den Kontaktabzug in die Hand, damit sie ihn sich genauer ansehen kann. »Ooh, die sind wirklich verschleiert. Ist das eine Sortierstelle?«

»Ja. Die große in Bethnal Green. Es gibt keinen Weg, das wegzukriegen, oder?«

»Die Schleier? Nein, ich glaube nicht. Nicht, wenn er auch auf den Negativen ist. Ich denke, du kannst aber immer wieder hinfahren, und sie noch einmal machen.«

»Ich nehme an, dass inzwischen alle nach Hause gegangen sind«, sagt Tony. »Verdammt ärgerlich. Mir haben all die nicht ausgelieferten Pakete gefallen, die hinter ihnen aufgestapelt waren.«

»Ja. Das Bild ist gut.« Barbara nimmt all ihren Mut zusammen und fügt hinzu: »Wenn du doch noch mal hinfährst, könntest du einen der Streikenden im Vordergrund auf die Pakete setzen. Ihm vielleicht sogar einen Becher Tee in die Hand drücken und eins von diesen Streikplakaten zu seinen Füßen aufstellen.«

»Wie, das Bild *arrangieren*?«

»Vielleicht. Es wäre ein gutes Foto, findest du nicht?«

»Durchaus. Jedenfalls glaube ich nicht, dass ich die Zeit habe, noch mal zurückzufahren. Ich muss den Lieferwagen hoch nach Manchester bringen, dann nach Liverpool, dann nach Rugby.«

»Aber das dauert doch nicht ewig, oder?«

Tony nickt. »Es liegt am Poststreik. Im Moment gibt es keine andere Möglichkeit, Dinge zu transportieren.«

»Jede Sortierstelle würde sich doch eignen. Ich bin mir sicher, dass es überall Streikende gibt. Und Berge von Paketen.«

»Ja, wahrscheinlich. Ich mag nur die in Bethnal Green besonders gern. Das Licht war gut.«

Sophie beginnt, wie wild mit den Ärmchen herumzufuchteln, deswegen reicht Barbara den Kontaktabzug zurück und füttert sie weiter. »Kommst du dann spät nach Hause?«, fragt sie über die Schulter.

»Frühestens um acht oder neun«, erwidert Tony, der seinen Teller bereits leer gegessen hat und aufgestanden ist. »Du brauchst kein Abendbrot zu machen. Ich hole mir unterwegs an der Straße was.«

»Dann fahr vorsichtig.«

»Das tue ich immer.«

Es ist fast Mitternacht, als Tony nach Hause kommt.

Da Barbara argwöhnt, dass er getrunken hat, täuscht sie vor zu schlafen und schnarcht sogar leise, um den Eindruck zu verstärken. Nach vielleicht einer Minute flüstert Tony, der, wie sie merkt, hellwach ist: »Barbara? Schläfst du?« Und weil er nüchtern und aufgeregt klingt, tut sie so, als würde sie aufwachen und gähnt und streckt sich dabei theatralisch.

»Hallo. Du bist zu Hause.«

»Ich habe das Foto verkauft. Ich habe die ganze Rolle verkauft.«

»Welches Foto?«, fragt Barbara. »Welche Rolle? Bist du zurückgefahren?« Plötzlich fällt ihr wieder ein, dass sie eigentlich verschlafen sein müsste, deswegen gähnt sie vorsichtshalber noch mal.

»Ja. Das, von dem wir gesprochen haben. Die Streikenden auf den Paketen, wie sie Tee trinken.«

»Wie hast du sie entwickelt? *Wo* hast du sie entwickelt?«

»Hab ich nicht. Sie haben sie auf Verdacht gekauft. Ich habe ihnen den Film direkt aus der Kamera gegeben. So wie die Jungs von der Agentur es machen. Ich habe ihnen gesagt, was drauf ist, und sie haben ihn genommen. Sie haben gesagt, es sei genau das, was sie haben wollten. Es waren bestimmt ein paar Kracher dabei.«

»Das sind ja tolle Neuigkeiten.«

»Das sind sie«, sagt Tony stolz. »Es muss bedeuten, dass sie mir vertrauen, wenn sie meine Bilder nehmen, ohne sie überhaupt gesehen zu haben.«

»Ja, ich denke, genau das bedeutet es.«

Tony sieht ihr einen Moment in die Augen. In seinem Blick scheint eine Frage zu liegen.

»Was?«, fragt Barbara lachend.

»Ich weiß, es ist spät und du schläfst schon halb. Aber hättest du nicht vielleicht Lust?«

Barbara lacht nervös. Zum einen, weil es Monate her ist, seit sie miteinander geschlafen haben (diese Dinge hatten nahezu aufgehört, als Jonathan geboren wurde, und sie hatte nie wieder wirklich damit angefangen) und zum anderen, weil die Antwort, überraschenderweise Ja lautet. Sie hat durchaus Lust.

Statt einer Antwort, denn sie könnte zu Sex niemals einfach Ja sagen, beugt sich Barbara über das Kissen und küsst ihren Mann auf die Lippen.

»Hm«, murmelt Tony, krabbelt über das Bett und schiebt ein Knie über ihr Bein. »Gott sei Dank. Ich bin nämlich verflucht geil.«

* * *

Langsam und systematisch schmiert Barbara Butter auf die Brote. Sophie und Tony schlafen, und Jonathan frühstückt im Esszimmer, während er in einem Bilderbuch liest. Er ist kein lautes Kind, aber trotzdem sind diese Augenblicke, wenn das Haus ruhig ist, selten und wertvoll, winzige Oasen inmitten all dem Geschrei und dem Lärm, aus dem ein Haushalt mit Kindern besteht.

Bei all dem Aufruhr, aus dem Barbaras Leben zurzeit besteht, braucht sie diese Momente der Stille genauso sehr, wie sie essen muss und trinken.

»Was machst du?« Es ist Tonys Stimme, und Barbara blickt auf. Er steht in der Tür und sieht verschlafen aus. Damit ist die Ruhe vorbei.

»Sandwiches!«, antwortet sie. »Hast du Hunger, Schatz?« Sie fügt *Schatz* hinzu, um den Satz etwas abzumildern. Ihr Ton, fürchtet sie, war schroff.

Tony schüttelt den Kopf. »Nein, eigentlich nicht. Noch nicht. Und wofür sind die Sandwiches?«

Barbara hält inne, legt das Messer hin und wendet sich ihrem Mann zu. Sie hat etwas Unaufrichtiges in seiner Stimme gehört und möchte sich die Zeit nehmen, darüber nachzudenken, was das bedeuten könnte. »Du weißt, wofür sie sind. Sie sind für den Hyde Park. Für das Festival.«

»Ja.« Tonys Stimme klingt immer noch aufgesetzt. »Ja, dazu wollte ich noch sagen … ich dachte, ich gehe vielleicht allein.«

»Wie?«, fragt Barbara. »*Warum?*«

Tony rümpft die Nase. »Ich bin mir nicht sicher, ob das der richtige Ort für Kinder ist.«

Barbaras Lachen klingt leicht. »Tony, es sind Mary Whitehouse und Cliff Richard! Wie schlimm kann das werden?«

Jonathan ist gerade aus dem Esszimmer gekommen und späht um die Beine seines Vaters herum. »Hi, Dad«, sagt er, und Tony legt eine seiner großen Hände auf seinen blonden Schopf. »Wann gehen wir los?«

»Ich … Wir sprechen gerade darüber«, sagt Barbara zu ihm. »Geh und iss dein Frühstück auf und …«

»Ich bin schon fertig.«

»Dann geh ein bisschen spielen. Ich komme dich holen, sobald wir uns entschieden haben.«

Jonathan wirkt unsicher, aber er verlässt ohne ein weiteres Wort den Raum.

»Wie ich gerade sagte«, fährt Barbara fort, »es sind Mary White…«

»Ich weiß, sie entsprechen der allgemeinen Moral«, unterbricht Tony sie. »Aber eigentlich sind sie nicht wirklich nett. Es gibt eine Menge Leute, die die beiden nicht mögen, und von denen sie auch nicht gemocht werden. Vielleicht gibt es Proteste. Es könnte unerfreulich werden.«

Barbara seufzt und lässt die Schultern sinken. Seit Sophies Geburt ist ihr Nervenkostüm überbeansprucht, und mehr noch, seit ihre Mutter krank geworden ist. Sie hat keine Energie mehr, um mit Tonys (häufigen) Änderungen ihrer Pläne zurechtzukommen. »Können wir dann bitte alle zusammen etwas unternehmen?«, fragt sie. »Können wir nicht irgendwo als Familie hingehen. Ich habe doch schon ein Picknick vorbereitet.«

»Hör mal«, erwidert Tony. »Warum gehst du mit den Kindern nicht in einen Park? Nicht in den Hyde Park natürlich, sondern woanders hin. Und ich mache ein paar Fotos, und dann komme ich zu euch.«

»Einen Tag in der Woche, Tony«, sagt Barbara. »Wenigstens einen Tag in der Woche müssen wir dich mal sehen.«

»Ich weiß. Deswegen werde ich das eben erledigen, und dann komme ich zu euch.«

Barbara stößt einen tiefen Seufzer aus. Sie hat einfach nicht die Kraft, um zu streiten. »Wo?«, will sie wissen. »Wann?«

»Wie wär's mit den Hackney Marshes? Bei diesem kleinen Café.«

»Gut. Um zwölf?«

»Vielleicht drei?«

Barbara wirft einen Blick auf die Küchenuhr. Es ist erst kurz vor neun.

»Ich muss in die Stadt fahren und wieder zurück. Außerdem brauche ich Zeit, um die Bilder zu machen. Es ist eine große Veranstaltung.«

»Und ich muss um fünf im Krankenhaus sein. Das weißt du.«

»Dann um zwei. Wie wär's mit zwei?«

Barbara schüttelt sanft den Kopf, als wolle sie die üble Laune verscheuchen, die im Begriff ist, sich schon ein paar Minuten vor neun Uhr morgens bei ihr einzunisten. »Gut. Aber komm nicht zu spät, okay?«

Tony isst eine Scheibe Toast und kippt dazu eine Tasse Tee hinunter. Dann verlässt er (Barbara nimmt an, eher um ihrer Wut zu entkommen als aus irgendeinem anderen Grund) überstürzt und in Rekordzeit die Wohnung. In der Sekunde, als die Tür hinter ihm ins Schloss fällt, erscheint Jonathan wieder. »Dad ist weg!«, stellt er fest.

»Ich weiß.«

»Ich dachte, wir gehen mit ihm«, beschwert er sich. »Ich dachte, wir gehen in den Park.« Auch Jonathan hat schon seine Erfahrungen mit Tonys Planänderungen gemacht, und sie gefallen ihm genauso wenig wie Barbara.

»Wir gehen auch in den Park. Er muss aber zuerst noch etwas arbeiten. Wir treffen ihn stattdessen in den Hackney Marshes.«

Jonathan verzieht das Gesicht. »Ich hasse die Hackney Marshes.«

»Das stimmt überhaupt nicht! Es gefällt dir dort gut. Wir können den Leuten beim Fußballspielen zusehen.«

»Ich will in den Hyde Park«, beharrt er dickköpfig.

»Ich weiß. Aber heute gehen wir in die Hackney Marshes.«

»Wir gehen immer in die Hackney Marshes. Wir gehen *nie* in den Hyde Park.«

»Ich weiß, aber …«

»Ich will in den Hyde Park«, quengelt Jonathan, die Unterlippe jetzt sichtbar vorgeschoben.

»Ich auch!«, fährt Barbara ihn mit bebender Stimme an, als sie die Beherrschung verliert. »Aber wir gehen nicht in den Hyde Park, wir gehen in die verdammten Hackney Marshes. Also zieh dich jetzt verflucht noch mal an! *Herrgott!*«

Jonathan blitzt sie einen Moment wütend an, in seinem Blick liegt tiefer Hass. Dann dreht er sich um und läuft davon. Barbara, die bereits bedauert, dass sie sich so hat gehen lassen, sinkt auf einen Stuhl an dem gelben Resopaltisch und bedeckt die Augen mit den Händen. »Ich bin so müde«, murmelt sie.

Einen Moment starrt sie in die Ferne, dann denkt sie: *Tony wird nicht in die Hackney Marshes kommen. Natürlich nicht. Er wird überhaupt nicht kommen.*

Noch einmal schüttelt sie den Kopf. Während sie aufsteht, murmelt sie: »Scheiß auf ihn.« Dann ruft sie: »Jonathan? *Jonathan?!*« Keine Antwort. Der Junge wird schmollen. Er ist ein absoluter Experte, wenn es ums Schmollen geht. Er ist ganz ihr Sohn. »Jonathan«, ruft sie noch einmal. »Wie wär's mit dem Finsbury Park?«

Jonathans Gesicht erscheint in der Schlafzimmertür, immer noch mürrisch, aber nun bereit, sich überreden zu lassen. »Finsbury Park?«, fragt er. »Warum nicht Hyde Park?«

»So was nennt man einen Kompromiss«, erklärt Barbara.

»Wenn wir da hingehen«, sagt Jonathan und beginnt bereits zu verhandeln, »darf ich dann mein Boot mitnehmen?«

»Ja. Wenn du es ganz bis dorthin trägst und auch den ganzen Weg wieder zurück, dann darfst du dein Boot mitnehmen.«

»Okay. Mum?«

»Ja?«

»Sophie riecht ziemlich. Ich glaube, sie hat Aa gemacht.«

* * *

Finsbury Park kommt, heute, dem Klischee einer Postkarte vom englischen Sommer gleich. Sonnenstrahlen tanzen über die Rasenflächen, Kinder laufen um Bäume herum, und junge Pärchen liegen nebeneinander und starren in den Himmel. Barbara ist überrascht, dass sie sich so glücklich fühlt, und fragt sich, warum sie überhaupt gewollt hat, dass Tony mitkommt.

Warum so stur sein?, fragt sie sich. Ist das Leben nicht viel leichter, wenn man sich dafür entscheidet, mit dem zufrieden zu sein, was man hat, anstatt das Leben immer in die vermeintlich richtige Richtung biegen zu wollen?

Sie hebt Jonathan, dessen Laune sich ebenfalls gewandelt hat, über das Geländer des Ententeichs – sie tut so, als würde sie die bösen Blicke von der alten Frau auf der Bank nicht bemerken. Sie sieht zu, während er sein Segelboot zu Wasser lässt. »Pass auf, dass du es nicht verlierst, mein Sohn«, ruft sie, und das Wort *Sohn* hört sich heute wie eine Segnung an. Sie fühlt sich wie eine Bilderbuchmutter mit einem Bilderbuchsohn, der sein Boot auf dem See fahren lässt. »Wenn es in die Mitte treibt, werden wir es nie wieder zurückbekommen«, warnt sie.

»Das wird es nicht«, erwidert Jonathan. »Der Wind weht in die falsche Richtung.« Und tatsächlich, der heutige Tag ist, trotz seines wenig verheißungsvollen Anfangs, ein guter Tag. Das Boot fährt einen eleganten Bogen und kommt wieder zum Ufer.

Barbara hebt Sophie aus dem Kinderwagen und hockt sich mit ihr hin, damit sie den Enten Brot zuwerfen können. Sie hört, wie die Frau auf der Bank missfallende Laute von sich gibt, selbst als Sophie zufrieden gluckst.

Schließlich hält die Frau eine derartige Anarchie nicht mehr aus und meldet sich zu Wort. »Ihr Junge sollte nicht auf der anderen Seite von dem Geländer sein. Und da steht auch sehr deutlich, dass man die Enten nicht füttern soll.« Offensichtlich hat sie keine Ahnung, wie unerwartet glücklich Barbara sich in diesem Moment fühlt und wie wichtig das ist, aber wie sollte sie auch?

Barbara beschließt, dass sie sich von dieser Frau nicht den Tag wird verderben lassen. »Hallo«, erwidert sie. »Es ist ein herrlicher Tag, nicht wahr?«

»Der Parkwächter wird nicht besonders glücklich sein, wenn er sie sieht«, entgegnet die Frau. »Er wird überhaupt nicht glücklich sein.«

»Nein«, sagt Barbara. Und dann: »Komm, Jonathan. Lass uns da entlanggehen. Da hinten ist es schöner.«

Sie gehen zu einer Stelle im Halbschatten unter einer Pappel. Barbara breitet eine Decke aus, damit Sophie herumkrabbeln kann, und holt die Sandwiches aus der Tasche.

»Ist das für Dad?« Jonathan zeigt auf das dritte Sandwichpaket.

»Das war es«, gesteht Barbara. »Aber er wird es doch nicht brauchen. Wir können es uns teilen, wenn du Hunger hast.«

»Er kommt nicht?«

»Nein, wird er nicht«, antwortet sie und fragt sich schuldbewusst, ob Tony vielleicht gerade auf dem Weg in die Hackney Marshes ist.

* * *

Um fünf treffen sie im Krankenhaus ein. Minnie schläft. Glenda sitzt an ihrem Bett.

»Wie geht es ihr?«, flüstert Barbara und drückt sanft die Schulter ihrer Schwester.

Glenda wirft einen Blick auf Jonathan, der sie aufmerksam beobachtet, und als Antwort schüttelt sie fast unmerklich den Kopf.

»Großmutter?«, fragt Jonathan. »Willst du mal mein Boot …«

»Sch!«, mahnt Barbara. »Sie schläft. Du siehst doch, dass sie schläft.«

»Das ist aber eine komische Zeit, um zu schlafen«, erwidert Jonathan mit gesenkter Stimme. »Ist sie krank?«

»Du weißt ganz genau, dass sie krank ist. Sie ist sogar *sehr* krank, und deswegen schläft sie.«

»Wird sie sterben?«, fragt er.

Barbara verschlägt es die Sprache.

»Wird sie?«, fragt er noch einmal.

»Jeder wird irgendwann sterben«, antwortet Glenda leise, um ihrer Schwester zu helfen. »Niemand lebt ewig. Wollen wir hinunter in den kleinen Garten gehen? Da können wir reden, ohne Großmutter zu stören.«

»Ich bin eigentlich gekommen, um Mum zu sehen«, erwidert Barbara. Sie möchte heute nicht mit Glenda reden. Sie möchte nichts von Glendas neuem, wundervollem Freund hören, und sie möchte auch nicht erklären müssen, warum Tony nicht bei ihr ist.

»Okay«, erwidert Glenda verständnisvoll. »Setz dich ein bisschen zu Mum, und ich mache mit den Kindern einen kleinen Spaziergang. Wie wäre das?«

Barbara sieht ihre Schwester an und blinzelt langsam. »Danke, Glen.«

Sobald Glenda mit den Kindern verschwunden ist, setzt sich Barbara auf den Stuhl und greift nach der Hand ihrer Mutter. »Mum?«, sagt sie und tätschelte sie sanft. »Mum?«

Glenda ist der Meinung, man müsse Minnie schlafen lassen, wann immer sie möchte, was eigentlich fast die ganze Zeit der Fall ist. Barbara jedoch möchte das meiste aus der Zeit mit ihrer Mutter herausholen – braucht diese Zeit mit ihr. Der Gedanke, dass Zeit plötzlich ein knappes Gut werden könnte und sie vielleicht schon bald abläuft, ist für sie unerträglich. »Mum?«, sagt sie etwas lauter, und Minnie öffnet die Augen und wendet ihr den Kopf zu. Das Weiße in ihren Augen ist gelb, und ihr Blick wirkt blass und wässrig. »Barbara«, krächzt sie.

»Wie fühlst du dich, Mum?«

Minnies Lippen bewegen sich einen Moment, bevor sie es schafft zu sprechen. »Müde«, sagt sie schließlich.

»Hast du Schmerzen?«

Minnie lacht. Es ist nur ein schwaches Lachen, aber sie lacht tatsächlich – ihre Augen lächeln –, und Barbara kann wieder atmen, denn in diesem Augenblick ist ihre Mutter wieder da. »Du hast ja keine Ahnung«, sagt Minnie immer noch lächelnd.

»Soll ich eine Schwester holen?«

Minnie schüttelt den Kopf. »Das hebe ich mir für später auf«, sagt sie. »Ich hebe es mir fürs Ende auf.«

»Was hebst du dir auf?«

»Das Morphium. Es heißt, das sei ganz herrlich.«

»Oh, *Mum!*«

Minnie lächelt immer noch, aber in ihren Augen steht eine nicht zu übersehende Traurigkeit. »Wo ist dein Ehemann?«, fragt sie.

»Tony? Er … äh … musste arbeiten.«

Minnie nickt und sieht ihre Tochter fragend an. »Aber ihr seid noch zusammen?«

»Natürlich sind wir noch zusammen.«

Minnie nickt. »Dann hat es am Ende doch funktioniert?«

Barbara weiß, was sie meint. Und ja, am Standard ihrer Mutter gemessen, stimmt das auch. Es ist nur, dass … »Ja, Mum. Es funktioniert sehr gut.«

Tony kehrt an diesem Abend nicht zurück, und auch am nächsten Morgen, als Barbara das Haus verlässt, um Jonathan in die Schule zu bringen, ist er nicht da. Als sie zurückkommt, klingelt das erst kürzlich installierte Telefon, und sie kämpft mit dem Schlüssel, um rechtzeitig die Tür aufzubekommen. Am Telefon ist der *Mirror*.

»Es tut mir furchtbar leid«, sagt Barbara zu Tonys Chef. »Er hat sich die ganze Nacht übergeben. Ein Magenvirus, denke ich. Ich wollte sie gerade anrufen.«

Sie hat das Gespräch gerade beendet, als er im Flur erscheint. Er sieht abgerissen aus wie ein Landstreicher und stinkt nach Bier.

»Wo zum Teufel bist du gewesen?«, fragt Barbara, eher bestürzt als wütend.

»Bitte … nicht …« Tony hebt abwehrend die Hand.

Barbara tritt zur Seite, als er auf die Toilette geht und dann noch einmal, als er zurückkommt. Bleibt vor ihr stehen. Seine Pupillen sind geweitet, seine Lider hängen herab. Er wirkt halb tot. Barbara runzelt die Stirn.

»Ich …«, beginnt er.

»Ja?«

»Sieh mal, ich …«

»Ja?«, fragt Barbara erneut und hat Mühe, nicht wütend zu klingen. »*Was?*«

»Ich weiß es nicht. Ich denke, ich möchte einfach sagen …«

»Ja?«

Tony schließt die Augen, dann schwankt er und muss sich an der Wand abstützen. Er bekommt einen Schluckauf. »Danke«, sagt er schließlich. »Das ist alles.«

»Danke? Wofür?«

»Dass du so verständnisvoll bist«, lallt er. »Ich habe dich nicht verdient.«

Wütend starrt Barbara ihn an. »Ich verstehe dich keineswegs. Ich verstehe überhaupt nichts.«

Tony steht einen Moment wankend da, dann dreht er sich mit einer abwehrenden Handbewegung um und taumelt Richtung Schlafzimmer. »Dann vergiss es«, erwidert er über die Schulter.

Als die Tür zum Schlafzimmer sich hinter ihm geschlossen hat, steht Barbara immer noch da und starrt in den leeren Flur. »Ja, Mum«, sagt sie leise. »Ja, es ist alles gut geworden.«

* * *

In einer Woche ist Weihnachten, und die Wettervorhersage hat Schnee angekündigt. Barbara weiß nicht, ob sie hofft, dass es schneien wird, oder ob sie hofft, dass es nicht schneien wird. Sie liebt Schnee, und fast genauso sehr hasst sie das verdammte

Zeug. Wenn es schneit, kann sie mit Jonathan und Sophie in dem winzigen Garten spielen, den sie sich mit ihren Nachbarn teilt. Wenn genug Schnee liegt, könnten sie sogar einen Schneemann bauen, den ersten überhaupt. Wenn es schneit, könnte es sein, dass Tony nicht zur Arbeit fahren kann.

In den vergangenen Wochen hat er viele Überstunden gemacht, und Barbara beginnt inzwischen, ihn zu vermissen. Weihnachten steht vor der Tür, und sie hat das dringende Bedürfnis, dass ihr Mann da ist und mit ihr vor dem Feuer sitzt.

Leider brauchen sie natürlich das Geld, das er mit all den Überstunden verdient, deswegen wäre es vielleicht besser, wenn es nicht schneien würde. Kinder kosten ein Vermögen, was Kleidung und Essen anbetrifft. Und obwohl Barbara kürzlich angefangen hat, für einen Herrenausstatter als Änderungsschneiderin Zuarbeiten zu machen, bringt das nicht viel mehr als ein Taschengeld. Da die Inflation bei fast zehn Prozent liegt, gehen die Preise durch die Decke, ganz besonders, seit die Dezimalwährung eingeführt wurde und alle Händler ihre Preise aufgerundet haben.

Es ist neun Uhr abends, die Kinder sind im Bett und Tony kommt wieder spät von der Arbeit. Während sie die Aufschläge zu Ende bügelt, die sie gerade in die Hose eines sehr teuren karierten Anzugs genäht hat, versucht sie sich vorzustellen, wer einen solchen Anzug wohl trägt, wer sich in diesen harten Zeiten so etwas Schickes leisten kann. Der Anzug hat ziemlich genau Tonys Größe, und sie fragt sich, ganz kurz, ob er wohl dafür zu haben sein würde, ihn anzuprobieren. Sie würde ihn gern mal so herausgeputzt sehen.

Als sie fertig ist, sagt sie laut: »Zumindest sind das noch mal wieder zehn Shilling.« Sie zwingt sich dazu, es im Kopf umzurechnen. »Also zumindest sind das noch mal fünfzig Pence.« Sie redet immer öfter mit sich selbst, und das macht ihr durchaus Sorge. Sie klappt das Bügelbrett zusammen, und nachdem sie es weggeräumt hat, geht sie zum Fenster, sieht hinaus auf die dunkle Straße und versucht, nicht an Minnie zu denken. Ihr erstes Weihnachten ohne ihre Mutter. Ja, sie möchte unbedingt, dass ihr Mann Weihnachten zu Hause ist. Sie hat sich noch nie so allein gefühlt.

Vom Ende der Straße her ertönt ein Knattern. Sie wendet den Kopf und hofft, dass es Tonys Motorrad ist, aber es ist nur eine *Allegro* mit einem kaputten Auspuff. Ihr Irrtum überrascht sie. Eigentlich hatte sie geglaubt, dass sie Tonys Motorrad über Meilen hinweg spüren kann, oft schon, bevor sie es überhaupt hört.

Die *Allegro* fährt vorbei, und direkt dahinter ist Tony. Er wendet sich in Richtung Haus, winkt ihr zu und kommt ins Schwanken. Obwohl sie sich nicht sicher ist, dass er sie durch sein beschlagenes Visier sehen kann, winkt sie zurück. Sie geht zum Kamin, öffnet die Luftklappe und sieht zu, wie die Kohlen aufglühen. Er wird völlig erfroren sein.

Die Haustür wird geöffnet und zugeschlagen, und Tony taucht im Durchgang zum Flur auf und bringt einen Schwall eisiger Luft mit in den Raum. »Mir ist so scheißkalt.« Und dann fügt er hinzu: »Hallo.«

»Es heißt, dass es heute Nacht vielleicht Schnee gibt«, sagt Barbara.

Tony nimmt seinen Helm ab, zieht seine Jacke aus und beginnt, aus den Lagen von Pullovern herauszuschlüpfen. »Ohne Zweifel. Man kann es in der Luft riechen.« Nachdem er die Pullover ausgezogen hat, geht er zu Barbara vor dem Kamin. »Und wie geht's dir?«, fragt er. »Wie war dein Tag?«

Barbara hasst diese Frage, wie ihr Tag gewesen ist. Sie fühlt sich immer an wie ein Trick, fast wie eine Falle. Denn wo Tony sagen kann: »Ich bin nach Liverpool gefahren und habe dies und das ausgeliefert, und dann bin ich nach Derby gefahren und habe noch jenes erledigt«, fällt Barbara, um ihre Existenz zu rechtfertigen, nur die endlose Liste kleiner, stumpfsinniger Aufgaben ein, die ihren Tag als Mutter ausfüllen. »Ich habe Jonathan in die Schule gebracht, die Betten der Kinder frisch bezogen, den

Abwasch erledigt …« Einzeln für sich genommen, erscheinen ihr diese Dinge zu unbedeutend, um sie zu erwähnen, doch in der Summe ist es viel zu viel, um es aufzuzählen. Und deswegen sagt sie am Ende immer nur: »Oh, es war nichts Besonderes. Das Übliche eben.« Oder irgendetwas in der Art. Und dann verbringt sie den Rest des Abends damit, darüber nachzudenken, dass Tony sich wahrscheinlich vorstellt, sie trinkt den ganzen Tag Tee und isst Kekse. Und natürlich hat sie das auch getan. Warum auch nicht?

»Du weißt ja. Die üblichen Hausarbeiten. Und wie war *dein* Tag?«

»Unglaublich.« Tony legt die Arme um sie und zieht sie dicht an sich, als wolle er tanzen.

Barbara runzelt die Stirn. So viel Enthusiasmus ist im Hause Marsden selten und das Zeigen von Zuneigung noch viel mehr. »Was hast du vor?«, fragt sie lachend.

»Ich habe nichts vor«, erwidert Tony.

Barbara lässt die Hände über seinen Rücken nach unten gleiten, bis sie auf den hinteren Taschen seiner ledernen Motorradhose liegen. Sie zwängt eine Hand in eine der Taschen und genießt, wie sich das kalte Leder an seinen Hintern schmiegt. »Mein Gott, Tony, du bist ja eiskalt.«

»Dann umarm mich. Wärm mich auf.«

Sie zieht ihn enger an sich, doch dann erzittert sie vor Kälte. »Ich kann nicht. Das ist, als würde ich einen Eiswürfel umarmen. Vielleicht solltest du ein heißes Bad nehmen. Ich mache mir Sorgen, dass du dich erkälten könntest.«

Tony verzieht bei diesem Vorschlag das Gesicht, dann schnuppert er übertrieben. »Ist das Suppe, die ich da rieche?«, fragt er.

»Eintopf.«

»Oh Gott, du bist wunderbar. Ich habe auf dem ganzen Weg nach Hause von Eintopf geträumt.«

»Ich hole ihn. Bleib hier vorm Feuer.«

»Und dann kann ich dir meine Neuigkeiten erzählen.«

Barbara hält inne, die Hand auf dem Türknauf. »Neuigkeiten?«

»Ja. Hol mein Abendessen, dann erzähle ich sie dir.«

Barbara kommt mit Tonys dampfender Schüssel Eintopf so schnell zurück, wie sie kann. Er hat sich einen Sessel herangezogen und wärmt seine Hände nur wenige Zentimeter vom Feuer entfernt.

»Du wirst Frostbeulen bekommen«, warnt sie.

»Das ist mir wirklich egal.« Tony nimmt den Eintopf entgegen. »Ah, fantastisch. Danke.«

Barbara zieht den orangefarbenen Vinylpuff so dicht ans Feuer, wie sie kann, ohne dass er schmilzt, dann fragt sie: »Und? Was für Neuigkeiten?«

»Es sind *gute* Neuigkeiten, Babs«, sagt Tony. »Es sind sogar verdammt gute Neuigkeiten. Es ist genau das, worauf wir gewartet haben.«

Sie haben auf viele Dinge in ihrem Leben geradezu so verzweifelt gewartet. Sie haben auf mehr Geld gewartet, eine größere Wohnung, ihr erstes Kind und dann ein Geschwisterchen für ihn. Aber obwohl ein bisschen mehr immer ein bisschen besser ist, fällt Barbara nicht ein, auf welche einzelne Sache sie vielleicht jetzt gerade gewartet haben.

»Ich habe einen neuen Job«, verkündet Tony und pustet auf einen Löffel Eintopf. »Nach Weihnachten geht's los.«

»Hast du?«

»Fest angestellter Fotograf«, erzählt Tony zwischen den einzelnen Bissen. »Ich muss keine Pakete mehr ausfahren!«

»Wirklich?!«

»Ja. Was sagst du dazu?«

Barbara schüttelt den Kopf. »Ich bin überwältigt. Das sind tolle Neuigkeiten.«

»Sie waren dieses Jahr so zufrieden mit meinen Fotos, deswegen haben sie beschlossen, dass sie mich in Vollzeit haben wollen.«

Barbara möchte ihn fragen, ob er nun weniger reisen wird. Sie möchte ihn auch fragen, ob er mehr verdient. Aber sie weiß, dass solche Fragen sehr berechnend klingen würden und auch unangemessen wären. Außerdem macht ihr noch etwas anderes Sorge, und sie nimmt sich einen Moment, um zu überlegen, wie sie es ausdrücken könnte, damit es nicht bedrohlich klingt. »Und welche Fotos haben ihnen so gut gefallen?«, erkundigt sie sich schließlich.

»Äh, du weißt schon … das Fest des Lichts«, sagt Tony. »Die Mütter in der Schule, die für die Dezimalisierung zehn Finger in die Luft halten. Die Kinder mit den leeren Milchflaschen, die gegen Margaret Thatcher protestieren. Ah, und die vom Poststreik. Sie haben es nicht wirklich gesagt, aber ich denke, das sind die wichtigsten. Das sind die Bilder, wegen denen mir die Leute auf die Schulter klopfen.«

Schweigend folgt Barbara ihrer Gedankenkette bis zum bitteren Ende, dann zwingt sie sich, trotzdem, zu einem strahlenden Lächeln. »Wie dem auch sei, das sind tolle Neuigkeiten.« Innerlich zuckt sie zusammen, als sie »wie dem auch sei« sagt – ein verräterischer Hinweis darauf, dass gewisse Zweifel weiterhin unausgesprochen bleiben.

Glücklicherweise hat Tony nichts bemerkt, deswegen fragt er sie auch nicht, was sie denn mit »wie dem auch sei« wohl meint. Und so braucht Barbara ihn nicht darauf hinzuweisen, was er selbst wissen muss: dass die Fotos auf dem Festival in Wahrheit von Diane mit ihrem neuen leistungsstarken Zoomobjektiv von Nikon gemacht worden sind. Dass die Bilder der Kinder mit ihren leeren Milchflaschen von Phil sind (er hatte sie seiner eigenen Zeitung nicht verkaufen können). Und dass, wenn die Fotos zur Dezimalisierung und zum Poststreik auch von ihm stammten, die Idee ihrer Inszenierung die ihre gewesen war.

Aber dies ist nicht der Moment, um darauf hinzuweisen. Es ist *absolut* nicht der Moment, um darauf hinzuweisen.

2012 – Eastbourne, East Sussex

»Also, Mum«, fragt Sophie, »was denken wir denn?«

Sie sitzen in Barbaras Wohnzimmer. Vor ihnen zischt der Gaskamin, und Nut läuft herum, um herauszufinden, wo es für ihn am bequemsten sein wird. Auf dem Sofatisch liegt Bretts Vertrag. Im Laufe der vergangenen Woche hat Sophie sich überlegt, dass es ein relativ geringer Preis ist, den sie zahlen muss. Die einzige Alternative würde tatsächlich darin bestehen, alles abzusagen. Allerdings ist es bedeutungslos, was Sophie denkt, denn sie ist sich ziemlich sicher, dass ihre Mutter gegen Bretts Beteiligung ihr Veto einreichen und damit das ganze Schiff zum Sinken bringen wird, hier und jetzt. Daher ist sie darauf vorbereitet, von Bord zu gehen.

»Über was?«, will Barbara wissen. »Über Brett, den Vertrag oder die Bilder?«

Sophie zuckt die Achseln. »Das hängt ja alles irgendwie zusammen, oder? Aber fangen wir mit Brett an. Du magst ihn nicht. Hab ich recht?«

»Es ist nicht so, dass ich ihn überhaupt nicht mag, Sophie. Ich verstehe nur nicht, warum wir in die ganze Sache einen Journalisten mit einbeziehen müssen. Ich vertraue denen nicht. Im Allgemeinen, meine ich.«

»Es sei denn, sie arbeiten für die *Daily Mail*?«

»Das ist doch albern. Du weißt ganz genau, was ich meine.«

»Dad war doch nicht insgeheim ein Serienmörder. Brett wird nicht herausfinden, dass er Kennedy getötet hat oder irgendetwas in der Art!«

»Du bist immer noch albern.«

»Aber du weißt auch genau, was ich meine.«

»Jeder hat irgendeine Leiche im Keller, Sophie. Und ich möchte einfach nicht, dass sein Name beschmutzt wird, damit irgendein Journalist etwas drucken kann.« Sophie reibt sich die Nase und runzelt die Stirn, und Barbara vermutet, dass sie gleich aufgeknüpft wird. Vielleicht ist sie zu weit gegangen.

»Mum, willst damit sagen, dass Dad etwas ganz Bestimmtes in seinem Keller hat? Etwas, das Brett tatsächlich herausfinden könnte. Etwas, wovon du mir vielleicht noch nicht erzählt hast?«

Barbara lacht. »Also das ist jetzt wirklich völlig lächerlich.«

»Also gut! Was soll dann die ganze Aufregung?«

»Du hast es selbst schon oft gesagt. Sie erfinden Dinge. Denken sich Dinge aus.«

»Aber doch nicht über *Dad*. Nicht über einen schon lange toten, halb vergessenen Fotografen.« Barbara sieht ihr traurig in die Augen, und Sophie begreift, taktlos gewesen zu sein, um es vorsichtig zu beschreiben. »Tut mir leid, Mum. Ich habe mich falsch ausgedrückt. Ich meine einfach nur, dass Brett keinen Grund hat, irgendetwas über Dad zu erfinden. Er könnte damit doch nichts erreichen. Und außerdem ist er mein Freund. So was würde er sowieso nie machen. Nicht bei mir.«

»Tut mir leid, dir das sagen zu müssen, Liebes, aber das ist nicht unbedingt ein Liebesbrief, den er dir geschrieben hat.« Barbara macht eine Kopfbewegung in Richtung des Vertrags.

»Nein … Nun ja …« Sophie schluckt, und es fällt ihr genauso schwer, wie es ihr schwergefallen ist, Bretts Vertrag zu schlucken. »Geschäft ist Geschäft, nehme ich an.«

»Kannst du es *wirklich* nicht einfach ohne ihn machen?«

Sophie seufzt betrübt. »Ich könnte. Aber dann muss es eine kleine Galerie sein, von der noch nie jemand etwas gehört hat, und ich müsste den Druck des Buches bezahlen, anstatt dass *wir* dafür bezahlt werden. Und die *Times* würde nicht darüber schreiben, was für eine große Sache das Ganze ist … und ohne all das wäre es ein völlig anderer Ansatz. Es ist Brett, der das alles mitbringt.«

»Ich verstehe.«

»Und wenn du mal darüber nachdenkst, Bretts fünfundzwanzig Prozent ist unsere Garantie, dass er ganz bestimmt *nichts* tun wird, um Dad in irgendeiner Weise niederzumachen. Denn dass es ein Erfolg wird, will er mindestens genauso wie wir.«

Barbara nickt. »Wahrscheinlich. Und was sagt Jonathan? Hast du mit ihm darüber gesprochen?«

»Er hat gesagt, ich soll tun, was ich für das Beste halte«, sagt Sophie. »Ich glaube, dass er an der ganzen Sache nicht besonders interessiert ist. Was mich, offen gesagt, enttäuscht.«

Nachdem er alle anderen Möglichkeiten ausprobiert hat – Barbaras Schoß, neben dem Feuer, das rote Samtkissen –, springt Nut jetzt auf Sophies Schoß, dreht sich zweimal im Kreis und beginnt dann rasselnd zu schnurren.

»Deine Auswahl der Bilder hat mir übrigens gefallen«, sagt Barbara.

»Tatsächlich?«

»Bei einigen ist es mir schwergefallen, sie anzusehen. Sehr schwer manchmal. Aber ich glaube, es ist eine gute Zusammenstellung.«

»In einem Buch werden sie bestimmt toll aussehen.«

»Ganz sicher.«

»Uns fehlen allerdings immer noch ein paar. Zehn oder so könnte ich noch gebrauchen.«

»Denkst du, du wirst sie noch finden? Du hast doch jetzt so ziemlich alle durchgesehen, oder?«

Sophie nickt. »Vielleicht nehme ich doch einfach ein paar von denen dazu, die ich aussortiert hatte. Ich weiß, ich hatte dich das schon gefragt, aber bist du wirklich sicher, dass nicht noch irgendwo etwas anderes herumliegt?«

Barbara leckt sich über die Zähne und dann, nachdem sie einen Entschluss gefasst hat, steht sie auf und geht zur Anrichte. Mit zwei Fotomäppchen kehrt sie zurück und gibt sie Sophie. »Hier«, sagt sie. »Du wirst enttäuscht sein, aber ich weiß, dass du sie unbedingt sehen wolltest, deswegen habe ich Abzüge machen lassen.«

Sophie wirkt geschockt. »Mum!«

»Sie sind von Paris. Aber sie sind sehr schlecht.«

»Das sind sie nicht! Das sind doch nicht … Oder?«

Barbara nickt. »Die Pentax-Tour.«

»Aber ich dachte, du hättest gesagt …«

»Ich wollte einfach nicht, dass sie veröffentlicht werden. Nun mach schon. Schau sie dir an.«

Sophie schubst die Katze von ihren Knien – irgendwie kann sie sich dann besser konzentrieren – und streicht sich das Haar hinters Ohr. »Gott!«, sagt sie und zieht den Stapel Fotos aus dem ersten Mäppchen. »Ich wusste, dass du die Negative nicht zerstört hast. Ich wusste es einfach.«

»Es sind ganz normale, einfache Abzüge von *Tesco*«, meint Barbara. »Aber wenn du möchtest, kannst du ja Vergrößerungen machen lassen.«

»Natürlich. Gott, das ist fabelhaft, Mum.«

»Genau das bezweifle ich eher.«

Sophie betrachtet das erste Foto mit gerunzelter Stirn. »Farbe! Und auch noch 35 Millimeter.«

»Sie waren für Pentax«, erinnert Barbara sie. »Die haben alles vorgeschrieben. Das war ein großer Teil des Problems.«

Während Sophie die ersten zehn Bilder durchblättert, vertiefen sich die Falten auf ihrer Stirn. »Die sehen aus wie die Urlaubsschnappschüsse von irgendjemandem.« Sie zeigt ihrer Mutter ein Foto von Notre-Dame mit einem schlecht gewählten Ausschnitt.

»Ich weiß.«

»Und die Hälfte ist unscharf.«

»Ja, ich weiß.«

Sophie arbeitet sich weiter durch die Bilder, und ihr Gesichtsausdruck wird immer verzweifelter.

»Wie kann es sein, dass sie *alle* unscharf sind? War er betrunken?«

»Höchstwahrscheinlich. Aber hauptsächlich lag es an der Kamera. Er ist damit überhaupt nicht zurechtgekommen.«

Sophie schnaubt. »Wie schwierig kann das denn schon sein? Ich meine, sieh dir das an!« Sie hält einen anderen Abzug hoch – ein Bild von zwei Frauen, die in einer urtypischen Pariser Brasserie sitzen. Das Licht ist überwältigend, die Bar ist elegant, und die Frauen sind perfekte, wunderschöne, zickig wirkende Ikonen des Pariser Lebens. Sie rauchen sogar *Gitanes*, deren Packung zwischen ihnen auf dem Tisch liegt. Hätte der Brennpunkt nicht auf der Topfpflanze im Vordergrund gelegen und wäre nicht alles andere unscharf gewesen, wäre es ein Bild, das Henri Cartier-Bresson hätte gemacht haben können.

»Wenn ich mich richtig erinnere«, versucht Barbara Tonys posthume Schande zu mildern, »war es eine der ersten Kameras mit Autofokus. Pentax hat verzweifelt versucht, sie nach vorn zu bringen. Aber dein Vater hat sie gehasst. Er hat gesagt, sie würde ihn in den Wahnsinn treiben.«

Sophie nickt. »Ich glaube, ich kann mich tatsächlich daran erinnern. Hatte sie nicht eine Menge Batterien in einem großen, klobigen Objektiv? Hat es ständig gepiept?«

Barbara nickt. »Ja, ich glaube, das ist es. Sie haben kurz danach die Produktion wieder eingestellt.«

»Er hätte den blöden Autofokus einfach ausschalten können«, sagt Sophie ärgerlich. »Die Bilder sind ein Schock.«

»Ach, du weißt doch, wie schlecht er mit Technik zurechtkam.«

Sophie blättert jetzt schnell durch die Fotos. »Mein Gott, Mum. Die sind ja entsetzlich. Es ist nicht ein einziges dabei.«

»Und das ist der Grund, Liebes, warum ich sie versteckt habe. Ich hoffe, du verstehst das jetzt.«

»Absolut richtig … Mein Gott. Hat er denn überhaupt keine mit seiner Rolleiflex gemacht?«

»Nein«, erwidert Barbara und blickt auf ihre Füße. »Nicht eins.«

* * *

»Ein *Cappucciiiiino!*«, ruft der Barista. Er sagt es so begeistert, dass man glauben könnte, es sei ihm gerade gelungen, Kaffee in Gold zu verwandeln. Und eigentlich ist, begreift Sophie, genau das *Starbucks* gelungen. »Und ein *fantaaaastischer* doppelter *Espresso!!*«

»Danke«, sagt Brett ausdruckslos. Als Amerikaner muss er an einen derart übertriebenen Service gewöhnt sein, denkt Sophie. Er nimmt den Becher und lässt seinen Blick durch den Raum schweifen. Es ist Mittagszeit, und sie sind in Soho, daher sind nur noch Plätze am schmutzigeren Ende des Raums frei, neben den Toiletten. »Anscheinend sitzen wir da drüben«, meint Brett mürrisch.

Nachdem sie sich niedergelassen haben, streicht er seinen Schlips glatt und trinkt einen Schluck von seinem Kaffee, bevor er sagt: »Also, du wolltest reden?«

»Ja«, antwortet Sophie.

»Worüber?«

»Ich habe noch mal nachgedacht«, verkündet sie. »Wir akzeptieren deine Bedingungen. Also, Mum und ich tun es. Jonathan will mit der ganzen Sache nichts zu tun haben.«

»Du akzeptierst meine Konditionen«, wiederholt Brett. »Du meinst, dass wir einen Vertrag brauchen, richtig?«

»Ja.«

»Hm.«

»Hm?«

»Meinst du nicht, dass eine Entschuldigung angebracht wäre?«

Sophie zuckt die Achseln.

»Du hast mir gesagt, dass ich mich ›verpissen‹ soll, Sophie«, erinnert Brett sie. »Du hast gesagt, ich hätte ein ›stinkendes Ego‹.«

Sophie schnaubt darüber, woraufhin ihr Cappuccino an die Nase spritzt.

»Und lache ich, Sophie? Siehst du, dass ich lächle?«

Sie seufzt und schüttelt leicht den Kopf. »Wie dem auch sei, was ich sagen …«, beginnt sie erneut.

»Komm schon, Sophie«, beharrt Brett. »Entschuldige dich.«

Sophie keucht. »Hast du eigentlich die geringste Ahnung, wie schwierig das hier für mich ist, Brett? Ich meine, einfach hierherzukommen und zu sagen, ich habe mich geirrt. Kannst du nicht ein wenig … ich weiß nicht … *Mitgefühl* zeigen?«

Jetzt ist es Brett, der schnaubt. »Ich glaube nicht, dass das wirklich mein Problem ist, Sophie. Ich denke, du hast dir das alles ganz alleine eingebrockt. Jetzt sag einfach, dass es dir leidtut, und dann können wir weitermachen.«

Sophie keucht erneut. »Okay! Tut mir leid, Brett.«

»Sag es so, dass ich es auch glauben kann.«

Sophie lacht. Sie kann nicht anders. »Du klingst genau wie meine Mutter! Jetzt werd mal lockerer, ja?«

»Du hast meine Gefühle verletzt, Sophie.«

Sophie fällt auf, wie oft er ihren Namen benutzt, wenn er ernsthaft mit ihr redet, und ihr fällt auch auf, wie sehr sie das hasst. Es klingt sogar gönnerhaft. »Pass mal auf, *Brett*«, sagt sie. »Du hast *meine* Gefühle verletzt, als du um einen Vertrag gebeten hast. Können wir das jetzt bitte einfach vergessen?«

Brett zuckt die Achseln. »Du kannst dich also nicht entschuldigen. Wäre mir auch neu.«

»Können wir?«

»Okay. Meinetwegen.«

»Ist dann alles gut? Können wir weitermachen? Mit dem Projekt?«

»Ich denke schon. Aber was ist mit Jonathan?«

»Er wird auch nicht mit jemand anderem sprechen. Du hast immer noch die Exklusivrechte. Er will einfach nur nichts damit zu tun haben. Bei ihm ist ein Kind unterwegs, und er will ein ruhiges Leben, das ist alles.«

»Glaubst du, er würde eine Verzichtserklärung unterschreiben? Dass er mit niemand anderem spricht.«

»Wahrscheinlich. Ich kann dir aber garantieren, dass er es nicht tut.«

»Okay. Und deine Mum ist jetzt mit im Boot, ja?«

»Fast. Ich möchte sie nicht um allzu viel bitten, aber zumindest wird sie uns keine Knüppel zwischen die Beine werfen. Und das ist doch schon was.«

»In der Tat.«

»Hey, sieh dir die mal an.« Sophie holt die Fotos aus ihrer Tasche. »Ich habe sie endlich von Mum bekommen. Wir können sie nicht benutzen, aber es zeigt, dass sich ihre Einstellung ein wenig geändert hat.«

»Und das sind?«

»Das sind die berühmten Pentax-Fotos.«

»Oh!« Brett öffnet das erste Mäppchen. »Ich dachte, die seien alle zerstört worden.«

»Das ist die offizielle Version. Aber …«

»Und wir können sie nicht benutzen, *weil* …?«

»Sieh sie dir mal an.«

Brett nimmt die Bilder heraus und blättert sich schnell durch. »Die hat dein *Vater* gemacht?«

»Ziemlich schockierend, was?«

Brett macht ein verwirrtes Gesicht. »Es sieht aus, als habe mit der Kamera irgendwas nicht gestimmt.«

»Es war eine Pentax ME-F. Ich habe im Netz nachgesehen. Ihre erste Kamera mit Autofokus. Sie sollte eine echte Revolution sein, war aber ein einziger Reinfall. Die Technologie war noch nicht so weit, und viele davon hatten technische Probleme. Dad war nicht der Einzige, der sie gehasst hat.«

»Hm. Aber ich bezweifle, dass viele Leute *derart* spektakulär an ihr gescheitert sind.«

»Ja.«

»Mein Gott, sind die *schlimm*!« Brett lacht, und Sophie fühlt sich, obwohl sie es besser weiß, obwohl sie vom Grund her zustimmt, gekränkt.

»Hat es irgendeinen Sinn, wenn ich noch weitergucke?«, fragt Brett.

»Eher nicht.« Sophie streckt eine Hand aus, um die Bilder zurückzunehmen. Sie zieht zwei aus dem zweiten Mäppchen und gibt sie Brett. »Ich dachte, vielleicht diese beiden«, erklärt sie. »Uns fehlen noch ein paar Aufnahmen, und die sehen zumindest so aus, als sei die Unschärfe beabsichtigt.«

»Ja, ich verstehe, was du meinst«, erwidert Brett zweifelnd, »aber wenn du sie benutzt, wird irgendjemand erkennen, dass die anderen ebenfalls noch existieren. Die Leute werden sie alle sehen wollen.«

»Wir können einfach sagen, dass wir sie nicht für zeigenswert erachten, oder? Jeder wird verstehen, dass wir eine Auswahl getroffen haben.«

»Nein. Ich sage dir, wirf sie weg.«

»Sie *wegwerfen*?«

»Mhm. Ein berühmter Vater als Fotograf ist eine größere Geschichte als ein mittelprächtiger, der ein paar Schnappschüsse zufällig gut hinbekommen hat.«

»Ach, komm Brett. Mein Vater war kein mittelprächtiger Fotograf, der ein paar Schnappschüsse zufällig gut hinbekommen hat.«

»Jeder, der sich die anguckt, wird aber genau das denken.«

Sophie spürt, wie ihr heiß wird. Allmählich wird sie wütend. »Brett, das kannst du nicht einfach sagen. Das ist mein Dad, über den du redest.«

»Sophie, ich sage nur, was ich hier sehe.«

»Weißt du was? Wenn es das ist, was du in Wirklichkeit denkst, dann solltest du lieber aussteigen.« Sophie stopft die Fotografien zurück in ihre Tasche und steht auf. »Vielleicht sollten wir die ganze Sache wirklich vergessen.«

»Sophie, jetzt überreagierst du aber.«

»Natürlich überreagiere ich. Er war mein Dad. Und er ist tot!«

»Hey, tut mir leid. Ich habe es nicht böse gemeint, okay?«, beschwichtigt Brett, aber Sophie zieht bereits ihren Mantel über. Sie weiß, dass er recht hat, aber sie hat sich festgefahren und weiß nicht, wie sie noch die Kurve kriegen soll.

Brett erhebt sich ebenfalls und berührt sanft ihren Arm. »Sophie, ich entschuldige mich. Es tut mir leid. Und jetzt bitte, bitte setz dich verflucht noch mal hin.« Er sieht sich im Raum um, und Sophie, die seinem Blick folgt, bemerkt jetzt, dass alle sie ansehen. Falls sie doch noch schnell verschwinden muss, lässt sie ihren Mantel an. Aber es gelingt ihr (knapp), sich wieder hinzusetzen.

»Herrgott!«, sagt Brett.

»Tut mir leid. Aber du darfst einfach nicht solche Sachen über meinen toten Dad sagen.«

»Ich weiß. Es geht immer um Heimat und Familie.«

»Heimat und Familie?«

»Sicher. Die Leute können dir alles Mögliche darüber erzählen, wo sie herkommen. Über all die schlimmen Dinge, die ihnen passiert sind. Über ihre Heimat oder ihre Familie oder worüber auch immer. Und sie dürfen dir diese Dinge erzählen, und du darfst zuhören. Nur darfst du ihnen niemals zustimmen. Und dich ihren Beschimpfungen keinesfalls anschließen.«

Sophie fährt sich mit den Fingern durchs Haar. »Ja, das trifft so ziemlich den Nagel auf den Kopf. Ich kann ruhig sagen, dass sie fürchterlich sind. Aber überlass es einfach mir, okay?«

»Wie dem auch sei. In einem sind wir uns einig: Wir können sie nicht benutzen.«

»Ja, da sind wir uns einig.«

Sophies Handy fängt an zu vibrieren. Sie holt es aus der Tasche und wirft einen Blick auf das Display. »Oh mein Gott!«

»Was ist?«

»Judy hat ihr Kind bekommen!«

»Ha!«

»Es ist ein Junge. Dylan. Der arme Hosenscheißer.«

»Red nicht so.«

»Ich weiß nicht, was schlimmer ist. Dylan zu heißen oder Judy als Mutter zu haben.«

1976 – Die Küste von Norfolk

»Dad«, jammert Jonathan. »Hinter uns hat sich schon eine Autoschlange gebildet.«

So peinlich berührt wie immer von Tonys Schleichfahrt in den Ferien kniet er auf dem Rücksitz des Käfers und beobachtet die wütenden Autofahrer hinter ihnen. Tony kennt nur zwei unterschiedliche Arten zu fahren – entspannt oder aggressiv. Barbara bevorzugt definitiv die entspannte Variante, doch in diesem Moment fühlt sie sich nicht in der Lage, ihn zu verteidigen.

»Ich fahre vierzig Meilen«, erklärt Tony mit einem Blick auf den Tacho. »An vierzig ist nichts falsch.«

»Nur das die Höchstgeschwindigkeit *sechzig* ist«, entgegnet Jonathan.

»Das ist lediglich eine *Begrenzung*, Jon, eine Obergrenze. Ein Maximum, kein Minimum. Ist es nicht so, Barbara?«

Barbara antwortet nicht. Sie starrt aus dem Seitenfenster, und Tony fährt ein paar Minuten schweigend weiter, bevor er erneut das Wort ergreift.

»Bist du immer noch sauer auf mich?«, fragt er leise. »Wegen gestern Abend?«

Barbara antwortet ihm immer noch nicht.

Sophie, die hinter ihr sitzt, ruft (in alarmierender Lautstärke): »Strand!«

»Ja, Sophie«, sagt Barbara. »Ja, das ist ein riesiger Strand.«

»Ich nehme das dann mal als ein Ja«, bemerkt Tony.

»Nimm's, wie du willst. Mich interessiert das nicht mehr«, gibt Barbara zurück.

»Also definitiv ein Ja«, murmelt Tony.

Er war am vergangenen Abend nicht nach Hause gekommen, und Barbara hatte sich ernsthafte Sorgen gemacht. Da sie wusste, dass sie schon früh nach Norfolk aufbrechen wollten, fiel es ihr schwer, sich einzureden, dass er wie manchmal einfach nur wieder einen Alleingang machte. Und als er schließlich um acht Uhr morgens zurückkam und deutlich wurde, dass es, tatsächlich, nur wieder einer seiner Alleingänge gewesen war, hatte sie sich nicht in der Lage gesehen, ihm zu verzeihen. Und daran hatte sich bisher auch nichts geändert.

»Ich verstehe einfach nicht, wo das Problem liegt«, sagt Tony nun, was Barbara erneut seufzen lässt. »Rede mit mir!«, verlangt er. »Wir wollen doch Ferien machen. Wir wollen Spaß haben.«

Barbara fährt sich mit der Zunge über die Lippen, dann spricht sie mit ihm, leise und lediglich über die Schulter. »Das Problem ist, Tony, dass ich mir Sorgen gemacht habe. Das *Problem* ist, dass ich nicht wusste, ob du heute nach Hause kommst oder morgen oder überhaupt.«

»Aber ich war rechtzeitig wieder da. Und jetzt sind wir hier, oder nicht?«

»Das *Problem* ist«, fährt sie fort, »dass du immer noch nicht sagen willst, wo du gewesen bist.«

»Ich habe es dir gesagt. Ich hatte ein Shooting im Norden und habe bei Phil übernachtet.«

»Und das Problem ist«, hält Barbara dagegen, »dass das nicht stimmt. Und wir wissen es beide.«

»Da ist noch ein Strand«, ruft Sophie und streckt den Zeigefinger aus. Sie sind seit dem Mittagessen bereits eine Stunde unterwegs, und sie fängt an, sich zu langweilen. Im Wagen ist es unerträglich heiß, ganz besonders auf den Rücksitzen. Und da man ihr einen Strand versprochen hat, will sie jetzt auch einen Strand haben.

»Ruf Phil an«, sagt Tony. »Er wird es dir sagen. Er wird mich unterstützen.«

Barbara wendet sich ihm zu und hebt eine Hand, um eine imaginäre Überschrift in die Luft zu malen. »Bester Kumpel von Mann bestätigt windige Entschuldigung gegenüber Frau!«, liest sie vor. »Schockierender Exklusivbericht!«

»Ich finde dich unmöglich, wenn du so bist.«

»*Ich* bin unmöglich?«

»Mum!« Sophie deutet jetzt hinter sich. »Warum ist der Strand nicht gut?«

»Ja«, sagt Jonathan. »Ich fand ihn okay.«

»Wie war er denn?«, fragt Tony, dankbar für den Themawechsel. »Ich habe ihn nicht gesehen.«

»Er war völlig ausgetrocknet«, meint Barbara und rutscht auf ihrem verschwitzten Vinylsitz herum.

»Also fahren wir weiter?«

Barbara kaut an einem Fingernagel, während sie mit sich kämpft. Der Strand, an dem sie gerade vorbeigekommen sind, wäre vielleicht nicht ideal für Sophies Bedürfnisse gewesen (Sandburgen), aber für Tony war er absolut perfekt, da er nach bildhaften Beweisen für den »heißesten Sommer seit dreihundert Jahren« sucht.

»Der nächste Strand wird nicht weit sein«, sagt Tony, und sowohl Jonathan als auch Sophie stöhnen.

Sich ins eigene Fleisch schneiden. Der Satz, besonders beliebt bei Minnie, schießt Barbara durch den Kopf. Das kommt in letzter Zeit oft vor, und Barbara fragt sich, ob Minnie in irgendeiner Form anwesend ist und mit ihr spricht, oder ob das alles nur wahllose Erinnerungen sind, die ihr in den Kopf kommen. Manchmal denkt sie, dass diese beiden Varianten der Wahrheit so ziemlich das Gleiche bedeuten – dass alle, die nicht länger bei einem sind, gerade durch die Erinnerungen an sie doch bei einem bleiben. Dass Erinnerungen doch mehr sind als lediglich eine Aufzeichnung. Dass sie der eigentliche Kern der Leute sind, die man gekannt hat, wo man gewesen ist und die einen noch lange danach begleiten, wie Zeitreisende, wie Geister.

In diesem Falle hätte Minnie recht. Für sie als Familie ist es wichtig, dass Tony sich gut schlägt. Es ist wichtig, dass er die richtigen Fotos macht und wichtig, dass er sie gut verkauft. Und wenn er ihr nicht sagen will, wohin er verschwindet – nach fünfundzwanzig Jahren Ehe weiß sie, dass er es nicht tut –, und wenn sie ihn nicht verlassen will – und nach fünfundzwanzig Jahren Ehe weiß sie das ebenfalls –, macht es wenig Sinn, die berufliche Seite dieser Reise, die, wie Tony ihr versichert hat, schließlich das Geld dafür verdienen soll, zu sabotieren. Sie würde sich damit *ins eigene Fleisch schneiden.*

Sie wendet sich ihm zu. Dann beugt sie sich vor, damit nur er sie hören kann. »Ich hasse dich im Moment«, flüstert sie.

Tony wirft ihr einen Blick zu, dann schaut er wieder auf die Straße. Er runzelt die Stirn. »Wie?«

Sie beugt sich erneut vor und sagt es noch einmal. »Im Moment, in diesem Augenblick, hasse ich dich wirklich. Ich wollte nur, dass du das weißt.«

»Mein Gott!«, ruft Tony und wirkt deutlich verunsichert.

»Aber …«, fügt sie etwas lauter hinzu, »du solltest umdrehen und zurück zu dem Strand fahren.«

»Wie?«, fragt Tony noch einmal.

»Fahr zurück zu dem letzten Strand«, wiederholt sie, was zu Jubelrufen von Jonathan und Sophie führt.

»*Warum?*«, will Tony wissen, der Barbaras Motiven jetzt misstraut und Angst hat, dass sie vielleicht eine Klippe gesehen hat, von der sie ihn stoßen möchte.

»Der Stand war umwerfend«, sagt Barbara. »Er ist vollkommen ausgetrocknet und von Rissen durchzogen wie ein Mosaikpflaster. Und er ist bedeckt mit halb nackten leuchtend pinkfarbenen Frauen. Es ist genau das, wovon du sagst, dass du es suchst.«

Tony wirft einen Blick in den Rückspiegel, setzt den Blinker und fährt auf einen Parkstreifen. Die Schlange frustrierter Fahrer saust an ihnen vorbei, und sie beschleunigen bereits auf eine Geschwindigkeit, die Jonathan als weit angemessener bezeichnen würde, da dieser Käfer, der direkt aus der Hölle gekommen sein muss, rechts rangefahren ist.

»Wirklich?«, fragt Tony. »Du ziehst mich nicht auf?«

»Fahr zurück, Dad«, sagt Jonathan.

»Ja, komm schon«, stimmt Sophie zu. »Fahr zurück.«

Barbara nickt und lächelt und klimpert in geradezu abstoßende Weise mit den Wimpern. »Fahr zurück, Schatz. Du wirst sehen, ich habe *alles* so gemeint, wie ich es gesagt habe.«

1977 – Hackney, London

Barbara wirft einen Blick auf die Küchenuhr. »Beeil dich lieber«, sagt sie zu Jonathan. »Du wirst zu spät kommen.«

»Das ist egal«, erwidert Jonathan. »Ist nur Turnen.«

»Nichts davon ist egal.«

»Ich wollte den Kerl nur in seinen neuen Klamotten sehen.«

»Wenn du deinen Vater meinst, hast du ihn bereits auf Phils Hochzeit in einem Anzug gesehen«, erwidert Barbara, obwohl sie ihren Sohn völlig versteht. Sie freut sich ebenfalls darauf, Tony in seinem neuen Anzug zu sehen.

»Ja, aber ich habe ihn noch nie in einem *weißen* Anzug gesehen«, meint Jonathan voller jugendlicher Verachtung. »Ich habe ihn noch nie als *Bee Gee* verkleidet gesehen.«

»Wag ja nicht, das zu ihm zu sagen!«, warnt Barbara. »Er ist schon so nervös genug. Und er ist nicht weiß. Er ist cremefarben.«

»Er wird trotzdem wie ein *Bee Gee* aussehen«, beharrt Jonathan.

»Bitte! Geh einfach in die Schule. Heute Abend siehst du ihn doch sowieso.«

Aber es ist zu spät. Tony kommt in seinen nagelneuen Schuhen mit den dicken Sohlen den Flur entlanggestapft. »Bist du sicher, dass ich den Schlips umbinden muss?«, fragt er Barbara und zerrt an seinem Kragen.

Alle halten inne, um ihn anzuschauen. Die Zeit scheint für einen Moment stillzustehen, nur weil er etwas anderes trägt. Es ist ein irgendwie surrealer Augenblick.

»Mir gefällt's«, erklärt Sophie. »Ich finde, du siehst toll aus, Dad.«

Während er noch an seinem breiten Schlips herumfummelt, schenkt er ihr ein kokettes Lächeln und zwinkert ihr zu. Sie ist sehr auf ihren Vater fixiert, und er kann sich immer darauf verlassen, dass er von ihr einen freundlichen Kommentar bekommt, wenn er ihn braucht.

Barbara, die zu ihm gekommen ist, stimmt zu. »Du siehst wundervoll aus.« Sie rückt seinen Schlips gerade und steckt ihn etwas tiefer in die Weste. »Du siehst aus wie ein preisgekrönter Fotograf.«

»Ich fühle mich, als hätte man mich zum Tod durch den Strang verurteilt«, erwidert Tony.

»Dann weißt du jetzt, wie es sich anfühlt, Dad«, sagt Jonathan, der jeden Tag eine Schuluniform tragen muss. Er versteht nicht, was die ganze Aufregung soll.

»Ich glaube nicht, dass dich dein Schlips besonders quält. So wie du ihn immer um die Knie trägst.«

»Schlipse sind sowieso bescheuert«, gibt Jonathan mit einem Lächeln zurück. »Keiner der *Bee Gees* trägt einen Schlips.«

Barbara wirft Jonathan einen wütenden Blick zu, und er grinst sie herausfordernd an.

»Ja, aber ich bin schließlich nicht bei den *Bee Gees*«, erwidert Tony. »Ich gehe ja nicht zu *Top of the Pops*, sondern auf eine verdammte Kunstveranstaltung.«

»Okay«, sagt Barbara. »Es reicht jetzt. Jon, geh in die Schule. Auf der Stelle! Es ist fast halb neun!«

Jonathan steht auf, greift nach seinem Turnbeutel und tanzt mit Jive-Schritten hinüber zu seinem Vater. Er mustert ihn übertrieben von Kopf bis Fuß, dann sagt er: »Du bist es einfach, Pop«, bevor er mit schwingenden Hüften – wobei er mit einer hohen, albernen Stimme *Stayin' Alive* summt – den Flur entlangmarschiert.

»Frecher kleiner Bengel«, sagt Tony, nachdem die Wohnungstür ins Schloss gefallen ist.

»Er ist vierzehn, Tony. Mit vierzehn sind sie alle so.«

»Werde ich mit vierzehn auch so sein?«, fragt Sophie.

»Nein«, beteuert Tony. »Du wirst mit vierzehn ein Engel sein, genau wie jetzt. Du wirst immer ein Engel sein.« Er wendet sich wieder Barbara zu. »Es ist aber nicht übertrieben, oder? Vielleicht hätte ich mir den blauen kaufen sollen.«

»Nein, wirklich, du siehst perfekt aus. Wir haben letzte Woche zusammen *Aquarius* gesehen. Du weißt ja noch, wie die angezogen waren.«

Tony hat Angst, und all seine Angst findet ihr Ventil in dem blöden Anzug. Aber den Grund für seine Angst zu kennen reicht nicht, um sie zu lindern. Er sieht Sophie an, die ihn immer noch vom Frühstückstisch aus anhimmelt. »Was meinst du, Mäuschen?«, fragt er.

»Kannst du mich in die Schule bringen?«, bittet sie. »Ich möchte, dass jeder sieht, wie gut du aussiehst und wie berühmt du bist.« Etwas Besseres hat sie natürlich gar nicht sagen können.

»Das würde ich gerne, aber ich kann nicht, Schätzchen.« Tony wirft einen Blick auf seine Uhr. »Ich muss um zehn in Wembley sein.«

»*Bitte!*«

»Wir könnten sie in die Schule bringen und dann die U-Bahn von Hackney aus nehmen«, schlägt Barbara vor. In Wahrheit möchte auch sie Tony heute nutzen. Auch sie möchte mit ihrem Mann in diesem Anzug gesehen werden, möchte sich auch ein wenig im Glanz seines Preises sonnen.

»Also gut«, sagt Tony. »Wir müssen uns nur beeilen.«

Sophie ist aufgestanden und hat die Kamera ihres Vaters geholt. »Kann ich ein Foto von dir machen?«

Tony verdreht die Augen. »Aber nur das eine. Weißt du noch, wie es geht?«

»Natürlich weiß ich das«, antwortet Sophie und nimmt die Abdeckung von der Linse.

Nachdem Tony Sophie am Schultor in die Arme genommen und sie einmal im Kreis herumgeschleudert hat (bei einer Achtjährigen wird das langsam schwierig), entlässt er sie in den lärmenden Pulk. Barbara hakt sich bei ihm unter, und dann gehen sie zur U-Bahn-Station.

»Ich komme mir immer noch ziemlich dämlich vor in diesen Sachen«, meint Tony, obwohl er sich von den bewundernden Blicken der Passanten geschmeichelt fühlt. »Ich sehe aus, als wollte ich zu einer Hochzeit. Ich sehe aus, als wäre ich auf dem Weg zu meiner *verdammten* Hochzeit.«

»Du solltest dir weniger Sorgen darüber machen, wie du aussiehst, und mehr darüber nachdenken, was du sagen willst. Denn glaub mir, du siehst perfekt aus.«

»Und was zum Teufel soll ich sagen? Du weißt ja, wie ich all dieses hochtrabende Gequatsche hasse.«

»Also das solltest du *nicht* sagen. Du wirst das schon machen.«

»Dann erzählen Sie doch mal, Mr Marsden«, sagt Tony mit der aufgesetzten Stimme eines Fernsehmoderators, »worum geht es bei diesem Foto? Welche Ihrer tiefsten Wünsche wollten Sie damit ausdrücken?«

»Hör auf. Du wirst das gut machen!«

»Aber sie werden eine Menge Blödsinn von mir hören wollen«, entgegnet Tony. »Und das kann ich nicht besonders gut. Du weißt, dass es mir nicht liegt.«

»Tony! Hör auf!« Barbara drückt seinen Arm. »Du machst dich völlig unnötigerweise verrückt. Du hast den Preis doch schon gewonnen. Alle sind längst überzeugt, dass du der Größte bist. Deswegen haben sie dich ja eingeladen.«

»Du hast leicht reden. Du brauchst dich auch nicht in einer landesweiten Fernsehsendung der spanischen Inquisition zu stellen.«

»Kannst du nicht einfach sagen, dass es nur Fotos sind?«, schlägt Barbara vor. »Sag, dass es Fotos sind und dass man sie ansehen soll und nicht darüber reden.«

Tony schnaubt. »Ja. Sicher. Das wird gut ankommen.«

* * *

Barbara trägt das letzte Gericht – mit Stiltonkäse gefüllten Sellerie – ins Esszimmer. Sie schiebt die russischen Eier zur Seite und stellt die Platte mit Mini-Quiches woanders hin, damit der Sellerie noch auf den Tisch passt. Sie tritt einen Schritt zurück und betrachtet, was sie aufgetragen hat, dann seufzt sie zufrieden. Es sieht perfekt aus.

»Mum, es fängt an!« Jonathans Stimme kommt aus dem Wohnzimmer.

Dann taucht Sophie in der Tür auf. »Mum!«, drängelt sie. »Sie zeigen die Aufzeichnung. Komm doch!«

Barbara geht mit ins Wohnzimmer, das jetzt fast zu voll ist, als dass sie noch hineingepasst hätte. Nachbarn haben sich aufs Sofa gequetscht, und Tonis Freunde aus seinem alten Fotokurs hocken im Schneidersitz auf dem Boden. Es sind auch neue Leute da, die Tony offenbar gut kennt, aber die Barbara noch nie gesehen hat: zwei Journalisten vom *Mirror*, ein Maler, ein Dichter, ein Koch … alle trinken etwas. Alle rauchen. Und ein leicht süßlicher Geruch in der Luft bringt Barbara auf den Gedanken, dass sie nicht nur Zigaretten rauchen. Das Zimmer wirkt wie ein Aschram, aber Barbara ist entschlossen, sich nicht aufzuregen. Sie ist entschlossen, dazuzugehören und auch mal ein bisschen Spaß zu haben.

Dave, der seinen Betamax-Rekorder mitgebracht hat, liegt ausgestreckt da, und auf dem Bildschirm des Fernsehers läuft die typische Musik von *Aquarius*. Sophie, die den Text des Refrains von *The Age of Aquarius* kann, singt mit.

Malcolm redet immer noch. »Wirklich unglaublich, dass das alles auf diese Kassette passt. Wann haben sie das gesendet?«

»Sonntagnacht«, antwortet Tony. »Um halb elf.«

»Und du hast es einfach aus dem Fernseher aufgenommen?«

»Dave hat's gemacht«, erwidert Tony.

»Sch!»«, mahnt sie Sophie, und alle sind froh, dass sie es gewesen ist, die sie zum Schweigen gebracht hat.

Auf dem Bildschirm führt Peter Hall durch die Sendung.

Heute Abend werden wir mit Steve Leber, dem Koproduzenten eines neuen Musicals namens *Beatlemania* sprechen und über Anthony Marsden, der als Erster zweimal hintereinander zum Fotojournalisten des Jahres gekürt wurde. Aber zuerst haben wir Wolfgang Büld zu Gast, der eine Dokumentation über die Punkbewegung in London gedreht hat.

Hallo Wolfgang!

Hallo.

Habe ich eigentlich recht, wenn ich Punk als eine Bewegung bezeichne? Oder wäre es präziser, Punk eine Mode zu nennen?

»Wir können uns vielleicht etwas zu essen holen«, wirft Malcolm ein. »Ich möchte eigentlich nur unseren Tony sehen.«

»Ich kann bis zu der Stelle mit Tony vorspulen«, sagt Dave, und sein Finger schwebt bereits über einer der verchromten Tasten des Videorekorders.

»Kannst du das?«

»Natürlich«, erwidert Dave. »Man kann alles Mögliche damit machen.« Er drückt auf die Taste, und das Bild auf dem Fernseher läuft schneller.

»Das ist ja lustig«, ruft Sophie. »Es gefällt mir, wenn es schneller läuft.«

»Können wir uns auch so einen kaufen, Mum?«, fragt Jonathan.

»Einen Videorekorder? Nein. Die kosten ein Vermögen, stimmt's, Dave?«

»Dieser ist gemietet«, erklärt Dave. »Aber ja, wenn man sie kauft, kosten sie Hunderte.«

»Da!« Jonathan, der begierig auf den Fernseher gestarrt hat, streckt den Zeigefinger aus, und auf dem Bildschirm wankt Tony hin und her und gestikuliert mit dreifacher Geschwindigkeit.

Dave spult ein paar Mal vor und zurück, bis er schließlich die richtige Stelle findet und das Bild anhält.

»Du hast deinen Schlips abgenommen«, stellt Jonathan fest.

»Es war kochend heiß«, sagt Tony. »Die Scheinwerfer … Ich habe geschwitzt wie ein Schwein.«

Barbara seufzt. Mit dem Hemdkragen über den Aufschlägen seines dreiteiligen Anzugs sieht er wirklich aus wie einer der *Bee Gees*, und das war nicht das, was sie angestrebt hatten.

»Bereit?«, fragt Dave. Absolute Stille senkt sich über den Raum. Nicht einmal wer Erdnüsse im Mund hat, kaut noch weiter.

»Wie schade, dass ihr keinen Farbfernseher habt«, meint Malcolm und löst damit ein weiteres vielstimmiges »*Sch!*« aus.

Schließlich löst Dave die Taste, und der Bildschirm wird nun von Tony ausgefüllt, dem offensichtlich unbehaglich zumute ist. Dann kommt eine Reihe von preisgekrönten Fotos: eine Frau auf einem ausgetrockneten Strand, ein Punk mit Irokesenschnitt, der einen Intercity 125 besteigt, eine Demonstration vor der Nummer zehn in der Downing Street …

> Schon nach wenigen Ihrer Fotos können wir sehen, dass Sie einen außergewöhnlichen Sinn für die Bildkomposition haben. Haben Sie das in einer Ausbildung gelernt, oder ist es einfach eine Gabe, die Sie entwickelt haben?

Barbara, die ganz hinten im Raum steht, sieht, wie Sophie nach Jonathans Arm greift, während sie auf die Antwort ihres Vaters wartet. Sie wünschte, sie hätte auch jemanden, an dem sie sich festhalten könnte. Stattdessen fasst sie nach der Rückenlehne eines Sessels.

> Eigentlich ist es mehr … eine Begabung.

Es folgen ein paar Momente der Stille. Der Moderator wartet eindeutig darauf, dass Tony das weiter ausführt, und schließlich tut er es auch.

> Ich meine, ich bin nie auf die Kunstschule gegangen oder etwas in der Art. Ich habe einfach nur gerne fotografiert.

Fantastisch! Und was ist Ihre Motivation? Was treibt Sie an? Nehmen Sie dieses Foto …

Er hält das Strandfoto in die Kamera.

Ist es eine Aussage zur modernen Gesellschaft? Sollen uns all diese sonnenverbrannten Körper etwas über das moderne Freizeitverhalten sagen?

Auf dem Bildschirm hustet Tony und kratzt sich im Genick. Er verzieht das Gesicht, als würde er fast ersticken. Schließlich spricht er, und alle im Wohnzimmer fangen wieder an zu atmen.

Ich … ich … Sehen Sie, um ehrlich zu sein, hängt mir dieses ganze Gerede über Kunst ziemlich zum Hals raus. Kunst, und ich meine visuelle Kunst, die soll man ansehen. Wenn jemand Sprache möchte, dann soll er Radio hören oder ein Buch lesen.

Peter Hall ist sichtlich pikiert.

Oder sich etwas im Fernsehen anschauen … haha. Ich bin sicher, unsere Zuschauer haben in der Hoffnung eingeschaltet, dass Sie uns etwas über Ihre preisgekrönten Fotos erzählen.

Ja. Aber ich bin kein Fernsehmoderator, oder? Ich bin Fotograf. Deswegen wäre es mir lieber, wenn sich die Leute meine Arbeit einfach ansehen. Das ist der Sinn der Fotografie. Im wahrsten Sinne des Wortes. Eine Kamera ist für mich wie ein Buttermesser, das durch die Realität schneidet und sie in Scheiben für später bewahrt. Das Foto bedeutet, was immer derjenige, der es betrachtet, glaubt, dass es bedeutet. Visuelle Kunst ist visuell. Um mehr geht es nicht. Sie ist da, um gesehen zu werden und nicht erklärt. Warum sehen Sie sich also nicht mein Foto an und sagen mir, was Sie darüber denken. Das ist weitaus interessanter für mich, als das, was ich darüber denke.

In der Tat. Einig sind wir uns alle sicher darin, dass uns Ihre atemberaubenden Bilder gefallen. Also herzlichen Glückwunsch zu ihrem Preis.

Danke.

Die Kamera fährt zurück auf Peter Halls Gesicht. Er wirkt nervös.

Lange vor der Punkbewegung hat eine andere Musikrichtung London im Sturm erobert. Beatlemania. Ein neues Musical, das nächste Woche im West End Premiere hat …

»Du kannst anhalten«, sagt Tony. »Das war's. Irgendeine Schnecke hat mich dann von der Bühne gezerrt.«

Dave drückt auf die Taste.

»Was meint ihr?«, fragt Tony. »Bin ich damit durchgekommen?«

»Du warst fantastisch«, verkündet Malcolm. »Der perfekte Antiheld. Ein Mann des Volkes! Sie werden dich *lieben.*«

* * *

Mit Bedauern verlässt Barbara die Ruhe des Esszimmers und zwingt sich dazu, sich wieder ins Getümmel zu stürzen. Sie fühlt sich unbehaglich und unsicher, aber die Platte zu halten, hilft. Eine Aufgabe zu haben, macht es ihr leichter, mechanisch einen Fuß vor den anderen zu setzen, macht es ihr leichter zu vergessen, wie schwierig es sein kann, einfach zu atmen.

Im Wohnzimmer sind jetzt doppelt so viele Leute wie zuvor – und es ist nur noch Platz zum Stehen.

Jonathan legt Platten in der neuen Musiktruhe auf (Barbara hat ihm gesagt, dass er alles spielen kann außer die *Bee Gees*), und die Leute trinken und unterhalten sich gegen die Musik an. Einige rauchen Joints, und ein paar fangen an, zu Elton Johns und Kiki Dees *Don't Go Breaking My Heart* die Hüften zu bewegen.

Barbara geht mit ihrer Platte voller Mini-Quiches einmal durch den ganzen Raum, dann kehrt sie zurück, wie ein Taucher, der nach Luft schnappt, in den sicheren Hafen des Esszimmers. Dort gießt sie sich ein Glas Sherry ein, größer als gewöhnlich, und trinkt es in einem Zug aus. Bei allen anderen scheint das zu funktionieren. Warum nicht auch bei ihr?

Als sie ins Wohnzimmer zurückkehrt, steht Diane in der Tür. »Wow!«, sagt Diane und muss fast schreien, um sich trotz der Musik verständlich zu machen. »Das ist ja eine tolle Party!«

»Ja! Ich wusste nicht mal, dass du kommst! Eine Selleriestange?«

Diane wirft einen geringschätzigen Blick auf die Platte, als sei Barbara jetzt völlig verrückt geworden, und in dem Moment fällt ihr auf, dass dies tatsächlich der Fall sein könnte. »Natürlich möchtest du keine Selleriestange!«, sagt sie.

Diane zuckt die Achseln und nimmt eine von der Platte. »Sicher. Ich nehme eine Selleriestange. Lass uns ausflippen!«

»Wir haben dich ewig nicht gesehen.«

Diane beißt in den Sellerie, dann kaut sie, bevor sie antwortet. »Nein. Tut mir leid. Die Dinge waren etwas … du weißt schon … schwierig für mich.«

Barbara nickt sanft. »Ich verstehe, Ich verstehe vollkommen. Es ist für alle eine schwierige Zeit gewesen.«

»Wie auch immer …« Diane sucht erkennbar nach dem nächsten Thema. »Ich *liebe* dein Kleid! Wo hast du das her?«

Barbara wird rot und blickt hinunter auf ihre Füße, die in etwas zu kleinen, aber ziemlich schicken Vinylstiefeln aus dem Secondhandladen stecken. »Sag es niemandem, ich hab es selbst genäht. Es ist die Kopie von einem Kleid, das ich in der Carnaby Street gesehen habe.«

»Aber die Batik hast du nicht selbst gemacht, oder?«

Barbara nickt. »Mhm. Das Kleid in dem Laden war viel leuchtender, alles in Orange und Grün … aber ich wollte etwas Dezenteres.«

»Also du siehst großartig aus. Wirklich!«

»Danke.« Barbara blickt noch einmal kurz auf ihre Füße. »Du siehst auch gut aus. Sehr braun gebrannt und gesund.«

»Ich bin gerade aus Kalifornien zurückgekommen«, erklärt Diane. »Ich hab immer noch Jetlag.«

»Aus Kalifornien?«

»Ich habe es dort geliebt. Ich denke, ich würde am liebsten dort leben, um ehrlich zu sein. Es ist wie in den Filmen. Alle sind schick und cool, und alle sind breit. Und San Francisco – ich hab mich total in diese Stadt verliebt!«

»Meine Güte!«, sagt Barbara. »Wie aufregend.«

»Du hättest doch nichts dagegen, oder?«

»Wogegen?«

»Wenn ich wirklich dort hinziehen würde?«

»Ich?«

»Ihr beide?«

»Diane! Wie könnten wir?«

»Gut … denn ich tue es vielleicht wirklich. Oh, ich habe Tony im Fernsehen gesehen. Es war an dem Abend, als ich zurückgekommen bin. Das hat er gut gemacht.«

»Das hat er, das stimmt. Wir haben es uns vorhin angesehen, auf einem Videorekorder.«

Diane wirft ihr Haar nach hinten. »Der Nonkonformismus ist auch in Amerika ein Riesenthema. Das hat er sehr geschickt gemacht.«

»Nonkonformismus?«

Diane nickt eifrig. »Ja, diese ganze Geschichte, dass er es satthat, über Kunst zu *reden*. Als sei er gar nicht in einer Kunstsendung! Ich hätte sterben können. Aber es war klug. Es hat funktioniert.«

»Eigentlich war das meine Idee.«

»Deine?«

»Ja. Wir waren auf dem Weg zum Bahnhof, und Tony war völlig panisch, was er nur sagen könnte. Und ich meinte: ›Sag ihnen, es sind nur Fotos. Sag ihnen, ihr Sinn besteht darin, dass man sie anguckt und nicht, dass man darüber redet‹.«

»Also das war ein wirklich geschickter Schachzug. Die Leute lieben so was. Oh! Da ist er! Der Mann der Stunde. Mein Gott, siehst du grimmig aus!«

Barbara dreht sich um und bekommt mit, dass Tony neben ihr steht. Er wirkt tatsächlich grimmig. Aber er schüttelt den Kopf und leugnet es. »Grimmig? Überhaupt nicht.« Er lächelt

Diane an. Und dann gelingt es ihm, vollkommen anders auszusehen, als er dasselbe eingefrorene Lächeln Barbara schenkt.

Er nimmt Diane am Arm. »Steh hier nicht auf der Schwelle rum. Komm zur Party. Und erzähl mir von Amerika!«

Diane wirft einen Blick über die Schulter, während Tony sie davonzieht. Sie zwinkert Barbara zu und macht ihr zum Abschied noch ein Friedensangebot. »Du siehst wirklich wunderschön aus in dem Kleid!«

Dianes Schmeichelei und der Sherry machen sich plötzlich auf einen Schlag bemerkbar, und während sie durch die Menge tänzelt, fühlt sie sich wohl in ihrer Haut. Es ist für sie ein ungewohntes Gefühl, und es ist ein Schock für sie, wie gut es sich anfühlt. Was für eine Erleichterung es ist, plötzlich den Eindruck zu haben, in ihrem Körper zu Hause zu sein. Normalerweise fühlt sie sich immer wie ein winziges, verängstigtes Kind, das sich darin versteckt und versucht, eine große, fremde Maschine durch den Raum zu navigieren.

»Eine Selleriestange?«, fragt sie und hält die Platte nach rechts. »Oh, hallo, Malcolm! Eine Selleriestange? Hallo, Jenny! Wie geht's dir?«

»Dein Kleid ist wirklich toll!«

»Vielen Dank! Irgendjemand eine Selleriestange?«

Als sie das andere Ende des Raums erreicht, ist die Platte fast leer, deswegen geht sie wieder Richtung Küche. Gerade läuft *The Things We Do For Love*, und sie fühlt sich betrunken und vielleicht ein bisschen gekifft (Kann man vom Rauch anderer Leute high werden?), und Tony ist nicht mehr bei Diane, sondern bei Jules und 10cc singen über die Liebe. Alles ist in Ordnung auf dieser Welt.

»Jules. Du kennst Barbara?«, sagt Tony und ergreift ihren Arm, als sie vorbeigeht. Er ist erschreckend rot im Gesicht, was normalerweise ein Zeichen dafür ist, dass er sich gerade in gefährlichem Ausmaß betrinkt.

»Ja.« Jules lächelt wohlwollend. »Natürlich. Tolles Kleid, Barbara.«

»Sie hat es selbst genäht«, sagt Tony. »Aus einem alten Bettlaken! Kannst du das glauben?«

Barbaras Lächeln verblasst ein wenig. »Eigentlich habe ich …«

»Babs ist fürchterlich kreativ», unterbricht Tony sie. »Meine besten Ideen stammen von ihr. Ich glaube nicht, dass ich ohne sie jemals einen guten Einfall gehabt hätte. Stimmt's nicht, Babs?«

Barbara öffnet den Mund, um zu antworten, aber dann fällt ihr nichts ein, was sie sagen könnte. Der nette Tony ist verschwunden, und der gemeine Tony ist zurück. Die erfahrene, charmante Barbara, die ganz kurz einmal zu sehen war, ist ebenfalls verschwunden, und geblieben ist das verängstigte Kind, das willkürlich an irgendwelchen Hebeln zieht, während sein Gefährt durch den Raum schlingert. »Eine Selleriestange?«, murmelt sie und stolpert weiter durch die Menge.

Als sie wieder in der Küche ist, wäscht sie die Platte ab, bevor sie wieder ins Esszimmer geht, um noch ein Glas Sherry zu trinken und eine Handvoll Käsebällchen zu essen. Auch wenn sie das Kleid aus einem alten Vorhang gemacht hat. Auch wenn sie es selbst gebatikt hat. Wie kann er es wagen?

Für den Moment ist sie gerettet, weil gerade ihr momentanes Lieblingslied gespielt wird, *Money, Money, Money* von Abba. *Scheiß auf ihn!*, denkt sie. *Ich werde die Party genießen.*

Im Wohnzimmer haben sich die Gäste unterdessen in zwei Gruppen aufgeteilt, in jene, die vorn trinken, und jene, die hinten um die Musiktruhe herum tanzen.

Sophie dreht sich im Kreis wie ein Derwisch und tanzt Rock'n'Roll mit Diane. Eifersüchtig sieht Barbara ihnen einen Moment zu, bevor sie sich wieder ins Gedächtnis ruft, dass Diane sie vielleicht bald verlässt. Natürlich möchte sie das meiste aus dieser Gelegenheit herausholen. Das ist alles völlig normal.

Sie geht hinüber zu den Tanzenden und schließt die Augen, um alles andere auszublenden. Dann beginnt sie, sich im Takt der Musik zu wiegen. Es gefällt ihr, wie sich das Kleid um sie herum bewegt. Es gefällt ihr, wie die Musik und der Boden sich, gefiltert durch den Sherry, weich und einladend anfühlen, wie eine Matratze in der Sonne. *Money, Money, Money* ... sie beginnt zu lächeln. Was für ein mitreißender Sound!

Jemand spricht mit ihr. »Sie ist so eine gute Tänzerin!«

Sie öffnet die Augen und sieht Diane, die langsam und sich wiegend vor ihr tanzt. Mit ihrem wunderschönen glatten schwarzen Haar wirkt sie wie Seegras am Meeresboden, das sich wellenförmig mit den Gezeiten bewegt. »Sophie meinst du?«

Diane nickt und lächelt noch mehr. »Ja. Sie ist unglaublich!«

»Oh, ich weiß. Sie tanzt für ihr Leben gern. Gestern Morgen bin ich hereingekommen und habe sie wie die Zulus tanzen sehen.«

»Wie wer?«

Barbara lacht. »Wie die Zulus«, wiederholt sie, schlägt sich rhythmisch auf den Mund, dreht sich dabei im Kreis und stampft im Rhythmus der Musik mit einem Fuß auf.

»Oh, wie lustig!«, sagt Diane.

»Ich denke, sie hat es im Fernsehen gesehen.« Barbara versucht ihr Gleichgewicht zu halten – sie hat definitiv einen Schwips. »Ich habe ihr Ewigkeiten zugesehen. Sie hat sich die ganze Zeit im Kreis gedreht.«

»Was ist denn hier los?« Tony ist zu ihnen getreten, aber tanzt nicht. Tony tanzt nie, er kann es einfach nicht. Obwohl Barbara am Anfang versucht hat, es ihm beizubringen. Es ist unmöglich. Er hat überhaupt kein Rhythmusgefühl.

»Barbara zeigt mir, wie die Zulus tanzen.« Diane lacht fröhlich.

»Zeigs mir.«

Barbara zuckt die Achseln, dann lacht sie und wiederholt den kleinen Tanz. »Ich habe nur erklärt, was …«

»Ha! Das ist toll. Malcolm!«, ruft Tony. »Sieh dir das an! Mach's noch mal!«

Barbara runzelt die Stirn, wiederholt den Tanz aber noch einmal. »Ich habe Diane nur gezeigt, wie Sophie …«, hebt sie erneut an, es zu erklären, aber Tony lacht rau und taumelt davon.

»Kümmer dich nicht um ihn«, rät Diane. »Er ist betrunken.«

»Ja, ich weiß«, antwortet Barbara. Aber es kümmert sie, nicht, weil ihre kleine Glücksblase zum Platzen gebracht wurde, sondern weil genau das Tonys erklärtes Ziel war, als er so über sie gelacht hat.

Tapfer, um keine Niederlage einzugestehen, tanzt sie bis zum Ende des Lieds, aber ihr Herz ist nicht mehr länger dabei. Danach kehrt sie ins Esszimmer zurück, wo sie ein Würstchen am Stiel ist. Dann geht sie in die Küche und trinkt ein Glas Leitungswasser. Aber da alle Räume inzwischen belebt sind und sie allein sein möchte, geht sie nach hinten in den Garten.

Nachdem sie den Lärm der Party hinter sich gelassen hat, atmet sie die kalte Nachtluft ein und blickt zum Mond hinauf, der eindrucksvoll über dem Apfelbaum des Nachbarn hängt.

Sie setzt sich auf eine Trennmauer und zwingt sich, tief ein- und auszuatmen, bis sich, nach etwa zehn Minuten, ihr hektischer Atem wieder beruhigt hat.

Als sie aufsteht, um zurück ins Haus zu gehen, kommt Sophie herausgelaufen, dicht gefolgt von Jonathan. Sophie versteckt sich hinter Barbaras Beinen. »Jonathan hat versucht, mich im Schlafzimmer einzusperren«, keucht sie atemlos.

»Dad sagt, sie muss ins Bett«, erklärt Jonathan. »Er sagt, es wird jetzt zu wild für Achtjährige.«

Barbara streicht ihrer Tochter übers Haar. »Das ist wahrscheinlich gar keine so schlechte Idee. Es ist fast Mitternacht.«

»Aber mir geht's gut. Ich bin nicht müde. Ich möchte tanzen.«

»Hör mal«, schlägt Barbara vor. »Wie wär's, wenn wir noch nach einem Lied tanzen, und dann bringe ich dich ins Bett.«

Sophie blickt zu ihr auf. »Zwei Lieder?«, fragt sie. »Nein, drei Lieder.«

»Okay, noch drei Lieder.«

Als sie zurück im Wohnzimmer sind, ist die Musik verstummt. »Wo ist unser Discjockey?«, ruft Tony. »Komm schon, Junge!«

»Ich mache schon, Dad, ich mache schon.« Jonathan zwängt sich durch die Tanzenden, die plötzlich in einem Meer der Stille gestrandet sind.

»Leg was Afrikanisches auf«, sagt Tony.

Barbara sträuben sich die Haare. Sie weiß bereits, wohin das führen wird. »*Tony*«, protestiert sie.

»Was Afrikanisches?«, fragt Jonathan.

»Ja. Deine Mum wird uns zeigen, wie die Zulus tanzen, oder?«

Die Hälfte der Anwesenden dreht sich jetzt zu Barbara um. Einigen steht die betrunkene Schadenfreude ins Gesicht geschrieben, aber ein paar wenige, vor allem die Frauen, wirken traurig, mitleidig … Barbara ist sich nicht sicher, was schlimmer ist. Das Mitleid wahrscheinlich. Ihr Gesicht wird ganz heiß.

»Was soll ich auflegen?«, hakt Jonathan nach. Er hat immer noch nicht verstanden, was gerade passiert.

»Was du willst«, sagt Barbara zu ihm. »Ich tanze heute Abend nicht mehr.«

Sophie hängt an ihrem Arm. »Mum!«, jammert sie. »Du hast es versprochen.«

»Ja! Komm schon, Babs!«, ruft Tony. »Alle wollen den verdammten Zulutanz sehen!«

Barbara lässt den Blick über die erwartungsvollen Gesichter um sich herum gleiten, dann wirft sie Tony ein müdes Lächeln zu. Aber er ist zu betrunken, um in ihrem Blick lesen zu können. Oder es ist ihm egal. Er grinst einfach nur anzüglich.

»Dann leg die *Bee Gees* auf«, sagt Barbara zu Jonathan. »Dein Vater ist dafür genau richtig angezogen.«

Sie wirft Tony einen Blick zu und hofft, dass ihre Stichelei, ausgeborgt von ihrem Sohn, ins Schwarze getroffen hat. Doch Tonys Ego ist, im Gegensatz zu ihrem, nicht leicht zu erschüttern. Er steht einfach da in seinem cremefarbenen Anzug und lacht sie aus. Sie weiß nicht einmal, ob er es überhaupt gehört oder den Witz verstanden hat.

Dann ertönt auch schon *Stayin' Alive* aus den Lautsprechern, und Tony fängt an in die Hände zu klatschen und zu rufen: »Barbra, Zulutanz, Barbra, Zulutanz.« Und zwei seiner dämlichen, betrunkenen Freunde stimmen mit ein.

Barbara schiebt Sophie in die Mitte der Tanzfläche. »Tanz einfach, Schatz«, sagt sie. »Ich gehe ins Bett.«

Bewundernd blickt Sophie zu ihr auf. »Aber wir können den Zulutanz doch zusammen tanzen.«

Als Barbara den Raum verlassen will, hält eine Hand sie auf. Es ist Jonathan.

»Ich hab sie aufgelegt, Mum«, sagt er.

Sie ringt sich ein Lächeln ab. »Danke, mein Sohn.«

»Ich hasse ihn.« Er wirft Tony einen wütenden Blick zu, der jetzt am anderen Ende des Raums auf die Pauke haut. »Ich hasse ihn so sehr, dass ich ihn umbringen könnte.«

»Danke«, sagt Barbara zu ihm, »aber das wird nicht nötig sein. Viel Spaß bei der Party. Gute Nacht.«

Im Schlafzimmer lauscht Barbara dem Partylärm nebenan. Zum einen bereut sie es, sich zurückgezogen zu haben, denkt, dass sie hätte bleiben und sich zur Wehr setzen sollen. Aber gegen einen Betrunkenen hat man keine Chance. Nie. Was hatte ihre Mutter immer gesagt? *Ringe nie mit Schweinen. Hinterher seid ihr beide mit Scheiße bedeckt, aber nur das Schwein hat Freude daran.* Ein Schwein. Genau das wird aus ihm, wenn er trinkt. Ein Schwein. Und ja, in diesen Momenten hasst sie ihn tatsächlich.

Sie wirft einen Blick auf das Partykleid, das am Griff des Schranks hängt, und beschließt, dass sie es nie wieder tragen wird. Das Kleid ist so viel mehr als ein Kleid. Es ist ein Symbol für ihre Versuche, sich zu ändern und in Tonys Welt zu passen.

Sie hatte eine Vision davon, wie elegant sie in dem Kleid aussehen und sich fühlen würde. Sie hatte sich gesehen, wie sie sich voller Selbstvertrauen unter diese Leute mischt, sich vielleicht über das Fernsehprogramm unterhält oder über Tonys Fotos oder vielleicht sogar über Techniken in der Dunkelkammer.

Aber heute Abend hat sie verstanden, dass, obwohl es Tony gelingt, in eine andere Welt zu schlüpfen, es nicht reicht, um sein Ego zu füttern. Sein Wunsch nach Aufstieg verlangt, dass er sie als Wegmarke zurücklässt, als etwas, auf das er später zurückweisen kann und sagen: »Sieh mal, wie weit ich gekommen bin!«

Die Kunst stiehlt ihr, wie eine böse Geliebte, ihren Mann. Aber wie alle Männer mit Geliebten braucht er zu Hause eine Ehefrau. Denn ohne Frau bedeutet eine Geliebte keinen Nervenkitzel mehr.

Es gibt einen dumpfen Schlag, als jemand nebenan stürzt, und Barbara wirft einen nervösen Blick quer durch den Raum, als fürchte sie, dass jemand durch die Wand stürzen könnte, direkt in ihre verräterischen Gedanken und sie bezeugen.

Sie schließt die Augen. Das Zimmer dreht sich, deswegen öffnet sie sie wieder und konzentriert sich auf den Lampenschirm, der über ihr hängt.

Sie erinnert sich daran, wie klein ihre Träume gewesen sind, wie aufrichtig und pragmatisch ihre Ziele. Sie war aus dem Nichts gekommen, von nirgendwo, wo man sich Betten teilte und eine Toilette im Freien besaß, wo Bomben fielen und Hunger herrschte … und wo sie kaum von mehr als einem gemütlichen Zuhause und einem freundlichen, zuverlässigen Mann an ihrer Seite geträumt hatte. Sie würde von diesem Mann nicht viel verlangen, nur ein regelmäßiges Einkommen, angenehme Ruhe und ein Gefühl von relativer Sicherheit. Und auch vom Leben erwartete sie nicht viel: ein wenig Geld in der Gasuhr, etwas zu essen in der Speisekammer, vielleicht, wenn sie Glück hatte, etwas heißes Wasser aus dem Hahn. Das waren die Erwartungen von Mädchen ihrer Generation, die im East End aufgewachsen waren.

Sie wollte der zermürbenden Armut ihrer Kindheit entkommen, das war alles. Sie wollte Kinder aufziehen, die niemals erfahren sollten, wie es sich anfühlt, Hunger zu haben, die sich waschen oder ihre Kleidung wechseln konnten, wann immer es sein musste.

Mit der Musiktruhe und dem gefüllten Kühlschrank hatten sie bereits so viel mehr, als sie sich jemals erträumt hatte. Aber in gewisser Weise, die sie nicht genauer beschreiben kann, haben sie auch so viel weniger.

2013 – Eastbourne, East Sussex

Barbara streicht über den glänzenden Einband des Buches. Es ist nur ein Probedruck, aber er sieht wunderschön aus. Mit den Fingern fährt sie die Kontur der erhabenen Buchstaben nach wie eine Blinde, die Braille liest. *Anthony Marsden.*

Obwohl sie das nie jemandem erklären könnte, erscheint es ihr seltsam, wie ein Druckfehler fast, dass ihr Name nicht neben seinem steht. Es fühlt sich an, als habe man sie aus der Geschichte herausgeschrieben, eine Geschichte, die so eindeutig ihrer beider gewesen ist.

In gewisser Weise hat sie es, natürlich, geschehen lassen. In gewisser Weise hatte sie daran mitgewirkt, sich aus seinem Leben herauszuschreiben, obwohl sie ihr eigenes zu seinen Gunsten bereits aufgegeben hatte. Es war – und hätte sie das nur erkannt – eine Reise in zwei Abschnitten in die Vergessenheit gewesen. Aber sie ist nicht unschuldig daran, das weiß sie. Es gab bestimmte Augenblicke, in denen sie zurückgewichen ist, statt vorwärtsgegangen zu sein. Und es hatte Weggabelungen gegeben, wo sie durchaus eine Wahl gehabt hätte, sich zu behaupten, auf den Tisch zu schlagen, eine andere Entscheidung zu verlangen. Aber das hatte sie nicht getan.

Stück für Stück hatte sie zugunsten seines Lebens ihr eigenes zurückgelassen. Und dann hatte sie nichts dagegen unternommen, als sie auch in seinem Leben an die Seitenlinie geschoben wurde.

Tony war nicht immer ein Monster gewesen. Die meiste Zeit war alles neutral gelaufen – sie hatten sich verhalten wie eine gut geölte Maschine, wie zwei Partner, die ihre Ehe wie ein Geschäft führten. Aber laufen nicht alle Ehen die meiste Zeit genauso? Die Guten auf jeden Fall. Manchmal, vielleicht so oft, wie er seine dunkle Seite zeigte, bemerkte er, was geschah und versuchte, es wiedergutzumachen. »Mach einen Abendkurs«, drängte er sie dann. »Lern Zeichnen.« – »Lass mich dir eine eigene Kamera kaufen!«

Doch wenn sie irgendetwas davon dann versuchte, war es ihm auf eine Weise, die sie nie verstanden hatte, offenbar peinlich – irgendein wirres Gefühl irgendwo zwischen der Angst, dass sie zu gut sein könnte oder zu schlecht. Vielleicht lag es einfach daran, dass er als Mann, der in den Fünfzigern und Sechzigern aufgewachsen war, damit zu kämpfen hatte, sich dem Zeitgeist anzupassen. Sicher, es gab um ihn herum viele Frauen, die alle möglichen schlauen Dinge taten. Aber die waren nicht *seine* Frau.

Und so kamen sie, die Kränkungen, die Sticheleien oder die fröhliche verpackte Kritik. Da ihr Ego so verletzlich war, trafen sie immer besonders tief und mit viel mehr Wucht, als es ein Wort der Ermutigung je vermocht hätte, und das war sicher nicht seine Schuld.

Irgendwann begann sie, sich für sich selbst zu schämen. Sie wusste gar nicht, seit wann, es war so schleichend gekommen. Sie schämte sich dafür, wer sie war, woher sie stammte, schämte sich ihrer Klasse, ihrer Familie, ihrer Freunde …

Ihre Schwester Glenda stand manchmal vor der Tür, schimpfend und fluchend, und Barbara zuckte bei jedem einzelnen Wort zusammen, und dann erneut, wenn sie antwortete und dabei wieder in ihren Akzent zurückverfiel.

Ein- oder zweimal – öfter war es nicht gewesen – hatte sie Glenda gebeten, nicht vor den Kindern zu fluchen, aber ein- oder zweimal war genug. Glenda, die ausgesprochen zufrieden mit sich war, hatte nicht den geringsten Wunsch, dieses Selbstvertrauen aufs Spiel zu setzen.

Eine Erinnerung schießt ihr durch den Kopf, daran, wie Glenda sie kleine Miss Hochnäsig genannt hatte. Barbara wirft einen Blick durch das Erkerfenster hinaus in den Garten und versucht sich daran zu erinnern, wann das gewesen ist, was der Grund war. Tassen und Untertassen, darum war es gegangen. Ja, Tassen und Untertassen. Sie hatte Tee in Tassen mit Untertassen serviert anstelle in Bechern, und Glenda hatte gesagt: »Ooh, ich verstehe, du kleine Miss Hochnäsig. Mein Mann ist Fotograf, und ich trinke Tee nur aus feinstem chinesischem Porzellan.« Sie hatten darüber gelacht. Aber sie hatten auch beide gewusst, dass es kein Witz gewesen war, und sie hatten verstanden, dass es nicht um Tassen und Untertassen ging. Und das war so ziemlich das Ende ihrer Beziehung zu Glenda gewesen oder, zumindest, der Anfang vom Ende.

Sie hatten noch eine Weile telefoniert. Und Barbara war (Tony hatte arbeiten müssen) zu Glendas Hochzeit mit Billy, dem Australier, gegangen. Aber als die Nachricht eintraf, dass sie gestorben war, hatte Barbara nicht einmal gewusst, dass sie überhaupt krank gewesen war, hatte noch nicht einmal den Kontinent gekannt, auf dem sie gelebt hatte. So weit hatten sie sich voneinander entfernt und es zugelassen.

Glenda war nicht der einzige Anker, den Barbara selbst gelöst hatte. Freunde, Nachbarn, andere Mütter aus der Schule – keiner von ihnen schien gut genug gewesen zu sein, um sich in Gegenwart von Tony und seinen Freunden behaupten zu können. Mit einem Schauder erinnert sich Barbara an eine

Nachbarin (Anne vielleicht?), die den Raum betreten hatte. Tony und Phil hatten sich über moderne Kunst unterhalten, und Anne hatte es gewagt, eine Bemerkung fallen zu lassen. »Ich habe absolut keine Ahnung von Kunst«, hatte sie gesagt, »aber ich weiß, was mir gefällt. Und das sind keine aufgestapelten Ziegel.«

Witzigerweise war das, verpackt in eine intellektuellere Ausdrucksweise, ziemlich genau, was Tony und Phil selbst über den Haufen Ziegelsteine geäußert hatten, den die *Tate* tatsächlich gekauft hatte. Aber Barbara hatte den Blick bemerkt, den die beiden Männer getauscht hatten, als Anne das sagte, und es hatte sie damals geschaudert, wie es sie jetzt vor Scham schaudert.

Während sie praktisch ihre eigenen Freunde aufgegeben hatte, waren Tonys Freunde immer mehr *seine* Freunde. Es gab nur sehr schwache Hinweise darauf, dass sie vielleicht auch ihre Freunde sein könnten. Immer hieß es, *wollen wir zu Tony gehen?* Immer hieß es *Tony und Barbara*, niemals Barbara und Tony.

So verloren in diesem Schwebezustand zwischen seinen Freunden, die sich ihrer Meinung nach für etwas Besseres als sie hielten, und ihren, die sie mit ihrem gelegentlichen Rassismus und ihrer respektlosen Art in Verlegenheit brachten, war es ein einsames Leben gewesen. Barbara hatte nur die Kinder gehabt, und Sophie war auch noch sehr das Kind ihres Vaters gewesen. Und so war es für sie ein Kampf, mit Sophie zu reden – und sich gewachsen zu zeigen –, wie es ein Kampf gewesen war, mit den Freunden ihres Mannes zu sprechen. Ja, die meiste Zeit ihres Lebens hatten Jonathan und sie hinter der klugen, die Künstlerin gebenden Sophie und dem unberechenbaren Tony die zweite Geige gespielt.

Während Barbaras Kindheit war es ihre größte Angst gewesen, irgendwann allein dazustehen, und genauso hatte sie sich irgendwann dann tatsächlich gefühlt – allein. Es kam ihr fast so vor, als habe sie dadurch, dass sie so viel Energie da reingesteckt hatte, nicht allein zu sein, genau diese Einsamkeit manifestiert.

Sie streicht noch einmal über den geprägten Namen ihres Mannes, dann seufzt sie und öffnet das Buch. Und da ist er. Ein ganzseitiges Schwarz-Weiß-Foto von Tony, aufgenommen 1977. Es ist das wunderschöne Bild eines gut aussehenden Mannes. Einen Moment sieht sie ihm in die Augen. »Wo bist du, Tony?«, murmelt sie. »Wo bist du jetzt?«

Sie liest die winzige Bildunterschrift unter dem Foto. *Anthony Marsden. Selbstporträt. 1977.*

Sie schnaubt säuerlich und blättert um. Denn die Bildunterschrift unter diesem Foto (ein Foto, das sie selbst gemacht hat, woran sie sich noch lebhaft erinnert) sagt so ziemlich alles.

1979 – Hackney, London

Barbara sitzt auf der Kante des quietschenden Bettes und zieht ihre Stiefel an. Draußen stürmt es, und der Teppich unter ihren Füßen hebt sich und flattert jedes Mal, wenn eine Böe das Haus trifft. Es sieht aus wie ein magischer Teppich, der versucht abzuheben.

Er war Minnies Abschiedsgeschenk gewesen, eine geheime Lebensversicherung, mit der sie das nötige Eigenkapital hatten aufbringen können. Es besteht kein Zweifel, dass dieser Kauf – ein eigenes Haus – die richtige Entscheidung gewesen war. Alle waren sich einig, dass sie aufhören mussten, Miete zu zahlen. Doch durch die monatliche Rate mit Zinsen von siebzehn Prozent bleibt ihnen jetzt nicht mehr viel Luft. Und selbst wenn die Kinder irgendwann jeder ihr eigenes Zimmer haben, sind sie vom Komfort her fast fünfzehn Jahre zurückgefallen.

Barbara zieht den Reißverschluss an ihrem zweiten Stiefel zu, dann steht sie auf und blickt in den Spiegel, der beim Umzug einen Sprung bekommen hat. Zum Glück ist sie nicht abergläubisch. Sie sieht gut aus. Ihr wird kalt sein wegen des Windes, aber sobald sie dort sind, ist alles in Ordnung. Ja, sie hatte geschworen, dieses Kleid niemals wieder anzuziehen. Doch in letzter Zeit sind Schuhe für die Kinder wichtiger oder Kitt für die Fenster oder Fisch oder Tee … die Liste ist endlos. Und mit dem Geld, das sie haben, können sie nicht einmal die Hälfte davon bezahlen. Neue Kleider *stehen* nicht einmal auf der Liste.

Heute Abend wird sie Tony zu einer Vernissage mit Arbeiten seines Freundes Malcolm begleiten. Barbara ist schon auf einigen solcher Veranstaltungen gewesen, und sie weiß, was sie erwartet. Es wird dort kluge Malerinnen mit wildem Haar geben, und drahtige, ernsthafte Männer, die auf private Internate gegangen sind und die unerklärlicherweise mitten im Satz ganze Sekunden verstummen, um dann plötzlich alle Worte auf einmal herauszusprudeln. »Und Bar'bra«, werden sie knapp sagen, »erzählen Sie (Pause) mir-doch-etwas-von-sich. Erzählen Sie (Pause) mir-doch-wie-Sie-Ihre-Tage- hier-im-wundervollen-London-verbringen.«

Sie hatte alles getan, um nicht auf diese Veranstaltung gehen zu müssen (außer Krankheit vorzutäuschen, eine Entschuldigung, die sie in letzter Zeit etwas zu oft gebraucht hatte), aber Tony hatte darauf beharrt, dass es *wichtig* sei, dass die Leute *erwarten* würden, dass sie dort ist. Außerdem ist es wahrscheinlich die letzte Chance, Diane zu sehen.

Barbara seufzt, zupft an dem Kleid (ein bisschen enger als das letzte Mal, als sie es getragen hat), und dann verlässt sie den relativen Komfort des Teppichs, um über die groben Dielen zu gehen.

Auf dem Treppenabsatz hält sie inne, um den Geräuschen des neuen Hauses zu lauschen. Das Pfeifen des Windes in den Traufen, ein Knarren vom Dachboden, der Fernseher unter ihr. Das Gefühl eines Déjà-vu überkommt sie, und sie versucht, sich an einen anderen Treppenabsatz in einem anderen Haus zu erinnern, doch sie kann den Gedanken im Moment nicht einordnen. Automatisch wirft sie einen Blick zu der Stelle an der Wand, wo das Foto hängen müsste. Ein Foto von der königlichen Hochzeit. Himmel, war das schon lange her. Wie die Jahre vergehen!

Sie holt tief Luft. Sie kann das. Sie stapft die nackten Stufen hinunter.

Als sie ins Wohnzimmer kommt, sehen die Kinder und Tony *Grange Hill* – eine Serie über schmutzige Schulkinder, die gemein zueinander sind. Sie kann nicht verstehen, was daran so interessant sein soll. Tony blickt als Erster auf. »Ah, da ist sie ja!«, sagt er. »Wie ich gesagt habe, du siehst in dem Kleid immer noch toll aus.«

Barbara lächelt schwach, als Sophie, durch Tonys Bemerkung aufmerksam geworden, ihren Blick ebenfalls vom Fernseher losreißt. »Oh, wow!«, sagt sie unschuldig. »Das ist ein Tanzkleid!«

Barbara lächelt und runzelt gleichzeitig die Stirn. Sie ist sich nicht ganz sicher, was Sophie meint. »Tanzkleid?«, wiederholt sie, und Furcht macht sich in ihrer Brust breit, bevor sie überhaupt versteht, warum.

Sophie nickt eifrig. »Ja, das ist ein ganz besonderes Kleid. Für den Zulutanz. *Autsch!*« Jonathan hat ihr einen Schlag auf den Hinterkopf verpasst. »Wofür war das denn?«, will sie wissen.

»Ja!«, sagt Tony. »Warum schlägst du einfach deine Schwester?«

Barbara verlässt den Raum und geht aus Gewohnheit in die Küche. Die kühlen Oberflächen in einer Küche geben ihr in solchen Momenten wie diesem Halt. Doch dies ist nicht ihre Küche, diese Küche ist schmutzig und trist und braucht dringender eine Renovierung als jeder andere Raum im Haus. Sie betrachtet die abblätternde Farbe und die angeschlagene Steinspüle. Dann geht sie ins Esszimmer, aber dort sieht es nicht viel besser aus.

Der Zulutanz! Wie kann Sophie sich nur daran erinnern? Sie fühlt sich mies – nein, hoffnungslos und aufs Äußerste deprimiert, als habe man jedes Gefühl aus ihr entfernt außer purer Verzweiflung. Nichts, so scheint es, ist jemals fertig. Nichts lässt sich vollenden, nicht eindeutig. Und auch keine Peinlichkeit wird jemals vergessen. Man schwimmt immer nur gegen den Strom. Man kämpft sich ständig nur aus dem Schlick, und das alles vergebens.

Immer wieder findet man sich dorthin zurückgeworfen, wo man angefangen hat. Sie ist immer noch (und wird es stets bleiben) die ungebildete Barbara aus dem East End, die in einem zugigen, ärmlichen Haus lebt und ein dämliches Kleid aus Vorhängen trägt.

Ihr ist schwindelig. Vielleicht hat sie vergessen zu atmen. Das passiert. Sie setzt sich auf einen Stuhl am Esstisch und müht sich, den Reißverschluss an ihren Stiefeln zu öffnen. Die scheinen ihr irgendwie die Luft abzuschnüren. Sie muss sie ausziehen und das schnell. Als sie die Stiefel zur Seite geworfen hat, kehrt sie lautlos zurück ins Schlafzimmer, schließt die Tür ab und legt sich aufs Bett.

Bald wird Tony kommen. Er wird eine Weile gegen die Tür hämmern. Er wird besorgt sein und sich dann entschuldigen, und dann wird seinem Flehen die Wut folgen.

Und irgendwann wird er gehen, allein.

Er wird sie dafür bestrafen, indem er über Nacht nicht nach Hause kommt. Und das ist ihr absolut recht. Lass ihn doch zu dieser verdammten Party alleine gehen. Und soll er dort für immer bleiben, wenn es sein muss.

Nachdem das Hämmern an der Tür verstummt ist und die Eingangstür zugeschlagen wurde, zieht Barbara sich um, dann geht sie wieder nach unten. Sie möchte eigentlich nur schlafen, doch die Geräusche aus dem Wohnzimmer sagen ihr, dass die Kinder nicht wie geplant zu Anne gegangen sind, deswegen muss sie ihnen etwas zu essen machen.

Beide kleben wie immer vor dem Fernseher. »Anne war da«, sagt Jonathan. »Sie hat sich Sorgen gemacht, weil wir nicht rübergekommen sind. Sie wollte zu dir nach oben gehen, aber ich habe gesagt, du würdest schlafen.«

»Danke«, sagt Barbara. »Das habe ich auch tatsächlich.«

»Ist es meine Schuld, dass du nicht mitgegangen bist?«, erkundigt sich Sophie. »Jon sagt das.«

»Nein, Süße. Nichts ist deine Schuld. Ich habe mich einfach nur nicht besonders gut gefühlt. Jetzt mache ich etwas zu essen, und dann möchte ich, dass der Fernseher ausgeschaltet wird. Okay?«

»Aber es läuft gerade *The Good Life*«, protestiert Sophie.

»Das sind sowieso Wiederholungen. Du hast alle Folgen gesehen.«

»Aber dies ist meine Lieblingsfolge, Mum.«

»Okay, dann nach *The Good Life*.«

Sie macht den Kindern ein Omelette (selbst ist sie nicht hungrig) und lässt sie es ungewöhnlicherweise vor dem Fernseher essen. Sie hat an diesem Abend keine Energie für solche fruchtlosen Kämpfe.

Die beiden machen sich gerade über das Essen her, als jemand gegen die Eingangstür hämmert. Alle sehen auf. »Anne vielleicht?«, meint Jonathan.

Barbara zuckt die Achseln. »Bleibt hier. Esst euer Omelette. Ich mache auf.« Als sie aufsteht, wird schon wieder gegen die Tür gehämmert. Nervös kaut sie an ihrer Unterlippe. Tony kann doch nicht schon zu betrunken sein, um seine Schlüssel zu finden, oder?

Sie geht hinaus in den Flur und schließt die Wohnzimmertür hinter sich. Vor der Eingangstür, durch das gemusterte Glas, kann sie die Umrisse einer Gestalt ausmachen, die zu klein ist, um Tony zu sein. »Hallo?«, ruft sie, weil sie noch zögert, die Tür zu öffnen. Man hört immer wieder Geschichten, was Menschen passiert, die ihre Tür zu leichtfertig aufmachen.

Eine verzweifelte Stimme antwortet – die Stimme einer Frau. »Tony? *Tony?*«

Barbara öffnete die Tür und findet Diane vor, die bereits eine Hand ausgestreckt hat, um erneut gegen die Tür zu klopfen. Sie schwankt im böigen Wind von einer Seite zur anderen, torkelt rückwärts und stützt sich an der Wand ab.

Der Wind hat ihr das Haar über die Augen geblasen, aber Halt zu finden *und* das Haar aus dem Gesicht zu streichen ist in ihrem betrunkenen Zustand eine Herausforderung zu viel. Sie taumelt zur Seite, und ihre Hüfte kollidiert mit einer Topfpflanze. Ungeschickt versucht sie, sie aufzufangen. »Ist Tony da? Oh! Barbara! Ist Tony zu Hause? Er sollte mich eigentlich mitnehmen.«

Barbara macht einen Schritt auf Diane zu und schnuppert. Die Leute sagen, dass man Wodka nicht riechen kann, aber das stimmt nicht. Sie kann ihn sofort riechen. »Diane, in was für einem Zustand bist du? Was ist passiert?«

Diane, die sich plötzlich ihrer selbst bewusst wird, versucht zu zeigen, wie nüchtern sie ist, indem sie sich aufrichtet. Doch stattdessen taumelt sie vorwärts, macht einen raffiniert wirkenden Square-dance-Schritt zur Seite, bevor sie wieder gegen die Wand kippt. Dann rutscht sie nach unten und findet sich, sichtlich überrascht, auf dem Boden wieder. »Wo ist er?«, fragt sie erneut.

»Mum! Ist alles in Ordnung?« Jonathan ist seiner Mutter zur Tür gefolgt.

»Geh wieder rein. Alles ist gut. Und bitte hol Sophie vom Fenster weg«, sagt Barbara zu ihm.

»Tony ist weg«, erklärt Diane, nachdem Jonathan schweigend genickt hat und ihr gehorcht. Sie wirft einen Blick die Straße hinauf und hinunter. Ein Mann auf der anderen Seite, der einen Hund an der Leine führt, beobachtet sie. »Ich denke, wir müssen dich ins Haus schaffen, Diane.«

Diane versucht, zu ihr aufzusehen, doch dann senkt sie den Kopf und schiebt ihr Haar zur Seite. »Nein«, stammelt sie. »Ich … ich will Tony. Es findet da … was statt. Heute Abend. Ich sollte dort sein. Ich sollte da hingehen. Wir alle.«

Barbara hockt sich hin und hilft Diane, die immer noch mit ihrem Haar kämpft, es hinters Ohr zu streichen. »Mein Gott, Diane. Wie viel hast du getrunken?«

»Nicht viel …«, erwidert Diane. »Ein bisschen Wodka. Vielleicht. Und Wein. *Wo ist Tony?*«

Barbara seufzt. »Ich habe es dir doch gesagt. Er ist weg. Und er wird nicht …« Sie verstummt. Dianes Kinn ist auf ihre Brust gesunken. Es sieht aus, als sei sie eingeschlafen.

Barbara reibt sich eine Braue, dann murmelt sie »Oh Gott« und versucht Diane hochzuziehen. Aber es ist unmöglich. Genauso gut hätte sie versuchen können, einen riesigen Wackelpudding von der Stelle zu bekommen.

Da ihr nichts anderes mehr einfällt, geht sie wieder ins Haus, und von der Wohnzimmertür aus winkt sie Jonathan herbei. »Bleib einfach da, Sophie. Sieh einfach weiter fern. Bleib da, hab ich gesagt!«

Sobald sie die Tür wieder geschlossen hat, erklärt sie Jonathan leise die Situation. »Es tut mir wirklich leid, aber sie ist sturzbetrunken. Kannst du mir helfen, sie nach oben zu bringen? Ich weiß nicht, was ich sonst machen soll.«

»Sicher, Mum«, erwidert er mit einem Achselzucken. Es ist nicht das erste Mal, dass er einen Betrunkenen sieht. Er weiß Bescheid.

Gemeinsam gelingt es ihnen, Diane auf die Füße zu ziehen. Langsam, aber sicher schaffen sie es, indem sie sich jeder einen ihrer Arme über die Schultern legen, sie die Treppe hinaufzubefördern.

»Warum sind Betrunkene so schwer?«, fragt Jonathan, nachdem Diane mit überraschender Eleganz aufs Bett geplumpst ist.

»Keine Ahnung. Vielleicht das Gewicht von all dem Bier?«

Jonathan grinst sie an. Er mag diese kleinen Witze, die sie manchmal miteinander machen. Er fühlt sich dann erwachsen. Er verschränkt die Arme, betrachtet Diane und rümpft die Nase. »Ich werde mich niemals betrinken.«

Plötzlich begreift Barbara, dass ihr Sohn ein Mann geworden ist. Sie erkennt es daran, wie er dasteht. Es ist immer seltsam, wenn einem so was auffällt, als sei die Veränderung ganz plötzlich eingetreten anstatt als langsame Entwicklung. »Wir werden sehen«, sagt sie leise.

»Niemals.«

»Na gut. Und jetzt muss ich ein bisschen bei Diane bleiben, um darauf zu achten, dass es ihr gut geht, okay?«

Jonathan nickt.

»Kannst du für mich ein Auge auf Sophie haben?«

Er nickt erneut.

»Und sei nett zu ihr, okay? Sie ist deine Schwester, und sie ist erst zehn. Ich finde, das vergisst du manchmal.«

Jonathan verzieht das Gesicht, plötzlich ist er wieder ein Kind. »Hey, ich bin immer nett zu ihr. Auch wenn sie ein Dummbeutel ist.«

Barbara sieht ihm nach, als er hinausgeht, dann wendet sie sich wieder Diane zu, aus deren Mund ein wenig Erbrochenes auf das Kissen gelaufen ist. »Also ehrlich, Diane! Sieh dich nur mal an!«

Sie geht ins Badezimmer und kommt mit einem Handtuch zurück, um die Sauerei sauber zu machen. Und als sie Dianes Mund abwischt, sagt die plötzlich etwas. »*Lasangeles*«, murmelt sie. Vielleicht träumt sie. »Los Angeles!«, sagt sie erneut, diesmal deutlicher.

»Ja. Du gehst bald rüber. Tony hat es mir erzählt.«

»*Jabald*«, sagt Diane.

Nach einer Pause, in der sie die Augen schließt und ihr Kopf wieder schlaff zur Seite fällt, öffnet sie die Augen erneut und fügt hinzu: »Er kommt nicht mit. Der Bastard.«

Barbaras Hand erstarrt mitten in der Bewegung. »Wer kommt nicht mit?«

Diane lächelt fast, während sie versucht, sich auf Barbara zu konzentrieren. »Nach Los Angeles.«

»Wer kommt nicht mit nach Los Angeles?« Soweit Barbara weiß, ist Diane im Moment Single.

»Ich liebe dich, aber du bist dumm«, sagt Diane. »Du solltest ihn verlassen.«

Barbara steht abrupt auf und macht einen Schritt zurück, wie jemand, der vor einer Schlange zurückweicht. Sie schlägt eine zitternde Hand vor den Mund. Ihr wird klar, dass sie hier, in diesem Moment, das Ding, das schon lange in ihrem Hinterkopf lauert, herauslassen kann. Sie kann Diane hier und jetzt fragen, wenn sie will. In dem Zustand, in dem sie sich befindet, wird sie sich eine Antwort nicht genau zurechtlegen können. Zögernd steht Barbara da und zittert am ganzen Körper.

»Wo ist Sophie?«, fragt Diane und klingt wie eine Fünfjährige. »Ich will Sophie sehen.«

Barbara schüttelt den Kopf. Sie kann es nicht. Es würde zu viele Querschläger geben, wenn sie die Wahrheit herausfindet, so oder so. Und was konnte sie auch tun? Ihn verlassen, weil er ihr nicht allein gehört? Das wäre, als würde sie einen Wasserhahn zudrehen, nur weil nicht genug herauskommt, um ihren Durst zu stillen. Sie würde nur wieder ohne alles dastehen. Was wäre der Sinn?

»Morgen«, sagt sie eisig. »Morgen kannst du sie sehen, wenn du nüchtern bist. Und dann kannst du verschwinden und in deinem verfluchten Los Angeles leben.«

Sie wendet sich vom Bett ab, wirft dann aber doch noch einen Blick zu Diane, die bereits wieder schnarcht, den Mund weit offen. Man kann sterben, wenn man sich im Schlaf übergibt. Barbara weiß das. Sie sollte Diane auf die Seite drehen, so wie sie es immer mit Tony macht, nur sicherheitshalber.

Sie bemerkt, dass sie keinen Finger rührt. Sie erkennt, dass sie es nicht tun wird. Sie beobachtet, wie die kaltherzige Barbara das Zimmer verlässt und die Tür hinter sich schließt.

Ich bin ein schrecklicher Mensch, denkt sie. Dann wirft sie einen Blick zur Decke. »Es liegt an dir. Du entscheidest.«

Unten im Wohnzimmer läuft immer noch *The Good Life* im Fernsehen. Das Studiopublikum lacht aus vollem Hals.

2013 – Bermondsey, London

Als Sophie die Galerie erreicht, bleibt sie draußen stehen und betrachtet das Gebäude aus einiger Entfernung. Es erscheint ihr fast unmöglich, dass ihre Bilder heute Abend hier neben denen ihres Vaters hängen werden. Nervös wippt sie mit dem Fuß und fragt sich, ob sie am Morgen zu viel Kaffee getrunken hat. Aber nein, das ist es nicht. In Wirklichkeit kämpft sie gegen das Bedürfnis an, wie eine Zehnjährige herumzuhüpfen.

Es ist natürlich nicht der *White Cube* von einst. Es ist nicht das fantastische Gebäude aus den Zwanzigerjahren im Zentrum von Hoxton, das sie so geliebt hat. *Den White Cube* gibt es nicht mehr.

Nein, dies ist der neue, viel größere *White Cube* in Bermondsey, ein riesiger germanischer Betonbau aus den Siebzigern, in dem eine ganze Reihe von Galerien untergebracht ist. Ist es genauso eine Auszeichnung, in einer der Galerien des neuen *White Cube* auszustellen, wie es für den alten zutraf? Vielleicht nicht. Aber es ist immer noch eine der renommiertesten Privatgalerien in London. Es ist immer noch ein unglaublicher Erfolg.

»Danke, Brett«, sagt Sophie leise, während sie über den Vorplatz zum Eingang geht.

Im Innern kommt ein hübscher, bärtiger, tätowierter Hipster in gelben Chinos und einem Jeanshemd durch die Lobby auf sie zu. »Sophie?«, fragt er und fährt sich mit einer Hand durch sein frisiertes Haar.

Sophie nickt. »Sie müssen Paul sein, richtig?«

»Das bin ich. Paul Jelly, zu Ihren Diensten. Ich bin hier, um Ihnen zu helfen, die Bilder aufzuhängen.«

»Ich dachte, ich sei hier, um *Ihnen* zu helfen.«

»Ha! Das hätten Sie gern. Kommen Sie mit!«

Sophie folgt ihm vorbei am Buchladen (sie stellt sich ihr Buch im Schaufenster vor) und vorbei an einigen laufenden Ausstellungen – ein Bildhauer, ein Maler, noch ein Bildhauer.

Als sie auf eine Tür zugehen, über der ein Schild hängt (*Ausstellungsvorbereitung*), bekommt sie kaum noch Luft.

»So.« Paul öffnet die Tür. »Wir sind hier drin. Den ganzen Tag!«

»Oh mein Gott!«, ruft Sophie, als sie den Raum betritt. Sie muss den Kopf drehen, um seine Weite erfassen zu können. »Es ist riesig!«

»Es ist der größte, den wir haben«, verkündet Paul stolz. »Aber wenn ich mir die Größe der Kisten ansehe, werden Sie keine Probleme haben, ihn zu füllen. Hab ich recht?«

»Sie sind also angekommen?«

»Sicher. Sie werden gerade ausgepackt. Kommen Sie.«

Er geht mit ihr durch eine andere Tür und einen Gang entlang, der sie in einen Anlieferungsbereich führt, wo zwei weitere unglaublich gut aussehende junge Männer arbeiten. *Oh, noch mal zwanzig sein!*, denkt Sophie.

»Hey, Leute«, sagt Paul. »Das ist Sophie. Sophie, Jake und Joe.«

Sophie winkt. »Hi, Jake. Hi, Jo.«

»Sophie ist die Künstlerin«, stellt Paul sie den beiden vor.

»Nur von der Hälfte der Arbeiten.«

»Von den Farbfotos, richtig?«, fragt Jake/Joe.

»Genau. Die anderen hat mein Vater gemacht. Er hat nur schwarz-weiß fotografiert.«

»Ich glaube nicht, dass man damals schon Farbe hatte, oder?«, meint Joe/Jake. »Sie sind richtig alt, oder? Sie stammen noch aus einer Zeit, bevor ich geboren wurde.«

Sophie lächelt und nickt.

»Ja … äh … manche von ihnen sind fast so alt wie ich«, erwidert sie.

Es dauert fast den ganzen Tag, um die Ausstellung aufzubauen. Jake und Joe holen ein Bild nach dem anderen aus den Kisten und tragen sie in die South Gallery, und Paul und Sophie hängen eins nach dem anderen auf.

An die quadratische südliche Wand kommt ein vier Meter hohes Selbstporträt ihres Vaters und an die gegenüberliegende nördliche Wand ein ebenso großes Selbstporträt von Sophie.

Ihres ist in Farbe, das im harten Licht eines 500-Watt-Studioscheinwerfers aufgenommen wurde. Es ist in keiner Weise ein schmeichelhaftes Bild und ganz sicher kein Modefoto. Aber es ist schön. Wie sie gehofft hatte, dringt die Realität aus jedem Fältchen, Menschlichkeit aus jeder Pore.

An den Seitenwänden entlang wechseln sich Tonys düstere neue Fotos mit Sophies Bildern in leuchtenden Farben ab. Schmutzige Kinder spielen auf einem Schwarz-Weiß-Bild mit einem Gartenschlauch, und direkt daneben fliegt ein fröhliches kleines Mädchen über einer fluoreszierenden grünen Hüpfburg durch die Luft. Die berühmte *Frau am Strand* liegt direkt neben ganzen Reihen von krebsroten Ausländern an einem anderen Strand in Benidorm. Eine graue Schlange kläglicher Pendler steht im Londoner Regen und wartet auf einen Doppeldeckerbus, während sich nebenan ein verschwommener Strom aus

Menschen die aggressiv modernen Rolltreppen von Canary Wharf hinunterschiebt.

Der Raum ist perfekt, und die Fotos wirken so gut, wie es nur möglich ist, aber langsam und sicher, wie die Bläschen in einem Glas Champagne sich auflösen, löst sich auch Sophies Begeisterung auf.

Mit jedem Bild, das sie aufhängen, meldet sich eine Stimme in ihrem Hinterkopf etwas lauter, etwas kräftiger zu Wort. Mit jeder Bemerkung, die Paul macht (»Wow, in dem gefallen mir die Farben gut, Sophie« oder »Meine Güte, das ist aber ein glückliches Bild«), fühlt sie sich ein bisschen weniger in ihrer Mitte.

Als auch die letzten Bilder schließlich aufgehängt sind, eine drei mal drei Meter große Zusammenstellung von kleineren Fotos, merkt sie, dass ihr Selbstvertrauen fast vollkommen geschwunden ist. Sie fühlt sich auf einmal wie eine Hochstaplerin, wie ein Kind, das das Spiel eines Erwachsenen spielt – wie ein Mädchen, das ein Jungsspiel spielt. Sie fühlt sich, unterm Strich, wie eine Tochter, die das sehr reale Talent ihres Vaters als Deckmantel nutzt.

Ist das nicht die Wahrheit? Ist sie nicht bloß deswegen dort, weil sie die Tochter des großen Anthony Marsden ist? Ist das Interesse, das der *White Cube* an ihr zeigt, nicht eher vertragsbedingt? Ist sie nicht einfach der Preis, den sie bezahlen müssen, um die Erlaubnis zu bekommen, das auszustellen, was alle *wirklich* sehen wollen: die Bilder ihres Dads?

Jetzt bedauert sie ihre Auswahl der Bilder. Sie hätte auch Schwarz-Weiß-Bilder nehmen sollen. Bilder mit mehr Wucht, mit mehr Gewicht, mit mehr *Elend*. Es ist alles zu fröhlich. Es ist alles zu bunt. Zu strahlend und hell, einfach zu *vergnügt*. Als sie das letzte Bild aufhängt, weiß sie genau, was alle denken werden: *Was für eine Verschwendung. Wie schade, dass sie nicht so gut ist, wie ihr Vater es war!*

Sie geht in die Mitte des Raumes und lässt sich auf die harte weiße Bank sinken. Sie bedeckt mit den Handflächen ihre Augen, in der Hoffnung, dass, wenn sie sie wieder öffnet, sich etwas verändert hat. In der Hoffnung, dass, wenn sie sie wieder öffnet, dann alles nicht immer noch nur ein grauenhafter Fehler gewesen ist, vielleicht der größte Fehler, den sie je gemacht hat.

Paul – der entzückende, freundliche, hilfsbereite Paul – kommt und setzt sich neben sie. »Ich finde, es sieht fabelhaft aus. Sie nicht?«

Sophie nimmt die Hände von den Augen, aber es sieht alles noch schlimmer aus als zuvor. Ihr Anspruch, große Kunst zu machen, springt sie von den Wänden an wie ein buntes Feuerwerk. Sie kann nichts anderes darin erkennen und möchte plötzlich am liebsten heulen, schreien, Amok laufen, alle Bilder von den Wänden zerren und darauf herumtrampeln.

Genau in diesem Moment wird die Tür des Ausstellungsraums geöffnet. Paul steht sofort auf und geht hinüber, um den neugierigen Besucher abzuweisen. »Wir sind leider noch beim Aufhängen. Sie können nicht herein …«

»Schon gut, Paul«, sagt Sophie. »Er ist mein Freund. Hi, Brett.«

Brett kommt ein paar Meter in den Raum und macht deutlich, dass er zweimal hinsehen muss. »Wow! Einfach … also … wow!«

»Es ist cool, was?«, meint Paul.

»Oh, es ist sehr cool. Konntet ihr alles aufhängen?«

»Ich finde, es sieht großartig aus«, erklärt Paul. »Aber bei Sophie bin ich mir da nicht so sicher. Ich glaube, sie ist mit irgendwas nicht zufrieden.«

Mit verwirrter Miene wirft Brett Sophie einen Blick zu, dann, statt zu ihr zu gehen, macht er sich daran, ganz Profi, herumzugehen, wobei er vor jedem Bildpaar einen Moment stehen bleibt. Als er die andere Seite des Raums erreicht, betrachtet er die beiden Porträts an den jeweiligen Enden, und schließlich geht er zu Sophie, die immer noch in der Mitte sitzt. »Und, was ist los?«, fragt er.

Sophie beißt sich auf die Lippe und schüttelt den Kopf. Brett kann sehen, dass ihre Augen glänzen.

»Paul … war das dein Name Paul? Ja, Paul. Meinst du, wir könnten …«

»Sicher«, erwidert Paul. »Ich lasse Sie ein wenig allein.« Er ist froh, sich zurückziehen zu können.

Sobald er fort ist, setzt sich Brett auf die Bank und legt einen Arm um Sophies Schultern. »Liegt es an deinem Dad?«

Sophie schüttelt den Kopf, wischt sich eine Träne fort und sagt, obwohl es ihr schwerfällt: »Sie können ihm einfach nicht das Wasser reichen.«

»Wie bitte?«

»Meine Bilder. Es sind die besten, die ich je gemacht habe, aber … neben denen von Dad … sind sie einfach nur kindliche Luftblasen. Ich habe mir *so* viel Mühe gegeben, Brett, aber sieh doch. Sieh einfach hin.«

»Ich denke, du bist …«

»Ich möchte meine alle rausnehmen. Ich möchte das wirklich tun, Brett. Darf ich? Darf ich das tun?«

Brett lacht darüber, aufrichtig und aus vollem Herzen.

»Ich nehme an, das soll Nein heißen.« Sophie schnieft.

Er drückt Sophie und schnaubt. »Deswegen lache ich nicht, Baby. Ich finde, deine Bilder sind umwerfend.«

Sophie wirft ihm einen Seitenblick zu. Jetzt fängt sie richtig an zu heulen. Sie schiebt Brett weg, damit sie in ihrer Tasche nach einem Tuch suchen kann. »Aber das sind sie nicht, Brett«, beharrt sie unter Tränen. »Sie sehen aus wie hübsche Magazinfotos. Und neben Dads wirken sie noch schlimmer. Die Leute werden glauben, dass ich sie verarschen will.«

Brett reibt ihr kurz über den Rücken und steht dann unerwartet auf. Sie fragt sich, ob er einfach gehen wird. Er kann nicht immer besonders gut mit ihren Launen umgehen.

Stattdessen geht er zur Mitte des Raums und starrt eine Wand an. Nach ungefähr einer Minute dreht er sich um neunzig Grad und betrachtet die nächste Wand. Erst als er die dreihundertsechzig Grad voll hat, wendet er sich wieder Sophie zu, die ihn jetzt mit all dem Entsetzen des nächsten Opfers eines Henkers anblickt.

»Nun gut, ich verstehe, was du meinst«, sagt Brett.

Sophie fängt wieder an zu weinen.

»Hey, hör auf. Ich bin noch nicht fertig. Mein Gott, Soph! Hör auf! Um Himmels willen!«

Es gelingt Sophie, ihre Tränen ein bisschen zurückzuhalten, dann sieht sie zu ihm auf.

»Ich verstehe, was du meinst, aber du irrst dich. Das wollte ich sagen.«

Sophie reibt sich mit dem Handrücken über die Nase. »Meinst du?«

Brett nickt. »Wenn die Welt grau wäre …« Er lässt den Blick noch einmal durch den Raum gleiten, und dann beginnt er noch einmal, diesmal langsamer. »Wenn die Welt schwarzweiß wäre und schmutzig und elend, dann hättest du recht. Aber das ist sie nicht, Soph. Sie ist auch voller Farbe und Leben und Freude. Es gibt auch lachende Kinder auf Spielburgen und absolut zufriedene Senioren mit einem Eis in der Hand. Und die Gegenüberstellung, die du hier geschaffen hast, zwischen jedem einzelnen Bild deines Vaters und dir, ist einfach so … herzerquickend, Sophie. Es ist das einzige Wort, das mir dazu einfällt. Die Welt dreht sich weiter, und alles wird besser. Es macht Mut. Es ist hervorragend. Ich hatte nicht damit gerechnet. Aber ich bin überwältigt. Ich bin … ich bin sogar *bewegt*. Wirklich. So ist es. Ich bin bewegt.«

Zum dritten Mal bricht Sophie in Tränen aus, aber diesmal sind es Tränen der Erleichterung. Sie steht auf, lässt ihre Tasche auf den Boden fallen und stürmt in Bretts Arme. »Oh Gott, Brett. Du hast ja keine Ahnung, was mir das bedeutet. Ich hatte den ganzen Tag so eine Angst.«

Brett hält sie fest, dann schiebt er sie etwas von sich, damit er ihr in die Augen sehen kann. »Du dummes, dummes Mädchen. Du hast hier genau das getan, was du wolltest. Und mehr. Es gibt nichts, wovor du Angst haben müsstest. Es wird die Leute umhauen.«

»Meinst du das wirklich? Du sagst es nicht nur?«

Brett zuckt die Achseln. »Hey, du kennst mich doch, Baby. Wann habe ich jemals etwas *nur gesagt*?«

1982 – Hackney, London

Es ist Sonntagmorgen. Tony und Sophie sitzen am Esstisch und warten auf das Frühstück, das Barbara gerade für sie in der Pfanne zubereitet.

»Warum machst du es nicht auf, Dad?«, fragt Sophie. Genau wie Barbara mag Sophie keine ungeöffneten Briefe, aber ein ungeöffnetes *Päckchen* empfindet sie als Beleidigung der gesamten Menschheit.

»Ich mache es auf, wenn ich so weit bin«, entgegnet Tony und wirft einen nervösen Blick zu dem Paket auf der Anrichte.

»Ich finde, Sophie hat recht«, sagt Barbara und fasst sich ein Herz. »Wenn du sie heute auspackst, kannst du sie mit nach Portsmouth nehmen.«

»Was?», erwidert Tony. »Ich werde zu so etwas Wichtigem wie Portsmouth nicht mit einer nagelneuen Kamera fahren. Das ist mal sicher.«

Das Paket ist von Pentax. Darin befindet sich eine Kamera, eine ganz neue und umwerfende Kamera, die sich ganz von allein scharfstellen kann. Eine Kamera, die die Belichtungszeit selbst berechnet und eigenständig den Verschluss steuert. Leider mag Tony neue und umwerfende Sachen nicht besonders, und seine Anspannung in der Nähe des Pakets war in den letzten Tagen geradezu greifbar.

»Bitte mach's auf«, fleht Sophie. »Es liegt doch schon seit Jahren da.«

»Ich habe dir schon Millionen Mal gesagt, dass du nicht immer übertreiben sollst«, scherzt Tony.

»Okay, dann Wochen.«

»Tage«, entgegnet Tony. »Es ist Samstag gekommen.«

»Es ist vorletzten Samstag gekommen, und das ist mehr als eine Woche her«, meldet Barbara sich vom Herd zu Wort. »Warum lässt du es nicht Sophie aufmachen? Es wird ihr Spaß machen herauszufinden, wie sie funktioniert.«

Es ist eine unausgesprochene Entscheidung gefällt worden, Sophie zu erlauben, in die Fußstapfen ihres Vaters zu treten. Barbara hat alles in ihrer Macht Stehende getan, um Jonathan in eine andere Richtung zu lenken. Damals war Fotografie als so ein gefährlicher Weg erschienen, um seinen Lebensunterhalt zu verdienen. Nicht auch die nächste Generation sollte Not leiden müssen. Aber nachdem es ihr gelungen war, Jon vor den Fantastereien der Kunstwelt zu bewahren (er geht gerade aufs College und studiert Baukalkulation), veränderte sich die Welt. Plötzlich wurde Fotografie zu etwas Wichtigem. Es wurde ein richtiger Beruf, von dem man leben konnte. Die nagelneue Küche, die Eier, der Speck, die Pilze in der Pfanne, der Kühlschrank neben ihr (bis oben hin gefüllt) – ja, all das dient als Beweis.

»Okay«, sagt Tony, da er sowohl die Unausweichlichkeit erkennt, die Kamera auszupacken, und außerdem einen Fluchtweg für sich, nicht die Verantwortung haben zu müssen, das verdammte Ding in Betrieb zu nehmen. »Okay, Soph, dann nichts wie ran. Tu, was du nicht lassen kannst. Nur bleibt mir damit vom Leib, bis sie funktioniert. Und mach sie nicht kaputt.«

»*Nach* dem Frühstück«, sagt Barbara und durchquert mit der Pfanne den Raum.

Es ist inzwischen später am Tag, und das Licht verblasst. Sie sitzen im Wohnzimmer, und die neue Kamera steht im Mittelpunkt der Aufmerksamkeit.

»Man drückt einfach hier«, erklärt Sophie. »Und dann zeigst du mit dem komischen Ding in der Mitte auf was immer du im Fokus haben möchtest. Und … siehst du … es klappt.«

Die Kameralinse fährt surrend ein, und dann fährt sie surrend aus, und dann noch einmal ein, bevor sie mit einem glücklich klingenden Pieps stehen bleibt.

Tony stöhnt und nimmt seiner Tochter die Kamera aus der Hand. Er hebt sie ans Auge.

Barbara hält den Atem am. Tony hat ein echtes Problem mit neuen Technologien, und diese kleine Szene von familiärem Zusammenhalt kann sich in einem winzigen Augenblick in den Wutanfall eines Kleinkindes verwandeln. Dann fliegen oft Gegenstände. Manchmal geht etwas kaputt.

Vor ein paar Monaten hatten sie ein neues Auto kaufen wollen, einen *Ford Sierra* (oder die »Sülzform«, wie Jonathan ihn beharrlich nannte). Der Käfer, der inzwischen fünfzehn Jahre alt war, hatte Ärger gemacht.

Der Verkäufer, ein gönnerhafter Mann, der Tony alle möglichen technischen Details aufzählte und Barbara all die Dinge, von denen er glaubte, dass sie für sie interessant waren, wie zum Beispiel, wo sie ihre Handtasche verstauen konnte, hatte ihm schließlich die Schlüssel für eine Probefahrt übergeben.

Doch vieles war anders als beim Käfer. Die Anzeigen befanden sich auf der »falschen« Seite der Steuersäule. Der Rückwärtsgang war an der »falschen« Stelle. Und nur ein paar Meter vom Hof entfernt war Tony mit so viel Schwung in den Verkehr eingebogen, dass er sie fast alle getötet hätte, bevor er direkt zum Autohaus zurückfuhr.

Barbara und Sophie hatten dann gemeinsam versucht, ihn davon zu überzeugen, dass er sich daran gewöhnen würde. Ihnen beiden gefiel der *Sierra*. Sie hatten genug von dem unzuverlässigen, vollgestopften Käfer. Deswegen versuchten sie, ihn zu beruhigen. Aber als Barbara schließlich, nur für eine Sekunde, den Schlüssel vom Käfer zurückgehalten hatte, damit er Vernunft annahm, stapfte Tony auch schon die Straße entlang und schimpfte wütend vor sich hin.

»Manchmal habe ich das Gefühl, Dad ist ein bisschen durchgeknallt«, bemerkte Sophie wagemutig.

»Ja«, hatte Barbara vielsagend geantwortet. »Ich auch.«

In gewisser Weise versteht Barbara seine Qual. Ihr neuer Videorekorder war durchaus in der Lage, auch *sie* in den Wahnsinn zu treiben. Aber sie *versucht* zumindest, das verdammte Ding zu benutzen. Auch wenn sie vergisst, die Aufnahmetaste zu drücken oder den falschen Tag einstellt oder den falschen Sender aufnimmt, versucht sie es doch von Zeit zu Zeit immer wieder (besonders dann, wenn Sophie nicht da ist, die das sonst macht). Tony würde nicht einmal in die Nähe von dem Ding gehen.

Im Moment späht er gerade durch den Sucher der Pentax, und der Autofokus surrt hinein und heraus und hinein und heraus, was an den Nerven von allen zerrt.

»Worauf richtest du die Kamera?«, fragt Sophie gereizt.

»Du siehst doch, worauf ich sie richte«, erwidert Tony. »Ich richte sie auf da drüben.«

»Aber das Mittelstück. Was ist im Mittelstück, wo der Spalt ist?«

»Die Vorhänge.«

Bssssss, macht das Objektiv. *Ssssssb*, macht das Objektiv.

»Das ist der Grund«, sagt Sophie. »Du musst ihm eine gerade Linie geben, auf die er scharf stellen kann. Versuch mal die Kante des Fensterrahmens.«

»Aber wozu soll das gut sein?«, fragt Tony und richtet die Kamera stattdessen auf den Fernseher. »Was ist, wenn ich die Vorhänge scharf haben will? Was ist, wenn ich den nicht zu unterdrückenden Wunsch habe, die verfluchten Vorhänge zu fotografieren?« Er nimmt die Kamera vom Auge. Das Objektiv arbeitet unermüdlich weiter und surrt wie eine Wespe in einer Schachtel. »Was macht sie jetzt?«

»Du musst das Objektiv ausschalten«, erklärt Sophie. »Sonst verschwendest du die Ba…«

»Ich hasse das verdammte Ding. Du kannst sie haben.«

»Wirklich?« Sophie wirkt begeistert.

»Das kann sie nicht«, meldet Barbara sich zu Wort. Sie hält inne. Wenn sie recht darüber nachdenkt, erscheint es im Moment sicherer, wenn sie sich an ihre Tochter wendet, anstatt an ihren Mann. »Tut mir leid, Sophie, aber dein Dad wird dafür bezahlt, dass er Bilder mit genau dieser Kamera macht. Er braucht sie.«

»Das ist ein ziemlich komisches Ding, wenn du mich fragst. Meine alte Rollei gefällt mir besser«, sagt Tony.

»Ja, aber Rollei sponsert dich nicht.«

»Das ist mir egal«, entgegnet Tony. »Sie ist Mist.« Er wirft sie verächtlich aufs Sofa.

»Vorsichtig, Dad, die ist Hunderte von Pfund wert.«

»Mir nicht.« Tony steht auf. »Für mich ist sie einen Scheiß wert.«

»Tony, also wirklich!«, protestiert Barbara. Aber er ist schon weg.

* * *

Zwei Wochen später liegt ein flaches Päckchen von Pentax bereits drei Tage auf der Anrichte, bis Barbara voller Verzweiflung beschließt, es selbst zu öffnen.

Aus dem Umschlag zieht sie eine Mappe und aus der Mappe eine ganzseitige Anzeige auf Hochglanzfotopapier. Ein Brief ist auch dabei.

Die Anzeige besteht aus einer ganzseitigen Schwarz-Weiß-Fotografie von einem der Kriegsschiffe des Falkland-Einsatzverbands, wie es in See sticht. Winkende Soldaten und weinende Frauen sind zu sehen, kreisende Seemöwen und flatternde Fahnen. Es ist wirklich ein schönes Foto, eins der besten, die Tony je gemacht hat, denn es umfasst sowohl die Gefahren als auch die Ängste, die Thatchers neuer Krieg mit sich bringt.

Barbara ist überrascht. Als Tony ihr die Bilder von seiner Fahrt nach Portsmouth nicht gezeigt hatte, war sie davon ausgegangen, dass sie nichts geworden waren. Und als er die Kamera mit einem unfreundlichen Brief an Pentax zurückgeschickt hatte, waren ihre Befürchtungen nur bestätigt worden. Aber dieses Bild ist großartig. Sie ist stolz.

Quer über der Anzeige steht: *Die besten Fotografen würden mit keiner anderen Kamera arbeiten.* Und unten auf der Seite ist ein kleines Bild, auf dem Tony die Pentax ME-F hält und dazu ein Zitat, wie Tony es ganz bestimmt niemals geäußert hätte: *Mit der Pentax ME-F, die das Bild selbst scharf stellt und die Belichtungszeit berechnet, kann ich mich darauf konzentrieren, was ich am besten kann – einfach schöne Fotos zu machen.*

Barbara wendet sich dem beigelegten Brief zu.

> Lieber Anthony,
>
> in der Anlage findest Du die Juli-Anzeige für die ME-F, die, wie Du weißt, Teil einer landesweiten Kampagne ist.
>
> Wie Du ebenfalls weißt, sind die 35-Millimeter-Fotos, die Du eingeschickt hast,

ausnahmslos nicht zu gebrauchen, da sie entweder überbelichtet sind oder unscharf und in vielen Fällen beides.

Nachdem unser Techniker sich die Kamera genau angesehen hat, können wir bestätigen, dass die ME-F, die Du zurückgeschickt hast, keinerlei Defekt aufweist, und annehmen, dass diese Probleme durch eine falsche Bedienung Deinerseits entstanden sind.

Wenn Du möchtest, dass einer unserer Fachleute Dir die Funktionen der ME-F genau erklärt, dann setz Dich bitte mit uns in Verbindung.

Bis dahin haben wir, für die Anzeige, eines Deiner 120-Millimeter-Fotos, die Du mit der Rollei gemacht hast, so zugeschnitten, dass es aussieht, als sei es mit einer 35-Millimeter-Kamera gemacht worden. Es erübrigt sich zu betonen, dass dieser kleine Trick unter keinen Umständen öffentlich werden darf.

Während dies eine akzeptable Lösung für ein unmittelbares Problem ist, bin ich gezwungen, Dich daran zu erinnern, dass unser Vertrag ausdrücklich festhält, dass alle Fotografien, die Du einsendest, mit der ME-F gemacht sein müssen, von der wir Dir in Kürze ein geprüftes Exemplar zuschicken werden.

Das Versäumnis, die Bedingungen des Vertrags einzuhalten, wird zu einer Kündigung des genannten Vertrages führen, einschließlich, aber nicht beschränkt auf alle zukünftigen Veröffentlichungen, alle zukünftigen Zahlungen, Deine Einbindung in die Pentax-Sommershow und zur Absage der geplanten Pentax/Anthony-Marsden-Einmannshow in der Hayward Gallery.

Ich gehe davon aus, dass Du dies als ausreichende Motivation empfinden wirst, diese exzellente Kamera, die unser Aushängeschild ist, in den Griff zu bekommen.

Mit freundlichen Grüßen

Yamada Kuzuyuki

2013 – Bermondsey, London

Sophie nimmt ein Glas Wein vom Tisch. Es ist die Nacht der Vernissage, und in weniger als einer halben Stunde werden allmählich die Leute eintreffen.

»Du solltest dich vielleicht mit dem Wein etwas zurückhalten, Schatz«, rät Brett.

Sophie zieht eine Grimasse. »Also ich denke, ich bin alt genug, selbst zu entscheiden, wie viel ich trinke, Brett.«

»Bist du das?«

»Mein Gott! Hör auf damit. Du klingst wie Jonathans Frau.«

Brett zuckt die Achseln und spielt an seiner Fliege herum. Er trägt einen Frack, der ihm steht. Tatsächlich kann Sophie es kaum glauben, wie umwerfend er aussieht. »Meinetwegen«, sagt er.

So sehr Sophie es auch hasst, sich sagen zu lassen, was sie tun soll, ist sie doch klug genug zu erkennen, wenn Brett recht hat. Nach einem letzten streitlustigen Schluck Wein hört sie deswegen gleichwohl auf zu trinken.

Außer Sophie und Brett sind nur vier Leute anwesend: zwei osteuropäisch klingende Kellnerinnen des Catering-Services, Sarah Stone vom *White Cube*, die ständig hinaus- und wieder hereinschwebt, und ein schwarz gekleideter Wachmann. Die gerade noch einmal gereinigte Galerie wirkt noch größer als sonst.

»Ich wünschte, es würde endlich losgehen«, sagt Sophie. »Ich bin so nervös, ich kann kaum stehen.«

Brett streicht ihr sanft mit dem Handrücken über den Arm. »Alles wird gut. Ganz sicher.«

»Ich nehme an, den wirklich großen Ansturm wird es am Sonntag geben, wenn die Doppelseite herauskommt.«

»Ich denke, es werden heute eine Menge Leute kommen, Schatz. Du hast halb London eingeladen.«

»Ich hoffe, es werden nicht zu viele. Die Frau vom *Mirror* hat sich nicht wieder bei mir gemeldet, um mir zu sagen, wie viele Kollegen sie ausfindig gemacht hat. Stell dir mal vor, die kommen alle!«

»Sophie, entspann dich.«

»Kann ich nicht«, erwidert Sophie. »Ich weiß nicht wie. So bin ich nicht gestrickt. Mir ist im Moment viel zu kalt, um mich zu entspannen. Es ist eisig hier drin. Ich hätte mich dicker anziehen sollen.«

Brett versucht, seinen Arm um Sophies nackte Schultern zu legen, doch weil sie so gestresst und steif ist, funktioniert die Geste einfach nicht. »Es wird auch wärmer werden.« Er lässt den Arm wieder sinken. »Am Ende des Abends wird es für mich viel zu heiß sein und für dich gerade richtig. Und selbst wenn es das nicht tut, selbst wenn du dir eine Grippe holst, das ist es wert. Du siehst in diesem Kleid nämlich einfach umwerfend aus.«

»Ich hoffe, Mums Kleid ist meinem nicht zu ähnlich. Denn wie sie es mir beschrieben hat, klang es, als würde es genauso aussehen. Schwarz, trägerlos, vorne mit Perlen besetzt … wir sollten aber nicht wie Zwillinge aussehen.«

Brett lacht. »Das wäre süß.«

»Absolut nicht, Brett. Aber ich erwarte nicht, dass ein Mann das versteht.«

Um eine Minute nach sieben fangen die Leute an hereinzuströmen. Der erste Besucher, der durch die Tür kommt, ist eine Frau. Sie ist im Alter ihrer Mutter mit durchdringenden blauen Augen und einem Gehstock. »Hallo«, sagt sie und sieht sich nervös um, während sie den großen, leeren Raum durchquert. Sie wirkt wie eine Maus auf der Suche nach versteckten Katzen. »Ich denke, ich bin ein bisschen früh dran.«

»Eigentlich sind Sie absolut pünktlich!« Sophie wirft einen Blick auf ihre Uhr und setzt ihr wärmstes Lächeln auf.

»Mein Name ist Janet French«, stellt sich die Frau vor und zieht die Nase kraus. »Sind Sie …? Sie sind nicht *Sophie*, oder?«

Sophie nickt. »Die bin ich.«

»Ich wette, Sie erinnern sich nicht an mich«, sagt Janet. »Sie haben immer in unserem Garten gespielt. In Lewes. Auf dem Weg nach Eastbourne sind Sie manchmal vorbeigekommen.«

»Oh, hatten Sie Schaukeln im Garten?«

Janet lacht. »Ja, die hatten wir. Und einen großen Fischteich. Einmal haben Sie sich ausgezogen und sind darin geschwommen.«

Sophie lacht ebenfalls. »Also daran erinnere ich mich absolut nicht.« Eine weitere Gruppe älterer Leute erscheint, und Sophie wirft einen Blick über Janets Schulter, während sie sagt: »Das ist Brett, er ist mein Freund.«

»Hi, Janet.«

»Entschuldigen Sie, aber woher haben Sie Dad gekannt?«

»Ich war beim *Mirror*«, erklärt Janet. »In den Anfangstagen. Als er noch Pakete ausgetragen hat. Sally Reed hat mich informiert. Anscheinend hat sie versucht, alle Leute von früher aufzuspüren. Ich hoffe, das ist okay?«

»Absolut«, sagt Sophie. »Mir ist es gelungen, Phil aufzustöbern. Erinnern Sie sich an ihn? Ja? Also er hat gesagt, er würde sich um die Kollegen vom *Mirror* kümmern. Und er kennt einige von Dads Freunden aus der Abendschule, in die er auch gegangen ist, daher …«

Janet wirft einen Blick zu den aufgereihten Weingläsern. »Denken Sie, ich könnte vielleicht …?«, fragt sie mit einer Kopfbewegung.

»Natürlich!«, erwidert Sophie. »Dafür sind sie ja da.«

Als Janet sich mit einem Glas Wein in der Hand auf einen Rundgang durch den erschreckend leeren Raum gemacht hat, beugt sich Sophie zu Brett. »Ich wünschte, Mum würde endlich kommen«, sagt sie. »Es ist ein bisschen peinlich, wenn ich die Leute nicht mal erkenne.« Sie nickt zwei grauhaarigen Männern zu, die zu einer Gruppe am Eingang getreten sind. »Wer die sind, weiß ich auch nicht. Es sei denn, das ist Phil. Er könnte es tatsächlich sein. Warte mal.« Sie geht hinüber, um die neuen Gäste zu begrüßen. »Hallo!«, begrüßt sie den Mann. »Sind Sie vielleicht Phil?«

Er lacht. »Sophie! Mein Gott, du warst so groß, als ich dich das letzte Mal gesehen habe.« Er hält seine Hand auf Höhe ihrer Taille. »Und nein. Ich bin Malcolm. *Das* ist Phil.« Er deutet auf den Mann neben sich, der so gebeugt ist, dass er Schwierigkeiten hat, Sophie in die Augen zu sehen.

»Ups«, sagt sie. »Tut mir leid! Es ist schon so lange her.«

Seltsamerweise hatte Sophie gar nicht daran gedacht, wie alt die Freunde ihres Vaters sein würden. Sie hatte sich vorgestellt (und ihr wird klar, wie dumm das war), dass sie seit dem Tod ihres Vaters unverändert geblieben waren.

Sie begreift jetzt, dass ihr Vater genauso alt aussehen würde, wenn er noch am Leben wäre, und spürt, wie eine unerwartete Woge der Trauer sie überschwemmt, weil er nicht da ist, weil ihr so viele Jahre mit ihm gestohlen worden sind.

»Ist Barbara hier?«, fragt Phil und kämpft mit seinem krummen Rücken, um sich im Raum umzusehen.

»Sie ist noch nicht da«, antwortet Sophie.« »Aber sie müsste jeden Moment kommen. Jonathan bringt sie.«

Malcolm, der seinen Blick schon hat umherschweifen lassen, deutet jetzt (mit überraschendem Nachdruck) auf eins der Fotos. »Ist es das nicht?«, fragt er.

Phil dreht den Kopf zur Seite, damit er an dem Bild hinaufsehen kann. »Ja!«, sagt er. »Ah, Gott sei Dank! Du hast es mit aufgenommen.«

Sophie folgt dem Blick der Männer. »Die Schiffbauer?«, fragt sie. »Warum gerade das?«

»Hm«, meint Malcolm vergnügt. »Die Geschichte soll dir Phil erzählen.«

Phil bietet Sophie seinen Ellbogen an. »Komm mit, mein Liebes Und dann verrate ich dir ein kleines Geheimnis.«

Sophie nimmt seinen Arm, und gemeinsam schlurfen sie quer durch den Raum zu dem Foto, ein riesiges Schwarz-Weiß-Bild von Männern, die an Tauen hängen und die Platten eines Kriegsschiffs vernieten.

»Ah, ich weiß«, sagt Sophie. »Du wirst mir erzählen, dass dies mal auf dem Cover einer Schallplatte war, stimmt's?«

»Nein, Liebes.«

»War es nicht? Ich war mir sicher, dass …«

»Ja, es war auf der Plattenhülle. Ich glaube, sein Name war Robert Wyatt. Aber das war es nicht, was ich dir erzählen wollte.«

Sophie fängt quer durch den Raum Bretts Blick auf. Er zwinkert ihr zu, und sie hebt eine Augenbraue und beugt sich vor, um Phil zu verstehen, der jetzt fast nur noch flüstert.

»Weißt du, wo die Aufnahme entstanden ist?«, fragt Phil.

»Irgendwo in Schottland, oder?«

»Ja. In Clydeside.«

»Ich glaube, das wusste ich.«

»Und rate mal, wer nie einen Fuß dorthin gesetzt hat?«

»Äh … ich bin mir nicht sicher. Margret Thatcher vielleicht?«

Phil stößt in etwas irritierenderweise Sophie seinen ausgestreckten Finger vor die Brust. »Dein Vater«, sagt er.

»Wie bitte?«

»Tony. Er ist nie in Clydeside gewesen. Nicht ein einziges Mal.«

Sophie lacht. »Zumindest einmal muss er ja da gewesen sein.«

Phil schüttelt den Kopf.

»Oh Gott! Sag nicht, dass jemand anders das Bild gemacht hat?«

»Sch! Ganz leise, Sophie. *Ich* hab's gemacht, wenn du es wirklich wissen willst.« Phil kann nicht verbergen, wie stolz er darauf ist.

»Aber wie? Es hat einen Preis gewonnen. Sie haben Plakate für die Platte damit gedruckt. Es war überall zu sehen.«

»Niemand weiß es. Und mach dir keine Sorgen. Das braucht auch niemand.«

»Aber das ist furchtbar. Warum hätte Dad …?«

»Er konnte für das Foto nicht dorthin fahren. Er war wahrscheinlich irgendwo leckgeschlagen, nehme ich an«, erzählt Phil. »Deswegen habe ich ihm eins von meinen gegeben. Wir haben damals oft Bilder getauscht. So funktionierte das bei der Zeitung.«

»Aber es ist im Buch, Phil. Wir verkaufen Drucke von dem verdammten Ding im Buchladen. Und wenn dir das Copyright gehört …«

Phil tätschelt Sophies Ellbogen. »Mach dir keine Gedanken, Sophie. Soweit es die Leute angeht, hat dein Vater es gemacht. Und so soll es auch bleiben. Dein Vater hat sich schon vor langer Zeit bei mir revanchiert. Es sind also keine Schulden mehr offen.«

Sophie starrt das Foto an. »Mein Gott, hätte ich das gewusst, dann hätte ich es weggelassen. Es tut mir so leid, Phil.«

»Ich bin froh, dass du das nicht getan hast«, erwidert Phil lachend. »Ich bin sehr zufrieden damit.«

Etwas, dass er gesagt hat, fällt Sophie plötzlich auf. »Phil, was hast du gemeint, als du gesagt hast, er war wahrscheinlich irgendwo *leckgeschlagen*?«

Phil lacht, aber sein Lachen wird schnell zu einem Hustenanfall.

»Phil? Bist du okay?«

Als er schließlich wieder aufhört zu husten, sagt er: »Ach, manche Dinge bleiben lieber ungesagt. Und jetzt könnte ich was zu trinken gebrauchen.«

»Ja.« Sophie führt ihn weg von dem gefürchteten Foto. »Das könnte ich danach jetzt auch. Aber du musst es mir erzählen. Ich weiß, dass du es tun wirst.«

Phil lacht erneut. »Ach, es ist wirklich nichts. Dein Vater war schon ein ungewöhnlicher Typ. Aber ich denke, das weißt du bereits.«

»Was war denn da los?«, fragt Brett, als er Sophie das nächste Mal über den Weg läuft.

»*Würg!* Frag nicht. Etwas zu dem Thema, dass Dad ein ungewöhnlicher Typ war.«

»Wie?«

»Und … offensichtlich ist das Schiffbaufoto gar nicht von ihm.«

»Was meinst du?«

»Phil meint, dass er es gemacht hat. Er sagt, sie hätten manchmal Fotos getauscht.«

»Wow! Dabei ist das ein echtes Kultfoto von ihm.«

»Ja. Natürlich redet er vielleicht Blödsinn. Ich muss Mum fragen.«

»Sicher. Da ist sie auch schon. Du kannst sie gleich fragen.«

Sophie dreht sich um und sieht, wie Barbara die Galerie betritt. Ihr Blick gleitet über das Kleid ihrer Mutter, und sie stößt einen Seufzer der Erleichterung aus. Das Kleid ist länger und lockerer und höher geschnitten als ihres. Außerdem ist es mit weit weniger Perlen besetzt. Abgesehen von der Tatsache, dass es ebenfalls ein schwarzes Abendkleid ist, gibt es nicht viele Gemeinsamkeiten.

»Mum«, sagt sie, als sie sie erreicht. »Gott sei Dank bist du hier. Alle diese Leute kommen zu mir und sagen Hallo, und ich habe nicht die leiseste Ahnung, wer sie sind.«

Barbara ist noch keinen Meter in den Raum gekommen, da erstarrt sie bereits. Sie wirkt blass und aufgeregt.

»Hi, Soph«, sagt Jonathan.

»Hi, Jon. Keine Judy?«

»Nein, sie ist zu Hause bei Dylan. Wir hatten einen Babysitter bestellt, aber als es dann hart auf hart kam, konnte sie ihn nicht zurücklassen.«

»Und wie geht es Dylan?«

»Er ist toll. Großartig. Laut. Du musst mal vorbeikommen und ihn dir ansehen.«

»Das werde ich. Es tut mir leid. Ich habe vor lauter Arbeit wegen dieser Ausstellung kein Bein mehr auf den Boden bekommen.«

»Natürlich. Judy ist im Moment sowieso nicht so scharf darauf, Besucher zu empfangen, es besteht also keine Eile.«

»Ja, so hatte ich es auch verstanden, als ich sie angerufen habe«, erwidert Sophie. »Das ist ein tolles Kleid, Mum.«

Barbara nickt schwach. »Danke. Deins auch.«

»Bist du okay?«

Wieder nickt ihre Mutter. »Die Fotos sind … schön«, sagt sie leise.

»Das ist gut.« Sophie hatte auf etwas mehr Enthusiasmus als einfach nur »schön« gehofft. Fragend blickt sie Jonathan an, der nur einmal langsam die Lider schließt, was bedeutet: Gib ihr einen Moment Zeit, und alles wird gut.

»Etwas zu trinken, Mum?«, erkundigt sich Jonathan.

Barbara fummelt am Verschluss ihrer Handtasche herum. »Auf jeden Fall.«

»Wein oder Cava oder …«

»Wein, weißen bitte.«

Jonathan verschwindet auf seine Weinmission, daher nimmt Sophie Barbaras Arm und führt sie zum Ersten der Bilder. »Also was denkst du, Mum?«, fragt sie. »Es sieht gut aus, oder?«

»Ja.« Barbara klingt abgelenkt. Sie wirft einen Blick über die Schulter. »Ist das Phil?«

»Das ist er und der andere ist Malcolm.«

»Meine Güte«, meint Barbara, »wie alt wir alle sind.«

»Also du hast dich besser gehalten als sie«, sagt Sophie. Aber in dem Moment erkennt sie, dass sie es nicht nur versäumt hat, sich vorzustellen, wie alt die Freunde ihres Vaters sein würden, sondern dass sie sich bisher auch geweigert hat zu bemerken, wie schnell ihre eigene Mutter älter wird. Jetzt sieht sie es. Sie sieht, wie klein und zerbrechlich Barbara ist. »Möchtest du hinübergehen und ihn sehen? Mit ihm reden, meine ich.«

»Lass mich erst wieder zu Atem kommen, Liebes. Es stürzt im Moment viel auf mich ein.«

»Du meinst die Fotos? Oder die Leute?«

»Na ja, irgendwie alles.«

Sophie drückt den Arm ihrer Mutter. »Okay. Bleib hier, und ich hole dir deinen Wein.«

Am Tisch mit den Getränken findet sie Jonathan, der in ein Gespräch mit Brett vertieft ist. »Wie du weißt, Brett«, sagt Jonathan kurz angebunden, »möchte ich *nichts* damit zu tun haben.«

Brett lacht und spielt an seiner Fliege. »Ich interviewe dich nicht, ich mache nur ein bisschen ungezwungene Konversation.«

»Was ist los?«, fragt Sophie und greift nach einem Glas Wein für ihre Mutter. »Ihr zwei streitet doch nicht, oder?«

»Bretts Vorstellung von einer ungezwungenen Konversation klingt verdächtig danach, als wolle er etwas ausgraben«, sagt Jonathan. »Einmal Journalist, immer Journalist, was?«

Brett hebt die Hände. »Hey, ich habe nur gefragt, warum Jon nicht der Tradition der Familie gefolgt ist. Ich bin nicht verkabelt oder irgendwas in der Art.«

Sophie zuckt die Achseln. »Du hättest durchaus gekonnt, nehme ich an«, sagt sie zu Jonathan. »Du hast gute Fotos gemacht.«

Jonathan verzieht das Gesicht, als sei es das Albernste, was er je gehört hat. »Das hätte ich nicht. Ich habe kein Auge dafür. Jeder hat das gewusst.«

»Das ist nicht ganz richtig. Ich habe ein paar Bilder von dir gefunden, als ich die von Dad durchgesehen habe. Die drei Kinder auf der Mauer? Erinnerst du dich daran?«

Jonathan nickt, scheint aber verwirrt.

»Und das von dem rauchenden Busschaffner. Das war doch auch deins, oder?«

Jonathan nickt. »Sicher, aber du hast immer gesagt, ich kann nichts.«

Sophie zieht eine Grimasse, trinkt einen Schluck von dem Wein, erinnert sich, dass der Wein für Barbara ist, wirft ihr quer durch den Raum einen schuldbewussten Blick zu. Und als sie sieht, dass sie sich mit Phil unterhält, trinkt sie noch einen weiteren, weniger schuldbewussten Schluck. »Hab ich das?«, fragt sie.

»Ja! Immer. Wieder und wieder. Bei jedem Foto, das ich je gemacht habe.«

»Ooh, tut mir wirklich leid. Das war wahrscheinlich einfach Rivalität zwischen Geschwistern. Ich denke, ich wollte einfach keine Konkurrenz.«

Jonathan scheint verärgert. Er wirkt, als sei dieses Gespräch wichtig für ihn. Sophie hat nicht die geringste Ahnung, warum. »Ach, komm schon, Jon«, sagt sie und versucht ihr schlechtes Gewissen zu beruhigen. »Du weißt doch, wie das war. Mum hat immer davon geredet, wie klug *du* bist. Wie gut deine Noten sind. Du warst immer der Liebling. Ich wollte einfach auch ein bisschen … du weißt schon …« Sie wirft Brett einen Hilfe suchenden Blick zu.

»Aufmerksamkeit?«, schlägt er nicht besonders hilfreich vor.

»Nein! Ich meine …«

»Grundbesitz?«, lautet sein nächster Vorschlag.

»Ja, irgendwie. Ich wollte eine Ecke im Garten für mich haben. Ich wollte, dass Fotografie mein Ding ist, nicht deins. Das ist alles.«

Jonathan starrt in sein Glas. Er sieht aus, als würde er gleich anfangen zu heulen. Sophie wirft Brett erneut einen Blick zu, und er macht ein Gesicht, als würde er »Ups« sagen.

»Also«, sagt Jonathan und zwingt sich, seine Gedanken abzuschütteln. »Dad hat es mir nie beigebracht. Er hat es dir beigebracht. Also muss er gedacht haben, dass du sowieso besser bist.«

»Er hat es mir nicht *beigebracht*«, erwidert Sophie. »Er hat mich gelegentlich mit sich herumgeschleppt. Aber ich kann mich nicht daran erinnern, dass er mir jemals tatsächlich etwas *beigebracht* hätte.«

»Er hat nicht gewusst, wie das geht.«

Sie drehen sich um und sehen, dass Barbara zu ihnen getreten ist. Sie greift nach einem Glas Wein. »Offensichtlich herrscht hier Selbstbedienung«, murmelt sie. »Vielen Dank ihr zwei.«

»Tut mir leid. Wir sind abgelenkt worden«, sagt Jonathan. »Wie meinst du das, er hat nicht gewusst, wie das geht? Natürlich hat er …«

»Oh, er war ein *fürchterlicher* Lehrer«, unterbricht Barbara.

»Das ist tatsächlich wahr«, pflichtet Sophie ihr bei. »Er konnte innerhalb von *Sekunden* ärgerlich werden.«

»Und er war furchtbar, wenn es um irgendetwas Technisches ging«, meint Barbara. »Motorräder, Videorekorder, Autos …«

»Kameras«, fügt Sophie hinzu.

»Oh ja!«, stimmt Barbara zu.

»Ich habe *ihm* gezeigt, wie die Pentax funktioniert. Erinnerst du dich daran, Mum?«

»Das tue ich.«

»Ich muss vielleicht fünf gewesen sein.«

»Eher dreizehn, denke ich.«

»Sophie sagt, ich sei der Liebling gewesen. Und das ist der Grund, warum sie Dad immer mit Beschlag belegt hat«, sagt Jonathan.

»*Mein* Liebling?«

Er nickt.

»So habe ich das nicht gesagt«, protestiert Sophie.

Barbara lächelt. »Wir hatten keine *Lieblinge*. Wir haben euch beide gleich geliebt.«

»So hat es sich aber nicht angefühlt«, gibt Sophie zurück. »Ich habe immer versucht, an die Wunder heranzureichen, die Jonathan gerade wieder vollbracht hat.«

»Was?«, entgegnet Jonathan. »Du warst doch immer die Kluge. Die kluge, kreative Sophie. Daddys kleines Mädchen. Du bist diejenige, die das alles geerbt hat.« Mit einer Handbewegung deutet er auf die Ausstellung um sie herum.

»Ich habe das nicht *geerbt*, Jonathan.« Sophie merkt, dass sie wütend wird. »Ich habe dafür gesorgt, dass es dazu kommt. Und das ohne jede Hilfe von dir.«

»Kinder!«, ruft Barbara. »Hört auf damit! Wir haben euch beide geliebt.«

»Okay, vielleicht«, billigt Sophie ihr zu. »Gib aber zu, dass ihr es in unterschiedlicher Weise getan habt. Gib zu, dass du eine Schwäche für Jon hattest, und Dad hatte …«

»Das ist einfach nicht wahr. Wir haben Jonathan beide geliebt. Und wir beide wollten auch dich unbedingt haben. Wir hätten alles Mögliche auf uns genommen … Nein, wir *sind* durch die Hölle gegangen, um noch ein Kind zu bekommen. Und als du dann kamst, waren wir beide so glücklich, dass wir geweint haben. Wir haben wirklich geweint.«

Sophie zuckt die Schultern. »Es hat sich trotzdem nicht so angefühlt.«

»So warst du schon immer«, sagt Barbara. »Selbst als Baby, nichts war jemals genug, oder, Jon?«

Jonathan, der in eine traumatische Parallelwelt abgetaucht ist, in der auch er hätte Fotograf werden können, hat nicht zugehört.« Wie bitte?«, fragt er.

»Und was soll das überhaupt heißen?«, hakt Sophie nach. »Du bist durch die Hölle gegangen? Wie?«

Traurig schüttelt Barbara den Kopf. »Ihr jungen Leute«, sagt sie. »Ihr glaubt, alles sei so leicht. Ihr glaubt, die Dinge passieren einfach.«

»Schwanger werden? Nun ja, *so* kompliziert ist es nicht, Mum.«

»Ist es das nicht?« Barbara lässt ihren Blick durch den Raum gleiten, auf der Suche nach einem Fluchtweg. »Oh mein Gott! Ist das *Janet*?«

»Ja«, bestätigt Brett. »Janet French. Sie sagt, Sophie sei nackt in ihren Fischteich gesprungen.«

Barbara nickt, als sie sich daran erinnert. »Das hast du gemacht! Das hast du tatsächlich gemacht. Mein Gott, das ist Janet!« Sie geht davon. »Hallo Janet!«

1983 – Hackney, London

Barbara rührt im Topf und wischt sich mit dem Handrücken Zwiebeltränen aus den Augen. Sie wirft einen Blick hinüber zu Sophie, die, mit einem Stift in der Hand, aus dem Küchenfenster starrt.

»Machst du da deine Hausaufgaben oder hängst du irgendwelchen Tagträumen nach?«

Sophie wendet ihren Kopf zombiemäßig in Richtung ihrer Mutter. »Was?«

»Das ist keine Antwort. Mach jetzt weiter, Mädchen.«

»Es ist Mathe. Ich hasse Mathe.«

»Es ist deine letzte Woche, Sophie. Nächste Woche um diese Zeit hast du schon Ferien. Und eine Woche darauf sind wir alle in Frankreich. Also beiß in den sauren Apfel und werd fertig.«

Sie wirft einen Blick auf die Küchenuhr. Sie ist nervös. Sie möchte, dass Sophie ihre Hausaufgaben fertig hat, bevor Tony von seinem Treffen mit Pentax zurückkommt. Sie fürchtet Wutausbrüche. Und in gewisser Weise bedeutet Lasagne zu kochen, wofür man vier verschiedene Töpfe und Pfannen braucht, für sie, in den sauren Apfel zu beißen. Es ist ihre Methode, um an etwas anderes denken zu können.

Sophie kaut an ihrem Stift und starrt auf das Papier voller Zahlen. »Ich hasse Gleichungen«, murmelt sie. »Sie sind einfach völlig sinnlos.«

»Nun ja«, sagt Barbara, während sie abwechselnd die weiße Soße und die Zwiebeln in der Pfanne umrührt. »Je eher du damit fertig bist, desto eher hast du es hinter dir.«

»Du hast leicht reden«, erwidert Sophie. »Du weißt ja nicht mal, was Gleichungssysteme sind.«

Barbara zuckt innerlich zusammen und schneidet eine rote Paprika in die Pfanne. Aber sie setzt sich nicht zur Wehr, denn Sophie hat vollkommen recht. Barbara hat nicht die geringste Ahnung, was ein Gleichungssystem ist. Zu ihrer nicht enden wollenden Schande hat sie aufgehört, Sophie bei den Hausaufgaben zu helfen, als die ungefähr acht war.

»Oh, ich hab's!«, ruft Sophie. »Die Lösung ist zweiundvierzig. Natürlich.«

Als ein gehetzt aussehender Tony nach Hause kommt, ist die Küche erfüllt vom Duft der Lasagne im Ofen. Er stellt seine Tasche auf einen Stuhl und knallt eine Kameratasche mit der Pentax auf die Anrichte, dann geht er zum Kühlschrank. Er nimmt sich eine Dose Bier.

»Hallo«, sagt Barbara und wischt sich die Hände an der Schürze ab. »Wie ist es gelaufen?«

»Was glaubst du wohl, wie es gelaufen ist?«, erwidert Tony und zieht seinen Mantel aus.

»Ich weiß es nicht«, antwortet Barbara ausdruckslos.

»Rate mal. Nur zu. Rate mal.«

Sophie blickt von ihren Mathe-Hausaufgaben auf. »*Du* hast gesagt, du magst die Kamera nicht, und *sie* haben gesagt, dass du sie benutzen musst, und *du* hast gesagt, dass du das nicht willst, und *sie* haben gewonnen, deswegen hast du sie mit nach Hause gebracht. Richtig?«

Stille tritt ein, als Sophie auf die Antwort wartet und Tony versucht, seine Wut zu unterdrücken und Barbara sich innerlich darauf vorbereitet, in Deckung zu gehen.

»Sehr gut«, sagt Tony schließlich. »Falls du durch die Prüfung fällst, kannst du dir eine verdammte Hütte auf dem Pier in Eastbourne besorgen und deinen Lebensunterhalt als Wahrsagerin verdienen.«

Barbara wirft einen Blick in den Ofen und hebt, da sie weiß, dass niemand es sieht, eine Augenbraue. Nur Sophie kommt damit durch, frech zu Tony zu sein oder ihm die Wahrheit zu sagen. Irgendetwas ist an der Art, wie sie es vorbringt, an ihrem offenen Gesicht, der Naivität ihres Blicks, dass er nicht böse auf sie sein kann.

»Und was ist mit Frankreich?«, fragt Barbara leise. »Haben Sie irgendetwas dazu gesagt?«

»Und in das verfluchte Frankreich muss ich auch fahren.«

»Also das ist okay. Wir machen einen Urlaub daraus, wie wir es gesagt haben. Es wird herrlich. Ich wollte schon immer mal ins Ausland fahren.«

»Ich kann mein Französisch üben«, wirft Sophie ein. »*Bonjour, Monsieur. Je voudrais le Eiscreme, s'il vous plaît.* Ich habe vergessen, was Eiscreme heißt. Glas oder Gras oder irgendetwas ähnlich Blödes.«

»Ja.« Tony wühlt in seiner Tasche, um Augenkontakt zu vermeiden. »Was das angeht, fürchte ich, hat es eine Planänderung gegeben.«

Barbara zieht ihren Ofenhandschuh über und beugt sich hinunter, um die Lasagne aus dem Ofen zu nehmen, die, wie sie findet, perfekt geworden ist.

»Was für eine Planänderung?«, will Sophie wissen.

»Sie schicken mich zusammen mit einem … äh … Assistenten hin.« Tony kratzt sich am Ohr. »Jemand, der mir bei der ganzen Logistik hilft. Jemand, der alle Probleme mit der Kamera lösen kann.«

Barbara trägt die Lasagne zum Küchentisch. »Du musst jetzt deine Hausaufgaben wegräumen«, sagt sie zu Sophie. »Du kannst sie hinterher fertigmachen.«

»Wie, jemand kommt mit uns?« Sophie verzieht das Gesicht. »Aber ich kann dir bei der Kamera helfen. Du weißt, dass ich das kann.«

»Nein, er kommt nicht mit *uns* mit«, antwortet Tony. »Er kommt mit *mir* mit. Ich fürchte, es sieht jetzt so aus, als würden nur wir beide fahren.«

»Aber was ist mit Mum und mir?«

Tony zuckt die Schultern. »Tut mir leid. Aber es ist Arbeit, Schätzchen.«

»Mum?«, fragt Sophie.

Barbara hat das Gefühl, als würde sich eine gläserne Wand um sie schließen. Sie hat plötzlich das Gefühl, nicht mehr Teil der Geschehnisse in der Küche zu sein, isoliert, als wäre sie vielleicht gar nicht da – als würde sie all das vielleicht nur von oben beobachten.

»Mum?«, fragt Sophie noch einmal. »Sag's ihm.«

Barbara greift nach dem größten Küchenmesser und dem Pfannenwender, dann geht sie zurück zum Tisch. Sie betrachtet die Lasagne, die da so perfekt vor sich hin dampft und aussieht wie auf dem Foto eines Kochbuchs. Aussieht wie das Idealbild einer Lasagne, genauso wie sie das Idealbild der Frau eines Fotografen ist. Es scheint eine Schande zu sein, hineinzuschneiden, eine Schande, all die Schichten unter der Oberfläche zu enthüllen.

»Ich habe nicht wirklich zugehört«, sagt sie, und es ist eine Lüge und gleichzeitig keine. Denn sie hat zwar die Worte gehört, aber sie haben es nicht durch die Glaswand geschafft.

»Dad sagt, dass wir jetzt doch nicht mit ihm nach Frankreich fahren«, sagt Sophie. »Er fährt mit irgendeinem Assistenten.«

Barbara nickt. »Ach tatsächlich?«, meint sie. »Mit wem fährst du denn?«

»Ich weiß es noch nicht«, erwidert Tony. »Sie haben es mir nicht gesagt.«

»Also weißt du gar nicht, ob es ein Mann ist.«

Tony fängt Barbaras Blick auf und sieht dann weg. Er zuckt die Achseln. »Es tut mir wirklich leid. Ich mache es wieder gut. Später im Sommer fahren wir irgendwo anders hin.«

Barbara streicht mit einem Finger über die Klinge des Messers. Sie sieht, wie Tonys Adamsapfel auf und ab hüpft, und betrachtet den Rasurbrand an seinem Hals. Sie spürt das Gewicht des Messers in ihrer Hand.

»Also, das ist wirklich schade.« Sie wendet sich um und zieht das Messer mit einer einzigen, entschiedenen Bewegung durch die Lasagne. Sie sieht zu, wie die rote Hackfleischsoße sich in das makellose Weiß der Béchamelsoße ergießt. »Wirklich schade ist das.«

2013 – Bermondsey, London

Um acht hat der Lärm in der hallenden Galerie derart zugenommen, dass alle rufen müssen, um noch gehört zu werden, was in gewisser Weise ein Teufelskreis ist. Ungefähr fünfzig Leute (Brett denkt, es sind mehr) sind inzwischen eingetroffen. Eine große Gruppe von Journalisten schwatzt in der Mitte des Raums. Viele Grüppchen, die aus Anthony Marsdens ehemaligen Kollegen und Freunden bestehen, sind im Raum verteilt, und in einer Ecke hat sich ein Witwenclub zusammengefunden. Nur ungefähr fünf Besucher sehen sich auch wirklich die Fotos an.

Obwohl sie zehn Bücher verkauft haben, sind sie noch nicht einen einzigen Druck losgeworden. Doch wenn Sophie Sarah Stone darauf anspricht, lächelt die nur und sagt: »Nun ja, so eine Ausstellung ist es ja nicht.« Was immer das heißen soll.

Sophie nimmt ein Glas Wein von einer vorbeikommenden Kellnerin entgegen und fängt quer durch den Raum Bretts Blick auf. »Was?«, fragt sie, als er bei ihr ist. »Es ist erst mein drittes. Und das seit sechs.«

»Ich habe kein Wort gesagt, Schatz«, meint Brett. »Außerdem ist es völlig egal, wie viel du trinkst, sie wirst du nie einholen.« Er macht eine Kopfbewegung in Richtung der Senioren.

»Wen?«

»Das alte Mädchen mit der Perücke in der Mitte. Sie war schon voll, als sie hier angekommen ist.« Sophie geht dann ein Stück nach rechts, kann aber immer noch nichts sehen. »Schau sie dir an«, drängt Brett. »Das Haarteil ist unbezahlbar. Das *musst* du dir ansehen.«

Sophie schlängelt sich durch die Menge bis zum Rand der Gruppe. Phil, der ihr am nächsten ist, tritt zur Seite, um sie hineinzulassen. Als er erkennt, wer sie ist, tippt er der Frau mit der Perücke auf die Schulter. Sie schwärmt gerade in den höchsten Tönen von einem der Fotos.

»Hey«, sagt er zu ihr. »Sieh mal, wer hier ist.«

Die Frau dreht sich zu ihr um. Sie sieht so verhärmt aus, dass sie kaum noch zu erkennen ist und viel älter noch als sogar Phil. Sie erscheint geschrumpft, ein Eindruck, was der übergroße Militärmantel und die schlecht sitzende Perücke nicht gerade besser machen. Aber ihre dunklen Augen, der Schwung ihres Mundes, ihre Stupsnase … Keine Frage, sie ist es. »Tante Diane!«, quietscht Sophie, drängt sich durch die Gruppe und schlingt die Arme um sie, wobei sie bemerkt, dass sie unter dem Mantel kaum mehr als Haut und Knochen ist. »Du bist gekommen!«

»Wie hätte ich nicht kommen können?«, knurrt Diane.

»Ich wusste nicht, ob du überhaupt meine Nachrichten bekommen hast«, sagt Sophie. »Ich habe immer wieder E-Mails an deine verdammte Website geschickt.«

»Ach!«, erwidert Diane abwertend. »*E-Mails!*« Sie hat einen leichten amerikanischen Akzent und die raue Stimme einer Kettenraucherin, aber vor allem – da hatte Brett recht, ist sie völlig betrunken.

»Mum ist hier«, sagt Sophie und blickt sich im Raum um. »Hast du …?«

»Ich habe sie gesehen«, antwortet Diane. »Sie ist nach draußen gegangen, um Luft zu schnappen. Sie hat gesagt, sie ist in einer Minute zurück.«

»Oh.« Sophie wirft einen Blick zum Ausgang. »Ist alles in Ordnung mit ihr?«

Diane nickt. »Mhm. Und jetzt«, sie zieht Sophie von der Gruppe fort, »erzähl mir von dir! Ich habe mir deine Fotos angesehen. Sie sind *sehr* gut.« Diane hakt sich bei Sophie unter, was im Moment Mode zu werden scheint, allerdings eher, vermutet Sophie, um Halt zu haben, als dass es ihr angenehm wäre. »Und ich *liebe* dein Selbstporträt.« Sie deutet mit der freien Hand auf das riesige Foto der hinteren Wand.

»Danke. Ich hatte Angst, dass es vielleicht zu viel ist.«

»Nein, es ist umwerfend.«

»Und Dads auch.« Sophie macht eine Kopfbewegung zum anderen Ende des Raums. »Hast du es gesehen? Ich habe mich so bemüht, dich zu erreichen, Diane. Ich wollte so gern, dass du mir bei der Zusammenstellung hier hilfst. Ich hoffe, du findest, dass ich die Richtigen ausgesucht habe.«

»Es ist großartig, Sophie, ganz großartig. Natürlich hat deine Mutter das da gemacht, deswegen ist die Beschreibung falsch, aber das ist okay.«

»Das Selbstporträt?«

»Das *Porträt*«, korrigiert Diane.

»Wirklich?«

»Mhm. Und Phil hat natürlich das mit den Schiffbauern gemacht. Aber du hättest es nicht weglassen dürfen.«

»Ja, das hat er mir gesagt. Ich war mir nicht sicher, ob ich ihm glauben soll. Also stimmt es?«

»Oh ja. Wir haben oft Fotos getauscht. Dein Vater hatte ja auch all die Negative.«

»Mehr als du?«

»Bei den Zeitungen, ja.«

»Bitte erzähl es niemanden. Mein Gott, ich kann nicht glauben, dass du gekommen bist!«

»Den ganzen Weg von Portland, Oregon, mein Liebes. Gerade aus dem Flugzeug gestiegen.«

»Tatsächlich? Oh, ich freu mich so, Diane. Ich hab dich sehr vermisst.«

»Ich hab dich auch vermisst. Mehr, als du jemals ahnen wirst.«

Sie bleibt vor einem Foto mit Cliff Richard und Mary Whitehouse stehen. »Das ist eins von meinen«, sagt sie.

»Nein!« Sophie stöhnt auf.

Diane nickt. »Das Festival des Lichts.« Sie hat ein bisschen Schwierigkeiten, es richtig auszusprechen. »Es war absolut schrecklich … Alle die Eiferer an einem Ort versammelt. Anti-dies und anti-das.«

»Ist es wirklich deins?«, fragt Sophie. »Denn das wären dann schon drei von dreißig. Das sind zehn Prozent, die falsch sind.«

»Ja. Du kannst es daran erkennen, dass es fünfunddreißig Millimeter sind«, erklärt Diane. »Dein Vater hat immer nur hundertzwanzig genommen. Das hier ist mit meinem großen Nikon-Zoom gemacht. Gott, ich habe dieses Objektiv geliebt. Ich frage mich, was damit passiert ist.«

Sophie stöhnt. »Oh, bitte sag es niemanden«, fleht sie.

Diane zwinkert ihr zu und legt einen Finger auf die Lippen. »Kein Wort.«

»Sag mir, dass wenigstens die anderen von ihm sind.«

Diane lässt den Blick schnell über die Wände gleiten. »Ich denke, schon. Ja, vermutlich ist der Rest okay.« Sie macht einen Schritt nach links und bleibt dann vor dem nächsten Bild stehen, Sophies Foto von einer Gruppe lachender Dragqueens auf einer Schwulenparty. »Das hier gefällt mir wirklich gut.«

»Danke. Es gehört auch zu meinen Lieblingsbildern.«

»Sie wirken, als hätten sie so viel Spaß, und doch …«

»Ich weiß. Man erkennt eine gewisse Traurigkeit, nicht wahr? Und bist du nur wegen der Ausstellung hier? Oder werde ich noch mehr von dir zu sehen bekommen?«

»Nein, leider nicht.«

»Oh! Ich hätte dich so gern noch mal wiedergesehen. Auch wenn wir nur abends mal etwas zusammen essen.«

»Oh, aber sicher. Ich meinte, ich bin leider *nicht* nur für die Ausstellung hier.«

»Leider?«

»Das erzähle ich dir später. Aber jetzt lass uns die Dinge erst einmal … leicht nehmen, ja?«

»Du bist doch nicht krank, oder?«

»Nein, Liebes. Ich finde es nur klasse, alberne Perücken zu tragen. Wie deine Dragqueens da.«

Sophie legt ihr einen Arm um die Taille. »Aber du bleibst eine Weile in England?«

»Ich kann mir die verfluchte Behandlung drüben nicht leisten, Schatz. Daher ja. Mir bleibt keine Wahl.«

* * *

Sobald Barbaras Herzschlag sich etwas beruhigt hat und sie wieder atmen kann, geht sie zurück in die Galerie. Sie wird höflich und freundlich zu Diane sein. Und dann wird sie Jonathan bitten, sie nach Hause zu bringen.

Schon in der Tür sieht sie, dass Sophie mit Diane zusammensteht und Sophie sogar den Arm um sie gelegt hat. Die beiden zusammen zu sehen, ist einfach mehr, als sie ertragen kann, deswegen geht sie sofort über zu Plan B. Sie macht sich auf die Suche nach Jonathan. Er spricht mit einer gut aussehenden Frau, die offensichtlich ebenfalls von der *Times* ist, daher wartet Barbara in der Nähe und tut so, obwohl sie es eigentlich albern findet, als würde sie ein Foto betrachten, das sie selbst gemacht hat.

Schließlich stellt Jonathan die Frau der wartenden Mutter vor, woraufhin sie (wahrscheinlich mit dem Gedanken, dass es noch ein bisschen zu früh ist, um die Verwandten kennenzulernen) glücklicherweise davonzieht.

»Jon«, sagt Barbara eindringlich, »kannst du mich nach Hause bringen, mein Lieber? Ich fühle mich nicht so gut.«

»Nach Hause?«, fragt Jonathan. »Es ist noch nicht einmal neun.«

»Ich weiß, aber ich fühle mich wirklich schlecht.«

»Ja, gut, Mum. Gleich.« Jonathan ist es gewöhnt, dass Barbara blinden Alarm schlägt. »Ich möchte erst noch mit ein paar Leuten reden. Diane ist hier. Hast du sie gesehen?« Er deutet durch den Raum auf Diane, die zufällig auch gerade in ihre Richtung blickt und sich vorbeugt, um Sophie etwas zuzuflüstern, bevor sie auch schon herüberkommt.

»Hallo, Barbara!«, sagt Diane.

»Hallo«, erwidert Barbara mit deutlich weniger Begeisterung. *Zurück zu Plan A*, denkt sie. »Wie geht's dir?«

»Ungefähr so gut, wie ich aussehe.«

Jonathan, der sich in unerklärbare Weise nicht willkommen fühlt, hustet und entschuldigt sich. »Ich … äh … mische mich mal ein bisschen unter die Leute.«

»Ich freu mich so, dich zu sehen, Barbara«, sagt Diane.

»Danke.«

»Es ist eine wundervolle Ausstellung.«

»Danke.«

»Sophie hat Erstaunliches geleistet.«

»Ja. Das hat sie.«

»Stimmt etwas nicht, Barbara?«

Ob etwas nicht stimmt? Barbara wiederholt die Worte in Gedanken, während sie um eine passende Antwort ringt. Was würde das Vorbild in Höflichkeit und Anstand, das zu sein sie sich entschlossen hatte, *darauf* antworten? »Nein. Ja …«, murmelt sie verwirrt. Dann sagt sie: »Hör mal, warum bist du hier, Diane?«

Nun macht Diane ein verwirrtes Gesicht. »Meinst du *hier*? Oder in England?«

»Beides. Sowohl als auch.«

»Ich bin krank, Barbara. Ich werde sterben. Deswegen wollte ich dich sehen.«

Barbara nickt, es gelingt ihr, sowohl traurig auszusehen, als sich auch so zu *fühlen*. Vielleicht heilt die Zeit doch Wunden. »Ist es Krebs?«

Diane nickt und zieht an einer der künstlichen Haarsträhnen. »Daher dieses Ungetüm.«

»Ist mir gar nicht aufgefallen«, schwindelt Barbara. »Das tut mir leid.«

»Genau das wollte ich auch *dir* sagen«, erwidert Diane. »Es tut mir wirklich leid.«

Barbara lacht auf. Es war keine Absicht, es ist einfach so aus ihr herausgeschossen. »Es tut dir leid?«

Diane nickt. »Ich wollte …« Aber sie beendet ihren Satz nicht. Barbara hat abwehrend eine Hand gehoben.

»Ich kann das nicht«, sagt Barbara, die immer noch unerwarteterweise lächelt. Sie hat das Gefühl, als habe sie ihre Gesichtszüge heute Abend nicht völlig unter Kontrolle. »Nicht hier. Nicht heute.«

»Aber ich …«

»Vielleicht sogar nie, Diane. Aber bestimmt nicht hier. Bestimmt nicht heute Abend.«

»Aber ich weiß, dass du es weißt«, sagt Diane. »Du hast es immer gewusst, und ich …«

»Hör auf!«, bittet Barbara. Ihr Lächeln ist verschwunden, und ihre Stimme lauter als beabsichtigt. »Bitte, Diane, das ist alles Vergangenheit.«

»Aber …«

»Und es ist alles schon so lange her. Sieh dich um. Die Hälfte der Leute, die damals dabei waren, sind jetzt tot. In zehn Jahren wird es niemanden geben, der sich überhaupt noch daran erinnert. Also … *lass* es einfach.«

Diane schluckt und leckt sich über die Lippen. »Okay. Ich dachte nur … aber okay. Gott, ich werde langsam nüchtern. Und das ist nicht gut.« Sie wendet sich ab und geht zu einer Kellnerin mit einem Tablett voller Getränke.

Du hast nicht geweint, denkt Barbara. *Du hast nicht geschrien. Du hast keine Szene gemacht. Und jetzt kannst du einfach gehen und vergessen, dass es jemals passiert ist.*

Prüfend lässt sie den Blick durch den Raum gleiten, verzweifelt auf der Suche nach Jonathan. Aber es ist zu spät, denn Diane ist bereits wieder auf dem Weg zu ihr, nicht mit einem Glas Wein in der Hand, sondern zwei. Um sich zu schützen versucht Barbara, einen Fremden ins Gespräch zu verwickeln. Doch er nickt nur höflich und, zweifellos verschreckt von Dianes weltfernem Auftreten, verschwindet er Richtung Ausgang.

Diane hält Barbara eins der Gläser unter die Nase. »Stoß mit mir an.«

Barbara antwortet nicht, sondern schüttelt einfach den Kopf. Sie befiehlt ihrer Hand, sich keinen Zentimeter auf den angebotenen Wein zuzubewegen. Diane winkt erneut damit, sodass sie fast den Inhalt verschüttet, aber wieder schüttelt Barbara den Kopf. »Nein. Das kann ich nicht.«

»Du hast gesagt, das sei alles Vergangenheit. Also lass uns anstoßen. Auf Sophie. Nur auf diesen Teil der Geschichte. Nur auf diesen Teil.«

»Ich kann nicht, Diane«, flüstert Barbara. »Es tut mir leid.«

»Bitte.« Diane hält ihr immer noch das Glas hin. Ihre Augen füllen sich mit Tränen, und ihre Unterlippe zittert. »Ich bitte dich nicht um ein Danke oder um Vergebung oder irgendetwas anderes. Stoß einfach mit mir auf Sophie an, und dann siehst du mich nie wieder. Ich verspreche es.«

Ihre Stimme bebt, und Barbara spürt, wie auch ihr Tränen in die Augen steigen. Ihr ist ebenfalls heiß, und auf ihrer Stirn bildet sich Schweiß. Um kein Drama heraufzubeschwören, nickt sie schnell und nimmt Diane das Glas aus der Hand.

»Auf Sophie«, sagt Diane.

Barbara schluckt und wischt sich eine Träne aus dem Augenwinkel. »Dann gehst du?«

Diane nickt. »Dann gehe ich.«

»Also auf Sophie«, flüstert Barbara.

Klirrend stoßen sie die Gläser aneinander, und Diane leert ihres in zwei großen Zügen. »Du hast es mit ihr toll hingekriegt. Du solltest stolz auf dich sein.«

»Danke.« Barbara sucht Halt an der Wand. Der Raum scheint sich ein wenig zu drehen, und es ist leider immer noch nicht vorbei.

»Du bist eine Heilige, Barbara. Das weißt du auch, oder?«

»Du kannst jetzt aufhören. Bitte hör auf.« Barbaras Blick huscht durch den Raum, und sie bemerkt, dass sowohl Phil als auch Jonathan sie voller Sorge beobachten.

Diane redet immer noch, trotz ihres Versprechens. »Ich kann es kaum glauben, dass sie sich so gut entwickelt hat. Und dass sie auch Fotografin geworden ist!«

Barbara wird ganz heiß, und ihr Gesicht färbt sich rot vor Scham.

»Okay«, sagt Diane. »Vielleicht hätte ich doch nicht kommen sollen. Aber es ist kein Schaden angerichtet worden, oder?«

»Bitte geh einfach«, fleht Barbara. »Du hast gesagt, du würdest gehen. *Bitte* geh einfach!«

»Das werde ich. Ich will auch nur sagen, dass sie euch beiden zur Ehre gereicht.« Diane wirft Sophie einen letzten verstohlenen Blick zu. »Und sie sieht Tony so ähnlich, es ist geradezu unheimlich.«

Barbara keucht auf. Sie öffnet den Mund, um etwas zu sagen, bekommt aber nur ein überraschtes Stöhnen heraus, irgendwo zwischen dem Laut einer trauernden Kuh mit einem toten Kalb und einem weit entfernten Nebelhorn. Sie schüttelt den Kopf und sieht zu, wie, völlig unerwartet, ihre Finger das Glas loslassen, und es in Zeitlupe zu Boden fällt, wo es zerspringt und sich sein Inhalt über ihren Fuß ergießt.

Die Blase aus Plexiglas ist wieder da. Es ist Jahre her, länger, als sie sich erinnern kann. Aber sie ist jetzt wieder da und draußen, von ihr verzerrt, kommt Jonathan auf Barbara zugelaufen und ruft etwas. *Mum* vielleicht. Alle sehen sie an. Sechzig Leute haben sich umgedreht, um sie anzustarren. Vielleicht möchten sie, dass Barbara für sie tanzt, vielleicht sollte sie wieder wie eine Zulu tanzen. Doch sie kann nicht, weil ihre Beine jetzt nachgeben, während der Raum sich um sie dreht, während Diane, umspielt von allen Farben des Regenbogens, eine Hand vor den Mund schlägt und sagt: »Es tut mir leid. Ich dachte, du wüsstest es. Ich habe immer gedacht, dass du es weißt.« Die Farben leuchten jetzt mehr, alles leuchtet mehr und wird von Farben umspielt. Weißes Licht dringt von allen Seiten in ihr Blickfeld vor und löscht die Gesichter aus, die offenen Münder, die sich drehenden Bilder, die tanzende Decke. So hell, so himmlisch weiß. Dem Herrn sei Dank. All das verschwindet jetzt dahinter.

1983 – Hackney, London

Es ist eine Woche her, seit die Polizistin vor der Tür gestanden hat. Es ist eine Woche her, seit Barbara in die Knie gesunken ist, seit sie entdeckt hat, dass sie mit neunundvierzig Witwe geworden ist. Ein Herzinfarkt, heißt es. In Paris, heißt es. Der Bericht der Gerichtsmedizin würde folgen. Auch die Leiche würde folgen. So eine grausame Sprache, so harte Worte, aber die Dinge, auch die schlimmen, müssen erklärt werden.

Seit diesem Augenblick hat sich die Zeit in ein endloses Nichts verwandelt, was jenseits aller Trauer liegt. Ein Gefühl, dass alles ausgesperrt ist. Ein Gefühl, dass auch die Gefühle selbst außerhalb jeder Reichweite liegen. Nur eine Leere, die durchdrungen werden muss, nur Anrufe bei Beerdigungsinstituten und Anrufe bei Tonys Freunden und Kollegen und vergebliche Versuche, Sophie und Jonathan dazu zu bringen, etwas zu essen, irgendetwas zu essen, obwohl selbst Barbara nicht in der Lage ist, etwas zu sich zu nehmen.

Aber schließlich ist die Woche tatsächlich vergangen, und die Leiche ist zurück. Männer, sie verlassen einen. Jeder tut es auf seine Weise, aber sie verlassen einen. Und manchmal kommen sie tot zurück.

Schweigend schlüpft Sophie ins Wohnzimmer. Sie trägt schwarze Hosen und einen schwarzen Rollkragenpullover. Ihre Augen sind vom Weinen geschwollen.

»Du trägst gar nicht das Kleid«, stellt Barbara fest, lediglich eine Beobachtung, keine Kritik.

Sophie schüttelt nur den Kopf. Sie durchquert den Raum und setzt sich neben Barbara. Dann legt sie den Kopf auf Barbaras Schulter. »Ich möchte immer noch nicht hingehen, Mum.«

Barbara umfasst Sophie mit einem Arm. »Niemand *möchte* hingehen. Aber es ist gut. Du wirst sehen. Beerdigungen haben einen Grund.«

Sie blickt auf ihr Spiegelbild im gewölbten Bildschirm des Fernsehers. Mutter und Tochter in Schwarz. Mutter und Tochter versunken in Trauer. Als Bild sieht es fast aus wie eins von diesen religiösen Gemälden. Es würde ein gutes Foto abgeben, denkt sie stumpfsinnig. Aber wer will sich schon an solche Momente erinnern.

Wieder wird die Tür zum Wohnzimmer geöffnet, und Jonathan kommt herein. Er trägt einen grauen Anzug und dazu einen grauen Schlips, der schlecht gebunden ist. Barbara nimmt sich vor, das zu ändern, bevor sie das Haus verlassen. Sein Gesicht hat fast die gleiche Farbe wie der Schlips. »An der Tür ist ein Polizist«, sagt er.

Barbara runzelt die Stirn und seufzt. Sie weiß nicht, warum ein Polizist am Tag der Beerdigung zu ihnen kommen sollte, aber es wird schon seinen Grund haben. Wahrscheinlich gibt es noch irgendeine Formalität, die sie vergessen hat.

»Soll ich ihn hereinbringen?«

Sie nickt. »Ja. Bring ihn herein«, flüstert sie.

Sie lässt Sophie los, dann steht sie auf und zieht ihr Kleid herunter. Der Polizist, gerade Anfang zwanzig, kommt nervös herein, die Mütze in einer Hand. »Mrs Marsden?«, fragt er.

Barbara nickt.

»Könnte ich Sie kurz sprechen?«

Barbara ringt sich ein winziges Lächeln ab. »Kommen Sie herein.«

»Unter vier Augen wäre besser.«

Sophie wirft ihr einen Blick zu und steht auf. »Ich gehe.«

»Du auch«, sagt Barbara sanft zu Jonathan. »Helft Anne mit dem Essen. Ich rufe, wenn ich dich brauche.«

Der Polizist schließt die Tür hinter den beiden. Er tut es fast geräuschlos, als habe er Angst, die Toten zu wecken. Er zieht einen Umschlag aus der Tasche. »Wir haben von den Franzosen den … äh … Bericht der Gerichtsmedizin bekommen. Sie haben ihn gefaxt.«

Barbara nickt.

»Seine persönlichen Sachen kommen später auch noch«, erklärt der Polizist.

Sie nickt erneut. »Ja, ich weiß.«

»Man hat mich geschickt, weil ich ein bisschen Französisch spreche. Damit ich übersetzen kann. Wir wussten nicht, ob Sie es sonst würden lesen können.«

»Ich kann es nicht«, antwortet Barbara. »Aber müssen wir das heute tun? In zwei Stunden ist die Beerdigung.« Sie versucht, eins nach dem anderen zu machen. Und solche unerwarteten Dinge sind da nicht hilfreich.

»O nein. Absolut nicht.« Der Polizist klingt erleichtert. »Ich kann ein andermal wiederkommen oder dem Bericht übersetzen und ihn … äh … Ihnen zuschicken.«

Er will den Bericht gerade wieder in seine Tasche stecken, aber Barbara denkt: Was könnte darin stehen, das noch schlimmer ist als dies alles? *Was könnte darin stehen, das noch mehr Trauer über uns bringt? Wenn wir es jetzt machen, ist nach der Beerdigung wenigstens alles vorbei.*

»Warten Sie«, bittet sie, »ich habe es mir anders überlegt. Können wir es einfach hinter uns bringen?«

Der Ausdruck eines Gefühls huscht über die Gesichtszüge des Mannes wie der Schatten einer Wolke über ein Feld. Barbara bemerkt es und fragt sich, was es zu bedeuten hat. »Wenn heute die Beerdigung ist, wäre es vielleicht besser, wenn …«

»Bitte«, sagt Barbara, setzt sich wieder und klopft neben sich auf das Sofa. »Es dauert doch nur eine Minute, oder? Und dann ist es erledigt.«

Der Polizist schluckt und runzelt die Stirn. »Der Bericht ist nicht sehr schön, fürchte ich«, warnt er. »Ich habe vorhin schon mal einen Blick hineingeworfen.«

»Diese Dinge sind nie schön«, sagt Barbara.

Er setzt sich neben sie, und sie nimmt ihm den Umschlag aus der Hand und zieht das Fax heraus. Es ist ein offizielles Formular, auf Französisch, mit Schreibmaschine ausgefüllt, alles in Großbuchstaben.

Sie gibt es ihm. »Also …«, fordert sie ihn auf.

Der Polizist räuspert sich. »Sind Sie sicher, dass Sie es nicht vorziehen würden …?«

»Nein«, erwidert Barbara. Der Polizist tut ihr leid. Er ist kaum älter als Jonathan. Für so etwas ist er zu jung. Sie versucht ihm zu helfen, indem sie auf das Formular deutet. »Da steht, wann es passiert ist, nehme ich an.«

Der Polizist nickt. »Ja. Um ein Uhr fünf. Morgens.«

»Und das?« Ein paar der Worte springen ihr entgegen, aber sie versteht den Zusammenhang nicht, deswegen geht sie davon aus, dass sie auf Französisch eine völlig andere Bedeutung haben.

»Ja, das ist die Blutanalyse«, erklärt der Polizist. »Man hat, wissen Sie, eine Autopsie vorgenommen, nur für alle Fälle.«

»War er betrunken?« Barbara hat das Wort *Alcool* entdeckt.

Der Polizist nickt sanft. »Ja. Alkohol und … äh … Spuren von Kokain und Heroin.«

»*Heroin?*«

»Ja, ich fürchte.«

Barbara hat Mühe, das völlig unangemessene Lachen, das sie in sich aufsteigen fühlt, zurückzuhalten. Stattdessen hustet sie. »Tony hat kein Heroin genommen«, wehrt sie ab. »Oder Kokain. Er hat überhaupt keine Drogen genommen.«

Der Polizist räuspert sich erneut. »Ich lese nur vor, was da steht, Ma'am.«

Barbara schnaubt. »Dann muss das ein Fehler sein. Es ist etwas verwechselt worden.«

»Ich fürchte, das ist … eher unwahrscheinlich«, entgegnet der Polizist zögernd.

»Heroin? Nein.«

»Das ist verbreiteter, als Ihnen vielleicht bewusst ist. Besonders unter Künstlern.«

»Nein. Das ist einfach nicht möglich. Es muss ein Fehler sein. Er war Fotograf, kein Junkie.«

»Es tut mir leid, Mrs Marsden. Ich habe nur übersetzt.«

Barbara hält einen Moment inne, um aus dem Fenster zu sehen, einen Moment, um wieder zu Atem zu kommen. Draußen ist es sonnig, und sie hat das Gefühl, das sollte es nicht sein. Der Sonnenschein kommt ihr wie eine Beleidigung vor. Es sollte regnen, denkt sie, bei Beerdigungen.

»Meint man, dass er daran gestorben ist?«, fragt sie, und ihre Stimme zittert seltsam. »Hat er davon einen Herzinfarkt bekommen? Denn es hieß, es sei ein Herzinfarkt gewesen. Stimmt das?«

»Hier steht, es könnte dazu beigetragen haben.« Der Mann zeigt auf einige weitere französische Worte auf dem Fax. »Mit dem Alkohol und dem Kokain. Und der … äh … Anstrengung.«

Barbara beißt sich auf die Lippe. »Die Anstrengung«, wiederholt sie.

»Ja. Er … äh … war nicht allein.« Der Polizist presst die Kiefer zusammen, als habe er Zahnschmerzen.

»Er war nicht allein?«

Der Polizist fährt mit dem Finger über den Text, dann hält er inne. Mit dem Kopf deutet er auf das Fax. »Es tut mir leid«, sagt er.

Barbara wirft einen Blick auf seinen Finger. Unter seinem Nagel sitzt ein wenig Schmutz. Und dann blickt sie auf das Wort über dem Fingernagel. Da steht SEXUEL. Da steht RAPPORT SEXUEL. *Beischlaf.*

Völlig unerwartet und auch für sich selbst überraschend lacht sie. Erst prustet sie, dann lacht sie leise, und dann kichert sie wie eine Hexe. Tränen laufen ihr über die Wangen. Sie weiß, es ist alles andere als der Situation angemessen, aber sie kann nicht anders. »Sie wollen mir also sagen, dass mein Mann betrunken und zugedröhnt gestorben ist, während er mit irgendeiner Nutte Sex hatte?«, fragt sie, während sie keuchend lacht. »Ist es so?«

»Mrs Marsden«, antwortet der Polizist, »es tut mir leid, aber Sie müssen verstehen, ich übersetze nur, was der französische Gerichtsmediziner geschrieben hat. Mehr tue ich nicht.«

»Oje!« Barbara wendet den Kopf ab und wischt sich mit dem Ärmel übers Gesicht. »Da hat es eine Verwechslung gegeben, mein Lieber. Er hat gern einen getrunken, aber der Rest … das ist nicht mein Tony. Das ist überhaupt nicht Tony.«

»Vielleicht.« Der Polizist überfliegt das Formular. »Es ist unwahrscheinlich, aber man kann nie wissen … die Frau, seine Assistentin … sie sollte … die Leiche identifizieren, in der Gerichtsmedizin.«

»Seine Assistentin?«

Er nickt und zieht ein Notizbuch aus der Tasche. »Ja. Eine gewisse Diane Darbott. Sagt Ihnen der Name irgendetwas?«

Barbara lacht immer noch, aber langsam, im Laufe von einer halben Minute, ändert sich der Ton ihres Lachens. Es wird rauer, heiserer, bevor es sich schließlich in ein haltloses Schluchzen verwandelt.

»Mrs Marsden?«, sagt der junge Mann. »Mrs Marsden! Bitte. *Mein Gott*!«

Schließlich legt er, zögernd, einen Arm um ihre Schultern, und Barbara, die zu nichts anderem in der Lage ist, lehnt sich gegen ihn. Sie drückt ihr Gesicht in den derben blauen Stoff seiner Uniform, und an der Brust eines unbekannten, knapp zwanzigjährigen Constables gesteht sie es sich zu, zu schluchzen.

* * *

Die Beerdigung ist gut besucht.

Alle sind da außer Diane. Diane, die wieder in Amerika sein oder in irgendeinem stinkenden Gefängnis in Frankreich sitzen könnte. Barbara weiß es nicht, und es ist ihr ziemlich egal. Obwohl sie, wenn sie ehrlich ist, Letzteres durchaus vorziehen würde.

Wie in Trance durchlebt sie die Trauerfeier, lauscht Menschen, die glauben, ihn gekannt zu haben, sieht zu, wie der Sarg im Boden versinkt. Sie dankt Leuten draußen vor ihrer Blase, dass sie gekommen sind. Sie zuckt die Achseln, als jemand fragt, ob Diane »es weiß«. »Man muss sie informieren«, sagt der Mann. »Die beiden haben sich sehr nahegestanden.«

»Ich bin *sicher*, dass sie es weiß«, erwidert Barbara, ohne mit der Wimper zu zucken.

Sie ist höflich und ruhig und gibt sich neutral, denn es ist ihre einzige Möglichkeit, dies alles durchzustehen. Auch Jonathan wirkt versteinert und grau und selbstbeherrscht. Nur Sophie weint haltlos. Sophie weint genug für alle zusammen.

Zurück im Haus serviert Barbara perfekte kleine Sandwiches und winzige Tomatentörtchen. Sie hört, wie die Leute über Geschichten aus Tonys kurzem Leben lachen, und versucht, sie nicht dafür zu hassen, dass sie von manchem nichts wissen. Sie ist auch schon früher auf Beerdigungen gewesen. Solche Dinge geschehen.

Sie mustert das Paket – seine Sachen, die in ihrer Abwesenheit zugestellt und von einer Nachbarin entgegengenommen wurden – und versucht durch den Tag zu kommen, ohne sich zu blamieren. Denn das könnte so leicht geschehen. Sie könnte die Beherrschung verlieren, und dann würde alles aus dem Ruder laufen. Die Wahrheit könnte ihr entschlüpfen, sollten ihre Gefühle verrückt spielen, und die Kinder müssen geschützt werden. Auch wenn es bedeutet, dass sie dieses Geheimnis für sich behalten muss.

Nachdem alle gegangen sind und sie die Reste in Klarsichtfolie verpackt hat, nachdem die Kinder im Bett sind und die Vorhänge zugezogen, zerrt sie das Paket ins Wohnzimmer. Sie nimmt eine Schere und schneidet das Band durch.

Sie reißt das braune Packpapier ab, unter dem Tonys Koffer zum Vorschein kommt, dann bricht sie das polizeiliche Wachssiegel und öffnet die Schlösser.

Ganz obendrauf liegt sein Pullover. Sein grauer Pullover. Sie schnuppert daran. Sie streichelt ihn. So unbeobachtet, gestattet sie sich eine kurze, liebevolle Erinnerung. Denn natürlich ist nicht alles nur schlecht gewesen. Denn egal, wie er gestorben ist, spürt sie trotzdem den Verlust. Den immer noch unerwarteten, unerträglichen, herzzerreißenden Verlust.

Dann nimmt sie, nacheinander, seine Sachen aus dem Koffer. Es gibt keine Überraschungen, keinen Hauch von Parfüm, keine Kondome, keine Frauenunterwäsche …

In der Mitte findet sie seine Kamera, die Pentax, eingewickelt in eine Hose, und, geschützt von einer Pentax-Tasche, seine geliebte Rollei. Aus beiden ist der Film herausgenommen worden.

Und schließlich, ganz unten – vielleicht hat jemand gehofft, dass sie ihn nie finden würde – ist ein großer Umschlag mit dem Stempel *Gendarmerie Nationale* darauf.

Darin findet sie eine Reihe von Kontaktabzügen. Die französische Polizei muss seine Filme entwickelt haben. Sie zieht sie aus der Hülle und bemerkt, die Negative sind ganz unten drin.

Da es Kontaktabzüge sind, keine Vergrößerungen, sind die Bilder klein, aber sie kann trotzdem erkennen, was darauf ist – verschwommene, banale Schnappschüsse von Paris.

Eine Frau auf einer Brücke (glücklicherweise nicht Diane). Zwei Frauen rauchend in einer Bar (immer noch nicht Diane). Ein Hund, eine Straßenbahn, ein Zug … Der Eiffelturm im Regen.

Und dann, ganz hinten, ein letztes Blatt mit quadratischen Schwarz-Weiß-Bildern, die mit der Rollei gemacht worden sind – Aktaufnahmen, wunderschön fotografiert. Die Achseln einer Frau auf einem zerknüllten Laken, ein verschwommenes Foto von langen schwarzen Haaren in Bewegung – möglicherweise Dianes – und dann Diane, diesmal tatsächlich Diane, nackt, einen Arm über dem Kopf, zurückgelehnt auf einer Chaiselongue. Tony hat noch nie, soviel Barbara weiß, Aktaufnahmen gemacht. Und selbst an diesen kleinen Abzügen kann sie erkennen, dass sie wunderschön sind – vielleicht, ironischerweise, die besten Bilder, die er je geschossen hat.

Trotz der Tatsache, dass es in Barbaras Brust ganz eng geworden ist, geht sie die Aufnahmen weiter durch. Sie muss sie sich einfach ansehen, wenigstens einmal. Es ist wie mit allem anderen. Sie muss es hinter sich bringen und damit abschließen. Das ist, als neues Familienoberhaupt, ihre Aufgabe.

Zwei Hände, die übereinander auf einem Buch liegen; Finger spielen mit einem Ohrring; eine kopflose, freizügige haarlose

Nackte (zu kurvig, um Diane zu sein) steht vor einem verregneten Pariser Fenster, in einer Hand eine glimmende Zigarette. Ein weiteres Bild einer Frau, wieder Diane, die vor ihr kniet. Die Frau hat immer noch die Zigarette in einer Hand, aber sie hat Dianes Kopf mit der anderen umfasst und zieht sie zu sich.

Barbara wendet sich ab – ein Reflex, als würde sie die Hand von der Flamme wegziehen. Als wolle sie die Scham vermeiden.

Sie sieht in den Kamin, und immer noch wie aus einem Reflex nimmt sie die Bögen mit den Abzügen, durchquert den Raum und kniet sich davor. Mit einem Streichholz zündet sie das erste Blatt an einer Ecke an, dann stapelt sie die anderen darauf. Die Flammen flackern und werden größer. Der Geruch nach verbrannten Chemikalien erfüllt die Luft.

Sie holt auch noch den Umschlag und wirft ihn dazu.

Sie fragt sich, wo Diane jetzt ist. Nicht dass es ihr helfen würde, aber sie würde ihr gern ins Gesicht schlagen. Sie würde ihr gern hart ins Gesicht schlagen oder sie vielleicht boxen. Sie würde gern hören, wie Diane um eine Rechtfertigung ringt und sie dann von einer Pariser Brücke stürzen.

Sie versucht sich vorzustellen, was Diane wohl sagen würde.

»Es gab keine Drogen. Es waren nur Fotos. Er ist Künstler«, würde sie sagen, als entschuldige das alles. Oder sie würde es einfach leugnen.

»Aber du bist nicht mal zu seiner Beerdigung gekommen«, würde Barbara sagen. »Erklär *das* mal.«

Sie streckt die Hand aus und zieht schnell den Umschlag aus den Flammen, aber er glimmt bereits, deswegen kippt sie die Negative auf den Teppich, dann wirft sie den Umschlag wieder ins Feuer.

Die wenige Macht, die sie über Diane hat, hängt vom Besitz dieser Negative ab, wird ihr klar. Und so, wie ihre Leben sich miteinander verschlungen haben, wird Barbara vielleicht genau das eines Tages brauchen. Sophie muss schließlich beschützt werden. Sie schiebt die Negative zusammen, hält sie an den Ecken fest – nicht, weil sie das, was darauf ist, behutsam behandeln will, sondern weil Diane selbst ihr gezeigt hat, dass man sie so halten muss – und steht auf.

Sie wirft noch einen Blick auf die Abzüge, die bereits fast vollständig verbrannt sind, dann packt sie alles wieder in den Koffer und schließt ihn, bevor sie ihn nach unten in den Keller zerrt. Sie versteckt ihn hinter Jonathans altem Gokart, dann kehrt sie ins Wohnzimmer zurück, wo nur noch glimmende Asche übrig ist.

So. Alles erledigt. Morgen können wir damit anfangen so zu tun, als sei er tatsächlich der gewesen, für den wir ihn alle gehalten haben, denkt sie.

2013 – Bermondsey, London

Als Barbara zu sich kommt, findet sie sich in Sarah Stones Bürodrehstuhl wieder. Sophie hält ihre Hand, und Jonathan blickt sie prüfend an. Sie bemüht sich, die Gesichter der beiden zu erkennen, dann hebt sie eine Hand und berührt ihren Hinterkopf.

»Du hast dir den Kopf an der Wand gestoßen, als du umgefallen bist«, erklärt Jonathan. »Du bist ohnmächtig geworden, Mum.«

»Wie fühlst du dich?«, fragt Sophie.

Barbara blinzelt mehrfach. »Ich denke, ich bin okay. Ich weiß nicht, was es war. Die Hitze, denke ich.«

»Es sind ganz genau einundzwanzig Grad«, erklärt Sarah Stone, die vielleicht eine Klage fürchtet. »Aber wir haben einen Krankenwagen gerufen. Die werden einen Blick auf Sie werfen.«

»Ich brauche keinen Krankenwagen.«

»Vorsicht ist besser als Nachsicht«, entgegnet Jonathan.

»Wirklich, mir geht es gut.« Barbara versucht, sich irgendwie in dem gefederten Stuhl aufzusetzen, aber er scheint das nicht zulassen zu wollen, daher gibt sie auf und sinkt wieder zurück in das weiche Leder.

»Soll ich dir irgendetwas holen, Mum?«

Sie schüttelt den Kopf. »Nein, mir geht's gut. Wirklich. Es war nur ein kleiner Ohnmachtsanfall. So was passiert, wenn man älter wird.«

»Du solltest zurück zur Ausstellung gehen«, sagt Jonathan zu Sophie. »Ich bleibe hier bei Mum, bis der Krankenwagen kommt.«

»Ich *brauche* keinen Krankenwagen!«, beharrt Barbara.

Eine der Kellnerinnen erscheint in der Tür. Sie deutet über ihre Schulter. »Irgendein Mann«, sagt sie.

»Ist es der Krankenwagen?«

Das Mädchen runzelt die Stirn.

»Ist es eine Art Doktor?«, umschreibt es Sarah.

Das Mädchen schüttelt den Kopf. »Nein. Der Mann … er will eine Fotografie kaufen«, erwidert sie mit ihrem starken slawischen Akzent.

»Oh, okay. Ich gehe. Sie sollten eigentlich auch mitkommen, nur für alle Fälle«, meint Sarah zu Sophie. »Wenn Sie sicher sind, dass es Ihnen gut geht, Barbara.«

Barbara winkt die beiden fort. »Bei mir ist alles in Ordnung!«

Sobald sie mit Jonathan allein ist, bittet Barbara ihn, näher heranzukommen. »Ich muss dich bitten, etwas für mich zu tun, mein Sohn. Etwas Wichtiges.«

»Sicher, Mum. Alles, was du möchtest.«

»Du musst dafür sorgen, dass sie geht. Sie muss gehen. Lass sie nicht mit Sophie reden, okay?«

»Diane?«

»Ja.«

»Sie ist schon gegangen, glaube ich. Aber wieso?«

»Bitte stell keine Fragen. Vergewissere dich nur, dass sie fort ist.«

Jonathan steht auf. Er verzieht das Gesicht. »Okay. Wenn du es willst. Alles okay mit dir oder möchtest du …?«

»Um Himmels willen, mir geht es gut!«

»Klar. Okay. Bin in einer Sekunde wieder da.«

»Wenn sie noch da ist, bring sie einfach zur Tür, okay? Sie ist sehr, sehr betrunken, daher ist alles, was sie sagt …«

»Sicher. Kein Problem.«

Draußen im Gang findet er ein Grüppchen von Barbaras Altersgenossen vor, die auf Nachricht warten. »Wie geht es ihr?«, erkundigt sich Phil.

»Sie ist okay. Ah … Phil, wissen Sie, ob Diane noch da ist?«

Phil schüttelt den Kopf. »Nein, tut mir leid. Sie ist schon vor einer Weile gegangen.«

»Okay.« Jonathan wendet sich wieder ab. »Dann ist alles gut.«

Als Sophie wieder die Galerie betritt, winkt Brett sie heran, sie und Sarah Stone gehen zu ihm hinüber. »Das ist Jack Miles«, stellt Brett ihn vor. »Er würde gerne eins von denen in seinem Besitz wissen.« Er zeigt auf Tonys Foto von einem Punk, der einen Zug besteigt. »Das ist doch machbar, oder?«

»Oh ja, das ist ein fabelhaftes Bild«, sagt Sophie. »Wir haben einige limitierte Drucke davon, nicht wahr, Sarah?«

»Sicher«, erwidert Sarah. »Kommen Sie doch bitte mit mir, Jack, dann können wir das alles in die Wege leiten.«

»Ich würde gerne hinterher mit Ihnen sprechen, wenn das möglich wäre«, wendet sich Jack an Sophie.

»Natürlich.«

Nachdem Sarah ihn zu dem Schreibtisch in der Ecke geführt hat, fragt Brett: »Und wie geht's deiner Ma?«

»Sie ist okay, denke ich. Sie ist ohnmächtig geworden, aber jetzt scheint es ihr wieder gut zu gehen.«

»Sie hatte ein ganz schönes Ding mit dieser Perückentante laufen.«

»Mit Diane?«

Brett zuckt die Achseln. »Wenn die Perückentante Diane ist, dann ja.«

»Nenn sie nicht so, Brett. Worüber haben Sie sich gestritten?«

»Keine Ahnung. Aber deine Ma hat sie angeschrien. Sie hat ihr gesagt, dass sie verschwinden soll.«

»Wirklich?«

»Mhm.«

Sophie dreht sich um und lässt den Blick durch den Raum schweifen.

»Falls du sie suchst, sie ist weg. Eigentlich direkt danach.«

»Wie komisch.«

»Vielleicht ist sie noch draußen vor der Tür. Bei den anderen Nikotinjunkies.«

»Ich gehe mal nachsehen«, meint Sophie. »Dann kann ich auch mal gucken, ob der Krankenwagen kommt.«

Sie geht am Buchladen vorbei, durchquert die Lobby und tritt hinaus in die kühle Nachtluft. Die Sonne ist inzwischen untergegangen, und der orangefarbene Schein der Straßenlaternen erhellt den mit Betonplatten bedeckten Vorplatz.

Eine Gruppe Besucher der Ausstellung rauchen direkt vor der Tür, und Sophie wünscht sich plötzlich, sie würde auch noch rauchen. Sie hält inne und überlegt, ob sie jemanden nach einer Zigarette fragen sollte, doch dann entdeckt sie eine kleine, zusammengesunkene Gestalt am anderen Ende der Promenade. Da sie sich im ersten Moment nicht sicher ist, ob es ein Landstreicher oder Diane ist, geht sie so leise hinüber, wie ihre High Heels es ihr erlauben.

Diane sieht auf, als sie näher kommt. Sie raucht ebenfalls, und als Sophie sie erreicht, riecht sie den süßen, vertrauten Duft von Marihuana.

»Diane? Jetzt sag mir nicht, dass du mitten auf der Straße Gras rauchst.«

»Es hilft gegen die Schmerzen. Geht's ihr gut?«

»Mum? Ja, ziemlich. Sie ist ohnmächtig geworden. Und sie hat sich den Kopf angeschlagen. Aber ich glaube, sie ist okay. Man hat vorsichtshalber einen Krankenwagen gerufen.«

Diane nickt und atmet Rauch aus. »Gut.«

Sophie wirft einen Blick auf die Betonplatten neben Diane. Sie sehen relativ sauber aus. Sophie lässt sich neben Diane zu Boden sinken und lehnt sich gegen die Wand. »Bist *du* denn okay? Brett hat gesagt, ihr beide hättet gestritten?«

Diane lächelt. »Nicht wirklich *gestritten.*«

»Er hat gesagt, Mum hätte dich aufgefordert zu gehen oder etwas in der Art.«

»Stimmt wahrscheinlich. Sie ist nicht mein größter Fan.« Diane nimmt einen tiefen Zug von dem Joint, dann bietet sie ihn Sophie an, die seufzt und dann kapituliert. Sie nimmt ebenfalls einen Zug, und er tut gut, so wie es sein sollte – Gras von guter Qualität, nicht das fürchterliche Kraut, das Brett kauft. Und dann, als sie ausatmet, sagt sie: »Kann ich dich was fragen?«

»Sicher. Schieß los.«

»Etwas Persönliches?«

»Was du willst.«

»Du und Dad, habt ihr je … du weißt schon …«

»Ja?«

»Habt ihr je eine Affäre gehabt? Weil ich immer gedacht habe, dass ihr eine habt. Ich habe mich das immer gefragt.«

Diane lacht, dann muss sie husten.

»Ist das lustig?«

»Also wir hatten nicht wirklich eine *Affäre.*«

»Hattet ihr nicht?«

»Nein. Keine Affäre.«

»Oh, tut mir leid. Ich weiß nicht, wie ich darauf gekommen bin. War wirklich nur so ein Gefühl.«

Diane seufzt. »Die Liebe meines Lebens, das ist er für mich gewesen.«

Sophie sieht sie überrascht an. »Wie meinst du das?«

»Dein Vater. Er war die Liebe meines Lebens«, wiederholt sie.

»Wirklich?«

»Er war ein unglaublicher Mann. Klingt nicht so überrascht.«

»Aber warum habt ihr dann nicht …? War er nicht … ich meine, habt ihr nicht … mein Gott. Wie soll ich das ausdrücken? Hat Dad dich nicht genauso gemocht? Oder war er Mum einfach nur unglaublich treu?«

Diane lacht und muss erneut husten. »Oh, er hat mich absolut genauso gemocht, Schätzchen.«

»Dann hattet ihr was miteinander?«

»Ja. Wir hatten was. Ich nehme an, so könnte man es nennen.«

Sophie ist sich plötzlich nicht mehr sicher, wie viel mehr sie noch wissen möchte. Seltsame und widerstreitende Gefühle steigen in ihr auf, eine Mischung aus Wut im Namen ihrer Mutter, Ekel über das Verhalten ihres Vaters und doch … und doch … sie hat sich immer irgendwie zu Diane hingezogen gefühlt. Irgendwie findet sie es aufregend, fast befriedigend, zu erfahren, dass ihr Vater noch ein zweites, ein geheimes Leben gehabt hat. »Ich habe es gewusst. Ich habe gewusst, dass zwischen euch beiden irgendetwas ist. Wann war das?«

»Dreiundsechzig bis dreiundachtzig. So ziemlich genau.«

»Wie, die ganze Zeit?!«

Diane nickt. »Außer siebenundsiebzig. Siebenundsiebzig war mal Pause.«

»Was ist siebenundsiebzig passiert?«

»Ich habe geheiratet. Es hat nicht lange gehalten.«

»Warum nicht?«

Diane verzieht das Gesicht. »Ich habe immer noch Tony geliebt, schätze ich.«

»Und was ist mit Mum? Hat sie es gewusst?«

Diane zuckt die Schultern. »Barbara? Da musst du *sie* fragen. Ich kann mir nicht vorstellen, dass sie es nicht gewusst hat, auf der anderen Seite …«

»Mir ist gerade etwas aufgefallen«, sagt Sophie.

»Ja?«

»Du bist mit ihm in Paris gewesen. Als er gestorben ist? Das warst *du*.«

»Davon willst du nicht wirklich etwas wissen, Süße.«

»Aber dann *warst* du es?«

»Ja. Aber …«

»Nur eine Sache.«

»Wirklich, Sophie. Lass es. Es kann nur …«

»Nur eine Frage«, beharrt Sophie. »Es macht mich einfach verrückt. Die Fotos, die ich gesehen habe, sie waren furchtbar. Warum waren sie so schlecht?«

»Die Fotos aus Paris?«

Sophie nickt. »Ja. Die Pentax-Aufnahmen.«

»Gott, ich wusste nicht, dass es sie immer noch gibt. Barbara hat allen erzählt, dass sie sie verbrannt hat.«

»Nicht die Negative. Die Negative hat sie behalten. Aber sie waren fürchterlich. Ich konnte kein einziges davon gebrauchen.«

Diane bietet ihr erneut den Joint an, aber diesmal lehnt Sophie ab, deswegen drückt sie ihn neben sich auf dem Bürgersteig aus. »Ich weiß nicht, warum. Weil wir zugedröhnt waren, nehme ich an.«

»Wirklich?«

»Wirklich. Selbst meine waren ziemlich schlecht. Aber dein Vater hat auch noch mit dieser grauenhaften Kamera gekämpft. Deswegen …«

»War sie wirklich so schlecht?«

»Sie war ziemlich lausig. Und in Tonys Fingern war sie ein Albtraum.«

»Warum sagst du, du nimmst es an? Hast du sie nicht mal gesehen?«

»Die Polizei hat die Filme mitgenommen, als er gestorben ist. Beweise. Sie hat sie entwickeln lassen, denke ich. Aber ich habe sie nie gesehen. Ich habe drei Nächte im Gefängnis verbracht, dann wurde ich ausgewiesen. Waren auch … äh … Schwarz-Weiß-Fotos dabei?« Diane spielt mit einer Strähne ihrer Perücke. »Irgendwelche, die mit der Rollei aufgenommen worden sind?«

Sophie schüttelt den Kopf. »Nur verschwommene Fotos vom Eiffelturm und Ähnlichem. Warum musstest du ins Gefängnis?«

»Noch mal. Es ist besser, wenn wir nicht darüber sprechen.«

»Aber nicht deshalb, weil sie angenommen haben …«

»Drogen«, unterbricht Diane. »Wir hatten Drogen bei uns. Den französischen Polizisten schien das nicht sonderlich zu gefallen. Schon komisch.«

»Mein Gott. Er war einfach zu bekifft, um vernünftig zu arbeiten? Ist das der Grund?«

»Und, wie ich sage, die Kamera war ziemlich furchtbar, das Licht war Mist – es war grau –, und um ehrlich zu sein, von ein paar Glückstreffern abgesehen, war er nicht so gut, wie alle dachten.«

»Ah, jetzt komm aber. Das kannst du nicht sagen. Nicht über Dad.«

»Ich habe ihn geliebt, Sophie. Ich habe deinen Vater mehr geliebt als irgendjemand jemals zuvor. Aber als Fotograf war er nicht unbedingt mitreißend. Sein eigentliches Können bestand darin, alle anderen dazu zu bewegen, ihm zu helfen. Barbara war mindestens so gut. Vielleicht besser.«

»*Mum?* Red doch nicht so einen Blödsinn.«

Diane nickt. »Sie hat gute Fotos gemacht, das hat sie. Einschließlich einigen, die deinem Vater zugeschrieben wurden.

Und in der Dunkelkammer war sie auch gut. Ich hab es ihr beigebracht. Mach kein so überraschtes Gesicht. Barbara ist vielleicht vieles, aber dumm ist sie nicht.«

»Ich habe immer gedacht, dass sie Dad eigentlich eher ausgebremst hat. Das ist alles schon ein bisschen seltsam.«

Diane lacht erneut. »Tony hätte es ohne Barbara zu nichts gebracht. Er war ein ziemlicher Wildfang. Nicht beherrschbar. Barbara war der einzige Mensch, der dafür sorgen konnte, dass er auf dem Boden der Tatsachen blieb. Na ja, *fast* auf dem Boden.«

Sophie verzieht das Gesicht, während sie Mühe hat, diese vollkommen neue Sicht auf die Beziehung ihrer Eltern zu begreifen. »Glaubst du wirklich?«

»Ich weiß es. Sie hat ihn angezogen, hat für ihn gekocht, hat seine Kotze aufgewischt, hat einige seiner besten Fotos gemacht, hat seine gottverdammten Bilder entwickelt, wenn er sie nicht richtig hinbekommen konnte …«

»Wow!« Sophie kämpft immer noch darum, es wirklich zu verstehen. »Das habe ich nie geahnt. Sie redet eigentlich nicht viel über ihn.«

»Hast du sie überhaupt gefragt?«

»Nein«, meint Sophie nachdenklich. »Vielleicht nicht.«

»Barbara ist eine Heilige. *Wirklich.* Eine verdammte Heilige. Ich weiß nicht, wie sie all das tolerieren konnte. Er war gut zu mir, das ist sicher, aber als Ehemann, da war er fürchterlich.«

»Sag das nicht. Dad hat mir alles bedeutet.«

»Mir hat er auch alles bedeutet«, sagt Diane. »Aber das ändert nichts an der Wahrheit. Er war ein lausiger Ehemann und meistens auch ein ziemlich lausiger Fotograf. Und ohne Barbara an seiner Seite, hätte er nicht …« Sie verstummt und blickt über Sophies Schulter auf etwas, was sich dort offensichtlich in der Dunkelheit verbirgt.

Als Sophie sich umdreht, tritt Brett ins Licht der Straßenlaterne. Er sieht seltsam aus, seiner Miene ist nichts zu entnehmen. »Brett?«, sagt Sophie überrascht.

»Das ist also der Freund?«, fragt Diane.

»Ja. Äh … wie lange bist du da gewesen, Brett?«

Brett hebt die Schultern. »Nicht lang.« Er deutet zurück zur Galerie. »Die Sanitäter sind da. Sie sind durch den Nebeneingang hereingekommen. Du solltest hingehen.«

»Sicher. Kann ich deine Nummer haben, Diane? Ich möchte zu einem anderen Zeitpunkt noch mal mit dir über all das sprechen.«

»Natürlich. Ich würde sehr gern mehr Zeit mit dir verbringen, Sophie.«

»Geh nur, Schatz«, sagt Brett. »Deine Mum wartet auf dich. Ich schreibe Dianes Nummer auf.«

* * *

Nachdem Barbara die Sanitäter entschieden abserviert hat, bringt Jonathan sie, während sie immer noch protestiert, schnell weg zu seinem Haus in Surrey.

Sophie fühlt sich ein wenig verwaist und macht sich auf die Suche nach Brett. Sie könnte jetzt eine Umarmung und ein paar aufmunternde Worte gebrauchen.

Es ist inzwischen zehn Uhr abends, und die meisten haben die Galerie bereits verlassen. Selbst Brett ist nirgends zu sehen.

Sophie spricht kurz mit Sarah Stone, die sie informiert, dass fünfzehn Bücher und neun Drucke verkauft wurden, wovon allerdings nur drei ihre sind. Sie verabschiedet sich von Phil, ein Abschied, der, betrachtet man sein Alter und seinen Gesundheitszustand, sich endgültig anfühlt und daher sehr emotional ist. Als sie danach bemerkt, dass die restlichen Leute im Raum in ihre eigenen Gespräche verwickelt sind, geht Sophie wieder nach draußen, um nachzusehen, ob sie irgendwo eine Zigarette abgreifen kann. Ihre Gefühle schlagen gerade wie eine Welle über ihr zusammen. Vielleicht kann eine verbotene Zigarette ihre Nerven beruhigen.

Draußen ist es ausgesprochen kalt – Wind ist aufgekommen –, und nur noch eine der Kellnerinnen steht dort und raucht.

Als Sophie auf sie zukommt, blickt sie ihr beunruhigt entgegen. »Werde ich gebraucht drinnen?«, fragt sie.

Sophie lacht. »Nein. Ich habe mich nur gefragt, ob ich vielleicht eine Fluppe schnorren kann.«

Das Mädchen macht ein verwirrtes Gesicht, doch etwas verspätet begreift es. »Oh, Sie wollen Zigarette. Tut mir leid. Ist letzte. Hier.« Sie reicht ihr ihre eigene, halb gerauchte Zigarette, die Sophie höflich ablehnt.

»Ich soll sowieso aufhören«, erklärt sie. »Es ist nur … es ist nur ein sehr emotionaler Abend gewesen.«

»Ihr toter Vater«, sagt das Mädchen mit einer Schroffheit, die nur der Mangel an sprachlichen Ausdrucksvermögen entschuldigen kann.

»Genau. Und alle seine alten Freunde. Und alle die, die nicht kommen konnten, weil sie, na ja, auch schon tot sind. Es ist eine Menge zu verarbeiten.«

»Ja. Ich verstehe. Meine eigene Mutter. Sie auch tot.«

Sophie atmet einmal tief die kalte Nachtluft ein, und dann fröstelt sie. »Ich gehe wieder rein. Für mich ist es hier draußen zu kalt.«

»Ich mitkommen.« Das Mädchen drückt die Zigarette an einer Wand aus. »Sonst die Agentur machen Ärger.« Sophie mag es, wie sie dass R in *Ärger* rollt und will gerade fragen, wo genau sie herkommt, als sie in einiger Entfernung zwei Gestalten entdeckt. »Gehen Sie doch schon rein«, sagt sie zu dem Mädchen. »Ich werde nur mal nachsehen, wer das ist.«

Besorgt, dass eine der beiden Gestalten im Schatten Diane sein könnte, zu bekifft, um zu merken, wie kalt es ist, läuft

Sophie zurück über den Vorplatz. Als sie die beiden Gestalten jedoch erreicht, erkennt sie Brett und Malcolm.

»Tatsächlich!«, sagt Brett gerade. »Das ist unglaublich.«

»Ja«, fährt Malcolm fort. »Es ist mit einem Hochleistungszoom gemacht worden, während Tony natürlich immer noch seine alte Zweiäugige benutzt hat.« In dem Moment entdeckt Malcolm Sophie und zieht ein amüsiertes und gleichzeitig verlegenes Gesicht. »Hallo, Sophie. Ich habe deinem Freund hier gerade alle Familiengeheimnisse erzählt.«

»Hast du das?«, erwidert Sophie in mütterlichem Ton. »Das ist sehr ungezogen von dir Malcolm.«

»Na ja, ist jetzt ja auch Bretts Familie, oder?«

»Natürlich«, erwidert Brett und lacht.

»Jedenfalls muss ich langsam los«, sagt Malcolm, der in Sophies Blick einen gewissen Vorwurf erkennt. »Ich hätte schon vor einer Stunde zu Hause sein sollen. Dein Freund hat mich so lange in ein Gespräch verwickelt, dass ich schon halb erfroren bin.«

Wieder verabschiedet sich Sophie, und wieder ist es, trotz aller Versprechungen, sich zu sehen, irgendwie schmerzlich. Es fühlt sich fast an, als würde sie sich noch einmal von ihrem Vater verabschieden.

Als sie zurück in die Ausstellung gehen, fragt sie: »Was genau hat Malcolm dir erzählt?«

»Oh, nicht viel«, antwortet Brett. »Die alten Geschichten eben. Dass Phil die Aufnahme von dem Schiff gemacht hat. Diane die auf dem Festival. Weißt du ja alles, Baby.«

»Denk nicht einmal daran, irgendetwas davon zu benutzen«, warnt Sophie.

Brett lacht erneut. »Hey. Es ist schon so, wie er eben gesagt hat. Ich gehöre jetzt zur Familie.«

Unterwegs treffen sie auf weitere Nachzügler, die auf dem Weg nach Hause sind, und Sophie bleibt stehen, um sich noch von einigen zu verabschieden. Mit dem nahenden Ende der Vernissage fühlt sie sich noch trauriger – fast überwältigt von ihrer Traurigkeit.

In der Galerie sind nur noch drei Besucher. »Wie lange musst du noch bleiben, Schatz?«, erkundigt sich Brett.

»Ich muss noch mit dem Mann da drüben sprechen.« Sophie macht eine Kopfbewegung in Richtung des Gastes, der einen Druck gekauft hat, des Mannes, dessen Namen sie bereits wieder vergessen hat. »Aber dann verschwinde ich. Ich bin völlig erschöpft.«

»Möchtest du, dass ich warte? Damit wir uns ein Taxi teilen können?«

Sophie schüttelt den Kopf. »Wäre es dir wohl recht, wenn ich zu Jon fahre?«

»Du machst dir immer noch Sorgen um deine Ma?«

Sophie zuckt die Achseln. »Ein bisschen. Aber es ist eher … Ich habe einfach das Gefühl, dass wir heute Abend zusammen sein sollten. Als Familie. Nicht nur für sie, sondern auch für mich. Falls du das verstehen kannst.«

Brett nickt. »Sicher. Wie du möchtest. Soll ich auch kommen?«

»Nein, ich denke nicht.«

»Wie willst du dorthin kommen, Baby?«

»Ich nehme mir einfach ein Taxi. Für alles andere bin ich zu müde.«

»Es wird ein Vermögen kosten, mit dem Taxi nach Surrey zu fahren.«

»Ich bin auch zu müde, um mir darum Gedanken zu machen.«

»Na gut. Deine Entscheidung.«

»Bist du sicher, dass du nichts dagegen hast?«

»Nein, für mich passt das auch, um ehrlich zu sein. Ich muss immer noch was für die Doppelseite am Sonntag schreiben.«

»Ich dachte, das sei alles unter Dach und Fach.«

»Oh, das ist es schon. Aber ich hatte heute Abend noch ein paar Ideen. Nichts Besonderes. Nur ein bisschen was optimieren. Du kennst das ja.«

2013 – Guildford, Surrey

Als Sophie schließlich in Guildford eintrifft, schlafen alle bereits. Als sie vom Taxi aus die dunklen Fenster sieht, zieht sie es fast in Erwägung, lieber nach London zurück und zu Brett zu fahren, als die anderen aufzuwecken. Aber schließlich hatte sie eine SMS geschickt, dass sie kommen würde. Sie kann sich vorstellen, wie Judy bei dieser Ankündigung gestöhnt und auf Jon herumgehackt hat, dass er trotzdem ins Bett kommen solle. Ja, es ist nicht ihre Schuld, wenn aus Jonathan jemand geworden ist, der um Mitternacht schläft.

Sie bezahlt den Taxifahrer und wirft dann Steine gegen das Fenster, bis ein verschlafener Jonathan an der Eingangstür auftaucht. *Sie* hätten die SMS nicht gesehen, behauptet er. Aber *sie* hätten auch nichts dagegen. Jedenfalls nicht, solange sie Dylan nicht weckt. Er stattet Sophie mit Decke und Kissen aus – ihre Mutter schläft bei Dylan –, und bevor er wieder ins Bett geht, küsst er sie auf den Scheitel, als wäre sie erneut fünf.

Sophie liegt da und blickt auf zur Wohnzimmerdecke und wünscht sich, sie wäre zu Brett gefahren. Sie versucht, die Enthüllungen dieses Abends zu verdauen. Dass ihr Vater lebenslang eine Geliebte hatte. Dass er ziemlich wild gewesen war.

Dass er Partys gefeiert hatte. Dass er vielleicht – denn das kann sie eigentlich nicht richtig glauben – als Fotograf keine große Nummer gewesen ist. Dass ihre Mutter, die sie so lange abgelehnt hatte, der Fels in der Brandung gewesen war, an den er sich so lange geklammert hatte.

Wie bei einem Phantombild, an das sie sich kaum erinnern kann, fällt es ihr an diesem Abend schwer, sich ihren Vater vorzustellen. Sie hat Mühe, ein stimmiges Gefühl davon zu bekommen, wer er wirklich war. Und da ihre eigene Identität, sowohl privat als auch professionell, damit untrennbar zusammenhängt, weiß sie auf einmal nicht mehr genau, wer sie selbst ist. Machen die aufgeworfenen Fragen über seinen Berufsweg ihren eigenen begrenzten Erfolg mehr oder weniger zu einer Leistung, fragt sie sich. Vielleicht zeigt sich dadurch, dass ihr eher begrenzter Erfolg viel normaler ist, weniger unerwartet. Ist sie lediglich eine mittelmäßige Fotografin von mittelmäßiger Abstammung?

Macht ihn seine Untreue gegenüber ihrer Mutter mit Diane, von der sie sich manchmal gewünscht hat, dass sie ihre Mutter *sei*, zu einem besseren Vater für sie oder einem schlechteren?

Und was sollte sie mit all diesen neuen Informationen anfangen? Gibt es überhaupt jemanden, mit dem sie darüber sprechen kann? Mit Jonathan vielleicht? Mit ihrer Mutter? Mit Brett?

Und was ist mit den anderen seltsamen Gefühlen, die in ihrem Hinterkopf lauern. Das Gefühl, dass sie etwas überhört hat, einen entscheidenden Hinweis, doch keine Ahnung hat, worauf er sich bezieht oder wie sie ihn aufspüren kann.

Ein Geräusch weckt sie, und sie dreht sich um. Aus der Küche kommt ein trüber Lichtschein. Sie wickelt sich die Decke wie eine Toga um, dann tappt sie über den weichen Teppich.

»Mum«, sagt sie sanft von der Tür aus.

Barbara, die in den Kühlschrank gespäht hat, zuckt sichtbar zusammen. »Oh!«, keucht sie. »Mein Gott, ich wusste nicht mal, dass du hier bist.«

»Ich wollte nicht allein nach Hause fahren«, sagt Sophie.. »Nicht nach allem, was passiert ist.«

Barbara nickt nachdenklich. »Ja. Ich weiß, was du meinst. Dylan hat mich geweckt.«

»Ist er wach?«

»Nein. Er hat nur ein bisschen gegluckst, ich bin aber trotzdem davon aufgewacht.«

»Wie kommt es, dass du bei ihm schläfst?«

Barbara zuckt die Achseln. »Judy beschreitet seltsame Wege, um ihre Wunder geschehen zu lassen.« Sie winkt Sophie mit einem Tetrapack zu. »Milch?«

Sophie lächelt. Sie hat buchstäblich kein Glas Milch mehr getrunken, seit sie zu Hause ausgezogen ist. »Okay.«

Dann sitzen sie sich am ausgeklappten Küchentisch gegenüber. Sie trinken ihre Milch im schwachen Licht der Beleuchtung über der Arbeitsplatte und unterhalten sich leise. Es ist ein schönes Gefühl. Es ist so intim.

»Und, warst du zufrieden?«, fragt Barbara.

Sophie nickt. »Ich denke schon.«

»Allzu sicher klingst du nicht.«

»Ich habe nicht damit gerechnet, dass es so emotional werden würde, um ehrlich zu sein, Mum. Auf eine derartige Entwicklung hatte ich mich nicht genug eingestellt.«

»Für mich war es das Schlimmste, all seine alten Freunde zu treffen«, gesteht Barbara.

»Phil und Malcolm? Und Janet? Die alle?«

»Janet war okay. Sie war Daves Frau, aber ich habe sie immer gemocht. Ich hatte immer das Gefühl, dass sie meine Freundin ist. Aber der Rest von ihnen … nach der Beerdigung habe ich sie nicht einmal wiedergesehen. Daher war das ein bisschen schwierig. Es war eigentlich ziemlich hart.«

»Bist du nicht mit ihnen in Kontakt geblieben?«

Barbara zuckt die Achseln. »Sie waren die Freunde deines Vaters, nicht meine. Sie wollten mit dem genialen, verrückten Künstler ihre Zeit verbringen, nicht mit dem Hausmütterchen des genialen, verrückten Künstlers.«

Sophie nickt. Obwohl sie jetzt erkennt, wie grausam das ist, versteht sie es. Fast ihre ganze Kindheit hindurch hat sie ähnlich gedacht.

»Jemand hat mir erzählt, dass *du* gut mit einer Kamera umgehen konntest«, sagt Sophie. »Auch in der Dunkelkammer. Ich glaube nicht, dass ich das gewusst habe, oder?«

»Oh, ich habe nur ein bisschen herumprobiert, wirklich. Wer hat dir das gesagt?«

»Diane.«

»Tatsächlich.« Barbara gibt sich demonstrativ desinteressiert. »Hat sie … äh … noch irgendetwas anderes gesagt?«

»Nein, nicht wirklich«, lügt Sophie und weiß eigentlich nicht genau, warum sie es tut.

Barbara nickt und trinkt ihre Milch.

»Du magst sie nicht besonders, oder?«, hakt Sophie nach.

Barbara zuckt die Achseln. »Sie ist okay, denke ich. Wenn man diese Künstlertypen mag.«

»Und es gibt keinen anderen Grund, dass du sie nicht magst? Es ist nichts Erwähnenswertes passiert?«

Barbara runzelt die Stirn. »Überhaupt nicht. Was meinst du damit?«

»Ich weiß es nicht. Es ist nur so ein komisches Gefühl, das ich hatte.«

»Nein, wir haben uns nie besonders nahegestanden. Und sie ist vor Jahren nach Amerika gegangen. Deswegen haben wir uns vollkommen aus den Augen verloren. Ich wusste nicht mal, dass sie noch lebt.«

»Nein. Klar.«

»Ich denke, ich werde jetzt noch mal versuchen, ein bisschen zu schlafen. Ich rechne damit, dass Dylan uns bald alle wecken wird. Wir sehen uns morgen früh.«

»Okay.«

»Oh, und was die Ausstellung angeht, das hast du gut gemacht. Ich habe nichts gesagt, aber ich fand sie wirklich richtig gut. Und ich fand, dass deine Fotos die schönsten waren. Mit Abstand.«

»Danke, Mum.«

»Schlaf schön.«

Am nächsten Morgen heißt es ständig nur »Dylan hier« und »Dylan da«. Niemand erwähnt auch nur einmal die Ausstellung. Als habe es sie nie gegeben. Und nachdem Sophie nur einmal ganz, ganz kurz mit ihrem neuen Neffen schmusen darf, eilen Jon und Judy auch schon davon zu einem Termin beim Kinderarzt.

Nach einem stillen Frühstück begleitet Sophie ihre Mutter zum Bahnhof. Zusammen nehmen sie den Zug bis nach Clapham Junction, wo Barbara in Richtung Eastbourne umsteigt.

Die Atmosphäre während der Fahrt ist angespannt, als würde ihre Unfähigkeit, über das Offensichtliche zu sprechen, auch jedes andere Thema verhindern. Daher ist Sophie erleichtert, als sich ihre Wege schließlich trennen.

Sie soll mittags in der Galerie anrufen, aber da sie sich umziehen muss, fährt sie erst mal nach Hause.

Als sie den Schlüssel ins Schloss steckt, überkommt sie ein eigenartiges Gefühl. Sie hält inne und schnuppert wie ein wildes Tier, während sie versucht herauszufinden, welche seltsamen Schwingungen sie auffängt.

Kurz fragt sie sich, ob bei ihr während ihrer Abwesenheit vielleicht eingebrochen wurde und untersucht den Türpfosten auf Spuren irgendwelcher Gewaltanwendung, bevor sie entscheidet, dass wahrscheinlich nur ihre Nerven angegriffen sind, die Tür öffnet und hineingeht.

Doch da ist es wieder – das seltsame Gefühl. Sie steht auf der Schwelle und lässt ihren Blick durch den Raum schweifen. Alles wirkt aufgeräumt. Alles wirkt normal. Sie schließt die Tür hinter sich.

Sie macht sich einen Tee, und während sie aus dem Fenster blickt, trinkt sie ihn, wirft aber hin und wieder, für den Fall der Fälle, einen Blick über die Schulter. Das Gefühl, dass irgendetwas nicht stimmt, bleibt.

Nachdem sie ihren Tee ausgetrunken hat, geht sie ins Badezimmer, wo sie, stets auf der Hut vor versteckten Angreifern, duscht und sich die Haare wäscht. Der kräftige Strahl aus dem Duschkopf spült ebenfalls das komische Gefühl weg, und als sie auf die Duschmatte tritt, hat sie ihre anfängliche Unsicherheit schon fast vergessen.

Sie wischt ein Stück des beschlagenen Spiegels trocken und starrt sich an. Sie sieht heute Morgen älter aus. Wie die meisten Frauen denkt sie natürlich öfter, dass sie älter aussieht, als sie sollte. Wenn man mit all den gephotoshopten Schönheiten auf den Werbeplakaten konkurriert, kann man einfach nicht anders. Aber heute sieht sie wirklich älter aus. Es fühlt sich an, als sei sie von einer dieser Kategorien, die man auf Formularen sieht, in die nächste gerutscht. Nicht mehr 25-44. Jetzt vielleicht 44-60.

»Nichts, was man mit ein bisschen Make-up nicht hinbekommen könnte«, murmelt sie und versucht sich zu einer positiven Einstellung zu zwingen.

Sie nimmt die Zahnbürste aus dem Becher und gibt Zahnpasta darauf. Sie hebt sie an die Lippen. Und dann erstarrt sie. Denn etwas ist *tatsächlich* nicht in Ordnung.

Der Becher ist leer, das ist alles.

Der Becher ist leer. Und der Becher, in dem normalerweise *zwei* Zahnbürsten stehen und ein Rasierer, sollte nicht leer sein.

Sie öffnet den Spiegelschrank. Bretts Rasierschaum und sein Aftershave sind ebenfalls weg.

Sie dreht sich um und öffnet sanft die Badezimmertür, dann blickt sie ins Wohnzimmer. Und diesmal erkennt sie, was nicht stimmt. Bretts Psychologiebuch ist weg. Sein Pullover ist verschwunden. Genau wie seine Dose mit dem Gras.

Während sie Mühe hat, Luft zu bekommen, versucht sie, sich an ihr letztes Gespräch vom vergangenen Abend zu erinnern, geht es noch einmal in Gedanken Wort für Wort durch auf der Suche nach dem winzigsten Hinweis auf einen Konflikt. »Das ist doch verrückt«, murmelt sie.

Sie geht zurück ins Wohnzimmer, und wie alle Experten von der Spurensicherung sucht sie erneut den Raum ab. Er ist *zu* aufgeräumt. Er ist *zu* leer. Und dort in der Schüssel liegen Bretts Schlüssel. Und dort auf der Tastatur liegt ein gefaltetes Post-it.

Sie geht hinüber zum Computer. Es steht nur *Sophie* darauf. Es ist einmal gefaltet.

Sie seufzt tief, sieht sich noch einmal im Raum um, dann schüttelt sie den Kopf und faltet den Zettel auseinander.

2013 – Powys, Wales

Sophie blickt durch die makellos geputzte Windschutzscheibe auf die hügelige Landschaft vor sich. Sie sieht in den zartblauen Himmel, auf die sanft grünen geschwungenen Hügel, heute irgendwie vertraut und doch so völlig unbekannt, aber nun für immer an die Pinnwand ihres Lebens geheftet. Es fühlt sich an wie im Kino, geradezu episch. Manche Tage sind so, und man spürt von dem Moment an, wenn man aufwacht, dass sie wie kein anderer Tag sein werden.

Sie fährt gut, nicht zu schnell und nicht zu langsam. In diesem Film soll es kein Unglück geben. Sie wirft einen Blick in den Rückspiegel, blinkt und zieht den Wagen nach rechts, um den Lkw zu überholen. Sie bemerkt die Hunderte von unglücklichen Mäulern, die durch die Zwischenräume in den Kisten schauen – versucht aber, nicht darüber nachzudenken, versucht, nicht an die Angst von Hunderten eingesperrter Tiere zu denken, die ihrem Tod entgegenfahren. Aber der Gedanke lässt sie trotzdem nicht los: Ist es okay, nur weil wir ihre Schreie nicht verstehen? Vielleicht sollte sie Vegetarierin werden. Judy würde das gefallen.

»Fühlst du dich jetzt wohler mit dem Wagen?«, fragt Barbara sie vom Beifahrersitz und unterbricht damit ihre Gedanken.

Nachdem sie das Manöver erfolgreich abgeschlossen hat, reiht Sophie sich wieder links ein und stellt den Blinker aus. »Ja, alles gut. Es ist immer nur die erste halbe Stunde. Danach sitzt man wie in jedem anderen Auto auch.«

»Gut«, sagt Barbara und erinnert sich an Tony und den *Sierra* vor vielen Jahren.

Sie kommen an einem Straßenschild vorbei, das in Richtung Llanwrtyd Wells zeigt, und Sophie deutet darauf. »Bin ich da nicht geboren worden?«

»Nicht ganz. Du bist in Llanelwedd geboren. Alles heißt hier Llan-irgendwas. Aber es ist vermutlich nicht weit.«

»Vielleicht können wir ja versuchen, das Cottage zu finden, in dem ihr gewohnt habt. Das würde Spaß machen.«

»Ja. Ich denke, das könnten wir, wenn wir das wollten.«

»Es ist schon komisch. Ich meine, dass ich nie wieder hier gewesen bin, seit ich geboren wurde. Nicht *einmal.*«

»Ach, ich weiß nicht. Ich bin selbst nie ein großer Fan von Wales gewesen. Wir haben immer gedacht, es sei eine Art Strafe, wenn man nach Wales geschickt wird. Es war in der Familie ein ständiger Scherz.«

»Du hast auch uns immer mit Wales gedroht, als wir noch klein waren.«

»Das glaube ich nicht«, entgegnet Barbara.

»Doch, das hast du.«

»Dann habe ich es nur als Scherz gemeint. Es war wegen der Evakuierung während des Kriegs. Wir wollten nicht weggeschickt werden, und deine Großmutter hat gesagt, wir könnten in London bleiben, solange wir kein Theater machen. Hat also einer geweint oder sich schlecht benommen, hat sie immer gesagt: ›Pass auf, oder für dich heißt es: ab nach Wales, mein Mädchen‹.«

»Du hast mir nie vom Krieg erzählt.«

»So viel gibt es da nicht zu erzählen. Es sind Bomben gefallen. Menschen sind gestorben. *Viele* Menschen sind gestorben. Aber wir haben alles überlebt.«

»Du musst ein paar tolle Geschichten kennen. Was du alles gesehen hast, die Luftangriffe und all das.«

»Ich habe mein Leben lang versucht, es zu vergessen.«

Die Frauenstimme des Navis unterbricht sie. »An der nächsten Kreuzung geradeaus fahren, weiter auf die A483.«

Sophie wirft Barbara einen Blick zu. »Das ist sicher verständlich. Was ist es für dich für ein Gefühl, jetzt nach Wales zu fahren? Wie eine Bestrafung kommt es dir doch wohl nicht vor.«

»Nein, es ist wunderschön. Und wenigstens regnet es nicht. In allen meinen Erinnerungen an Wales peitscht der Regen vom Himmel.«

»Ja, was das Wetter angeht, haben wir Glück.«

»Trotzdem bin ich noch nicht überzeugt, dass es wirklich notwendig ist – so wegzulaufen.«

Sophie hebt eine Augenbraue. »Es ist doch nur für ein paar Tage, Mum. Nur bis die Dinge sich etwas abgekühlt haben.«

»Trotzdem.«

»Heute Morgen haben drei Journalisten vor meiner Wohnung gestanden«, erzählt Sophie. »Drei. Dich hätten sie inzwischen auch aufgetrieben. Wenn du also unbedingt mit der *Sun* reden möchtest, können wir immer noch zurückfahren.«

»Sei nicht albern. Du weißt, dass ich das nicht will.« Barbara sucht im Handschuhfach herum, dann bietet sie Sophie ein Zitronenbonbon an.

»Nein, danke. Bei Brausepulver muss ich immer husten. Nach dem letzten habe ich gedacht, ich muss sterben. Beinahe hätte ich das Auto zerlegt.«

»Was hat wirklich auf dem Zettel gestanden?«, fragt Barbara. Das Gelb des Bonbons hat sie an Post-its erinnert.

»Ich habe dir schon gesagt, was da stand.«

»Aber das kann nicht alles gewesen sein. Du kannst doch nicht so lange mit jemandem zusammen sein und dann einfach nur sagen ›Tut mir leid‹.«

»Ich hab's dir doch erklärt, Mum«, sagt Sophie noch einmal, und sie klingt etwas gereizt. »Da stand: ›Tut mir leid, Sophie. Das ist jetzt ein Karriereschub. Vergib mir‹.«

»Und sonst nichts?«

»Es war ein verdammtes Post-it, Mum. Für viel mehr war kein Platz.«

»Das ist kein Grund zu fluchen, Liebes.«

»Na ja …«

Barbara verzieht die Lippen. »Das ist alles sehr … ich weiß nicht …«

»Armselig?«

»Ja. Es ist ein ganz, ganz schlechtes Benehmen. Aber ich habe gesagt, dass man einem Journalisten nicht trauen kann. Ich habe dich gewarnt.«

»Ja, danke. Ich hatte schon darauf gewartet, dass du das sagst.«

»Habe ich aber.«

»Ja, Mum. Hast du«, erwidert Sophie scharf. »Na und?«

Nach einer Pause fragt Barbara sanft: »Bist du bestürzt? Wegen Brett?«

»Ich bin außer mir. Das weißt du.«

»Natürlich. Aber ich meinte es mehr im Bezug auf eure Beziehung. Dass du ihn verlierst.«

Sophie denkt einen Moment nach, bevor sie antwortet: »Um ehrlich zu sein, ich weiß es nicht. Ich warte darauf, dass es mich trifft. Vielleicht bin ich einfach zu wütend, um bestürzt zu sein.«

»Vielleicht kommt das noch später.«

»Vielleicht. Auf der anderen Seite, vielleicht hab ich ihn einfach nicht wirklich so geliebt, wie ich dachte.«

»Das wäre schade.«

»Ich weiß nicht. Wäre es das?«

Zehn Minuten schweigen sie, versunken in ihr Gefühl des Verlustes und in die Landschaft, bevor Barbara fragt: »Denkst du, es wird uns gelingen, ein Exemplar aufzutreiben? In Wales, meine ich.«

»Von der *Sunday Times*?«

»Ja.«

»Ich denke schon. Immerhin haben sie da auch schon elektrisches Licht. Und Telefon!«

»Du brauchst nicht sarkastisch zu werden.«

»War nur ein Scherz, Mum. Aber, ja. Sie werden in Wales die *Sunday Times* haben. Allerdings bin ich mir nicht sicher, ob ich sie wirklich lesen möchte.«

»Ich auch nicht«, sagt Barbara. »Aber ich denke, ich werde sie wahrscheinlich lesen müssen. In jedem Fall, bevor wir zurückfahren.«

»Ich habe das Gefühl, dass es ziemlich schlimm sein wird«, warnt Sophie.

»Wenn da nur steht, dass ein paar Bilder nicht von ihm waren, dann …«

»So wie Journalisten nun mal sind«, unterbricht Sophie, »bezweifle ich sehr, dass das alles sein wird.«

»Was denkst du, könnte da sonst noch stehen?«

Sophie seufzt. »Ich weiß es nicht, Mum. Sag du's mir.«

Barbara wendet sich wieder dem Seitenfenster zu. »Mein Gott, ist Wales grün«, stellt sie fest. »Ich schätze, das kommt von all dem Regen.«

* * *

In der kleinen Küche macht Barbara zwei Tassen Tee, dann geht sie ins Wohnzimmer des gemieteten Cottages. Sie stellt die Tassen auf den kleinen Tisch, dann setzt sie sich neben Sophie auf das Sofa. »Also los. Ich denke, bereiter dafür, als ich es im Moment bin, werde ich nicht mehr werden.«

Sophie starrt auf die gefaltete *Sunday Times*. »Bist du dir sicher?«, fragt sie.

Barbara nickt. »Ja. Nur zu.«

Sophie reißt die Zellophanverpackung ab, dann nimmt sie die Kulturbeilage heraus. Sie dreht sie um und zieht scharf die Luft ein. Auf dem Cover ist Barbaras »Selbstporträt« ihres Vaters. »Mein Gott!«, ruft sie.

Großbritanniens bester Fotograf? steht darunter. *Oder ein trinkender Frauenheld und Schwindler?*

»Oh«, sagt Barbara nur.

Als Sophie umblättern will, legt Barbara eine Hand auf ihre. »Vielleicht solltest du das doch nicht lesen.«

»Ich weiß es, Mum.«

»Du weißt es?«

Sophie nickt. »Ich weiß Bescheid. Über Diane und Dad.«

»Oh. Das war mir nicht klar.«

»Sie hat es mir gesagt.«

»Okay. Dann mach weiter. Lass uns sehen, wie schlimm es wirklich ist.«

Nachdem sie beide schweigend den sich über vier Seiten erstreckenden Beitrag gelesen haben, bemerkt Sophie: »Ich kann nicht glauben, dass mich Brett *dafür* verlassen hat. Was für ein Schleimscheißer!«

»Zumindest hat er sich nett über deine Arbeiten geäußert«, meint Barbara. »Zumindest hat er gesagt, dass *du* es bist, die das eigentliche Talent besitzt.«

»Das ist ja wohl so was von egal«, erwidert Sophie. »Er hat mich immer noch für einen einzigen Artikel in der *Sunday Times* verlassen.«

»Männer machen so was«, sagt Barbara. »Zumindest hatte er einen Grund, dich zu verlassen. Zumindest hat er es nicht aus einer Laune heraus getan.«

»Wie, dass es nicht nur eine Laune ist?«

Barbara zuckt die Achseln. »Also wenn es eine ist, dann eine sehr kleinliche Laune.«

»Da steht, du hast auch das Bild von der Abtreibungsdemo gemacht. Stimmt das?«

Barbara nickt. »Ja. Phil muss es ihm erzählt haben. Er war der Einzige, der es gewusst hat.«

»Und was ist mit den anderen?«

»Oh, die anderen waren von ihm. Keine Sorge.«

»Alle?«

»Alle außer jenen, von denen ich dir erzählt habe.«

»Also waren nur vier der dreißig nicht von ihm, richtig?«

»Ja. Das ist richtig.«

»Und da steht, das Foto von den Postmitarbeitern war arrangiert?«

»Ja. Das war meine Idee. Aber dein Vater hat das Bild gemacht. Es ist nichts dabei, ein Foto zu arrangieren. Das weißt du. Der Streik selbst war sehr real.«

»Wahrscheinlich. Und der Sommer von sechsundsiebzig. Ich erinnere mich, dass wir in den Ferien waren. Da hast du ihm auch gesagt, dass er das Bild machen soll, nicht wahr?«

»Manchmal hatte ich gute Ideen. Das ist alles.«

Sophie trinkt von ihrem Tee. »Sicher. Aber warum hast du Dad die ganze Anerkennung einheimsen lassen? Das ist es, was ich nicht verstehe.«

Barbara streckt die Hand aus und schlägt die Beilage zu. »Tut mir leid, ich kann mir das nicht mehr ansehen. Aber um deine Frage zu beantworten, ich denke, dass ich mich nie in Konkurrenz zu ihm gesehen habe. Das entsprach nicht meiner Vorstellung von einer Ehe. So hat man uns nicht erzogen.«

»Wie jetzt? Du meinst, Mädchen sind dazu erzogen worden, sich als Fußmatte zur Verfügung zu stellen?«

»Das ist unfair, Sophie. Ich habe uns als Team gesehen, das ist alles.«

»Aber was ist mit Diane? Du hast es gewusst.«

»Ja. Natürlich. Ich habe versucht, nicht darüber nachzudenken. Ich war sehr gut darin, nicht darüber nachzudenken. Aber tief in meinem Innern, ja. Natürlich hab ich es gewusst.«

»Hast du gewusst, dass sie mit ihm in Paris gewesen ist?«

»Sophie, muss das wirklich sein?«

Traurig schüttelt Sophie den Kopf. »Ich versuche nur, es zu verstehen, Mum.«

Barbara nickt und leckt sich über die Lippen. »Okay. Dann nein. Ich habe von Paris erst danach erfahren. Diane sollte eigentlich in Amerika sein, erinnerst du dich? Erst als ich den Bericht des Gerichtsmediziners gesehen habe, wurde es mir klar.«

»Den Bericht des Gerichtsmediziners?«

»Diane hat die Leiche identifiziert. Deswegen stand ihr Name in dem Bericht.«

»Oh, Mum, das ist furchtbar. Hast du nie darüber nachgedacht, ihn zu verlassen?«

»Natürlich hab ich das.«

»Aber?«

»Ich weiß nicht. Noch einmal, so sind wir nicht erzogen worden. Man hat uns beigebracht dafür zu sorgen, dass die Dinge laufen. Egal, was passiert.«

»Aber er hatte zwanzig Jahre lang …«

»Ich *weiß*, was er hatte, vielen Dank.«

»Tut mir leid, Mum, aber weißt du … du hättest ganz andere Dinge machen können.«

»Was für andere Dinge?«

»Ich weiß nicht. Du hättest ein völlig anderes Leben führen können. Hattest du denn keine Träume?«

»Träume …« Barbara lacht. »Meine Mum hat mir mal gesagt, dass Träume wie Schmetterlinge sind. Wenn du sie fängst, dann sterben sie.«

»Oh, das ist ein bisschen deprimierend.«

»Aber wahr.«

Sophie denkt eine Weile nach, dann sagt sie: »Ich glaube nicht, dass es wahr ist. Träume können Wirklichkeit werden. Manchmal. Wenn du nur genug an sie glaubst. Wenn du entschlossen genug bist.«

»Ich freue mich, wenn du so denkst. Und vielleicht hast du recht. Vielleicht ist es eine Frage der Generation.«

»Was?«

»Träume zu haben. Oder zumindest zu glauben, dass sie möglich sind.«

Sophie rümpft die Nase über diese Logik. »Du wolltest ihn eigentlich gar nicht verlassen. Nicht mal, als du Bescheid wusstest?«

»Nein. Ich denke, ich habe gedacht, dass er sie in gewisser Weise braucht.«

»Er hat sie *gebraucht*?«

»*Wir* haben sie vielleicht gebraucht. Dein Vater brauchte einen Zechkumpan, und das wäre niemals ich gewesen. Er hatte eine gewisse Wildheit in sich. Sie war fast wie eine Krankheit. Der Druck baute sich auf, und er musste ihn loswerden. Deswegen hat es mir in gewisser Weise ganz gut gepasst, dass er mit ihr zusammen durchgedreht ist statt mit mir. Dadurch hat er diese Seite nicht mit nach Hause gebracht. Nicht in die Familie.«

»Ich hätte das niemals tolerieren können. Ich hätte sie umgebracht. Oder ihn.«

»Ich hatte wirklich nicht das Gefühl, mit ihr zu konkurrieren. Und später sowieso nicht. Ich hatte die Schlacht gewonnen. Diane hatte alles getan, um ihn zu bekommen. Aber ich war es, die er am Ende geheiratet hat. Zu mir ist er jeden Abend nach Hause gekommen.«

»Aber hat es dich nicht verletzt? Das muss so wehgetan haben.«

»Das hat es. Aber nicht so sehr, wie es ihr wehgetan hat.«

»Ich hätte sie trotzdem umgebracht.«

»Also ich kann ehrlich behaupten, dass ich darüber nicht nachgedacht habe. Aber es war kompliziert, Sophie. Es waren die Sechziger und Siebziger. Die Leute lebten zu dritt und zu viert in Kommunen … alles veränderte sich. Jeder hat alles infrage gestellt. Und Diane war auch für mich etwas Besonderes. In den ersten Jahren zumindest.«

»Wart ihr da Freundinnen?«

»Wir waren mehr als Freundinnen. Sie gehörte zur Familie.«

»Ein Mitglied der Familie, das mit deinem Mann schläft?«

»Nun ja, also … wenn man es natürlich so sieht …«

»Und wann hast du dich mit ihr entzweit?«

»Paris war natürlich der letzte Tropfen. Ich dachte zu dem Zeitpunkt, dass sie in Amerika sei. Ich dachte, es sei alles vorbei. Deswegen hat Paris wehgetan. Tony, weißt du … dass er mit ihr zusammen gewesen ist … und dann nicht zurückgekommen … dass sie ihn als Letzte gesehen hat. Das hat mehr geschmerzt als alles andere.«

Sophie nickt. »Ich kann es mir fast nicht vorstellen. Sie sagt, dass sie mal verheiratet war. Ein Jahr lang. Hast du den Mann jemals kennengelernt?«

»Diane? Wirklich? Nein, darüber weiß ich nichts. Sie hatte mal einen Freund. Zumindest hat sie das gesagt. Aber ich weiß nichts über ihre Ehe.«

»Ich nehme an, sie hatte dann auch nie Kinder?«

Barbara wendet den Kopf ab. »Davon wüsste ich nichts. Aber ich bezweifle es.«

»Ich frage mich wieso.«

»Ich denke, dass sie ein bisschen wie du war. Sie hat sie nie besonders gemocht. Ihr Beruf war ihr wichtiger.«

»Für eine Frau ihrer Generation war es aber trotzdem ein bisschen ungewöhnlich, oder?«

»Du bist es, die mit ihr gesprochen hat, Liebes, nicht ich.« Barbaras Stimme klingt kühl.

»Sie hat nichts erwähnt. Aber sie klang, als sei sie sehr einsam.«

»Man nennt das Karma, Liebes. Man nennt es *schlechtes* Karma.«

Sophie hört auf, die Schulter ihrer Mutter zu streicheln, beugt sich vor und legt die Fingerspitzen an ihre Schläfen.

»Ich weiß, es ist eine Menge, die du verdauen musst, Liebes. Aber du kannst nicht den Leuten die Schuld geben«, sagt Barbara zu ihr. »Sie tun das, was sie können. Und oft ist es nicht besonders gut. Aber es ist immer noch das Beste, das sie hinbekommen.«

Sophie schüttelt den Kopf. »Diane hat gesagt, du seist eine Heilige.«

»Ich fürchte, das ist ziemlich bedeutungslos, wenn es von Menschen wie ihr kommt.«

Sophie schließt die Augen und reibt sich über die Augenbrauen, was Barbara veranlasst zu fragen: »Alles in Ordnung?«

Sie zuckt die Achseln. »Ich bin mir nicht sicher.« Ihr Telefon, das den ganzen Tag gesummt hat, summt wieder und sie fegt es vom Tisch. Dann wirft sie einen Blick darauf, runzelt die Stirn und tippt auf das Display. »Ha!«, sagt sie.

»Noch mehr Journalisten?«, fragt Barbara.

»Es sind wirklich einige. Aber nein, die SMS ist vom *White Cube.* Sie sagt, in der Galerie ist der Teufel los. Alle Drucke sind ausverkauft. Sie fragt, ob ich andere Arbeiten bringen kann.«

»Wirklich?«

»Das steht da.«

»Jede Art öffentlicher Aufmerksamkeit hilft«, meint Barbara.

»Anscheinend«, erwidert Sophie. Sie legt das Telefon weg und seufzt tief. »Können wir heute Nachmittag losgehen und das Cottage suchen? Ich würde es zu gerne sehen.«

»Wo du geboren worden bist. Ich bin mir nicht sicher, ob ich es finden würde«, entgegnet Barbara. »Warum ist dir das so wichtig? Es ist nur ein feuchtes kleines Haus im Wald.«

»Ich weiß nicht«, sagt Sophie nachdenklich. »Ich fühle mich komisch. Es ist schwer zu erklären, Mum. Aber ich habe dieses Gefühl schon seit Tagen, seit der Ausstellung, schon seit davor. Als wenn irgendetwas fehlt. Es fühlt sich an, als würde eins der Puzzlestücke nicht zu den anderen passen.«

»Was für ein Stück? Ich kann kein Puzzle erkennen.«

»Nein? Vielleicht nicht. Ich weiß nicht«, meint Sophie. »Vielleicht liegt es an mir, aber … warum hast du ihn nicht verlassen? Warum hast du Diane toleriert? Warum ist sie auch auf die Ausstellung gekommen? Ich meine, bei der Vergangenheit, die euch verbindet … und woher kommt es, dass wir, als wir klein waren, trotzdem Zeit mit ihr verbracht haben, obwohl du gewusst hast, dass sie mit Dad schläft? Ich meine, wir haben sie Tante genannt, obwohl du es *gewusst* hast. Und sie ist immer noch zu uns nach Hause gekommen. Ich habe das Gefühl, da ist etwas, das ich übersehen habe. Gibt es einen Sinn? Für dich wahrscheinlich nicht.«

»Am Anfang habe ich es nicht gewusst.« Barbara zuckt die Achseln. »Jedenfalls habe ich es dir so gut erklärt, wie ich konnte. Du stehst wahrscheinlich ein bisschen unter Schock. Das tun wir alle.«

»Und es gab kein weiteres Geheimnis? Mich wird nicht plötzlich noch was anderes anspringen? Ich meine, sagen wir mal, Brett treibt jeden Einzelnen auf und interviewt ihn. Und das wird er wahrscheinlich tun. Du bist nicht Dianes heimliche Schwester oder so was in der Art? Das ist jetzt wirklich alles?«

Barbara spielt mit einer Streichholzschachtel auf dem Sofatisch. Sie schiebt sie mit einem Finger herum wie ein Spielzeugauto. Sie spürt, dass Sophie kurz davor ist, sich den Rest zu denken. Sie denkt, selbst wenn Sophie es nicht tut, wird Brett es wahrscheinlich tun. Er brauchte Diane nur abzufüllen. Und dann würde sie es ihm vielleicht erzählen. Obwohl sie sich geschworen hatten, dass sie es niemals irgendjemandem sagen, ist nun die Zeit unter Umständen doch gekommen.

Tony, Minnie, Glenda … sie alle haben das Geheimnis mit ins Grab genommen. Nur sie und Diane sind noch am Leben und können erzählen, wie ihrer aller Leben für immer miteinander verschweißt wurden. Und sie haben geschworen, dass sie es niemals erzählen würden.

»Da ist noch etwas, stimmt's?«, fragt Sophie.

Barbara seufzt tief. Es ist immer noch Zeit. Sie kann immer noch die wahren Zusammenhänge verschleiern. Sie könnte ihr einen kleinen Teil der ganzen Sache erzählen, um sie von der Spur abzubringen. Zum Beispiel könnte sie ihr sagen, was wirklich auf den Fotos aus Paris zu sehen ist. Denn obwohl die Leute heutzutage so tun, als hänge alles davon ab, wie man Kinder aufzieht, weiß Barbara, dass es nicht so ist. Sie kann sehen – hat es immer sehen können –, wie viel durch die Gene bestimmt wird.

»Mum?«, fragt Sophie nach.

»Vielleicht gibt es da noch *eine* andere Sache«, sagt Barbara.

Nachtrag: 1969 – Llanelwedd, Wales

Barbara sitzt da, eine Decke um die Schultern geschlungen. Sie beobachtet die Tür des Cottages. Sie wartet. Neben ihr zischt und knackt das Feuer. Das Holz ist feucht. Der Raum ist feucht. Auf der anderen Seite der Tür hört sie den Regen. Hört ihn immer.

Abgesehen von einem kurzen Besuch am Krankenbett ihrer Mutter, hat sie dieses schreckliche Haus seit Monaten nicht verlassen. Außer mit ihrer Mutter, ihrer Schwester, Tony und Jon hat sie seit Monaten mit niemandem gesprochen. Sie steht am Rande des Wahnsinns. Sie spürt, wie er schon ganz in der Nähe darauf wartet, sich ihrer zu bemächtigen. Aber es wird bald vorbei sein. Und es wird es wert gewesen sein.

Nie hat sie sich etwas mehr gewünscht als dies.

Kurz nach fünf wird die Tür des Cottages endlich geöffnet, und Barbara zieht scharf die Luft ein, dann hält sie den Atem an.

Tony steht im Eingang, und seine Silhouette zeichnet sich vor dem trüben Tageslicht ab. Hinter ihm stürzt Wasser aus der verstopften Regenrinne in einem dichten Vorhang herab. Er scheint zu zögern, ob er den Raum betreten soll.

»Tony?«, fragt Barbara. »Was ist los?«

»Alles in Ordnung«, sagt er. »Es ist ein Mädchen.« Er kommt herein und stößt die Tür mit dem Fuß zu, dann geht er zu Barbara und hockt sich neben sie. Sie beugt sich vor und zieht die Windel auseinander. Wieder ringt sie nach Atem. »Gott, Tony, sie ist wunderschön!« Ihr kommen ganz unerwartet die Tränen.

Tony nickt und schnieft. »Ich weiß«, sagt er mit krächzender Stimme.

Er reicht ihr das Baby, und Barbara nimmt es in die Arme und macht sich sogleich daran, es aus der Decke zu wickeln.

»Es geht ihr gut, Barbara.« Tony hat hörbar mit seinen Gefühlen zu kämpfen.

»Ich weiß. Aber ich muss es selbst sehen«, erwidert Barbara, nimmt das Baby aus der Decke und lässt ihren verschwommenen Blick über jedes noch so winzige Detail gleiten.

»Siehst du?«, sagt Tony.

»Ja. Im Vergleich zu Jonathan ist sie riesig.« Barbara wischt sich mit dem Handrücken über die Augen.

Das Kind verzieht das Gesicht und fängt an zu weinen, daher steht Barbara auf, durchquert den Raum und wickelt es in eine neue, frische Decke. Sie weiß nicht, warum, aber sie muss es tun, sie muss die andere Decke loswerden, die Decke, in der die Kleine hereingekommen ist.

»Jonathan war früh dran«, sagt Tony. »Sophie ist genau pünktlich gekommen. Wollen wir sie immer noch Sophie nennen?«

»Ja«, antwortet Barbara. »Ja, ich denke schon. Ist mit ihr alles in Ordnung?« Mit einer Kopfbewegung deutet sie in Richtung des zweiten Cottages.

»Diane? Ja, sie ist okay. Sie ist erschöpft, aber es geht ihr gut.«

»Und ihr ist das alles immer noch recht? Sie hat ihre Meinung nicht geändert?«

Tony schüttelt den Kopf. »Nein. Du denn?«

»Natürlich nicht. Musst du zu ihr zurück?«, fragt Barbara. Sie hat das dringende Bedürfnis, mit dem Baby allein zu sein.

»Die Hebamme ist noch da«, erwidert Tony. »Eine Weile ist also noch alles gut.«

»Und Jonathan?«

»Er kommt erst spät zurück. Mrs Llewellyn hat gesagt, sie würde ihn bei Sonnenuntergang zurückbringen.«

»Und du bist sicher, dass sie es auch nicht weiß?«

»Niemand weiß es, Barb. Niemand, außer uns. Und natürlich die Hebamme. Aber sie wird nichts sagen. Sie bekommt Geld dafür, dass sie nichts sagt.«

Barbara nickt leicht und wiegt zugleich das Baby. »Ich denke, ich sollte ins Bett gehen, bevor Jonathan zurückkommt.«

»Ja«, stimmt Tony zu. »Das ist eine gute Idee.«

»Du solltest gehen. Du solltest nachsehen, ob es ihr gut geht.«

»In Ordnung. Wenn du sicher bist, dass bei dir alles in Ordnung ist.«

»Warum sollte es nicht? Das war die leichteste Geburt, die man sich vorstellen kann.«

Als Mrs Llewellyn Jonathan nach Hause bringt, liegt Barbara abgeschminkt im Bett, und Sophie schläft neben ihr.

»Komm her und sieh dir deine kleine Schwester an«, sagt sie zu ihm, und Jonathan kommt herüber.

»Sie ist ganz runzelig«, stellt er fest, als er sie betrachtet.

»Babys sind immer sehr runzelig.«

»Habe ich auch so ausgesehen?« Er rümpft die Nase.

Und es stimmt. Sie haben erstaunlich ähnliche Züge. Barbara hat Mühe, diesen Vergleich aus ihren Gedanken zu verbannen. Denn die Geschichte, die sie sich ausgedacht haben, an die sie vorgeblich selbst glauben, diese große Unwahrheit, für die sie sich alle, aus verschiedenen Gründen, entschieden haben, besagt, dass der Vater dieses Babys Dianes Exfreund Richard ist, und deswegen darf sie niemals nach einer Ähnlichkeit suchen. Niemals.

Nachtrag: 1968 – Lambeth, London

Tony hat Mühe, die Augen zu öffnen. Seine Lider scheinen im Traum mit irgendeinem klebrigen Schleim überzogen zu sein. Er reibt sie mit den Fäusten, dann versucht er erneut sie zu öffnen.

Er öffnet den Mund und dann gelingt es ihm, nach Diane zu rufen, aber er bekommt keine Antwort.

Immer noch hat er Probleme, scharf zu sehen. Er blickt sich im Zimmer um und erinnert sich daran, warum er sich so schlecht fühlt. Sie haben zwei Tage gefeiert. Die Aschenbecher sind voll, und die Reste der Joints haben frische Löcher in den Teppich gebrannt. Leere Bierflaschen liegen herum. Dazwischen stehen abgegessene Teller. Sein Pullover, den er neu zu Weihnachten bekommen hat, liegt vor ihm am Boden. Er ist voller Erbrochenem.

Auf der Suche nach Diane, die immer noch schlafen könnte, rollt er sich auf die andere Seite. Der Rest des Zimmers ist ebenfalls übersät mit Müll: noch mehr Teller, leere Chipstüten, Schallplatten ohne Hülle, Hüllen ohne Schallplatten, drei übrig gebliebene LSD-Pillen und ein halb gerauchter Joint.

Direkt neben ihm liegt die Plattenhülle von *The Doors*, die sie, wie er sich jetzt erinnert, fast vierundzwanzig Stunden in einer Schleife gespielt haben. Diane muss den Plattenspieler ausgestellt haben. Also ist sie wach und lebt. Ein paar Krümel Kokain liegen auf der Plattenhülle, und er nimmt sie mit der Fingerspitze auf und reibt sie sich ins Zahnfleisch. Der bittere, betäubende Geschmack der Droge lässt ihn das Gesicht verziehen. Er könnte heute Morgen einen Schuss vertragen. Einen etwas stärkeren Schuss als diesen. Doch die einzige Droge, die noch übrig ist, ist LSD, und das wird ihm kaum helfen, nüchtern zu werden. Es wird ihm absolut nicht helfen.

Diane kommt aus dem Badezimmer. Abgesehen von einem Handtuch, das sie sich um die Mitte geschlungen hat, ist sie nackt. Ihr Haar ist nass. »Hallo, bist du wieder unter den Lebenden.« Sie klingt fürchterlich.

»Mhm. Aber ich fühle mich furchtbar.«

»Ich mich auch.«

Sie hockt sich im Schneidersitz vor ihn hin. Er kann unter das Handtuch sehen, und er vermutet, so wie er Diane kennt, ist das Absicht. Aber er fühlt sich zu fertig, zu verkatert und krank, um an irgendetwas von dem interessiert zu sein, was sie heute Morgen zu bieten hat.

»Ich muss dir was sagen.« Diane beißt sich auf die Unterlippe, weil sie hofft, dass es niedlich aussieht.

»Nicht jetzt, Di. Was auch immer es ist …«

»Ich bin schwanger«, verkündet sie.

Tony blinzelt heftig.

»Ich bin es. Ich bin schwanger«, wiederholt sie.

Tony lacht säuerlich. »Du willst mich verarschen.«

Diane greift rechts von sich nach einem Päckchen Chesterfield und zieht mit den Lippen eine heraus. Dann zündet sie sie mit einem Einwegfeuerzeug an. Als sie spricht, wippt die Zigarette auf und ab. »Nein, ich bin wirklich schwanger.«

Tony stöhnt, verzieht das Gesicht und schafft es schließlich, sich aufzusetzen. »Das kann nicht sein. Wir haben aufgepasst.«

»Ich denke, vielleicht haben wir das einmal nicht.«

Tony sieht ihr in die Augen, und obwohl er weiß, dass es stimmt, weiß, dass es sogar nicht nur einmal war, sagt er: »Das glaube ich nicht. Es kann nicht von mir sein.«

»Das ist es«, erwidert Diane. »Es hat niemand anders gegeben.«

Tony zieht die Nase hoch, räuspert sich, und dann schiebt er den fleckigen Pullover von sich fort. Er kann ihn riechen, und ihm wird übel davon. »Bist du sicher?«

Diane nickt. »Absolut.«

Tony schüttelt den Kopf. »Wie dämlich ist das denn wohl?«

»Sag das nicht. Ich dachte, du würdest …«

»Was?«, unterbricht Tony sie. »Herumtanzen vor Freude?«

»Ich weiß nicht. Ich dachte, du würdest dich vielleicht freuen.«

»Freuen?« Tony hat nun Mühe, seine Wut zurückzuhalten. »*Freuen?*«

»Aber es ist unser Baby, Tony. Es ist …«

Tony steht auf. Er macht sich auf die Suche nach seinem einen Schuh.

»Du *gehst* doch jetzt nicht?«

»Natürlich gehe ich. Ich muss arbeiten.«

»Aber ich habe dir gerade etwas sehr Wichtiges gesagt. Du kannst nicht gehen, Baby. Ich habe dir gerade gesagt, dass ich schwanger bin.«

»Bitte … bitte rede einfach nicht mit mir, Diane.« Tony hält inne und dreht sich um, um sie anzusehen. Sein Gesicht ist rot. Er sieht wütend aus. Er sieht *wirklich* wütend aus. »Ich meine, w… wie?«, stammelt er. »Wie zum Teufel konntest du überhaupt auf den Gedanken kommen das zu tun, Diane? Wie?«

Dianes Augen werden sichtlich feucht. »Sag das nicht, Tony. Du warst es auch. Und wir wären gut zusammen. Wir *sind* gut zusammen, du und ich. Du weißt, dass wir es sind.«

Tony deutet auf das Zimmer. »Sieh dich doch mal um«, fährt er sie an. »Sieh dir dieses verfluchte Chaos an. *So* wären wir beide zusammen. Und da willst du ein Kind reinziehen? Du magst Kinder ja noch nicht mal. Mein Gott!« Er tippt sich gegen die Schläfe. »Du bist doch verrückt, Mädchen.«

»Aber du liebst Barbara nicht.« Diane steht auf und lässt das Handtuch zu Boden gleiten. »Du hast sie nie geliebt. Nicht richtig. Ich bin es, die du liebst. Das hast du gesagt, du hast es mir gesagt. Deswegen habe ich gedacht, dass vielleicht …«

Tony kniet sich hin, um unter das Sofa zu spähen. »Wo ist mein Schuh?«, fragt er. »Wo ist er? Und Barbara, zu deiner Information, ist der einzige gute Einfall, den ich je gehabt habe.«

Auf der Suche nach seinem Schuh humpelt er zum Badezimmer, wo ihm auffällt, dass er dringend pinkeln muss. Nachdem das erledigt ist, kehrt er ins Zimmer zurück und streckt eine Hand aus. »Gib mir den Schuh. Ich weiß, dass du ihn hast.«

Diane, die jetzt mit verschränkten Beinen in einem Sessel sitzt, schüttelt den Kopf. Ihre Miene ist kühl, berechnend. »Nicht, bevor du mir sagst, dass du sie verlassen wirst.«

»Was?«, fragt Tony ungläubig. »Was? Oh, du hast meinen Schuh versteckt. Du hast gewonnen! Ich werde mich von meiner verdammten Frau trennen? Du hast wirklich nicht mehr alle Tassen im Schrank.«

»Du kannst doch nicht erwarten, dass ich es alleine bekomme.«

»Ich erwarte nicht, dass du es überhaupt bekommst.«

»Ich kann nicht abtreiben.«

»Äh … das kannst du sehr wohl. Und wenn du mir meinen Schuh nicht gibst, schwöre ich, ich werde verflucht noch mal …«

»Ich bin katholisch. Das weißt du.«

»Du bist was?«

»Ich bin katholisch. Ich kann nicht abtreiben.«

Tony keucht. »Du? Katholisch?«, wiederholt er. »Das ist mir völlig neu. Und dem verfluchten Papst wird es auch neu sein. *Katholisch?* Also ehrlich!«

Diane fängt jetzt an zu weinen. Die Tränen rinnen ihr über die Wangen, und sie wischt sie weder fort, noch wendet sie ihr Gesicht ab, um sie zu verbergen. Sie will, dass Tony sie sieht. Er soll den Schmerz mit ihr teilen. Sie will, dass er seine Meinung ändert.

»Nicht …«, sagt Tony. »Hör auf zu weinen, Diane. Hör mit dem verfluchten Geheul auf. Du weißt, dass ich es nicht ertragen kann, wenn du weinst.«

Doch sein weicher Ton ermutigt sie nur. Nun gibt sie sich ihren Tränen ganz hin. Und als sie den Gipfel dessen erreicht, was echte Tränen vermögen, fügt sie noch ein paar künstliche Schluchzer hinzu. Schon bald hat Tony aufgegeben, nach dem Schuh zu suchen, der, wie sie weiß, weil sie ihn dort versteckt hat, unter einem Kissen liegt. Bald kniet er neben ihr, seine Stirn an ihre gedrückt, die Arme um ihre Schultern.

Später, als sie sich ausgeweint hat, als sie es nicht einmal mehr schafft, falsche Tränen herauszudrücken, als die Wirkung des letzten Joints nachgelassen hat und der Alkohol immer weiter abgebaut wird, reden sie vernünftiger.

»Wir sind wirklich blöd gewesen, nicht wahr?«, meint Diane.

»Ja«, stimmt Tony zu. »Das sind wir. Und du weißt, dass ich Barbara nicht verlassen kann. Das hast du immer gewusst.«

»Ich glaube nicht mal, dass ich das wirklich will, um ehrlich zu sein. Ich glaube nicht, dass ich dafür gemacht bin, zu waschen und zu bügeln und Socken zu stopfen.«

»Oder ein Kind aufzuziehen.«

Diane schnieft. »Oder ein Kind aufzuziehen. Trotzdem kann ich wirklich nicht abtreiben.«

»Mal ehrlich, Diane. Was willst du mit einem Kind? Du hasst Kinder. Das weißt du doch.«

»Ich weiß. Aber ich kann nicht abtreiben. Es ist einfach mein Instinkt.«

»Aber denk doch mal darüber nach. Denk mal darüber nach, wie es ist, alleine ein Kind aufzuziehen. Wie ich schon sagte, sieh dich mal um.«

Diane lässt ihren Blick über die Verwüstungen im Zimmer gleiten. Das kalte Licht des Tages fällt durch einen Spalt im Vorhang und zeichnet die starken Kontraste des Mülls und des Durcheinanders im Raum. Sie zuckt die Achseln. »Ich könnte vielleicht mein Leben mal aufräumen?«

»Ja. Vielleicht könntest du das. Aber würdest du es auch wollen? Du? Wirklich?«

Diane stöhnt. »Dann gebe ich es zur Adoption frei.«

Tony lacht.

»Was?«

»Ach, es ist einfach die Ironie der ganzen Sache.«

»Ironie?«

»Ja. Barbara redet die ganze Zeit von Adoption. Weil sie, du weißt ja, keins mehr bekommen kann. Und jetzt wirst du auch noch schwanger.«

Diane zuckt die Achseln. »Dann hast du ja deine Antwort.«

»Wieso?«

Diane antwortet nicht. Sie reckt einfach ihr Kinn, als stünde die Antwort direkt hinter ihm.

Tony drückt mit den Fingern seine Nasenwurzel zusammen, während er versucht zu begreifen, was sie meint. Dann atmet er verzweifelt aus und sagt: »Weißt du, du musst dich wirklich beim Gras mehr zurückhalten, Di. Das musst du wirklich.«

»Aber denk doch mal drüber nach.«

»Versuch einfach, das mal logisch zu sehen, okay? Ich weiß, es ist schwer, aber versuch es, einfach für mich. Wie kannst du überhaupt nur im Ansatz glauben, dass Barb sich darauf einlassen würde?«

»Es könnte sein«, antwortet Diane, offenbar in vollem Ernst.

»Und wie stellst du dir das vor? ›Hi, Schatz, ich habe meine Freundin geschwängert. Könntest du vielleicht ihr Kind aufziehen?‹ So in der Art?«

»Sie bräuchte nicht zu wissen, dass es von dir ist.«

»Natürlich würde sie verdammt noch mal wissen, dass es meins ist.«

»Wir könnten sagen, dass ich einen Freund habe. Denk mal drüber nach. Ich habe einen Freund, ich werde schwanger, ich sage es Barbara. Ich könnte Richard dazu bringen, dass er so tut, als sei er der Vater.«

»Was, dein Freund vom College?«

»Ja.«

»Aber er ist doch … du weißt schon … einer vom anderen Ufer, oder?«

»Das weiß Barbara nicht.«

»Hör einfach auf, Diane. Bitte hör auf. Du treibst mich in den Wahnsinn.«

»Ich könnte sie überzeugen. Ich weiß es. Sie mag mich wirklich. Und sie *liebt* Kinder.«

Tony steht auf und schüttelt den Kopf. »Ich muss los.« Er steckt die Hand aus. »Wir sprechen später darüber, aber jetzt gib mir meinen Schuh. Denn wenn ich barfuß gehen muss, schwöre ich dir, dass du mich nie wiedersehen wirst. Und das meine ich ernst, Diane.«

Sie rutscht zur Seite und holt den Schuh unter dem Kissen hervor. Einen Moment hält sie inne. »Denk doch mal drüber nach, Tony«, sagt sie erneut. »Barbara bekommt das Baby, das sie sich wünscht, und wir machen einfach so weiter, als sei nichts passiert. Es ist perfekt. Für alle.«

Tony stürzt vor und schnappt sich den Schuh aus Dianes Hand. »Als sei nichts passiert?«, fragt er. »Werd es einfach los, Diane. Ich bezahle das. Das ist die einzige Lösung. Du musst es loswerden.«

»Es tut mir leid«, erwidert Diane. »Aber das ist mein Kind, über das du da redest. Und dein Kind ist es auch. Es ist *unser* Kind. Zur Hälfte ist es du und zur Hälfte ich. Denk mal drüber nach. Denk drüber nach, was das bedeutet. Es geht einfach nicht, Tony. Ich könnte das *niemals* tun.«

18910988R00294

Printed in Poland
by Amazon Fulfillment
Poland Sp. z o.o., Wrocław